lunger

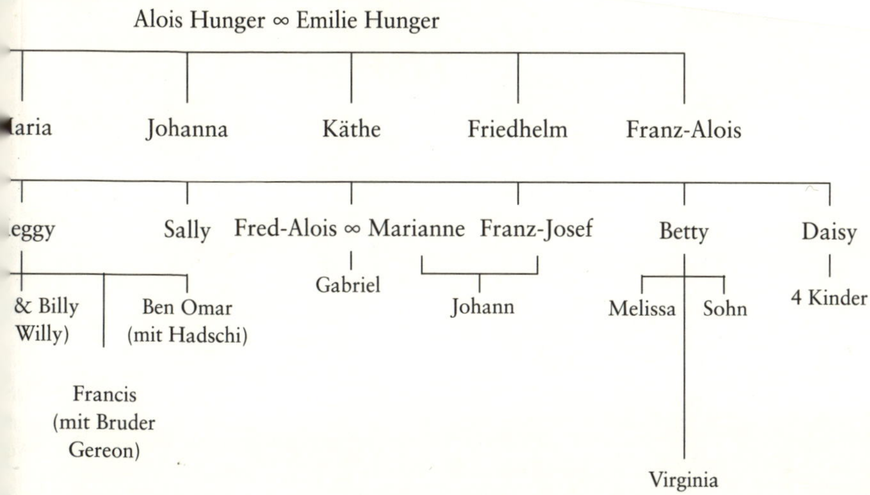

elstejn

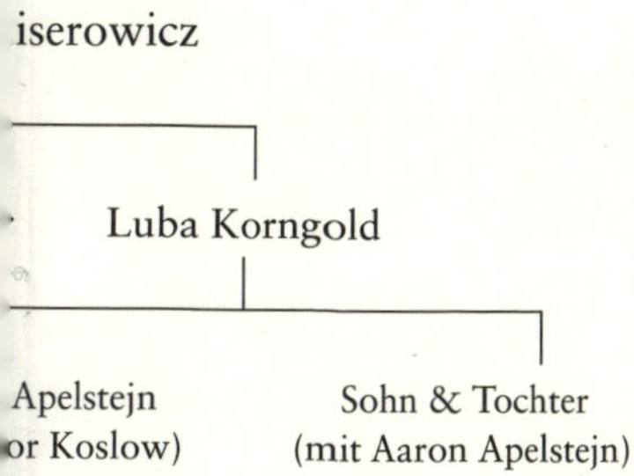

REBECCA MARIA SALENTIN

Schuld war Elvis

Roman

C. Bertelsmann

Dieses Werk wurde gefördert mit den Mitteln
der Kulturstiftung des Freistaates Sachsen
und der Kulturstiftung Sachsen-Anhalt.

MIX
Papier aus verantwortungsvollen Quellen
FSC® C014496
FSC
www.fsc.org

Verlagsgruppe Random House FSC® N001967
Das für dieses Buch verwendete FSC®-zertifizierte Papier
EOS liefert Salzer, St. Pölten, Österreich.

1. Auflage

Umschlaggestaltung: buxdesign, München
Satz: Uhl + Massopust, Aalen
Druck und Bindung: GGP Media GmbH, Pößneck
Printed in Germany
ISBN 978-3-570-10212-1

www.cbertelsmann.de

ERSTER TEIL

Zwejbechle oder wie alles mit zwei Schüssen begann

Und Hebron schrie.

Der Griff der Hebamme um die gekrümmten Beine des Säuglings war fest und grob, sie wollte die Geburt nun endlich abhaken, die werdende Mutter hatte nach ihrem Geschmack zu viel und zu laut geschrien, und Kinder, die sich derart Zeit ließen, konnte sie grundsätzlich nicht leiden.

Sie maß das Kind, indem sie es kopfüber baumeln ließ, wog es und legte ihm ein Meterband um den Kopf, bevor sie das schreiende Mädchen badete, dann in ein Moltontuch schlug und der verschwitzten Mutter in den Arm legte.

Diese war froh über das Geschrei, nahm sie doch folgerichtig an, es zeuge von einer guten Gesundheit des Neugeborenen. Liebevoll betrachtete sie das hochrote Köpfchen, das weit aufgerissene Mäulchen, die dunkel verklebten Härchen. Der Anblick ihres Frischgeborenen löste eine Welle von Glücksgefühlen in ihr aus, die mit einer Intensität über ihr zusammenschlug wie nie zuvor etwas in ihrem Leben.

»Hebron«, flüsterte sie dem schreienden Bündel zu, »wie habe ich mich nach dir gesehnt, meine Hebron.«

Die Freude über das von guter Gesundheit zeugende Geschrei verging ihr jedoch bald, denn Hebron schrie in ihren ersten Lebensmonaten konsequent und durchgehend, ein unerträgliches Gewimmer, durchbrochen nur durch kurze Ruhephasen, in denen das Kind schlief oder trank.

Hebron schrie tagsüber, wenn sie im Kinderwagen lag, den ihre Mutter mit dem Rest der geblümten Wohnzimmertapete ausgeschlagen hatte. Es interessierte sie nicht im Geringsten, ob sie in diesem Wagen durch die Fußgängerzone des kleinen Städtchens mit seinen hässlichen Fünfzigerjahre Klinkerfassaden oder unter den wogenden Baumspitzen des Hürtgenwalds entlanggeschoben wurde. Hebron schrie auch im Tragetuch, das die alternative Hebamme, die immer einen einzelnen Federohrring trug und von einer leichten Räucherstäbchenduftwolke umgeben war, Hebrons Mutter Meggy in der Stillgruppe ans Herz gelegt hatte.

Hebron schrie im Garten, wo Meggy den Stubenwagen unter dem blütenbedeckten Sauerkirschbaum abstellte; und an diesem Geschrei war nicht einmal die Nachbarskatze schuld, die es sich so gerne auf Hebron bequem machte, im Gegenteil, die fette Katze sorgte regelmäßig dafür, dass Hebron endlich einmal ruhig war, woran Meggy merkte, dass etwas nicht stimmte und rufend und Hände klatschend in den Garten rannte, um das faule Tier zu verjagen, worauf Hebron, mit knallrotem, einige Male auch schon leicht blauem Gesicht noch lauter in die Welt schrie.

Hebron schrie auch nachts, und dabei war es ihr gleichgültig, ob Meggy sie in ihren Armen oder in der Wiege schaukelte, sie schrie, bis Meggy ihr Nachthemd aufknöpfte und Hebron an die geschundene Brust legte. Wollte Meggy ihre Brüste wenigstens eine Stunde schonen, dann schrie Hebron, bis sie vor Erschöpfung in einen kurzen Schlummer fiel, aber selbst dieser war durchbrochen von Schluchzern, deren kläglicher Ton Meggy im Herzen wehtat; das arme Würmchen tat ihr leid, wenn sie auch des Geschreis müde war.

Aber was immer sie auch versuchte, kein Tee, keine Bauchmassage und keine Wärmflasche verschafften Hebron Entspannung und Meggy Ruhe.

Da Meggy das Kind also nur mithilfe ihrer Brust ruhigzustellen vermochte, wurde Hebron dick und rund, Fett bildete sich an Armen und Beinen, und Meggy hatte Mühe, die kleinen Fältchen zwischen den Speckrollen an Hals und Gliedmaßen zu säubern.

Als Hebron neun Monate alt war, hörte sie endlich mit dem Geschrei auf und entdeckte das Essen in festerer Form für sich.

Hebrons Leben stand von Anfang an unter einem Stern, den man nicht unbedingt schlecht nennen konnte, aber ihn als gut zu bezeichnen, würde ihren folgenden Lebensjahren nicht gerecht werden. Bloß wie genau man diesen Stern über Hebrons Geburtsstunde oder vielleicht auch den über der Millisekunde ihrer Zeugung bezeichnen konnte, in der das hasserfüllte jüdische Spermium auf das durch eine erzkatholische Erziehung geprägte Ei traf, das würde Hebron ihr Leben lang nicht zu benennen wissen.

Als sie die ersten Lichter von Tel Aviv durch das Fenster des Flugzeugs unter sich aufblitzen sah und der Druck auf den Ohren während des Landeanflugs immer stärker wurde, wobei sich ihr Herzschlag vor Aufregung derart beschleunigte, dass sie fürchtete, mit ihren siebzehn Jahren einen Infarkt zu erleiden, und das, ohne ihren Vater auch nur einmal gesehen zu haben, war sie sich über eins jedoch absolut im Klaren: Ihr Leben war von Anfang an seltsam gewesen, seltsam und anders als das Leben der Menschen in ihrer Umgebung, die sie zum Vergleich nahm.

»Es gibt keine zwei vergleichbaren Leben! Niemals! Jeder Mensch ist anders!«, wird natürlich jetzt jeder aufschreien, ebenso empört wie überzeugt.

Und ja, er hat recht, und nein, hat er nicht.

Es gibt eine Andersartigkeit, die selbst unter anderen anders ist. Und unter dieser Andersartigkeit hatte Hebron von Anfang an zu leiden.

Da war allein schon der Name: Hebron Maria Magdalena Hunger. Ein Tribut der Mutter an ihre eigene Identität und die Herkunft des Vaters.

Als Meggy mit der schreienden Hebron auf dem Plastikstuhl in dem trostlosen Raum des Standesamts Platz nahm und den bereits ausgefüllten Namensschein über die graue Tischplatte schob, war es ihr Glück, dass der Standesbeamte am Morgen ein Stelldichein mit seiner Frau gehabt hatte, etwas, das in seiner fünfunddreißigjährigen Ehe zu dieser Tageszeit noch niemals vorgekommen war, und nur diesem Umstand war es zu verdanken, dass er, selig lächelnd und an seinem schalen Kaffee nippend, den Namen Hebron absegnete, ohne festzustellen, dass Hebron in seinem dicken, grau eingebundenen und schon ziemlich abgewetzten Namensregister unter dem Buchstaben H keinesfalls zu finden war, dass Hebron kein Vorname war und sich auch eher nach einem Jungen- als nach einem Mädchennamen anhörte.

Skandalöser als den Namen empfand man jedoch die Tatsache, dass Meggy es wagte, im Lokalblatt des Städtchens namens Düren eine Geburtsanzeige zu schalten, in der sie sich, neben der Abbildung eines Maiglöckchens, offen und ausdrücklich *allein* über die Ankunft ihres Mädchens freute. Ein Affront für die braven Bürger der kleinen Stadt, die, obwohl Hebron in den späten Siebzigern des zwanzigsten Jahrhunderts geboren wurde, mit unehelichen Kindern und deren Müttern nichts zu tun haben wollten. Geschah einer Frau ein solches Unglück, hatte sie sich voller Demut und Scham zurückzuhalten, dann hatte sie die Chance, doch noch in die Ehe mit einem guten Mann einzuschiffen, aber ihr Unglück der Öffentlichkeit auch noch als Freude zu offenbaren, ging eindeutig zu weit.

Und so trafen dann auch nur sieben Glückwunschkarten in Meggys Briefkasten ein, die meisten davon aus Aachen, wo Meggy vor der Geburt ihrer Tochter im Klinikum gearbeitet hatte und wo man ein wenig fortschrittlicher dachte als in

Meggys Heimatstadt. Diesen Fortschritt wussten sich ebendiese braven Bürger Dürens durchaus zunutze zu machen, die am lautesten über Hebrons Geburtsanzeige gewettert hatten, vornehmlich dann, wenn sie samstags nach dem Besuch des Aachener Doms eine kleine feine Stunde des Glücks bei den leicht bekleideten Damen in der Antoniusstraße verbrachten. Nicht umsonst gibt es in der Gegend einen gern zitierten Spruch, der, ins Hochdeutsche übertragen, in etwa heißen würde: »Gehen wir zuerst in den Puff oder gehen wir zuerst in den Dom?« – »Gehen wir zuerst in den Dom, dann müssen wir uns nachher nicht schämen.«

Hebrons Vater, dem sie ihren ersten Vornamen, wenn auch nur indirekt, verdankte, hatte nichts Besseres zu tun gehabt, als sich, nachdem Meggy ihm den positiven Schwangerschaftstest unter die Nase gehalten hatte, für eine Abtreibung auszusprechen sowie die Todesstrafe für Samenraub, jawohl Samenraub!, zu fordern, denn nichts anderes schien ihm der wachsende Klumpen in Meggys Bauch zu sein.

Kinder bekam man seiner Meinung nach nur, wenn man wollte. Genauer gesagt: Wenn *beide* wollten. Hebrons Vater wusste, dass er nie wollen würde, aber so schon mal gar nicht, nicht von der Krankenschwester Meggy Hunger, die ihm auf der Station zu Gehorsam und im Nachtdienst zum Vergnügen zu sein hatte.

Und wenn etwas geschah, was man nicht wollte, trieb man den Zellklumpen einfach ab: kleine Rasur, kleine Betäubung, kleiner Eingriff, nichts Besonderes, immerhin ein Teil der täglichen Arbeit von Hebrons Vater, dessen Name im Übrigen Samuel Apelstejn war.

Als der Anästhesist Samuel Apelstejn feststellte, dass die Krankenschwester Meggy Hunger ihm zum ersten Mal den Gehorsam verweigerte – sah man einmal ganz von der Tatsache ab, dass sie ihn, was die Einnahme der Pille anging, schamlos belogen hatte – und keine kleine Rasur, keine kleine

Betäubung und keinen kleinen Eingriff über sich ergehen lassen wollte, nein, sich mit ihren bäurischen Armen und Beinen dagegenstemmte, ihm ihren Eifeler Sturkopf mit der gesamten Kraft entgegensetzte und er zudem mit der Forderung nach der Todesstrafe für Samenraub auf verlorenem Posten stand, packte er seine Koffer, gab seinen Wohnungsschlüssel an eine fünfköpfige türkische Gastarbeiterfamilie ab und flog nach Israel, in sein heiß verhasstes, kalt geliebtes Heimatland.

Zurück ließ er den Zellklumpen Hebron und eine fassungslose Meggy Hunger, die eigentlich von einem Happy End mit jüdisch-katholischer Hochzeit ausgegangen war, denn sie war sich so sicher gewesen, dass sich jeder Mann nichts sehnlicher wünschte, als sich zu vermehren, auch wenn er das Gegenteil behauptete. Da musste eben mit den Waffen einer Frau gekämpft werden, und so ein kleines Pillchen konnte schließlich schon mal schnell vergessen werden.

Die Monate bis zu Hebrons Geburt verbrachte sie damit, ihre Schallplatten unangebracht laut durch das kleine Eifeldörfchen namens Ochsenhügel am Rande des Hürtgenwalds schallen zu lassen, sauer eingelegte Peperonischoten gläserweise zu essen und sich von ihren sechs Schwestern, deren Namen ebenso wie ihrer prosaisch kurz und ausgefallen waren, als verlassene Schwangere bemitleiden zu lassen. Und so verbrachten Fanny, Penny, Peggy, Meggy, Sally, Betty und Daisy schöne Nachmittage, während ihre Brüder, die Zwillinge Fred und Franz, eine Wiege für das vaterlose Kind schreinerten.

Eins darf man ihr allerdings nicht unterstellen: dass sie sich nicht auf das Kind freute. Nein, Meggy Hunger, die fast dreißig Jahre alt, gutverdienend und rotwangig war und über eine eigene Wohnung verfügte, freute sich auf das Kind, denn ein Kind hatte sie sich schon lange gewünscht, und es war die Zeit, in der Frauen ihre Kinder plötzlich ohne Männer großzogen, und das nicht, weil sie Kriegswitwen oder arme betrogene Dorfmädchen mit langen Zöpfen waren, sondern weil sie es so und nicht anders wollten. Ja, sie wollten sogar so sehr darüber bestimmen, wann und wie sie ihre Kinder bekamen, dass sie dafür mit lila Latzhosen oder Batikgewändern, aber ohne BH und Bäuchen, die nur ihnen gehörten, auf die Straße gingen. Und so wollte auch Meggy sein, die vom Dorf kam: modern, frei und selbstbestimmt.

Außerdem war sie nicht die einzige Schwangere in der Familie, denn nachdem ihre älteste Schwester Fanny schon drei Söhne in die Welt gesetzt hatte, zogen nun neben Meggy auch Peggy und Betty nach. Wobei es für Betty allerdings schon die zweite Schwangerschaft war, denn sie hatte bereits eine Tochter. Die drei schwangeren Schwestern sollten alle Töchter bekommen, und diese drei nahezu gleich alten Mädchen namens Hebron, Melody und Virginia würden ein unzertrennliches Trio bilden.

Es bleibt vorwegzunehmen, dass Meggys Familie riesig war. Die meisten der neun Geschwister bekamen mindestens drei Kinder. Eine derart große Schar zu überblicken ist wahrlich nicht leicht, und so mag man sich bitte nur einen Moment lang vorstellen, wie es Meggys Eltern Josef und Clementine Hunger ging, bei denen die Bagage fast täglich abgeladen wurde.

Die eigentliche große Frage war jedoch: Wo lag der Anfang von Hebrons Leben? Im Moment ihrer Geburt? In dem ihrer Zeugung? Oder lag er in dem Moment, in dem sich die Wege ihrer Ahnen auf eine so unglaublich unwahrscheinliche Art kreuzten, dass man es für eine besonders ausgefeilte Lügengeschichte halten würde, sollte jemand davon erzählen. Und genau dies soll hiermit geschehen. Legen wir doch den Beginn von Hebrons Geschichte auf den Moment, in dem zwei Schüsse – und zwar absolut zeitgleich, und nicht einmal weit voneinander entfernt – abgefeuert wurden.

Der erste Schuss traf den Unterschenkel des Schreinergesellen Josef Hunger, ein richtig schöner Knochensplitterschuss, abgefeuert 1941, in einer jedoch eher als unehrenhaft zu bezeichnenden Situation.

Noch konnte Josef nicht ahnen, dass er Vater von neun Kindern werden sollte, denn als er eingezogen wurde, hatte er weder eine Freundin, geschweige denn eine Verlobte oder Ehefrau. Dennoch hatte er eine Familie, die versorgt werden musste.

Josef Hunger, breitschultrig und von stattlicher Statur trotz seines jungen Alters, war Sohn eines Schrankenwärters namens Alois, den seine Profession in die Eifel geführt hatte. Josef war das älteste der Schrankenwärterkinder, die gleichmäßig im Abstand von zwei Jahren geboren waren, bis Alois Hunger bei einem Zugunglück in einem Dorf an der Kyll starb.

An diesem Unglück war nicht unbedingt er selbst schuld gewesen, es war ein folgenschweres Aufeinandertreffen mehrerer ungünstiger Faktoren, einer davon ein Pferdegespann, dessen Kutscher auf dem Wagen eingeschlafen war, mit dem er Zuckerrüben von einem entfernt liegenden Feld ins Dorf transportierte. Die Pferde schienen nicht dazu erzogen worden zu sein, auf das Winken eines Schrankenwärters zu reagieren, und Alois, der die Dampf spuckende Lokomotive der herannahenden Kyllbahn für seinen Geschmack in dieser Situation schon zu deutlich sehen konnte, spurtete auf die Gleise, um Schlimmes zu verhindern, blieb mit dem Fuß unglücklich in einer Weiche hängen und schlug sich den Kopf so hart an einer Schiene, dass er bewusstlos wurde und deshalb beruhigenderweise nicht spürte, wie der Zug ihn überrollte und dreiteilte.

Zu diesem Zeitpunkt war sein Sohn Josef gerade zwölf Jahre alt und musste in den folgenden Jahren seiner Mutter helfen, die sechs Geschwister zu versorgen.

Nun war Josef jedoch in der Nähe von Litauisch Brest, einem Ort, von dem aus er der Mutter nicht im Geringsten helfen konnte, und sie brauchte seine Hilfe immer noch, auch wenn die Geschwister schon junge Erwachsene waren, denn sie war ein Mensch, der sich immer ungerecht behandelt fühlte und aus der Verbitterung über die vermeintliche Benachteiligung ein handfestes Gallenleiden entwickelt hatte.

Und obwohl sie den Führer glühend verehrte, schien es ihr eine unerhörte Ungerechtigkeit, ja eine Unverfrorenheit des Reiches, dass man ihren Ältesten eingezogen hatte, der doch für die Familie zu sorgen hatte, und darüber zeternd und jammernd, sah sie nicht das Glück, dass von den sechs Kindern, die sie nach Josef geboren hatte, vier Mädchen waren und ihre beiden Söhne Friedhelm und Franz-Alois noch zu jung, um eingezogen zu werden.

Josef war sich vollkommen bewusst darüber, dass sein Platz nicht hier am Westlichen Bug war, er gehörte in die Schreinerei, wo sein Gesellenstück darauf wartete, fertiggestellt zu werden, er gehörte zu seiner Familie nach Heimbach, wo er das Tischgebet zu sprechen hatte, er gehörte in die Eifel, wo er sonntags nach dem Kirchgang so gern durch die Wälder streifte. Keinesfalls gehörte er in die Lage, in der er sich gerade befand, denn zum Schießen war er nicht gemacht.

Zudem war seine momentane Situation alles andere als schön. Seit Stunden lagen sie am Rand eines Birkenwäldchens, wo sie eine Lichtung zu verteidigen hatten, und obwohl die Sonne schien und die Temperatur so angenehm warm war, wie es sich für den Monat Juli gehörte, starrte Josef nun schon so lange auf den gegenüberliegenden Saum des Waldes, dass er keine Birken mehr sehen mochte und sich umso mehr nach den Tannen seines Heimatwaldes sehnte.

Er hatte Hunger, er hatte Durst, vom Liegen schmerzte ihm der Brustkorb, die Zweige, die sie sich zu Tarnungszwecken an den Helm gesteckt hatten, hingen mittlerweile welk und störend vor den Augen, und außerdem musste er dringend pinkeln. In der Ferne war das leise Surren eines Kampffliegers zu hören, und Josef dachte: Wenn ich jetzt nicht austrete, mache ich mir im Gefecht in die Hose.

Also kroch er ein Stück rückwärts, zog am Verschluss seines Hosenschlitzes, ohne sein Gewehr abzulegen, das Surren wurde lauter, seine Kameraden zischten sich Aufmunterungen und taktische Vorschläge zu, nichts, was sie nicht schon stundenlang durchgekaut hätten. Das Geräusch des Fliegers entfernte sich wieder, er musste eine Schleife geflogen sein, was für Josef darauf hindeutete, dass sie hier völlig umsonst lagen, da keine Rotarmisten in der Nähe sein konnten. Josefs Hosenschlitz klemmte, sosehr er auch am Knopf zerrte, die Hose ließ sich nicht öffnen, und plötzlich ertönte vom anderen Ende der Lichtung Geschrei.

Josef wollte sich zu Boden schmeißen und seinen Kameraden helfen, verfing sich jedoch so ungeschickt zwischen Gewehr, Hosenschlitz und seinen eigenen Füßen, dass er stolperte, mit dem Finger in den Abzug geriet und statt auf den Feind in sein eigenes Schienbein schoss. Das Stolpern in ungünstigen Momenten schien in dieser Familie zwanghaft zu sein, und wie gesagt, fürs Schießen war er nicht gemacht.

Josef schrie wie die Säue auf dem heimatlichen Nachbarhof, bevor sie abgestochen wurden, als ihn einer seiner Kameraden an den Füßen packte und tiefer in den Wald zerrte, denn durch den Ruck knackte sein zerschmetterter Knochen wie ein dicker Ast, den man entzweitrat, ein Geräusch, das Josef zeitlebens nicht vergessen sollte. Und plötzlich war das Surren des Fliegers wieder da, der Lautstärke nach musste er bald über der Lichtung sein, Hilfe von oben war also nah, doch bevor sie das tiefe Dickicht erreichten, gerieten sie in ein Inferno aus spritzenden Erdklumpen, berstenden Birken und Granatsplittern, die dem Schreinerlehrling Josef Hunger die Nasenspitze wegschossen und seinem Kameraden den Kopf.

Da lag er nun im Dreck mit einem gebrochenen Unterschenkel und einer zerfetzten Nase, schämte sich für sein Geschrei wegen des Beinschusses und wusste nicht, ob er wenigstens Erleichterung darüber empfinden durfte, dass er seinen Hals noch bewegen und sich somit vor dem Anblick des kopflosen Kameraden drücken konnte.

Sein Glück war, dass der Arzt, in dessen Lazarett er landete, sich schon im Ersten Weltkrieg in der Kunstfertigkeit der Transplantation geübt hatte und Josef scheinbar mühelos die Nase rettete, indem er ihm ein Stück aus seinem Hintern ins Gesicht verpflanzte, das Ganze leider immer noch fern der Eifel.

Der zweite Schuss, der Teil von Hebrons Vorgeschichte war, war ein glatter Durchschuss, abgefeuert von einem Wehrmachtsoffizier. Und glatter Durchschuss hieß in diesem Fall: glatt durch den Kopf von Samuel Apelstejns Vater Viktor, den man aus seinem Versteck gezerrt hatte und ab in die Wand.

In der Wand der einfachen Holzhütte am Waldrand blieb die Patrone stecken. In dieser Kate hatte Viktor Koslow sich versteckt, seit er vom Dienst an der Waffe geflohen war. Die Hütte gehörte Luba Korngold, die so schöne geschwungene Augenbrauen und ebenso schöne runde Hüften hatte.

Eigentlich ziemte es sich für eine junge Frau, wie Luba es war, nicht, allein zu wohnen. Doch Luba hatte keine Wahl gehabt, denn nachdem ihre Mutter Rivka im Kindbett gestorben war, hatte sich Luba ihrem Vater verpflichtet gefühlt, schließlich war es ihre Geburt gewesen, an der die Mutter gestorben war. Die Schwestern waren allesamt nach Lublin gegangen, wo sie schon ihre ersten Lebensjahre verbracht hatten. Sie trugen die Haare zu modernen kinnlangen Frisuren mit großer Stirnwelle, enge Kostüme mit knielangen Röcken, dünne Strümpfe und todschicke Pumps. Eine war Lehrerin geworden, die zweite arbeitete als Laborantin und die dritte hatte über ihre Tätigkeit als Sekretärin eine gute Partie gemacht, indem sie den Geschäftsführer der Firma geheiratet hatte. So hatte sie zu ihren zwei Söhnen auch ein Hausmädchen und einen Chauffeur bekommen. Oft hatten sie den

Vater angefleht, zu ihnen in die Stadt zu kommen, aber der Vater hatte sich geweigert, hatte behauptet, den Tod dort erwarten zu wollen, wo das Leben mit seiner geliebten Frau begonnen habe, in Zwejbechle, diesem für die Welt unbedeutenden Dorf am Rande Galiziens, das für ihn von nicht zu ermessender Bedeutung sei, wo er sich noch vom Kutschbock seines Fuhrwerks herunter in Rivka verliebt habe.

Der Vater hätte es keinesfalls nötig gehabt, in seiner einfachen Kate zu leben, war er doch als Sohn eines wohlhabenden Pelzhändlers aufgewachsen.

»Aber«, so schrie er, sobald das Thema auf einen Umzug kam, »ich werde dort sterben, wo mein Leben erst lebenswert wurde, denn in dem Moment, als ich eure Mutter das erste Mal sah, wurde alles Vorherige zu blassem Rauch eines farb- und inhaltslosen Lebens, einer Ansammlung von Bedeutungslosigkeit! Eure Mutter, das war ein Gewächs des Landes, eine zarte Birke des galizischen Waldes, man hätte sie nie in die Stadt verpflanzen dürfen, sie musste dort eingehen, ihre Wurzeln verkümmerten ohne den würzigen Erdboden, ohne das klare Wasser der zwei Bäche, ohne die Luft, die hier so rein ist, wie eine Luft es nur sein sollte!«

Dass diese Argumentation jedweder Logik entbehrte, konnte niemand dem störrischen Itzhak Korngold beibringen, denn sein Blick wurde feurig unter den buschigen weißen Augenbrauen, und er raufte seinen langen Bart und schleuderte seinen Hut auf den schmutzigen Boden, sobald die Schwestern auf ihn einredeten, er solle zu ihnen nach Lublin kommen, während ihre Ehemänner geduckt in der Kate standen und angeekelt die Krempen ihrer Zylinder kneteten.

Alles, was seine drei älteren Töchter und ihre Ehemänner symbolisierten, lehnte Itzhak Korngold ab, seit Rivka gestorben war, obwohl er bis zum Tod seiner Frau selbst einem mondänen und luxuriösen Lebensstil gefrönt hatte. In seiner Stadtwohnung hatte es weder an blank gebohnertem Parkett noch an glitzernden Kronleuchtern oder eifrigen Dienstboten gemangelt.

Korngold & Söhne, so hieß das Pelzgeschäft seines Vaters, das die Familie in den Achtzigerjahren des neunzehnten Jahrhunderts reich gemacht hatte. Eine der ersten selbstständigen Aufgaben, die der Vater seinem ältesten Sohn Itzhak übertragen hatte, war eine Fahrt nach Breslau, wo der Sohn den Haupteinkauf des Jahres tätigen sollte. Den Rückweg sollte er über Krakau und Lemberg nehmen, auch wenn es aufgrund der wertvollen Fracht gefährlich war, aber der Vater beabsichtigte, seine Geschäfte auszudehnen, und übertrug dem Sohn, unter der von ihm getroffenen Vorauswahl nach einem geeigneten Geschäftspartner zu suchen. Zum Schutz seines Sohnes und der in Breslau zu erwerbenden Ware stellte er Itzhak einen bewaffneten Begleiter zur Seite. Im Lauf der Reise zerstritten sich Itzhak und sein Begleiter, denn Itzhak konnte das dumpfe Geschwätz des Burschen bald nicht mehr ertragen, aber die Abneigung schien von gegenseitiger Ausprägung zu sein, denn der Schmock zog es ab dem zweiten Tag der Rückreise vor, es sich auf den Paketen mit den Pelzen gemütlich zu machen und Itzhak die Zügel zu überlassen, mit dem Argument, die toten Häute hätten schließlich keine Beine mehr, um im Fall eines Falles wegzulaufen, während Itzhak sehr wohl in der Lage sei, sich bei einem Überfall selbst in Sicherheit zu bringen. So lag der Kerl mit gezückter Pistole und geschärftem Messer auf den sauber verschnürten Pelzen. Und wenn er nicht gerade die Spitzen seines Schnurrbarts zwirbelte oder laut schmatzend in Zwiebelknollen und Brotkanten biss, so schnarchte er Itzhak die Ohren voll, während dieser das Gefährt über die holprigen Wege Galiziens lenkte.

Itzhak Korngolds erste eigenständige Geschäftsreise entwickelte sich trotzdem zu einem mehrfachen Erfolg, denn er hatte es nicht nur geschafft, in Breslau die vom Vater georderten Pelze zu einem sensationellen Preis zu erwerben, er brachte selbige auch sicher nach Lublin, fand in Lemberg einen geeigneten Geschäftspartner für die Expansion des

Familienbetriebs und stieß darüber hinaus – quasi im Vorbeigehen – auf seine zukünftige Ehefrau.

Von Lemberg aus trat Itzhak mit seinem Fuhrwerk, das vollgeladen war mit sieben Hermelinen, zwei prächtigen Mänteln aus Blaufuchs, fünf Zobelschals, jeder Menge Silberfuchs – der es in den vergangenen zwei Jahren zum letzten Schrei in der Damenwelt gebracht hatte – und ausreichend Muffen, Stolen und Mützen, den Heimweg an. Sein Glanzstück aber war der Kauf eines Tigerfells, das geradezu perfekt war, glatt und makellos, seidig glänzend und ohne die Spur eines Einschusses.

Nach zwei Tagen passierte er eine Ansammlung von Häusern, die damals noch zu klein war, um einen Namen zu tragen. Im nächstgelegenen Dorf, in dem seit mehreren Jahrhunderten polnische Bauern lebten, nannte man die junge jüdische Siedlung schlicht »Bei den zwei Bächen«, denn die einfachen Holzhütten wurden von zwei kleinen Bächen begrenzt. Der größere der beiden Bäche war ein Waldbach, dessen nie versiegende Quelle im angrenzenden Wald lag, der den Lauf des Gewässers zwischen krumm gewachsenen Birken und zwei mächtigen Tannen in die von wilden Blumen übersäten Weiden entließ, auf denen braune Ochsen und klein gewachsene Pferde grasten. Der zweite Bach verlief durch das Tal, das saftig und träge zu Füßen der Waldkarpaten lag, und quälte sich durch sumpfige Wiesen, die ihm einen Großteil seines Wassers abzogen, während silberne Reiher mit erhabener Miene ihre Füße im klaren Wasser kühlten und gemächlich den einen oder anderen Fisch zwischen den blank geschliffenen Kieseln aus dem Bach pickten, Saiblinge oder junge Brassen, die sie mit einer majestätischen Bewegung ihres langen Halses verschluckten. Derart gebeutelt, erreichte der Bach mit letzter Kraft den recht großen Weiher, der zwischen dem polnischen Dorf und der jüdischen Siedlung lag und an dem sich im Sommer die Söhne beider Dörfer einen Spaß daraus machten, die fetten weißen Gänse aus dem hohen Schilf zu verjagen, indem sie mit Rohrkolben nach ihnen schlugen und die scheuen Enten ganz nervös machten, weil sie mit Anlauf über den tief liegenden Ast einer uralten Weide rannten und sich mit lautem Bohei ins Wasser warfen.

Als die einzelnen Gehöfte der Siedlung mit den Jahren zu einem richtigen Dorf zusammenwuchsen, weil die Juden sich rechtschaffen wie fleißig vermehrten, übernahmen sie die Bezeichnung, kürzten den Namen jedoch ab zu Zwejbechle.

Damals aber unterbrach Itzhak Korngold seine Überlegungen, welchem seiner kolonialbegeisterten Kunden er das Tigerfell wohl am gewinnbringendsten verkaufen könne, weil er sich plötzlich zwischen drei Höfen wiederfand, ohne zu wissen, wie er dorthin gelangt, geschweige denn, wie er vom Weg abgekommen war, dem zu folgen sein eigentliches Anliegen gewesen war. Er entschied sich dazu, die Höfe links liegen zu lassen, musste aber nach wenigen hundert Metern umkehren, weil ein Bach seine Weiterreise verhinderte, also verließ er die Siedlung ein zweites Mal in die entgegengesetzte Richtung, sah sich aber nach ein paar Minuten mit demselben Problem konfrontiert wie zuvor. Er überlegte schon, den Bach an einer seichten Stelle zu durchqueren, fürchtete aber, so vollends die Orientierung zu verlieren. Als er mit seinem Fuhrwerk zum dritten Mal auf dem ausgetretenen Fleck Erde zwischen den Höfen erschien, der später zum Hauptplatz des Dorfes werden sollte, erbarmte sich Rivka Lajzerowicz, die mit ihrer Mutter das Spektakel durch das Küchenfenster beobachtet hatte, legte sich ein mit blauen Blüten besticktes Tuch über das dunkle Haar und trat hinaus, um dem offensichtlich Verirrten den Weg zurück zur Straße zu erklären.

In dem Moment, als Itzhak Korngold die blauen Augen mit den feinen dunklen Brauen erblickte, die zu ihm aufsahen, vergaß er Tigerfell und Wegessuche, dachte nicht mehr an das geschäftige Treiben der Händler auf der Pelzmesse in Breslau, spürte nicht mehr den warmen Händedruck des Lemberger Geschäftsmanns und malte sich nicht weiter aus, wie der Vater ihn mit Lob überschütten würde, er vergaß sogar die Anwesenheit des unangenehmen Begleiters, und das, obwohl dieser gerade zu einer besonders musikalischen Schnarchattacke ansetzte, nein, Itzhak Korngold wusste, dass er seine zukünftige Frau gefunden hatte, in einem mehrere Tagesetappen von seiner Heimatstadt liegenden Dorf, das zu klein war, um als solches bezeichnet zu werden.

Und viele Jahre später lebte die jüngste Tochter, die von ihrer Mutter Rivka die blauen Augen und vom Vater das helle Haar hatte, in Zwejbechle. Denn Luba fühlte sich in der Stadt fremd, sie hatte das Gefühl, mit ihren langen Röcken und den dicken Zöpfen auf den breiten Straßen mit den hohen Häusern falsch platziert zu sein. Luba fand, dass ihr Körper nicht gemacht war, um in enge, kurze Röcke und schmale Jäckchen gesteckt zu werden. Vielleicht hatte Luba aber auch nur einmal zu oft dem Debattieren des Vaters über Landgewächse gelauscht, deren Tod es war, in die Stadt verpflanzt zu werden. Sie hatte sich trotz allem Flehen der Schwestern ein für alle Mal entschieden, beim Vater zu bleiben, im Dorf, wo es rundherum grün war und nicht grau, ruhig und nicht hektisch, wo die Geräusche des Tages aus dem Summen der Bienen, dem Läuten der Ziegenglocken, dem Gegacker der Hühner, dem Trappeln und Klappern von Pferdefuhrwerken und dem Rascheln der Birken bestanden, wo die Menschen, die sie auf der Straße traf, vertraut waren und nicht fremd und abweisend und wo die Tage golden, weich und zähflüssig waren wie Honig.

Nun war der Vater im letzten Winter nachts aus dem Haus gelaufen, weil er meinte, das Läuten der Leitziege habe sich entfernt; und ohne dass Luba sein nächtliches Aufstehen bemerkt hatte, war er dem Klingeln des Ziegenglöckchens gefolgt. Nachdem sie sein Verschwinden am frühen Morgen des nächsten Tages festgestellt hatte und er weder im Garten noch bei den Hühnern, noch im Ziegenstall aufzufinden gewesen war, hatte Luba eilig Hilfe von den Dorfbewohnern erbeten. Der Suchtrupp hatte den greinenden Alten schließlich im Wald gefunden, wo er sich im dichten Gesträuch verlaufen hatte, nichts am Leib als seine mehrfach geflickte lange Unterhose und sein zerschlissenes Hemd. Die Finger, an denen er gelutscht hatte, um sie warm zu halten, und die nackten Füße waren schon blauschwarz verfärbt, und auch sonst zeigte der Körper des klapperdürren Greises an mehreren Stellen Frostbeulen. Zudem hatte er sich die Hose vollgemacht, und man musste ihn erst mehrfach mit warmem Wasser übergießen, bis es möglich war, den mit Exkrementen verklebten Stoff von der Haut zu lösen. Das Fieber, das ihn die folgenden zwei Tage derart schüttelte, dass die dicken Daunendecken nur so bebten, ließ ihn weiterhin nach der Leitziege rufen, und Luba musste den dürren, heißen Körper fest ans Bett drücken. Er krächzte noch nach der Ziege, als er ein letztes Mal atmete. Die Ziege aber stand während des traurigen Schauspiels wohlbehalten im Stall hinter verschlossener Pforte, fraß genüsslich Heu und Küchenreste, nicht ahnend, dass sie ihrem Herrn den Fiebertod bescherte.

Nun bestellte Luba den Garten, versorgte die Hühner und die drei Ziegen. Außerdem ließ sie sich seit dem Tod des Vaters umwerben, gebot dem Auftreten der Verehrer keinen Einhalt mehr, wie sie es zu Itzhaks Lebzeiten getan hatte. Die jungen Gemeindemitglieder von Zwejbechle kamen fast täglich, spalteten ihr das Feuerholz, schöpften volle Eimer Wasser aus dem Brunnen und boten Luba eine Brigade verschwitzter nackter Oberkörper, deren Anblick sie von der kleinen Holzbank aus genoss, auf der sie saß und Beeren las oder Ziegenmilch durch ein Tuch strich. Nicht nur die unverheirateten Juden warben um sie, auch einige der Junggesellen des wenige Kilometer entfernten polnischen Dorfes nahmen den Weg in die kleine jüdische Gemeinde auf sich, um Luba ihre Muskeln zu präsentieren. Denn Luba, das war eine, von der man nicht die Augen abwenden konnte, eine, von der man nicht die Finger lassen wollte, eine, die einem zu Kopf stieg und dort für die abenteuerlichsten und ungehörigsten Gedanken sorgte. Luba besaß die Frechheit, ihr Haar unbedeckt zu tragen. Nicht dass sie es offen trug, so weit ging sie nicht, sie band ihr dickes Haar zum Zopf, den sie sich am Kopf feststeckte. Sie mochte es, wenn ihr ohnehin maisgelbes Haar von der Sonne heller wurde, und jetzt, da kein Elternteil mehr lebte, um auf ihr Benehmen zu achten, beschloss Luba im Angesicht der nackten Männeroberkörper, nur noch nach ihren Vorstellungen zu leben, denn wer wusste in diesen Zeiten schon, was das Leben einem überhaupt noch bieten würde. Noch hatte der Sturm ihr Dorf nicht erreicht, aber von ihren Schwestern war ihr in den letzten zwei Jahren, in denen Lublin unter der Besatzung der Deutschen stand, einiges zu Ohren gekommen. Und das hatte nicht gut geklungen, immer schlimmer waren die Schilderungen geworden, keine Rede war mehr von Chauffeur und Hausmädchen, nicht einmal die eigenen Wohnungen mit Parkett und Kronleuchtern gab es noch, auch das Pelzgeschäft hatte man dem Onkel genommen, zusammengepfercht lebten sie in einem eigens abgeriegelten Teil der Stadt, und bald hatte Luba gar nichts mehr von ihren Schwestern gehört.

In Zwejbechle aber war alles wie zuvor. Das abgeschiedene Leben ging weiter seinen Gang, fast konnte man das Dasein der Gemeinde idyllisch nennen, und so fühlte Luba sich bei aller Sorge um die Familie, die im Ghetto vegetierte, noch sicher in ihrer Kate. Garten, Hühner und Ziegen gaben her, was sie brauchte, und außerdem hatte sie noch ihr Nebeneinkommen; sie flickte den Dorfbewohnern die Kleidung und nähte manch neues Kleidungsstück. Und ab und zu bat sie einen der Verehrer in das Häuschen, und damit sie sich nicht ganz so liederlich vorkam, bat sie ihn nach dem gegenseitigen Entkleiden, sie zuallererst übers Knie zu legen und ihr gehörig den blanken Arsch zu versohlen. Luba war geschickt genug, dieses Geplänkel nur auf einen der katholischen Burschen vom Nachbardorf zu beschränken, sie wollte schließlich nicht, dass es in Zwejbechle Gerede gab. Der Kerl störte sich nicht am Hinternversohlen. Im Gegenteil, es schien ihn noch verrückter zu machen, was Luba nur zu gut an ihrem Bauch spürte, während sie über seinen Knien lag. Auch sie genoss das Brennen der Schläge auf ihren Hinterbacken, so hatte sie etwas, was sie über die eigentliche Begegnung hinaus an ihr Techtelmechtel erinnerte und für ein versonnenes Lächeln im Gesicht sorgte, während sie ihren süß schmerzenden Hintern auf der Straße im Dorf bei jedem Schritt mit Absicht stärker schwang, als ihre Geschwindigkeit es verlangt hätte. Worauf ihr die Männer im Dorf noch lauter hinterherpfiffen.

Eines Tages tauchte plötzlich Viktor auf, lehnte sich an die grau verwitterten Zaunstäbe, die ihren Garten umgaben, und beobachtete Luba dabei, wie sie die jungen Ranken der Bohnen an den langen Reisigstäben festband.

Einmal diesen Arsch nackt sehen und dann sterben!, dachte Viktor. Und hätte er gewusst, dass ihm dieser Wunsch tatsächlich erfüllt werden sollte, wäre er vielleicht weitergegangen und hätte woanders Unterschlupf gesucht. So aber zog er seine Uniform aus, kaum dass er Luba um Asyl gebeten hatte, legte Jacke und Hose ordentlich zusammen und steckte sie mit den Stiefeln, die trotz Separation von seiner Einheit immer noch frisch poliert glänzten, seiner Mütze und der Waffe in einen leeren Kartoffelsack und versteckte diesen im Hühnerstall. Schweigend beobachtete Luba ihn dabei, trank seelenruhig einen Becher Ziegenmilch und musterte ihn, als er nun in seiner Unterkleidung vor ihr stand, wobei sie ihre Augenbraue hochzog, ein Detail ihrer Mimik, das Viktor in dem Moment spöttisch vorkam, denn er war körperlich eher das, was man ein mageres Hemd schimpfte. Auch sein Gesicht war hager, und seit seiner Schulzeit war Viktor mit Versen auf die Bedeutung seines Familiennamens verhöhnt worden, der auf Deutsch Ziegenbock hieß. Aber dann begann sich Luba immer noch schweigend ebenfalls zu entkleiden, und auch sie faltete jedes Kleidungsstück, bevor sie es auf der Truhe ablegte. Zuletzt löste sie die Nadeln, mit denen ihr Zopf festgesteckt war, und fuhr mit den Fingern durch die dicken Strähnen, bis ihr Haar in weichen Wellen über ihre Brüste fiel.

In dieser ersten Nacht, der einzigen, die er in ihrem Bett und nicht im Versteck verbrachte, ließ Viktor seine knochige Hand noch lange über den warmen Bogen ihrer festen Hüfte wandern, während sie schon tief schlief.

Diese runden Hüften und die blauen Augen unter den so einzigartig geschwungenen Augenbrauen waren das, woran Viktor Koslow dachte, als die Klappe ohne das verabredete Zeichen des dreimaligen Klopfens hochgerissen und eine grelle Lampe in sein Versteck gerichtet wurde, die nicht Luba hielt, denn Luba war Rüben ernten.

Viktor dachte nicht: Wieso ist Luba so früh zurück, wieso leuchtet Luba so hell in den Unterschlupf, wieso hat Luba nicht, wie sonst, erst dreimal das Gurkenfass fest auf den Boden plumpsen lassen?

Nein, Viktor Koslow, der desertierte russische Soldat, dachte an Lubas Hüfte in der Nacht, an Lubas Augenbraue am Tag, hochgezogen, wie immer, wenn Luba kritisch dachte, und Luba dachte oft kritisch.

Und Viktor Koslow sah, wusste, verstand: Das war nicht Luba, nicht ohne dreimaliges Verrücken des Gurkenfasses, nicht mit diesem grellen Licht, nicht mit dieser Uniform. Das war nicht Luba, das war das Aus, und das war es dann auch. Und das war der zweite Schuss, der Teil von Hebrons Vorgeschichte war.

Luba aber trat kurze Zeit später aus dem Wald, Fetzen von lautem Gegröle wehten mit der Glut zu ihr.

Auch Luba sah, wusste, verstand: Zwejbechle in Flammen, der Sturm hatte also auch sie erreicht.

Luba sah, dass auch ihr Haus brannte, der Hühnerstall lag in Trümmern, und davor ein Haufen aus Stroh und Kleidern. Als sie den Haufen jedoch genauer betrachtete, erkannte sie, dass es keine Kleider waren. Dort unter dem Stroh lag Viktor, die Gliedmaßen seltsam verdreht und aus seinem verzerrten, weit aufgerissenen Mund ragte, ganz deutlich, eine polierte Stiefelspitze.

Die Dorfbewohner standen zusammengepfercht am Brunnen. Und was ihnen bevorstand, war auch für Luba gedacht: ab ins Ghetto, in die Züge, auf die Rampe und dann wahrscheinlich in die Zimmer mit den Spritzen und Skalpellen. Denn in Lubas Bauch, ganz klein noch, noch nicht mehr als ein Zellklumpen, wuchs Samuel, Hebrons Vater, und Schwangere hatte man in den Zimmern mit den Skalpellen und Spritzen fast so gern wie Zwillinge.

Aber Luba ging nicht in das Ghetto, nicht in die Züge, nicht auf die Rampe, nicht in die Zimmer mit den Stethoskopen und Kanülen, nein, als eine Fackel an den mit Stroh bedeckten Körper Viktors gehalten wurde, ging Luba rückwärts.

Drei langsame Schritte, fast unmerklich, so still bewegte sie sich, bis das Dickicht ihren Rücken streifte, dann erst drehte sie sich um, rannte, ließ auch endlich den Korb mit den Rüben, den sie noch auf dem Rücken trug, von den Schultern gleiten, und während die Rüben über den Waldboden purzelten, rannte Luba und rannte, bis die Füße nicht mehr rennen wollten und der Kopf nicht mehr wusste, wo er war.

Luba fiel, zog sich mit den Armen zum Holzstapel, der plötzlich vor ihr lag, mitten im dichtesten Gestrüpp des Waldes, und wollte darunterkriechen, aber dann fasste ihre Hand etwas Warmes, Weiches.

Luba schrie nicht, Luba blickte stumm, die Augenbraue blieb unten, aber der Zellklumpen im Bauch rührte sich zum ersten Mal, ganz zart nur, denn auch er hatte sich erschreckt.

Und Luba sah: Das Warme, Weiche war ein Mensch, und nicht einmal ein Fremder, das war Aaron Apelstejn.

O ja, Luba kannte Aaron Apelstejn. Und das nur zu gut,

denn der hatte ihr im Dorf immer am lautesten hinterhergepfiffen. Was hatte sie mit ihren Schwestern immer gelacht über diesen Mann, diesen Namen, diese Frisur und diese Ohren.

Was macht der Apelstejn hier?, dachte Luba, und ihre Augenbraue rutschte doch hoch, aber nur ganz kurz, und dann brach sie vor Erschöpfung zusammen.

Und Aaron Apelstejn, der noch erschrockener war als das Zellhäufchen Samuel, zog Luba zu sich unter den Holzstapel.

Luba schlief bald tief und fest, denn von Apelstejn hatte sie nichts zu befürchten. Es war sogar beruhigend, ihn bei sich zu wissen, denn es knackte und knarrte nur so zwischen den Birkenstämmen, und ab und zu glaubte sie, Wortfetzen der harten Sprache der feindlichen Soldaten wehten mit dem von kaltem Rauch erfüllten Wind zu ihr herüber.

In dieser Nacht hatte sie einen Traum von Gott, dem Unaussprechlichen, der sie mit dröhnender Stimme fragte: »Luba Korngold, welche Liebe ist größer – die Mutterliebe oder die Liebe einer Frau zu ihrem Mann?«

Und Luba schluchzte im Schlaf, schrie: »Ja! Ja, die Mutterliebe, die Mutterliebe muss die größte Liebe sein!«

Doch der Unaussprechliche brüllte zurück: »Nein, Luba Korngold, die Liebe zu mir, die muss noch größer sein, größer als alles andere!«

Luba beruhigte sich wieder, träumte von Viktor, träumte davon, wie sie neben ihm im Bett lag, das Kind saugend an ihren großen Brüsten, deren Gewicht Viktor so gerne mit den Händen wog. Einmal schluchzte Luba noch. Im Schlaf war ihr bewusst geworden, dass nie wieder Viktors Samen aus ihr herauslaufen würde, denn das hatte sie gemocht: Nach der Liebe die Wülste ihres weißen weichen Bauches zu kneten und seinen Samen in den Nachttopf tropfen zu sehen.

Vorsichtig legte Aaron Apelstejn seinen Arm um Lubas Hüfte, die so rund war, so schön rund und die sich noch viel besser anfühlte, als er immer gedacht hatte, denn warum sonst hatte er ihr immer hinterhergepfiffen, wenn nicht wegen der Hüften.

Heiliger Josef

Als Hebron aufhörte zu schreien, im Kinderwagen saß und endlich einen Blick auf die hässlichen Fünfzigerjahre-Klinkerfassaden in der Dürener Fußgängerzone oder die schon fast blattlosen Baumkronen des Hürtgenwalds warf, dabei immer einen Keks in der Hand, fand Meggy einen Verehrer.

Der Verehrer hieß Willy und fuhr einen apfelgrünen VW Scirocco. Willy befreite Meggy aus einer misslichen Lage: Sie machte mit Hebron den üblichen Spaziergang durch den herbstlichen Hürtgenwald, als sich ein Rad des Kinderwagens löste. Meggy steckte das Rad wieder auf, aber alle paar Meter fiel es erneut ab, und als sie endlich die schmale Straße erreichte, die in ihr Dorf zurückführte, war Meggy mit den Nerven am Ende.

Willy, der die Abkürzung nahm, die diese Straße bot – deklariert war die Straße als Forstweg, aber so was hat die Eifeler noch nie beeindruckt –, nahm die Kurven mit Höchstgeschwindigkeit und hätte Mutter, Wagen und Kind beinahe überfahren, wäre er im Rasen nicht so geübt gewesen, denn Willy war Schrauber, Fahrer und Friseur beim 1. Eifeler Scirocco-Team.

Er bremste also scharf, kam gleich neben Meggy zum Stehen, sah das lose Rad in ihrer Hand und wusste, dass hier ein Mann gebraucht wurde. Mit einer geschickten Bewegung riss er das Foto seiner Exfreundin von der Innenseite der Frontscheibe und ließ es im Schaft seines Stiefels verschwinden, bevor er aus dem Wagen stieg.

Und obwohl Meggy nicht auf Oberlippenbärte und künstliche Sonnenbräune stand, gefielen ihr seine dunklen Locken und die resolute Art, in der er Mutter, Kind und Wagen in sein – für solche Zwecke eigentlich nicht gedachtes – Auto packte.

Als Willy die quengelnde Hebron dann noch mit ein paar Grimassen zum Lachen brachte, lud Meggy ihn zu einem Stück versenkten Apfelkuchen mit Schlagsahne ein, das er aß, während er den Kinderwagen reparierte.

Und Willy, der eine Schwäche für Äpfel hatte, parkte seinen leuchtend grünen Wagen von diesem Tag an fast täglich in der steilen Gasse vor Meggys Haus am Ochsenhügel.

Willy war mit seinem Scirocco in Meggys Leben gerast, und ebenso rasant preschte er in die Herzen ihrer Familie.

Meggys Brüder, die Zwillinge Fred und Franz, reagierten auf das Motorengeknatter und die scharfe Bremsung, mit der Willy in den Hof der Schreinerei einbog, mit Skepsis, aber dann war sein Handschlag fest, sein Interesse an der Schreinerei echt und die Bewegung, mit der er ihnen den Schlüssel über die Kreissäge zuwarf, beeindruckend locker. Noch beeindruckender waren allerdings die Worte dazu: »Fahrt ein Ründchen, wenn ihr wollt, aber passt auf, dass mein grünes Liebchen nicht allzu dreckig wird!«

Die Schwestern waren begeistert – und auch ein wenig erleichtert, denn sie hatten befürchtet, Meggy fände aufgrund der unehelichen Vermehrung keinen Mann mehr.

Auch Meggys Eltern Clementine und Josef mochten Willy gleich. Clementine hatte einen Sonntagsbraten in den Ofen geschoben, zu dem es Dosenerbsen, Kartoffeln und braune Soße gab; sie war froh, dass Meggy ihnen einen Mann vorstellte, denn dass keiner von ihnen Hebrons Vater auch nur einmal zu Gesicht bekommen hatte, missfiel ihr sehr. Das Wenige, was ihr über diesen Apelstejn bekannt war, missfiel ihr noch mehr, wer wusste schon, ob man einem Juden trauen konnte, der sich ausgerechnet Deutschland für seine Karriere ausgesucht hatte.

Aber Willy war nett, schien unkompliziert und bot an, der Hunger'schen Truppe das Haar umsonst zu schneiden. Er versprach, Clementine eine Frisur zu zaubern, die ihr mit jeder Geburt spärlicher gewordenes Haar in etwas verwandeln würde, für das das Wort Volumen eine pure Untertreibung wäre.

Nach dem Kaffee ließ er sich von Meggys Vater Josef über das Grundstück führen, auf dem Josef neben der Schreinerei in den Fünfzigerjahren einen Bungalow für seine Familie gebaut hatte. Und auch diese Prüfung meisterte Willy mit Bravour, Josef fand an Willy nichts ernsthaft zu Bemängelndes, von den Schuhen und dem Auto abgesehen, aber so waren die jungen Leute nun mal.

Während des Rundgangs über das Grundstück erzählte Josef Hunger dem Schwiegersohn in spe, wie er es nach dem Krieg trotz seines steifen Beins noch zum Schreinermeister gebracht hatte.

»Ich bin gläubig, mein Junge. Und ich trage den Namen des Schutzpatrons unseres Handwerks. Das war für mich ein Zeichen, durchzuhalten, gerade nach dem Krieg, wo hier alles wiederaufgebaut werden musste. ›Josef‹, hab ich mir gesagt, ›du wolltest Schreinermeister werden, und das wirste jetzt auch. Schließlich hat der Russe dir im Gefecht nur das Bein zerschossen und nicht deine Hände!‹«

Er deutete Willy an, sich auf einen Holzstapel zu setzen.

»Ich erzähl dir mal, wie das war mit meinem Bein. Wir standen Mann gegen Mann im dichten russischen Birkenwald, und plötzlich richtet so ein Iwan sein Gewehr gegen mich. Im Angesicht des Todes zu stehen, das ist nicht schön, mein Junge. Mir rutscht ein ›Vaterunser‹ von den Lippen, ich schließe schon die Augen, da plötzlich: kawumm! und der Iwan fällt mir entgegen! Aber noch im Fallen zieht die Ratte den Abzug durch und schießt mir ins Bein. So ist der Russe, mein Junge, selber halb tot, aber immer noch eine gefühllose Tötungsmaschine. Seitdem ist mein Bein steif. Muss man eben durch. Aber hör mir zu, Willy. Ich darf doch Willy sagen?«

Und dann forderte Josef Willy auf, ihm zu folgen.

»Schau mal her, mein Junge, ich möchte dir was zeigen.« Er führte Willy durch Clementines Garten, in dem die Beete im winterlichen Schlaf der vereisten Erde lagen, vorbei an kahlen Johannisbeersträuchern bis zum Rand des Grundstücks, das von einer Reihe stattlicher Nussbäume begrenzt wurde. Unter einem dieser Bäume stand das Objekt.

»Schau nur den heiligen Josef an, ist er nicht schön?«

An der Ecke des Grundstücks hatte Josef ein Heiligenhäuschen errichtet, in dem eine kunstvoll geschnitzte Figur des Schutzpatrons stand.

»Hier kommen in der Pfingstzeit immer die Pilger von der Matthiasbruderschaft auf ihrem Weg nach Trier vorbei. Meine Clementine und ich halten Erfrischungen bereit, und meist laufe ich ein Stück mit, aber bis nach Trier mit dem steifen Bein, das geht leider nicht.«

Und während er den Rennfahrer weiter über das Gelände führte, erzählte Josef ihm, wie ernsthaft er seine Ausbildung bis hin zum Meister betrieben hatte. Mit derselben Ernsthaftigkeit habe er auch um die Hand der Sekretärin Clementine Breuer angehalten, ja, er hatte sich in dieser Angelegenheit sogar gegen seine Mutter durchgesetzt, die Clementine nicht mochte, wie sie überhaupt keine Frau mochte, um die ihr einziger überlebender Sohn warb. Sie mochte allerdings auch keinen Mann, der ihre Töchter freite. Diese Abneigung zum Ausdruck zu bringen, hatte sie derart perfektioniert, dass ihre vier Töchter als alte Jungfern endeten, jedoch mit gutem Auskommen, denn sie wurden Köchinnen und Zimmermädchen und eröffneten nach dem Krieg ein kleines Hotel in Heimbach. Es war ein Hotel für allein reisende Damen, die die Eifel genießen wollten, ohne dabei von einem Kurschatten belästigt zu werden.

»Ich traf meine Clementine das erste Mal, als ich mich nach Kriegsende nach einer Schreinerei umsah, die den Betrieb schon wieder aufgenommen hatte. Und dort saß sie, jung und schön und kümmerte sich um die Büroarbeit.«

Damals hatte er seinen Stock an ihren Schreibtisch in dem provisorischen Büro gelehnt, sich die Schweißperlen mit einem Taschentuch von der Stirn gewischt und dabei unauffällig Clementines schlanke Figur beäugt.

»Sie trug ein taubenblaues Kostüm, daran erinnere ich mich genau. Und um die Taille einen zierlichen Gürtel, so schmal wie ein kleiner Finger und in einem äußerst frechen Rot! Und ich sage dir, was für eine Taille! Konnt' ich mit beiden Händen drumfassen, so schlank war sie damals!«

Den gleichen Rotton fand er auf ihren Lippen wieder, ihre Augen – eigentlich von einem trüben Grau – schimmerten im Licht des Raums blau wie das Kostüm, und obwohl ihr Gesicht etwas ausgezehrt wirkte, begann er – ebenso hartnäckig wie jetzt Willy um seine Tochter Meggy – um Clementine zu werben.

Und Meggy war unbestritten seine Lieblingstochter, denn sie glich ihm äußerlich von all seinen Kindern am meisten. Nicht nur den kantigen Schädel mit dem runden Gesicht hatte sie von ihrem Vater, auch waren ihre Arme kräftiger und ihre Schultern breiter als bei ihren Schwestern. Alle Hungerstöchter hatten von ihrer Mutter Clementine den schmalen Oberkörper geerbt, aber taillenabwärts entsprach ihr Körperbau dem des kräftigen Josefs, was aussah, als hätte die genetische Mischung von Josef und Clementine beim Aufeinandertreffen entschieden, ganz fair fifty-fifty zu machen. Zum Glück hatte die Mischung bei den Söhnen zwar wieder im Sinne von fifty-fifty, aber wenigstens wirklich fair entschieden, sodass Fred aussah wie sein stattlicher Vater, während Franz ein schmaler

Hering war wie seine Mutter. Die Töchter jedoch waren ausgestattet mit imposant gerundeten Hinterteilen, die so gar nicht zu den eher schmalen Schultern passen wollten. Und an ihren ausladenden Hinterteilen sah man ihnen ihre Schwangerschaften an, bevor ihr Bauch sich überhaupt wölben konnte, denn unmittelbar nach dem Ausbleiben der Periode wurde der Hunger'sche Hintern gigantisch prall. »Ein Arsch und ein Gesicht!«, sagten die Dorfbewohner, wenn sie die Ähnlichkeit in dieser Familie kommentierten.

Aber Meggy war nicht nur Josefs Lieblingstochter, sie war auch sein Sorgenkind, stur wie nur was. Und so fand er es nicht verwunderlich, dass sie die einzige seiner sieben Töchter war, die sich einen solchen Ausbruch aus den Konventionen erlaubt hatte. Oh, er liebte seine Enkeltochter Hebron nicht weniger als die ehelich geborenen Enkel, das war überhaupt keine Frage, aber glücklich war er über das Nichtvorhandensein des dazugehörigen Vaters nicht.

Als sie vom erfolgreich absolvierten elterlichen Besuch heimfuhren, schlief Hebron im Auto ein, und Willy, der es genoss, den Scirocco zu steuern, während seine rechte Hand auf Meggys warmem Oberschenkel lag, nahm eine Abkürzung querfeldein. Am Ochsenhügel hielt er genau an der Kurve, an der sie sich kennengelernt hatten, legte einen Arm um ihre Schulter und öffnete eine Dose Bier. Da es noch nicht dunkel und der Novemberhimmel klar und wolkenlos war, konnten sie bis weit in die Kölner Bucht sehen, sogar die Spitzen des Doms waren zu erkennen. Als die Sonne sich hinter den tannengrünen Hügeln der Eifel verkroch und die kahlen Kronen der Laubbäume in ein letztes winterlich kaltes Licht tauchte, löste Willy die Handbremse und ließ das Auto holpernd über die Kuhwiese bis zu Meggys Haus rollen.

Die Legende vom dreibeinigen Reh

Wenige Wochen später, die Landschaft war nun schneebedeckt und die Zweige der Bäume neigten sich unter der schweren Last, raste Willy mit seinem Scirocco wieder einmal die Abkürzung hinunter, die der Forstweg zwischen den Dörfern Kleinhau und Straß bot. Als er unter den von Schnee gekrönten Ästen durchfuhr, die sich wie eine Pergola über die Straße neigten, kam sich Willy vor wie ein Superheld, der mit wehendem Umhang in einem grünen Blitzmobil zu seiner Liebsten flog. Er genoss das leichte Schlingern in den Kurven der ungeräumten Strecke, und einige Male zuckte seine Hand schon zur Handbremse, aber so groß die Verlockung auch war, auf dem vereisten Asphalt eine Schleuderbremsung hinzulegen, beherrschte er sich doch, denn im letzten Winter hatte er sich mit so einer Vollbremsung in die Böschung katapultiert und musste sich von einem Traktor wieder herausziehen lassen. Die gaffenden Dorfbewohner und der tadelnde Blick des Försters, des einzigen Mannes der Gemeinde Hürtgenwald, dem es gestattet war, diese Strecke zu nutzen, hatten die Schmach seines Ungeschicks noch vergrößert.

Das Licht des Mondes, der voll und hell hinter dem wilden Treiben der Schneeflocken am violett schimmernden Himmel stand, tauchte die schneebedeckten Felder, die zur linken Seite der Strecke lagen, in ein kaltes Licht. Es schneite schon seit Tagen ununterbrochen, und jeden Morgen ließ die unberührte weiße Fläche den Start in den Tag zu etwas Reinem werden, während es sich anfühlte, als ob das Schneetreiben während der Nacht nicht nur die Landschaft, sondern auch die Erlebnisse des vergangenen Tages zudeckte, sodass jeder einzelne Tag dieses Dezembers eine in sich geschlossene Vollkommenheit hatte.

Willy war glücklich, denn es konnte für einen Mann, der sich tagsüber mit Kaltwellen, Tönungen und Bürstenschnitten beschäftigen musste, nichts Schöneres geben, als zu seinem Liebchen zu fahren, wo es warm und gemütlich war, wo er nicht viel reden musste, wo er sich zu Hebron auf die Patchworkdecke legen konnte, um ein wenig mit den Matchboxautos zu spielen, und wo er ganz sicher was zu essen bekam, wenn er Glück hatte, sogar Reibekuchen mit Apfelmus.

Auf der Fahrbahn zeichnete sich eine dunkle Masse von der hellen Schneeschicht ab, und Willy verlangsamte seine rasante Fahrt. Aber erst als er knapp einen Meter vor dem mysteriösen Objekt hielt, erkannte er, dass es ein totes Reh war.

Vor dem Tier hockend rieb Willy seine kalten Handflächen aneinander, betrachtete die glänzenden, weit geöffneten Augen, den verdrehten Hals, die Beine, zerbrochen wie dürre Zweige. Ein Hinterlauf fehlte, nur eine faserige Wunde, aus der das Blut dunkel in den Schnee sickerte, zeigte an, wo das Bein vom Körper gerissen worden war, und als Willy das Tier berührte, spürte er einen letzten Rest Wärme im toten Körper.

Willy wusste, dass das, was er nun tat, nicht erlaubt war, aber er wusste auch, dass niemand, der ihn dafür belangen konnte, es je herausfinden würde. Und außerdem war er der Grüne Blitz, ein Superheld, dem nichts mehr am Herzen lag als die Versorgung seiner jungen Familie. Er öffnete den Kofferraum, zog seine Jacke aus, krempelte die Ärmel seines Hemdes hoch und schob seine Hände unter den Körper des Rehs. Das tote Tier war schwerer, als er gedacht hatte, aber er schaffte es, es mit einem Ruck hochzuheben und in den Kofferraum zu wuchten. Am Waldrand wischte sich Willy die blutigen Hände notdürftig an den dürren Zweigen eines Haselstrauchs ab, bevor er zusah, dass er fortkam.

Und wenn Meggy auch das Gefasel von einem Superhelden namens Grüner Blitz und dessen Heldentaten nicht verstand, so sah sie doch das Leuchten in Willys Augen und die Freude über den guten Braten in seinen roten, vor Kälte glühenden Wangen, und in diesem Moment durchströmte sie eine Welle des Glücks über die Tatsache, dass dieser gut aussehende Kerl nun zu ihr gehörte. Nach dem Abendbrot brachte Willy das Reh zu seinen zukünftigen Schwiegereltern, die es mit ihm zusammen ausnahmen, enthäuteten, zerlegten und in die Gefriertruhe packten.

Und während Willy nach dieser Arbeit froh über den Schnaps war, den Josef ihm einschenkte, gab es wenige Kilometer entfernt noch einen Mann, der froh war, dass es Schnaps gab.

Man muss wissen, dass die Eifeler sich seit jeher nicht dafür interessieren, ob Straßen als Forst-, Feld- oder Waldwege deklariert sind, besonders dann nicht, wenn es darum geht, nach ausgiebigem Genuss von alkoholischen Getränken einer möglichen Polizeikontrolle zu entgehen.

Und so hatte ein alteingesessener Bürger aus Meggys Nachbardorf Straß, der den morgendlichen Frühschoppen mit seinen Skatfreunden bis in den frühen Abend ausgedehnt hatte, dieselbe Abkürzung genutzt, wie es kurze Zeit später der Grüne Blitz tun sollte. Nur dass er sich mit dem urplötzlichen Auftauchen eines Rehs konfrontiert sah, das mit einem anmutigen Sprung auf seiner Motorhaube landete. Rechtzeitiges Bremsen war nicht mehr möglich, es knallte gewaltig, und ehe er wusste, wie ihm geschah, war vom Reh nicht mehr zu sehen als ein einzelner Hinterlauf, der langsam an seiner Frontscheibe hinabglitt. Er brauchte ein paar Minuten, um sich zu sammeln, bevor er die Fahrertür öffnete, und fast hätte er sich übergeben, als er das abgetrennte Bein von seinem Auto pflückte. Angewidert warf er es in das schneebedeckte Feld, stapfte kopfschüttelnd um das Auto herum und torkelte zum Unfallverursacher. Dieser lag mit gebrochenen Gliedmaßen ein Stück bergauf auf der Fahrbahn, und der alteingesessene Straßer Bürger kam sich zwar selten dämlich dabei vor, unterließ es aber nicht, am Hals des Tieres nach einem Puls zu tasten.

Doch als er wenig später seiner Frau von der Kollision berichtete, sah er sich mit einem Aufeinanderkrachen ganz anderer Art konfrontiert, denn seine Frau schalt ihn einen hirnlosen Deppen, der, wenn er von zwölf bis Mittag zählen könnte, das Tier ja wohl mitgebracht hätte, so ein Rehbraten sei doch etwas ebenso Feines wie Unbezahlbares! Sosehr er sich auch zur Wehr setzte, er kam aus der Nummer nicht mehr raus und fand sich kurz darauf wieder auf dem Forstweg, diesmal in die entgegengesetzte Richtung fahrend.

Jetzt kann sich jedermann vorstellen, wie groß der Schock war, als er feststellen musste, dass das Reh nicht mehr da war. Hätte es nicht die vom Blut dunkel gefärbte Stelle im Schnee gegeben und hätte er nicht nach einiger Zeit des Herumirrens über das vereiste Feld unter der dicken Schneeschicht den abgetrennten Hinterlauf gefunden, er hätte geglaubt, sich den Unfall nur eingebildet zu haben. Die Keule in der Hand, tapste er verwirrt zum Saum des Waldes, entdeckte die Blutspuren an der Stelle, wo Willy seine Hände abgewischt hatte, sah die frisch abgebrochenen Zweige am Haselstrauch und war sich seines Verstandes nicht mehr sicher, glaubte er doch, das Reh sei wieder lebendig geworden und dreibeinig in den Wald gesprungen.

Mit der Keule in der Hand betrat er die Dorfkneipe, wo er bei vielen, vielen Gläsern Korn jedem seine Geschichte erzählte.

Und je öfter er das Erlebte schilderte, je bunter er das Geschehen ausschmückte, je mehr Schnaps floss: Irgendwann war es soweit, dass seine Zuhörer an die Geschichte des auferstandenen Rehs ebenso glaubten wie der alteingesessene Straßer Bürger selbst.

Und so kam es, dass noch Jahre später die Kinder der umliegenden Dörfer durch das Unterholz im nahe gelegenen Wald krochen, auf der Suche nach dem dreibeinigen Reh, dessen Existenz durch die schnapsbeseelte Stimmung ihrer Väter zum Mythos geworden war.

Bei Hungers aber gab es in diesem Jahr zum ersten und einzigen Mal Wild am Weihnachtsabend.

Familienlieben in Vossenack

Es dauerte also nicht lange, bis Willy einen festen Platz in Meggys Leben hatte, und da sie nicht viel von Verhütung hielt, war sie bald wieder schwanger. Deshalb und weil die japanische Zierkirsche, die sie nach Hebrons Geburt auf die Plazenta in einen Tontopf gepflanzt hatte, zu groß für ihren Balkon wurde, Willy in Vossenack jedoch über ein Häuschen mit eigenem Garten verfügte, beschlossen sie zusammenzuziehen.

In Vossenack vollbrachte Meggy innerhalb kurzer Zeit das Kunststück, Willys Junggesellenbude in ein gemütliches Heim zu verwandeln. Sie wusch seine Overalls, las die Apfelkitsche auf, die sich hinter dem Sofa und in den Töpfen der wenigen vertrockneten Zimmerpflanzen sammelten, und nähte ihm eine Gürteltasche für seine Friseurutensilien.

Währenddessen verbrachte Hebron ihre Tage auf der Patchworkdecke, die ihre Tante Penny für sie genäht hatte. Überhaupt zog Hebron es vor, zwischen ihren Bauklötzen zu sitzen und Kekse zu essen. Für eine Fortbewegung in Eigenantrieb interessierte sie sich nicht im Geringsten, und sie betrachtete überaus kritisch den Anblick ihrer Tante Fanny, die vor ihr, den imposanten Hintern himmelwärts gerichtet, über die braunen Fliesen kroch, um ihre Nichte zum Krabbeln zu animieren. Und nur wer es gewusst hätte, hätte gesehen, dass

Hebron bei diesem Anblick ganz nach Art ihrer Großmutter Luba ihre winzige Augenbraue hochzog.

Auch ihre Cousins und Cousinen, mit denen Hebron oft zusammen war, da ihre Mütter, die Schwestern Hunger, sich trafen, so oft es nur ging, brachten Hebron nicht dazu, sich zu bewegen. Hebron reichte es, Kekse zu essen und das wilde Treiben der zappelnden Bande um sich herum zu beobachten.

Gleich nachdem Meggy ihm von der Schwangerschaft erzählt hatte, hatte Willy ein Bobbycar gekauft, manchmal setzte er Hebron darauf, die sich das glucksend gefallen ließ, deren Beine aber noch zu kurz waren, um damit zu fahren, mal ganz abgesehen davon, dass sie, wie gesagt, selbstständige Fortbewegung stur ablehnte.

Dafür stritten Geronimo, Casanova und Galileo, die Söhne von Meggys ältester Schwester Fanny, regelmäßig in harten Gefechten darum, in denen scharf mit Bauklötzen und verbotenen Wörtern geschossen wurde.

Sobald Meggys Schwangerschaft offiziell war – also ab dem Moment, ab dem sich alle Welt darüber mokierte, dass ihr Hintern nicht nur ein wenig dicker, sondern fett geworden war –, machte Peggy sich daran, ihrer Schwester ein Hochzeitskleid zu schneidern. Das cremefarbene Kleid bestand aus einem gehäkelten Oberteil mit trompetenförmigen Ärmeln und einem weit ausgestellten, bodenlangen Rock aus matter Baumwolle, dessen Saum wiederum mit einer Häkelbordüre versehen war. Damit der Einblick durch das grobmaschige Oberteil nicht indiskret wurde, nähte Peggy ein Unterkleid aus perlmuttfarbenem Polyester ein. Die Hochzeit sollte erst nach der Geburt gefeiert werden, da Meggy sich weigerte, mit dickem Bauch zu heiraten.

Die kurzen Tage des Winters nutzte die junge Familie für lange Spaziergänge durch den Wald, wobei Willy Hebron auf dem

Schlitten zog, und während er abends oft mit seinen Kumpels in der Garage an den Autos herumschraubte und Bitburgerkisten gleich stapelweise leerte, saß Meggy mit ihren Schwestern im Wohnzimmer, wo sie Rommé zockten und Eierpunsch tranken. Und noch war nicht abzusehen, dass sich die Schwestern mehr und mehr entzweien würden, bis Meggy sich eines Tages dazu entschied, nicht mehr Teil des Verbands der Familie zu sein.

An Hebrons erstem Geburtstag schulterte Willy frühmorgens einen Spaten, marschierte pfeifend in den Garten, der von einer Buchsbaumhecke umgeben war, suchte mit viel Bedacht eine Stelle, die ihm passend erschien, stellte seinen Fuß auf das Schaufelblatt und aß in aller Ruhe zwei Äpfel, bevor er den ersten Stich in den noch leicht vereisten Erdboden setzte. Mittags war das Loch groß genug, und als alle Geburtstagsgäste im Garten standen, während Geronimo sie vom Garagendach aus mit Tannenzapfen bewarf, setzten Meggy und Willy gemeinsam Hebrons Lebensbaum, die japanische Zierkirsche, in das frisch ausgehobene Loch. Ein langer Kuss besiegelte die gemeinschaftliche Tat, und sicherlich wäre er noch länger gewesen, hätte Geronimo ihn nicht durch einen gezielten Tannenzapfenwurf beendet.

Im Wohnzimmer saß Hebron inmitten ihrer Cousins und Cousinen und riss das Geschenkpapier von den zahlreichen Paketen, ohne dem Inhalt die geringste Beachtung zu schenken.

Sie hatte in den letzten Wochen etwas Verschmitztes auf ihrem runden Gesicht. Zwar saß sie weiterhin am liebsten mit einem Keks oder einer Waffel auf ihrer Decke inmitten von Bauklötzchen und Blechautos, aber immerhin jauchzte sie vor Vergnügen, wenn Geronimo, Casanova und Galileo sich jagten und dabei über ihre Patchworkdecke purzelten. Die tollpatschigen Annäherungsversuche ihrer nahezu gleichaltrigen Cousinen Melody und Virginia, die schon ihre ersten Schritte wagten, während Hebron ihren Hintern weiterhin nicht ein einziges Mal selbstständig in Bewegung setzte, beobachtete sie mit in Korngold'scher Manier hochgezogener Augenbraue, ließ sich betatschen und umwerfen, ließ sogar zu, dass man sich auf sie setzte und auf ihr ritt, kannte aber kein Pardon, wenn man versuchte, ihr einen Keks wegzunehmen.

Während die Erwachsenen im Wohnzimmer saßen und Kaffee tranken, zog Geronimo alle Kinder aus und zerrte sie in die kurzerhand zur Badewanne umfunktionierte Dusche, aus der das Wasser nur so schwappte.

Das zappelnde Knäuel aus nackten Kinderarmen und -beinen wurde erst entdeckt, als den Erwachsenen die Stille im Haus allzu verdächtig erschienen war. Nachdem alle Kinder wieder in trockenen Kleidern steckten und man zur Beruhigung der Nerven ein weiteres Stück Torte vertilgte und einen Grog mit Extraschuss trank, eilte Geronimo schon zur nächsten Tat: Diesmal wuchtete er Brüder und Cousinen in Hebrons Gitterbett und erweiterte die ohnehin schon eng aneinandergedrängte Bettgesellschaft vom Wickeltisch aus mit einem eigens aus einem Regalbrett gebauten Katapult um Hebrons gesammeltes Spielzeug. Aber erst mit dem Schleudern des Bobbycars geschah, was geschehen musste: Das Auto landete an Galileos Kopf, das Geschrei war groß, die Platzwunde auch, und die Narbe quer über der Stirn sollte Galileo sein Leben lang zeichnen.

Ein großartiges Rennen

Kurz nach Hebrons erstem Geburtstag bekam das 1. Eifeler Scirocco-Team die Gelegenheit, auf die seine Mitglieder schon lange gewartet hatten: Sie wurden von einem Fabrikanten, der es in Bonn mit Flanschen und Rohren für Ölpipelines zu erheblichem Reichtum gebracht hatte, zur Deutschen Rennsport-Meisterschaft eingeladen.

Der Reichtum des Flansch- und Rohrherstellers muss wirklich sehr beträchtlich gewesen sein, denn das 1. Eifeler Scirocco-Team brauchte er nur, um das Starterfeld um sein eigentliches Team mit dem Namen Blankenheimer Blitz aufzufüllen, ein Team, das mit vom Flansch-Millionär vollkommen privat finanzierten Opel Mantas fuhr. Die Sciroccos sollten den Mantas sogenannte Schützenhilfe geben, sie gegen die anderen Rennautos abschirmen und ihnen den Rücken für den Sieg freihalten.

Je näher der Termin des Rennens rückte, desto mehr Zeit verbrachte Willy mit seinen Teamkollegen in einer eigens angemieteten Großgarage. Es wurde geschraubt, frisiert, lackiert, poliert, gewachst und fachgesimpelt, Haare wurden geschnitten und in Form geföhnt, Strähnchen blondiert, Schnauzbärte gestutzt, Bitburger wurde kistenweise und in Verbindung mit mancher Flasche Jägermeister getrunken. Willy bestand darauf, dass der von VW bereitgestellte Scirocco, den er fahren würde, im gleichen Grünton lackiert wurde wie der Scirocco, den er privat fuhr. Tagelang kam er erst spät in der Nacht zu Meggy ins Bett gekrochen, vergrub seine Nase in ihrem Haar, das sie ihm zuliebe mit Apfelshampoo wusch, und streichelte den größer werdenden Bauch mit seinen streng nach Motoröl riechenden Fingern. Bevor er einschlief, flüsterte er jeden Abend: »Mein Kleiner, wir werden großartige Rennen fahren, wir zwei!«

Kaufte Meggy im Dorfladen ein, so gratulierte man ihr zum großen Tag ihres Mannes, über den man plötzlich nur noch Gutes zu sagen hatte, alle schlecht gelegten Dauerwellen und missratenen Tönungen waren vergessen; Geschichten aus Willys Kindheit und Jugend wurden Meggy in vertraulichem Ton erzählt, und Hebron bekam zur obligatorischen gerollten Fleischwurstscheibe an der Wursttheke oft noch ein Brötchen in die Hand gedrückt. Den nicht vorhandenen Trauschein ignorierten die Bewohnerinnen von Vossenack seit der Einladung zum Rennen, und die gehässigen Tuscheleien, die man zuvor hinter ihrem Rücken ausgetauscht hatte, schienen vergessen, denn schließlich würde das 1. Eifeler Scirocco-Team Ehre und Ruhm über Vossenack bringen.

»Der ist ein Echter, der Willy!«, versicherte ihr die Verkäuferin jedes Mal in der Art, in der die Menschen in dieser Gegend sprachen. Ein melodischer Singsang, bei dem der Sprecher am Ende des Satzes in der Tonlage nach oben ging. »Ja, das hab ich immer schon gesagt: Der Willy, der ist ein Guter.«

Wie es sich gehörte, hatte Familie Hunger beschlossen, gemeinsam zum Nürburgring zu reisen, um den Erfolg von Meggys zukünftigem Ehemann zu bejubeln. Brote wurden geschmiert, Eier gekocht, Salzstreuer eingepackt. Clementine briet dreißig Frikadellen und machte Spargelschinkenröllchen, etwas, was sie sonst nur am ersten Weihnachtstag tat. Decken, Kissen und Klappstühle wurden neben den Picknickkörben in Kofferräumen verstaut, und Fred dachte sogar daran, ein Fernglas mitzunehmen.

Meggy konnte am Tag des Rennens der Autokolonne vom Garten aus nur sehnsüchtig nachwinken. Sie war zwar erst im siebten Monat, aber ihr Bauch war viel größer als in der Schwangerschaft mit Hebron. Zudem litt sie unter Wassereinlagerungen in ihren Beinen. Die Bündchen ihrer Strümpfe, ja selbst die Riemen ihrer Sandalen hinterließen tiefe rote Kerben im Fleisch ihrer Fesseln.

Drei Tage zuvor hatte sie Willy zum Abschied lange umarmt und ihm noch schnell zwei Äpfel in die Taschen seiner Lederjacke gesteckt. Er hatte ihren Bauch gestreichelt, sich hinuntergebeugt und geflüstert: »Am Sonntag werde ich ein großartiges Rennen für dich fahren, mein Kleiner!«

Dann war er pfeifend dem ungeduldigen Ruf der Hupen vor der Tür gefolgt.

Nachdem sie Hebron zum Vormittagsschlaf ins Elternbett gelegt hatte, schmierte Meggy sich acht Brote mit selbst gemachter Marmelade und machte es sich auf der braunen Cordcouch bequem, legte ihre schweren Beine auf zwei Kissen und stellte den Teller mit den Marmeladenbroten auf ihrem Bauch ab. Obwohl Meggy nicht verstand, warum man um ein paar schnelle Autos so ein Theater veranstaltete, wollte sie doch keine Minute des Triumphs von Willys Team verpassen.

Die Übertragung begann mit einem Werbespot für die Rohre und Flanschen der Bonner Fabrik. Dann schaltete der Sender zum Moderator, der die Liveübertragung des Rennens kommentierte: »Im Starterfeld BMW und Opel Manta gleich neben dem Porsche 911, der den Kurs im Zeittraining in Fabelzeit bewältigt hat. Ich spreche jetzt mit Graf von Nievelstein, dem Fahrer des Porsches, einem intimen Kenner und Routinier auf der Nordschleife. Graf Nievelstein, wie gehen Sie heute in das Rennen?« Der Fahrer hielt seinen Helm in der rechten Hand, ein Fuß war lässig auf der Stoßstange abgestellt, als er antwortete: »Ich fahre hier mit knapp dreihundert PS, ich erwarte sozusagen Schleudersitz pur.« Der Adlige wandte sich ab, ohne weitere Fragen des Kommentators abzuwarten.

»Ja, was man hier sieht, lässt das Herz aller Rennsportfreunde höher schlagen! Der Blankenheimer Blitz fährt mit drei hochwertigen Leuten: Meurer, Jansen und Küppers. Als sogenannte Wasserträger sind zwei Fahrer vom ortsansässigen Scirocco-Team dabei.« Mit diesen Worten wechselte er seinen Standort zum Lager des Pipeline-Millionärs. Meggy entdeckte Willy sofort. Er stand im Hintergrund und lachte über irgendetwas, das jemand gesagt haben musste, der nicht im Bild zu sehen war. Willy warf seinen Kopf in den Nacken, schüttelte seine Locken, bevor er einen Apfel aus seiner Tasche zog, den er an seiner Lederjacke blank rieb. Meggy errötete, so stolz war sie, als sie ihren Willy sah, der den Apfel mit wenigen Bissen verputzte und den Apfelkitsch lässig hinter sich warf. Dann machte die Kamera einen Schwenk zu ein paar dauergewellten blonden Girls in kurzen Hosen und Flatterhemdchen, die sich auf der Motorhaube eines knallroten Opel Manta rekelten und den Postern entsprungen sein mussten, die Meggy nach ihrem Einzug von Willys Wänden verbannt hatte. Ihr Stolz wich einer nagenden Eifersucht. Da hockte sie, dick, aufgedunsen, verfressen, in Vossenack auf der durchgesessenen Couch, während diese Hühner nur darauf lauerten, ihre braun gebrannten Körper vor ihrem Willy in den Staub zu schmeißen. Zum Glück wechselte das Bild bald wieder zu den Fahrern. Der Millionär kam ins Bild, schüttelte Hände und verteilte Klapse auf Schultern, bevor der Moderator ihn abfing. Meggy verstand nicht einmal die Hälfte dessen, worüber in den Interviews gesprochen wurde, die Gespräche drehten sich um Zahlen, Daten und Fakten zu den Wagen und ihren Fahrern, und sie wurde trotz aller Aufregung schläfrig. Als der Rennleiter die Fahne schwenkte, war sie erleichtert, obwohl ihr Herz schneller schlug.

Willy schwitzte, auch sein Herz schlug laut, trotz des Motorengeheuls hörte er das Blut in seinen Ohren rauschen, aber als sie endlich grünes Licht bekamen, war der Griff seiner Hände um das Lenkrad fest, sein Blick ruhig und konzentriert. Wie erwartet fuhr Graf Nievelstein den Startturn. Aber Meurer im Manta holte auf, setzte sich mit Blitzgeschwindigkeit vom Feld ab. Willy wusste, dass das noch nichts hieß, es konnte noch viel passieren, und er war sicher, dass noch viel passieren würde. Geschmeidig setzte er seinen Wagen in eine Lücke, die das Feld vor ihm freigab, zog im Scheitelpunkt der Nordkehre an und brach bis in die vorderen Reihen seiner Klasse durch. Auf der Höhe des Flugplatzes gelang es ihm, zwei weitere Wagen hinter sich zurückzulassen. Er fühlte sich großartig, genoss die Wellen, die das Brummen des Motors durch seinen Körper schickte, spürte, wie sich sein Herzschlag beruhigte. Der Helm drückte schweißnass an seinen Schläfen. Vor Aremberg drosselte er das Tempo, sodass der Scirocco fast sanft durch die Kurve glitt, bevor er wieder anzog. »Für dich, mein Kleiner, dieses Rennen fahr ich nur für dich!«, flüsterte Willy, aber er dachte auch an Meggys warme Schenkel, auf die er nur zu gern seine Hand legte, an die dunklen Brustwarzen ihrer schweren Brüste, den gewaltigen Bauch. »Für dich, mein Kleiner, für dich!«, flüsterte er ein weiteres Mal und konzentrierte sich auf den Adenauer Forst, eine ebenso berühmte wie gefährliche Kurve des Nürburgrings.

»Was für ein Start für dieses Rennen hier an der legendären Nordschleife!« Der Moderator war noch euphorischer als zuvor, er schrie fast, und die Kamera schwenkte auf das Feld, in dem sich Porsche, BMW und Opel in den ersten Reihen bewegten und vereinzelt versuchten, zur Seite auszubrechen. »Das Feld hat sich etwas gelockert, auch Küppers konnte sich endlich aus der Gruppe befreien, ein gewagter Ausbruch des Fahrers kurz vor dem Kesselchen, aber gelungen, gelungen. Das Karussell fährt er brutal schnell, hier fliegt so mancher raus, der den Fuß nicht vom Gas nimmt, aber Küppers hat seinen Wagen im Griff. Graf Nievelstein und Meurer sind über die Bodenwellen am sogenannten Sprunghügel weg, Wahnsinn, wie die Karren hier abheben. Und das war sie, die erste Runde!«

Meggy schaltete den Ton des Fernsehers aus und horchte in die Stille des Hauses, aber alles war ruhig, Hebron schien fest zu schlafen. Auf dem Bildschirm schwenkte die Kamera von der Fahrbahn wieder zum Kommentator, und sie schaltete den Ton wieder ein. »Ich höre gerade, es gibt erste Probleme. Laut Streckenwart nur ein leichter Unfall, Jansen vom Blankenheimer Blitz hatte Kontakt mit dem BMW, ein leichter Ausbruch aus der Ideallinie am Kallenhard, beide sind ins Trudeln geraten, kleine Karussellfahrt, und das weit vor dem kleinen Karussell, zum Glück sind nicht noch mehr Wagen in diese Rangelei geraten. Jansen hat seinen Opel Manta wieder in den Griff bekommen, er liegt zurück, aber er ist noch dabei. Für den BMW sieht es übel aus, der war nicht wieder in Gang zu kriegen, raus für heute und ab nach Haus!« Der Kommentator lachte großspurig, und die Rundentabelle wurde eingeblendet, untermalt vom heulenden Motorengeräusch der vorbeirasenden Rennwagen.

Kleine, splitterähnliche Tropfen fielen auf die Windschutzscheibe. Nieselregen, nichts Ernstes, dachte Willy. Er fuhr gut, das Lenkrad lag ihm geschmeidig und warm in der Hand, das Heulen des Motors war gleichmäßig und vertraut, das Vibrieren und Beben der Karosserie beruhigte ihn wie das Schaukeln einer Wiege, aber er wollte mehr. Den Wasserträger für den Blankenheimer Blitz zu spielen war eine Sache, er gab sein Bestes, um Meurer, Jansen und Küppers gegen das Feld abzuschirmen, aber ihm war nur zu bewusst, dass sich das wahre Rennen in den vorderen Reihen abspielte, und er war sicher, dass sich der Graf und Meurer den einzig wichtigen

Kampf an diesem Tag lieferten; er hatte die beiden im Lager beobachtet, und schnell war ihm klar gewesen, dass alle anderen Teilnehmer nur schmückendes Beiwerk für den Hahnenkampf zwischen diesen zwei Fahrern waren. Sein Wagen reichte nicht im Mindesten an deren Klassewagen, aber das hieß noch lange nicht, dass er aus dem apfelgrünen Baby nicht rausholen würde, was es rauszuholen gab.

»Von Nievelstein immer noch in Führung, wie erwartet!«, brüllte der Moderator. »Meurer liegt scharf hinter ihm, versucht immer wieder auszuscheren, aber der Graf lässt sich das nicht gefallen, zieht vor ihm in die Kurven, nimmt den Schwung, versperrt ihm immer wieder den Weg und gewinnt unermüdlich Boden. Da können auch die Sciroccos nicht helfen, jetzt kurz vor dem Adenauer Forst. In dieser legendären Kurve hat es schon so manchen rausgehauen!«

Meggy spürte, wie ihre Müdigkeit stärker wurde, sie hatte es sich angewöhnt, über den Tag verteilt mehrere kleine Nickerchen zu machen. Sie stand auf, wankte mit steifen Beinen in die Küche und goss sich ein Glas kalten Früchtetee ein, den sie im Stehen trank. Dann wärmte sie die Nudeln vom Vortag auf, ließ ein dickes Stück Butter darin schmelzen und klemmte sich die Maggiflasche unter den Arm. Zurück im Wohnzimmer, nahm sie die Kissen vom Sofa, legte sie auf den Couchtisch und ihre pochenden Beine darauf ab. Sie schüttete Maggi auf den Teller, bis die Nudeln braun waren, und begann zu essen.

In der Übertragung begann es nun stark zu regnen, einzelne Tropfen fielen auf das Glas der Kamera, aber als Meggy aus dem Fenster sah, schien die Sonne wie zuvor. Der liegen gebliebene BMW wurde eingeblendet, er stand entgegen der Fahrtrichtung am rechten Fahrbahnrand. Die Strecke war schon dunkel vom Regen, die Zuschauer zogen sich Jacken über ihre Köpfe, vereinzelt wurden Schirme aufgespannt, die sich in der Menge erhoben wie Pilze in einer Wiese.

»In den Kurven muss Schwung mit reingenommen werden, aber auf nasser Fahrbahn heißt das …« Es dauerte nicht lange, bis Meggy von der Monotonie der Motorengeräusche und der Erklärungen des Kommentators die Augen zufielen.

Wo ist eigentlich mein Kompagnon?, dachte Willy, nachdem er erneut den Adenauer Forst passiert hatte und sich am Metzgesfeld zwischen zwei Rennwagen drängte, die in derselben Klasse fuhren wie er. Die Fahrbahn war jetzt schwarz vor Nässe, die Sicht schlecht, aber trotzdem war es ihm in den letzten zwei Runden weiter gelungen, Zeit aufzuholen, wobei er seine eigentliche Aufgabe, das Freiräumen der Bahn für die Opelfahrer, nicht vernachlässigt hatte. Er hatte nicht die geringste Ahnung, wie das Rennen für seinen Partner lief. Kurz vor dem Kallenhard zog er weit nach links, aber der Fahrer vor ihm zog nach, blockte seine Linie, und Willy, der nicht an Tempo verlieren wollte, scherte mit einer abrupten Bewegung zur anderen Seite aus, schoss mit wenigen Zentimetern Abstand am Konkurrenten vorbei, spürte noch, wie seine Reifen durch die plötzliche Verlagerung nach rechts für einen kurzen Moment die Bodenhaftung verloren; der Scirocco geriet in ein leichtes Schlingern, nichts, was ein echter Eifeler nicht im Griff hatte, als plötzlich frontal vor ihm die Schnauze des liegen gebliebenen BMWs auftauchte.

Meggy erwachte davon, dass irgendetwas anders war. Ihr Blick hing benommen am Bildschirm, und sie schämte sich, weil sie eingeschlafen war. Das isolierte Summen einzelner Autos war zu hören, bis die Kamera von der seltsam leeren Rennstrecke zum Moderator schwenkte, der offensichtlich irritiert war. Technikprobleme, dachte Meggy und wollte aufstehen. »Das ist ernster, als wir dachten am Kallenhard, Sie sehen ja, dass nur noch wenige Wagen durch die Zielgerade kommen, es scheint, als ob die Fahrbahn blockiert ist. Sehen wir uns doch so lange die Rundentabelle genauer an.« Er begann Erklärungen zu den Zahlen der eingeblendeten Tabelle abzugeben, verstummte jedoch mitten im Satz, das Flüstern mehrerer aufgeregter Stimmen war undeutlich zu hören, und die Tabelle wurde wieder ausgeblendet. Meggy sah jetzt echte Sorge im erstarrten Gesicht des eben noch so aufgekratzten Moderators. »Die Streckenwarte schwenken rote Fahnen, das heißt, das Rennen wird jetzt abgebrochen, hier fahren gerade die letzten Wagen ein, die noch durchgekommen sind. Ein Kamerateam ist unterwegs zum Kallenhard, wir schalten rüber, sobald sie dort auf Sendung sind.« Und jetzt wurde Meggy bewusst, was anders war: Die Autogeräusche waren verstummt, zwei letzte Wagen hielten auf dem Streckenabschnitt im Hintergrund des Bildes, die Fahrer stiegen aus, irrten verloren über die graue Asphaltfläche der Zielgeraden. Ein grünes Auto war nicht unter den parkenden Rennwagen, und dann sah sie die schwarze Rauchsäule im Hintergrund. Es dauerte quälend lange, bis der Kommentator endlich sagte: »Ich schalte nun zu den Kollegen am Kallenhard.« Die Kamera streifte die voll besetzten Hänge, glitt über Rennwagen, die kreuz und quer auf der Rennstrecke standen, bevor sie den Grund des Stillstands anvisierte, zwei ineinander verkeilte Wagen, aus denen lodernde Flammen schlugen, gekrönt von einer strudelförmigen, tiefschwarzen Rauchsäule. Ein Rettungswagen, der klein und unpassend wirkte, stand in der Nähe der Rauchschwaden, und der Strahl seines Feuerlöschers sah geradezu lächerlich nutzlos aus.

»Nicht grün, bitte, bitte nicht grün!«, sagte Meggy laut und schob den Couchtisch mit einem harten Ruck zur Seite. Teller und Maggiflasche fielen vom Tisch, zerbrachen scheppernd auf den braunen Fliesen, der Geruch von Liebstöckel breitete sich im Raum aus, und Hebron begann zu weinen. Die Scherben achtlos zur Seite schiebend, kroch Meggy auf allen vieren Richtung Fernseher, aus dem Sirenengeheul drang.

»Nein«, flüsterte Meggy, »nein.« Sie strich mit der Hand über das Bild, als könnte sie die Autos so wegwischen. Mit dem Finger tippte sie auf den Porsche, die Opel Mantas und einige andere Wagen, aber was der Finger suchte, fand er nicht. Einen Moment lang war sie erstarrt. Bis sie endlich schrie: »Weg! Weg!« Meggy hieb mit der Faust auf den Bildschirm. Und tatsächlich setzten sich einige Wagen quälend langsam in Bewegung, fuhren an den Fahrbahnrand und machten endlich den Weg für den Löschwagen frei. Hebron schrie nun laut, aber ihr Weinen drang nicht zu Meggy durch. Der Wasserstrahl des Feuerwehrschlauchs schlug eine Schneise in Rauch und Flammen, eine Schneise, die ein schwarz verkohltes Heck freilegte, das nur noch an einigen Stellen apfelgrün schimmerte.

Und Willy? Willy, der ein Superrennen fahren wollte, Willy, der ein Superrennen gefahren war, bis ihm der BMW in die Quere kam, Willy, der sein Superrennen seinem ungeborenen Sohn gewidmet hatte, betrachtete die Motorhaube seines grünen Liebchens, genauer gesagt die Motorhaube, die nicht mehr vorhanden war. Und als Meggy das Geschehen auf dem Bildschirm verfolgte, während ihr Blick noch auf die ratlos umherirrenden Rennfahrer auf der Zielgeraden gerichtet war, fiel Willys Blick über die nicht mehr vorhandene Schnauze seines apfelgrünen Sciroccos in das Innere des BMWs. Er betrachtete die Sitzbezüge und wunderte sich über die Farbe. Waren die Sitze vor dem Rennen auch schon rot gewesen? Er hob seinen Arm, wollte aussteigen und nachsehen, irgendwie kam ihm das alles merkwürdig vor; rote Sitze im BMW, wo gab's denn so was? Die Hand lag schon am Türgriff, denn Willy wäre nicht von ganzem Herzen Autofahrer gewesen, hätte er Bewegungen wie diese nicht mit schlafwandlerischer Sicherheit ausgeführt, aber dann fiel ihm auf, dass sein Oberkörper der Bewegung des Armes nicht folgen wollte, dass er sich, abgesehen von seinem linken Arm, überhaupt nicht bewegen konnte. Nüchtern registrierte er, dass sein Brustkorb zwischen Rückenlehne und Lenkrad fest eingekeilt war. Aber das war nicht sein größtes Problem, denn unter dem Lenkrad stak ihm sein rechter Fuß entgegen, und zwar derart verdreht, dass er seine eigene Schuhsohle betrachten konnte.

Ha!, dachte Willy, ja, er dachte tatsächlich. Ha!, denn es sah aus, als beherrschte er komplizierteste yogische Verrenkungen, und Willy war zwar gut durchtrainiert, aber er war schon immer stocksteif gewesen, schon im Schulsport hatte man ihn ausgelacht, weil er sich bei den Dehnübungen so ungeschickt angestellt hatte. Aber aus dem Ha! wurde schnell ein Oha!, denn Willy verstand in diesem Moment, was der Anblick seiner eigenen Schuhsohle bedeutete. Sein linker Arm, der schon zur Tür gewandert, dessen Hand schon nach dem Türgriff getastet hatte, rutschte kraftlos herab.

Rollstuhl, dachte Willy. Alles, nur das nicht.

Und er lag richtig, denn hätte man ihn jetzt aus dem zerknautschten Wagen gezogen, dann hätte er tatsächlich für den Rest seines Lebens im Rollstuhl gesessen, von der Brust an abwärts gelähmt, zudem nur noch einbeinig und ohne seinen rechten Unterarm, aber seinen linken Arm hätte er wenigstens bewegen können, das schon.

Aber Willy war, wie gesagt, von ganzem Herzen Schrauber, Fahrer und Friseur des 1. Eifeler Scirocco-Teams, und so dachte er noch einmal: Alles, nur das nicht. Ich wollte ein prima Rennen für dich fahren, mein Kleiner, ein Eins-a-Rennen wollte ich fahren, aber nicht Rollstuhl!

Aus dem BMW schlugen jetzt Flammen, Willy nahm das mit einer Art distanziertem Interesse wahr, aber er hatte nicht das Gefühl, dass ihn das irgendwie ernsthaft betraf. Er spürte die Hitze im Gesicht, aber sie störte ihn nicht, im Gegenteil, er hatte sogar das Gefühl, das schmelzende Gummi seiner Schuhsohle zwinkere ihm aufmunternd zu. Willy sah jetzt Sequenzen: Meggy mit dem losen Rad in der Hand am Straßenrand im Schatten des Hürtgenwalds, ihre Wangen apfelrot vor Kälte. Hebron auf dem Bobbycar, jauchzend vor Freude. Ein Schlitten, der den verschneiten Hügel am Ochsenhügel herabrutschte, Meggy, die hinter ihm saß, ihr dicker Bauch, der sich ihm in den Rücken drückte. Als sein Kopf auf seine Brust sank, spürte er ihr Haar, vergrub seine Nase in den warmen weichen Strähnen und versank im herrlich fruchtigen Duft ihres Apfelshampoos.

»Für dich, mein Kleiner, nur für dich«, flüsterte er, »ein Superrennen nur für dich!«

Hebrons Schnuffeltuch

Von dem beeinflusst, was die esoterisch angehauchte Hebamme über die matriarchalische Urkraft der natürlichen Geburt erzählt hatte, hatte Meggy während der zweiten Schwangerschaft auf jegliche medizinische Vorsorgeuntersuchung verzichtet. Sie wollte das Kind zu Hause bekommen, nur mit der Hebamme und Willy an ihrer Seite. Willy, der zwar nichts von dem verstanden hatte, was die Hebamme von sich gab, hatte seiner Freundin freie Hand bei der Gestaltung von Schwangerschafts- und Geburtsablauf gelassen. In Wahrheit war es ihm egal gewesen, wie und wo das Kind auf die Welt kam, Hauptsache, der Kleine war gesund und Meggy glücklich. Mehr Ziele hatte Willy grundsätzlich nicht für sein Familienleben gehabt; waren alle gesund und glücklich, so war Willy es auch. Und wenn seine Frau sich mit Räucherstäbchen und Kräuterzauber wohler fühlte, dann würde auch er sich auf den Hokuspokus einlassen, schließlich galt es, den Haussegen aufrechtzuerhalten und einem zukünftigen Rennfahrer einen Eins-a-fliegenden Start ins Leben zu ermöglichen, dicht gefolgt vom ersten Boxenstopp an einer prall gefüllten Mutterbrust.

Unter Anleitung der Hebamme hatte Meggy sich also ein Geburtszimmer hergerichtet, in dem sie die Fenster mit dunkelroten Tüchern abgehängt, eine Matratze und Bettzeug mit roter Bettwäsche bezogen und rosafarbene Handtücher bereitgelegt hatte, denn das Kind sollte sich in seinen ersten Stunden nach der Geburt so wohlig und geschützt fühlen wie kurz zuvor noch in der schützenden Gebärmutter.

Nur hing in diesem Zimmer auch das Brautkleid, das Peggy für sie geschneidert hatte. Stundenlang saß Meggy auf dem Bett und starrte auf das Kleid, bis Sally, die seit dem Unfall bei ihrer Schwester wohnte, sie an der Hand nahm und ins Bad führte, sie wusch und dann in die Küche geleitete. Sally entschied, dass Meggy nicht mehr in diesem Zimmer schlafen sollte, und richtete ihrer älteren Schwester ein Matratzenlager im Wohnzimmer her. So hatte Sally Meggy immer im Blick, und da sie selbst auf der durchgesessenen Cordcouch schlief, musste sie nur ihre Arme ausstrecken, wenn sie Meggy nachts half, den plumpen, massigen Leib zu drehen.

Abgesehen davon, dass der Anblick des zum Geburtszimmer ausstaffierten Schlafzimmers ihrer Schwester nicht guttat, fand Sally die Hebamme, die seit dem Unglück fast täglich vorbeikam, unerträglich. Die Frau war laut und hektisch, ständig rückte sie ihr schmales Brillengestell zurecht, schob sich das hennarote Haar aus dem Gesicht, nur damit es ihr gleich wieder vor die Augen fiel, und wedelte mit ihren dürren Armen herum, dass es einem vom Schweißgeruch, der den unrasierten Achseln entströmte, übel wurde. Sally konnte auch das Gerede über Schicksal und Vorbestimmung nicht mehr hören. Das Fass lief über, als die Hebamme schließlich ein feuriges Plädoyer hielt, in dem sie Meggy darlegte, dass Frauen ohne Männer ohnehin besser dastehen würden, denn die Evolution habe den Mann lediglich dafür vorgesehen, seinen Samen der Göttin Venus zu opfern. Dabei hantierte sie mit dem Holzrohr bedrohlich nah vor Meggys Nase herum, bis Sally die Frau endlich dazu aufrief, ihre esoterische Schnauze zu halten, sich dem Abhören der Herztöne zu widmen und danach mit ihren Moxazigarren, homöopathischen Kügelchen und Rizinusölflaschen für immer zu verschwinden.

»Im Krankenhaus bist du einfach besser aufgehoben, Meggy!«, kommentierte Sally das wütende Türenknallen, mit dem die Hebamme das Haus verließ.

Sally hatte ihr Mathematikstudium gerade beendet und somit genügend Zeit, ganz für ihre große Schwester da zu sein und Hebron zu versorgen, die nicht begriff, was um sie herum passierte, wohl aber verstand, dass etwas geschehen sein musste, denn sie schrie viel, wenn auch nicht so ausdauernd wie in ihren ersten Lebensmonaten. Nachts war sie unruhig, wälzte sich im Bettchen, bis sie sich in den verschwitzten Laken verhedderte und Sally sie befreien und trösten musste. Vor allem aber aß Hebron wenig, ein Aspekt, der Sally am stärksten beunruhigte. Abends saß Sally lange an Hebrons Bettchen und hielt das kleine patschnasse Händchen, das täglich dünner zu werden schien. Hebron beruhigte sich nur, wenn sie an den Zipfeln von Sallys Halstuch spielen durfte. Ein Kommilitone hatte es ihr geschenkt, er hatte gemeint, es würde ausgezeichnet zu ihrer Lederjacke und ihren klobigen Stiefeln passen, denn Sally war eine leidenschaftliche Motorradfahrerin. Im letzten Jahr des Studiums hatte es sich eingespielt, dass Sally diesen Kommilitonen auf ihrem Motorrad zur Uni mitnahm. Ihm gefiel vor allem jener Moment, in dem Sally ihren Helm absetzte und ihr blondes Haar kurz schüttelte. Dicht gefolgt von dem, wenn sie sich vor ihm auf den Sattel schwang und er ihr ungeniert auf den Hintern gucken konnte.

Das Tuch war aus dünner, weicher Baumwolle, schwarz und mit einer Dschungelszenerie bedruckt. Tatsächlich passte es hervorragend zu Sallys Lederjacke und ihren Bikerstiefeln.

Irgendwann wickelte Sally das Tuch von ihrem Hals und legte es Hebron auf das kleine Kopfkissen mit dem bunten Apfeldruck. Hebron seufzte erleichtert, es war, als wiche alle

Anspannung mit diesem Seufzer, der Sally Tränen in die Augen trieb, aus dem kleinen Körper. Hebron ließ Sallys Hand los, zog das Tuch vor ihr Gesicht, knetete es, hielt es dicht an die kleine Nase, roch die leichte Harznote frisch gehobelter Späne, die allen Schreinerskindern anhing, ein Geruch, der in Hebrons Lebensgeschichte noch eine tragende Rolle spielen würde – allerdings erst nachdem sie ihre Heimat, die Eifel, hinter sich gelassen und sich mutterseelenallein in der staubigen Hitze einer israelischen Großstadt wiederfand –, steckte sich den rechten Daumen in den Mund und schlief augenblicklich ein.

Ab dem Tag, an dem Sallys Halstuch zu ihrem Schnuffeltuch wurde und sie die beruhigende Wirkung ihres Daumens entdeckte, hörte Hebron wieder auf zu schreien. Das Schnuffeltuch durfte man ihr allerdings nicht wegnehmen, Daumen nuckelnd zog sie es hinter sich her, denn ohne sich vorher mit dem Krabbeln aufzuhalten, hatte Hebron mit anderthalb Jahren auch endlich begonnen zu laufen. Das Tuch behielt sie, bis es nur noch in Fetzen hing, und auch mit dem Daumennuckeln hörte sie erst am Ende ihrer Grundschulzeit auf, sodass sie eine breite Zahnlücke zwischen ihren Schneidezähnen bekam, die sich nie schließen sollte und die ihrem Gesicht etwas Freches verlieh, obwohl die folgenden Jahre sie zu einem schüchternen, wenn nicht gar verängstigten Kind machen sollten.

Die letzten Tage vor der Geburt, die gleichzeitig die letzten heißen Tage des Jahres waren, weil der September mit einer ungewohnt starken Hitzewelle über die Hügel der Eifel zog, als wollte die Sonne im Abrücken noch einmal zeigen, was in ihr steckte, verbrachten die Schwestern abgeschottet von den neugierigen Blicken der Dorfbewohner im Garten hinter dem Haus, trotzten der für den Herbst untypischen Wärme schon um zehn Uhr morgens mit großen Eisbechern und einer ordentlichen Portion Schlagsahne und bräunten ihre ohnehin noch braun gebrannten Bäuche, wobei der von Meggy mittlerweile so gewaltig rund war, dass sie sich nicht mehr allein aus dem Liegestuhl erheben konnte. Fred und Franz schnitten derweil die Hecke und gruben neben der japanischen Zierkirsche schon mal ein Loch für den Apfelbaum, den Meggy auf die Plazenta des zweiten Kindes pflanzen wollte. Sie räumten auch die Garage aus und schleppten unauffällig Willys Werkzeug aus dem Haus, wobei sie Meggy versprechen mussten, seine Overalls und den Scirocco nicht anzurühren. Zum Schluss bauten sie im Schlafzimmer die Wiege auf, die sie zwei Jahre zuvor für Hebron geschreinert hatten.

Die ersten Tage nach dem Unglück hatte auch Penny mehrere Tage mit in Willys Häuschen gewohnt, aber Penny war ebenfalls schwanger, und Meggy hatte es nicht ertragen, wenn Pennys Mann angerufen hatte oder zu Besuch gekommen war.

Als die Autokolonne ihrer Familie am Abend des Unglücks neben der Buchsbaumhecke von Willys Häuschen den Bordstein blockiert hatte, war Meggy wie betäubt gewesen. Abwesend und bleich hatte sie dem Geschehen um sich herum beigewohnt, aber nach zwei Tagen im Kreis ihrer Brüder, Schwestern und Schwager und deren Kinderschar hatte Meggy einen Schreianfall bekommen, bei dem mehrere Gläser mit eingemachten Mirabellen zu Bruch gegangen waren, und endlich hatten alle begriffen, dass Meggy Ruhe mehr brauchte als familiären Beistand.

Als die Wehen einsetzten, brachte Sally Hebron zu den Großeltern und fuhr mit Meggy ins Krankenhaus. Dort begegnete man der Tatsache, dass Meggy bisher alle ärztlichen Untersuchungen verweigert hatte, mit Entsetzen, Verachtung und einer Schimpftirade und schickte sie ungeachtet des Umstands, dass sie schon beachtlich starke Presswehen hatte, erst einmal zum Ultraschall. Und hier musste Meggy einen ähnlichen Schrecken durchleben wie achtundzwanzig Jahre zuvor ihre Mutter, denn der Ultraschall zeigte nur zu deutlich, was die Ursache des überdimensionalen Bauches war: Meggy erwartete Zwillinge.

Ich bekomme Zwillinge von Willy. Zwillinge von Willy. Zwillinge von Willy, war alles, was sie während der Geburt denken konnte, ein Mantra, das mit der Zeit zu Zwilly-Zwilly wurde, eine Wortvermischung, die sich so unablässig in ihrem Kopf drehte, dass die Schmerzen fast nebensächlich wurden.

Meggy nannte die Kinder Wim und Billy, man musste ihr lassen, dass sie bei der Namenswahl unmissverständlich auf deren Wurzeln väterlicherseits verwies, eine Methode, von der sie auch bei ihren folgenden Kindern nicht abweichen würde, wenn die Väter auch weiter keine Rolle spielen sollten.

Die Namen ihrer Kinder waren allen Hunger-Töchtern wichtig, denn sie erinnerten sich nur zu gut daran, wie sie in der Kindheit unter den seltsamen Kurznamen gelitten hatten, die sie einer unbekannten Amerikanerin zu verdanken hatten, die aber weder Volksschullehrer noch Dorfbewohner richtig aussprechen konnten, selbst wenn es nicht viel auszusprechen gab. Aber Meggy wurde gern Maggi genannt, bei Daisy wurde jeder Buchstabe gesprochen, während man bei Peggy versuchte, den Namen möglichst amerikanisch auszusprechen, was sich dann wie Petschi anhörte.

Dass die Schwestern Hunger dem Großteil ihres Nachwuchses nicht minder seltsame Namen aufdrückten, schien ihnen nicht bewusst zu sein. Eins hatten sie ihren Eltern ausdrücklich versprechen müssen: dass sie keins ihrer Kinder Sarah oder David nennen würden. Denn das ausgerechnet diese Namen zu den Favoriten der nachfolgenden Generation gehörten, fanden Clementine und Josef nach der Sache, die mit den Juden passiert war, noch unverständlicher als die Musik der Beatles.

Was die Namen der Geschwister anging, waren sich die Schwestern einig: Glück mit den Namen hatten ihrer Meinung nach nur ihre Brüder, die Zwillinge Fred und Franz gehabt.

Wie Fred und Franz zu ihren Namen kamen

Die Zwillinge Fred und Franz, die mit vollen Namen Fred-Alois und Franz-Josef hießen, waren nach Josefs Brüdern Friedhelm und Franz-Alois benannt, die im Kampf um den Hürtgenwald ihr Leben gelassen hatten.

Während Josef 1944 trotz seines steifen Beins erneut an die Front musste, meldeten sich seine Brüder freiwillig für das letzte Aufgebot zur Verteidigung der Eifel gegen die Alliierten.

Franz-Alois war gerade sechzehn Jahre alt und mopste sich nach seiner Meldung, sozusagen als Abschiedsgeschenk, die Taschenuhr seines Vaters aus dem Nachtschränkchen der Mutter. Im Inneren der Uhr war der Name des Vaters eingraviert; Alois Hunger hatte sie bei jedem Einfahren eines Zuges aus der Brusttasche gezogen und stets mit der Bahnhofsuhr verglichen, so erzählte die Mutter oft, denn Pünktlichkeit war sein oberstes Gebot gewesen. Nach seinem Tod hatte die Mutter nachträglich sein Sterbedatum hinzufügen lassen.

Franz-Alois war der festen Überzeugung, dass ihn dieser Talisman schützen werde, denn er war ein großer Fan von Abenteuer- und Detektivgeschichten und hatte mehr als einmal von Helden gelesen, denen eine Kugel vom Herzen abgeprallt war, weil sie eine Uhr in der Hemdtasche trugen. Erstaunlicherweise sollte Hebron fast fünfzig Jahre später eine indische Brosche küssen und ihrem Freund als Talisman in die

Brusttasche stecken, die ihm bei der einen Tag später anliegenden Gerichtsverhandlung Glück bringen sollte. Der Plan ging jedoch nicht auf, er wurde zu zweieinhalb Jahren Knast verurteilt, was wiederum dazu führen sollte, dass Hebron ihre Jungfräulichkeit während seines ersten Hafturlaubs ein Jahr später verlor.

Josefs zweiter Bruder Friedhelm hatte zum Zeitpunkt seines Einrückens mit vierzehn Jahren nicht einmal Bartwuchs. »Bei dir reicht's doch, wenn du dich einmal in den scharfen Wind stellst!«, damit zog sein Bruder ihn gern auf, wenn er zu Rasierpinsel und -klinge griff.

Nichtsdestotrotz träumte Friedhelm aber davon, mit dem Panzer so richtig schön in die Reihen des Feindes zu donnern, dass der nur so in Einzelteilen durch die Gegend spritzte. Friedhelm und Franz-Alois glaubten im Gegensatz zu ihrem großen Bruder Josef sehr wohl, zum Schießen gemacht zu sein, und es war auch genau das, was sie wollten: mit der Waffe für den phänomenalen Endsieg kämpfen, einen Sieg, an den sie heißblütig glaubten, und sie waren stolz, Teil davon sein zu dürfen. Sie hätten alles für den Sieg des Deutschen Reiches gegeben. Aber als Friedhelm im Wald bei Vossenack dreckverschmiert in einer Erdkuhle lag, von der aus er den Ami ins Visier nehmen sollte, während ihm selbst die Geschosse um die Ohren flogen, traute er sich nicht, aus seiner Position hervorzuschauen, und ballerte nur noch sinnlos in die Luft. Während ihm die Tränen im Gesicht festfroren und die Scheiße am Bein, gestand Friedhelm sich schluchzend ein, dass er sich den Kampf um den Sieg ganz anders vorgestellt hatte. Wenige Stunden später zog man ihn aus der Kuhle, das Gewehr noch in der Hand, der Ausdruck in seinem milchweißen Gesicht beinahe niedlich entrückt, obwohl die Augen weit aufgerissen waren und die Stirn blutverkrustet war.

Während Franz-Alois nach dem Krieg als verschollen galt, gehörte Friedhelm zu den mehr als fünfzehnhundert gefallenen deutschen Soldaten, deren Überreste nach Kriegsende von einem Vossenacker Kriegsheimkehrer geborgen wurden. Bestattet wurden sie auf dem Gemeindefriedhof, bis es dort zu eng wurde und die Gemeinde im Jahr 1949 begann, einen Ehrenfriedhof auf jener in den letzten Kriegsmonaten so hart umkämpften Höhe unweit des Dorfes anzulegen.

Franz-Alois jedoch konnte erst zwanzig Jahre nach der Entstehung des Ehrenfriedhofs zu Grabe getragen werden, denn im Herbst 1969 sah sich ein Schüler des Franziskaner-Internats Vossenack, der auf der Suche nach Pilzen mit halluzinierender Wirkung die Kuhfladen am Waldrand kontrollierte, plötzlich mit den bleichen Knochen einer Skeletthand konfrontiert, die neben einem besonders saftigen Kuhfladen aus der Erde nach ihm griff. Die Lust auf halluzinogene Substanzen verging ihm durch diese Erfahrung komplett. Ein Glücksfall, denn seine schulischen Leistungen verbesserten sich nach dem Verzicht auf bewusstseinserweiternde Mittel auf bemerkenswerte Art und Weise, sodass er es nach dem Abitur schaffte, einen Studienplatz der Medizin in Köln zu ergattern. Er wurde Rechtsmediziner, der sich auf die Aushebung von Massengräbern spezialisierte und mit dieser Profession in seinen späten Lebensjahren zu einem weltweit geschätzten Spezialisten wurde.

Die nach dem Handfund veranstaltete Grabungsaktion brachte neben den Gebeinen von Franz-Alois auch seinen Helm, Feldflasche, Stiefel und Gürtelreste sowie die Taschenuhr zutage. Nachdem man die Erdreste von der Taschenuhr entfernt und den Rost grob weggeschrubbt hatte, gelang es sogar, die Uhr zu öffnen, und obwohl das Zifferblatt verwittert war, konnte ein Uhrmacher, den man zurate zog, die Uhr so weit restaurieren, dass die Gravur zu erkennen war.

»Wer kennt Alois Hunger?«, War die Schlagzeile in der lokalen Zeitung, direkt über einem Foto der ramponierten Taschenuhr. Man kann sich den Schrecken vorstellen, der Josef ergriff, als ihm diese Schlagzeile in die Augen sprang, während er in seinem Büro in der Schreinerei saß und eine Tasse lauwarmen Kaffee trank. Mit zitternder Hand las er den Artikel über den Leichenfund und die Taschenuhr mit der Gravur, über die man sich eine Identifizierung des Toten erhoffte. Diese Gravur gab Josef die letzte Gewissheit, denn es handelte sich ohne Zweifel um den Todestag seines Vaters. Nachdem er den Artikel gelesen hatte, ließ er seine flatternde Hand mit der Zeitung aufs Knie sinken und starrte lange durch die Glasscheiben seines Büros, ohne wahrzunehmen, was Gesellen und Lehrlinge in der Schreinerei trieben. Wie war die Uhr seines Vaters in den Hürtgenwald gelangt? Die Uhr, die seiner Mutter als heiliges Erinnerungsstück gegolten hatte? Er erinnerte sich, wie die Mutter nach seiner Rückkehr von der Front lamentiert hatte, sie sei Opfer einer Plünderei geworden. Eine Tat, die sie hungrigen Dorfbewohnern oder umherstreichenden Flüchtlingen angehängt hatten, wobei sie es schon seltsam fanden, dass die Dieberei nur auf die Uhr beschränkt gewesen war. In Anbetracht dessen, dass sie nicht nur den Verlust ihres Erinnerungsstücks zu beklagen hatte, sondern auch den Verlust von zweien ihrer drei Söhne, war die Uhr bald in Vergessenheit geraten.

Josef war nie so froh über seinen Stock gewesen wie an diesem Tag, denn seine Beine schienen ihn kaum tragen zu wollen, als er von der Schreinerei ins Wohnhaus hinüberging. Zwar gab es auch in der Werkstatt ein Telefon, doch bevor er die Nummer wählte, die man am Ende des Artikels anzurufen aufgefordert wurde, falls man Informationen habe, die zur Identifizierung des unbekannten Soldaten führten, wollte Josef erst mit seiner Frau sprechen. Clementine, die gerade das Mittagessen vorbereitete, glaubte, ihrem Mann sei ein Gespenst begegnet, so kalkweiß und zitternd, wie er vor ihr stand, und in gewissem Maß war es ja auch so.

»Lies!«, war alles, was Josef sagen konnte, als er ihr die

Zeitung reichte. Clementine wischte sich die Hände an der Schürze ab, bevor sie nach dem Papier griff.

»Das ist Franz-Alois!«, rief sie, noch bevor sie überhaupt zu Ende gelesen hatte, nun ebenfalls nervös; im Gegensatz zu ihrem Mann bekam sie jedoch vor lauter Aufregung einen knallroten Kopf. Und dann wurde es auch Josef klar: Das merkwürdige Gefasel von Franz-Alois am Abend, bevor die drei Brüder in den Krieg zogen, bekam nun, fünfundzwanzig Jahre später, einen Sinn, und plötzlich erinnerte sich Josef haargenau an alles, erinnerte sich wieder, wie Franz-Alois mit einem seltsamen Glühen in den Augen davon gesprochen hatte, dass man sich um ihn nicht sorgen müsse, weil nicht nur der Führer bei ihm sein werde, sondern auch der Vater, denn diesen trage er am Herzen bei sich, und Josef erinnerte sich voller Scham auch wieder daran, wie er den Jüngeren daraufhin gefoppt hatte, ihn mit Neckereien um den Tisch getrieben hatte und ihn damit verhöhnt hatte, dass Franz-Alois im Angesicht des Krieges doch nicht etwa gläubig und kirchentreu werde.

»Nicht dass du deine Kompanie mit Rosenkränzen und Ave-Marias belästigst!«, hatte Friedhelm gerufen, »das wird dem Führer gar nicht gefallen!«

»Lacht nur«, hatte Franz-Alois erwidert, »lacht nur, aber ich sag es noch mal: Ich trag den Vater am Herzen, jede Sekunde wird er mich beschützen.«

Mit klopfendem Herzen wählte Josef schließlich die angegebene Nummer, Clementine trippelte derweil neben ihm auf und ab und rang mit den Händen, die Wangen immer noch hochrot, und in der Küche brannte das Essen an.

Und obwohl alle gewusst hatten, dass Franz-Alois tot sein musste, seit er – nur zwei Tage nach seinem ersten Einsatz im Kampf um den Hürtgenwald – als verschollen gegolten hatte, war es doch für alle ein besseres Gefühl, ihn bald in einem anständigen Grab zu wissen. Zum Zeitpunkt der Beerdigung ihres Onkels waren die Zwillinge Fred und Franz gerade achtzehn geworden, und es rührte sie in einer derart starken Art, Geburts- und Todesdatum eines Lebens auf einem Grabstein zu lesen, das kürzer gewesen war als ihres, dass sie von Schluchzern geschüttelt wurden, bis ihnen der Rotz in langen Schlieren aus der Nase hing und Josef ihnen was hinter die Ohren gab, damit sie sich endlich beruhigten, eine Maßnahme, die er nicht mehr ergriffen hatte, seit er sie vier Jahre zuvor mit seiner Pfeife hinter dem Taubenturm erwischt hatte.

Die nach ihren im Krieg gefallenen Onkeln benannten Zwillinge Fred und Franz konnten sich außerdem einer gewissen lokalen Berühmtheit erfreuen. Sie hatte dem Schreinerhaushalt den Besuch von Reportern der regionalen Zeitungen eingebracht, die rührselige Artikel neben Bildern druckten, auf denen die speckig glänzenden Wangen des Bürgermeisters in adrettem Kontrast zu Clementines ausgemergelten Gesichtszügen standen. Clementines Figur hatten die sechs Schwangerschaften nichts anhaben können, sie war rank und schlank wie zuvor und ihrem Kleidungsstil über die Jahre treu geblieben: So trug sie stets eng anliegende Kostüme mit schmalen Gürteln. Nur ihr Gesicht hatte einen leicht verhärmten Ausdruck angenommen, der nicht nur vom Schlafmangel herrührte. Die Geburten ihrer fünf Töchter waren immer Angelegenheiten mehrerer Tage gewesen, was beim Anblick von Clementines schmaler Hüfte und den spitz hervorstehenden Beckenknochen kein Wunder war. Der Dorfhebamme Josephine Krämer war die Dauer der Geburten im Tischlerhaushalt schon nach der zweiten Tochter gründlich gegen den Strich gegangen. Nicht dass sie sich aufgrund anderer Niederkünfte hätte teilen müssen, aber die Hungers waren streng katholisch, und außer einem Cognac für Sonntagsgäste fand sich in diesem Haus kein Fläschchen, das ihrem Durst entsprochen hätte. Der Inhalt ihres Flachmanns, den sie unter dem Sitz ihres Mopeds versteckte, reichte einfach nicht für die Geburten im Haus des Schreinermeisters. Außerdem fand sie die Häufigkeit, mit der sie dort anrücken musste, langsam bedenklich, es war die sechste Geburt in sechs Jahren, wobei Josephine Krämer im Jahr 1948 gleich zweimal im Hause Hunger antreten musste, denn Peggy war im Januar und Meggy im November desselben Jahres geboren worden.

Nachdem der Tischlermeister Josef Hunger an ihr Fenster geklopft hatte – sie hatte ihr Schlafzimmer mit Absicht zur Straße und ins Erdgeschoss gelegt, denn ihr Schlaf war alkoholbedingt unerschütterlich fest –, hatte sich die Dorfhebamme – obwohl sie doch wusste, dass das bei Hungers nicht nötig war – so beeilt, dass sie nicht nur den Flachmann zu Hause vergessen hatte, sondern auch ihre Unterhose, eine Tatsache, die der Gruber Mätthes, der aus der Dorfkneipe torkelte, nur allzu gut sehen konnte, als die Hebamme mit fliegenden Röcken auf ihrem Moped an ihm vorbeiknatterte.

»Die Krämers Fine reitet nachts nackt auf dem Teufel!«, flüsterte er ein ums andere Mal kopfschüttelnd in sein Glas, denn auf den Schrecken hatte er umgehend an die Theke zurückkehren und ein weiteres Herrengedeck bestellen müssen.

Aber auch dieser Sprössling der Manneskraft des Tischlermeisters ließ sich Zeit wie die fünf Töchter, denen sie zuvor den Weg zum Licht der Welt gewiesen hatte. Clementine schrie, die Hebamme stöhnte genervt, und der Haken, an dem der gusseiserne Fuß der ockerbraunen Deckenlampe des Hunger'schen Schlafzimmers festgeschraubt war, knirschte verdächtig. Josephine hatte das letzte ihrer Register gezogen und dort oben ein Bettlaken festgeknotet, an das sich Clementine hängen sollte, um den Vorteil der Schwerkraft zu nutzen.

»Ich hatte dir doch beim letzten Mal gesagt, dass ich hier

nicht mehr gebraucht werden will!«, zischte Josephine und bekräftigte ihre Worte mit präzisen Schlägen auf Clementines magere Hinterbacken.

»Ich kann doch auch nicht mehr!«, schrie Clementine.

»Und wie du kannst!«, schrie die Hebamme.

Ein erneuter Schlag auf den Hintern der Gebärenden, kräftiger als die zuvor erteilten Schläge, unterstrich ihre Worte.

Dann ging alles unerwartet schnell: Der Haken löste sich, die Lampe krachte, begleitet von einem großen Stück Putz von der Decke, die Gebärende fiel auf die Hebamme, und Josef, der vor dem Kamin im Flur auf ein Ende des Jammers gewartet hatte, riss die Tür auf und brüllte: »Was ist das hier für ein Lärm?!«

»Scher dich fort!«, schrien Clementine und Josephine unisono, und flutsch, war der kleine Franz-Josef geboren.

Und während die putzbesprenkelte Mutter erleichtert auf das Federbett sank, erleichtert, weil es endlich vorbei war, erleichtert, weil nach fünf Töchtern endlich das Fortbestehen des Namens Hunger gesichert war, erleichtert, weil ihr Mann diesmal nicht wieder auf einen dieser merkwürdigen amerikanischen Frauennamen bestehen konnte, tastete die ebenfalls putzbesprenkelte Hebamme Josephine Krämer die Bauchdecke ab, woraufhin ihr Gesicht noch bleicher wurde, als es durch die Kalkschicht ohnehin schon war.

»Da ist noch eins!«

»Nein!«, Clementine erschrak dermaßen, dass ihr beinahe der lang ersehnte Stammhalter vom Arm gerutscht wäre.

Und es war einerlei, was die Hebamme auch versuchte, es gelang ihr nicht, Clementine dazu zu bewegen, das zweite Kind herauszupressen, sodass sie schließlich etwas tat, was sie in ihrer dreißigjährigen Karriere als Dorfhebamme noch nie getan hatte: Sie schickte den Tischlermeister zur Post, um mit dem bis dato einzigen Telefon des Dorfes den Krankenwagen des Städtischen Krankenhauses zu rufen. In der Klinik gelang es den Ärzten im Morgengrauen des nächsten Tages, den zweiten Zwilling unter Anwendung von Gewalt, Lachgas und Zange zur Welt zu holen.

Und somit hatte die Stadt Düren die kleine Sensation des bisher einzigen bekannten Falls von Zwillingen, die weder denselben Tag noch denselben Ort in ihrer Geburtsurkunde stehen hatten.

Jerusalem-Syndrom

Als Hebron drei Jahre alt war, sprossen auf ihrem Körper Muttermale, und zwar – und das ist bemerkenswert – in absolut symmetrischer Anordnung.

Vierzehn Jahre später sollte Hebrons Liebhaber, ein zehn Jahre älterer Kunststudent, auf die Idee kommen, die Muttermale mit einem Kajalstift miteinander zu verbinden, wobei er ihren Körper vor einer weißen Wand nach jeder neu gesetzten Verbindungslinie fotografierte. Das Haar hatte er ihr für die Aufnahmen streng zurückgekämmt, das Gesicht ließ er ungeschminkt, und obwohl sie die breiten Hüften der Hungers hatte – allerdings mit dem weich gerundeten Bogen ihrer Großmutter Luba –, wirkte Hebrons dürrer Körper auf den Fotografien des Kunststudenten knabenhaft. Was den Körperbau anging, so fand die Magerkeit ihres unbekannten Großvaters Viktor Koslow den Weg in Hebrons Gene, nur dass das niemand wusste. Nicht einmal Samuel erfuhr jemals, dass Aaron Apelstejn nicht sein leiblicher Vater war. Er sollte sich nur zeit seines Lebens wundern, warum er schmal und dunkelhaarig war, obwohl seine Eltern kräftig gebaut und blond waren. Durch Hebrons Körper wurden Viktor Koslows Gene weiter in die Welt getragen. Allerdings setzte sich auch Lubas Erbgut durch, von der Hebron die maisgelben Haare und die geschwungenen Augenbrauen über den blauen Augen hatte.

Aus den Fotografien bastelte der Kunststudent ein Daumenkino, und auf dem letzten Bild sah Hebrons Körper aus, als hätte man ihr zwei symmetrische, fein gemaserte Schmetterlingsflügel aufgemalt.

Als Hebron von zu Hause weglief, um sich auf die Suche nach ihrem Vater zu machen, schrieb Meggy diesem Kunststudenten die Schuld daran zu. Sie hatte den Mann seit Beginn der Liaison in Verdacht, ihre Tochter gegen sie aufzuhetzen; und als sie Hebron an dem denkwürdigen Abend, der den Anstoß zu Hebrons Flucht gab, mit einem von roter Farbe überströmten Gesicht im Badezimmer fand, glaubte Meggy, der Herr Künstler habe ihre Tochter mal wieder für eine seiner frauenfeindlichen Performances ausgenutzt. Ihr Gedanke, Hebron wieder ganz für sich zu gewinnen, indem sie sie in die Klinik fuhr, erwies sich als folgenschwere Fehlentscheidung, orientierte man sich an Meggys Wünschen, denn dort sollte Hebron den Schubs bekommen, den sie brauchte, um endlich aus dem mütterlichen Nest in die Welt zu flattern und eine Flugroute zu finden, auf der aus einem anfänglich unsicheren Taumeln ein festes Flügelschlagen in eine bessere und freiere Zukunft wurde.

Mit dem Daumenkino der nackten Hebron erhielt der Liebhaber sein Diplom an der Kunstakademie. Weitere vierzehn Jahre später heiratete er den Professor, bei dem er studiert hatte.

Das Sprießen der Muttermale auf dem Körper ihrer Tochter rief bei Meggy wehmütige Erinnerungen wach, denn auch der Körper von Hebrons Vater war mit Muttermalen übersät gewesen. Und wenn Meggy ihre Tochter abends badete, dachte sie an Samuel Apelstejns Körper, und wenn sie an Samuel Apelstejns Körper dachte, dachte sie auch an die Liebe mit Samuel Apelstejn, und wenn Meggy an die Liebe mit Samuel Apelstejn dachte, bekam sie Schmerzen im Unterleib, die sich anfühlten wie der berühmte Kloß im Hals, kurz bevor man weinen muss. Denn so schön es mit Willy auch gewesen war, in der Horizontalen war er Samuel Apelstejn weit unterlegen gewesen, denn Willy hatte auch im Bett nicht vergessen, dass er mit ganzem Herzen Rennfahrer war. Er hatte stets den kürzesten Weg zur Zielgeraden genommen. Diese Tatsache hatte Meggys Liebe zu Willy keinen Abbruch getan, er war in ihren Augen der tollste Mann, den man sich nur vorstellen konnte, nur konnte auch der tollste Mann nicht von den Toten auferstehen, während ein Verschwundener sehr wohl wieder auftauchen konnte. Und so kam es immer öfter zu Momenten, in denen sich Meggy, weinte sie um Willy, zugleich wünschte, dass Samuel seine Flucht vor dem Kind bereuen und zu ihr zurückkehren würde. Dieser Wunsch wurde im Lauf des folgenden Jahres so allmächtig, dass Meggy irgendwann so gut wie sicher war, dass Samuel zurückkommen würde, und so rechnete sie bald täglich damit, dass er an ihre Tür klopfte.

Diese, die Trauer um Willy erfolgreich verdrängende, Sehnsucht führte zu einigen seltsamen Änderungen in Meggys Alltag mit den drei kleinen Kindern. Man muss hinzufügen, dass sich Wim und Billy zu zwei kleinen Satansbraten entwickelt hatten, die mit ihren zwei Jahren das ganze Leben der kleinen Familie in Schach hielten. Und weil Meggy das Gefühl hatte, den ganzen Tag nichts anderes zu tun, als diesen beiden Rotzlöffeln hinterherzurennen, während Hebron ein Mitteilungsbedürfnis entwickelt hatte, das so groß war, dass sie den Mund erst schloss, wenn sie schlief, sehnte sich Meggy abends nach Ruhe und träumte von einer Welt, in der sie Teil eines Ganzen sein durfte und nicht Aufseherin über drei entlaufene Insassen aus dem Dürener Jeckeberg. Das große Ganze, bei dem sie anstrebte, sich als kleines Molekül einzufügen, war für Meggy das Judentum. So begann sie beispielsweise jeden Abend, nachdem das teuflische Duo eingeschlafen und ihre Tochter endlich das Plappermaul geschlossen hatte, Bücher über das Judentum und die Geschichte der Juden zu lesen. Bei Wein und Pralinen machte sie es sich auf der Cordcouch bequem, und es dauerte nicht lange, da brannte dazu auf der Fensterbank eine Menora.

Samuel Apelstejn war nicht gläubig, aber allein die Tatsache, dass er ein Jude war, und noch dazu Israeli, gab ihm das gewisse Etwas. Er hatte die Krankenschwestern gleich reihenweise verführt, und diese kicherten im Schwesternzimmer, wenn es um das fehlende Stückchen Haut ging, und spekulierten, ob es dieser kleine Unterschied war, der ihm im Gegensatz zu den christlichen Kollegen mehr Ausdauer im Liebesspiel verlieh. Abgesehen von seiner exotischen Ausstrahlung setzte Samuel auf die altbewährte Methode der Unnahbarkeit, eine Haltung, die die Frauen umso mehr reizte, wollte doch jede von ihnen diejenige sein, die die Mauer zum Herzen des geheimnisvollen israelischen Arztes durchbrach. Ein Ansporn, der auch Meggy angetrieben hatte, nur dass sie das Heranpreschen an des Herrn Anästhesisten Herz mittels erzwungener Vaterschaft übertrieben und sich damit den Weg zu Samuels Herz entgegen ihres Plans für immer versperrt hatte. Während ihrer Affäre hatte Samuel weder über seine Herkunft noch über seine Religion gesprochen. Meggy hatte mehrmals versucht, seinen Geheimnissen auf die Spur zu kommen, aber alles, was er preisgab, war, dass seine Eltern Ostjuden waren, die nach dem Krieg nach Palästina emigriert waren. Als Meggy wieder einmal nachbohrte, hatte Samuel sie angeschrien: »Niemand sonst hat überlebt, verstehst du? Niemand! Alle, wirklich alle sind tot! Und jetzt frag mich nie wieder danach!«

Was Meggy wohlweislich auch nicht getan hatte. In der Volksschule waren die Geschehnisse des Zweiten Weltkriegs überhaupt nur ein einziges Mal angesprochen worden. In den Schulbüchern wurde lang und breit über Bismarck doziert, das Dritte Reich hingegen wurde kaum erwähnt. Der Lehrer hatte das Thema vollkommen überraschend angesprochen, es war mit einer von Wut durchtränkten Intensität aus ihm herausgebrochen, die die Schüler völlig verstörte.

»Ihr könnt euch nicht vorstellen, was der Russe gemacht hat! Säuglinge mit dem Kopf an die Wand geschlagen, das hat der Russe gemacht! Und was den Frauen, euren Müttern, erst passiert ist, das wollt ihr gar nicht wissen!«, hatte er gebrüllt, wobei ihm die Spucketropfen nur so aus dem verzerrten Mund geflogen waren. Über die Juden und ihre Verfolgung durch die Nationalsozialisten hatte er allerdings kein einziges Wort verloren.

Meggy hatte nicht im Geringsten verstanden, worum es überhaupt ging. Als sie ihre Mutter fragte, was denn der Russe mit ihr gemacht habe, sah Clementine sie nur verständnislos an. Da ihre Tochter aber keine Anstalten machte, aus der Küche zu verschwinden, erzählte Clementine ihr nach einigem Zögern die Geschichte, die ihr mit ihrer eigenen Mutter und ihren Schwestern während der Evakuierung in einem Weinkeller einer Wirtschaft widerfahren war. »Aber das war der Ami«, sagte Clementine, »und der Ami war im Gegensatz zum Russen anständig, während der Russe dem Tier näher stand als dem Menschen!«

Diese Aussage brachte Meggy auch nicht weiter, sie verstand immer noch nicht, was der Russe mit den Müttern getan hatte, hatte aber verstanden, dass sie erstens besser nicht mehr nachfragte und zweitens den Russen lieber aus dem Weg ging.

Vom Holocaust erfuhr Meggy erst, als sie mit sechzehn Jahren zufällig eine Dokumentation im Fernsehen sah. Die ganze Familie saß in der Wohnstube, als die Bilder von Bulldozern, die Leichenberge in Gruben schoben, über die Mattscheibe flimmerten. Josef und Clementine saßen bleich und stumm mit versteinertem Gesicht in ihren Sesseln und mieden die verschreckten Blicke ihrer Kinder.

Nun kramte Meggy die Bücher, die sie während ihrer Liaison mit Samuel erstanden hatte, erneut hervor und kaufte unzählige dazu. Ihren Kindern sang sie zum Einschlafen die einzigen ihr bekannten jüdischen Lieder vor: Shalom Chaverim – das Hebron bald im Kanon mit ihr sang – und das Lied vom Kälbchen. Und weil Meggy mit dem Jüdischen auch immer etwas Leidendes verband, versuchte sie all das Leid, das dem jüdischen Volk widerfahren war, in ihren Gesang zu legen, was wiederum dazu führte, dass Hebron, der das Lied vom Kälbchen fast so gut gefiel wie ihr Lieblingslied »Die Moorsoldaten«, es ebenso leidend wie oft sang, bis sie und ihre Lieblingscousinen Melody und Virginia bald die ganze Familie verrückt machten, weil sie mit einem Ausdruck von ernsthafter Trauer im Gesicht durch die Gegend zogen, der die Dramatik ihres Gesangs noch unterstrich, und – der Einfachheit halber – den Refrain des Liedes in Endlosschleife und ihrem Verständnis angepasst sangen: »Lacht der Wind im Korn, lacht und lacht und lacht. Lacht er einen Tag, ’nen ganzen, und ’ne halbe Nacht.« Darauf folgte ein lauthals, aber nicht weniger leidend geschmettertes: »Donaj, donaj, donaj, donaj. Donaj, donaj, donaj dai!«

Als Meggy sich ihre persönliche Klagemauer an der Trockenmauer einrichtete, die Willys Grundstück an der Westseite begrenzte, indem sie kleine Zettelchen in die Ritzen zwischen den Steinen steckte, war ihre Familie der festen Überzeugung, der Höhepunkt der semitischen Phase sei erreicht. Dass jeder Nervenarzt bei Meggy das Jerusalem-Syndrom diagnostiziert hätte, obwohl sie in Vossenack lebte, stand außer Frage.

»Gestern haben Wim und Billy die ganze Packung Waschpulver ins Klo geschüttet. Ich brauchte zwei Stunden, um den Schaum zu beseitigen«, stand auf einem der Zettel.

»Gib mir ein Zeichen, soll ich den Scirocco behalten oder verkaufen? Ich brauche das Geld, aber ich möchte Willy nicht wehtun, der Scirocco war sein Ein und Alles«, auf einem anderen.

Manchmal schrieb sie einfache Bitten auf die Zettel, die sie rollte, bevor sie sie ins Gemäuer steckte. »Bitte mach, dass Hebron mal einen Tag lang die Klappe hält. Nur einen Tag. Sie könnte doch einfach mal heiser werden. Bitte!« Oder einfach: »Bring mir Samuel zurück.«

Dieses Verhalten hätte die Familie sogar noch tolerieren können. Auch damit, dass Meggy samstags nicht mehr ans Telefon ging und das Haus unter keinen Umständen mehr verlassen wollte, konnte man leben. Als sie aber überlegte, ihre Söhne beschneiden zu lassen, und sich an Heiligabend 1981 weigerte, zu ihren Eltern zu kommen, und darauf bestand, stattdessen allein mit ihren drei Kindern Chanukka zu feiern, reichte es ihren Verwandten. Fanny und Sally wurden auserwählt, ihrer Schwester gehörig den Kopf zu waschen. Fanny, weil sie die Älteste war, und Sally, weil sie aufgrund ihrer nüchternen Art am besten in der Lage war, sachlich zu argumentieren.

Sallys Glück war, dass Meggy sich tags zuvor daran versucht hatte, ihren Kindern Gefilte Fisch aufzutischen, aber der Anblick des Karpfens in der gelierten Brühe stieß bei dem Trio auf vereinigte Abwehr, die sich darin äußerte, dass alle drei laut »Iihh!« und »Bäh!« riefen und Wim und Billy dazu übergingen, sich mit dem glibberigen Gelee zu bewerfen, während Hebron wissen wollte, warum der Fisch sie mit seinen toten Augen so anglotzte und ob das bedeutete, dass Augen auch noch in der Lage seien, zu gucken, wenn ihr Besitzer schon gestorben ist.

So ließ sich Meggy einigermaßen schnell von den Vorzügen, die Gänsebraten, Schokoladenweihnachtsmänner, Lebkuchen, Zimtsterne und die Gesellschaft ihrer Verwandtschaft mit sich brachten, überzeugen.

Dass sie das Weihnachtsfest dann doch wie üblich mit der Familie feierte, brachte Meggy allerdings nicht davon ab, Samuel weiterhin zu vermissen, und je öfter sie abends die Kerzen der Menora anzündete, je mehr Davidsterne sie wie abwesend auf den Notizblock neben dem Telefon zeichnete, desto mehr steigerte sie sich in den Glauben hinein, dass er zu ihr zurückkommen werde. Das Einzige, was Meggy in ihrer Sehnsucht nicht tat, war, nach ihm zu suchen. Stattdessen legte sie die Vaterschaft offen. Auf Unterhaltszahlungen für Hebron wartete sie jedoch vergeblich.

Ganz im Sinne des Vaters

Als es dann eines Abends wirklich klopfte, stand nicht etwa Samuel vor der Tür – es war Willys Vater, der ihr schweigend einen Brief in die Hand drückte, bevor er grußlos kehrtmachte.

Im Brief stand, sie solle zügig das Haus räumen, es sei Eigenbedarf vorhanden, der ein weiteres Bleiben von ihr und ihrer Brut unmöglich mache, und außerdem erwarte man eine besenreine Übergabe und eine Wiederherstellung des ehemals gepflegten Gartens, dessen Zustand mit verlottert gar nicht mehr zu beschreiben sei. Das Ganze solle innerhalb der nächsten drei Monate geschehen, dann sei Schlüsselübergabe.

Willys Eltern schienen Meggy nie gemocht zu haben, hatten diese Abneigung aber erst nach Willys Ableben zum Ausdruck gebracht.

»Das Kind wird bei uns aufwachsen. Du gibst es uns sofort nach der Geburt, denn wir wollen nicht, dass die Zukunft unseres einzigen Enkels durch den Einfluss einer schamlosen Hure versaut wird!« Mit diesen Worten hatte Willys Mutter sich nach dem Leichenschmaus auf Willys Beerdigung verabschiedet. Fred hatte schon seine Fäuste gezückt, aber Josef konnte seinen Sohn gerade noch zurückhalten, was er später bereute; denn eigentlich wäre ein kräftiger Faustschlag ins feiste Gesicht das Einzige gewesen, was diesem ebenso breiten wie hohen Kasten auf zwei Beinen, dieser Vossenacker Hinterwäldlerin mit Betonfrisur und Breitarsch, gebührt hätte. Deshalb ließ er Franz auch gewähren, als dieser während des ungewöhnlich heißen Spätsommers Matjesfilets und Forellen anonym und per Post an Willys Eltern schickte.

Auf ihr Vorhaben kamen Willys Eltern nach der Niederkunft jedoch nie zurück, entweder weil sie die Gegenwehr der zahlenmäßig weit überlegenen Hunger'schen Sippe fürchteten oder weil sich der einzige Enkel als Doppelpack entpuppt hatte. Meggy war erleichtert, dass ihre Exschwiegereltern in spe sie nicht nur in Ruhe ließen, sondern komplett ignorierten. Betrat Meggy den Dorfladen, und Willys Mutter war dort, unterbrach diese augenblicklich ihren Einkauf und verließ verächtlich schnaubend den Laden, während Meggy unter den abschätzigen Blicken der Verkäuferin ihre Waren zusammensuchte. Sie wusste nicht, was schlimmer wog: Dass sie eine Zugezogene oder dass sie eine unverheiratete dreifache Mutter war.

Dieser Zustand verstärkte sich durch das Wesen ihrer Söhne Wim und Billy, deren Auftreten im Dorf gefürchtet war, da sie im Gegensatz zu Hebron motorische Senkrechtstarter waren, die mit zehn Monaten laufen konnten und mit anderthalb Jahren Rad fahren. Eine Fähigkeit, in der Hebron ihnen noch viele Jahre nachstehen sollte, denn sie lernte das Radfahren erst, als sie schon zur Schule ging und so still und bleich war, wie sie es viele Jahre lang bleiben sollte. Die strahlend blauen Augen, die sie von ihrer unbekannten Großmutter hatte, changierten in dieser Zeit zu einem sandigen Grau, es war, als schöbe sich das dunkle Grün der Eifeler Tannen und die Tiefe des Rursees in ihre Iris, und nur, wenn sie glücklich war, hellten sich die Augen zu dem klaren Blau des Himmels über Zwejbechle auf.

Mit den kleinen Rädern, die ihnen ihre Onkel Fred und Franz geschenkt hatten, entwischten die Zwillinge Meggy, sobald diese eine Sekunde wegsah. Selbst ein von Fred geschreinertes Hoftor konnte die Jungs mit den wilden braunen

Locken, die sie ganz eindeutig von ihrem Vater geerbt hatten, nicht davon abhalten, sich vom Grundstück zu stehlen und die steilen Straßen des Dorfes ungeachtet der Verkehrslage hinunterzukrachen, die kleinen Gesichter vor Vergnügen gerötet im Fahrtwind, in jeder Kurve jauchzend vor Glück. Vielleicht hätte Willy ihnen während der Schwangerschaft nicht ständig die Flausen von den großartigen Rennen in den Kopf setzen sollen, jedenfalls gingen die Zwillinge in ihrem rasanten Dasein eines Tages deutlich zu weit, denn für die Abfahrt einer benachbarten Straße hatten sie sich zusätzlich mit zwei Metallstangen bewaffnet, die sie kurz zuvor auf der Baustelle im Nachbargarten entwendet hatten. Diese Stangen legten sie sich quer über die Lenker, bevor sie immer wieder den Abhang hinuntersausten.

Meggy erfuhr davon erst, als es abends bei ihr klingelte und wieder einmal nicht der erhoffte Samuel vor der Tür stand. Sie hatte die beiden Rabauken ins Bett gebracht und las ihrer braven, aber umso nachdenklicheren und wissbegierigen Tochter eine Geschichte vor. Ohne sich lange mit Ein- oder Zweiwortsätzen aufzuhalten, hatte Hebron schon mit zwei Jahren in verschachtelten Sätzen gesprochen. Ihre Lieblingsbeschäftigung bestand darin, die Figuren des Menschärgere-dich-nicht-Spiels in leere Sprudelflaschen zu stecken oder ihre heiß geliebten Katjes-Lakritze zu komplizierten Mustern anzuordnen, während sie ihrer Mutter die Ohren vollquasselte.

Wenn Hebron mal nicht redete, dann lag es daran, dass sie schlief oder Musik hörte. Stundenlang konnte sie im Wohnzimmer sitzen und Schallplatten hören. Am meisten mochte sie deutschsprachige Liedermacher und verbrachte so manchen Tag damit, Hannes Wader oder den »Dunkelgrauen Liedern« von Ludwig Hirsch zu lauschen.

Wenn Wim und Billy ihr den Platz vor dem Plattenspieler streitig machten, dann nur, weil sie eine Schallplatte mit Jagdsignalen hören wollten. Zu den Hornsignalen, die einen erfolgreichen Schuss verkündeten, warfen sie sich auf den Boden und imitierten voller Inbrunst die Stimme des Sprechers: »Muffel tot! Sau tot!« Wenn Hebron ihren Brüdern gut gesinnt war, sang sie ihnen die Jagdtexte vor: »Der Widder tot, Muffel ist tot, der Widder tot. Muffel ist tot. Rund ist die Schnecke, gesattelt die Decke, weiß ist der Bauch, Spiegel ja auch. Er färbt mit seinem Schweiß das Laub so rot. Halali! Halali!« Die Vorliebe für morbide Texte einte die Geschwister, und so gab es eine Schallplatte, die sie alle drei gleich faszinierend fanden: Die Dreigroschenoper.

Aber nichts liebte Hebron mehr als das Lied von den Moorsoldaten. Sie konnte den ganzen Text auswendig, nur sang sie: »Auf und nieder gehen die Pfosten« statt »Auf und nieder gehen die Posten«.

Schon mehrmals hatte sie ihre Brüder im Garten mit Schaufeln an der Buchsbaumhecke entlangmarschieren lassen und dazu glockenhell gesungen: »Wohin auch das Auge blicket, Moor und Heide ringsherum. Vogelsang uns nicht erquicket, Eichen stehen kahl und krumm.«

»Wir sind die Moorsoldaten und ziehen mit dem Spaten ins Moor«, grölten Wim und Billy, dass die Nachbarn nur so die Köpfe schüttelten.

Es war jedoch jedes Mal das Gleiche: Spätestens nach der dritten Strophe verging den Zwillingen regelmäßig die Lust am Marschieren, und Hebron versuchte mit allen Mitteln, ihre Brüder zum Weitermachen zu animieren; sie bettelte, drohte, bot ihnen Lakritze, zerrte sie am Arm, aber hatte sie Billy im Griff, rannte Wim lachend davon, und hatte sie Wim endlich wieder eingefangen, war Billy schon wieder verschwunden. Und letztendlich lief sie verzweifelt heulend zu ihrer Mutter ins Haus, während die Zwillinge irgendeinen Blödsinn mit den Schaufeln anstellten. Mit ihren fast vier Jahren stellte sie Fragen, die selbst Meggy oft nicht beantworten konnte, ohne ein Lexikon zu Hilfe zu nehmen. Häufig erwiderte sie deshalb einfach nur: »Wie viele Warzen hat der Warzenkönig?

Du weißt es nicht? Dann kann ich dir deine Frage auch nicht beantworten.«

»Geht Jesus nach dem Weihnachtsfest wieder in den Bauch von Maria zurück?«, war die Frage, mit der Hebron ihre Mutter an diesem Abend belagerte. Meggy verstand überhaupt nicht, wie das Kind auf so etwas kam.

»Ja, aber verstehst du denn nicht, wie kann es sein, dass Weihnachten jedes Jahr ist? Man kann doch nur einmal geboren werden, oder etwa nicht?«

Aber Meggy kam um eine Antwort herum, denn wie schon erwähnt, es klingelte, und Meggy, noch völlig verwirrt vom ebenso abstrusen wie logischen Gedankengang ihrer Tochter, sah sich einem Auftritt der gesammelten Anwohner der Nachbarstraße gegenüber. Diese konfrontierten Meggy mit der Tatsache, dass ihre Rennfahrersöhne mit den Metallstangen jedes einzelne der geparkten Autos – insgesamt fünfzehn an der Zahl – mit ebenso langen wie tiefen Kratzern verziert hatten.

Love & peace

Ihre Schwester Peggy war es, die, als Meggy immer mehr verzweifelte, weil sie nicht entscheiden konnte, wohin sie ziehen sollte – zurück zu den Eltern (Gott bewahre!), in Vossenack bleiben (äh, seit der Autokratzerattacke lieber nicht mehr), zurück in die Wohnung am Ochsenhügel, in der sie vorher gewohnt hatte (unmöglich, die Wohnung war viel zu klein für vier Personen, auch wenn sie immer noch leer stand) –, mit dem Vorschlag kam, man könne sich doch gemeinsam eine Wohnung in der Stadt nehmen.

»Dann kann jeder von uns arbeiten, und gleichzeitig sind die Kinder immer betreut!«, argumentierte Peggy.

So kam es, dass Meggy endlich das Hochzeitskleid von der Wand nahm, mit Lavendelblüten bestreute und zusammen mit der Friseurtasche, die sie Willy einst genäht hatte, und seinen Overalls in einen alten Koffer packte. Dann zog sie mit ihren drei Kindern zu Peggy, deren Mann Hans-Dieter und den Nichten Melody und Umma Grete nach Düren.

In ihrer Straße standen einige der wenigen Altbauten Dürens, denn Düren hatte die zweifelhafte Ehre, die am stärksten vom Krieg zerstörte deutsche Stadt zu sein. Ein Fakt, der dazu geführt hatte, dass sie nun eine der hässlichsten Städte des Landes war, da die Bauweise der Fünfzigerjahre nicht gerade zu den Sternstunden der Architektur zählt. Nichtsdestotrotz kam irgendwann allen Ernstes die Überlegung auf, die gesamte Stadt eben gerade deshalb unter Denkmalschutz zu stellen.

Außerdem war die Stadt mit einer Schwefelglocke gestraft. Dieser Gestank kam von den Papierfabriken, und je nachdem wie der Wind stand, hing der Dunst von faulem Wasser über der Stadt. Was früher Fabrikanten zu Millionären gemacht hatte, sorgte jetzt nur noch für stinkende Schwaden feuchter Luft zwischen den Häusern.

Das Haus, in dem der schwesterliche Zusammenschluss wohnte, war ein besetztes Haus. Der Eigentümer hatte Dreck am Stecken, aber bis zur Zwangsversteigerung war es bisher nicht gekommen, sodass einige ebenso alternative wie gewiefte Dürener den Wohnraum für sich in Anspruch genommen hatten. Sie hatten dem Haus sogar einen neuen Anstrich verpasst, der erstens quietschrosa war und zweitens nicht flächendeckend, denn für ein Gerüst hatte das Geld gefehlt, und so hatte man die Fassade aus den Fenstern heraus gestrichen, aber eben immer nur so weit, wie der Stiel der Malerrolle gereicht hatte. Der Kontakt zu den Hausbesetzern war über Peggys Mann Hans-Dieter zustande gekommen. Hans-Dieter war in den letzten Jahren immer mehr auf einen Selbstfindungstrip geraten, er machte täglich Yoga, trug sein spärliches Haar lang und ernährte sich asketisch. Ihm verdankten sie auch die Bezeichnung *Community of love & peace* auf dem Klingelschild. Diese Aufschrift und die rosa Fassade führten dazu, dass die Freier, die in den Puff wollten, der sich hinter der eher unscheinbaren grauen Fassade zwei Häuser weiter befand, regelmäßig bei ihnen klingelten.

Hans-Dieter baute Holzpodeste in die Zimmer, auf denen er mit Matratzen und Schaffellen archaisch anmutende Schlaflager einrichtete. Überall in der Küche hingen geflochtene Körbe und Netze, in denen Obst und Gemüse aufbewahrt wurde. Dazwischen hatte er Töpfe mit Schlingpflanzen montiert, deren lange Triebe er mithilfe von Haken und Schnüren unter der Zimmerdecke entlangwachsen ließ.

Endlich konnte Meggy wieder arbeiten. Sie bewarb sich erfolgreich im Dürener Krankenhaus, wo sie ausschließlich Nachtdienste übernahm. Während sie sich tagsüber ausschlief und Hans-Dieter, der Maler war, arbeiten ging, betreute Peggy die Kinder. Und wenn Meggy aufstand und Hans-Dieter heimkam, machte Peggy sich für ihre Arbeit als Kellnerin fertig, und wenn alle Kinder im Bett waren, ging auch Meggy zur Arbeit.

War das Wetter schön, spazierten sie mit den Kindern oft zur Rur, an deren Ufer sie am Wochenende gern grillten. Und während Meggy und Peggy Würstchen und Bauchspeck wendeten, Schüsseln mit Kartoffelsalat und Teller auf einem Holztisch anrichteten, machte Hans-Dieter auf der Wiese seine yogischen Atemübungen und Verrenkungen, die er jedes Mal triumphierend mit einem Kopfstand abschloss.

Da sie keine Dusche hatten, gingen sie einmal pro Woche ins Schwimmbad. Für fünfzig Pfennig konnte man dort duschen, den Kindern zuliebe hüpften sie aber meist für ein Stündchen ins Wasser. Weil sie keinen Telefonanschluss hatten, sehr wohl aber ein grünes Telefon mit Wählscheibe und Hans-Dieter das Geschick besaß, die grauen Telefonbuchsen an den Hauswänden anzuzapfen, telefonierten die Schwestern stundenlang auf Kosten der Nachbarn.

Irgendwann kaufte Hans-Dieter ein Motorrad mit Beiwagen, mit dem er nicht nur die Einkäufe erledigte, sondern auch gern seine *Community of love & peace* durch die Gegend chauffierte. Während eine der Schwestern gerade schlief oder arbeitete, machte er mit der anderen und der ganzen Kinderschar Ausflüge ins Dürener Umland. Das größte Kind, also wahlweise Hebron oder Melody, durfte dabei zwischen ihm und der mitfahrenden Frau sitzen, während sich die restlichen vier in den Beiwagen quetschen mussten. Meist saßen Wim und Billy vorne, denn sie liebten es, wenn ihnen der Fahrtwind ins Gesicht pfiff. Wie kleine Wieselchen sahen sie aus, wenn sie ihre Nasen in den Wind hielten. Zum Schutz gegen Insekten und Staub wurde jedem Kind eine Schwimmbrille aufgesetzt.

Eines Tages kam Hans-Dieter während eines dieser Ausflüge ins Schleudern, verlor die Kontrolle über die Maschine und krachte mit der Metallstrebe, die Motorrad und Beiwagen verband, gegen eine Straßenlaterne, sodass alle Mitfahrer von ihren Sitzen geschleudert wurden und mitten in einer Buchsbaumhecke landeten. Aber wie durch ein Wunder verletzte sich niemand ernsthaft. Den größten Schock bekam der Besitzer des Gartens hinter der Hecke, dem plötzlich fünf Kinderköpfe mit Schwimmbrillen aus seiner akkurat gestutzten Hecke entgegensahen.

Nach diesem Unfall kaufte Meggy ein Auto. Nur war das Auto kaum besser geeignet für die Horde als die Motorrad-Beiwagen-Kombination. Es war eine postgelbe Ente mit schwarzem Schiebedach, das so undicht war, dass man ständig einen nassen Hintern bekam, weil sich die Polster voll Wasser gesogen hatten. Die Kinder turnten während der Fahrt auf der Rückbank herum und veranstalteten ein Riesentamtam, mit dem sie den Fahrer so nervös machten, dass er den Beifahrer anschrie, der wiederum die Kinder anschrie, die dann dazu übergingen, ihre Socken auszuziehen und den anderen Verkehrsteilnehmern mit ihren nackten Füßen zu winken.

Seemannsgarn

Die meiste Zeit ihrer frühen Kindheit verbrachten die zahlreichen Cousins und Cousinen der Hunger-Sippe bei den Großeltern. Dort hatte Clementine die wenig erbauliche Aufgabe, die beständig wachsende Schar von Enkeln in Schach zu halten. Bei den Mädchen gelang ihr dies, indem sie sie zur Hilfe bei der Küchen- und Gartenarbeit heranzog. Seit sie ihren fünf Jahre alten Enkeltöchtern Melody, Virginia und Hebron, dem unzertrennlichen Trio, beim Erbsenpalen erzählt hatte, dass der Russe ihrem Josef im Krieg nicht nur das Bein zerschossen hatte, sondern auch die Nase, die man aber mit einem Stück Fleisch aus seinem Allerwertesten hatte retten können, geisterten in den Köpfen der Hunger'schen Enkelschar exakt dieselben Bilder herum, die sich schon ihre Mütter in ihrer Kindheit zu diesem Thema gemacht hatten. Der interessanteste Aspekt an der Sache war die Vorstellung, dass der Großvater nun ein Loch in Form einer Nase im Hintern haben musste.

Im Gegensatz zu den Tausenden von Kriegsheimkehrern, die nach dem Ende des Kriegs davon berichteten, nur im Lazarett oder in der Feldküche tätig gewesen zu sein oder sich selbst in Bein oder Hand geschossen zu haben, um nicht kämpfen zu müssen, da sie von jeher Pazifisten gewesen und diesen Krieg von Anfang an für Irrsinn befunden hätten, tat Josef genau das Gegenteil: Er verschwieg die unfreiwillige Selbstverstümmelung und behauptete, ihm sei das Bein von Rotarmisten zerschossen worden. Diese Version glaubte er mit den Jahren selbst, und wenn er auch nur noch mit Stock laufen konnte und beim Einschlafen oft von dem knackenden Geräusch verfolgt wurde, mit dem sein Unterschenkel in zwei Teile zerbrochen war, so hatte er vollkommen vergessen, dass er den vorausgegangenen Schuss einer verunglückten Pinkelpause verdankte. Natürlich wusste er auch nichts mehr von den polnischen und ukrainischen Höfen, die er während seines Wehrdienstes angezündet hatte.

Als Kinder hatten Meggy und Peggy einmal versucht, der Sache mit dem Negativabdruck der Nase in der Pobacke ihres Vaters auf den Grund zu gehen, indem sie sich vor dem Schlüsselloch der Badezimmertür herumdrückten, während Josef sein Sonntagsbad nahm. Doch noch bevor sie überhaupt irgendetwas hatten sehen können, das ihren Verdacht bestätigte, hatte Clementine sie erwischt und ihnen mit dem Kochlöffel gehörig den Hintern versohlt.

Hebron ging das Thema dreißig Jahre später offener und unkomplizierter an, indem sie nach tagelangem Grübeln über das, was Clementine ihr erzählt hatte, den Kopf voll mit Bildern von nasenförmigen Eindellungen in Pobacken, Josef einfach fragte: »Opa, hast du wirklich eine Nase aus dem Po?«

»Ja, kannste aber glauben. Zack, im Granatenhagel einfach weggeschossen, ich sah aus wie ein Schwein!« Zur Bekräftigung seiner Worte drückte er seine Nasenspitze mit dem Finger nach oben, eine Geste, mit der Hebron ihre jüngeren Brüder gern zur Weißglut brachte.

»Aber dann hat mir der Arzt im Lazarett ein Stück aus dem Hintern rausgeschnitten und vorne an die Nase genäht. Und schon war ich wieder staats. Sieht man gar nicht, guck mal.«

Er hielt Hebron das Gesicht hin. Aus der Nähe betrachtet war seine Haut seltsam großporig, kleine rote Äderchen zogen sich über seine Wangen, und die grauen Haare seines Barts sahen aus wie Drahtborsten. Hebron schwirrte der Kopf, Begriffe wie Granate und Lazarett versuchten, eine Bedeutung in ihrem kleinen Köpfchen zu erlangen.

»Und jetzt fehlt dir ein Nasenstück im Hintern?«

»Tja, mir fehlt vielleicht ein Stückchen vom Hintern, aber das ist noch gar nichts gegen das, was dem Onkel Mätthes, dem Bruder deiner Oma, im Krieg passiert ist, der war nämlich im U-Boot stationiert. Und als sie gerade so schön im Atlantik tauchen und weit und breit kein Tommy durchs Periskop zu sehen ist, denkt er sich: ›Nutz ich doch mal die Gelegenheit für mein Morgengeschäft!‹ Gesagt, getan, Mätthes zieht sich die Hose runter und hängt seinen nackten Hintern durch die Luke ins eiskalte Meerwasser. Doch noch bevor er loslegen kann, kommt ein Haifisch vorbei und beißt ihm mir nichts, dir nichts in den Arsch. Haps, linke Pobacke weg.«

Hebron schwirrte der Kopf noch mehr als zuvor, zum Kreiseln der Begriffe Lazarett und Granate kamen Atlantik, Periskop und Tommy. Warum, zur Hölle, hatte Onkel Mätthes im Wasser nach einem Jungen namens Tommy Ausschau gehalten? War der ertrunken? Aus einem Boot gefallen? Vor lauter Konzentration auf das, was der Opa ihr erzählte, knetete sie ihr Schnuffeltuch in den Händen und vergaß, am Daumen zu lutschen.

»Weißt du, so ’ne Nasenspitze kann man ja noch retten, aber wo soll man ’ne ganze Pobacke herkriegen?«

Ja, das fragte Hebron sich auch und steckte sich endlich den Daumen in den Mund.

»Und jetzt weißt du, warum Onkel Mätthes so hibbelig ist, immer nur halb auf dem Stuhl sitzt und seine Schwester, deine Oma, damit völlig verrückt macht, weil er ständig überall rumflitzt und in alle Töpfe guckt, anstatt mal still zu sitzen. Hat halt kein Sitzfleisch.«

Und das hatte Hebron jetzt auch nicht mehr, denn was sie gerade erfahren hatte, übertraf die Nasenpogeschichte um Längen und musste sofort mit ihren Cousins und Cousinen besprochen werden. Außerdem schien es Hebron nun nur zu logisch, dass alle ihren Großonkel immer nur Onkel-Mätthes-willste-ne-Fisch nannten. Obwohl sie es auch ungerecht fand, dass alle ihn mit seinem Unglück auch noch ärgerten.

Eine feine Rutschpartie

Was Josef nicht erzählte, war, dass der Krieg für ihn nicht, wie erhofft, vorbei war, nachdem man ihn aufgrund seines schlecht verheilten Beins von der Ostfront nach Hause geschickt hatte. Ende 1944 war der Vormarsch der Alliierten unweit seiner Heimat durch den Westwall zum Erliegen gekommen. Der Westwall, ein System aus Panzersperren, Bunkern, Stollen und unzähligen Gräben, dessen Bau im Auftrag des Reichskanzlers schon vor dem Ausbruch des Krieges begonnen hatte, verlief von der holländischen bis zur schweizerischen Grenze. Dabei durchzog er die Eifel nur wenige Kilometer von Josefs Heimatort Heimbach entfernt. Und ausgerechnet diese Region wurde zum am schwersten umkämpften Abschnitt an der deutschen Verteidigungslinie.

Und so wurde auch Josef wieder eingezogen. Während seine Brüder Franz-Alois und Friedhelm als Kanonenfutter für den Endsieg in die vordersten Reihen der Schlacht im Hürtgenwald geschickt worden waren, musste er als Invalide seinen Dienst als Fahrer ableisten.

Nach wenigen Tagen, in denen Josefs Truppe zur Mobilisierung in einem Kurhaus stationiert war, wurden sie zur Verteidigung des Dorfes Schmidt abgerufen, das nur wenige Kilometer von seinem Heimatdorf entfernt, aber auf der anderen Seite des Rursees lag, einem noch recht jungen Stausee, dessen

Wasser tiefblau zwischen den steil abfallenden und dicht mit Fichten bewachsenen Hängen glitzerte.

Im Vorstoß hatten die Amerikaner wenige Tage zuvor Vossenack besetzt. Von dort aus hatten sie ihren Angriff durch die Wälder ausgeweitet, die sich durch die Tiefen des Kalltals zogen, allerdings unter großen Verlusten. Denn die deutsche Infanterie hatte die Felder und Weiden an den Hängen vermint und beschoss die Amerikaner, die im dunklen Wald schnell die Orientierung verloren, mit Granaten, die an den Bäumen zerschellten. Diese sogenannten Baumkrepierer richteten nicht nur an den Bäumen schlimme Schäden an, wie man sich vorstellen kann. So gelang es den Deutschen zwar nicht, Schmidt zu halten, aber wenigstens konnten sie verhindern, dass der Feind die anderen Berghöhen einnahm.

Nun war es Josefs Aufgabe, schweres Geschütz für den deutschen Gegenangriff zur Rückeroberung Schmidts zu transportieren. Die Straßen waren verschlammt, die Lkws krochen nur langsam die steile Strecke hinauf. Als sie in einer scharfen Kurve das Tempo noch mehr drosseln mussten, zog das Gewicht der Geschütze die Wagen nach hinten. Die Soldaten mussten absteigen und schieben, während die Fahrer das Gaspedal durchtraten, dass die Holzgasmotoren laut aufheulten. Der Schlamm spritzte unter den durchdrehenden Rädern, bis sie endlich wieder Boden fassten und die Kolonne ihre Fahrt durch den Novembernebel fortsetzen konnte, dessen Schwaden feuchtkalt in den blattlosen Kronen der Laubbäume saßen, die die eng aneinanderwachsenden Fichten der Wälder rundherum eingrenzten. Bevor sie in Schussweite gerieten, teilten sie die Kolonne und positionierten die schweren Sturmgeschütze in den Dörfern auf den benachbarten Hügeln. Von dort ließen sie dem Ami, der sich in Schmidt verschanzt hatte, mit einem schönen Trommelfeuer die Geschosse um die Ohren sausen. Josef war erleichtert, dass er dem Kampfgeschehen diesmal aus dem Hintergrund beiwohnen durfte, war er doch zum Schießen nach wie vor nicht gemacht, auch hatte er noch nicht vergessen, wie sie die ukrainischen Dörfer auf ihrem Vormarsch drei Jahre zuvor mit ähnlich schönen Trommelfeuern zusammengeschossen hatten. Und so hatte auch der untalentierte Schütze Josef Hunger den einen oder anderen Iwan abgeknallt. Außerdem war er der beste Feuermacher im Regiment gewesen, weshalb er für die Brandlegung in den Hütten der zuvor eroberten Dörfer zuständig gewesen war. Im Getöse der Geschosse schien es ihm nun, als hörte er wieder das Feuer prasseln, die feindlichen Flieger surren und die ukrainischen Birkenstämme bersten. Auch juckte seine transplantierte Nasenspitze schier unerträglich, seit er wieder in der Uniform steckte.

Es war verregnet und kalt, der dichte Nebel wollte nicht aus den Tälern weichen und ließ das undurchdringliche Dickicht der Wälder noch unheimlicher wirken, ein Aspekt, der seinen Kameraden zum Vorteil geriet, denn sie waren im Gegensatz zu den Amerikanern für einen Nahkampf im Wald ausgebildet, sandten Baumschützen aus und setzten den Angreifer unter ständigen Beschuss ihres Artilleriefeuers. In einem Kampf, in dem es Mann gegen Mann ging, gelang es der Truppe, Schmidt zurückzuerobern.

Nachdem die amerikanischen Soldaten, die den Gegenangriff überlebt und keine Zuflucht in den Wäldern gefunden hatten, um die Ruinen von Kirche und Schule zusammengetrieben und gefangen genommen worden waren, wurde Josef beordert, mit zwei weiteren Lkws zum Hauptverbandsplatz zu fahren, der in einem Wohnhaus wenige hundert Meter außerhalb des Dorfes Schmidt errichtet worden war. Dort sollten sie Verletzte aufnehmen und ins Lazarett transportieren, das man im ehemaligen Kloster Maria Wald eingerichtet hatte.

Die Hauptstraße von Schmidt war nur noch ein schlammiger Pfad, gesäumt vom Schutt der zerstörten Häuser und von den Überresten landwirtschaftlicher Fuhrwerke, von Panzern und zerschossenen Militärwagen. Verkohlt und nackt ragten die Gerippe der Dachstühle in den Himmel. Von dem Dorf, in dem vor der Evakuierung Freunde von Josef gewohnt hatten, war kaum noch etwas übrig. Er musste einen aufgedunsenen Pferdekörper umfahren, der mit verdrehtem Hals auf dem Weg lag, und er schämte sich, dass es ihm vor diesem Anblick mehr grauste als vor den Leichen, die man zu unförmigen mannshohen Haufen zusammengetragen hatte.

Es hatte zu schneien begonnen, und der Morast, der die enge und steile gewundene Straße, die er dorfauswärts fuhr, schon schwer passierbar gemacht hatte, gefror nun auch noch. Der Schnee fiel in dichten Flocken, die ihm die Sicht nahmen; kaum konnte er noch die dunkel bewaldeten Hügel erkennen, die hinter den Feldern und Wiesen lagen, die den Weg säumten. Josef fuhr allein als Letzter im Konvoi, als seine Nasenspitze wieder unerträglich juckte. Er fingerte in seiner Tasche nach der Schnupftabaksdose und lenkte derweil mit dem Ellbogen seines linken Arms den Lkw, als dieser plötzlich mit einem dumpfen Krachen absackte. Der Aufprall schickte einen Ruck durch das Fahrzeug, der Josef das Steuer entriss, während die Räder auf dem gefrorenen Boden den Halt verloren. Im Rückspiegel sah er, dass die Plane seines Lkw in Fetzen hing. Während er begriff, dass er unter Beschuss geraten war, drehte sich der Lkw um seine eigene Achse, stand einen kurzen Moment lang quer auf der Fahrbahn, ehe er wieder ins Rutschen geriet, und während Josef noch versuchte, das Steuer erneut in den Griff zu bekommen, schlitterte der Wagen schon rücklings den schneebedeckten Hang hinunter. Josef riss das Steuer herum, gab Vollgas und krachte geradewegs durch den Zaun einer Kuhweide. Er betete, dass er über unvermintes Terrain fuhr, seine Beine zitterten, als bediente er eine Nähmaschine, während er den Wagen quer zur Steigung über die Weide von der Straße weglenkte. Doch dann entglitt ihm das Steuer, und der Wagen rutschte den Hang hinunter, wobei er sich mehrmals um sich selbst drehte, bis er sich am unteren Ende der Weide in einem Koppelgatter verfing. Doch anstatt den Schwung zu bremsen, denn nun überschlug sich der Lkw und blieb schließlich schwankend am Fuß der nächsten Weide liegen, und zwar zur Hälfte im angrenzenden Bach. Josef wusste nicht, wo ihm der Kopf stand, er wusste nur, dass er sich seltsamerweise kaum verletzt haben konnte, denn er fühlte sich erstaunlich gut. Er blieb einige Minuten liegen, bevor er es wagte, sich aus dem Fahrerhäuschen zu befreien. Als er endlich draußen war, wobei er nicht umhinkam, durch den Bach zu steigen, traf ihn die Stille, die um ihn herrschte, kalt im Nacken. Eine Stille, die ihm gar nicht gefiel. Und da er nicht vorhatte, die Nacht, deren Kälte ihn jetzt schon eisig umfing, auf dieser Wiese zu verbringen, beschloss er, sich zu Fuß wieder zur Straße durchzuschlagen. Doch nachdem er auf allen vieren einige Meter die Weide hinaufgerobbt war, wurde ihm bewusst, dass er auf der weißen Schneefläche jeden Schützen geradezu herausforderte und dass man ihn spätestens an der Straße wieder unter Beschuss nehmen würde. Diese Erkenntnis fuhr ihm derart beängstigend durch den Kopf, dass er sich wieder zum Lkw hinuntergleiten ließ. Geduckt watete er durch den Bach und kroch am Waldrand entlang. Leise schalt Josef sich während seiner nächtlichen Zwangswanderung, verfluchte sein Missgeschick und verurteilte sich aufs Schärfste: »Einmal so dumm zu sein, sich ins eigene Bein zu schießen, geht ja noch, bin halt zum Schießen nicht gemacht, schon zu Schulzeiten mit der Zwille nie getroffen, aber nicht mal ’nen Wagen steuern können! Nein, gleich zweimal den Oberidioten markieren, das darf doch nicht wahr sein!«, schimpfte er. »Ein Mann sollte die Dinge im Griff haben, das kann doch nicht zu schwer sein, Herrgott noch mal!« Und das war erstaunlicherweise fast wortwörtlich derselbe Satz, mit dem ihm Jahre später seine Frau in den Ohren liegen sollte, wenn auch aus weitaus banaleren Gründen.

Kriechend und fluchend verlor Josef im Nebel schnell die Orientierung, hörte das Donnern der Geschütze einmal deutlicher, einmal grollte es entfernt, und gelangte so Stunden später verfroren und schlammverschmiert an das Ufer der Kall. Dort stieß er auf einen provisorischen Sanitätsstützpunkt der Deutschen. Als er eines der Zelte betrat, glaubte er, die Kälte habe ihm doch schlimmer zugesetzt, als es ihm zunächst vorgekommen war, denn er spürte zwar seine Gliedmaßen noch, aber wie sollte er sich sonst erklären, dass nicht nur unter den Verwundeten Deutsche und Amerikaner waren, sondern auch unter den Sanitätern?

Das mag jetzt jedem ebenso verwunderlich erscheinen, wie es Josef vorkam, aber wie sollte der vom militärischen Schicksal so Genarrte auch wissen, dass er geradewegs in einen inoffiziellen Waffenstillstand zur Rettung der Verletzten geraten war, den ein deutscher Stabsarzt mit den Amerikanern ausgehandelt hatte, die sich von Schmidt aus nach Vossenack zurückziehen wollten. Die Deutschen hatten ihnen den Fluchtweg über die Kall abgeschnitten, sodass es den überlebenden Amerikanern nicht möglich war, zu ihrem Stützpunkt zurückzukehren. Und nun waren sie dazu beordert, gemeinsam die Verwundeten zu versorgen.

Und ehe Josef sich's versah, war er schon in die Rettung von Kameraden und Feinden eingespannt, bekam Waschlappen und einen Eimer Wasser in die Hand gedrückt, mit der Order, sich erst Visage und Hände zu säubern und dann an die Reinigung der noch unversorgten Wunden zu gehen, wobei kein Unterschied zwischen dem eigenen Mann und dem Ami zu machen sei. Und so wusch er Wunden aus und half Verbände zu wechseln. Und da er sprachbegabt war – nun wissen wir, woher Hebron ihr Quasselvermögen hatte – und neben dem Französischen auch die englische Sprache beherrschte, wusste er bald einiges aus dem Leben der verwundeten Amerikaner, die sie der Einfachheit halber alle John nannten, während sie selbst unisono mit Fritz angesprochen wurden. Zu einem dieser Johns ging Josef öfter als nötig, denn der junge Mann sah dem Soldaten verflucht ähnlich, der in den verdammten ukrainischen Birkenwäldern im wahrsten Sinn des Wortes seinen Kopf riskiert hatte, um Josef zu retten. Der GI war schon zwei Tage zuvor von einem der Schrapnelle, die im dichten Geäst des Waldes von den Baumstämmen abprallten, getroffen worden. Seine inneren Organe waren knapp verfehlt worden, aber Dreck und Splitter saßen tief in der Wunde, die sich gefährlich entzündet hatte. Er fieberte stark und redete wirres Zeug. Die meiste Zeit sprach er von Frauen.

»Sie ist keine klassische Schönheit, meine Frau, aber die Schönste ist Betty trotzdem, weißt du, Fritz. Sie hat braune Haare, aber ganz hellblaue Augen, himmelblau, so mit Sonne und Kirschen und Vogelgezwitscher, und haste nicht gesehn, war ich schon verliebt, ging ganz schnell, sag ich dir.«

Als Josef wenig später wieder zu ihm kam, drehte der Soldat ihm den Kopf zu und fixierte ihn mit glasigen Augen.

»Meine Fanny, die ist sich für nichts zu fein, die schleppt den Kohleneimer auch mal selbst, wenn's sein muss. Ist'n gutes Mädchen.«

Josef wusch ihm den Schweiß von der Stirn und konzentrierte sich darauf, seine Worte zu verstehen.

»Als wir geheiratet haben, mein Kommandant«, diese Bezeichnung sprach er auf Deutsch aus, »meine Penny und ich, das war 'ne Feier, wie du sie dir nicht mal im Traum vorstellen kannst. Da hat selbst der Opa getanzt mit seinem Krückstock, ist nichts als die Wahrheit. Jetzt ein Bier. Ich sterbe für ein Bier! Und meine Peggy mittendrin, mit jedem ein Tänzchen. Stolz war ich, Fritz, stolz. Nicht die Spur von Eifersucht. Wenn du so ein Mädchen hast, so eine wie meine Daisy, dann ist Eifersucht 'ne Verschwendung. Das verstehste doch Fritz, oder? Das verstehste doch?«

»Ich heiße nicht Fritz. Ich heiße Josef. Josef Hunger.«

Der Soldat wiederholte den Namen langsam, und der Klang seines Namens mit der amerikanischen Betonung gefiel Josef.

»Josef Hunger, das ist gut. Ich bin Richard Harber. Dick.«

Er versuchte ihm die Hand zu reichen, aber sie rutschte kraftlos von der Liege.

»Weißt du, Josef Hunger, wir haben Apfelbäume. Im Garten. Am Teich. Jeder wollte sie, o ja, gab viele, die sie wollten. Immer hieß es: Nimm mich, Betty, nimm mich. Aber mich hat se genommen, Fritzjosef, mich 'nen Farmerssohn.«

»Da hat sie den Besten genommen«, Josef zog die Decke hoch und sah, dass der Verband von nässendem Wundsekret durchtränkt war.

»Den Besten. Du bist der Beste, Josef Hunger. Fritz. Der Beste mein Kommandant.«

»Ja, bestimmt«, Josef schämte sich, er war der größte Trottel der Kompanie, vom Besten konnte nicht die Rede sein. Er begann den Verband mit warmem Wasser aufzuweichen, er wollte nicht, dass es Dick unnötig wehtat, wenn er die verklebten Mullbinden von der Wunde zog. Aber es schien, als spürte Dick nicht mehr viel, er stöhnte nur leise, während er weitersprach, und blieb regungslos liegen, selbst als Josef die eitrige Kruste vom Wundrand riss.

»Sally, die hat so 'nen Rock. Zieht se nur an, wenn se mal in die Stadt geht. Der hat so 'n Schlitz hinten in der Mitte. Raschelt bei jedem Schritt, dagegen ist das Rauschen der Bäume im Wald ein Furz und sonst nichts. Und dann erst der Arsch, ich sag dir, der Arsch von meiner Meggy, der ist 'n Gebet wert. Aber ein saftiges. Eine Sonntagspredigt, die sich gewaschen hat!« Er begann zu schreien. Josef drückte ihn zurück auf die schmutzige Decke; der faulige Geruch der Wunde fraß sich in seine Nase, trotzdem lehnte er seine Stirn an die kalte, schweißnasse Stirn des Amerikaners.

»Pass auf: Ich bete für dich. Ich bete auch für deine Meggy.« Josef nahm die Hände des Soldaten und legte sie ihm über der Brust zusammen. »Möchtest du, dass wir zusammen beten für dich und deine Meggy?«

»Peggy, sie heißt Peggy.«

»Ja, Peggy, entschuldige. Lass uns beten für Peggy.«

»Ja, meine Penny, die betet auch«, seine Augen fielen zu, Schweiß floss in kalten Rinnsalen auf die Wolldecke, auf die man ihn gelegt hatte. »Ich möchte nicht hier sterben, mein Kommandant«, flüsterte Richard Harber, seine Stimme war rau, nicht mehr als ein fieses Krächzen, dessen Klang Josef mehr abstieß als alles, was er in den letzten Stunden gesehen und gehört hatte. Er drückte ihm den nassen Lappen auf die Lippen, die spröde und rissig waren.

»Lass mich nicht hier in der Hölle sterben. Muss doch zurück zu meiner Sally.«

Und dann betete Josef tatsächlich, er betete wie nie zuvor, er betete, dass er heil wieder heimkam, dass es seiner Mutter und den Schwestern, die an den Rhein evakuiert worden waren, gut ging, dass er nicht ohne Friedhelm und Franz-Alois nach Hause kommen musste, dass er überhaupt wieder heimkam, und ja, er betete für den GI und seine Braut, falls es diese Braut überhaupt gab, aber das war ihm egal, denn der Soldat würde den nächsten Tag nicht mehr erleben, er würde nie wieder eine Braut küssen, egal, wie sie hieß. Und so betete Josef auch für FannyPennyPeggyMeggySallyBettyDaisy, bis er die Namen der halluzinierten Braut nicht mehr vergessen konnte.

Ende der Sechzigerjahre bekam Josef einen Brief mit exotischen Briefmarken und einem Luftpoststempel. Der Brief war tatsächlich von einer Mrs Harber. Sie beschrieb ihm, wie sie nach ihm gesucht und wie sie die nötigen Informationen schließlich über eine angeheiratete Nichte bekommen habe, die aus Good Old Germany zugewandert sei. Sie fühle sich verpflichtet, ihm mitzuteilen, dass ihr Mann an den Spätfolgen der Verletzungen, die er in der Hölle des *hurtgenwald* erlitten hatte, gestorben sei. Aber immerhin habe er diese Hölle überhaupt überlebt, und das sei seiner Meinung nach nur durch einen Fritz-Josef Hunger möglich gewesen. Ihr Mann habe den Namen Fritz-Josef Hunger oft vor sich hingemurmelt, wenn er glaubte, sie höre es nicht. Und so fühle sie sich auch verpflichtet, ihm zu danken, denn ohne seine Hilfe hätte sie ihren Richard womöglich nie wiedergesehen, wenn auch das Leben mit ihm nach dem Krieg kein Zuckerschlecken gewesen sei.

Die Frau hieß Molly.

Aber da hatte Josef seine Töchterschar schon nach all den Irrlichtern benannt, die dem fiebrigen Gehirn eines verwundeten GIs während der kalten Stunden im Kampf um den Hürtgenwald entsprungen waren.

Wie man einen Hasen fängt

Beim Bau des Bungalows hatte Josef Hunger nicht wissen können, dass das, was er sich in seiner Grundrissplanung als Clou ausgedacht hatte, zum Ursprung zweier großer Ärgernisse in seinem Leben werden würde. Der Bungalow war ein potthässlicher grauer Kasten, der direkt an die Schreinerei grenzte. Um sein Privatleben vom beruflichen abzuschirmen, hatte er eine Mauer dazwischengezogen, in der ein großes, zweiflügeliges Holztor saß. Man konnte die Schreinerei aber auch durch den Keller betreten. Er hatte nämlich das ganze Gebäude unterkellern lassen, sodass es unterirdisch ebenso viele Zimmer gab wie oben. Im größten der Kellerräume stand der Heizofen; praktischerweise führte ein Schacht aus der Schreinerei in diesen Raum, sodass Restholzstücke gleich auf den Stapel vor dem Ofen rutschten. Die übrigen Räume wurden als Lager für Eingemachtes und andere Lebensmittelvorräte, als Waschküche und Abstellkammer genutzt. Ein Raum war als Büro geplant, erfüllte diesen Zweck aber nie, da es in der Schreinerei noch ein zweites Büro gab, ebenerdig und mit großer Fensterfront, sodass man die Arbeiter im Blick hatte. Hier zeichnete Josef Entwürfe, und Clementine erledigte die Buchhaltung des Betriebs.

In allen Kellerräumen lagen bald dicke Staubschichten, Spinnweben hingen dicht und grau in den Ecken, und das schummrige Licht tat sein Übriges, um den Keller zum perfekten Grusel- und Strafort für die Kinder zu machen.

Der von Josef erdachte Clou aber lag in den überirdischen Zimmern, den Wohnräumen: Man konnte von der Küche ins Esszimmer gehen, von dort ins Wohnzimmer und von dort wieder in die Küche. Die Küche war ein schmaler Schlauch, an deren Ende eine Tür direkt zur Terrasse und zum Hinterhof führte. Nur dass sich aufgrund dieser Tür niemand die Mühe machte, die eigentliche Eingangstür am anderen Ende des Hauses zu nutzen. Ging man bei Hungers ein und aus, so stand man, sobald man eintrat, mitten in der Küche, wo einem sofort eine Tasse Kaffee und ein sogenanntes Hasenbrot, das aus einem halben weißen Brötchen und einer Scheibe Schwarzbrot bestand, in die Hand gedrückt wurde.

Nur war es so, dass der Rundgang von Küche, Esszimmer und Stube auch eine gern genutzte Route im Spielerepertoire der Kinder war. Ob man Räuber und Gendarm, Fangen, Verstecken oder das Lieblingsspiel aller Hunger'schen Kinder spielte, ein Spiel, in dem einer die Oma war, die alle zu jagen hatte, weil einer es gewagt hatte, ihr Gebet in der imaginären Kirche zu stören, indem er lachte oder furzte, oder ob man sich schlicht und einfach zankte, Hauptsache schien, sich möglichst laut schreiend im Kreis hinterherzujagen.

Und der Rundgang war der gern genutzte Weg für Josef, um den ewigen Sticheleien seiner Frau zu entkommen, die ihm vorhielt, dass er die Dinge im Hause Hunger nicht im Griff habe, die ein Mann im Griff haben sollte.

Nur dass Clementine seine Flucht vereitelte, indem sie ihm von Zimmer zu Zimmer folgte und ihm ihre Beschwerden in den Nacken schnatterte, ein Schauspiel, das den Kindern, den Lehrlingen und Gesellen und so manchem Besucher regelmäßig geboten wurde. Wie eine Bühne betraten sie das Esszimmer von der einen Seite, der grummelnde Josef mit seinem Stock vorneweg, die im Takt ihrer auf dem Holz klappernden Absätze nörgelnde Clementine hinterher, um durch die zweite Tür zu verschwinden, bis sie kurze Zeit später wieder durch die erste auftraten. Dieses Spiel zog sich jedes Mal so lange hin, bis Josef genug hatte und nach der Küche nicht wieder links ins Wohnzimmer einbog, sondern die rechte Tür nahm, die zum langen Flur mit den Schlafzimmern führte.

Als alter Meister, der nur noch ausgewählte Stücke selbst bearbeitete und das Gros der Aufträge seinen Gesellen überließ, musste er miterleben, wie die nächste Generation seines Fleischs und Bluts mit Indianergeheul die alte Runde drehte; und hatte ihn schon das Theater seiner Kinder genervt, so nervte ihn das der Enkel umso mehr, wo sie seiner Kinderschar doch schon rein zahlenmäßig hoch überlegen waren. Manchmal begnügte sich Josef damit, Pfeife rauchend im Sessel des Wohnzimmers zu sitzen und das Geschrei weitestgehend zu ignorieren, und manchmal verteilte er kleine Täfelchen Schokolade, um das Treiben zu beenden, oder er gab ihnen ein paar Pfennige, damit sie ins Dorf hinaufgehen und sich Brausebonbons kaufen konnten und er wenigstens eine Stunde Ruhe hatte. Heimlich nahmen die Kinder Clementines Fahrrad, um ins Dorf zu kommen, die Brüder Geronimo, Casanova und Galileo fuhren sogar zu dritt darauf: Geronimo stand auf den Pedalen und lenkte, Galileo saß freihändig auf dem Sattel, und Casanova, der Jüngste, durfte auf dem Gepäckträger sitzen. Dass gerade die drei Brüder oft herumliefen wie die letzten Lumpen, braucht wohl kaum extra erwähnt zu werden; da steckte kein Hemd in der Hose, war kein Schnürsenkel gebunden, kein Reißverschluss geschlossen und keine Socke passend zum Gegenstück – von der Sauberkeit ganz zu schweigen. So kam es, dass die zweite Generation der im Dorf herumstrolchenden Hunger-Sippe ebenso kopfschüttelnd beäugt wurde wie die Zigeunerfamilien, die Jahr für Jahr die Straßen mit dem Pferdewagen abklapperten und mit einer alten Kuhglocke nach Kleinschrott und Sperrmüll läuteten.

Wenn Josef es gar nicht mehr aushielt, jagte er die Bande raus, und zwar immer mit dem gleichen Spruch: »Kinder, raus mit euch! Los, geht und fangt einen Hasen!«

Ein weiterer von Josef erdachter Clou waren die Schiebetürschränke, die er in der Küche oberhalb der eigentlichen Küchenschränke in die Wand integriert hatte. Sie boten einen großzügigen und gern genutzten Stauraum. Und so war mit den Jahren alles hineingepackt worden, was nur selten oder gar nicht mehr gebraucht wurde: Schlafsäcke, Campinggeschirr, Einmachtöpfe, Daunendecken, Angeln und ein Satz Autoreifen, um nur einiges zu nennen.

Wer geschickt war, konnte mithilfe eines Stuhls erst auf die Regalböden der geöffneten Küchenschränke steigen und sich dann hinter den Schiebetüren verstecken. Wer ungeschickt war, wurde dort oben eingesperrt, wenn er Blödsinn gemacht oder am Daumen genuckelt hatte.

Hebron hatte während einer Strafaktion herausgefunden, dass sich dort oben das Süßigkeitenversteck ihrer Oma befand. Ein großes Glas mit Schraubverschluss, in dem Clementine Karnevalskamellen, Bonbons und Lakritzbrocken aufbewahrte.

Hebron war fünf Jahre alt, ihr Haar war lockig und blond, und das ständige Daumennuckeln trieb zwischen ihre Schneidezähne eine Lücke. Dass ihre Tochter blond war, hatte Meggy erst verwirrt, denn Samuel war ebenso dunkelhaarig wie sie, aber da Sally und Franz helleres Haar hatten, als die anderen, ging sie davon aus, dass irgendein grauer Vorfahr das Gen für blondes Haar in die Familie Hunger gestreut hatte. Dass Hebron die Haarfarbe von ihrer jüdischen Großmutter geerbt hatte, konnte Meggy ja nicht ahnen.

Nun stand Hebron auf einer aus Stühlen errichteten Leiter und hatte gerade das Glas mit den begehrten Bonbons zu fassen bekommen, als Clementine ihr Mittagsschläfchen beendete und noch leicht benommen in die Küche zurückkehrte, um den Nachmittagskaffee aufzubrühen.

»Was machst du denn da oben?«

Hebron schob das Glas schnell zurück.

»Oma, geh mal aus der Küche.«

»Ja, glaubst du denn, ich bin blöd?«

»Nein, nein, Oma. Ich will hier nur aufräumen. Geh mal aus der Küche.«

»Damit du dir die Kamellen schnappst? Nix da, und jetzt raus hier und alles wieder aufgeräumt, sonst gibt's was auf den Hintern!«

Hebron stieg widerwillig von ihrer Stuhlkonstruktion. Ihr war klar, dass Clementine sich ein neues Versteck ausdenken würde, das sie erst nach Wochen entdecken würden. Und während sie die Stühle wieder in die Sitzecke um den Tisch schob, auf dem ihre Oma schon dick geschnittene Scheiben Weißbrot mit einer fast ebenso dicken Schicht Butter anrichtete, konnte sie es sich nicht verkneifen, Clementine böse anzufunkeln: »Oma, weißt du, was Sterblichkeit ist? Ich sag es dir. Sterblichkeit bedeutet: Du bist schon alt, Oma, und deshalb musst du bald sterben!«

Während seiner Frau in der Küche der Tod an den Hals gewünscht wurde, focht Josef im Wohnzimmer mal wieder seinen ganz persönlichen Kampf um ein wenig Ruhe aus. Auch an diesem Tag, an dem nicht nur Fanny ihre Söhne Geronimo, Casanova und Galileo in die Obhut ihrer Eltern gegeben, sondern auch Meggy ihr vaterloses Trio abgeladen hatte, schickte Josef die Bande schließlich zum Hasenfangen und unterstrich seine Worte drohend mit dem Stock. Angeführt von Geronimo, der das Recht des Ältesten für sich in Anspruch nahm, purzelte die Bande aus der Küche und schwang sich, je nach Mut und Größe, über oder unter dem Terrassengeländer in den Hof. Dort blieb Geronimo kurz stehen und überlegte, wo man jetzt am meisten Spaß haben konnte. Sein Blick streifte die Hühner und Gänse, die den ganzen Hof ebenso kahl gepickt wie vollgeschissen hatten und mit denen man unglaublich viel Vergnügen haben konnte, indem man sie über Hof und Wiese jagte, was aber zurzeit kein guter Plan war, denn die Zwillinge Wim und Billy hatten erst kürzlich versucht herauszufinden, ob Hühner fliegen können, und Clementines beste Legehenne zu diesem Zweck die Kellertreppe hinuntergeworfen.

Dieser Tat war eine Riesenstandpauke für alle gefolgt, als ob die Großen etwas für die Dummheit der Kleinen konnten. Die traumatisierte Henne musste wegen ihrer gebrochenen Beine notgeschlachtet werden. Wie Clementine das Huhn ausgenommen hatte, war sehr interessant gewesen, denn aus dem Bauch des Huhns hatte sie Eier verschiedenster Größen und Entwicklungsstadien hervorgeholt, die sie in einer akkuraten Reihe auf der Arbeitsplatte anordnete. Sie zeigte den Kindern den »Hahnenpick«, einen roten Fleck im Dottersack, vor dem die Kinder sich gruselten.

»Igitt«, hatte Geronimo geschrien, »ich ess doch kein Hühnerbaby!«

Hebron vergrub ihre Nase im Schnuffeltuch und nuckelte heftig am Daumen. Sie war ganz blass geworden, was dem scharfen Blick der Oma nicht entgangen war.

»Ist dir schlecht?«, hatte Clementine gefragt.

»Nein«, hatte Hebron geantwortet, um umgehend bewusstlos von der Küchenbank zu fallen. Die Suppe mit den Buchstabennudeln und das Frikassee mit Erbsen, Spargel und Kapern hatten ihr trotzdem genauso gut geschmeckt wie allen anderen.

»Wollen wir hinter der Schreinerei Verstecken spielen?«, fragte Hebron nun den immer noch unentschlossenen Geronimo.

Hebron liebte Geronimo. Er war der Prinz von Düre und sie seine Eifelmaid; zu diesem Zweck hängten sie sich oft Gardinen und Vorhänge um die Schultern und setzten sich Kronen aus goldenem Weihnachtspapier auf den Kopf. In einem alten Koffer unter dem Bett ihrer Mutter hatte Hebron einige Zeit zuvor ein richtiges Prinzessinnenkleid gefunden. Es war ihr viel zu groß, die weiten Ärmel hingen fast bis zum Boden, aber Geronimo hatte sie mit Einmachgummis hochgeschoben und mit einem weiteren Gummi den Rock zu einem dicken Knoten zusammengerafft und über Hebrons Po fixiert. Beide waren sich einig, dass Hebron jetzt aussah wie eine Prinzessin aus der Zeit des Rokoko, denn Geronimo besaß ein Buch über Könige, in dem es viele farbenprächtige Bilder typischer Kleidung aller Stilepochen gab. Auch fand sich in dem Koffer ein ölverschmierter Overall, der sich hervorragend als Ritterrüstung machte, sowie eine Umhängetasche mit Scheren, Kämmen und Rasierklingen, die geradezu danach schrie, zur Waffentasche umfunktioniert zu werden. Als das königlich ausstaffierte Paar hoheitsvoll in die Küche einmarschierte, wurde es jedoch nicht wie erhofft mit Jubel und kratzfüßigen Bücklingen empfangen. Stattdessen fing Meggy an zu schreien, wie sie noch nie zuvor geschrien hatte. Zeternd versuchte sie, Hebron das Kleid über den Kopf zu ziehen, doch dank Geronimos Fixierung mit Einmachgummis blieb es dort hängen und bewegte sich kein Stück, was Meggy nicht davon abhielt, weiter wie wild an dem perlmuttfarbenen Stoff zu reißen, während Hebron fürchtete, ersticken zu müssen, denn sie bekam kaum noch Luft, und Meggy Geronimo anschrie: »Nie wieder geht ihr an den Koffer! Verstehst du? Nie wieder!«

Endlich schien sie entdeckt zu haben, warum sich das Kleid nicht vom Körper ihrer Tochter lösen wollte, denn bald hörte Hebron, wie Meggy Geronimo schalt, weil er Hebrons Arme so abgeschnürt hatte, dass sie schon blau wurden. Sie löste die Gummis, raffte das Kleid zusammen, und während sie Geronimo aus dem Overall schälte, begann Meggy zu weinen. Tränenüberströmt nahm sie ihm die Gürteltasche ab und stopfte alles zurück in den Koffer. Meggy schluchzte so laut, dass Geronimo und Hebron es mit der Angst zu tun bekamen, und wenn sie eins begriffen hatte, dann, dass man den Koffer besser in Ruhe ließ.

»Ach, verstecken, immer verstecken, das ist doch langweilig«, antwortete Geronimo nun seiner Cousine.

»Wir könnten auch in den Taubenturm klettern.« Hebron gab noch nicht auf.

Beides, Verstecken spielen in den Holzstapeln hinter der Schreinerei und das Betreten des Taubenturms, war strengstens verboten.

Der Taubenturm war ein quaderförmiges Ungetüm, das an die Mauer grenzte, die Schreinerei und Wohnhaus trennte. In den Fünfzigerjahren hatte Josef die Idee gehabt, Tauben zu züchten, aber der Plan war im Alltag zwischen Schreinerei und Kindererziehung schnell untergegangen, sodass der Taubenstall bald vernachlässigt wurde. Ein paar vereinzelte Tauben nisteten dort oben immer noch. Vom Taubenturm konnte man wunderbar über die Mauer auf das Dach des Bungalows balancieren, und von dort konnte man wiederum mit einem kleinen Sprung auf das Dach der Schreinerei gelangen. Was nicht weniger verboten war.

Hebrons Idee mit dem Taubenturm war ziemlich gut, aber dann fiel Geronimos Blick auf Josef, der durch die Sprossenfenster im Esszimmer lugte und genau zu beobachten schien, ob die Bande den Hasenfangbefehl befolgte. Unter diesem Umstand in den Taubenturm zu gehen, war kein guter Plan, also schrie er mehr Richtung Fenster als zu den restlichen Kindern, die sich schon in den Blumenbeeten und unter den Nussbäumen verteilten: »Mir nach! Expedition Johannisbeersträucher!«

Hinter dem Wohnhaus, was eigentlich vor dem Wohnhaus war, bedachte man die Lage des offiziellen Eingangs, war die große Wiese mit dem Obst- und Gemüsegarten. Diese Wiese war umsäumt von Johannisbeersträuchern, die weiße, rote und schwarze Beeren trugen, sowie einigen Stachelbeersträuchern. Im Juni, aber nie vor dem vierundzwanzigsten, schickte Clementine ihre Enkeltöchter mit großen Plastiksieben und Gabeln zu den Sträuchern. Hebron mochte es, die

Beeren mit der Gabel vom Zweig zu zupfen. Sie schaffte es aber nie, dabei so behutsam zu sein, dass keine einzige Beere zerquetscht wurde, während Clementine, die viel schneller arbeitete als Hebron, Melody und Virginia, fast nur unverletzte Beeren ins Sieb beförderte. Jetzt war es noch zu früh für Johannisbeeren, es war Ende Mai, und die Beeren waren noch klein und hart.

Unter lautem »Attacke!« – und »Hände hoch, Hosen runter!« – Geschrei, über das Hebron immer lachen musste, bewarfen sich die Brüder mit harten Stachelbeeren, bis sie dazu übergingen, gemeinschaftlich die Zwillinge zu beschmeißen, worauf diese laut zu heulen begannen. Als Clementines Kopf an der Hintertür erschien, beschlossen sie, dass »Expedition Johannisbeersträucher« auch nicht das war, was sie spielen wollten. Zum Glück kamen in diesem Moment Tünnes und Schäl in den Garten, Clementines Hundegespann.

Tünnes war ein nervöser Zwergdackel, der dauernd kläffte und nach Kinderbeinen schnappte, egal, ob mit Grund oder ohne. Schäl war ein großer sandgelber Mischling, der seinen Namen einem leichten Hüftschiefstand verdankte. Er war ziemlich alt, blaue Flecken überzogen sein kurzes und drahtiges Fell, und er torkelte, aber zum Reiten war er immer noch prima geeignet.

Und glaubt es oder glaubt es nicht, aber als Schäl wenige Monate später starb, beging Tünnes Selbstmord auf der Schnellstraße unweit des Anwesens, auf der die Autos mit Tempo hundert entlangrasten und die er, als es noch seinen Begleiter gab, nicht ein einziges Mal betreten hatte.

Hebron mochte es nicht, auf Schäl zu reiten, sie hatte Angst vor ihm und fand außerdem, dass er stank. Und wenn sie auch Geronimo bewunderte, der jetzt mittels einem zur Lanze deklarierten Stock durch die Parade seiner Brüder und Cousins, die sich wie Höflinge verbeugten, bis zum Heiligenhäuschen ritt, während Tünnes ihnen in die Waden biss, nutzte sie den Moment und kroch mit ihrem Schnuffeltuch unter die großen

Blätter des Rhabarberstrauchs, um in Ruhe am Daumen nuckeln zu können.

Hier fand sie kurze Zeit später Fred, der eine Schubkarre Sägespäne zum Brennhaufen fuhr.

»Was machst du denn hier ganz allein?«. Fred nutzte die Gelegenheit, sich eine Zigarette anzuzünden. Da er sich den Zeigefinger mit der Kreissäge abgetrennt hatte, sah es immer ziemlich komisch aus, wenn er rauchte.

»Opa hat uns rausgeschickt, einen Hasen fangen.«

»Und dafür tarnst du dich als Rhabarber?«

Hebron musste lächeln, Fred war ihr Lieblingsonkel, er spielte oft mit ihnen und war sich für keinen Blödsinn zu schade. Auch Franz machte gern Blödsinn, nur wurde er schnell übermütig und tobte derart wild mit ihnen, dass er nicht merkte, wenn er zu grob wurde. Und überhaupt war es mit Franz so eine Sache, mal war er der beste Onkel der Welt, aber manchmal war er einfach merkwürdig.

Erst vor Kurzem hatten Fred und Franz ein großes Fest gefeiert. Auf der Wiese vor der Terrasse bauten sie den riesigen dreibeinigen Schwenkgrill auf, ein Geschenk von Onkel-Mätthes-willste-ne-Fisch, der Schmied war. Schon nachmittags feuerten sie den Grill an, denn sie hatten für die Party ein Spanferkel besorgt. Franz hatte die Kinder in die Festvorbereitungen eingespannt, sie durften ihm helfen, Tische und Stühle in den Garten zu tragen, Tischdecken und Geschirr anzurichten, und außerdem hatte er ihnen erlaubt, alles ganz nach ihrem Geschmack zu dekorieren, ein eigentlich großzügiges Angebot, bis Geronimo meinte, etwas ganz Besonderes erfunden zu haben, nämlich die lebendige Tischdekoration, die aus von ihm eigens gesammelten Schnecken bestand. Obwohl diese die Tischdecke im Lauf des Nachmittags mit Schleimspuren verunstalteten, war seine Dekorationsidee immer noch besser als die von Wim und Billy, denn die fanden, dass auch Gänsekacke ein ganz ausgezeichneter Schmuck für weiße Tischdecken sei, und balancierten Häufchen davon mit Stöcken herbei, ein Dekorationsversuch, den Franz zum Glück in letzter Sekunde vereiteln konnte.

Selbst um das Büfett kümmerten sich die Brüder eigenhändig, was immerhin so viel bedeutete, dass sie ihrer Mutter und ihren Schwestern sagten, welche Salate diese anrichten sollten, und ansonsten für ausreichend Bier und Limo sorgten. Und dann gab es noch das Spanferkel. Das durften Mutter und Schwestern nicht anrühren; Grillen war reine Männersache. Ein Fakt, den Franz der Kinderschar, die das Herrichten des Ferkels für den Grill neugierig beobachtete, gerne auseinandersetzte: »Frauen können Hühner rupfen und am Heiligabend einen Gänsebraten in die Röhre schieben, aber sobald es um das Rösten von Fleisch auf offenem Feuer geht, sind Männerhände gefragt. War schon immer so, selbst zu Ritterzeiten, ja, sogar die Wikinger drehten ihre Wildschweine noch eigenhändig über dem Lagerfeuer, denn das hält harte Männer zusammen.« Während dieser tiefsinnigen Rede zog er das Ferkel aus der Kiste und legte es auf den Beistelltisch, den er sich mit den wichtigsten Grillutensilien präpariert hatte. Hebron fand den Anblick des faltigen rosa Ferkels zum Fürchten, am schlimmsten aber fand sie den Moment, als Onkel Franz zwei Finger in die Nase des Ferkels steckte und »Steckdose!« rief, nur um ihm danach einen Apfel in die traurige Schnauze zu rammen.

Später, als es längst Nacht war und die Erwachsenen schon lauter sprachen und lachten als sonst, hielten die Kinder Stöcke in die Glut und zeichneten mit den Spitzen Muster in die Dunkelheit. Wie immer war Geronimo der Beste darin, er konnte seinen Stock so schnell durch die Luft zischen lassen, dass die glühende Spitze nicht nur Kreise und Ellipsen, sondern auch Achten und Zickzackmuster in die Dunkelheit brannte. Franz, der am lautesten von allen lachte, überließ die verantwortungsvolle Aufgabe des Spanferkeldrehens seinem Bruder Fred und jagte die Kinder eine Weile durch den finsteren Garten. Sein von der Hitze des Grills gerötetes Gesicht und die wilden Schreie, die er ausstieß, wenn er eins der Kinder packte und herumwirbelte, machten Hebron wirklich Angst, obwohl sie wusste, dass es nur ein Spiel war. Als das Spanferkel endlich fertig war, schnitt Fred den Kindern dicke Scheiben des knusprigen Fleischs ab. Und so saßen sie ums Feuer, die fettigen Gesichter glänzend im Schein der Flammen, und Hebron glaubte, nie etwas Besseres gegessen zu haben.

Am nächsten Tag war Franz verschwunden.

»Der liegt irgendwo und schläft seinen Rausch aus«, raunten sich die Erwachsenen mit fahlen Gesichtern zu, während die Kinder die Reste aus den über die Wiese verstreuten Bierflaschen tranken und in der Asche stocherten.

Obwohl die Kirchenglocke noch nicht einmal zehn Uhr geschlagen hatte, entfachte Fred das Feuer neu, und was nicht schon am Vorabend verputzt worden war, wurde auf den Rost gelegt, Kartoffel- und Nudelsalatreste wurden zusammengekratzt und in großer Runde im Schatten der Nussbäume verspeist. Die Erwachsenen schien Franz' Verschwinden nicht so zu verwundern wie die Kinder, denn sie lachten über ihren Bruder und wedelten nur lapidar mit den Händen, wenn die Kinder ein ums andere Mal fragten, ob ihm denn sicher nichts passiert sei. »Betrunkene haben immer Glück, die haben sieben Leben wie die Katzen!«

Franz tauchte erst drei Tage später wieder auf, pfeifend und ohne ein Wort über sein Verschwinden zu verlieren.

Hebron mochte Fred außerdem lieber, weil er nie drohte, sie alle in einen Sack zu stecken und auf dem Markt zu verkaufen.

»Wir fangen eh nie einen Hasen, die sind immer zu schnell.«

Fred zog Hebron aus der Rhabarberstaude, setzte sich in die Schubkarre und nahm sie auf den Schoß. Sie fand, dass er gut roch, nach Tabak und Harz und Hobelspänen.

»Das liegt daran, dass euch noch nie jemand den richtigen Trick verraten hat.«

»Und wie ist der Trick?«, fragte Hebron, weil Fred keine Anstalten machte, ihn von selbst zu verraten.

»Also, ihr braucht drei Dinge: einen Ziegelstein, ein Salatblatt und die Pfeffermühle. Dann geht ihr aufs Feld, legt den Ziegelstein an eine strategisch gute Hasenfangstelle, streut ordentlich Pfeffer auf den Stein und legt das Salatblatt obendrauf. Dann versteckt ihr euch. Wenn der Hase kommt, sieht er das leckere Salatblatt, frisst es und muss – hatschi! hatschi! – ordentlich niesen wegen dem Pfeffer, und kawumm!«, Fred schlug sich mit der Hand kräftig an die Stirn, »kawumm! schlägt der Hase mit dem Kopf auf den Ziegelstein. Davon ist er erst mal betäubt oder tot, und ihr müsst ihn nur noch an den Ohren packen. Klappt todsicher.«

Und so kam es, dass Hebron ihre Brüder und Cousins, die mit Stöcken in der Asche des Spänehaufens nach verlorenen Goldringen und Onkel Freds Zeigefinger stocherten, dazu überreden konnte, es doch noch mit einer Hasenjagd auf den Rübenfeldern zu versuchen. In den folgenden Tagen verbrachten sie viel Zeit in den Furchen des Felds, sahen ab und zu auch einen Hasen, einmal sogar ein Reh, aber kein Tier wollte das Salatblatt auch nur probieren.

Das blonde Gift

Freds Finger hätte bestimmt gerettet werden können, wenn nicht alles durcheinandergeraten wäre. Denn was ist schon ein abgetrennter Finger in den 1980er-Jahren gegen eine Nasentransplantation in den Wirren des Zweiten Weltkriegs?

Fred war gerade dabei gewesen, ein Stück Nussbaumholz zurechtzusägen, mit dem er die Seitenwand einer Kirchenbank erneuern wollte, weil der Gruber Mätthes während der Sonntagsmesse im Tiefschlaf von der Bank gefallen war, als er seinen Rausch ausschlief. Dabei hatte er die bereits lockere Seitenbegrenzung mitgerissen, die auf dem Steinboden zerschellte. Man konnte kaum unterscheiden, was von beiden den größeren Krach gemacht hatte: Mätthes' Körper oder das Holzbrett. Die Kircheneinrichtung war in den 1960er-Jahren komplett erneuert worden. Die Herstellung der Bänke und des Beichtstuhls hatte man Josef Hunger angetragen, der das Geld aus diesem Großauftrag mehr als gut gebrauchen konnte, denn obwohl seine Frau sich während der Geburt der Zwillinge geschworen hatte, nie mehr das Bett mit ihm zu teilen, hatten sie noch zwei Töchter bekommen: Betty und Daisy.

Die Reparatur der vom Gruber Mätthes zerstörten Bank überließ Josef nur zu gern seinem Sohn Fred. Nun hatte Josef aber kurz zuvor ein Lehrmädchen eingestellt – eine Ungeheuerlichkeit, wie die Dorfbewohner fanden –, aber Josef hatte sich von ihrer Tatkraft und Willensstärke überzeugen lassen und der jungen Frau namens Marianne die Lehrstelle gegeben. Der zweite Lehrling war ein dicker, unbeholfener Junge, der tatsächlich zum Schmied marschiert war, nachdem man ihn an seinem ersten Ausbildungstag losgeschickt hatte, die Gewichte für die Wasserwaage zu holen. Die dralle und rotwangige Marianne mit dem strohblonden Haar hingegen hatte bei diesem Auftrag nur müde gelächelt und gefragt: »Soll ich auf dem Rückweg noch Neurosen vom Floristen mitbringen?«

Bald hieß Marianne in der Schreinerei nur noch das blonde Gift, was nicht etwa bedeutete, dass sie falsch und verlogen war, nein, Mariannes bloße Anwesenheit verdrehte den Handwerkern den Kopf, und zwar gehörig. Ein Zustand, dem sich auch Fred nicht entziehen konnte. Sie war so eine Frau, bei der man unweigerlich an Kniestrümpfe und Dirndl, an einen kurzen Rock und ein tiefes Dekolleté denken musste. Und Marianne, das blonde Gift, war sich dieser Wirkung vollkommen bewusst und erschien zur Arbeit gern in einer Latzhose mit abgeschnittenen Hosenbeinen und Holzfällerhemden, deren oberste Knöpfe unanständig weit offen standen.

Was Fred während der Arbeitszeit auch tat, er wusste immer, in welchem Teil der Werkstatt Marianne sich gerade aufhielt. So war es nicht verwunderlich, dass er dem rotierenden Sägeblatt der Kreissäge zusätzlich zum Nussbaumholz seinen Zeigefinger überließ und ziemlich lange brauchte, um zu verstehen, was da gerade passiert war. Sobald er es aber begriffen hatte, fing er nicht etwa an zu schreien, nein, er ging kalkweiß, aber seelenruhig zum Büro seines Vaters und wartete sogar ab, bis dieser sein Telefonat beendet hatte, bevor er ihn ansprach.

»Nu is mein Finger ab.« Josefs irritierter Blick glitt an seinem Sohn hinunter, bis zur Hand, aus der das Blut nur so hinausgestoßen wurde. Auf dem Boden breitete sich bereits eine große Lache aus. Josef schrie stellvertretend für seinen Sohn, riss den Verbandsschrank auf, packte Mullbinden und Kompressen, und während er den Finger notdürftig abband, brüllte er seine Angestellten zusammen.

»Der Fred muss ins Krankenhaus, sofort!« Die Männer brauchten eine Sekunde, um zu verstehen, doch dann brach Hektik aus. Sie rissen das Tor der Schreinerei auf, Franz rannte zum Wagen, stellte fest, dass ihm der Schlüssel fehlte, hechtete ins Büro, wo er aber keinen Schlüssel fand, denn den hatte der Geselle mittlerweile schon zum Auto getragen. Marianne und der dicke Lehrling wuchteten derweil Fred auf die Rückbank. Franz brüllte nach dem Schlüssel, Josef rief nach Clementine, Fred jaulte, weil er endlich merkte, dass es wehtat, Marianne schrie, sie sollen nicht so schreien, Franz riss dem Gesellen den Schlüssel aus der Hand, sprang ins Auto und wollte losfahren, aber das Auto startete nicht, egal, wie heftig Franz den Schlüssel im Zündschloss auch drehte; bis auf ein kümmerliches Jaulen gab der Wagen nichts von sich. »Schieben, schieben!«, schrie Franz und löste die Handbremse. Also stiegen alle bis auf Franz wieder aus, auch der verletzte Fred, und schoben den Wagen. Als sie bis zur Einfahrt des Schreinereigeländes gekommen waren, sprang der Wagen endlich an, Fred warf sich auf den Beifahrersitz, Franz gab Vollgas, und weg waren sie. Zurück ließen sie die herbeieilende Clementine, Josef, Marianne, den Gesellen und den dicken Lehrling, allesamt eingehüllt in eine Abgaswolke und mit schlammbesprenkelten Hosenbeinen.

Dass sie nicht nur ihre Eltern vergessen hatten, sondern auch den Finger, merkten sie erst, als der Arzt im Krankenhaus danach fragte.

Zwar fuhr Franz, so schnell er konnte, zurück zum erneuten Anschieben des Autos hatte er kurzerhand ein paar Krankenhausbesucher verpflichtet, aber in der Zwischenzeit hatte der dicke Lehrling, der endlich auch einmal ein Lob bekommen wollte, die Kreissäge penibel gereinigt.

»Wo ist der Finger?«, schrie Franz, der seinen Zorn nicht mehr verbergen konnte. »Die großen Stücke hab ich in die

Kellerluke geworfen und den Rest zum Sägespänehaufen gefahren und angezündet. So wie ihr es mir beigebracht habt.«

Immerhin interessierte sich Marianne seit dem Vorfall sehr für Fred, überprüfte täglich die Heilung des Fingerstumpfs, versorgte ihn mit Schokolade und saß in der Mittagspause, bei der die Angestellten zusammen mit der Familie an der langen Tafel des Hunger'schen Esszimmers Platz nahmen, nun immer neben ihm und zerteilte ihm sein Essen in mundgerechte Bissen.

Als kleine Rache für die Vernichtung des Fingers seines Zwillingsbruders schickte Franz den dicken Gesellen ein paar Tage später in den ungenutzten alten Schweinekoben. In diesen Koben war der junge Hahn einquartiert worden, den man vom Rest der Hühnerschar hatte separieren müssen, weil er sich vornehmlich durch den Charakterzug der Aggressivität auszeichnete. Nun stolzierte der streitlustige Hahn tagtäglich aufgeplustert durch den Schweinekoben, wo er laut krähend auf sein Ende in Clementines Suppentopf wartete. Als der Zeitpunkt für ein schönes Frikassee gekommen war, trug Franz dem dicken Lehrling auf, den Hahn zu fangen, nicht ohne die Tür des Kobens von außen zu verriegeln. Vor dieser blieb er so lange lachend stehen, bis er die schrillen Hilferufe des Lehrlings selbst nicht mehr ertrug und ihn erlöste, indem er die Stalltür öffnete, an dem völlig zerzausten Lehrbuben vorbeiging, den Hahn packte und in einen alten Sack steckte.

Marianne und Fred aber machten nach Feierabend bald ausgiebige Spaziergänge über Felder und Wiesen, und es dauerte nicht lange, bis sie sich auf den Strohballen eines abgeernteten Kornfelds das erste Mal küssten. Das blonde Gift, das Fred von Anfang an die Sinne verwirrt hatte, verführte ihn nach allen Regeln der Kunst und entpuppte sich als ebenso leidenschaftliche wie laute Liebhaberin. Nur sollte ihr ebendiese Lautstärke Jahre später zum Verhängnis werden, denn als Fred sich eine kleine Extrapause von der Arbeit gönnte und langsam um Schreinerei und Bungalow spazierte, hörte er ein ihm sehr vertrautes Stöhnen aus dem Zimmerfenster seines Bruders Franz, der immer noch zu Hause wohnte.

So kam es, dass Mariannes Söhne Johann und Gabriel zugleich Brüder und Cousins werden sollten.

Fred war Fred: Stoisch und gelassen wie immer, sprach er kein Wort mit seinem Bruder über seine Entdeckung, und auch mit Marianne redete er nicht, wanderte aber mit seiner Bettdecke ins Wohnzimmer, wo er für einige Wochen auf dem Sofa campierte, umgeben von überquellenden Aschenbechern, Bierdosen und Pommes-frites-Schalen mit eingetrockneten Mayonnaiseresten. Aber wie immer konnte Fred seinem Bruder nicht lange böse sein, denn er verstand es nur zu gut, dass Franz Marianne ebenso reizend fand wie er. So war das eben, wenn man sich ein blondes Gift zur Frau nahm, war sein Fazit, als er seine Bettdecke wieder ins Ehebett schleifte.

Über die Jahre entspannte sich die Lage sogar so sehr, dass die Zwillinge Fred und Franz gemeinsam mit Marianne und ihren Söhnen Johann und Gabriel Ausflüge machten. Zu fünft badeten sie im Sommer im Rursee und fuhren im Winter Schlitten in Kleinhau. Natürlich unter strenger Beobachtung der Dorfbewohner, die sich in ihrer Fantasie eine Ménage-à-trois zusammenreimten, und wer weiß, vielleicht lagen sie damit gar nicht mal so falsch.

Heilige Anna

Der wahre Grund, so dachte zumindest Josef, warum Clementine ihn so oft nörgelnd durch das Rondell von Küche, Ess- und Wohnzimmer jagte, hatte seinen Ursprung in der Tatsache, dass Clementine vor dem Krieg mit einem anderen Mann verlobt gewesen war.

In den ersten Jahren der Ehe hatte er sich eingeredet, dass die Anstrengung eines Lebens mit so vielen Kindern für die schlechte Laune seiner Frau verantwortlich sei, denn selbst er dachte oft, er werde verrückt mit der Bagage. Öfter als ihm lieb war, griff er zum Kochlöffel, den er vorsorglich auf der Hängelampe über dem Esstisch platziert hatte, und teilte Schläge aus. Wie sollte er da seiner Frau verübeln, dass sie dauernd gehetzt durch das Haus rannte, immer angetrieben von irgendeiner zu erledigenden Pflicht? Doch er sorgte sich auch, denn Clementine sang kaum noch und bekam eine steile Falte zwischen ihren akkurat nachgezeichneten Augenbrauen.

Josef liebte seine Clementine über alles. Seit er sie das erste Mal gesehen hatte, hatte es für ihn nicht einmal den Hauch von Interesse an einer anderen Frau gegeben, und in den langen Jahren ihrer Ehe sollte kein Abend vergehen, an dem er nicht rief: »Tinchen, komm ins Bett!«

Josephine Krämer, die Dorfhebamme, hatte ihn nach Daisys Geburt im Jahr 1954 hart ins Gebet genommen: »Ich möchte in dieses Haus kein einziges Mal mehr gerufen werden. Und wenn du die Blagen nicht allein großziehen willst, solltest du dir meine Worte zu Herzen nehmen, denn deine Frau wird eine weitere Geburt wahrscheinlich nicht überleben.«

Dann hatte sie ihm noch empfohlen, zum Friseur zu gehen, denn für ein unglückliches Eheleben wollte sie auch nicht verantwortlich sein.

Aber nicht, dass jetzt jedermann denkt, Josef wäre schlecht frisiert gewesen, nein, beim Friseur konnten Männer unterm Tresen Verhüterlis kaufen, sie mussten nur ein Codewort kennen, und schon schob der Friseur ihnen die Tüte mit den nützlichen Gummihütchen zu, natürlich diskret in Zeitungspapier eingeschlagen. Der im Ort eingespielte Satz war: »Ich würde gern mit meiner Frau nach Paris fahren.«

Clementine war froh über die regelmäßigen Ausflüge ihres Mannes zum Friseur, auch wenn es ihrer katholischen Erziehung widersprach. Nach anfänglichen Schwierigkeiten ging ihm die Handhabung des unchristlichen Gummiüberzugs gut von der Hand, auch übernahm er das postkoitale Auswaschen, und so konnte sie zum ersten Mal entspannt seinem allabendlichen Ruf folgen. Abgesehen davon, dass ihr die neun Geburten nicht gerade besser gefallen hatten als Josephine Krämer, hatte sie außerdem genug von dem Gerede im Dorf. Fanny, ihre Älteste, war am Tag ihrer Einschulung heimgekommen und hatte erzählt, dass die Lehrerin sie gefragt habe, ob es wahr sei, dass ihre Familie so arm sei, dass bei ihnen am Freitag ein Salzhering in der Mitte über den Tisch gehängt würde, an dem dann jeder einmal seine Kartoffeln reiben dürfe. Zu Clementines Entsetzen hatte die völlig verschüchterte Fanny diese abstruse Behauptung auch noch bejaht.

Überhaupt war mit dem Wachsen der Kinderschar das morgendliche Anziehen kaum noch zu bewältigen: Hatte Clementine die Letzte ihrer Töchter endlich gekämmt und das nussbraune Haar, das all ihre Töchter bis auf Sally hatten, zu straffen Zöpfen geflochten, lösten sich bei den ersten schon wieder die Strähnen, hatten die Zwillinge sich schon mit Marmelade beschmiert, war so manches Kleid schon bekleckst, so mancher Hosenträger und Strumpf wieder verrutscht, und einer machte sowieso immer irgendeinen Blödsinn, wobei es eigentlich meistens Franz war, der das übernahm, nur dass er seinen Bruder auch noch anstiftete, seinem schlechten Beispiel zu folgen.

Fred und Franz waren im Gegensatz zu ihren Neffen Wim und Billy, die achtundzwanzig Jahre nach ihnen geboren wurden, zweieiige Zwillinge und hätten verschiedener nicht sein können: Fred war rund und behäbig, sein pausbäckiges Gesicht war meist ernst und besonnen, während Franz schlaksig und flink war, immer getrieben von irgendeiner Dummheit, die er anstellen konnte. Es gab auch Situationen, in denen Fred seinen Eltern Kummer bereitete, diese waren jedoch spärlich gesät und meist seiner etwas tollpatschigen Art geschuldet. Oder seiner Verfressenheit. Eine in der Familie gern erzählte Anekdote war die von Fred und den Ostereiern. Am Ostersonntag 1956, nachdem die Eiersuche erfolgreich beendet worden war, jedes der neun Kinder sein Osternest gefunden, alle Streitereien um das vermeintlich am besten gefüllte Nest beigelegt, alle sechsunddreißig Eier in einen mit Heu ausgestopften Korb auf dem Tisch gelegt und alle Frisuren wieder geordnet waren, marschierten die Hungers zum Gottesdienst. Alle bis auf einen: Fred durfte zu Hause bleiben, denn er hatte schon am Abend zuvor über starke Bauchschmerzen geklagt. Und während seine Geschwister in der Kirche mit der Übelkeit zu kämpfen hatten, die sie jedes Mal vom Weihrauch bekamen, kämpfte der fünfjährige Fred mit einer Übelkeit ganz anderer Ursache. Der geschlossen zurückgekehrte Familienverband fand bei seiner Ankunft den Eierkorb leer und das zurückgelassene Kind vor Schmerz heulend auf dem Küchenboden, denn Fred hatte alle sechsunddreißig Eier allein aufgegessen, weshalb der Kinderarzt gerufen werden musste, der ihm, »Oben die

Mumps und unten gebumst!« rufend, einen gehörigen Einlauf verpasste.

Und während Wim und Billy dreißig Jahre später ihre Umgebung in den Wahnsinn trieben, weil sie sich, was Dummheiten anging, in nichts nachstanden, war Fred seinem Bruder Franz treu ergeben und folgte ihm auf Schritt und Tritt, sodass er für den Blödsinn, den sein Bruder im Kopf hatte, ebenso oft geradestehen musste. Egal, was Franz sich einfallen ließ, ob er ganze Klopapierrollen in die Toilette stopfte, unter den Holzstapeln hinter der Werkstatt zündelte, die Gänse mit seiner Steinschleuder jagte oder ein Loch durch die Wand bohrte, um seine Schwestern mit einem Spuckrohr zu belästigen, Fred bekam den Hintern ebenso versohlt wie er, und Fred begehrte nicht ein einziges Mal auf, petzte nicht, wie andere Geschwister es zu tun pflegen, und beharrte nie auf seiner Unschuld. Und das blieb auch so, als sie erwachsen waren: Franz brachte sich in Schwierigkeiten, aus denen Fred ihn wieder herausholte, und selbst als Franz Freds Frau Marianne verführte, zog Fred den Kuckuckssohn Gabriel ebenso väterlich auf wie seinen leiblichen Sohn Johann.

Während ihrer Ausbildung hätte die Treue der beiden sie sogar beinahe ihre Berufsschullaufbahn gekostet. Der Lehrer war im Unterricht durch die Sitzreihen gewandert, wie er es immer tat, während er übers Fachzeichnen und sein Lieblingsthema dozierte, die DIN 919, auf deren Grundlage sie die Zeichnungen anzufertigen hatten, als sein Blick plötzlich an den schmutzigen Händen des Schülers Franz-Josef Hunger hängen blieb. Er packte Franz' Hand, riss sie in die Höhe und rief: »So nicht, Jungens, so nicht! Auch ein Schreiner hat auf sein Äußeres zu achten!«

Franz war aus demselben Grund in seiner Volksschulzeit jedes Jahr aufs Neue mit dem Rohrstock verdroschen worden. Noch als Siebzehnjähriger für seine vom Nüssesammeln verfärbten Hände beschimpft zu werden, ging Franz zu weit. Er stand so ruckartig auf, dass sein Stuhl umfiel, und stürmte aus dem Klassenzimmer.

»Hunger, hiergeblieben, das gibt sonst Konsequenzen!«, rief der Lehrer.

Auch Fred hatte ebenso oft wie sein Bruder den Rohrstock zu spüren bekommen, war es doch jedes Jahr im Herbst Aufgabe der Jungen gewesen, die Nüsse im Hof aufzusammeln. Fred packte den Lehrer, warf ihn sich über die Schulter, öffnete das Fenster und ließ ihn kopfüber an der Fassade baumeln. Im Hof stand Franz und rauchte. Seelenruhig sah er dem Schauspiel zu, das sein kräftiger Bruder ihm nun bot.

»Wirst du meinen Bruder noch mal belästigen, nur weil er Nüsse gesammelt hat?«, schrie Fred und rüttelte den Lehrer, den er an seinen Fußgelenken festhielt. Der Lehrer schüttelte flehend den Kopf.

»Du wirst ihn also in Ruhe lassen?«

»Ja, ja, werde ich!«

Fred zog den Lehrer wieder hoch, stellte ihn so vorsichtig ab, als handelte es sich um ein Gesellenstück, zupfte sogar seinen Pullunder zurecht und strich ihm die Strähnen des wirr abstehenden Haars glatt, bevor er ihn zum Pult geleitete.

»Und jetzt machen wir weiter Unterricht«, sagte Fred, beugte sich aus dem Fenster, pfiff auf zwei Fingern und bedeutete seinem Bruder, wieder hochzukommen.

Josef und Clementine schafften es irgendwie – wie genau, wollten sie nicht verraten, sicher ist nur, dass sie nicht die Methode ihres Sohnes kopierten –, den Direktor der Schule dazu zu bringen, den Verweis der beiden in eine Verwarnung abzumildern.

Bei der Bundeswehr sollte es nicht besser werden. Beide Brüder waren bei derselben Einheit untergekommen, und während ihre Eltern schon aufatmeten, weil sie unter der Woche nur noch die zwei jüngsten Kinder zu Hause hatten, trieb Franz in der Kaserne den gröbsten Unfug und zog seinen Bruder mit hinein. Franz sah gar nicht ein, sein Bett täglich neu zu machen, und epilierte stattdessen lieber seine Beinhaare mit Panzerband. Aber erst nachdem er dazu übergegangen war, auch die Beine seiner Kameraden zu enthaaren, und zwar während sie schliefen, kam es zu einer Disziplinarstrafe: Mehrere Wochen lang musste er den Kasernenhof mit einer Müllzange vom Abfall befreien, weder Zigarettenstummel noch Bierdeckel durften auf dem staubigen Appellplatz liegen. Nach zwei Tagen wurde Franz das mühselige gebückte Laufen mit dem Kneifer zu blöd, und er überredete Fred, mit dem Leopard im Schritttempo über das Gelände zu fahren, während Franz sich auf den Kettenschutz legte und so gemütlich Plastikfetzen und Bierflaschenetiketten einsammelte. Eine Innovation in Sachen Müllbeseitigung, die nicht ohne Folgen blieb, und zwar für beide.

Zu dem Ärger, den die Zwillinge ihnen bereiteten, kam das Gezänk der Töchter, die sich oft genug die Zöpfe langzogen, weil sie glaubten, benachteiligt zu werden. Am meisten stritten sie, wenn eins von Clementines Hühnern im Kochtopf gelandet war, und zwar nicht um Brust oder Keule, sondern um den Hühnerhals. Diesen abnagen zu dürfen, schien ihnen der Genuss der größten Delikatesse zu sein. Ging es um das Thema Hausarbeit, war es genau andersherum, da fand wiederum jede, sie habe mehr Pflichten als ihre Schwestern. Da wurde verglichen und aufgerechnet, was das Zeug hielt, vom Petzen ganz zu schweigen. Dieses Weibergezänk ging Josef gehörig auf die Nerven, lag ihm doch seine Frau schon ständig mit ihren Vorwürfen im Ohr. Nur Sally und die Söhne hielten sich aus den Streitereien raus, aber das mochte bei den Jungs auch daran liegen, dass sie generell die größeren Stücke vom Braten bekamen und von der Hausarbeit verschont blieben. Dafür mussten sie anpacken, wenn es ums Holzstapeln, Tiere füttern oder Dinge reparieren ging. Nun hatte der Schreinergeselle die beiden einmal beim Holzstapeln mit einem Spruch angetrieben, mit dem während des

Kriegs die polnischen Zwangsarbeiter drangsaliert worden waren. Und seither krähten sie, wenn ihnen eine Aufgabe erteilt wurde, wie aus einem Mund: »Is sich Polack, Polack fleißig, kriegt sich Polack zwei Mark dreißig! Is sich Polack, Polack faul, kriegt sich Polack paar aufs Maul!« Dafür bekamen sie von Josef genauso zielsicher jedes Mal den Hintern voll.

Sally wiederum stach nicht nur rein optisch aus der Reihe ihrer Schwestern heraus. Schon als Kind war sie ruhig und besonnen. Clementine schalt sie oft ein »Kräutchen rühr mich nicht an«, da Sally sich am liebsten von ihren Geschwistern separierte und eigene Wege ging.

Der Höhepunkt eines jeden Sommers war der Besuch der Annakirmes mit Onkel-Mätthes-willste-ne-Fisch. Die heilige Anna war Schutzpatronin der Stadt Düren, nach ihr war die Kirche im Stadtzentrum benannt, in der das Annahaupt aufbewahrt wurde, eine Büste, in die angeblich ein Stück vom Totenschädel der heiligen Anna eingearbeitet war. Aus dem Pilgerfest, das alljährlich zu Ehren der heiligen Anna in Düren stattfand, hatte sich über die Jahrhunderte ein Jahrmarkt mit Buden, Schaustellern und Fahrgeschäften entwickelt. Für die Verehrung des Annahaupts in der kürzlich wiedererbauten Kirche – der ursprüngliche, spätgotische Bau war im Krieg zerstört worden – interessierten sich nur die Alten und die Pilger. Diesem Volksfest und nicht etwa dem Seemannsgarn, das Josef seiner Enkelin Hebron vorgesponnen hatte, verdankte der Onkel auch seinen Namen. Denn jedes Jahr – nachdem er Karussellfahrten für die Mädchen und Schießbudenlose für die Zwillinge spendiert hatte – fragte er seine Neffen und Nichten aufs Neue, ob er ihnen einen Backfisch kaufen solle.

Ein weiteres Ritual der Sommerferien war der Aufenthalt im Hotel der vier Heimbacher Tanten. Während Onkel-Mätthes-willste-ne-Fisch es sich zutraute, die gesamte Bagage auszuführen, waren die Ferien im Hotel der Tanten nur den

Mädchen erlaubt. Paarweise wurden die Schwestern dort für jeweils eine Woche einquartiert: Fanny hatte als Älteste das bittere Los, sich um die Jüngste, Daisy, kümmern zu müssen. Penny fuhr mit Betty und hatte es somit kaum besser als ihre ältere Schwester. Das beinahe gleichaltrige Duo Peggy und Meggy trennte man nicht, und Sally, das Kräutchen-rühr-mich-nicht-an, war glücklich, denn sie durfte ganz allein fahren. In Heimbach konnte sie so viel lesen wie sie wollte, ohne sich im Taubenturm, im Gruselkeller oder auf dem Klo verstecken zu müssen.

Mit gestärkten Schürzen huschten die Tanten durch die Flure und hantierten in der Küche herum, wo mit viel Aufwand und ohne Hilfe elektrischer Geräte gekocht wurde. Abends knöpften sich die Tanten die Mieder auf, lösten ihre Strumpfbänder und zogen unzählige Haarnadeln aus ihren zum festen Dutt geschlungenen Haaren.

Das Hotel war nur für Damen gedacht, aber die Gaststube war für jedermann zugänglich. Und so fand sich an einem heißen Tag im August des Jahres 1957 eine Gruppe von Wanderern ein, die auf dem Weg zum Kloster Maria Wald war, wo sie sich mit Erbsensuppe und dem Klosterlikör der Zisterzienser stärken wollte. Das Kloster war von den im Krieg vertriebenen Mönchen wieder instand gesetzt worden. Zuvor hatte es den Arbeitskräften als Unterbringung gedient, die den Westwall errichteten, jenes aus Bunkern und Panzersperren bestehende Bauwerk zur Verteidigung der deutschen Grenze. Während der Schlacht im Hürtgenwald wurde es als Feldlazarett genutzt; es handelte sich um jenes Lazarett, in dem Josef Hunger aufgrund seiner Schlitterpartie mit dem Lkw nie angekommen war.

Den Wanderern stieg das Bier schnell zu Kopf, bald war die Stimmung ziemlich ausgelassen. Ein Zustand, den Josefs vier jungfräuliche Schwestern Agnes, Maria, Johanna und Käthe unerträglich fanden. Herbeigerufen durch den ungewohnten Lärm, beobachteten Peggy und Meggy die fröhlichen Zecher durch die Durchreiche, weshalb folgende Szene, die sich für immer in ihre Köpfe einbrannte, den Effekt eines Fernsehfilms hatte. Mit den Worten: »Kommt, schöne Maid, tanzt mit mir!«, legte einer der Wandersmänner Käthe, der jüngsten der vier Tanten, die Hand an die Taille. Ihre strenge Aufmachung täuschte nicht darüber hinweg, dass sie recht hübsch war. Und welcher Mann wäre noch nicht der Versuchung erlegen, hinter der Strenge einer Lehrerin, Bibliothekarin oder Kaltmamsell ungezügelte Hemmungslosigkeit zu vermuten? Doch bei seiner Aufforderung zum spontanen Tanz hatte er die Rechnung ohne Maria gemacht, denn als sie die Hand des Wanderers an der Hüfte ihrer Schwester sah, packte sie in der Küche ein Messer, hechtete in die Gaststube und sprang auf den Tisch.

»Keiner rührt uns an, verstanden!? Keiner!«, schrie sie und fuchtelte mit dem Messer herum. Agnes gab ihrer Schwester mittels eines eilig über den Kopf gehobenen Stuhls Rückendeckung. Denn die hermetische Abriegelung, die ihre Mutter dem männlichen Umfeld gegenüber betrieben hatte, und die Zeit der Besatzung hatten sie gelehrt, zusammenzuhalten. So eilte nun auch Johanna, bewaffnet mit einem Fleischklopfer, zu Hilfe. Während Meggy und Peggy kaum zu atmen wagten, nahm die geschäftstüchtige Agnes den brüskiert murrenden Wanderern das Geld für die Zeche ab und forderte sie entschieden auf, das Hotel auf Nimmerwiedersehen zu verlassen.

Auch wenn diese Situation die Ausnahme blieb, so führte das immer seltsamer werdende Verhalten der Tanten dazu, dass die Mädchen mit den Jahren immer weniger Lust auf die Ferien in Heimbach hatten. Nur Sally hielt an dem Urlaub bei den Tanten fest, sie genoss es, in Ruhe und ungestört über die von Tannen bewachsenen Hügel zu streifen, wohin sie vor der flirrenden Hitze des Sommers floh, angetan von der Stille, die nur vom Surren der Insekten oder dem Ruf eines Vogels durchbrochen wurde.

Josefs Schmerz

Der Mann, mit dem sich Clementine noch vor Beginn des Kriegs verlobt hatte, hieß Rudi. Er war ein Freund ihres Bruders Matthias, jenes Bruders, der angeblich sein halbes Hinterteil an einen Hai verfüttert hatte und als Onkel Mätthes-willste-ne-Fisch in die Annalen der Familiengeschichte einging.

Im Jahr bevor der Krieg ausbrach war Clementine achtzehn Jahre alt. Ihr Vater Anton war Bäcker, und die Bäckerei Breuer war so beliebt, dass ein Kunde eines Tages ein Fünfmarkstück zurückbrachte, das er in seinem Brötchen gefunden hatte. Anton war verwundert, bis Clementine, damals sieben Jahre alt, gestand, dass sie es in den Teig gesteckt hatte, weil sie testen wollte, ob Geld im Ofen schmolz.

Jeden Samstag war es Clementines Aufgabe, die Sonntagsschuhe ihrer Eltern und Geschwister für den Kirchgang am nächsten Tag zu putzen. Bei Breuers hatte es sich eingespielt, dass man sich sonntags zu einer Tasse Muckefuck im Elternhaus traf und gemeinsam zur Kirche ging. Auch die bereits verheirateten und auswärts wohnenden Geschwister hielten an diesem Ritual fest. Weil es so angenehm war, die Sonntagsschuhe geputzt zu bekommen, hatte es sich außerdem eingebürgert, dass man diese der kleinen Schwester am Vorabend brachte. Von dieser Aufgabe sollte Clementine erst befreit sein, als sie Josef heiratete und ihr Elternhaus verließ.

Doch bevor es dazu kommen konnte, ergab es sich, dass

Stiefel und Schuhputzzeug im Leben von Hebrons Großmüttern eine tragende Rolle spielten, und wenn diese Rolle bei Luba sowohl traumatisierend als auch lebensrettend war, so hatte sie bei Clementine eher eine romantische Note. Denn als Clementine im Jahr 1938 an einem Samstagabend, mit Bürste und Schuhcreme bewaffnet, vor dem Berg von Schuhen im Flur kniete, ließ ihr Bruder Matthias es sich nicht nehmen, vor einem neuen Freund, der ihn das erste Mal besuchte, den starken Mann zu markieren.

»Ach ja, und das ist unser Aschenputtel«, sagte er, als sie den Flur durchquerten, wobei er seine Schuhe mit einer abfälligen Geste vor die Füße seiner Schwester warf.

»So spricht ein deutscher Mann aber nicht zu einer Frau!«, tadelte ihn der Freund und stellte sich gleich darauf Clementine überaus formell als Rudi Merzenich vor, ja sogar einen Handkuss deutete er an, wobei Clementine nicht wusste, was sie davon halten sollte. Aber schnittig fand sie den jungen Kerl in seiner Uniform schon. Rudi kam plötzlich sehr oft ins Haus Breuer, und je öfter er kam, desto mehr begann er, Clementine zu necken.

Da weiß man gleich Bescheid, dachte Clementine, das ist wie in der Schule, wo die Jungen die Mädchen am Zopf ziehen, wenn sie sich bemerkbar machen wollen.

Und deshalb lehnte sie auch nicht ab, als er sie um einen Spaziergang bat, in dessen Verlauf er auf einer Bank am Rurufer fragte: »Darf ich die Schwester meines besten Freundes nun küssen?«

Anton und Anna Breuer beäugten die Liebelei misstrauisch, nicht etwa, weil sie um die Unschuld ihrer Tochter fürchteten, dazu gab es keinen Grund, denn sie waren davon überzeugt, dass Rudi ein anständiger junger Mann war. Er war höflich und zuvorkommend, hatte allerbeste Manieren und war immer hilfsbereit. Aber er war Parteimitglied und Anton Breuer, der Zentrumspartei zugewandt, missbilligte das. Aus demselben Grund gab es oft Ärger zwischen Anton und seinem ebenfalls in die Partei eingetretenen Sohn Matthias. Zur Besorgnis ihrer Eltern verlobten Rudi und Clementine sich beim Tanz in den Mai im Jahr 1939.

Rudi hatte ihr mit jedem Tag besser gefallen, weil er Gardemaß hatte, adrett pomadisiertes Haar, blaue Augen und ein hübsches Gesicht. Weil er ihr Blumen brachte, dem Vater half, den Schuppen instand zu setzen, und weil Matthias ihr nicht mehr so arg zusetzte, seit sie die Freundin seines besten Freundes war. Und selbst siebzehn Paar Schuhe zu putzen, fand sie nun nicht mehr so demütigend, denn Clementine verband mit dem Schuhberg von nun an die erste Begegnung mit ihrem Verlobten.

Siebzehn Paar Schuhe sind nicht gerade wenig, auch dann nicht, wenn Romantik im Spiel ist, und sicher wurde schon bemerkt, dass in Hebrons Familie reichlich gezeugt und geboren wurde, und ja, es ist wahr, ihre Angehörigen pflanzten sich – mit Verlaub – fort wie die Karnickel. Man war kinderreich, wenn auch sonst – oder gerade deshalb – eher arm. Ein Umstand, der in der jeweiligen Umgebung Anlass zu unanständigen Kommentaren und blöden Bemerkungen war. Während Clementines Mutter für das Gebären von achtzehn Kindern noch das vergoldete Mutterkreuz erster Stufe verliehen bekam, musste sich ihre jüngste Tochter Jahre später mit Getuschel über Intensität, Qualität und Quantität der Lendenkraft ihres Mannes abfinden, und so kam es, dass sie den ewig gleichen Spruch des Kinderarztes, der sie, egal, ob sie ihn wegen Masern oder Halsweh rief, mit einem lauthals geschmetterten »Oben Mumps, unten gebumst!« begrüßte, bald persönlich nahm. Dabei interessierte sich besagter Arzt nicht im Geringsten für die Anzahl der Hunger'schen Kinder, der Bumsspruch war einfach sein Standardsatz, unabhängig von Patient und Diagnose.

Selten wurde in der Familiengeschichte etwas gegen die natürlichen Folgen der geschlechtlichen Vereinigung getan, und so war Anna Breuer bei der Geburt ihrer Tochter Clementine schon siebenundvierzig Jahre alt gewesen. Anna Breuer hatte neun Jungen und neun Mädchen geboren, und nur ein einziges Kind hatte nicht länger als ein paar Stunden gelebt. Eine Tatsache, die dem Umstand geschuldet war, dass ihr Mann ihr in der Backstube versehentlich den Stiel des Brotschiebers in den Siebenmonatsbauch gerammt hatte.

Warum aber musste Clementine trotzdem nur siebzehn Paar Schuhe putzen und nicht neunzehn? Nun ja, dieser Umstand lag darin begründet, dass zwei weitere Brüder nicht mehr lebten: Bernard und Clemens, die ältesten Söhne der Breuers. Sie waren im Ersten Weltkrieg gefallen, noch bevor ihre jüngsten Schwestern überhaupt geboren waren. So verdankten Clementine und ihre drei Jahre ältere Schwester Bernardine ihren Brüdern die wenig schmeichelhaften Namen.

Es gab eine Fotografie der Familie vor der Backstube. Die Porträts von Clemens und Bernard hatte der Fotograf nachträglich auf das Bild montiert, sodass es aussah, als ob die beiden jungen Männer in Uniform und Pickelhaube aus den Fenstern der Backstube schauten. Jedes Mal, wenn Anton Breuer an diesem Bild, das in der guten Stube hing, vorbeiging, rief er laut: »Clemens, Bernard, kommt mal schnell ans Fenster!«

Clementine war eine gesellige Person mit Humor. Was sie an Gedichten in der Schulzeit auswendig lernen musste, konnte sie noch als alte Dame fehlerfrei deklamieren. Später, während ihrer Ehe, wenn sie mit dem Aufsagen der vielen Strophen von Schillers »Glocke« wieder einmal das Publikum einer Feier begeistert hatte, sagte Josef jedes Mal: »Kann ich auch: Loch in Erde, Bronze rin. Glocke fertig, bim, bim, bim.« Seine Brillanz im Aufsagen von Gedichten beschränkte sich ansonsten auf die Frage: »Wie kommt Kuhkacke aufs Dach?« Worauf seine Kinder im Chor antworteten: »Hat sich Kuh auf Schwanz geschissen und mit Schwung aufs Dach geschmissen!« Clementine waren die Späße ihres Mannes zu ordinär, und sie ließ ihn ihre Verstimmung darüber deutlich spüren, denn sie mochte nichts, was plump und unanständig war. Sie selbst erzählte nur Geschichten mit schicklichem Inhalt, und wenn sie keine Geschichten erzählte, dann sang sie. Bis ins hohe Alter hinein sollte sie ein gern gesehener Gast auf Geburtstagen, Taufen und Hochzeiten sein.

Das Glück ihrer Verlobung mit Rudi währte nicht lange, der Krieg stellte sich ihrer Zweisamkeit in den Weg wie ein sturer alter Esel, und während Rudi mitsamt seiner schnittigen Uniform in russische Gefangenschaft geriet und ihr zukünftiger Mann Josef an der Front im Hürtgenwald einem Amerikaner den Schweiß vom Körper wusch, erlebte Clementine die verheerenden Bombenangriffe auf Düren mit, wo sie als Sekretärin in der Redaktion des lokalen Nachrichtenblatts arbeitete. Clementine saß im Vorzimmer des Chefredakteurs, wo sie in rasendem Tempo Briefe tippte. Während ihrer Ausbildung hatte sie mit verbundenen Augen unsinnige Buchstabenfolgen auf den Tasten finden müssen, bis ihr keine Fehler mehr unterliefen, und nun waren das hackende Klappern, das ihre flinken Finger auf der Tastatur verursachten, und das Rattern, wenn sie am Rädchen des Zeilentransporters drehte, ihre tägliche Hintergrundmusik. Morgens las sie ihrem Vorgesetzten die Post vor, während er seine erste Zigarre rauchte. So kam es, dass sie im Jahr 1943 Kenntnis über den Inhalt eines Schreibens hatte, mit dem die Stadtverwaltung bekanntgab, dass der Bau von größeren Luftschutzkellern aufgrund des zu hohen Grundwasserspiegels in Düren nicht möglich sei.

»Fräulein Breuer, ich sage Ihnen, diese Entscheidung wird der Stadt noch das Genick brechen!«, dozierte ihr Chef, während er, Zigarrenqualm ausstoßend, welke Blätter von der Grünlilie auf seiner Fensterbank zupfte. Wie recht er behalten sollte, zeigte sich ein Jahr später, als das Nichtvorhandensein ausreichender Schutzräume vielen der in der Stadt verbliebenen Dürener Bürger das Leben kostete. Die Gelegenheit, den Schutzraum der Redaktion kennenzulernen, hatte Clementine ausreichend gehabt, war die Stadt doch seit 1940 mehrmals

Ziel von Bombenangriffen gewesen. Trotzdem genoss Clementine ihr Leben in der Kreisstadt. Reporter, Redakteure, Schreiber und Botenjungen scharwenzelten im Büro um sie herum, es gab Flirts, die jedoch nie das Maß des Anstands übertraten, dafür sorgte schon die Fotografie von Rudi in voller Uniform auf ihrem Schreibtisch. Sehnsüchtig hatte sie in den ersten Monaten seines Einsatzes auf seine Briefe von der Ostfront gewartet. Zum Abschied hatte sie ihm ein Porträt von sich geschenkt, auf dem ihre markanten Wangenknochen und ihre dünnen Augenbrauen besonders vorteilhaft zur Geltung kamen und ihre Haare, die sie extra für den Termin beim Fotografen in akkurate Wellen hatte legen lassen, mit ihren Augen um die Wette glänzten. »Für einsame Stunden …«, hatte sie in ihrer schönsten Schrift auf die Rückseite geschrieben. Aber seit Rudi im Winter 1941 an die Front vor Moskau versetzt worden war, waren die zärtlichen Worte in seinen Briefen immer spärlicher und in den letzten zwei Jahren die Abstände zwischen seinen Schreiben immer länger und unregelmäßiger geworden.

Mit ihren Freundinnen und Kolleginnen ging Clementine nach der Arbeit ins Stadttheater, in eines der zahlreichen Lichtspielhäuser, oder sie flanierten kichernd über den Marktplatz, rauchten heimlich und hatten trotz der schweren Zeiten und Entbehrungen jede Menge Spaß. Dieser Zustand sollte sich im Jahr 1944 ändern. Nach dem Erlass des Führers zum totalen Kriegseinsatz im September mussten alle kulturellen Einrichtungen geschlossen werden, und schließlich sorgte das Näherrücken der Front dafür, dass Düren im Bereich der feindlichen Artilleriegeschosse lag und selbst tagsüber von Bomberpulks überflogen wurde. Oft genug harrte sie nun mit ihren Kollegen im Keller der Redaktion hinter der Panzertür aus. So kannte sie mittlerweile jedes Detail des stickigen Raums, in dem sie auf den bunt zusammengewürfelten alten Holzstühlen mit ihren Gasmasken hockten und dem Volksempfänger lauschten.

Der 16. November 1944 war ein kalter Tag mit klarem, blauem Himmel. Wie jeden Morgen traf sich Clementine mit ihren Kolleginnen vor dem Rathaus am Marktplatz, von wo aus sie zu Fuß zur Redaktion gingen. Woher sollten sie auch wissen, dass dies der Tag war, den die Amerikaner für ihre Großoffensive auf die kleine Stadt ausgewählt hatten? Und so schenkten sie dem Alarm, der das erste Bombengeschwader ankündigte, kaum Beachtung. Auch als gegen vierzehn Uhr die Sirenen erneut heulten, gingen sie, wie die meisten Bürger, gar nicht erst in den Luftschutzkeller. Gegen fünfzehn Uhr alarmierten die Sirenen wieder, erst Fliegeralarm, dann aber akute Luftgefahr. Ein Alarm, der die größte Bombardierung ankündigte, die Düren erleben sollte. Eine Bombardierung, die die Stadt bis auf wenige Häuser in Schutt und Asche legen sollte, aber wieder scherte sich niemand besonders um den Alarm, bis der Chefredakteur, aufgeschreckt durch ein penetrant näher rückendes Dröhnen, aus dem Fenster seines Büros blickte, das im obersten Stockwerk des Gebäudes lag. Ein Bomberverband in einer nie zuvor gesehenen Größe zog am Himmel auf wie eine düstere Wand.

»Fräulein Breuer, runter, runter!«, schrie er seiner Sekretärin zu, während er an ihr vorbei zum Flur hastete. Clementine klemmte sich, pflichtbewusst, wie sie war, noch die wichtigsten Akten unter den Arm und folgte ihrem panisch fluchenden Chef die Treppen hinunter. Die Fensterscheiben des Hauses zersprangen bereits, ein Regen winziger Splitter prasselte auf ihre Haut; sie ließ die Akten fallen, nur um die herausgerutschten Unterlagen gleich wieder vom Boden zu sammeln und mit zerschnittenen Händen weiterzulaufen. Im Luftschutzkeller hielt Clementine die Akten vor den Leib, als würden diese sie vor dem Donnern und Beben schützen, das den Putz von der Decke krachen ließ. Der Angriff dauerte nicht viel länger als eine halbe Stunde, sollte aber, wie schon erwähnt, die gesamte Stadt in Trümmer legen. Und diese Trümmer verschütteten den Zugang zum Luftschutzkeller. Ein großes Geschrei, ein

Lamentieren und Heulen brach in der staubigen Hölle aus, wenn man auch noch guter Hoffnung war, geborgen zu werden; ans Ende wollte noch niemand glauben. Eine einzelne verspätete Detonation sollte Hebrons Existenz sichern, denn diese legte zufälligerweise den Zugang zum Bunker frei, und Clementine, die dem Eingang am nächsten war, ließ die Akten Akten sein und krabbelte aus dem staubigen Loch. Als sie auf allen vieren über die Mauerbrocken ihres vormaligen Arbeitsplatzes kroch, rumpelte es hinter ihr, und der Zugang zum Keller brach erneut ein. Die umliegenden Trümmer und Clementines linker Schuh verschwanden mit einem vollmundigen Seufzer im Sog der Tiefe, als wäre der Kellerzugang ein Schlund, den es stark und brennend in der Kehle dürstete, und so war Clementine die einzige Überlebende der Redaktion. Vom blauen Himmel, mit dem der Tag begonnen hatte, war nichts mehr zu sehen, mit den Bomben war es Nacht geworden über Düren, eine Nacht aus Staub, den die über tausend Flieger des Bomberkommandos in der halben Stunde aus der Stadt gemacht hatten.

Schuhlos, schmutzig und blutend irrte Clementine in den folgenden Stunden durch die brennende Stadt, es gab nichts mehr, woran sie sich orientieren konnte, und dieser Zustand gruselte sie fast noch mehr als das Feuer und das schauerliche Stöhnen der Verletzten und Sterbenden, das aus allen Winkeln drang. Das Bismarckdenkmal, das auf dem nach ihm benannten Hügel im Stadtzentrum stand und auf dem nur noch sein Standbild wie eine einsame Fackel thronte, während die flankierenden Reliefs preußischer Generäle zerstört waren, ließ sie in die falsche Richtung laufen, denn durch die Wucht der Detonationen hatte es sich um hundertachtzig Grad gedreht. Schließlich stieß sie ans Ufer der Rur und kroch durch die Büsche, die den Fluss säumten, bis sie endlich durch den Wibbelrusch, einen Teil des Stadtwalds, nach Hause fand. Dort war man erschrocken über ihr Aussehen, aber erleichtert, dass sie auftauchte, denn man hatte sie bereits tot geglaubt.

Anton beschloss, endlich dem Befehl zur Evakuierung Folge zu leisten. Mit einem Pferdewagen, auf dem die Habe verstaut wurde, ging die Familie nach Siegburg. Die Flucht der Familie Breuer verlief relativ ereignislos, nur einmal geriet sie in eine brenzlige Situation, als sie im Keller einer verlassenen Gaststätte rastete, einem feuchten Loch, in dem der Boden von Mäuseköttеln übersät war. In der Nacht stürmten betrunkene amerikanische Soldaten den Keller, durchsuchten alles, stocherten in den Kleiderbündeln herum und entleerten die Rucksäcke in den Dreck, tasteten die Körper der Flüchtlinge ab, wobei sie die Durchsuchung bei Bernardine und Clementine besonders gründlich gestalteten, und in diesem Moment war Anna Breuer froh, dass sie ihren wichtigsten Besitz, die Fotografie der Familie vor der Backstube, in ihrem Strumpf versteckt hatte. »Was bleibt mir denn von Clemens und Bernard, wenn ich nicht mal mehr ihr Bild habe!«, hatte sie sich verteidigt, als sie das Bild zu Beginn der Flucht unter ihren Rock geschoben hatte.

Die Stadt Düren aber wurde, so sagt man dort, auf den Trümmern und Leichen wieder aufgebaut, und wenn das wahr ist, dann ist es auch nicht verwunderlich, dass diese Stadt, die vor dem Krieg eine der reichsten und schönsten Städte Deutschlands gewesen war, nach dem Wiederaufbau ein düsteres Loch blieb, wo einem als Jugendlichem nichts anderes übrig blieb, als sich auf der Rathaustreppe am Marktplatz mit Dosenbier zu betrinken.

Eine Kopie der zerknitterten Fotografie, auf der ihre gefallenen Brüder vermeintlich aus dem Fenster blickten, hängte Clementine nach ihrer Hochzeit mit Josef in ihr neues Heim, und wie ihr Vater es immer getan hatte, rief Clementine jedes Mal, wenn sie daran vorbeiging: »Bernard, Clemens, kommt mal schnell ans Fenster!«

Und warum hatte sie Josef und nicht Rudi geheiratet? Tja, Rudi war nach seinem Einsatz vor Moskau für verschollen erklärt worden, und mit der Zeit hatte sich Clementine damit abgefunden, dass er tot sein musste. Als der Schreiner Josef Hunger um ihre Hand anhielt, zierte Clementine sich nicht lange, bevor sie ihm ihr Jawort gab. Zwei Jahre nach der Heirat mit Josef tauchte Rudi jedoch wieder auf, abgezehrt und verlumpt, der einst so imposante Körper krumm und abgemagert, das einst so hübsch pomadisierte Haar grau und schütter, die einst so strahlend blauen Augen stumpf und leer, Herz und Kopf aber immer noch im festen Glauben an das Fortbestehen der Verlobung mit Clementine, ein Glaube, der ihm während der langen Jahre der Gefangenschaft der einzige Funken Hoffnung zum Überleben gewesen war.

»Dann geh doch zu deinem Rudi!«, rief Josef seitdem gern, wenn Clementine wieder etwas zu meckern hatte. Diese zuckte dazu nur müde mit ihren dünnen Augenbrauen, die sie morgens mit einem Stift nachzog, stets in einem makellosen Rundbogen nach Art der großen Filmdiven der Vorkriegsjahre. Sie störte sich nicht an der Ehe mit Josef, sie dachte auch nicht voller Sehnsucht an Rudi, eigentlich dachte sie überhaupt nicht an Rudi, seit sie ihm hatte offenbaren müssen, dass ein Festhalten an der Verlobung sinnlos sei, da sie verheiratet, zweifache Mutter und zudem wieder schwanger sei.

Sie hielt es aber auch nicht für nötig, Josef darüber aufzuklären, dass ihre Unzufriedenheit nichts mit ihrem ehemaligen Verlobten zu tun hatte, sondern daher rührte, dass sie sich ein anderes Leben ausgemalt hatte als das einer neunfachen Mutter. Was ihr fehlte, waren Geselligkeit und Zerstreuung. Sie wäre gern zu Tanztees, ins Kino und in Konzerte gegangen, wie sie es als junge Frau oft getan hatte, stattdessen erstickte sie zwischen Wäschebergen, Abwasch, Kartoffelschalen und der Buchhaltung für die Schreinerei.

Wie Rudi unfreiwillig zum Lebensretter wurde

Zur selben Zeit, in der die junge Clementine Breuer mal wieder die Sonntagsschuhe ihrer Familie für den Kirchgang des nächsten Tages putzte, tauschte der junge Aaron Apelstejn Stiefel und Wichszeug gegen eine Überfahrt ein. Denn bevor er in den Wald geflohen war, wo ihm unter einem Holzstapel ausgerechnet das Mädchen in die Arme fiel, dem er am liebsten und lautesten hinterhergepfiffen hatte, weil keine andere ihren Hintern so schön schwang, hatte er die Geistesgegenwart besessen, sich einen der Rucksäcke zu krallen, die auf der Ladefläche der unbeaufsichtigt am Rande von Zwejbechle platzierten Geländewagen lagen, während die Soldaten sich verteilt hatten, um das Feuer über das Dorf zu bringen. Mit dem gestohlenen Gepäck war Aaron ins rettende Dickicht gehastet, wobei Brotdose, Feldflasche und Kochgeschirr, die an den Tornister geschnallt waren, ein lustiges Klapperkonzert veranstaltet hatten und sein schwarzer, breitkrempiger Hut ihm beinahe vom Kopf gehüpft wäre.

Am nächsten Morgen hatten Aaron und Luba in ihrem Versteck den Inhalt des Rucksacks inspiziert. Den Nutzen von Zeltbahn, Heringen, Kochgeschirr, Feldflasche, Benzinfeuerzeug und Waschbeutel hatten sic schnell erkannt, auch die graue Wolldecke, die an den Tornister gebunden war, war für einen Aufenthalt unter freiem Himmel nicht zu verachten, denn dass sie nicht einen Schritt ins Dorf zurückgehen würden, war beiden klar, ohne dass sie darüber sprachen. Luba hatte niemanden, den sie dort noch suchen konnte, und Aaron hatte genug gesehen, um zu wissen, dass er nicht mehr zu suchen brauchte. Als er aber Socken, Unterwäsche, eine Uniform und ein paar Stiefel sowie eine Dose mit Schuhputzzeug aus der Tasche zog, schlug Luba die Hände vors Gesicht und begann zu schreien.

»Wirf sie weg, wirf die Kleider weg!«, bat Luba Aaron, als dieser sie eindringlich warnte, still zu sein, denn wer wisse schon, wie nah die Überfallkommandos noch seien. Aber Luba sah beim Anblick von Wehrmachtsstiefeln und dem dazugehörigen Schuhputzzeug das Bild anderer blank polierter Stiefel nur zu deutlich vor sich. Ein Bild, das sie Zeit ihres Lebens verfolgen sollte.

Und Aaron Apelstejn, bisher bekannt als langsamer Denker, erwiderte in einem für ihn selbst ungewohnt bestimmten Ton: »Wir wissen nicht, wie lang wir laufen müssen, schau uns an, du mit deinem Rock, deinen Schürzen und der dünnen Bluse, ein Glück, dass du bei den Temperaturen überhaupt eine Strickjacke bei dir hast, und ich: hemdsärmlig unter der Jacke und auf dem Kopf nur meinen Hut.« Es war wohl das erste Mal, dass Aaron mit einem Menschen Tacheles redete, aber wenn die ersten Worte noch holprig aus seinem Mund kamen, so festigte sich seine Rede mit jedem weiteren Satz, den er an Luba richtete: »Noch ist es warm, Luba Korngold, aber wir wissen nicht, wohin laufen, du hast gesehen, was ich gesehen hab, wer weiß, wohin es uns verschlägt, ich werde die Kleider behalten, und ich verspreche dir, dass du nicht ein einziges Mal das Gepäck tragen musst.«

Es war der Moment, in dem etwas mit Aaron Apelstejn geschah, etwas, von dem seine Eltern in den letzten Jahren nur hatten träumen können, aber in dem Augenblick, wo es für ihn und Luba Korngold kein Zurück mehr gab, wurde

Aaron Apelstejn, der Zwejbechler Junge, der als nicht ganz richtig im Kopf gegolten hatte, zum – wie man so schön prosaisch sagt – Mann.

Außerdem fand Aaron noch ein Bündel Briefe und Fotos, die in einer kleinen Ledermappe eingeschlagen waren. Um Luba nicht noch mehr zu erschrecken, schob er die Mappe in den Rucksack zurück. Erst ein paar Tage später passte er einen unbeobachteten Moment ab und untersuchte das Bündel privater Unterlagen genauer. Nun wusste er, dass er den Rucksack eines Rudi Merzenich gestohlen hatte, der Post aus einer Stadt namens Düren bei sich trug. Die Bilder zeigten immer dieselben Soldaten: neben einem Zug, auf der Ladefläche schlammbespritzter Geländewagen, bei einer Abendveranstaltung, wo sie in Ausgehuniformen an runden Tischen saßen. Dann gab es noch zwei Porträtfotos, die in einem Briefumschlag mit einigen Briefen steckten. Das eine zeigte eine junge, lächelnde Frau, die für Aarons Geschmack viel zu dünn war, denn ihre Wangenknochen waren spitz, und die Art, wie sie ihre dünnen Augenbrauen nachgezogen hatte, verstärkte das Hagere in ihrem Gesicht noch. Aber ihr Haar lag in glänzenden Wellen, die weich und formvollendet zugleich waren, und Aaron hatte nie zuvor so feines Haar gesehen. Behutsam strich er mit dem Finger über das Bild. Auf der Rückseite standen drei deutsche Worte in einer ebenso formvollendeten wie weichen Schrift: »Für einsame Stunden …« Das zweite Porträt war das eines blonden Mannes in Uniform, der verwegen, ja fast arrogant in die Kamera blickte und nicht älter als Aaron selbst sein konnte. Er trug ein weißes Hemd und eine Krawatte unter dem Kragen seiner Uniformjacke, ein Anblick, den Aaron befremdlich, ja albern fand, zumal der Kerl sein Haar zu beiden Seiten seines Scheitels sorgsam mit Pomade in weichen Wellen frisiert hatte, die eng am Kopf lagen. Die Deutschen hatten wohl eine Vorliebe für glänzendes gewelltes Haar, dachte Aaron und fuhr sich mit der Hand durch seine wild vom Kopf abstehenden Strähnen. Aaron breitete die Fotografien vor sich auf dem Waldboden aus und fand den Porträtierten auf jedem Bild wieder. Das war er also, Rudi Merzenich, der deutsche Soldat, der sein Gepäck nun vermisste. Aaron warf die Mappe weg und behielt nur Rudis Porträt, das er in seine Brusttasche schob. Auf der Rückseite dieses Bildes fing Aaron in den nächsten Tagen an einen Kalender anzulegen, als er spürte, dass er begann, jedes Gefühl für Zeit und Raum zu verlieren, weil der Hunger so allgegenwärtig wurde, dass sein Schrei alles andere übertönte. Jeden Abend, wenn Luba schlief, setzte Aaron Apelstejn nun einen winzigen Strich für einen weiteren überstandenen Tag auf die Hinterseite der Fotografie.

»Tja, Rudi«, sagte er stets, »noch ein Tag auf deinem Rücken, hättest du wohl nicht gedacht, was?«

Und mit der Zeit wurde Rudi zu seinem besten Gesprächspartner, stand ihm stets mit seinem offenen Ohr zur Seite, wenn Aaron das Bedürfnis nach einem Gespräch unter Männern hatte oder seine Sorgen bezüglich der nahen Zukunft loswerden musste, denn Luba wollte er damit nicht belasten. Oft saß er abends noch lange wach, blickte in die schwach glühenden Reste des Lagerfeuers, das zerknitterte Abbild von Rudi in den Händen, vertieft in ein Zwiegespräch, während die glimmenden Äste vor ihm mit einem leisen Knistern zusammensackten.

Die Entscheidung, die Kleider von Rudi zu behalten, erwies sich natürlich im Nachhinein als klug und weitsichtig, denn auch wenn ihre Flucht im Sommer begann, als die Nächte warm und trocken waren, so ahnten sie nicht, dass sie den Schutz der Wälder erst Jahre später verlassen würden, und während dieser Zeit sollte nicht nur der Tag kommen, an dem sie froh über die Jacke waren, sie sollten auch vom lebensrettenden Tauschwert der Stiefel und des Wichszeugs profitieren.

In den ersten Tagen waren sie weiter vom Dorf weggelaufen, immer am Bach entlang, der von Zwejbechle in den Wald floss, denn nur so konnten sie sicher sein, nicht im Kreis zu gehen. Sie hatten sich von dem ernährt, was Wald und soldatischer Brotbeutel hergaben, aber diese magere Ausbeute war schnell aufgebrauchte, und die karge Ration an Beeren und Wurzeln, die sie im Kochgeschirr weich kochten, führte bald dazu, dass Lubas Hüften ihre verführerische Rundung zu verlieren drohten, zumal ihre Leiber in den ersten Tagen von heftigen Bauchkrämpfen und Durchfällen geschüttelt wurden, die sich erst besserten, als sie begannen, nur noch abgekochtes Wasser zu trinken. So aber waren sie darauf angewiesen, täglich nicht mehr zu trinken, als die Feldflasche fasste, worunter Luba stärker litt als Aaron, denn die Hitze machte ihr zu schaffen, und oft war ihr schwindlig, Anzeichen der frühen Schwangerschaft. Luba wusste nicht, wie sie Aaron von diesem Zustand berichten sollte, sah sie doch die Wärme in jedem Blick, den er ihr schenkte, registrierte, wie er selbst kaum trank, wie er stets vor ihr ging, ihr den Weg durch Sträucher und tief hängende Äste bahnte, wie er regelmäßig behauptete, eine Pause zu brauchen, obwohl seine Stirn frei von Schweiß war.

»Stell dir nur vor, wir hätten die Rüben noch, Aaron, stell es dir nur einmal vor!«, sagte sie immer öfter und begann Aaron auszumalen, was sie aus den Rüben alles hätten kochen können. Sie sprach von deftigen Eintöpfen, sämigen Suppen, kross gebratenen Rübenschnitzeln, grob geraspelten und sauer eingelegten Salaten und süßem Sirup, um sich gleich darauf mit Vorwürfen zu überschütten.

»Wie konnte ich den Korb nur dort lassen, Aaron, wie konnte ich nur? Wir werden verhungern, und es ist ganz allein meine Schuld!«

Es war egal, wie sehr Aaron auf Luba einredete, ihr versicherte, wie froh er war, dass sie sich von der Last des Korbs befreit hatte, um unentdeckt fliehen zu können: Luba hörte nicht damit auf, sich selbst anzuklagen. Einmal wollte sie sogar zurückkehren und das verlorene Erntegut wieder einsammeln, und Aaron musste sie regelrecht niederringen, um sie von diesem Vorhaben abzubringen.

Nachts legte er den Arm um ihre Hüfte und drückte seinen Körper dicht an ihren, doch tat er sonst nichts, und Luba, die weder Viktor noch dem katholischen Burschen gegenüber Hemmungen empfunden hatte, traute sich nicht, von sich aus nach Aarons Körper zu langen. Sie konnte ja nicht wissen, dass Aaron mit sich selbst eine Abmachung getroffen hatte, deren Bestandteil es war, Luba ein Jahr des Trauerns um ihren Vater zuzusprechen, bevor er um sie werben wollte. Dass er sie nicht mehr hergeben würde, stand für ihn außer Frage.

So liefen sie fast zwei Wochen, bis der harzige Geruch von geräuchertem Fisch sie vom Bach weglockte und zu der einsamen Biegung eines großen Flusses führte. Zwischen den hoch aufragenden Schilfhalmen lag ein flacher Kahn aus altem, grau zersplittertem Holz, von dem ein ausgetretener Pfad zu einer dunklen Kate führte, die geduckt im Schutz der ersten starken Bäume des Waldsaums stand. Aus dem Schornstein stieg dunkler Rauch, der den Duft von Wacholder in sich trug. Aaron breitete den Inhalt des Tornisters vor dem Fischer aus, er war bereit, alles zu geben, was er nicht am Leib trug, für ein Brot, etwas Fisch, einen Feuerstein, einen warmen Mantel für Luba und eine Überfahrt, und der Fischer nahm die Stiefel, die er mit einem anerkennenden Grunzen in seinen Händen wog, das Schuhputzzeug, die Kleiderbürste sowie die Blechdose mit dem Gewehrreinigungsgerät. Dafür gab er ihnen einen alten wächsernen Umhang, der nach Öl stank und am Saum stark ausgefranst war, packte ihnen zwei seiner geräucherten Forellen, einen Kanten Brot und ein Stück Speck in ein Stück Papier und brachte sie schweigend ans andere Ufer des breiten Flusses, dessen ockerfarbenes Wasser zwischen den dunklen Kiefern verschwand. Den Speck hätte Aaron lieber nicht angenommen, aber es kam ihm so vor, als würde der Fischer ihn prüfend anschauen, als er ihm das glänzende Stück Schweinefleisch ganz nah vors Gesicht hielt, und so hatte sich Aaron jeglichen Anschein von Ekel verkniffen, hatte sogar anerkennend an dem Stück Fleisch geschnuppert und sich besonders umständlich bedankt.

Herr Jesus

Auch wenn die beständig wachsende Enkelschar – Fred und Franz sollten die Einzigen sein, die lediglich ein Kind in die Welt setzten, und das auch noch mit derselben Frau – ihre Tage oft komplett auf dem Anwesen der Großeltern verbrachte, so teilten sich die Kinder meist in kleine Untergruppen auf. Die wilden Zwillinge Wim und Billy schlossen sich am liebsten dem noch viel wilderen Brüdertrio Geronimo, Galileo und Casanova an, und zu fünft waren sie der Schrecken eines jeden ehrbaren Bürgers. Wo auch immer sie hingingen, was auch immer sie taten, es folgten Tränen und Geschrei, Scherben und Trümmer, Kummer und Verzweiflung. Einen Gegenpol zu dieser Lausbubenbande bildete das Cousinentrio, das aus den drei gleichaltrigen Mädchen Melody, Virginia und Hebron bestand, ein Triumvirat der guten Puppenstube. Sobald auch Hebron angefangen hatte zu laufen, waren sie beste Freundinnen geworden, saßen im Sandkasten oder streiften durch den Garten hinter dem Haus der Großeltern, wo sie sich mit Beeren und Fallobst vollstopften. Bald war ihr größter Spaß, die Abenteuer von Enid Blytons *Fünf Freunden* nachzuspielen oder auf den stillgelegten Bahngleisen am Dorfrand nach Schätzen zu suchen. Oft halfen sie Clementine bei der Garten- und Küchenarbeit, pflückten Beeren, halfen beim Marmeladekochen und Einmachen, lösten Erbsen aus und schnippelten Bohnen. Gespannt lauschten sie den Liedern und Geschichten, die ihre Oma zum Besten gab, Geschichten, die von einer längst vergangenen Zeit erzählten, in der es noch Pferdekutschen, Kaiserverehrung und Sonntagsschuhe gab, von Geschwistern, die in einem vorigen Jahrhundert geboren wurden, und von einer Zeit, in der man mit Schubkarren voller Geldscheine für ein Ei oder ein Stück Butter zum Laden rennen musste, während wenige Jahre später ein Fünfmarkstück ein Vermögen wert war, weshalb es für Clementine ein Riesenglücksfall gewesen war, dass der Kunde, der auf die von ihr im Brötchen eingebackene Mühle gebissen hatte, sie wieder in die Bäckerei zurückgebracht hatte. Im Chor sangen sie das Lied von der Lies, die auf ihren Hans wartet, und Hebron stellte sich oft vor, wie Hans durch die Landschaft irrte, auf der Suche nach den Orten Ober- und Unterammergau, bis er sich so hoffnungslos verlief, dass er den Weg nie wiederfand, weshalb die arme Lies vor lauter Sorge graue Haare bekam. In Clementines Liedern wimmelte es von schönen Maientagen, und die Enkelinnen hoben zum Kanon an, wenn die Oma anstimmte. »Hej ho, spann den Wagen an«, klang es durch die Räume des Bungalows oder unter den wispernden Blättern der Nussbäume. Eine Vorliebe verband alle Kinder – die Präferenz für Lieder morbiden Inhalts. Ob Clementine das Lied vom Mops sang, der vom Koch zu Brei geschlagen wurde, oder vom jungen Jäger, der den armen Kuckuck totschoss, je scheußlicher der Text, desto größer das Leuchten in den Augen. »Du dumme Fliege, wenn ich dich kriege, dann reiß ich dir das linke Beinchen aus, dann wirst du operiert, mit Salbe eingeschmiert und kommst in das Berliner Krankenhaus!«, grölten sie und erschlugen die Fliegen im Esszimmer gleich reihenweise. Forderten die Enkel ihre Oma einmal direkt auf, eine Geschichte zu erzählen, antwortete Clementine stets: »Es war einmal ein Männchen, das kroch in ein Kännchen, es kroch wieder raus, da war die Geschichte aus.«

Sie konnte nicht abstreiten, dass ihr die Anwesenheit des Mädchentrios lieber war als die der wilden Jungs. Man konnte die Mädchen sorglos zum Eierholen in den Hühnerstall schicken, eine Aufgabe, die den Jungs nicht mehr anvertraut wurde, seit diese versucht hatten, sich durch die Hühnerklappe mit den Eiern zu bewerfen. Clementine bereute bitter, dass sie aus dem aggressiven Hahn eine gute Suppe gemacht hatte, denn der hätte den Jungen mal gezeigt, wie man sich Tieren gegenüber benahm.

Melissa, die nur ein Jahr älter war als ihre Schwester Virginia, war nicht Teil des Mädeltrios, weil sie und Virginia ständig miteinander stritten. Melissa bevorzugte deshalb die Gesellschaft ihrer Cousine Frieda, der Tochter von Penny, mit der sie sich zusammentat, obwohl Frieda zwei Jahre jünger war als sie selbst. Da Melissa und Frieda den Garten, die Küche und die Bahngleise ebenso als ihr Revier ansahen wie das Trio Hebron, Virginia und Melody, gab es oft Streit um die Vorherrschaft zwischen den beiden Gruppen. Oft genug vergaßen sie ihre Rivalität aber auch, und dann spielten alle zusammen, streiften über die Felder auf der Jagd nach Hasen, oder sie balancierten auf den Schienen und träumten vom großen Schatz, wenn sie auch nie etwas anderes fanden als rostige Dosen, Feuerzeuge und Pornohefte.

Die Jungs beteiligten sich an der Schatzsuche oder am Versteckspiel im Keller, vermieden es aber, bei der Garten- oder Küchenarbeit zu helfen. Stattdessen krochen sie durch den Sägespänehaufen, was eines Tages dazu führte, dass Wims Gummistiefel in der unter frischen Spänen verborgenen Glut mit seinem Bein verschmolz. Er trug eine schöne Verbrennung dritten Grades davon, von der er eine großflächige Narbe am Unterschenkel behielt. Was keins der Kinder davon abhielt, weiterhin regelmäßig durch den Sägespänehaufen zu stapfen. Ansonsten ärgerten sie Clementines Hundegespann, ritten auf Schäl, obwohl dieser sich kaum noch selbst auf den Beinen halten konnte, und versuchten aus Tünnes, dem dauerkläffenden bissigen Dackel, einen russischen Kampfhund zu machen, indem sie ihm Stöckchen vor die Schnauze hielten und ihn bis aufs Blut reizten, nur damit er noch wilder kläffte und noch höher sprang. Und seit Galileo den ganzen Tag mit einer toten Maus im Schuh herumgelaufen war, weil er zu faul gewesen war nachzusehen, was da so drückte, schossen sie mit dem Luftgewehr, das sie aus Franz' Zimmer gestohlen hatten, in Mause- und Rattenlöcher und heimlich auch auf die letzten im Taubenturm verbliebenen Tauben. Kurzum: Man hatte nichts als Ärger mit ihnen, und nicht selten drohte Franz, sie in sein Auto zu packen und auf dem Markt zu verkaufen. Geronimo war als ältester aller Cousins und Cousinen der Anführer und der Mutigste von allen, fürchtete sich weder davor, allein in den Keller zu gehen, um ein Glas Mirabellen zu holen, noch zeigte er Angst, wenn der Ganter ihm böse zischend hinterherrannte. Es mag komisch klingen, aber am meisten bewunderte ihn Hebron dafür, dass er sich traute, das rote, stumpfe Gummi von den Einmachgläsern mit Mirabellen oder Stachelbeeren zu lösen. Hebron selbst hatte immer eine Heidenangst, wenn sich das brüchige Gummi mit einem Flupp unter dem Glasdeckel löste, glaubte sie doch jedes Mal, das Glas könne explodieren und der Inhalt durch die Küche spritzen. Außerdem war Geronimo nicht nur ihr Prinz von Düren, er war auch ihr bester Flusenfreund, seit sie herausgefunden hatten, wie herrlich entspannend es war, sich abends gegenseitig die Sockenflusen zwischen den Zehen rauszupulen.

Die Zeit, die sie im Bungalow und auf dem Grundstück ihrer Großeltern verbrachten, erschien den Kindern wie das Paradies. Während das Grundstück hinter der Schreinerei durch die stillgelegten Bahngleise begrenzt wurde, hinter denen die übrigen Häuser des Dorfes standen, war es zu den anderen drei Seiten von Feldern umgeben. Der einzige Einschnitt in die große Freiheit war die Schnellstraße, die zwischen den Feldern verlief. Aber auch diese konnte man überqueren, passte man nur gut genug auf, denn auf der anderen Seite gab es einen Bach, und Wasser gehörte zu einem paradiesischen Leben unbedingt dazu. Am Bach konnte man wunderbar Staudämme bauen, sich auf den Feldern mit Rüben bewerfen oder in den Türmen aus Strohballen verstecken, wovon man ganz schwarze Nasenlöcher bekam. Sie alle liebten den Geruch von frisch gesägtem Holz, der auf dem gesamten Gelände präsent war. Am intensivsten war der Geruch hinter der Schreinerei, wo sie durch die Stapel mit den zugeschnittenen Brettern krochen, sich am Wegwerfhaufen bedienten – denn Holzklötze jeder Form und Größe konnte man immer für irgendetwas gebrauchen – und gemeinsam in einer langen Reihe hinter die Holzstapel pinkelten, bis sie erwischt wurden und den Hintern mit dem Kochlöffel verdroschen bekamen.

Mittags folgten sie dem von der Oma entsandten Ruf zum Essen, den Clementine von der Veranda über das Grundstück ertönen ließ, indem sie mit der Suppenkelle mehrmals gegen einen leeren Kochtopf schlug. Dann saßen sie an der langen Tafel, an der schon ihre Eltern gesessen hatten. Den groben Holztisch hatte Josef einst geschreinert, als die Schar seiner Kinder für den vorherigen Tisch zu groß geworden war. Es gab eine lange Eckbank, auf der die Kinder sich reihten, während den Erwachsenen die Stühle an der gegenüberliegenden Seite des Tisches vorbehalten waren. Am Tisch ihrer Großeltern waren die Kinder so brav und ruhig, wie man es ihnen sonst nie zugetraut hätte. Das lag zum einen an dem Kochlöffel, der auf der Lampe lag, die über dem Tisch hing. Wurde man zu laut, zu zappelig oder vergaß seine Tischmanieren, so brauchte Josef seinen Blick nur auf diesen Löffel zu richten, und man aß wieder ordentlich. Diese Methode hatte Josef auch schon bei seinen eigenen Kindern erfolgreich angewandt, und zwar so erfolgreich, dass sich niemand erinnern konnte, ob der Löffel jemals überhaupt aktiv zum Einsatz gekommen war. Zum anderen hatte Clementine so eine Art, einem stechend in die Augen zu sehen, ohne ein Wort zu sagen, dass einem ganz angst und bange wurde. Diesen tadelnden Blick fanden die Kinder fast noch gefährlicher als den Holzlöffel.

Vor dem Essen musste gebetet werden. Zum Tischgebet falteten alle die Hände und neigten die Köpfe, auch die Schreiner, Gesellen und Lehrlinge, die stets mit am Mittagstisch saßen.

»Komm, Herr Jesus, sei unser Gast und segne, was du uns bescheret hast«, murmelte Clementine ebenso rasch wie undeutlich. Die Kinder aber blickten während des Gebets verstohlen zur Tür, glaubten sie doch, der Herr Jesus müsse irgendwann höchstpersönlich hereinmarschiert kommen, wo die Oma ihn doch täglich darum bat, und so eine Essenssegnung hätten sie schließlich alle gerne einmal mit angesehen. Hebron fragte sich auch, wieso die Oma überhaupt noch einkaufen ging und im Garten jätete, wenn der Herr Jesus ihr doch scheinbar nachts alles heimlich in Kühl- und Vorratsschrank legte. Ein Phänomen, das sie einfach nicht verstand, egal, wie lange sie auch grübelte.

Das Amen sprachen sie gemeinsam, bekreuzigten sich, und erst dann wurde die Suppe verteilt. Und es gab immer Suppe. Manchmal bestand die Mahlzeit nur aus der Suppe, etwa, wenn in den Tagen zuvor ein Huhn geschlachtet worden war und neben den obligatorischen Gemüsestücken und Fadennudeln saftige Stücke Fleisch darin schwammen. Dazu reichte Clementine selbst gemachte Grieß- oder Kartoffelknödel.

Bestand die Suppe nur aus Gemüse und Nudeln, gab es danach noch Kartoffeln und Gemüse mit Soße, selten aber Fleisch, und wenn, dann bekamen es die Schreiner. Stocherten die Kinder nur lustlos in ihrem Gemüse herum, so hatte Clementine ihre Methoden: »Esst. Esst eure Möhren, dann werdet ihr um drei Uhr schön!«

Und so kam es, dass Hebron, Melody und Virginia unzählige Nachmittage vor dem großen Spiegel im Flur verbrachten und dabei zur Uhr schielten, denn keinesfalls wollten sie den Moment verpassen, in dem sie schön wurden.

Oft blieben die Kinder über Nacht bei ihren Großeltern, dann sprangen sie abends durch die Quietschebetten in den Kinderzimmern ihrer Mütter, oder sie verkleideten sich mit den muffigen Klamotten aus dem Kleiderschrank, wo es allerhand Kuriositäten wie Pelzmäntel, Blaumänner, Perücken und Hausfrauenkittel sowie Clementines Fastnachtsmasken gab, denn es hatte sich eingebürgert, dass jeder das, was er nicht mehr brauchte, ins Elternhaus brachte. Und so türmten sich alte Kleidung, kaputte Möbel, ausrangiertes Spielzeug und allerhand Klimbim in den ehemaligen Kinderzimmern, weil Clementine nichts wegwerfen konnte.

Es war also kein Wunder, dass die Kinder sich fühlten wie im Schlaraffenland, es gab Obst im Garten, das man von Sträuchern oder aus Beeten pflücken konnte, Rüben, die man vom Feld klauben, und Nüsse, die man unter den Bäumen sammeln konnte. Jeden Nachmittag gab es Muckefuck und selbst gebackenen Hefezopf, dick mit Butter und selbst gemachter Johannisbeermarmelade bestrichen. Sobald die ersten Sonnenstrahlen im Jahr nicht nur Licht, sondern auch Wärme brachten, wurde dieser Nachmittagsschmaus auf der Veranda eingenommen. Dann rückte Clementine den schmalen, mit einem Wachstuch beklebten Tisch aus seinem Winterversteck und begann, sämtliche Arbeiten, die nicht zwingend im Haus verrichtet werden mussten, auf der Veranda zu erledigen. Dort saß sie, schnippelte Gemüse, las Obst, stopfte Socken und faltete Wäsche.

Im Dezember, wenn es früh dämmerte und das schwindende Blau des Himmels sich zum Horizont hin orangerosa färbte, rief Clementine: »Kinder seht, die Engelchen backen wieder!« Nüsse knackend saßen sie dann an der langen Tafel im Esszimmer und lauschten dem nie versiegenden Fluss an weihnachtlichen Gedichten und Liedern, die Clementine zum Besten gab. Am 29. Dezember schickte Clementine die Bagage raus, nachdem sie ihnen vom Mann mit den vielen Armen erzählt hatte, eine Geschichte, mit der sie schon ihre eigenen Kinder zum Narren gehalten hatte.

»Ihr glaubt es mir nicht? Dann geht gucken. Wenn ihr nur lange genug wartet, kommt er vorbei, der Mann mit den

Armen wie noch Tage im Jahr. Wenn ihr Glück habt, kommt er sogar mit seiner Frau: Die hat Beine wie noch Tage im Jahr.«

Stundenlang saßen die Kinder in Schnee und Eiseskälte an der Straße, die zum Dorf heraufführte, hielten Ausschau nach dem mysteriösen Mann mit den Hunderten von Armen und der Frau mit den vielen Beinen, und es dauerte Jahre, bis sie verstanden, dass man sie nur veralbert hatte, weil die Betonung auf dem Wort *noch* gelegen hatte.

Jedes Jahr am Ostersonntag wurde ein Foto von der sich ständig vergrößernden Enkelschar auf der Treppe zur Veranda vor dem Bungalow gemacht. Hatte zu Beginn noch eine Handvoll Kinder auf den grauen Stufen Platz gefunden, so war es nach ein paar Jahren unmöglich, alle dort nebeneinander zu platzieren. So wurden die Kleinkinder auf die Schöße der Älteren gesetzt und die Babys in eine mit Schaffellen gepolsterte Schubkarre gelegt, die man neben die Treppe stellte.

Doch es sollte ein Osterfest kommen, das Hebron und ihre Brüder aus der Gruppe ihrer Cousins und Cousinen riss.

Vom Schwein, das glaubte, es sei ein Pferd

Das Herumstrolchen mit ihren Cousins und Cousinen, die große Freiheit, die sie auf dem weitläufigen Gelände des großväterlichen Anwesens genossen, die Wildheit, mit der sie die ersten Lebensjahre verbrachten, erzeugten in Hebron ein Gefühl der Zusammengehörigkeit, das so stark war, dass es sie umso stärker schmerzte, als die Familie zerbrach. Als Hebron von ihren Cousins und Cousinen getrennt wurde, durchfuhr sie der Schmerz der Isolation besonders stark, wenn sie an frisch geschnittenem Holz roch, doch es sollte eine Reise brauchen, eine Reise, die so unüberlegt wie spontan stattfand und deren Auslöser noch weitaus schmerzvoller war als die Sehnsucht nach ihren Cousinen, bis Hebron begriff, was ihr der Duft von frischem Holz sagen wollte.

In der Zeit der Isolation fragte Hebron sich oft, was dazu geführt hatte, dass Meggy von der Hunger'schen Sippe irgendwann so weit entfernt war, sich in eine andere Richtung bewegt hatte, wie der zarte Schirmflieger einer Pusteblume, in deren Blütenkopf man kräftig blies, und das, obwohl sie in derselben Gegend wohnen blieb. Sie fragte sich, wo der Ursprung der Entzweiung lag, und irgendwann kam sie zu dem Schluss, dass es der Tod ihres Großvaters Josef gewesen sein musste, ein Mann, an den sie sich kaum noch erinnern konnte, obwohl sie in ihrer frühen Kindheit so viel Zeit bei den Großeltern verbracht hatte. Sie vergaß jedoch nicht, wie gern er seine Enkel zum Narren gehalten hatte, und so vermutete sie hinter seiner Strenge Güte und Wohlwollen, gezwängt in das Korsett der autoritären Gesinnung seiner Generation. Hebron vermutete, dass es ebenjene Strenge und Autorität gewesen war, die die Streitereien der neun Geschwister nie so weit hatte ausufern lassen, wie es nach seinem Tod geschehen war.

War sonst seine Frau dafür zuständig, eine Festgesellschaft bei Laune zu halten und zu erheitern, so gab es zwei große Ausnahmen: Beim Schützenfest war Josef natürlich auf der Verliererseite, denn schließlich war er zum Schießen nicht gemacht. Dafür war er der unumstrittene Hahnenkönig. Ihm gelang es, beim Dorffest mit Kirmes trotz der verbundenen Augen den Kopf des Federviehs mit einem Schlag abzutrennen. Und bei der Sitzung des örtlichen Karnevalsvereins am Rosenmontag war es an ihm, die schunkelnde Menge mit Späßen zu erheitern. Hatte er sich in den ersten Jahren vor allem wegen der Zahl seines Nachwuchses und der daraus resultierenden Armut zum Gespött gemacht, so hatte er es doch über die Jahre geschafft, nicht zuletzt durch die Restaurierung der Kirche, sich einen gewissen Respekt zu verschaffen. Er war jetzt, als alter Meister, einer, der dazugehörte, auch weil es bei ihm immer eine Lehrstelle für die Söhne des Dorfes gab. Zudem hatte er dafür gesorgt, dass aus einem angrenzenden, seit Jahren ungenutzten Kuhstall hinter der Gaststätte ein Veranstaltungsraum wurde. Mit seinen Söhnen hatte er den Stall entkernt, die Wände verkleidet, Parkett verlegt und eine Bar sowie eine Bühne eingebaut. Nun gab es endlich im Dorf selbst Raum für Hochzeiten und Maitanz sowie Karnevalssitzungen, lauter Veranstaltungen, für die man sonst ins Nachbardorf hatte ausweichen müssen. Der Karnevalsverein war ihm so dankbar gewesen, dass er zum Ehrenmitglied ernannt wurde. Durch diese Ehrenmitgliedschaft und die damit verbundenen Abende im Wirtshaus entdeckte Josef in seinen späten Lebensjahren zwischen Bierpfützen und Rauchschwaden, dass er seiner

Frau unterhaltungstechnisch in nichts nachstand. Und so hatte es sich in der Geschichte des ortsansässigen Karnevalsvereins eingespielt, dass Josef Hunger als Ehrenmitglied im Lauf der Sitzung zwischen Büttenreden und Mariechentanz eine Ansprache hielt. Zwar war Josef immer noch kein großer Redner, aber er verstand es durchaus, die Dorfgemeinschaft mit Anekdoten aus seiner kinderreichen Familie zu unterhalten.

»Meister Hunger, Meister Hunger!«, rief die Menge irgendwann im Lauf der Sitzung. Und so war es auch im Jahr 1983. Mit verschwitzten Köpfen, die Gesichter rot vom Bier- und Schnapskonsum, suchten sie in der von tiefen Rauchschwaden verhangenen Halle nach Josef Hunger und riefen: »Jupp, Jupp, Jupp, wir wollen den Meister Jupp hören!«

Hatte man ihn entdeckt, so ließ sich Josef von seiner Bank zerren, kletterte unter lautem Gejohle auf die Bühne, wo man ihm einen vollen Humpen Bier in die Hand drückte. Erst nachdem er einen großen Schluck genommen und sich mit dem Handrücken den Schaum vom Mund gewischt hatte, begann er mit seiner Geschichte.

»Lasst mich mal überlegen … Die Geschichte vom Fred und den sechsunddreißig Eiern kennt ihr ja schon. Wie Franz einmal die Kaserne mit einem Panzer geräumt hat, hab ich erst letztes Jahr erzählt. Ach ja, ich weiß: Ich will euch die Geschichte vom Springschwein erzählen! Das freut vor allem den alten Breidenich, der kennt die Geschichte nämlich schon, und zwar besser, als ihm lieb ist!«

Hubert Breidenich, der alte Bauer vom noch älteren Breidenicher Hof, saß mit hochrotem Kopf in der Menge, hob sein Bier, lachte und nickte zustimmend.

»Wie ihr wisst, mussten wir in den ersten Jahren nach dem Krieg alle hier im Dorf mit Tierhaltung und Gemüseanbau dafür sorgen, dass unsere Speisekammern gefüllt waren. Heut ist das nicht mehr so gängig, aber damals hatte eigentlich jeder wenigstens ein paar Hühner und dazu Gemüsebeete. Nun, es ist keine Neuigkeit, aber meine Familie wurde in den Fünfzigern sehr schnell sehr groß, und deshalb legte ich mir irgendwann noch Schweine zu. Der Koben hinter der Schreinerei war schnell gebaut, genügend Brachland, auf dem die Säue sich suhlen konnten, gab es auch. Von den drei Ferkeln, die ich kaufte, wurden zwei zu prächtigen Säuen, und der Eber entwickelte sich zu einem Kavemann. Ich sag euch, so ein Schwein habt ihr alle noch nie gesehen, das war fast so groß wie ein Pferd! Aber vor allem haute der Eber immer ab. Am Anfang riss der mir einfach den Zaun ein. Den haben der Geselle und ich dann verstärkt. Aber dann sprang der da doch tatsächlich einfach drüber und, hopp!, ab in die Gemüsebeete von meinem Tinchen, schön alles zerwühlen und die Ernte wegfressen. Wir also den Zaun höher gemacht, der Eber wieder drüber. So ging das in einem fort. Der sprang einfach über jeden Zaun und fraß sich dick und fett. Dann, eines Tages, kommt der Breidenich zu mir. Braucht ein neues Büfett für die Küche, im alten saßen noch die Granatsplitter. Nachdem wir alles besprochen haben, rauchen wir noch ein Pfeifchen zusammen, und ich zeige ihm unser Grundstück. Und als wir am Schweinekoben vorbeikommen, schreit der Breidenich: ›Mensch, was haste denn da für'n Prachtstück?!‹ Ich so: ›Kannste haben, wenn du willst, ich will den nicht mehr.‹ Der Breidenich total ungläubig: ›Wie jetzt, echt?‹ Ich: ›Ja, pass aber auf, der springt wohl gut.‹ Der Breidenich reibt sich die Hände und sagt: ›Ist ja umso besser!‹ Und ich: ›Hubert, ich mein, mit dem musste gut aufpassen, der springt über alles!‹ Und der Breidenich wieder total freudig: ›Jaja, dann kann ich den umso besser brauchen!‹ Am nächsten Tag holte der den fetten Eber mit seinem Traktor ab und freute sich schon krumm in Aussicht auf die vielen Ferkel, die ihm seine Säue werfen werden, wenn der Eber doch so gut springt.«

Das Publikum lachte sich schon halb schlapp über den Breidenich und seine Zuchtabsichten. Josef nahm einen Schluck Bier und erzählte weiter: »Ich noch mal, beim Abtransport: ›Ich hab's dir gesagt, der springt über alles.‹ Aber der Hubert hört mir gar nicht richtig zu, der denkt nur dran, wie der Eber ihm schön alle Säue decken wird.«

»Ja, woher hätt' ich's denn auch wissen sollen!«, rief Bauer Breidenich aus dem Publikum.

»Auf jeden Fall war das dann so«, fuhr Josef Hunger fort, »am nächsten Tag kommt der Breidenich wutentbrannt auf meinen Hof gefahren und schreit mich an: ›Jupp, du alter Betrüger: Das ist doch kein Eber, das ist ein Springpferd!‹« Alles lachte.

»Gelinkt haste mich, Jupp, gelinkt mit deinem Springschwein!«, rief Bauer Breidenich, hieb mit der Faust auf den Tisch und lachte laut.

Josef hob die Hände, als lieferte er mit dieser Geste ein spätes Schuldeingeständnis.

»Ha, deine späte Reue nützt dir gar nichts!«, feixte Breidenich mit hochrotem Gesicht und knallte seinen Bierhumpen auf den Tisch. Das Gelächter im Saal war ebenso laut wie herzlich.

Nur Josef lachte nicht mit, er griff sich an die Brust. Die Leute im Saal lachten noch lauter, als er zu Boden krachte, glaubten sie doch, er markiere wirklich den Reumütigen und spiele ihnen ein Schauspiel in Shakespeare'scher Manier vor.

Nur dass Josef auf der Bühne mit seinen sechsundsechzig Jahren, einem Alter, in dem laut einem bekannten Schlagersong das Leben erst anfängt, einem ebenso plötzlichen wie endgültigen Herzinfarkt erlag.

ZWEITER TEIL

Goldener Oktober

Weder Fanny noch ihr Mann bekamen die Söhne Geronimo, Galileo und Casanova in den Griff, die mit den Jahren immer wilder wurden. Im Prinzip war es so, dass sie dieser Wildheit nichts entgegensetzten, weil sie ihr nichts entgegensetzen wollten. Geprägt von der eigenen autoritären Erziehung in den Fünfzigerjahren hatten sie beschlossen, den Willen ihrer Kinder nicht zu brechen. Allerdings hatten sie nicht bedacht, dass dies bedeuten würde, ständig von Lehrern und Kindergärtnern zum Elterngespräch zitiert zu werden, die sich an den schmutzigen und zerrissenen Kleidern und den Zottelhaaren der Kinder ebenso störten wie an deren Benehmen. Sie hatten auch nicht einkalkuliert, dass ihnen ihre frei erzogenen Kinder derart auf der Nase herumtanzten, dass Fanny mehr als einmal wünschte, sie hätte auch einen Kochlöffel auf dem Lampenschirm über dem Esstisch. Weil es ihnen mit der Zeit zu anstrengend wurde, täglich um Dinge wie Schlafenszeiten, Tischmanieren und Körperhygiene zu diskutieren, beschlossen sie – ein wenig wehmütig und geplagt von schlechtem Gewissen –, den ältesten und unbändigsten ihrer Söhne in die Obhut einer Internatsschule zu geben. So kam es, dass Geronimo, unweit des Grabes von seinem Uronkel Friedhelm auf dem Ehrenfriedhof bei Vossenack, das Franziskus-Internat besuchte. Und weil Fanny und ihr Mann kein Auto besaßen, Meggy jedoch über die gelbe Ente mit dem undichten Schiebedach verfügte, war sie diejenige, die Geronimo an den Wochenenden abholte.

Eine kausale Verkettung, die sowohl für sie als auch für einen der Mönche, der sich Pater Gereon nannte, nicht ohne Folgen bleiben sollte.

Bruder Gereon war der jüngste und bei den Schülern beliebteste der Pater, denn er duschte im Gegensatz zu seinen Mitbrüdern die Schüler nicht mit eiskaltem Wasser ab oder versohlte ihnen den Hintern mit einem Hausschuh. Außerdem ließ er sich auf manche Diskussion ein, verlangte aber, dass man ihm eine vernünftige Erklärung lieferte, wenn man über Regeln murrte oder die Hausordnung missachtete. Brachten die Schüler ihre Argumente für das Übertreten der Regeln logisch und nachvollziehbar vor, antwortete er stets: »Ich verstehe dich, aber ich muss darüber nachdenken.«

So war es den Schülern möglich, die eine oder andere Annehmlichkeit durchzusetzen. Was er allerdings gar nicht mochte, war, wenn er den Eindruck bekam, die Verhandlung und das Feilschen um Schlafenszeit, Ausgang oder Sonderwünsche diene nur dem prinzipiellen Aufbegehren gegen die festgesetzten Regeln oder dem Erlangen von anmaßenden Extrawünschen. Dann beharrte er genauso stur und rigide auf Einhaltung der Hausordnung wie seine Mitbrüder. Ob er zu Beginn seines Beitritts zum Orden Schwierigkeiten bekam, seine sogenannten fleischlichen Begierden in den Griff zu kriegen, darüber wollen wir hier gar nicht spekulieren, denn Tatsache ist, dass er welche bekommen sollte. Und zwar gewaltige. Mit Geronimos Eintritt in das Internat wurden auch Bruder Gereons Toleranz und Geduld überstrapaziert; ein derart verlottertes, undiszipliniertes und respektloses Kind war ihm noch nie unter die Augen gekommen. Er hatte noch nie ein Kind vom Internatsdach holen müssen. Er hatte noch nie zuvor erlebt, dass ein Kind während des Sportunterrichts so lange mit weit abgespreizten Beinen umhersprang, bis ihm die Hose im Schritt riss, weil es der Meinung war, es brauche Lüftungslöcher. Er hatte sich auch nicht vorstellen können, dass man freiwillig in den Entenpfuhl des Nachbarhofs stieg, einem aus Schlamm und Entengrütze bestehenden Drecksloch, nur weil man gern das Monster vom Moor mimte. Und er hatte es satt, sich im Schulgebäude nur noch wie ein Verfolgter bewegen zu können, weil man bei diesem Geronimo ständig damit rechnen musste, dass er plötzlich hinter einer Ecke oder aus einer Schranktür heraussprang, den Zeigefinger auf einen richtete und »Hände hoch, Hosen runter!« brüllte. Deshalb suchte Pater Gereon wenige Wochen nach Schuljahresbeginn das Gespräch mit Geronimos Tante, der einzigen Bezugsperson dieses Zotteltierchens, die er je zu Gesicht bekam.

Meggy hatte das Abholen ihres Neffen Geronimo zum Ritual gemacht, zu dem auch gehörte, dass sie auf dem Hinweg erst mal mit Vollgas an der kurz hinter Vossenack liegenden Zufahrt zum Internat vorbeibrauste, um in Simonskall ins Café zu gehen, wo sie eine Tasse Kaffee trank und dazu ein schönes Stück Torte aß. Der zweite Teil des Abholrituals bestand darin, auf dem Rückweg in Düren den wöchentlichen Großeinkauf im Extra-Supermarkt an der Aachener Straße für die *Community of love & peace* sowie für ihre Schwester Fanny zu erledigen, wobei sie Geronimo im Supermarkt mit einer Tüte Bonbons stillhielt, die er noch im Laden leer futterte, weshalb sie jedes Mal Ärger an der Kasse bekamen.

Der Freitag, den sich Pater Gereon für das Gespräch mit Geronimos Tante ausgesucht hatte, war ein stürmischer Oktobertag. Während Meggy sich in der gelben Ente knatternd die von Bäumen mit goldenen Kronen überzogenen Hügel der Eifel hochkämpfte, war es so windig, dass sie mehrmals fürchtete, mitsamt der Ente von der Bundesstraße in den Straßengraben geweht zu werden. Sie sah schon das Holzkreuz vor sich, das man an der Stelle ihres Todes aufstellen würde. Für einen Moment liebäugelte sie sogar mit der Idee, ihrem Willy in den Himmel der Verkehrstoten zu folgen. Sie malte sich diese Version ihres Ablebens schon in allen Details aus, sah die Prozession ihrer schwarz gewandeten Geschwister über den Friedhof ziehen, blätterte bereits durch die herzzerreißenden Zeitungsartikel über das tragische Schicksal ihrer Kinder, die beide Eltern verloren hatten und nun als Vollwaisen durchs Leben gehen mussten. Vielleicht versuchte das Jugendamt, Samuel ausfindig zu machen. Und wenn er vom unglücklichen Leben seiner Tochter hörte, erbarmte er sich vielleicht und nahm sowohl Hebron als auch die Zwillinge zu sich nach Israel. Als Erwachsene hätten die Kinder dann keinerlei Erinnerung mehr an ihre Kindheit in der Eifel, sie sprächen fließend Hebräisch, und nur wenn sie zufällig ein paar Touristen Deutsch sprechen hörten, erfasste sie eine seltsame Sehnsucht. Obwohl Meggy sich beinahe schon selbst beweint hätte, ließ sie sich ihren freitäglichen Ausflug ins Simonskaller Café nicht nehmen, und gestärkt von Schwarzwälder Kirschtorte und Kaffee mit Schlagsahne, begrub sie ihre Sterbepläne wieder und begegnete dem Rütteln, mit dem die langsam die Kurven von Simonskall nach Vossenack hinaufkriechende Ente vom Wind durchgeschüttelt wurde, einigermaßen entspannt. Diesen Effekt hatte die ihr heilige halbe Stunde im Café, wo ausnahmsweise weder ein Kind noch ein Patient etwas von ihr wollten, jedes Mal. Als sie in den Hof des Internats einbog, wartete dort nicht nur Geronimo, der sich die Zeit damit vertrieb, mit weit geöffneten Jackenflügeln die Treppe herunterzuspringen, am Treppengeländer stand außerdem einer der Pater, dessen braune Kutte vom Wind unanständig weit hochgehoben wurde, sodass Meggy Ausblick auf zwei knackig muskulöse Männerbeine hatte. In der Hand hielt er Geronimos Rucksack.

Um sich ungestört über die absonderlichen Verhaltensweisen seines Schülers unterhalten zu können, hatte Pater Gereon vorgesorgt und den Jungen einen Drachen bauen lassen, dem Geronimo laut johlend und durch dunkle Ackerfurchen stolpernd hinterherrannte, während Pater und Tante dem Feldweg folgten, der am Waldrand entlangführte, und darüber berieten, wie man das Kind bändigen könne. Pater Gereon war weltoffen, was ihn von seinen Ordensbrüdern unterschied, und er hörte Meggy aufmerksam zu, als sie ihm von der Familiensituation ihrer Schwester Fanny und der dort herrschenden antiautoritären Erziehung berichtete. Vor allem aber war er eloquent und gewitzt und brachte Meggy, die zu Beginn des Spaziergangs recht verhalten gewesen war, weil sie es nicht gewohnt war, mit einem Mönch zu reden, bald zum Lachen mit seinen Vorschlägen zu Geronimos Erziehung.

Am meisten irritierte Meggy jedoch, dass der Pater so jung war. In Meggys Vorstellung waren Mönche alt und halsstarrig, grau und verhuscht und gaben nichts als Bibelverse von sich. Dieser hier war lustig und offen, hatte rotblondes Haar und grüne, leicht schräg stehende Augen, die vor der Kulisse des herbstlichen Waldes mit seinen rostfarbenen Laubkronen nur so funkelten, und einen warmen Händedruck. Auch leuchteten seine Wangen in der Kühle, die der Wind mit sich trug, rosig und frisch; seine Nase saß markant und forsch im Gesicht und bot einen geradezu unschicklichen Kontrast zu den langen, dichten Wimpern. Und als Meggy verlegen zu Boden blickte, sah sie, dass seine Knöchel kräftig, seine nackten Füße aber wohlgeformt und die Finger seiner Hand, mit der er die ihre umschloss, schmal und sanft gerundet waren.

Als Meggy in der Ente saß und mit Geronimo schimpfte, weil er alle zwei Minuten das Fenster runterkurbelte, war ihr das Leuchten der grünen Augen des Paters noch allzu präsent, und sie musste an die irische Küste denken, obwohl sie dort nie gewesen war, an moosbewachsene Hänge, sich im Sturm kräuselnde Meereswellen und satte Schafweiden.

Verwirrt vom Eindruck, den der Pater bei ihr hinterlassen hatte, suchte Meggy bald jeden Freitag das Gespräch mit ihm, und es dauerte nicht lange, da sprachen sie nicht mehr über Geronimo; der Pater berichtete Meggy von seinem Leben vor dem Eintritt in den Franziskus-Orden und hörte sich Meggys Sorgen an, und so kam es, dass Meggy sich bald mehr auf die

Spaziergänge mit Bruder Gereon übers winterliche Feld als auf die Torten im Simonskaller Café freute.

Nur blieb es nicht beim Spazierengehen, es blieb auch nicht beim Reden, an Pater Gereon war ein Charmeur verloren gegangen; die grünen, leicht schräg stehenden Augen verstörten Meggy mehr und mehr, zumal sie so lustig unter den Spitzen seines roten Haars glänzten, und oft kam es vor, dass sie ihn betrachtete und gar nicht mitbekam, worüber er sprach, weil sie nichts anderes denken konnte als: Wie kann man nur so grüne Augen haben?! Auch der Begriff »mandelförmig« bekam eine vollkommen neue Bedeutung für sie.

Schon lange nahmen sie Geronimo nicht mehr mit auf ihre freitäglichen Streifzüge über die verschneiten Felder, wo Pater Gereon Meggy sanft am Arm führte, damit sie nicht über vereiste Ackerschollen stolperte oder auf zugefrorenen Pfützen ausrutschte. Und als er ihr an einem Tag, dessen Luft kalt und kristallen war, mit einer Geste das vom Wind zerzauste Haar aus dem Gesicht strich, die eine Zartheit hatte, wie Meggy sie sich zuvor nicht einmal hatte vorstellen können, und ihr mit brüchiger, fast heiserer Stimme beinahe dieselbe Frage stellte wie einst Rudi ihrer Mutter: »Darf ich die Tante meines größten Sorgenkindes nun küssen?«, tja, da hätte wohl keine Frau der Welt mit Nein antworten können. Da konnten Finger, die klamm vor Kälte waren, nicht mehr fern von der Haut des anderen bleiben, Knöpfe nicht geschlossen und Kuttensäume nicht dort, wo sie hingehörten. Der Ort des unchristlichen Geschehens war eine Scheune, die abseits des Dorfs lag, verdeckt von einem kleinen Ausläufer des Walds.

Man konnte wohl guten Gewissens behaupten, dass Meggys jüdische Phase vorbei war. Die ihrer Verhütungsunlust allerdings nicht, und so kam es bald, wie es kommen musste.

Meggy störte sich nicht an dem kleinen Unglück, das da in ihr wuchs, sie hatte sich längst in Pater Gereon verliebt und glaubte fest an eine Zukunft im Schoße einer glücklichen Familie, denn das war es, was sie sich wünschte: Teil einer intakten Familie zu sein, und zu einer intakten Familie gehörte nun mal auch ein gemeinsames Kind, und dass sie das Pferd jedes Mal von hinten aufzuzäumen versuchte und glaubte, über das gemeinsame Kind dieses Ziel zu erreichen, darüber machte sich Meggy keine Gedanken.

So hatte sie auch diesmal vergessen, erst einmal herauszufinden, ob der Mann überhaupt eine Familie gründen wollte, und bei einem Mönch hätte sie sich diese Frage im Übrigen auch gleich mal selbst mit Nein beantworten können. Aber so war Meggy nicht gestrickt, nein, Meggy war sich sicher, dass Pater Gereon sich für sie entscheiden würde, glaubte, dass er aus der Bruderschaft austreten und sich ganz dem weltlichen Leben mit ihr und den Kindern zuwenden würde; denn hatte er nicht mehrmals angedeutet, sein Eintritt in den Orden sei auch eine Art Trotz gegen das gewesen, was er in seiner frühen Kindheit erlebt hatte? Bruder Gereons Familie war nämlich aus der Deutschen Demokratischen Republik geflohen, wo ihnen das Leben aufgrund ihrer Kirchenzugehörigkeit schwer gemacht worden war.

Außerdem hatte man doch schon öfter munkeln hören, dass Pastoren mit ihren Pfarrhausangestellten oder Kirchenchorsängerinnen Kinder zeugten, und so mancher quittierte darauf den Dienst in der Kirche, um seinen Kindern ein glückliches Familienleben zu bieten.

Aber Pater Gereon dachte nicht im Traum daran, seine Internatstätigkeit gegen das Leben eines vierfachen Familienvaters in einer *Community of love & peace* einzutauschen.

Bruder Gereon, dem durch die ungeplante Zeugung erst wirklich bewusst wurde, dass er mehr als sein Keuschheitsgelübde gebrochen hatte, begann sich vor Verzweiflung das rotblonde Haar auszureißen, und heulte, bis seine grünen Augen im geschwollenen Gesicht kaum mehr zu erkennen waren. Erst dann wandte er sich an den Internatsseelsorger. Der wiederum sprach mit dem Klostervorstand, und dieser versetzte

Pater Gereon flugs und mit Stillschweigen über den wirklichen Grund in ein Kloster in der Franziskanerprovinz Bavaria. Dann verdrosch der Klostervorstand dem Schüler Geronimo, dem er die Schuld am Geschehen zuschob, da ohne sein renitentes Verhalten die liederliche Tante nie in Berührung mit seinem engagiertesten Pater gekommen wäre, so ausgiebig mit seinem Pantoffel den Hintern, bis die Sohle der Sandalette in der Mitte zerbrach.

Geronimo türmte daraufhin nachts aus dem Fenster des Internats, allerdings nicht ohne sich vorher alle seine Kleider übereinander angezogen zu haben, denn dumm war er schließlich nicht. Hinter der Leitplanke lief er an der Bundesstraße entlang bis kurz vor Gey, wo ihn ein Lkw-Fahrer im Morgengrauen einsammelte, weil er es doch etwas verwunderlich fand, dass ein Junge, der aussah wie das Michelinmännchen höchstpersönlich, zu Fuß durch den Schneematsch im Straßengraben stapfte. Allein die Tatsache, von einem Lkw bis vor die Wohnungstür seiner ahnungslosen Eltern gefahren zu werden, war Geronimo seine Flucht wert.

Das war es in der Folge jedoch mit Geronimo und dem Internat, und so war es das auch mit Meggys Kuchenritual in Simonskall, und von Pater Gereon hörte sie kein Wort mehr.

Ihren dritten Sohn würde Meggy Francis nennen, denn wie bereits erwähnt, von der Methode, die Verbindung zum Vater im Namen des Kindes auszudrücken, wich sie nicht ab, aber den Namen Franziskus fand sie dann doch zu altmodisch.

Ein Ehebruch, der keiner war

Die Schwangerschaft brachte Meggy jedoch auch Schwierigkeiten an anderen Fronten als der im Vossenacker Internat ein, denn ihr beharrliches Schweigen, was den Vater des neuen Sprösslings anging, sorgte letztendlich sogar dafür, dass sie mit ihren Kindern wieder umziehen musste und deshalb bald auf sich selbst gestellt sein sollte.

Der Umzug war der erste Schritt in einen neuen Abschnitt, aber zwei weitere Faktoren trugen zum Abstieg bei, der in den nächsten Jahren folgen sollte: die Verheimlichung des Kindsvaters und die Tatsache, dass Clementine, nachdem Josef gestorben war, keine Lust mehr hatte, ihre Enkel zu beaufsichtigen. Diese Unlust direkt zu äußern, lag Clementine nicht, sie zeigte ihren Töchtern ihr Missbehagen, indem sie sich möglichst wenig um die Enkel kümmerte, wenn diese bei ihr abgeladen wurden, was die Kinder als große Freiheit, ihre Mütter mit der Zeit aber als Vernachlässigung empfanden oder als Verwahrlosung titulierten, wobei sie dann ihre eigene Kindheit gleich auch als eine solche bezeichneten.

Aber Clementine legte eine Art Altersstarrsinn an den Tag, ließ sich auf keinerlei Gespräche über die von ihr erwartete Kinderbetreuung ein, und man konnte froh sein, wenn sie überhaupt Kaffee aufsetzte und dazu Weißbrot, Butter und Marmelade auftischte. Man konnte auch froh sein, wenn sie den Kindern mal Pellkartoffeln oder Buttermöhren vorsetzte und nicht nur die immer gleichen zerkochten Nudelsuppen mit Maggi. Aber seit sie alleine wohnte – sah man von Franz ab, der sich die Kellerräume zur Wohnung hergerichtet hatte –, hatte Clementine die Lust am Kochen verloren, aß selbst nur noch Schinkenbrote und hart gekochte Eier mit Mayonnaise.

Es war nicht so, dass sie ihre Enkelkinder nicht mochte, aber Clementine war des Hausfrauenlebens einfach müde, sie wollte nicht mehr nur für die Belange von Rotzlöffeln sorgen, hatte genügend Schuhe geputzt, genügend Kartoffeln geschält, genügend Haare gekämmt und Zöpfe geflochten, genügend Standpauken gehalten und genügend Hintern versohlt. Was sie geleistet hatte, reichte für drei Leben. Jetzt, wo ihr Mann tot war, die Werkstatt an Fred und Franz übertragen und ihre Schwiegertochter Marianne die Buchhaltung übernommen hatte, fühlte Clementine sich das erste Mal seit vielen, vielen Jahren frei. Sie konnte sich ganz der Pflege ihres Gartens widmen, sie konnte ihr Mittagsschläfchen ausdehnen, so lange sie wollte, sie konnte abends bis zum Programmschluss fernsehen, sie konnte so viel trinken, wie sie wollte. Wer hatte da schon Lust, weiterhin jeden Mittag zu kochen und ein paar frechen Lausbuben hinterherzurennen?

Meggy brachte dieser Sinneswandel in ernsthafte Schwierigkeiten, denn der nicht mehr zu verbergenden Schwangerschaft mit Francis war ein handfester Streit mit Peggy gefolgt, die ihre Schwester schon länger im Verdacht hatte, mit ihrem Mann Hans-Dieter anzubändeln. Im Verlauf dieses Streits warf Peggy den gesamten Vorrat an Eingemachtem gegen die Wand, wobei sie bei jedem Schwall Mirabellen, Gurken und Kirschen, der die Wand herunterrutschte, kreischte, sie sorge ja wohl nicht auch noch dafür, dass man es sich mittels dem von ihr angelegten Vorrat gut gehen lasse. Mit Einmachgläsern zu werfen war bei beiden Schwestern in Konfliktsituationen sehr beliebt, wovon sich ihre Kinder in den nächsten Jahren noch zur Genüge überzeugen durften, wobei Meggy ihre Wurfgeschosse um Eier, Quark und Möbelstücke erweitern sollte.

Der Witz an der Sache war, dass es Peggy selbst war, die ihrer Schwester einige Monate zuvor den Ehemann angeboten hatte, da Peggy Hans-Dieters Daueraskese überdrüssig geworden war.

»Wenn du den Hans-Dieter willst, bitte, du kannst ihn gerne haben«, hatte sie ihrer Schwester eines Abends beim Abwasch mitgeteilt. Meggy hatte den Verdacht, dass an diesem für sie keineswegs verlockenden Angebot der neue Koch schuld war, der in dem Restaurant arbeitete, in dem Peggy kellnerte. Seit dieser Mann aufgetaucht war, hatte Peggy nämlich verdächtig gute Laune und legte bedenklich viel Wert auf ihr Äußeres, steckte ihr Haar mit großen Spangen zu komplizierten Frisuren, trug plötzlich kurze Röcke, enge Blusen und dramatische Hüte. Außerdem malte sich Peggy dicke Kajalränder um die Augen und trug dunkelroten Lippenstift auf, lauter Dinge, die sie Hans-Dieter zuliebe seit Jahren nicht mehr getan hatte, denn er war ein Verfechter der – wie er es nannte – wahren Emanzipation, laut der Frauen es nicht nötig hatten, ihre natürliche Schönheit zu verfälschen. Nur fand Peggy den Vorschlag, Meggy könne sich ruhig an ihrem Mann vergreifen, ab dem Moment nicht mehr so verlockend, in dem er Realität geworden zu sein schien. Möglicherweise lag es aber auch daran, dass besagter Koch sich lieber an den schmalen Hintern der Küchenjungs vergriff als an Peggys ausladendem Gesäß.

Und weil sich Meggy lieber weiterhin über ihre verhängnisvollen Scheunentreffen mit Pater Gereon ausschwieg, als ihrer Schwester den Verdacht des Ehebruchs zu nehmen, zerstritten sich die beiden.

Meggy und Peggy, die beiden Schwestern, die innerhalb des Jahres 1948 geboren worden waren, hatten seit ihrer Kindheit die engste Beziehung aller Geschwister untereinander gehabt, hatten aber auch schon immer die erbittertsten Kämpfe miteinander ausgefochten, wenn es um die Frage der gerechten Verteilung von Geschenken, Kleidung, Zuneigung oder Aufmerksamkeit ging. Sie hatten stets in einem Zimmer geschlafen und tuschelten abends noch lange, wenn die anderen schon schliefen, und versuchten, sich so ähnlich wie möglich zu kleiden, sodass man im Dorf oft dachte, sie wären ebenso Zwillinge wie ihre Brüder. Sie nahmen ihre Verbundenheit einige Zeit so sprichwörtlich, dass sie sich mit einer Wäscheschnur zusammenbanden. Diese knoteten sie sich morgens um ihre Handgelenke, damit sie sich nicht mehr als zwei Meter voneinander entfernen konnten. Ihre Eltern, denen das Geglucke zu weit ging, insbesondere dann, wenn die beiden Unzertrennlichen Dinge ausheckten wie das Ausspionieren des nackten Vaters durchs Schlüsselloch der Badezimmertür, sorgten dennoch dafür, dass Peggy ein Jahr später eingeschult wurde, damit die Mädchen zusammen in eine Klasse kamen. Natürlich hatten sie auch die Ausbildung zur Krankenschwester gemeinsam begonnen und wohnten im Schwesternwohnheim in einem Zimmer, auch wenn Peggy die Ausbildung nach einem Jahr abbrach. Sie waren sogar fast gleichzeitig mit ihren ersten Kindern schwanger geworden – Melody war nur zwei Monate jünger als Hebron.

Aber nun brachen diese beiden miteinander, und das nur, weil sie zu stur waren. Zu stur und zu stolz. Meggy mochte nicht zugeben, dass ihr da ein kleiner Fauxpas mit einem Gottesmann unterlaufen war, und Peggy, die den Beteuerungen ihres Mannes, ihr immer treu geblieben zu sein, zwar mit der Zeit glaubte, wollte sich nicht eingestehen, überreagiert zu haben.

Meggy entschied im Zuge der schweigenden Ignoranz, mit der die zwei Schwestern sich von nun an in der Wohnung begegneten, zwei Jahre in der *Community of love & peace* seien genug an verlogener Liebe und Frieden, und nahm einen Kredit auf, der es ihr ermöglichte, in der Eifel ein altes Bauernhaus zu kaufen, dessen Zustand mit »zerfallen« noch zu nett beschrieben wäre.

Das Resultat des Streits zwang Meggy aber auch dazu, ihre Kinder während ihrer Schichtdienste zu ihrer Mutter zu bringen, die davon nicht besonders erbaut war, so wie sie auch von der neuerlichen vaterlosen Schwangerschaft nicht besonders begeistert war. Das führte zu erheblichen Spannungen zwischen Mutter und Tochter, unter denen vor allem die Kinder litten, die zum einen merkten, dass sie im Bungalow mehr erduldet als erwünscht waren, und zum anderen nicht mochten, wenn die Oma über die Mutter schimpfte oder die Mutter über die Oma.

Und je größer der Bauch wurde, je öfter Meggy ihre Kinder bei Clementine parkte und je länger sie sich darüber ausschwieg, wer der Erzeuger des Kindes war, desto gereizter wurde die innerfamiliäre Stimmung.

Das angespannte Verhältnis zwischen Meggy und Clementine erreichte seinen Höhepunkt, als Meggy, hochschwanger und überarbeitet, ihrer mürrischen Mutter vorwarf, das einzige unerwünschte Kind unter den neun Geschwistern zu sein, womit sie insofern nicht ganz falschlag, als dass Clementine alles andere als glücklich gewesen war, als sie, nur zweieinhalb Monate nach Peggys Geburt, gemerkt hatte, dass sie schon wieder schwanger war, nur hatte das nach Meggys Geburt keinen Unterschied in der Verteilung an Zuneigung gemacht.

Im Verlauf dieses Streits erwiderte Clementine ihrer Tochter: »Ich an deiner Stelle wäre da mal ganz vorsichtig, denn im Gegensatz zu deiner Kindheit in einer anständigen Familie schleppst du das nächste vaterlose Kind in deinem Bauch herum, wobei mir das mit Willy wirklich leidtut, aber dass du uns nach dem Juden schon den zweiten Unbekannten präsentierst, nee, das kann der Herrgott nicht gutheißen! Da frag ich mich, ob wir dich völlig umsonst katholisch erzogen haben!«

Bleibt die Frage, was sie gesagt hätte, hätte sie gewusst, dass der Vater des Kindes ein Franziskanermönch war, aber zu ihrem Glück erfuhr sie diesen Tatbestand nie, man möchte sich nicht vorstellen, was dieses Wissen mit ihrem Seelenheil angerichtet hätte.

»Du bist ja ein Judenhasser!«, warf Meggy ihrer Mutter daraufhin vor. »Wahrscheinlich bist du immer noch Nazi, gibst es nur nicht zu!«

»Jetzt spinnst du ja wohl komplett!«

»Na, schau dich doch mal an! Denkst du, ich hab nicht gewusst, dass dein Rudi in der Partei war?! Wie Onkel Mättheswillste-ne-Fisch. Nur dass der wenigstens heute noch dazu steht, dass für ihn unter dem Führer alles besser war, aber du warst ja schon immer opportunistisch, das sieht man ja schon daran, dass du dich nicht an deine Verlobung gehalten hast. Ja, da war es dir wohl auf einmal peinlich, mit einem SS-Mann verbandelt zu sein, oder was?«

Das war der Moment, in dem es Clementine reichte, sie kippte ihrer Tochter eine Tasse Kaffee ins Gesicht und betete laut ein Vaterunser und drei Ave-Maria, denn dass ihre Tochter von allen guten Geistern verlassen war, stand außer Frage.

In den Nachwehen dieses Streits trat Meggy aus der Kirche aus und brachte ihre Kinder nicht mehr zur Oma. Aus und vorbei mit den täglichen Autofahrten, die die Kinder so liebten. Selbst die Zwillinge waren auf diesen Fahrten oft erstaunlich still gewesen, saßen andächtig schweigend auf der zerschlissenen Rückbank und hielten Ausschau nach Bussarden, die auf den Holzpfosten der Stromleitungen am Rande der Felder thronten. Waren sie abends von der Oma zurück nach Hause gefahren, und der Himmel war orangerosa verfärbt, rief Meggy: »Seht einmal, die Engel backen!«

Einmal hatte Hebron eine Sternschnuppe gesehen, sie schloss die Augen und wünschte sich einen Kaufladen, den sie erstaunlicherweise zum nächsten Geburtstag geschenkt bekam, weshalb sie noch jahrelang daran glaubte, dass Sternschnuppenwünsche wirklich wahr würden.

Der Wunsch, dass sich Oma und Mutter wieder vertrugen, wurde ihr leider nicht erfüllt.

Clementine gab den Ärger über ihre vierte Tochter einige Tage später an ihren Bruder Matthias weiter, der auf ein Stück

Kirschstreusel vorbeigekommen war und beim Kaffee wie so oft über die gute alte Zeit sinnierte.

»Nee, das war nicht alles schlecht damals. Da konnte jede Frau abends allein auf die Straße, ohne Angst haben zu müssen, heute geht das nicht mehr, Tinchen, da kommt gleich der Muselmann und schlitzt dir die Kehle auf!«

Da war er der Zweite innerhalb einer Woche, dem Clementine den Inhalt ihrer Kaffeetasse ins Gesicht kippte.

Meggy, die ihrem Kirchenaustritt zum Trotz ein schlechtes Gewissen hatte, besonders weil die Kinder Zeugen des Streits geworden waren, versuchte, das Bild der Oma wieder zurechtzurücken, indem sie den Kindern erzählte, wie ihre Mutter die Bombardierung Dürens überlebt hatte. Dabei heroisierte sie die Rolle Clementines dermaßen, dass Hebron glaubte, ihre Oma habe als junge Frau Bärenkräfte besessen, die es ihr ermöglicht hatten, Berge von Trümmern beiseitezuschieben; auch fragte sie sich jahrelang jedes Mal, wenn sie an der Bismarckstatue vorbeifuhren, wie ihre Oma es geschafft hatte, selbige einmal zu drehen. Noch ein paar Jahre später kam sie allerdings mit ihren Freundinnen im Rausch auf die Idee, ebenjenes Standbild komplett mit Klopapier aus der Schultoilette einzuwickeln, was ihr ihren ersten Ärger mit der Polizei einbrachte.

Vom Entschluss, ihre Kinder nicht mehr in die Obhut der lieblosen Oma zu geben, rückte Meggy auch nicht ab, nachdem die Wogen des Streits wieder geglättet waren. Bei Hungers stritt man schnell und leidenschaftlich, aber man ließ den Streit oft auch wieder Streit sein, verzichtete dabei jedoch auf Aussprachen oder klärende Gespräche; man setzte sich stattdessen mit einer Kanne Kaffee auf die Terrasse des Bungalows, bestrich eine Scheibe Hefezopf mit Butter und Marmelade, unterhielt sich dabei über die Menge der Früchte an den Nussbäumen, die Gänse und Hühner, den neuesten Familientratsch oder die Johannisbeerernte. Auf diese Art legten auch Meggy und Peggy ihren Streit irgendwann bei.

Meggys Hof

Der Bauernhof, den Meggy kaufte, hatte mehr als ein Jahrzehnt leer gestanden. Er bestand aus einem Fachwerkwohnhaus, in dessen Gebälk noch die Granatsplitter des Zweiten Weltkriegs saßen, Stallungen und Scheune. An das Grundstück grenzte ein Garten, hinter dem eine schmale Straße entlangführte, die Gässchen genannt wurde. Überquerte man das Gässchen, gelangte man zur einzigen Obstwiese, die noch zum Hof gehörte. Früher waren noch diverse Felder und weitere Wiesen im Besitz des Hofs gewesen, aber die Witwe des letzten Bauern hatte sie Stück für Stück verkauft. Über diese Bäuerin, die bis zu ihrem Tod auf dem Hof gelebt hatte, wurde im Dorf genüsslich getratscht. Es hieß, ihr Mann habe das ganze Geld versoffen. Deshalb habe sie auch Land verkaufen müssen, um überhaupt überleben und seine Schulden begleichen zu können. Dann habe ihr einziger Sohn hinter ihrem Rücken auch die Streuobstwiesen und Felder verkauft, um seine Spielsucht zu finanzieren. Nachdem er dies getan habe, sei er auf Nimmerwiedersehen verschwunden. Darüber sei die Bäuerin verrückt geworden, denn dass sie verrückt war in ihren letzten Lebensjahren, das stand außer Frage. So hatte man sie beispielsweise ständig mit sich selbst reden hören. Abgesehen davon war ihr Erscheinungsbild immer seltsamer geworden: Entweder sie trug alle ihre Röcke, Schürzen und Strickwesten übereinander, lief dafür aber ohne Schuhe herum, oder sie trug zwar ihre Stallschuhe, grobe Soldatenstiefel, hatte dafür aber nur ein Nachthemd am Leib.

Eines Tages hatte man sie im Morgengrauen von der Tanne im Nachbarhof holen müssen. Die ganze Nacht hatte sie dort oben ausgeharrt und »Minka, Minka!« gerufen, aber erst als der Nachbar seine Kühe melken wollte, fiel ihm auf, woher das Geschrei kam, das ihn schon die ganze Nacht genervt hatte.

Ihre Liebe zu dem Kätzchen wurde in den folgenden Jahren zu einer wahren Manie, denn nach ihrem Tod holte man mehr als sechzig Katzen aus dem Haus.

Als Meggy den Hof kaufte, roch es immer noch nach Katzenpisse, sie musste die Stube tagelang lüften, bis man einigermaßen frei atmen konnte. Der Raum war noch genauso belassen wie zum Todeszeitpunkt der Bäuerin, blank geleckte Fischkonserven und rostige Katzenfutterdosen lagen über den Boden verstreut, der grüne Sessel, dessen Brokatbezug von Katzenkrallen zerfetzt war, stand staubig und einsam unter dem Fenster, die zerrissenen Gardinen hingen vergilbt und schief an den Fenstern, Spinnweben bildeten dicke Schlieren in den Zimmerecken, und Staubkörner tanzten im Lichtstrahl der Fenster.

Fred und Franz halfen ihrer Schwester dabei, das Haus auszumisten. In den Schlafzimmern standen alte Bauernbetten, die so kurz waren, dass kein Erwachsener hineinpasste. Also richtete Fred sie für die Kinder her, beizte das Holz, machte dem Holzwurm, der in den letzten Jahren ungestört sein Unwesen hatte treiben können, den Garaus und lackierte die Gestelle neu. Meggy machte sich sogar die Mühe, die blau karierte Bettwäsche mehrere Tage in eine mit Gallseife angereicherte trübe Lauge einzuweichen, damit die Kinder auch in der originalgetreuen Bettwäsche schlafen konnten.

In der Küche stand ein alter Holzherd neben einem Büfett mit einfachem, angestoßenem Geschirr. In der Mitte des

Raums stand ein grober Holztisch; die von Wasserflecken marmorierte Platte war übersät von Kerben und Schnitzen, die von Unmengen an Broten, die geschnitten, Gemüse, das gehackt, und Schinkenstücken, die aufgespießt worden waren, erzählten. Außerdem gab es noch einen emaillierten Ausguss mit einem Kaltwasserhahn. Warmes Wasser gab es nicht.

Neben dem Küchenofen war der grüne Kachelofen, der breit und mächtig in der Stube stand, die einzige Heizquelle im gesamten Haus. Im Bad gab es nur ein Waschbecken mit kaltem Wasser und eine Zinkwanne, aber keine Toilette. Dafür stand ein Plumpsklo auf dem Hof, dieses allerdings wenigstens stilecht mit Herzchenfenster. Die Kinder fanden das Plumpsklo gruselig, in der einfachen Bretterbude zog es, man konnte durch die Ritzen gucken und hatte dadurch immer das Gefühl, selbst beobachtet zu werden. Außerdem wimmelte es von großen schwarzen Spinnen, die ihre dichten Netze in den Ecken des düsteren Häuschens sponnen, und es gab kein Licht, weshalb die Kinder sich bald weigerten, nach Anbruch der Dämmerung das Plumpsklo zu benutzen, und so deklarierte Meggy einen alten Kohleeimer zum Nachttopf. Morgens war es eine von Meggys ersten Tätigkeiten, den Inhalt des Eimers im oberen Teil des Gartens in die Brombeerbüsche zu entleeren, was die Kinder im Spätsommer nicht davon abhielt, sich mit den dunklen Beeren vollzustopfen.

Im Hof befand sich auch eine Jauchegrube, die Fred und Franz notdürftig mit Holzplatten abdeckten.

»Nehmt euch vor der Jauchegrube in Acht! Wenn ihr da einmal reinfallt, seid ihr für immer verloren!«, war die wohl am häufigsten ausgesprochene Warnung Meggys, nachdem sie mit den drei Kindern den Hof bezogen hatte. Vielmehr das, was zu beziehen war, denn die meisten Räume waren einsturzgefährdet. Die ehemals schwarzen Balken des Fachwerks waren grau und verwittert, die Fensterläden hingen krumm in den Angeln, und dass sie einmal tannengrün gewesen waren, konnte man nur erraten. Es sollte lange dauern, bis auch das letzte Zimmer hergerichtet und bewohnbar war. In einigen Zimmern waren die Dielen durchgefault, in anderen fehlte die Lehmfüllung zwischen dem Fachwerk, sodass man auf die Straße sah, in wieder anderen das Glas der Fenster, in manchen alles auf einmal. Neben der Obacht in Sachen Jauchegrube war es deshalb in den ersten Monaten verboten, Scheune, Stall und die oberen Wohnräume zu betreten.

Einmal kam ein älterer Herr, der ein paar Häuser weiter in einem geduckten, zur Straße hin mit Teerpappeschindeln verkleideten Sandsteinhaus lebte, ungebeten auf den Hof, in dem Fred und Franz werkelten. Der Mann lebte seit dem Tod der Eltern mit seiner Schwester zusammen, und da keiner von beiden je eine Liaison gehabt hatte, munkelte man von einer inzestuösen Beziehung, was aber nichts daran änderte, dass die beiden älteren Herrschaften fest in die dörfliche Gemeinschaft eingebunden waren. Diese Integration beinhaltete unter anderem, dass man den Rentner fast täglich von der Kneipe nach Hause brachte, nachdem er in den letzten Jahren auf dem Heimweg oft gestürzt war. Unbeirrt betrat er Meggys Haus und stieg die Treppen hoch, wo die Brüder gerade die Dielen abschliffen. Ein paar Minuten beobachtete er die Arbeitenden schweigend, bevor er sie fragte: »Was seid ihr? Ein wilder Verband?«

Fred und Franz ließen den Auftritt des Rentners unkommentiert, bis dieser Meggy zielgerichtet an den Hintern fasste.

»Hast aber noch ein gutes Figürchen!«, erlaubte er sich noch zu sagen, bevor Franz ihn aus Haus und Hof bugsieren konnte.

Die Unart, einfach schnurstracks und ungebeten in den Hof zu marschieren, hatten einige der Dorfbewohner an sich. Ein Verhalten, das sie erst unterließen, als Fred ein neues, noch schöneres Tor als das in Vossenack schreinerte und zur Straße hin einsetzte. Seinen eigentlichen Zweck, nämlich die Kinder von der Straße fernzuhalten, erfüllte es nie, denn welcher

Spross der Familie Hunger hatte sich je von einem Holztor aufhalten lassen?

Zumindest aber war man Hinterngrapscher und neugierige Waschweiber los. Der Grapscher allerdings hieß in der ganzen Familie nur noch »Der wilde Verband«.

Wie Fred und Franz der Polizei ein Schnippchen schlugen

Das Dorf, in dem sich der von Meggy erstandene Hof befand, hieß Rurbroich. Rurbroich lag eingebettet zwischen einigen steilen Sandsteinfelsen, die aus einem Ausläufer des für die Eifel so typischen dunklen und dichten Waldes ragten, und dem Wasserlauf der Rur, die vom Hohen Venn bis Roermond fließt, wo sie in die Maas mündet. Im Rücken des Dorfs zogen sich Streuobstwiesen über die Hänge bis an den Rand des Waldes, während die Felder der Bauern auf der anderen Uferseite der Rur lagen. Die Bauern fuhren mit ihren Traktoren und Landmaschinen frühmorgens aus dem Dorf und blockierten die einzige Straße, die Rurbroich mit den umliegenden Dörfern verband. Weil die Rur sich auf der Höhe von Rurbroich in zwei kleine Seitenarme aufteilt, die wenige Kilometer später wieder zu einem Strom zusammenfließen, hatte man zwei dicht aufeinanderfolgende kleine Brücken anstelle einer großen gebaut. Aus unerklärlichen Gründen waren diese Brücken außerdem nicht flach, sondern in Bogenform konstruiert, weshalb ihr Konstrukt im Dorf Busenbrücke genannt wurde. Durch die Busenform mussten die Bauern bei der Brückenüberquerung mit ihren Traktoren noch langsamer fahren. Während sie so täglich den Verkehr aufhielten, wichen die Autofahrer auf die Feld- und Waldwege aus, die sich vom Leib des Dorfs wie dünne Arme über die Landschaft erstreckten, um pünktlich zur Arbeit zu erscheinen.

Das Dorf selbst bestand aus zwei sich kreuzenden großen Straßen, von denen kleinere, teilweise nicht einmal geteerte Nebenstraßen abgingen. Die zentralen Straßen hießen Hauptstraße und Große Straße. Die Nebenstraßen, die von diesen Hauptverkehrsstraßen abgingen, hießen Kleine Straße, Krumme Straße, Knick, Lange Straße, Kurze Straße, Obere Straße, Untere Straße, Berg-und-Tal-Straße. Nachdem man somit alle möglichen Charakterisierungen einer Straße bei der Benennung der dörflichen Infrastruktur verbraucht hatte, war man dazu übergegangen, alle nachfolgenden Straßen mit Blumennamen zu versehen.

Meggys Haus stand am Rand des Dorfs, und als der Hof gebaut wurde, hatte nur ein schmaler Pfad zwischen anliegenden Wiesen und Feldern dorthin geführt. Über die Jahrhunderte waren einzelne Fachwerkhöfe in der näheren Umgebung gebaut worden, später hatte man Sandsteinhäuser zwischen die Höfe gesetzt, aus Trampelpfaden wurden Feldwege, aus Feldwegen breite, lehmige Straßen; immer kleiner wurden die Zwischenräume zwischen den einzelnen Gehöften, bis die letzten Lücken mit Klinkerbauten geschlossen worden waren und der Lehmweg geteert wurde.

Früher hatte der Pfad nicht nur zu Meggys Hof, sondern auch zum Galgenbaum geführt, und so hieß die Straße, in der das Haus stand, Seelenpfad.

Wenn man über die Hauptstraße ins Dorf fuhr, musste man den Fuß nur kurz vom Gas nehmen, und schon konnte man die Häuser am Dorfrand in einer Abgaswolke hinter sich zurücklassen, was nicht die schlechteste Idee war, denn es gab in Rurbroich nicht viel, was zum Anhalten gereizt hätte.

Gemessen an der Größe des Dorfs gab es allerdings doch ein recht breites Angebot. Es gab eine Bäckerei, deren Verkaufsraum mit dem der Metzgerei geteilt wurde, und einen ziemlich kleinen Laden, der gleichzeitig als Post fungierte und von zwei älteren Damen betrieben wurde, die Rurbroich mit dem Nötigsten versorgten; hier konnte man Dosensuppen kaufen und Schuhputzzeug, Kekse und Abziehbilder fürs Poesiealbum, Küchenmesser und Kartoffeln, saure Gurken und Schnaps, Speck und die Tageszeitung. Der Laden öffnete früh, hatte aber von zwölf bis drei geschlossen, um dann noch einmal bis fünf zu öffnen. Darüber hinaus gab es noch eine Kirche, eine Grundschule, in die auch die Kinder der noch kleineren Nachbardörfer gingen, und eine Kneipe.

Der Umzug in den Rurbroicher Bauernhof am Seelenpfad fand im Juli 1984 statt. Meggy war zu diesem Zeitpunkt im siebten Monat mit dem Mönchskind schwanger, ließ sich aber nicht davon abbringen, mit ihrer gelben Ente zwischen der Stadt und Rurbroich so oft hin- und herzufahren, bis auch der letzte Rest ihrer Habe in das Bauernhaus geschleppt war.

Ihren Einzug feierte Meggy in der notdürftig hergerichteten Stube, und nach dem Kaffee führte sie die Mitglieder der Familie Hunger, die zur Feier gekommen waren, stolz über ihr Grundstück, wo alle miteinander Hof, Garten und Obstwiese begutachteten und beratschlagten, wie man am besten verfuhr, um das Haus schnellstmöglich bewohnbar zu machen.

Das Zuschütten der Jauchegrube schien allen am dringlichsten, hatten doch Wim und Billy schnell begriffen, wie sie die schweren Holzplatten wegschieben konnten, um alles Mögliche darin zu versenken, und man wollte schließlich nicht, dass sie sich bald selbst versenkten.

Als Meggy mit den Gästen über die Obstwiese ging, auf der Geronimo gerade versuchte, ein Feuer zu machen, fing Meggy an zu weinen.

»Wie soll ich mich hier heimisch fühlen ohne die Lebensbäume meiner Kinder?«, schluchzte sie. »Stellt euch nur vor, wie schön es wäre, die Kinder und ihre Bäume gemeinsam aufwachsen zu sehen!«

Franz, der gerade in der Nase popelte, hatte großes Verständnis für diesen Wunsch seiner Schwester, und Wim, der seiner Tante Fanny den Fotoapparat aus der Handtasche genommen hatte – eigentlich hatte er mehr Interesse am Inhalt ihres Portemonnaies gehabt –, verewigte diesen Moment der Familienhistorie.

Fanny wunderte sich ein paar Wochen später, als sie den entwickelten Film abholte, über das merkwürdige Bild, aufgenommen aus der Froschperspektive, auf dem ihr Bruder popelnd, ihre Schwester weinend und ihr ältester Sohn mit einem Feuerzeug an einem Baum zündelnd abgebildet waren.

Einige Tage nach Meggys Einzug in den Eifelhof fuhr Franz in der Dämmerung nach Vossenack, parkte vor Willys ehemaligem Häuschen, das nun von seinen Eltern bewohnt wurde, und stieg auf sein Autodach, um über die Hecke zu spähen. Und tatsächlich, Willys Eltern waren zwar der verwilderten Natur zu Leibe gerückt, hatten Hecke und Sträucher akkurat zurechtgestutzt, aber japanische Zierkirsche und Apfelbaum in Frieden gelassen. Jung und schlank standen sie dort, wo sie vor fünf Jahren gepflanzt worden waren. Franz beschloss, dass der Zeitpunkt für ein Umsetzen zwar riskant war, dass es aber noch weniger Sinn hatte, bis zum Winter oder gar zum nächsten Frühjahr zu warten. Die Bäume gehörten zu seiner Nichte Hebron und zu seinen Lieblingsneffen Wim und Billy, und zwar so schnell wie möglich.

Der Plan war so einfach wie effektiv, und Franz hatte keine Schwierigkeiten, Fred von dessen Genialität zu überzeugen. Ausgerüstet mit Spaten, Spitzhacke und Sturmhauben, schritten sie zwei Tage später zur Tat. Mit abgestelltem Motor und ohne Licht ließ Franz das Auto kurz nach Mitternacht bis vor die Hecke an Willys Häuschen rollen. Nachdem sie sich davon überzeugt hatten, dass kein verspäteter Gassigeher oder Kneipenheimkehrer unterwegs war, warfen sie Spaten und Hacke über die Hecke, um dann selbst hinüberzusteigen. Die Zwillinge waren ein eingespieltes Team, das sich auch ohne Worte verständigen konnte; ein Nicken von Franz genügte, und Fred legte los, hämmerte wie wild mit der Spitzhacke auf den Boden ein und zog zwei perfekte runde Bogen um die Wurzeln der Bäume, bevor er mit dem Spaten ins aufgelockerte Erdreich stach. Während sein Bruder schwitzte und schnaufte, ließ Franz seinen Blick wachsam von der Haustür über die Fenster schweifen. Als Fred endlich den zweiten der Stämme packte und schüttelte, um die Wurzeln grob von Erde zu befreien, schien es, als ginge der Plan bestens auf.

Aber dann mussten die Brüder feststellen, dass die Bäume doch größer waren, als sie gedacht hatten, denn Fred schaffte es einfach nicht, die Stämme hoch genug zu heben, um sie seinem Bruder zu reichen, der die Hecke bereits wieder überstiegen hatte.

Franz Hunger wäre nicht Franz Hunger gewesen, hätte er nicht sofort eine Lösung gewusst.

»Gib mir Schaufel und Hacke und schleif die Bäume zum Tor. Aber leise!«, flüsterte er seinem Bruder durch das Gestrüpp der Hecke zu. Franz warf Hacke und Schaufel auf die Rückbank, öffnete den Kofferraum, ließ dann die Klappe so langsam wieder sinken, dass das Schloss nicht einrastete, und öffnete die Beifahrertür. Vorsichtig wendete er dann den Wagen, bis er rückwärts vor dem von seinem Bruder geschreinerten Tor stand.

»Ein schönes Tor«, dachte Franz, und, ja, es stimmte, Fred hatte sich mit dem Tor wirklich große Mühe gegeben, aber er hatte sich die Mühe für Meggy gegeben und nicht für den wandelnden Kasten von Willys Mutter, dieser Matrone mit ihrem breiten Hintern und dem monströsen Busen, deren mächtiger Oberkörper auf den dürren Beinen saß wie ein Apfel am Stiel!

Franz setzte den Wagen bis zur anderen Straßenseite vor, bevor er den Rückwärtsgang einlegte und mit Vollgas auf das Tor zuschoss. Der Plan ging auf, Torstücke flogen durch den Garten, Fred sah dem Spektakel mit offenem Mund zu, hatte er doch geglaubt, die Bäume zum Tor geschleift zu haben, weil sein Bruder dieses mit dem Spaten aufstemmen wollte. Er war nur froh, dass er sich nicht gleich hinter dem Tor postiert hatte, und vor lauter Schreck über den Anblick seines nun in Einzelteile zerlegten Werks war er unfähig, sich zu rühren. Wie er da stand – links und rechts einen Baum in der Hand, die Sturmhaube schief vorm Gesicht –, sah er aus wie eine entlaufene Vogelscheuche.

Franz, der nicht fassen konnte, dass sein Bruder im Angesicht des Lärms, den er verursacht hatte, keinerlei Anstalten machte, sich so schnell wie möglich aus dem Staub zu machen, stürmte aus dem Wagen, riss den Kofferraum auf, schrie »Los, los, los!« und zerrte am Apfelbaum. Und Fred setzte sich endlich in Bewegung; zusammen wuchteten sie die Bäume in den Kofferraum, sprangen ins Auto und sahen gerade noch die vollbusige Matrone in Polyesternachthemd und mit Lockenwicklern im Haar in den Garten stürzen, als sie mit kreischenden Reifen losfuhren.

Erst hinter Kleinhau bremsten sie, um den Kofferraum mit einem Seil notdürftig zu schließen; sie lachten, dass ihnen die Augen tränten, wischten sich den Dreck an den Hosenbeinen ab und gönnten sich ein Kippchen, bevor sie weiterfuhren.

Aber Franz wäre auch nicht Franz gewesen, hätte er nicht einkalkuliert, dass der Apfel am Stiel möglicherweise die Polizei alarmierte. Für diesen Fall hatte er vorgesorgt, denn zum perfekten Plan gehörte auch das perfekte Alibi. Also raste er nach der Zigarettenpause im Affentempo zu dem Kumpel, von dem er das Auto geliehen hatte (das mit den Schrammen am hinteren Teil des Autos würde er schon wieder hinbekommen, das zählte unter unangenehme, aber nicht zu vermeidende und nicht vorherzusehende Begleiterscheinungen, und er war sicher, dass der Kumpel Verständnis zeigen würde). Dort sprangen sie in ihren eigenen Wagen, rasten weiter in ihr Dorf, wo Fred im Oberdorf ausstieg, wo er mit Marianne wohnte. Zu Hause angekommen, wusch er sich, versteckte die erdverkrusteten Kleider und Stiefel unter dem Bett seines zweijährigen Sohnes Johann und schlüpfte zu seiner blonden Frau ins Bett, die behaupten würde, dass er dort die ganze Nacht gelegen habe. Franz raste derweil weiter ins Unterdorf, ließ den Wagen dort allerdings an der Einfahrt mit ausgeschaltetem Motor in den Hof rollen, denn er wollte nicht, dass seine Mutter sein Heimkommen bemerkte. Natürlich hatte er Clementine nicht eingeweiht, denn für ein perfektes Alibi war es zwingend nötig, dass die befragten Zeugen möglichst realistisch unwissend und irritiert reagierten. Aus demselben Grund war er auch durchs Kellerfenster gekrochen, durch das er nun wieder zurückschlüpfte. Auch er wusch sich und versteckte seine Kleider. Leider wählte er dafür den Brennofen, was sich im Nachhinein als dumm herausstellte, denn Clementines erster Gang am Morgen war der zum Einheizen.

Sollte die Polizei seine Mutter wecken und nach dem Baumklau fragen, so war Franz sicher, dass sie in absoluter Überzeugung berichten würde, dass ihr Sohn den ganzen Abend das Haus nicht verlassen habe.

Genauso kam es auch, und ein paar Tage später pflanzten die Brüder die Bäume so in den Hof von Meggys Haus, dass Meggy sie von der Küche aus immer im Blick hatte.

Gute Nachbarschaft

Der von Meggy erstandene Hof lag am Dorfrand, aber keineswegs einsam. Umringt wurde er von kleinen, düsteren Einfamilienhäusern, deren Fronten zur Straße hin mit Schindeln aus Teerpappe verkleidet waren; die Vorgärten ebenso akkurat wie langweilig. Die Höfe der benachbarten Häuser waren betoniert, die Fenster mit Häkelgardinen versehen, alles war gerade, sauber und von einer gespenstischen Stille überzogen.

Als Hebron mit siebzehn Jahren aus dem ihr vorgegebenen Leben ausbrach, gab es einen Moment, in dem sie ihr kurzes Dasein Revue passieren ließ, und in diesen Minuten sah sie die Häuser des Seelenpfads in einer bräunlichen Färbung, als handelte es sich um ausgeblichene Fotografien in Sepia, Bildnisse aus fernen Zeiten, die längst vergangen waren, und so fühlte sie sich auch, während das Flugzeug sich durch eine Wolkenwand über dem Mittelmeer schob – als entfernte sie sich nicht nur räumlich von ihrem Leben in Rurbroich.

Die Nachbarschaft bestand aus einem Polizisten, der seine Hemden in die hautengen Jeans steckte, Seitenscheitel und Pilotenbrille trug, Meggy niemals grüßte, Sohn und Frau regelmäßig vermöbelte und nachts die Katzen der Nachbarschaft abschoss. Dazu kamen ein Postbeamter, ein Versicherungsvertreter, der Hinterngrapscher mit seiner Schwester und ein Turnlehrer.

Der Postbeamte hatte es sich zur Aufgabe gemacht, die Mitglieder der Roten Armee-Fraktion, deren Gesichter er täglich Zeit hatte zu studieren – das Fahndungsplakat, mit dem sie gesucht wurden, hing direkt neben seinem Schalter –, ausfindig zu machen. Er versprach sich von der Aufspürung eine nicht geringe finanzielle Belohnung, mit der er sein Beamtensalär aufzupeppen gedachte, sowie Ruhm, Ehre und Eingang in die Annalen der Geschichte der Bundesrepublik Deutschland. Leider ging seine Beflissenheit so weit, dass er sich in seiner Freizeit detektivisch betätigte und dabei ständig unbescholtenen Bürgern hinterherspionierte. Denn seit er erfahren hatte, dass Hanns Martin Schleyer während seiner Entführung in Erftstadt-Liblar versteckt worden war, das gerade einmal fünfzig Kilometer von Rurbroich entfernt lag, glaubte er, die Terroristen hätten sich die Eifel zum Rückzugsort auserkoren. Die Zugezogenen erschienen ihm wie die Bestätigung seiner schlimmsten Befürchtungen. Asoziale Chaoten, Bombenleger und subversive Elemente der Gesellschaft, schimpfte er seine neuen Nachbarn. Auch er grüßte Meggy nicht, beobachtete sie aber mit dem Fernglas und notierte jedes Kennzeichen ihrer Besucher.

Der Versicherungsvertreter rühmte sich damit, sich seine erste Frau mithilfe von Rattengift vom Hals geschafft zu haben, ohne jemals auch nur des Mordes verdächtigt worden zu sein. Er erzählte diese Geschichte gern über den Gartenzaun und lachte sich über seine Nachbarn schlapp, die ihn als Spinner abtaten, denn nicht einmal der Polizist machte sich die Mühe, seinen Selbstanschuldigungen nachzugehen, und auch der Postbeamte fokussierte sein detektivisches Tun nur auf potenzielle Terroristen, nicht aber auf Frauenmörder, und so sollte der Mann nie verhaftet werden, obwohl er seine erste Frau tatsächlich vergiftet hatte. Seine zweite Frau war passend zur gewählten Mordwaffe mausgrau und still, huschte gebückt und unscheinbar durch Garten und Haus, widersprach ihrem Gatten nie, wie sie überhaupt kaum sprach, es sei denn, sie schüttete dem Pastor ihr Herz aus. Auch ihr Leben fand ein gewaltsames Ende, denn der Versicherungsvertreter stieß sie einige Jahre später die Kellertreppe hinunter; auch für diese Tat wurde er nie verurteilt, da sie als Unfall zu den Akten gelegt wurde. Ein drittes Mal heiratete er glücklicherweise nie.

Der Turnlehrer sah aus wie alle Turnlehrer in diesen Jahren; er trug Shorts und ein in die Hose gestecktes Achselhemd, eine Trillerpfeife um den Hals, Schnauzbart und lockiges Haar, das im Stirnbereich deutlich kürzer geschnitten war als im Nacken. Die Kolleginnen sowie einige Schülerinnen der oberen Jahrgänge lagen ihm zu Füßen, denn er war nicht nur sportlich und durchtrainiert, sondern noch dazu eloquent und witzig, was ihn unverschämt attraktiv machte. Auf die Avancen, die ihm regelmäßig gemacht wurden, ging er nicht ein, reagierte weder auf zudringliche Deutschlehrerinnen noch auf die mit Herzchen übersäten Zettelchen, die ihm von den Schülerinnen zugesteckt wurden. Der Turnlehrer verschwieg die ihm unterbreiteten unmoralischen Angebote wohlweislich, er wollte seinen Ruf nicht in Zweifel ziehen, denn am liebsten turnte er einmal im Monat mit jungen Knaben vom Kölner Straßenstrich herum.

Was der Hinterngrapscher und seine Schwester hinter ihren vergilbten Gardinen und der Teerpappenfassade ihres Sandsteinhäuschens trieben, wollte man gar nicht wissen. Tatsache war, dass sie beide genauso aussahen wie ihr Haus: grau, verwittert und geduckt.

Die restlichen Bewohner im nächsten Umfeld von Meggys Bauernhof waren einfache Arbeiter, die meisten von ihnen in der nahe gelegenen Zuckerrübensirupfabrik beschäftigt. Sie hatten keine nennenswerten Charaktereigenschaften, sah man davon ab, dass einer süchtig nach grüner Bohnensuppe war und einer seine Hausfassade mit unzähligen Hufeisen schmückte.

Ihre Gattinnen waren allesamt Hausfrauen, die tagtäglich nichts anderes zu tun hatten, als alle Mahlzeiten pünktlich auf den Tisch zu bringen und die Wohnung sauber zu halten.

Vielleicht erklärt diese Eintönigkeit in ihrem Leben, warum die Frau des Postbeamten eines Tages dazu überging, nicht nur das Bettzeug am Fenster ihres Schlafzimmers auszuschütteln, sondern nachdem sie Kissen und Federbetten ausgeklopft hatte, ihren ebenso mächtigen wie blanken Busen aus dem Fenster hängen ließ, sobald ihr Gatte zur Arbeit aufgebrochen war. Vielleicht hätte er sich auch einfach nur mehr dem Busen seiner Frau als der Jagd auf Terroristen widmen sollen. So aber erfreute sie die männlichen Bewohner von Rurbroich, die auf ihrem Arbeitsweg bald nur zu gern einen Umweg durch den Seelenpfad einlegten, und erschreckte die Kinder, die zur Schule gingen, denn ihr Busen war wirklich von monströser Größe.

Nach oben hin grenzte das Grundstück an jenen Schotterweg, der Gässchen genannt wurde. Das Gässchen war Treffpunkt der Dorfkinder. Von dort aus konnte man über die Obstwiesen auf den Berg steigen, auf dessen Hügelkuppe Rübenfelder lagen, oder man lief bis zum Ende des Gässchens, wo eine stark verwitterte Treppe in den Wald führte. Dort gab es nur einen einzigen halbwegs passierbaren Weg, der wiederum durch eine steile Schlucht zwischen den Sandsteinfelsen führte, die durch ihre abgeschiedene Lage und ihren zugewachsenen verwilderten Zustand für die Kinder zu einem gleichsam anziehenden wie beängstigenden und abenteuerlichen Ort wurde, an den zu gehen eigentlich streng verboten war. Was ihn natürlich umso reizvoller machte.

Im Dorf kursierten die unterschiedlichsten Geschichten über Geschehnisse, die sich in der Schlucht zugetragen haben sollten. Im Mittelalter sollten Räuber auf feine Herrschaften gelauert haben, die von Burg Nideggen geritten kamen. Zugleich sollte es der Aufstieg der zum Tode verurteilten Schandtäter und Verbrecher zum Galgenbaum gewesen sein. Tatsächlich stand zwischen den Feldern auf der anderen Seite des Walds eine stattliche Eiche. Dann sollten während des Dreißigjährigen Krieges die Dorfbewohner von den zur Belagerung von Jülich anrückenden Soldaten in die Schlucht getrieben und niedergemetzelt worden sein. Die roten Sandsteinfelsen, die die Schlucht begrenzten und an denen angeblich die Kinder zu Tode geschlagen worden waren, wurden deshalb Blutfelsen genannt. Dann gab es noch die Gerüchte über die Hexe, die in der Schlucht hauste und dort des Nachts ihr Unwesen trieb, sowie das jüngste aller Schlucht-Schauermärchen, nämlich das über den Kindsmörder, der im Schatten des Zweiten Weltkrieges zwei Brüder aus dem Dorf in die Schlucht gelockt, geschändet und verspeist haben soll.

Die tiefroten Schlieren, die der Regen über Jahrhunderte in die Felsen gewaschen hatte, und das Knarren der Baumwipfel im Wind taten ihr Übriges, um die Geschichten für Kinder glaubhaft zu machen. Dennoch suchten Hebron, Wim und Billy bald täglich diesen verbotenen Ort auf, bei Wind und Wetter, sommers wie winters.

Mehrmals in der Woche machten die Militärflugzeuge ihre Tiefflugübungen über Rurbroich. Tornados und Warzenschweine donnerten derart laut über die Eifel, dass die Kinder anfangs vor Angst ins Haus liefen oder sich auf den Waldboden warfen. Meggy schimpfte, sobald das Donnern die Luft erfüllte, gern auch mal laut aus dem Fenster: »Mörder! Alle Soldaten sind Mörder!«

Eines Tages schrie sie ihre Empörung direkt in das verdutzte Gesicht des Hinterngrapschers, der sich gerade auf dem Weg in die Kneipe befand.

»Ist doch wahr!«, verteidigte Meggy ihren ungewöhnlichen Protest gegen das Jagdbombergeschwader. »Man muss ja um sein Gehör fürchten und um die Kinder. Was, wenn die eines Tages hier abstürzen? Man sollte auf die Straße gehen, das ist doch Lärmbelästigung, so was!«

Der Hinterngrapscher wusste darauf nichts zu erwidern,

erzählte aber wenig später den anderen Stammgästen an der Theke von dieser Begegnung.

»Ha, diese Bombenleger, die sollen grad was sagen!«, mischte sich der Postbeamte ein, der sich durch Meggys Ruf nach einer Demonstration erst recht in seinem Verdacht bestätigt sah, dass sie der RAF nahestand, denn dass die Terroristen aus der Protestbewegung kamen war ja nur zu klar. Wo langhaarige Studenten auf die Straße gingen, da waren Stress und Terror nicht weit, und die Herren Hippies scheuten selten davor zurück, das Gesetz mit Füßen zu treten und Polizeibeamte mit Steinen zu bewerfen. Außerdem hatte die RAF schon einmal einen Sprengstoffanschlag auf einen Militärflugplatz verübt, und sollte es in der nächsten Zeit ähnliche Anschläge auf die Fliegerhorste Nörvenich oder Büchel geben, würde er wissen, wer dahintersteckte.

»Die gehören vergast, und zwar alle!«, war die Meinung des Postbeamten zu solchen Parasiten, die es sich im Pelz des Staates bequem machten, ohne aktiv zu seinem Bestand beizutragen. »Durch altkluges Gelabere hat noch keiner die Welt gerettet!«

Verrückter als Meggy und ihre Bande wurden im Dorf nur die Kesternicher Stine und der Zigeunerkönig eingestuft, aber bei den beiden hatte man sich schon so an die Verrücktheit gewöhnt, dass sie einem kaum noch auffiel. Die Kesternicher Stine hatte ihren Namen bekommen, weil sie aus Kesternich kam. Beinahe täglich sah man sie mit ihrem museumsreifen Kinderwagen auf Rurbroichs Straßen. Sie war gegen jedes Wetter gerüstet; im Sommer lag das Kind unter einem dünnen, narzissengelben Häkeldeckchen, wenn es regnete, zog die Kesternicher Stine eine Plastikhaube über den Wagen, und im Winter deckte sie das Kind mit einem dick aufgebauschten Kissen zu. So lief sie seit den Fünfzigerjahren durchs Dorf, ein Anblick, den niemanden mehr verwunderte, man sprach mit ihr über das Wetter, das Mittagessen und die Sorgen einer jungen Mutter, ließ es sich auch nicht nehmen, wohlwollende Blicke in den Wagen zu werfen und dem Kind, das eine alte Plastikpuppe mit Knopfaugen war, ein gutes Gedeihen zu bestätigen.

Das echte Kind der Kesternicher Stine war bei den letzten Kämpfen um den Hürtgenwald gestorben. Die Stine hatte sich damals dem Befehl zur Evakuierung widersetzt, war mit Kind und der letzten Kuh in ihrem Elternhaus, einem schiefen Fachwerkhof, geblieben; stur wie ein Esel hatte sie dort ausgeharrt, bis zu dem Tag, als Kind und Kuh mitsamt dem Haus nach einem Angriff der Amerikaner in Flammen aufgegangen waren. Die Stine selbst hatte den Angriff nur überlebt, weil sie zu dieser Stunde auswärts gewesen war, und was eine unverheiratete Mutter in diesen Zeiten auswärts tat, darüber hatten die Dorfbewohner einiges zu munkeln, jedenfalls war die Kesternicher Stine über den Verlust von Kind, Haus und Kuh verrückt geworden und nach dem Krieg von ihrer nach Rurbroich verheirateten Schwester in deren Haus geholt worden.

Der Zigeunerkönig und seine Sippe wohnten in einem ehemaligen Forsthaus im Wald zwischen Rurbroich und dem nächsten, etwa zwölf Kilometer Luftlinie entfernten Dorf. Er war ein kleiner, dürrer Mann, der einen prächtigen Schnurrbart, äußerst spitze Krokodillederstiefel und einen Ledermantel trug, der über den Boden schleifte. Außerdem fuhr er einen dunkelroten Audi 100 Coupé, über dessen Lenkrad er wegen seiner Körpergröße kaum blicken konnte. Im Garten des Forsthauses stapelte sich altes Gerümpel neben verrosteten Autowracks und verschimmelten Sofas und Sesseln. Kam der Zigeunerkönig mit seiner Entourage zum Einkauf nach Rurbroich, so zogen die Dorfbewohner ihre Kinder von der Straße und schlossen ihre Haustüren zweimal ab. Später behaupteten sie dann, dass Wäsche von der Leine, Bauteile aus den Werkstätten und Möbel aus den Gärten fehlten.

Aber auch Peggy und Hans-Dieter blieben nicht ewig im rosafarben gefleckten Haus in der Uhlandstraße wohnen. Angeregt durch die Tat seiner Schwägerin, kaufte Hans-Dieter eine alte Scheune, die abseits von Abenden auf einem Hügel lag, sodass man gute Sicht auf das Dorf im Tal hatte.

In dieser Scheune richtete er ein uriges Heim für seine bald vierköpfige Weiberbande ein, denn der Vorwurf, er habe seine Frau mit seiner Schwägerin betrogen, hatte ihn dazu gebracht, den Aspekt der Askese noch einmal gründlich zu überdenken, und er war zu der Ansicht gekommen, man könne die Askese durch eine tantrische Liebesart ersetzen, denn hauptsächlich ging es ihm um eine bewusste Lebensform, und ob man bewusst verzichtete oder bewusst liebte, machte dann doch keinen so großen Unterschied.

Und so wurden Hans-Dieter und Peggy kurz nach dem Kauf der Scheune noch einmal Eltern. Nach Melody und Umma Grete war die neugeborene Meta das dritte Mädchen, ein Umstand, der dem bewussten Hans-Dieter einigen Kummer bereitete, denn so frei er auch in seiner Weltanschauung war, ein Sohn wäre ihm doch lieber gewesen.

Was die alltägliche Lebensweise anging, blieb er sich jedoch treu, machte weiterhin Yoga und aß hauptsächlich Rohkost und eingeweichtes Korn. Die wenigen Haare, die er noch auf dem Kopf hatte, trug er stur lang und band sie zu einem spärlichen Zöpfchen; dafür ließ er sich einen prächtigen Bart wachsen und baute einen Steinofen, in dem er einmal pro Woche Brot mit Kümmel oder Rosinen buk, das so gut war, dass bald die Bewohner der umliegenden Dörfer zu ihm kamen, um ihre Brotkästen zu füllen.

Außerdem begann er Schafe zu züchten. Mit dem Verkauf von Brot, Fellen, Fleisch und Wolle machte er bald ein einträgliches Geschäft, das ausreichte, um seine Familie ernähren zu können, und ihm erlaubte, den Malerberuf an den Nagel zu hängen.

Wobei er an allen Ecken und Enden eine Sache anfing, aber nicht zu Ende brachte. Bastelte er am Pflug, so ließ er dafür die Dielen, die er verlegen wollte, kreuz und quer im Wohnraum liegen, sodass es wochenlang keinen richtigen Fußboden gab und seine Familie dazu verdonnert war, die Wohnräume im Zickzack zu durchqueren. Der Pflug wiederum lag in Einzelteilen im Hof, weil der Ofen abgedichtet werden musste, und bis das geschehen war, konnte man weder heizen noch kochen.

Und selbst nach der Fertigstellung blieb das Scheunenhaus spartanisch: ohne Telefon, ohne Waschmaschine, ohne Wasserklosett, dafür mit einem tragbaren Klohäuschen in Form einer Sänfte, die man im wöchentlichen Rhythmus zu neu gegrabenen Erdlöchern tragen musste. Außerdem gehörten zu dem neuen Domizil ein Brunnen und ein Stall, in dem Hühner, zwei Ziegen und ein Kaltblüter Platz fanden, den Hans-Dieter vor Pflug spannte, wenn er das umliegende Feld bestellte. Abends hörte er Hörspiele im Radio oder lernte Chinesisch, während Peggy mit klammen Fingern die Wäsche der Familie in einem Zuber mit Kernseife wusch.

Schuld war Elvis

Im September wurde Francis geboren, und Meggy hatte über den Trubel, den sie mit Haus, Hof und Schwangerschaft hatte, vergessen, Hebron einzuschulen. Der Direktor der Rurbroicher Grundschule reagierte einigermaßen irritiert, als Meggy im Oktober mit ihrer vierköpfigen Bande anrückte, denn so etwas hatte er noch nicht gesehen: eine durchaus attraktive Frau mit einem Mordshintern, die ein offensichtlich selbstgestricktes Kleid, dreckverschmierte Gummistiefel und ein Baby in einem Tragetuch trug. An den Händen hielt sie zwei zappelnde, wild gelockte Jungen, während ein Daumen nuckelndes Mädchen, das ein dreckiges, halb zerfetztes Tuch vor ihr Gesicht presste, versuchte, sich hinter der Frau zu verstecken.

Die Erklärung, die Meggy ihm bot, um das Versäumnis der Einschulung zu erklären, verwirrte ihn noch mehr: »Meine Tochter ist nicht dumm, lesen und schreiben kann sie schon, allerdings spiegelverkehrt. Das Schreiben, mein' ich. Aber sie ist sehr verträumt, das sehen Sie ja, und schläft morgens gern lang, hat auch noch keinen Wackelzahn, und deshalb möchte ich, dass sie erst mit sieben eingeschult wird. Geht doch in Ordnung, oder? Weil, ich meine, jetzt ist es ja eh zu spät.«

Der Direktor wusste kaum, was er antworten sollte, zumal die Jungs auf die Fensterbank geklettert waren und an den Blättern seiner Zimmerpflanzen zerrten, während das Mädchen sich auf den Schoß der Mutter zwischen Baby und

Schreibtisch quetschte und begann, auf seine Unterlagen zu kritzeln.

»Ich mal dir mal unser Haus, ja?« Bei diesen Worten entblößte das Mädchen eine gewaltige Zahnlücke zwischen ihren Vorderzähnen.

Der Direktor wollte kein Gekrakel auf seinen Unterlagen, er wollte auch keine zerrupften Zimmerpflanzen, und so antwortete er: »Nein, überhaupt kein Problem, nächstes Jahr dann aber: Klasse eins, hier, römisch-katholisch. Zum Einschulungstest brauchen Sie nicht zu kommen, einfache Anmeldung reicht, die schicken Sie per Post, bitte sehr.«

Eilig hielt er Meggy die Tür auf. Nachdem sie mit ihren Kindern verschwunden war, war er regelrecht froh, dass sie die Einschulung ihrer Tochter versäumt hatte, was ihm im Übrigen gar nicht aufgefallen war, denn Meggy hatte außerdem versäumt, sich bei der Gemeinde umzumelden.

Tatsächlich stimmte es, dass Hebron sich das Lesen und Schreiben selbst beigebracht hatte. Schuld war Elvis.

Beim Herumstrolchen mit ihren Cousinen Melody und Virginia über das Grundstück der Großeltern wollten sie eines Tages in den Taubenturm steigen, was verboten, aber absolut notwendig war, denn die drei spielten mal wieder die Abenteuer von Enid Blytons *Fünf Freunden* nach und suchten einen verschollenen Schatz, der laut selbst gezeichneter Karte in einem geheimen Tunnel unter einem Leuchtturm versteckt war. Seit einigen Jahren hatte Franz, der zu faul war, das Altpapier auf dem Sägespänehaufen zu verbrennen, Zeitungen und Kartons in die Luke gestopft, die sich über der Tür zum Taubenturm befand. Da der Taubenturm nicht mehr genutzt wurde, war dies niemandem aufgefallen.

Als Hebron die Tür mit dem Schlüssel aufschloss, den sie ihrer Großmutter zuvor aus der Nachttischschublade gestohlen hatte, rutschte den Mädels das gesamte Altpapier, das sich über die Jahre angesammelt hatte, in einer Lawine entgegen.

Das Erste, was Hebron erblickte, nachdem sie sich von dem Schrecken erholt hatte, war das schönste Gesicht, das sie je gesehen hatte. Es war ein Bild des jungen Elvis Presley, der das Titelblatt einer Musikzeitschrift schmückte. Hebron war augenblicklich verliebt. Und zwar richtig. Das Gefühl, das sie durchströmte, als sie Elvis erblickte, erwischte sie mit einer Intensität wie noch nie zuvor etwas in ihrem Leben.

Und während Melody hysterisch zu weinen anfing, weil ihr die Kante eines Pappkartons genau im Auge gelandet war, und Virginia schrie: »Schnell, schnell, alles wieder einräumen, Oma kommt!«, konnte Hebron den Blick nicht von der glänzenden schwarzen Haartolle, den leuchtend blauen Augen und dem leicht süffisanten Lächeln im babyzarten Gesicht nehmen. Natürlich blieb der versuchte Einstieg in den Taubenturm durch Melodys Geschrei nicht lange unentdeckt, und so wurden die Mädels dazu verdonnert, das ganze Altpapier mit der Schubkarre zum Sägespänehaufen zu befördern.

Die Zeitschrift mit Elvis auf dem Cover schob Hebron sich vorsorglich unter den Pulli. Sobald es ihnen gelungen war, das ganze Altpapier zum Feuer zu schaffen, wobei ihnen Geronimo, Casanova, Galileo und die Zwillinge Wim und Billy zum Schluss halfen, weil sie fanden, dass es viel Spaß machte, mit der Schubkarre übers Gelände zu brettern, holte Hebron ihren Schatz hervor.

»Wer ist das?«, fragte sie ihren Onkel Fred, der den Fuß auf einen Spaten gestützt hatte.

»Du weißt nicht, wer das ist? Das ist Elvis, Mann! Der berühmteste Sänger der Welt. Der hatte ’nen super Hüftschwung!«

Fred begann seltsame Bewegungen mit seinem Hintern zu machen, wobei er den Spaten wie eine Gitarre hielt, was so blöd aussah, dass alle lachen mussten.

»Ihr lacht, aber damit hat er sie alle verrückt gemacht, die Weiber, der King of Rock’n’Roll. Elvis the Pelvis haben sie ihn genannt.«

Woraus Geronimo Elvis the Penis dichtete, was ihm seine

Brüder und die Zwillinge Wim und Billy natürlich sofort nachmachten, bis alle Jungs um Hebron sprangen und »Elvis Penis!« grölten.

»Schluss jetzt!«, brüllte Fred, dem das zu blöd wurde. »Der ist dann eh total fett geworden und konnte nicht mehr tanzen!«

Hebron wollte nicht glauben, dass dieser Mann, der so blaue Augen, so glänzende Haare und ein so schönes Gesicht mit derart hübschen Grübchen hatte, dick geworden sein konnte, und sie glaubte es auch nicht, denn sie wusste ja schon, dass ihr Onkel sie nur zu gern reinlegte.

Die Zeitung nahm sie nicht nur mit nach Haus, sie nahm sie sogar mit ins Bett. Und die folgenden Tage nervte sie ihre Mutter, indem sie auf jeden einzelnen Buchstaben auf dem Titelbild zeigte.

»Und welcher Buchstabe ist das? Und das?«

Das machte sie so lange, bis sie tatsächlich alle Buchstaben kannte. Mit ihrem kleinen Schmutzfinger fuhr sie langsam über den Text, bis sie Wort für Wort entziffert hatte. Warum sie, als sie kurze Zeit später dazu überging zu schreiben, alle Buchstaben spiegelverkehrt aufs Papier kritzelte, verstand Meggy nicht, fand es aber fast schon beruhigend, denn dass ihre Tochter akribisch und pedantisch Abend für Abend die speckige Zeitung durchblättert hatte, bis sie Lesen konnte, hatte Meggy als bedrohlich empfunden. Zugleich bestärkte es ihre Meinung, dass Hebron kein gewöhnliches Kind war.

Das Titelbild betrachtete Hebron abends, bis sie einschlief, studierte jeden Millimeter der glänzenden Tolle, des Gesichts und des rot glitzernden Hemds. Oft nahm Meggy ihrer schlafenden Tochter das Heft aus den verschwitzen Ärmchen. Tagsüber legte Hebron die Zeitung unter das Kopfkissen, denn sie hatte Angst, dass ihre Brüder, die sie weiterhin mit ihren »Penis! Penis!«-Rufen nervten, ihren Schatz zerstören könnten. Sie las jeden Abend im Magazin. Zwei Artikel beschäftigten sie besonders. Neben beiden waren Fotografien der Sänger abgebildet, um die es ging. Der Inhalt war gar nicht das, was sie irritierte, sondern die Bildunterschriften. Immer wieder blätterte Hebron zwischen den beiden Artikeln hin und her, aber je länger sie nachdachte, umso sicherer war sie, dass die Fotos vertauscht worden sein mussten. Denn es konnte doch einfach nicht sein, dass der Schwarze mit Nachnamen Blanco hieß und der Weiße Black.

Nun blieb Hebron also noch ein Jahr länger als nötig zu Hause, und so war die Zeit, die sie nach Francis' Geburt miteinander verbrachten, die intensivste, die es je zwischen Hebron und ihrer Mutter gab.

Weil Meggy vorschwebte, ihren Kindern in Rurbroich ein wahres Paradies der freien Kindheit zu schaffen, räumte sie im Stall die ehemaligen Schweinekoben frei. Die Koben waren zwei nebeneinanderliegende düstere Stallabteile mit betoniertem Boden und gusseiserner Futterrinne. Zur Futterrinne hin waren die Schweineställe mit drei rostigen Stahlstreben abgetrennt, die so dick waren, dass die Kinder sie nicht einmal mit zwei Händen umfassen konnten. Nachdem Meggy die Ställe ausgefegt und gereinigt hatte, kaufte sie von einem der ortsansässigen Bauern, bei dem sie einmal die Woche fünf Liter Milch in einer Emaillekanne holte, ein paar Hühner und ein Ferkel. Das Ferkel war so klein, dass es sich zwischen den Metallstreben hindurchzwängen konnte und deshalb gleich am ersten Tag ausbrach. Auch die Hühner ließen sich von den drei Metallstreben nicht davon abhalten, ihren Stall zu verlassen. Bei den Hühnern störte sich Meggy nicht daran, denn sie fand, zu einer glücklichen Kindheit gehörten ein großer Hof, ein wilder Garten und frei laufendes Federvieh unbedingt dazu. Das Schweinchen verbrachte seine ersten Nächte im für die Hühner vorgesehenen Teil des Stalls, und so gewöhnten sich die Hühner bald an das quiekende Tierchen und flatterten oft über die Trennwand in den Schweinestall, eine Angewohnheit, die ihnen eines Tages zum Verhängnis werden sollte.

Während die Zwillinge jeden Morgen freudig in den Stall stürmten, um die frischen Eier aus den Hühnernestern zu sammeln, den Eimer mit den Küchenabfällen in die Futterrinne vor dem Schweinestall schleppten und versuchten, auf dem Ferkel über den Hof zu reiten, hielt Hebron sich von Hühnern und Schweinchen fern, die einen gackerten ihr zu laut, und das andere war ihr nicht geheuer. Da stahl sich Hebron lieber verbotenerweise auf den Heuboden, dort roch es zwar nach muffigem Stroh, aber sie hatte herausgefunden, dass in der Scheune ein paar Katzen lebten, denen sie heimlich Futter und Milch brachte. Erst kürzlich hatte eine der Katzen drei Herbstkätzchen bekommen, die blind und greinend im Stroh lagen. Hebron taufte die Katzenkinder auf den Namen Mona, denn sie fand, ein Name reiche für drei Kätzchen.

Wenn sie es geschafft hatte, sich unbemerkt in die Scheune zu stehlen, genoss sie es, ganz für sich allein zu sein. Am meisten mochte sie aber den Moment, wenn Meggy die Kinder abends ins Haus rief und die Brüder mit einer Mischung aus Ärger und Sorge fragte: »Und wo steckt eure Schwester?«

Weil diese es nicht wussten, begann Meggy laut nach Hebron zu rufen, aber Hebron drückte sich tief hinter den Strohhaufen zu ihren Kätzchen und flüsterte ihnen zu, dass die Mutter sie nicht finden durfte.

»Hebron!«, rief Meggy, während sie über das Grundstück lief. »Hebron, wo bist du?« Solange Meggy Hebrons Verschwinden noch für ein Spiel hielt, rief sie auch oft: »Mäuschen, pieps einmal!« Aber Hebron dachte gar nicht daran zu piepsen oder sich durch andere Laute bemerkbar zu machen, im Gegenteil, je ängstlicher und drängender Meggys Rufe in der Dämmerung wurden, desto wohler fühlte sich Hebron in der gespenstischen Dunkelheit des alten Heubodens, und sie malte sich aus, wie traurig ihre Mutter erst sein würde, wenn sie für immer verschwunden wäre. Erst wenn sie das Hoftor zuschlagen hörte und das Knattern vernahm, mit dem Meggy die alte Ente startete, kroch Hebron aus der Scheune. Kam Meggy von der erfolglosen Suche im Dorf zurück, so saß sie längst seelenruhig und mit Unschuldsmiene am Abendbrottisch und gab vor, auf der Obstwiese oder dem Plumpsklo gewesen zu sein und das Rufen der Mutter nicht gehört zu haben. Obwohl Meggy bei zukünftigen Gelegenheiten, an denen sie Hebron nicht finden konnte, zuallererst das Plumpsklo und die Obstwiese kontrollierte, fand sie nicht heraus, wo ihre Tochter sich wirklich versteckte. Und so wurde die Scheune zu Hebrons geheimem Horst, in dessen schützendem Nest sie thronte, um ungesehen den ganzen Hof zu überblicken und mitzubekommen, was passierte, ohne selbst teilnehmen zu müssen.

Dieses Privileg blieb ihr so lange, bis ihr Wim eines Tages auf die Schliche kam. Ihr Bruder nutzte die günstige Gelegenheit, sich noch einmal nach draußen zu stehlen, während Meggy wieder einmal mit der Ente durch Rurbroich kurvte und ihre Tochter suchte. Zu seinem Erstaunen sah er, wie seine sonst so ungelenke Schwester sich mit geübten Handgriffen an dem Seil herabließ, das von dem langen Scheunenbalken hing. Wim verpetzte seine Schwester umgehend, woraufhin Meggy das poröse Seil vom Balken abschnitt und ihren Geschwistern damit in den Ohren lag, dass sie ihre Tochter beinahe verloren hätte.

»Hätte ich nur einen Tag gewartet, Hebron wäre sicherlich abgestürzt, so alt und trocken, wie das Seil schon war. Sie wäre jetzt mindestens querschnittsgelähmt, mindestens!«, rief sie voller Entsetzen jedem zu, den sie über den Hof bis zur Scheune führte, um ihm das Unglück noch anschaulicher zu machen.

Es dauerte nicht lange, bis Hebron herausgefunden hatte, dass es noch eine zweite Möglichkeit gab, auf den Heuboden zu kriechen: In der hintersten Ecke des Stalls stand eine alte Holzleiter, deren Holz grau und weich war. Diese Leiter führte zu einer Bodenklappe, über die man ebenfalls zu Strohhaufen und Katzenbabys gelangen konnte. Nur kannte Meggy diesen Zustieg ebenfalls und machte sich nicht mehr die Mühe, rufend durchs Dorf zu fahren, sondern stieg jedes Mal, wenn sie Hebron nicht gleich fand, auf die Leiter, um ihrer Tochter gehörig den Marsch zu blasen, denn es war nach wie vor strengstens verboten, die Scheune überhaupt zu betreten.

Mit der Entdeckung hatte der Ort für Hebron sowieso seinen Reiz verloren, denn nun kamen ständig auch die Zwillinge die Leiter herauf, wo sie die heilige Ruhe ihrer großen Schwester störten und die Katzen am Schwanz aus dem Stroh zogen.

Fred und Franz arbeiteten seit dem Einzug fleißig daran, ihrer Schwester das Haus bewohnbar zu machen. Sie rissen die morschen, ochsenblutroten Dielen in den Wohnräumen und die maroden Bretter der Deckenverkleidung von den tragenden Balken. In der Küche rieselte dabei ein Schauer aus trockenen Körnern auf sie nieder, und als sie vorsichtig das nächste Brett entfernten, entdeckten sie im Zwischenraum einen wahren Kornspeicher, der von bleichen Rattenskeletten gekrönt wurde.

Bis zum Winter schafften sie es zwar, in allen Zimmern neue Böden zu verlegen und die Wände zu verputzen, aber Meggy konnte die meisten Zimmer wegen fehlender Öfen nicht nutzen, und kalt pfiff der Wind über die bewaldeten Hügel der Eifel durch die Ritzen ihres löchrigen Häuschens. Im Erdgeschoss sah es nicht besser aus, die Wand im Flur fehlte ganz, und damit nicht jeder Rurbroicher freie Sicht in Meggys Haus hatte, hatte Fred eine riesige dunkelgrüne Abdeckplane mit Schnüren an den Balken befestigt, die das Pfeifen des Windes mit einem knisternden Flattern unterstützte.

Abgesehen von ihren Brüdern, die das Haus instand setzten, bekam Meggy nicht viel Besuch in ihrem neuen Heim. Ihre Mutter Clementine hatte keinen Führerschein – was nicht stimmte, denn sie hatte nach dem Krieg durchaus einen gemacht, nur hatte ihr Josef gleich am Tag nach der bestandenen Fahrprüfung derart ins Steuer gegriffen, dass sie ein Gebüsch durchbrochen hatten und im Hühnerstall des Nachbarn gelandet waren, und seitdem hatte sich Clementine verständlicherweise nie wieder hinters Steuer gesetzt – und außerdem war es seit dem Tod des Vaters eine ungeschriebene Regel, dass man die Mutter besuchte, umgekehrt aber nicht von ihr besucht wurde.

Ab und an kam Marianne vorbei, die gerade mit Franz' Kind schwanger war. Ohne jemals darüber gesprochen zu haben, hatte man entschieden, Fred als offiziellen Vater anzusehen, und so hämmerte Franz weiter auf die Dielenbretter ein, rührte Lehm für die Wände an oder zog Granatsplitter aus dem Gebälk, während Fred den wachsenden Bauch seiner blonden Frau streichelte.

Einige Wochen nach dem Einzug in den Rurbroicher Bauernhof hatte Meggy ihren Bruder Franz für dreiundfünfzig Stunden in der Küchenbank verstecken müssen, weil er, wie so oft, zu viel getrunken hatte. Beinahe täglich ging er in die Kneipe, die sich im Oberdorf befand. Die meisten dieser Abende verbrachte er dort mit seinen Freunden, die schon mit ihm die Grundschule besucht hatten und alle nie aus dem Dorf herausgekommen waren. Sie spielten Dart oder Billard und tranken ein Pils nach dem anderen, aber wenn die anderen nach Hause zu ihren Ehefrauen gingen, blieb Franz noch lange an der Theke sitzen. Zu Hause war für ihn bei seiner Mutter, und seine Mutter lebte neben der Schreinerei, und die Schreinerei war sein Arbeitsplatz, und niemand war nun mal gerne ständig in der Nähe seiner Arbeit. Also trank er ein Herrengedeck nach dem anderen, bis die Kneipe schloss.

Eines Abends hatte ihm der Wirt das nächste Getränk verweigert und ihn gescholten, mit seiner Sauferei zöge er das Andenken seines Vaters in den Dreck.

»Das hätte dem Meister Jupp nicht gefallen, mein Junge!«

»Ohne meinen Vater gäbe es doch deine Kneipe gar nicht!«, schrie Franz ihn an, was insofern stimmte, als dass Josef vor vielen Jahren die Theke und die Barhocker geschreinert hatte.

Von dieser Antwort ließ sich der Wirt nicht beeindrucken, und da er ein stämmiger Kerl war, Franz aber eher schmächtig, packte der Wirt den betrunkenen Spross des verstorbenen Meisters am Schlafittchen und setzte ihn kurzerhand vor die Tür.

Und Franz machte sich tatsächlich auf den Heimweg; fluchend torkelte er die Straße hinab ins Unterdorf, an dessen äußerstem Rand die Schreinerei lag. Allerdings hatte er keinesfalls vor, den Rausschmiss auf sich sitzen zu lassen.

Kurz darauf kehrte er mit seinem Auto ins Oberdorf zurück und setzte dieses mit voller Fahrt in den Eingang der Kneipe. Die Tatsache, dass er den Wirt, der gerade damit beschäftigt war, die Stühle hochzustellen, somit am Verlassen seines Lokals hinderte, quittierte Franz mit den Worten: »Erstick doch an deinem Bier!«

Und dann marschierte er zurück ins Unterdorf, diesmal fröhlich pfeifend, aber nicht weniger torkelnd. Die Nachricht über Franz' Tat verbreitete sich im Dorf trotz der späten Stunde schnell, und so bekam auch Fred bald mit, was sein Bruder angestellt hatte. Da Franz mit dieser Aktion nicht nur sein Ansehen im Dorf, sondern darüber hinaus auch seinen Führerschein aufs Spiel gesetzt hatte, beschloss Fred, die Schuld auf sich zu nehmen. Marianne fuhr den besoffenen Franz nach Rurbroich, wo Meggy ihn in der Küchenbank verstaute, damit er seinen Rausch möglichst unentdeckt ausschlafen konnte. Zum Glück gab es keine Hausdurchsuchung, denn die Klappe der Küchenbank konnte zwar verhindern, dass man Franz sah, sie dämpfte aber nicht sein lautes Schnarchen.

Während sein Bruder den Dunst der vielen Biere in Meggys Küche verteilte, wartete Fred seelenruhig vor der Kneipe auf die Polizei und behauptete, er habe den Wagen gefahren und sei aufgrund eines Sekundenschlafs von der Straße abgekommen. Die Behauptung des Wirts, es sei aber der andere Schreinermeistersohn gewesen, der den Wagen gefahren habe, tat

Fred mit dem Argument ab, der Wirt habe die Zwillinge schon als Kinder nicht auseinanderhalten können. Und da Fred stocknüchtern war, wovon er die Polizisten fröhlich pustend bei der Alkoholkontrolle überzeugte, konnten beide Brüder wenigstens ihren Führerschein behalten.

Seitdem schien sich Franz seiner Schwester gegenüber noch stärker verpflichtet zu fühlen, denn er steckte wirklich viel Zeit und Energie in die Renovierung ihres Hauses. Das Trinken ließ er zwar nicht bleiben, mied allerdings die Kneipe in seinem Heimatdorf. Manchen Abend verbrachte er in Rurbroich, Schulter an Schulter mit dem Hinterngrapscher, der ein Loblied auf Meggys Allerwertesten sang; manchmal fuhr er aber auch nach Gey oder Straß, wo man sich seltsame Geschichten von einem dreibeinigen Reh erzählte.

Ab und zu kam auch Fanny mit ihren drei wilden Jungs zu Besuch, und während diese, unterstützt von Wim und Billy, Benzinkanister in der Scheune anzündeten, mit alten Bettlaken über den Köpfen durch die Schlucht jagten, Meggys beste Kochtöpfe auf der Rur schwimmen ließen oder Klingelmännchen im Dorf spielten und dabei sämtliche Hunde der Nachbarschaft freiließen, lauschte Hebron den Gesprächen zwischen ihrer Mutter und ihrer Tante Fanny, die strickend in der Küche saß, während Meggy Francis stillte.

An einem dieser Tage marschierten die fünf Jungs zum Ufer der Rur. Nun kam es, wie es kommen musste: Gleich der erste Versuch, sich wie Tarzan an den langen Zweigen unter einer schief gewachsenen Weide entlangzuschwingen, endete damit, dass Geronimo mit einem lauten Klatschen im kalten Wasser der Rur landete. Nur hätte sich Geronimo niemals die Blöße gegeben und gejammert, geschweige denn vor Schreck geschrien, und so tat er, als wäre sein Sturz Absicht gewesen, und blödelte noch im Wasser herum, obwohl seine Lippen schon ganz blau waren.

»Schaut her, der große Käpt'n Nemo taucht ab!«, schrie er

und tauchte tatsächlich unter. Er streifte die flachen Kieselsteine am Grund, wobei er mit der Hand an einem seltsamen Gegenstand hängen blieb. Obwohl seine Zähne klapperten und er nun glaubte, seinen Sturz ausreichend als Stunt getarnt zu haben, ließ er es sich nicht nehmen, das seltsame Objekt unter den Kieseln freizuschaufeln und ans Ufer zu zerren. Und so sah man kurz darauf fünf verlotterte Jungs, deren Anführer triefend nass vorneweg hüpfte, mit einer Fliegerbombe aus dem Zweiten Weltkrieg auf der Großen Straße in Rurbroich. Fanny und Meggy schenkten dem rostigen Ding, das ihre Söhne da anschleppten, keinerlei Beachtung; sie kreischten und schimpften beim Anblick des klatschnassen und bibbernden Geronimo und überboten sich mit Vorwürfen und Standpauken, während sie Geronimo auf einen Küchenstuhl stellten, ihm die nassen Kleider vom Leib rissen und ihn zu seiner Scham vor allen anderen Kindern mit mehreren Handtüchern gleichzeitig abrubbelten, bevor sie ihn mit Klosterfrau Melissengeist einrieben. Danach steckten sie ihn in Kleider von Meggy, die ihm viel zu groß waren und die er dazu nutzte, mit schlackernden Ärmeln und Hosenbeinen Brüder, Cousins und Cousine mit einem schauerlichen Geschrei durchs Haus zu jagen. Der Blindgänger lag währenddessen unbeachtet im Hof herum. Erst als der Postbeamte seine allabendliche Überwachung des Nachbarhofs aufnahm, kam es zur Identifizierung des Objekts, denn der Späher erkannte den fremden Gegenstand, der vor der Treppe des Bauernhofs lag, sofort und glaubte, endlich den entscheidenden Hinweis auf das Terroristendasein der chaotischen Nachbarin gefunden zu haben. Er alarmierte umgehend die Polizei, die mit einem großen Aufgebot und Blaulicht in den Seelenpfad einfiel. Nachdem man sich von der Unschuld des vermeintlichen Mitglieds der RAF überzeugt hatte, wurde Rurbroich evakuiert und ein Räumungskommando für die Entschärfung der Bombe bestellt.

Penny und Betty besuchten Meggy nicht, denn auch sie hatten vor Kurzem Nachwuchs bekommen, und wer brachte sein Baby schon gern in eine Bruchbude, der die Außenwände fehlten, sodass die Kälte gar nicht erst durch Ritzen kriechen musste, um sich auszubreiten?

Weil aber auch Meggy wenig Ansporn zeigte, ihr neues Heim zu verlassen, waren lustige Nachmittage und Abende, wie die Schwestern Hunger sie sonst verbracht hatten, eine Seltenheit geworden. Diese langsame Entzweiung lag nicht nur am Streit zwischen Meggy und Peggy, die Geschwister begannen sich in einzelne Grüppchen aufzuteilen. Traf Meggy sich mit ihren Brüdern, mit Marianne und Fanny, so unternahm die schwangere Peggy mit ihren Töchtern viel mit Penny, während Daisy oft mit ihrer Schwester Betty zusammen war. Und jedes Grüppchen tat bei Kaffee und Kuchen seine Meinung über das andere kund, wobei besonders das Benehmen der Kinder abgeurteilt wurde.

»Die Hebron hält sich ja echt für was Besonderes!«, schimpfte Betty, während Daisy fand, dass Geronimo nur dummes Zeug im Kopf habe. Peggy war der Meinung, Melissa sei eine verwöhnte Zicke, die schon immer im Mittelpunkt stehen musste, und Betty behauptete, dass Melody ein Mimöschen sei und Umma Grete das reinste Kräutchen-rühr-mich-nicht-an.

»Wo wir schon dabei sind«, warf Franz ein, »der Casanova beißt alle Äpfel an und wirft die dann weg; wenn der das noch mal macht, versohl ich dem den Hintern!«

Sally hingegen hielt sich aus allem heraus, wie sie es schon immer getan hatte, und konzentrierte sich auf ihre berufliche Laufbahn und das Leben in der Großstadt, das ihren Schwestern fremd blieb. Die Stadt war ihnen zu groß, zu laut und zu hektisch, sie waren Landkinder und sollten es zeit ihres Lebens bleiben.

So zog sich Meggy zusehends mit ihren Kindern in Rurbroich zurück, und weil nur Küche und Stube beheizbar waren, schirmte sie sich in diesen Räumen gegen die winterliche Kälte ab, so gut es ging, und kümmerte sich nicht um das, was Dorfbewohner und Familienmitglieder über ihre Situation zu sagen hatten. Sie errichtete an einer Wand der Stube ein riesiges Matratzenlager für sich und ihre vier Kinder, und wenn die Rasselbande schlief, lag Meggy am Ofen, las Krimis und historische Romane und aß Schnapspralinen.

Hebron genoss es, morgens nach dem Aufwachen zu ihrer Mutter unter die Decke zu kriechen und sich an den warmen Körper zu kuscheln. Meist war dieser Genuss nicht von langer Dauer, denn Wim und Billy quetschten sich zwischen Mutter und Schwester; sobald sie auch nur mitbekamen, dass Hebron dort lag, drängelten sich mit ihren spitzen Ellbogen und kantigen Knien dazwischen, egal, wie sehr Hebron diesen Platz verteidigte. Nichts hasste Hebron mehr, denn weder Wim noch Billy hatten wahres Interesse am Kuscheln, es ging ihnen nur darum, ihrer Schwester alles kaputt zu machen, wie sie es mit all ihren Sachen taten; sie zerbrachen ihre Buntstifte, zerbröselten ihre Wassermalfarben, futterten ihre Süßigkeiten und rissen Löcher in ihr Schnuffeltuch. Wim hatte nicht einmal davor haltgemacht, ihre Lieblingsmurmel, ein rotes, glitzerndes Exemplar, das Tante Sally ihr aus der Stadt mitgebracht hatte, vor ihren Augen in den Mund zu stecken und runterzuschlucken. Aber am meisten hasste sie die Tatsache, dass ihre Mutter den Brüdern nie Einhalt gebot, wenn diese die morgendliche Kuschelstunde gewaltsam beendeten.

»Still, du eifersüchtige Hex!«, schalt ihre Mutter sie, wenn Hebron ihren Unmut über das Verhalten der Zwillinge äußerte. »Du kannst es doch bloß nicht ertragen, deine Mutter mit deinen Brüdern zu teilen, als ob du mich nicht lang genug für dich allein hattest!«

Dabei war es doch nur zu offensichtlich, dass es genau umgekehrt war und Wim und Billy diejenigen waren, die die

Zuneigung der Mutter für sich allein beanspruchten. Meggy zog sich meist aus der Affäre, indem sie aufstand und in die Küche ging, wo sie die Glut vom Vorabend im Ofen wieder entfachte und Wasser aufsetzte, während der Streit zwischen Hebron und ihren Brüdern auf dem Matratzenlager eskalierte und seinen Höhepunkt regelmäßig darin fand, dass sie sich mit ihren Hintern an die Wand drückten, um sich gegenseitig mit den Füßen aus dem Bett zu stemmen. Wer das schaffte, galt eigentlich für den Rest des Tages als Gewinner. Verloren Wim oder Billy, gönnten sie Hebron den kleinen Sieg entgegen der Spielregel nicht, denn sie waren schlechte Verlierer. Gesellschaftsspiele wurden quer durchs Zimmer geworfen, wenn Hebron gewonnen hatte, und fuhren die Zwillinge mit ihren Rädern durchs Dorf, fuhren sie nebeneinander und behinderten den Verkehr.

Wie man sich als Streichholz verkleidet

Im Dezember, als die Kälte am stärksten und die Einsamkeit am schlimmsten war, jeder neu begonnene Krimi das Gleiche wie sein Vorgänger zu erzählen schien und sie der Schnapspralinen ebenso überdrüssig geworden war wie ihrer streitenden Kinder, beschloss Meggy, dass das Hausfrauenleben nichts für sie war und dass sie bald wieder arbeiten gehen würde, bevor ihr noch gänzlich die Decke auf den Kopf fiel.

Also begann sie, obwohl Francis gerade einmal drei Monate alt war, nach einer Möglichkeit zu suchen, trotz der vier Kinder wieder zu arbeiten. Dazu brauchte sie zuallererst einmal eine geeignete Kinderbetreuung, die ihr den Wiedereinstieg in den Schichtdienst des Krankenhauses ermöglichte. Ihre Mutter kam als Betreuerin nicht infrage, ihre Schwester Peggy auch nicht, denn sie sprachen zu diesem Zeitpunkt noch nicht wieder miteinander. Ihren anderen Schwestern konnte sie ihre Kinder immer mal für ein paar Stunden aufs Auge drücken, Penny hatte sogar einmal zwei Tage lang zusätzlich zu ihrem eigenen Sohn Francis gestillt, als Meggy mit einer Grippe im Bett gelegen hatte, und Hebron schlief manchmal bei Betty, weil sie so gern mit Virginia zusammen war, aber eine Dauerbetreuung ihrer vier Kinder konnte sie keiner ihrer Schwestern zumuten. Also kam bald der Tag, an dem Meggy durch das verschneite Dorf zur Kirche stapfte, deren roter Sandsteinbau von kahlen Schlehenbüschen flankiert wurde, um sich im örtlichen Kindergarten vorzustellen.

Dort erklärte man sich aufgrund ihrer Situation als Alleinerziehende – man kannte das Wort, allerdings war Meggy der erste reale Fall, den man zu Gesicht bekam – sofort bereit, ihre drei älteren Kinder zum neuen Jahr aufzunehmen.

Ein Umstand, den weder Hebron noch die Zwillinge besonders erquickend fanden, sie waren es nicht gewohnt, sich festen Regeln zu unterwerfen, und bis jetzt hatten sie in ihrem Leben die Freiheit genossen zu gehen, wohin und wann auch immer sie wollten, und sie sahen es nicht ein, daran etwas zu ändern, weshalb Wim und Billy sich in der ersten Woche gleich zweimal einen Spaß daraus machten, aus dem Kindergarten abzuhauen und sich im angrenzenden Gebüsch zu verstecken, wo sie kichernd beobachteten, wie das Polizeiauto vorbeifuhr, das auf den Hilferuf der Kindergärtnerinnen hin vom nächsten größeren Ort losgeschickt worden war.

Hebron traute sich zwar nicht, es den Brüdern gleichzutun – sie fürchtete die belehrende Standpauke, die es von den Kindergärtnerinnen am nächsten Tag mit erhobenem Zeigefinger gab und die ihre Brüder mit der für sie typischen Gleichgültigkeit über sich ergehen ließen –, aber auch sie fand den Kindergarten stinklangweilig. Die Erzieherinnen saßen den ganzen Tag mit ihren dicken Hintern auf den viel zu kleinen Stühlchen, tranken Kaffee und interessierten sich nicht im Geringsten für die Geschichten, die Hebron ihnen gern erzählen, oder für die Bilder, die sie malte und ihnen zeigen wollte.

Man durfte es wohl fast schon als modern bezeichnen, dass das Dorf überhaupt einen Kindergarten hatte, da konnte man anscheinend nicht auch noch erwarten, dass die Betreuung in irgendeiner Hinsicht als pädagogisch wertvoll zu bezeichnen war.

Dieser Ort der Öde lag hinter der Kirche, gleich neben dem alten Pfarrhaus, bestand aus einem platten, bungalowähnlichen Klotzbau und einem Garten, der kaum größer war als mancher Privatgarten eines Reihenhauses. Begrenzt wurde die niedrig gemähte und stellenweise kahl getrampelte Fläche von einer zerrupften Hecke. Neben diesem Möchtegerngebüsch waren die einzigen anderen Attraktionen ein Klettergerüst aus rostigen Metallstangen und ein ebenso scheußliches Schaukelpferdchen.

Das Turnen auf den oberen Streben des Klettergerüstes war verboten, das Bilden von Banden auch, und das Schaukelpferdchen zu benutzen war allen, die älter waren als vier, ebenso verboten wie lautes Indianergeheul, das Berühren des Bodens mit einem anderen Körperteil als der Fußsohle und dem Mitbringen privater Dinge. Schlug die Kirchturmuhr zwölf, mussten alle Kinder abgeholt werden. Der Kindergarten erlaubte somit den Hausfrauen gerade einmal, in Ruhe ihren Einkauf zu erledigen, das Mittagessen zu kochen und vielleicht noch eine Maschine Wäsche zu machen. Diese Institution würde Meggy jedoch keinen Wiedereinstieg in ihren Beruf ermöglichen, so viel war klar, und außerdem fehlte ihr immer noch eine Lösung für Francis.

»Wenn ich doch nur einen Mann hätte!«, sagte sie oft. »Dann könnte er nach den Kindern sehen, wenn ich im Dienst bin! Oder er würde ein Kindermädchen bezahlen!«

»Dazu brauchst du keinen Mann. Such dir doch einen Mitbewohner oder eine Mitbewohnerin und biete mietfreies Wohnen gegen Kinderbetreuung, Platz genug hast du doch!«, erwiderte die nüchterne Sally, als sie eines Tages in der zugigen Küche, unterstützt von Kaffee und Kuchen, ihrer Schwester beim Lamentieren Gesellschaft leistete. Und so kam es, dass Meggy sich auf die Suche nach einem geeigneten Kandidaten für das Projekt machte. Dabei hätte ihr auffallen können, dass sie nicht viele Freunde hatte. So kontaktfreudig und gesellig ihre Mutter Clementine auch war, Meggy war es nicht. Wo ihre Mutter aufblühte, zog sie sich zurück; wer aufmerksam war, konnte fast dabei zusehen, wie sie in sich zusammensackte und kleiner wurde, je mehr Menschen im Raum waren. Wurde sie in solch einer großen Runde angesprochen, reagierte Meggy defensiv, egal, ob die Ansprache es verlangte oder nicht. Oft erschrak sie selbst vor der Heftigkeit ihrer Antwort und der gereizten Schärfe in ihrer Stimme, und dann lachte sie schrill und laut. Als Francis geboren wurde, ging sie dazu über, nie ohne einen Hut auszugehen. Diese Kopfbedeckung aus schwarzem Cord gab ihrem Auftreten etwas Mondänes, zumal sie ihn auch beim Essen nicht abnahm.

»Ich brauch zurzeit einfach irgendwie das Gefühl, behütet zu sein«, erklärte sie jedem, egal, ob er gefragt hatte oder nicht.

Bei der Suche nach einem Mitbewohner vergaß sie ihre Schüchternheit und wurde bald fündig. Und zwar in der alternativen Frauenbuchhandlung, denn nachdem sie eine Zeitlang nur jüdische Autoren oder Bücher über das Judentum gelesen hatte, war Meggy mit einem kurzen Abstecher über christliche Literatur – ein Abstecher, den sie in dem Moment als dunkle Sackgasse verwarf, ab dem Bruder Gereon sich verleugnen ließ und mir nichts, dir nichts aus der Eifel verschwand – darauf umgestiegen, nur noch Literatur von Frauen zu lesen. Egal, wie spannend ein Krimi oder ein Roman auch zu sein versprach, war er von einem Mann geschrieben, rührte sie ihn nicht an.

»Hinter jedem berühmten Schriftsteller steht eine Frau, die unterdrückt wurde, den Haushalt schmeißen und die Kinder ruhighalten musste, nur damit der werte Herr Schreiberling auch ja nicht gestört wurde, während er in Wahrheit seinen Rausch ausschlief und seine Frau schön mit Syphilis ansteckte, die er sich in den Bordellen geholt hatte«, erklärte sie ihre Haltung gern. »Dabei waren es sogar oft die Frauen, die die Ideen hatten und Inspiration lieferten, aber davon wird mit keiner Silbe gesprochen. Die Frau von Tolstoi, natürlich viel jünger als er, war pausenlos schwanger, und das, obwohl er Keuschheit propagierte. Noch dazu schrieb sie all seine Manuskripte ins Reine, *Krieg und Frieden* hat sie allein siebenmal per Hand abgeschrieben, und das waren fast siebzehnhundert Seiten! Den Ruhm hat er natürlich allein eingesackt, obwohl sie vor der Ehe durchaus literarisch ambitioniert war! Ich boykottiere so was!«

In der alternativen Frauenbuchhandlung fand sie nicht nur ausreichend Literatur von feministischer Färbung, hier traf sie auch Gleichgesinnte, mit denen sie über Bedeutung und Wichtigkeit des Feminismus oder die Unterdrückung der Frau in Geschichte und Gegenwart diskutieren konnte. Außerdem gab es mittwochs immer einen Kaffeetreff für Mütter, genannt »Die Schluppe«, weil man dort die Straßenschuhe ausziehen musste, und damit man keine kalten Füße bekam, gab es einen riesigen Weidenkorb mit Hausschuhen in allen erdenklichen Formen und Größen. Da die Frauen aber nicht gewillt waren, ihren Treff mit einem männlichen Artikel zu versehen, hatten sie aus dem »Schlupp«, wie die Gruppe zuerst hieß, kurzerhand »Die Schluppe« gemacht. In der Schluppe konnten sich die Frauen übers Mutterdasein, über die Erziehung ihrer Kinder und über ihre lumpigen Männer, sofern sie welche hatten, oder über die Verderbtheit der Männer im Allgemeinen austauschen.

Und hier lernte Meggy Trixi kennen. Trixi war etwas älter als Meggy, sie hatte keine Kinder und keine Lust zu arbeiten, es sei denn, es handelte sich darum, Horoskope zu erstellen und Tarotkarten zu legen. Trixi war Feministin der ersten Stunde, sie verehrte Simone de Beauvoir, von der sie ebenso oft sprach wie von der Sexualforscherin Shere Hite, einer Frau, von der Meggy noch nie zuvor gehört hatte. Trixi hatte die Zeitschrift *Emma* abonniert, und sie mochte die Musik von Nina Hagen, eine Gemeinsamkeit, die sie mit Meggy verband. Früher hatte sie heterosexuelle Beziehungen geführt, bevorzugte mittlerweile aber Frauen.

»Da fehlt mir zwar manchmal der Schwanz«, sagte sie, aber abgesehen von diesem rudimentären Körperteil gebe es sonst nichts, was sie vermisse. Außerdem nannte sich Trixi seit zwei Jahren Shabana und hing den Lehren Bhagwans an, aber nur ein wenig und nur nach Lust und Laune; sich ganz den Regeln der Sannyasins unterzuordnen war ihr zu anstrengend, und so kam es, dass niemand so recht wusste, ob er Trixi mit Trixi oder mit Shabana anreden sollte. Davon abgesehen war Trixi eine echte Kräuterhexe, ihr Körper knochig und dürr, mit O-förmigen Beinen, die jedem Fußballer Konkurrenz gemacht hätten; sie färbte ihr langes Haar mit Henna, und weil sie von Natur aus blond war, war das Resultat ein grelles Orange. Zur Krönung ihres Hexenauftritts trug eine dicke Warze bei, die Trixi neben der Nase spross.

»Mich hätte man im Mittelalter gleich verbrannt!«, sagte sie oft und lachte dabei laut.

Das Angebot, mietfrei bei Meggy zu wohnen und dafür die Kinder zu betreuen, nahm Trixi gerne an, und da sie seit einiger Zeit wieder bei ihren Eltern wohnte, ein Zustand, der mit jedem Tag unerträglicher geworden war, lagen nur zwei Tage zwischen Meggys Vorschlag und Trixis Einzug in den Bauernhof. Trixi lud ihre Habe in Meggys gelbe Ente, packte die Matratze auf das Autodach und fuhr an der Seite ihrer neuen Mitbewohnerin über die verschneiten Straßen, die sich kurvenreich durch die schneebedeckten Wälder der Eifel zogen, zu ihrem neuen Heim.

»Rote Hexe!«, tuschelten die Bewohner von Rurbroich, die schon Schwierigkeiten mit Meggy und ihrer vaterlosen Bande hatten, sobald Trixi in Lederjacke und provokant hohen Stiefeln über der Jeans durchs Dorf stapfte.

Warum hatte die Zugezogene keinen Mann? Das war die Frage der Fragen, die die Rurbroicher umtrieb, seit Meggy den Hof der verrückten Bauernwitwe bezogen hatte, aber anstatt Meggy um eine Antwort zu bitten, kursierten bald die wildesten Gerüchte um Meggys Vergangenheit und die Herkunft ihrer Kinder. Hätten die Dorfbewohner gewusst, dass Meggy sich nacheinander von einem Juden, einem Friseur und Rennfahrer in Personalunion und einem Mönch hatte schwängern lassen, hätte man wahrscheinlich Messen zum Schutze von Rurbroich und seinen Bewohnern lesen lassen, und es hätte wohl nicht lange gedauert, bis die ersten Stimmen tatsächlich die Wiedereinführung von Kerkerhaft und hell lodernden Scheiterhaufen für solch verdorbenes Weibsvolk gefordert hätten. So aber ging man von einem kürzlich verstorbenen Ehemann aus oder von unehelich geborenen Kindern samt eines wilden und zügellosen Lebenswandels, denn schließlich werkelten regelmäßig gleich zwei Männer im alten Bauernhof herum, oder man flüsterte von einer – und das war das Gerücht, das alle am skandalösesten fanden – lesbischen Beziehung zwischen Meggy und Trixi mit Nachwuchs aus der Samenbank. Und irgendwie war ja an all diesen Gerüchten etwas Wahres dran, zumindest ein bisschen. All diese Spekulationen, die Meggy in Rurbroich nicht den besten Ruf eingebracht hatten, hielten die männlichen Dorfbewohner aber nicht davon ab, Meggy im Vorbeigehen an den Hintern zu tatschen, denn ein solch verlockendes Exemplar hatten ihre eigenen anständigen und langweiligen Ehefrauen nun mal nicht zu bieten. Dieses Weib aber hatte vier Kinder geboren und besaß trotzdem nicht nur einen Prachtpo, sondern war überhaupt recht hübsch anzusehen mit ihrem glänzenden nussbraunen Haar, den rosigen Wangen und den schlanken Waden. Der pralle Busen war da nur die Sahne auf dem Kirschschnittchen, und wie sollte man bei diesem leckeren Anblick seine Finger bei sich behalten, wo daheim allabendlich nur Lockenwickler in Betondauerwellen und unförmige Leiber in Kittelschürzen warteten? Selbst der Postbeamte vergaß bei mancher Fernrohrüberwachung, zu welchem Zweck er Meggy ausspionierte, hatte er doch herausgefunden, dass man vom kleinen Fenster seiner Gästetoilette hervorragend in Meggys Badezimmer schauen konnte, und zu seinem Glück fand Meggy Gardinen spießig, sodass er regelmäßig freie Sicht auf ihren Mordshintern hatte. Die Fantasien um Meggys Hintern und das Betatschen desselben hielt die Männer aber wiederum nicht davon ab, ihren polyestergewandeten, dauergewellten und ansonsten farblosen Ehefrauen zuzustimmen, wenn diese über den verruchten Weiberhaushalt wetterten.

Bei den Kindern von Rurbroich hingegen war das merkwürdige Geschwistertrio, über dessen Familienverhältnisse ihre Eltern so abfällig redeten, schnell beliebt. Erstens taten die drei Kinder Dinge, auf die sie von selbst nie gekommen wären, die zweitens von den eigenen Eltern niemals erlaubt worden wären und drittens wahnsinnig Spaß machten. Beispielsweise hatte Hebron den Dorfkindern, gleich als sie sich das erste Mal auf dem Gässchen getroffen hatten, das Omaspiel gezeigt. Seitdem trafen sie sich nahezu täglich im Gässchen, wo sie voller Euphorie Furzgeräusche machten, für die sie zu Hause was hinter die Ohren bekommen hätten. Aber auch sonst fiel den zugezogenen Kindern immer etwas Tolles ein: Ob sie nun alle Matratzen auf die Treppe legten, um sich eine Riesenrutsche zu bauen, oder sich in der Scheune durch den Strohhaufen wühlten, ob sie auf dem Schweinchen ritten oder eine von Indianergeheul begleitete Jagd auf die Hühner veranstalteten, ob sie bis in die Baumwipfel kletterten und sich ungeniert in Pfützen wälzten, ob sie von der Busenbrücke in die Rur sprangen oder Kanäle gruben, um das Wasser des Flusses umzuleiten, oder Fische mit einem Eimer fingen – es war vollkommen egal, wozu man sich auch immer von ihnen anstiften ließ, in jedem Fall war man danach dreckig, zerkratzt und glücklich, und meistens gab es Ärger wegen der schmutzigen Kleider.

Wagten es die Kinder von Rurbroich, sich zum Spielen auf den Hof der Zugezogenen zu begeben, so dauerte es meist nicht lange, bis ihre aufgebrachten Mütter am Hoftor erschienen und mit erstickten Stimmen nach ihnen riefen. Traute sich eine der Dorffrauen auf der Suche nach ihrem Sprössling bis zur Haustür, so sagte Meggy danach stets: »Ich seh das doch genau, wie die die Nase rümpfen, weil es ihnen hier nicht sauber genug ist. Beim nächsten Mal drück ich denen einen Putzeimer in die Hand und sag: ›Bitte sehr, gnädige Frau, wischen Sie doch, wenn es Ihnen hier nicht gefällt!‹«

Auch das, was Meggy ihren Kindern zu Karneval anzog, stieß bei den Rurbroichern auf Befremden. Anstatt ihre Kinder in vorgefertigte Cowboykostüme und Prinzessinnenkleider zu stecken, zog Meggy ausrangierte Kleider aus der Verkleidungskiste. Wim und Billy bekamen Lammfellwesten und Pelzmützen und trugen große Messer im Gürtel, eine Verkleidung, die Meggy als kanadische Trapper deklariert hatte, während Hebron in Rüschenbluse mit Trompetenärmeln und Samtrock schlüpfte – Meggys Definition eines Prinzessinnenkostüms.

»Schau dir die Zigeuner an!«, murrten die Rurbroicher, als sie die drei bunten Gestalten mit ihren Jutebeuteln über die Straßen laufen sahen. Ein Kommentar, der nicht unbedingt leise geäußert wurde, weshalb die drei bald wieder zurückkamen.

»Na, dann geht doch als Streichhölzer!«, erwiderte Meggy ihren mosernden Kindern ungerührt. »Ist ganz einfach: Ihr geht nackt, und der Kopf wird dann schon von selber rot!« – ein Witz, den alle Hungers jedes Jahr zu Karneval gern rissen. Da ihnen dieser Vorschlag verständlicherweise noch schlimmer erschien, stapften die drei tapfer weiter in ihren improvisierten Kostümen von Tür zu Tür, wo sie laut und schräg das Hajuja-Lied sangen, mit dem Kinder in dieser Gegend am Weiberfastnachtstag durchs Dorf zogen, um Süßigkeiten zu bekommen.

Der Rurbroicher Karnevalszug führte auch durch den Seelenpfad, und Hebron bewunderte die hoch in die Luft geworfenen Beine der Funkenmariechen, deren pralle Schenkel trotz der Kälte nur in dünnen, hautfarbenen Strumpfhosen steckten. Am besten gefiel es Hebron, wenn sie sich mit zackigem Schritt in ihren weißen Schnürstiefeln um sich selbst drehten; dann wirbelten die Röckchen so hoch, dass man den spitzenbesetzten Schlüpfer sah, ein Kleidungsstück, auf das Hebron unglaublich neidisch war. Nach dem Karnevalszug strolchten die Zwillinge noch tagelang durch das Dorf, wo sie nasse und verklebte Kamellen aus dem Schnee und den Sträuchern klaubten.

Als Hebron beinahe übersinnliche Kräfte besessen hätte

Als Trixi einzog, lief sie mit einer selbst gebastelten Wünschelrute durchs Haus.

»Wasseradern! Überall Wasseradern!«, rief sie und deklarierte die Wohnstube mit dem grünen Kachelofen zum einzigen Raum ohne negative Energien. Und Meggy, die ihre neu gewonnene Kinderbetreuung nicht gleich wieder verlieren wollte, beugte sich dem Egoismus der Esoterikerin und zog mit den Kindern in die kleinen und unbeheizten Räume der oberen Etage. Hebron bekam das kleinste Zimmer, das früher einmal die Mägdekammer gewesen war. An den kalten Winterabenden, wenn Hebron unter den dicken Daunendecken lag, die sie bis unter die Nase zog, und der Wind heulend ums Haus blies, stellte sie sich vor, auf einem Schiff zu sein, das sie in exotische Länder brachte. Das Tosen des Windes ließ die alten Fensterläden klappernd gegen die Hauswand schlagen und die Wipfel der Tannen schaukeln. Wenn Hebron morgens ihren Kopf ein wenig drehte, konnte sie durch einen Spalt in den Gardinen neben diesen Tannen ein paar blattlose Baumkronen sehen, die sich vor dem zart herannahenden Tageslicht abzeichneten wie Scherenschnitte.

Und während Trixi sich und ihre Habe in der mollig warmen Stube ausbreitete, musste Meggy in der oberen Etage harte Maßnahmen gegen die winterliche Kälte ergreifen: Sie nähte Vorhänge aus dickem rotem Samt und stopfte alte

Wolldecken vor die Ritzen unter den Türen. Abends, bevor die Kinder zu Bett geschickt wurden, erwärmte sie Backsteine in der Glut des Küchenofens, die sie den Kindern unter die doppelten Federbetten legte. Trotz dieser Maßnahmen wurde Meggy mehr als einmal morgens davon wach, dass ihre Haare an der Lehmwand festgefroren waren. Auch in der Küche war es morgens noch so kalt, dass die Kinder ihr Frühstück in Jacken, Mützen, Schals und Handschuhen zu sich nahmen. Derart ausstaffiert, konnten sie ihre Marmeladenbrote zwar kaum packen, heulten aber nicht mehr über vor Kälte schmerzende Finger.

Trixi hingegen kroch erst aus ihrem warmen Bettchen, nachdem Meggy die Kinder in den Kindergarten gebracht hatte, um in der vorgewärmten Küche gemütlich Tee und Hirsebrei zu frühstücken. Dabei benutzte sie immer dasselbe Geschirr; eine Tasse, einen tiefen Teller und einen Satz Besteck, die sie allerhöchstens einmal alle zwei Wochen abspülte, denn Trixi war stinkend faul und geizig noch dazu, bezeichnete dieses Verhalten selbst aber als umweltschonend. Und wozu sollte man Geschirr abwaschen, von dem niemand anders aß als man selbst?

Allerdings buk und kochte Trixi gern und viel, und auch wenn ihre Gerichte immer vegetarisch und meist indisch angehaucht waren, war sie bei der Zugabe der Zutaten wie in ihrem Eifer am Herd nie geizig, sah man einmal davon ab, dass die Einkäufe von Meggys Geld bezahlt wurden. Trixi brachte Meggy, die eher die einfache, gutbürgerliche – und ohne die Zugabe von Maggi fade – Küche ihrer Mutter kannte, Gewürze wie Kardamom, Cumin und Ingwer nahe und erweckte in der gesamten Familie eine Vorliebe für Currys mit Reis und mit Kokosraspeln umhüllte Zimtbällchen.

Trixi selbst blieb spindeldürr, obwohl sie aß wie ein Bauarbeiter, und mokierte sich gern über Meggys Figur. »Langsam könntest du aber mal wieder abnehmen! Francis ist schon fünf Monate alt, und du stillst voll, da sollte der Speck wohl mal verschwinden!«, stichelte sie regelmäßig, während sie sich selbst die zweite oder dritte Portion auf den Teller schaufelte.

Ihre Vorliebe für indisch, orientalisch oder esoterisch Angehauchtes spiegelte sich auch in der Gestaltung ihres Zimmers wider, das sie mit Statuen und Bildern indischer Götter dekoriert hatte, vor denen die Kinder sich gruselten, sowie Holzelefanten und Massen von Kerzenständern. Außerdem hängte sie ein großes Schwarz-Weiß-Poster im Plumpsklo auf, auf dem unter dem Satz »What's on a man's mind« ein Männerkopf abgebildet war, der zugleich eine nackte Frau darstellte. Hebron betrat das Plumpsklo nur noch seltsam gebückt und verrenkte sich beim Pinkeln den Kopf, nur um das Poster nicht ansehen zu müssen, was ihr natürlich nie gelang, weil die Widerwärtigkeit des Bildes zugleich grausam faszinierend war, und das Resultat war jedes Mal das Gleiche: Für die nächste Stunde bekam sie das Bild nicht mehr aus dem Kopf.

Zu guter Letzt beschloss Trixi, die Fachwerkwände ihres Zimmers mit gebatikten Tüchern abzuhängen, denn mit Fachwerk verband sie Spießigkeit und Langeweile, was wohl auch der Grund war, warum sie sich unter dem Schutz der ersten Sonnenstrahlen des Frühlings daranmachte, die Haustür und die Fensterläden ungeachtet der Auflagen des Denkmalschutzes pink zu lackieren, eine Farbe, deren Anblick bei manchem Dorfbewohner Herzrhythmusstörungen auslöste. Beim Batiken der Tücher durfte Hebron ihr helfen. Erst teilten sie an verschiedenen Enden einzelne Partien des Stoffes ab, die sie straff mit Paketschnur umwickelten, bevor sie die so präparierten Bettlaken in eine Emailleschüssel mit Färbemittel legten. Es war Hebrons Aufgabe, die Tücher mit einem Holzlöffel in die Flüssigkeit zu drücken, während Trixi rauchte. Zum Schluss durfte Hebron eine Garnitur Bettwäsche für sich selbst batiken, was zum ersten Streit zwischen Trixi und Meggy führte, denn Trixi hatte dafür einfach die gute Damastwäsche genommen, die Meggy von ihren vier jungfräulichen Hoteltanten geerbt hatte.

Wie gerne hatte Meggy ihren Tanten beim Waschen, Stärken und Bügeln der weißen, mit Ornamenten durchwebten Bettwäsche zugesehen, die mit dem Namen des Hotels bestickt war! Sie erinnerte sich nur zu gut daran, wie es sich angefühlt hatte, in dieser Wäsche zu schlafen, die kühl, hart und glatt zugleich gewesen war, und gerade im Sommer war es wunderbar gewesen zu spüren, wie die Bettwäsche mit jeder Nacht weicher wurde, die man darunter schlief. Nachdem ihr die Wäsche vermacht worden war, hatte Meggy versucht, ebenjenen Zustand hinzubekommen, aber obwohl sie aus ihrer Kindheit noch wusste, wie man Wäsche stärkt, war es ihr nie gelungen. Die vier Hoteltanten hatten das Kunststück vollbracht, alle innerhalb eines halben Jahres das Zeitliche zu segnen, und bei der Testamentseröffnung war herausgekommen, dass sie ihr Hab und Gut ihren Neffen und Nichten vermachten. Anstatt in Ruhe alles aufzuteilen oder sich zu fragen, wer welchen Gegenstand überhaupt gebrauchen konnte, waren die Geschwister mit der Habgier der ewig Zukurzgekommenen über Tischdecken, Teekannen und Töpfe hergefallen und hatten das alte Zeug zusammengerafft, als stünde eine Notzeit bevor. Beinahe hätten sie sich dabei so verstritten, dass keiner mehr mit dem anderen gesprochen hätte, hätte Sally nicht im größten Trubel interveniert, und zwar in dem Moment, als Peggy kurz davor war, Meggy an den Haaren zu ziehen, während Franz das Hotel samt seiner Geschwister niederbrennen wollte, und für Recht und Ordnung gesorgt, indem sie den Nachlass der alten Tanten zuerst einmal in vergleichbar wertvolle Posten aufgeteilt und zusätzlich von jedem einzelnen ihrer Geschwister Wunschzettel eingesammelt hatte.

Trotz des Streits zwischen ihrer Mutter und Trixi wegen der Batikaktion liebte Hebron ihre lila gefärbte Bettwäsche mit dem spinnennetzähnlichen Muster heiß und innig. Hebron war gerne mit Trixi zusammen, denn Trixi bezog sie in ihr Tun ein, erzählte ihr von indischen Mythen und Gottheiten, unterwies sie in ihrem Wissen über die Heilkraft von Kräutern und brachte ihr bei, wie man einen veganen Apfelstrudel buk. Da Hebron Trixi nicht mehr von der Seite wich, besorgte Trixi ihr ein Höckerchen, damit Hebron beim Kochen an den Ofen kam.

Allerdings machte sich Trixi über Hebrons Musikgeschmack lustig, sobald Hebron ihre Schallplatten von Hannes Wader und Ludwig Hirsch abspielte.

»Ja, ja, die Herren Liedermacher: schimpfen sich Weltverbesserer und verbessern mit ihrem möchtegernpolitischen Gedudel und dem zur Schau getragenen Gutmenschentum doch nur ihren Kontostand und ihre Chancen bei den potenziellen Bettgenossinnen!«

Dass die Zwillinge nach wie vor gern die Schallplatte mit den Jagdsignalen hörten und sich ganze Nachmittage damit beschäftigen konnten, »Muffel tot!« zu rufen, entlockte Trixi nur ein abfälliges Kopfschütteln. Das hielt die Zwillinge natürlich nicht davon ab, weiterhin mit großem Halali durchs Haus zu marschieren und »Gestern Abend schoss ich auf ein grobes Schwein, gestern Abend schoss ich auf 'ne Sau. Gestern Abend traf den Keiler ich allein!« zu skandieren. Um den Kindern einen gesunden und intellektuellen Musikgeschmack nahezubringen, brachte Trixi Schallplatten der antiautoritären Bewegung mit in den Haushalt, auf denen es in unverblümter Ausdrucksweise im Grunde genommen um nichts anderes ging als Sex, sowie Schallplatten von Bettina Wegner und Joan Baez. Die antiautoritären Schallplatten fand Hebron widerwärtig, während sich die Zwillinge über die Pipigeschichten schlapp lachten, und auch wenn ihr die Moorsoldaten und die düstere Atmosphäre von Ludwig Hirschs *Dunkelgrauen Liedern* viel besser gefielen als der schrille Gesang von Joan Baez und die eindringlichen Worte in den Liedern von Bettina Wegner, die Hebron immer das Gefühl gaben, sich schämen zu müssen, ohne zu verstehen, wofür, beugte sie sich Trixis Musikdiktat.

Heimlich las sie in der *Emma*, eine Lektüre, die sie jedes

Mal verstört zurückließ. Außerdem schleppte Trixi den Antistruwwelpeter an, ein Buch, das die Kinder noch viel beängstigender und gruseliger fanden als das Original, ganz abgesehen davon, dass es auch hier hauptsächlich um Nacktheit zu gehen schien. Bei Meggy fand der Inhalt dieses Buchs jedoch großen Anklang, und so las sie den Kindern Abend für Abend voller Begeisterung daraus vor.

Als der Frühling sich endgültig gegen den letzten späten Frost durchsetzen konnte und die Wiesen um den Rurbroicher Hof mit dem Verschwinden des Schnees kleine Büschel von eng aneinandergedrängten Schneeglöckchen sowie orangefarbene und violette Krokusblüten freigaben, begann Trixi, Hebron mit auf Kräuterstreifzüge zu nehmen, die sie mit einer großen Ernsthaftigkeit bis in den späten Herbst betreiben sollten.

»Schöllkraut, Hebron, halten die meisten für Unkraut. Aber der frische Saft lässt Warzen verschwinden. Einfach abends drauftupfen und dabei dreimal sagen: Warze, geh weg! Aber Vorsicht: Die gelben Flecken kriegst du aus Klamotten schlecht wieder raus.«

Und während sie Kräuter, Wurzeln und Beeren sammelten, sog Hebron Trixis Erklärungen über die Heilkraft von Schafgarbe, Johanniskraut und Brennnesseltee gierig auf. Trixi vergaß auch nicht, ihr zu zeigen, welche Pflanzen sie besser nicht anrührte, weil sie giftig waren oder Juckreiz auf der Haut auslösen konnten.

»Pass auf: Fingerhut sieht wunderschön aus, aber was meinst du, womit sich die feinen Damen früher ihre stinkenden Ehemänner vom Hals geschafft haben? Das ist hier nicht wie mit den Lupinen, okay? Überhaupt solltest du immer vorsichtig sein, wenn eine Pflanze so schön ist wie der Fingerhut. Schau dir bloß die dämliche Nachbarin an: Pflanzt Engelstrompeten auf ihrer Terrasse und wundert sich dann, wenn ihr Sohn eines Tages krepiert. Dumm, so was, einfach dumm!«

Eine andere Pflanze, vor der Trixi Hebron eindrücklich

warnte, wuchs direkt neben der Fachwerkfassade ihres Häuschens.

»Kommt nicht in die Nähe vom Bärenklau!«, warnte Trixi die Kinder, »ihr bekommt Verbrennungen, die schlimmer sind, als wenn ihr durch ein Heer von Feuerquallen schwimmt!«

Trotzdem schlichen die Zwillinge ständig um die mannshohe Pflanze, wanden ihre Körper in seltsamen Verrenkungen unter die mächtigen, weit gespreizten Blätter, denn es galt, dem Bärenklau möglichst nahe zu kommen, bis Meggy diese Mutprobe eines Tages zu weit ging und sie ihren Bruder Fred beauftragte, die Pflanze zu vernichten.

»Du musst die ganze Dolde erwischen, Fred, sonst haben wir hier nächstes Jahr ein komplettes Feld von Bärenklau!«, kommandierte Meggy ihren Bruder vom Küchenfenster aus herum. Die Kinder drängten sich an die Mutter, sie wollten keine Sekunde des Spektakels verpassen. Fred näherte sich der monströsen Staude mit weit vom Körper abgespreizter Sense. Der Bärenklau war sogar größer als Fred, und der hatte in den Augen der Kinder durch seine stattliche Statur schon immer kolossal und unbezwingbar gewirkt. Zum Schutz seiner Haut trug Fred eine Schutzbrille aus der Schreinerei, einen Mundschutz, den Meggy aus der Klinik mitgebracht hatte, und einen Plastiksack, in den er zwei Löcher für die Arme geschnitten hatte. Die Sense hatte er mit Klebeband an einem Besenstiel festgebunden. Aufgrund dieser Verlängerung erwies sich ein zielsicheres Einschlagen auf den Stängel, der die Hauptdolde trug, als ziemlich mühsam.

»Weiter links, nee, höher, ja, jetzt mit Karacho!«, dirigierten die beiden Hausbewohnerinnen wild gestikulierend jeden Hieb, den der Ritter der Bärenklaubekämpfung der riesigen, mit grünen Samenkapseln versehenen Dolde versetzte. Als der imposante Samenstand endlich zur Seite fiel, sprang Fred mit einem zweiten blauen Plastiksack auf die Pflanze zu, denn es galt, den Feind einzutüten, bevor auch nur eine seiner Früchte die Chance bekam, sich in der Gegend zu verteilen.

Im Herbst sammelten Trixi und Hebron auf der Obstwiese die Hagebutten von den reichlich tragenden Wildrosensträuchern.

»Daraus machen wir Marmelade«, Trixi wies auf den Inhalt ihres Körbchens. »Und deine Hagebutten trocknen wir auf dem Ofen, für Tee gegen Blasenentzündung.«

Aber Trixi zeigte Hebron auch, wie die Kerne der Hagebutte juckten, wenn man sie anfasste. Ein Wissen, das Hebron mehr als einmal dazu nutzte, um ihren garstigen Brüdern eins auszuwischen.

Während der gemeinsamen Kräuterstreifzüge ließ Trixi Hebron das Weidenkörbchen mit dem Sammelgut tragen, denn sie selbst war mit Rauchen und Reden beschäftigt, genoss es, von einer so wissbegierigen und anspruchslosen Person begleitet zu werden, und vergaß darüber einfach, dass Hebron erst sieben Jahre alt geworden war. Und so erzählte sie ihr Dinge, die eindeutig nichts für Kinderohren waren. Eine Sache, die auch Meggy gerne entfiel, denn bevor Trixi bei ihr eingezogen war, war Hebron Meggys liebster Gesprächspartner gewesen. Meggy behauptete ihren Schwestern gegenüber gern, dass ihre Tochter für ihr Alter sehr weit entwickelt und weise, wenn nicht sogar hellsichtig sei. Die Schwestern verdrehten bei diesen Reden genervt die Augen, für sie war Hebron ein Mädchen wie jedes andere, sie waren sogar der Ansicht, dass Hebron ein besonders anstrengendes Exemplar war, aber darin waren sich ja alle Schwestern über die Töchter der jeweils anderen einig. Aber Meggy war sich ihrer Sache ziemlich sicher, seit Hebron eine noch geheime Schwangerschaft enttarnt hatte.

»Wann kommt dein Baby?«, hatte Hebron ihre Tante Penny in einer Kaffeerunde am Esstisch der Oma gefragt.

»Du kriegst von mir den Po voll!«, hatte ihr Fanny gedroht, »die Gespräche von Erwachsenen belauschen, das gehört sich nicht!«

Dass Hebron sich oft bei den Erwachsenen herumdrückte,

anstatt zu spielen, war den Schwestern schon lange ein Dorn im Auge, wie sollten sie ungestört über ihre Männer reden oder nicht anwesende Schwestern lästern, wenn Hebron permanent ihre Ohren spitzte? Dabei hatte Hebron nur festgestellt, dass ihre Tante Penny anders aussah als sonst, weicher und strahlender, und diesen Zustand hatte sie schon bei ihren anderen Tanten beobachtet, wenn diese guter Hoffnung waren. Vielleicht konnte sie auch ganz einfach das Ausmaß des mächtigen Hinterns von Penny richtig deuten. Meggy verteidigte ihre Tochter den Schwestern gegenüber vehement, weil sie sicher war, dass Hebron überhaupt keine Gelegenheit gehabt hatte, die Information zu erlauschen. Und sie behauptete ab diesem Tag gern, ihre Tochter Hebron müsse die Wiedergeburt einer weisen Medizinfrau sein, da sie etwas Übernatürliches habe, eine Tatsache, die sie im Übrigen schon gleich nach Hebrons Geburt festgestellt habe, denn damals habe Hebron sie aus Augen angeschaut, die von uraltem Leben zeugten.

»Ein Blick, so tief wie ein Bergsee und voll von Wissen. Ich fühlte mich durchschaut. Durchschaut und bloßgestellt, denn sie sah mich an, und ich wusste, sie weiß alles über mich, alles!«, versuchte Meggy die Schar ihrer genervten Schwestern zu überzeugen.

»Quatsch, deine Tochter ist einfach furchtbar neugierig und steckt ihr Näschen in Dinge, die sie nichts angehen!«, wetterte Fanny, der es ein bisschen leidtat, dass sie Hebron Schläge angedroht hatte, wo sie doch sonst die gewaltfreie antiautoritäre Erziehung propagierte.

Aber Hebron genoss die Sonderstellung, mit der ihre Mutter sie seitdem bedachte. Allerdings war die Freude nicht von langer Dauer, denn als Trixi einzog, fand Meggy in ihr einen geeigneteren Gesprächspartner. Doch obwohl sie ihr den Ehrenplatz streitig machte, bewunderte Hebron Trixi. Und so gurgelte Hebron bald abends ebenso wie Trixi mit Salzwasser, obwohl ihr davon übel wurde, aber sie glaubte den Beteuerungen über die innere Reinheit, die man dadurch erlangte, und wer wollte schon von innen schmutzig sein, außer ihre Brüder vielleicht, denen es auch nichts ausmachte, von außen schmutzig zu sein. Aber auch Meggy ließ sich mit der Zeit von Trixis Neuerungen im Haushalt wie Sprossengläsern, Joghurtmaschine und Getreidemühle überzeugen.

Im April 1985 fand auf der elterlichen Veranda die schwesterliche Wiedervereinigung von Meggy und Peggy statt. Nach diesem Ereignis saßen Trixi, Meggy und Hans-Dieter regelmäßig fachsimpelnd über ökologische Fragen des Alltags beim Malzkaffee zusammen, während Peggy sich die alten Zeiten mit Sahnetorte, Grillspeck und Eierlikör zurückwünschte, und die Kinder ihr gesamtes Taschengeld in den Dorfladen trugen, wo sie saure Gurken, weiße Schaummäuse und Lakritzschnecken erstanden, die sie heimlich auf dem Heuboden futterten.

Hans-Dieter war über den schwesterlichen Friedensentschluss sehr glücklich und erleichtert. Als Peggy ihm unterstellt hatte, ihn mit ihrer Schwester zu betrügen, hatte diese Vorstellung ihm Schweißperlen auf die Stirn getrieben, und das keinesfalls aus Lüsternheit, sondern aus blanker Panik, denn ihm waren schon das massige Hinterteil seiner Frau und dessen nackter Anblick zu viel. Nun war er froh, dass er seine Schwägerin wieder besuchen durfte, ohne des Ehebruchs verdächtigt zu werden, und erklärte sich bereit, die Fassade instand zu setzen. Er mischte dafür eine merkwürdige Pampe aus Stroh und Lehm an, aber nachdem er die fehlenden Wandteile verputzt hatte, sahen sie nicht schlechter aus als das ursprüngliche Fachwerk.

Außerdem widmete sich Hans-Dieter mehrere Tage lang dem Baumschnitt auf Meggys Obstwiese. Die Bäume waren seit Jahrzehnten nicht mehr gepflegt worden und trugen lediglich ein paar kümmerliche Früchte, braun gefleckte Äpfel und steinharte Birnen, die es sich nicht lohnte zu ernten. Einige Bäume wuchsen so krumm, dass man auf ihren Stämmen balancieren konnte, und Hebron stellte sich oft vor, wie der Wind so kräftig über die Hügelkuppe blies, dass er die Bäume mit den Jahren niedergedrückt hatte. Sie kategorisierte diese deshalb in starke und schwache Bäume. Mit den schwachen empfand sie Mitleid, war aber zugleich froh über ihr Vorhandensein, denn während ihre Brüder noch in die höchsten Kronen der Obstbäume stiegen, blieb Hebron lieber nahe dem Boden und kroch über die waagerecht gewachsenen Stämme, um sich in den vom Wind flach gebürsteten Kronen einzurichten wie ein Vögelchen im Nest.

In den Arbeitspausen fand man Hans-Dieter und Trixi in trauter Zweisamkeit bei einer feinen Kräuterzigarette und einem Glas Kombuchatee auf der Bank im Innenhof, wo sie sich über die Vorteile von Einläufen, Leberwickeln und Heilfasten austauschten, und hätte Peggy nicht gewusst, dass Trixi lesbisch war, sie wäre wohl sehr bald wieder sehr eifersüchtig geworden. Nun brachte Trixi aber nicht nur den Biotrend in Meggys Haushalt, sie bastelte und strickte auch viel, weitere Eigenschaften, die Hebron in ihre Nähe trieben, denn während Meggy nie rechtes Interesse an den künstlerischen Erzeugnissen ihrer Tochter gehabt hatte, brachte Trixi Hebron sogar noch vieles bei, was sie nicht kannte: Sie formten Kränze aus Salzteig, stellten grässlichen bunten Schmuck aus Fimo her, bastelten mit Tonpapier Scherenschnitte für die Fenster und töpferten Tassen und Bleistifthalter.

Mit den Zwillingen hingegen konnte Trixi nicht viel anfangen, die waren ihr zu laut, zu frech, zu schmutzig und zu wild und schienen auf dem besten Weg zu sein, sich zu kleinen Machos zu entwickeln. Francis wiederum war kein Problem für Trixi, denn er war ein ruhiges Kind, das selten weinte, meist lag er in seinem Körbchen und betrachtete in aller Ruhe, was um ihn herum geschah. Ungemütlich wurde er nur, wenn er Hunger hatte, und so hatte Trixi, wenn Meggy im Dienst war, immer einen guten Vorrat an abgepumpter Muttermilch im Kühlschrank. Trixi war überzeugt davon, dass man aus Francis einen besseren Mann machen könne, als seine Brüder es je werden würden, und deshalb nähte sie ihm eine Kuschelpuppe und hielt sein zögerlich wachsendes Haar – es hatte im Übrigen eine Farbe, die nicht nur seine Mutter, sondern jedermann an Herbstlaub denken ließ – mit einem rosa Spängchen aus der Stirn, sodass seine grünen, leicht schräg stehenden Augen noch besser zur Geltung kamen. Das Spängchen hatte Trixi Hebron weggenommen, der es von Trixis Einzug an verboten war, Rosa zu tragen oder mit Puppen zu spielen. Ab diesem Tag verspürte Hebron jedes Mal, wenn sie sich mit ihren Lieblingscousinen Melody und Virginia traf, bohrenden Neid. Denn während die beiden Kleider mit Blümchen, Sternchen und Volants trugen, musste Hebron die verwaschenen Cordlatzhosen ihrer Cousins auftragen. Aus diesem Grund war sie gezwungen, bei ihrem Lieblingsspiel, die Abenteuer der *Fünf Freunde* nachzuspielen, die Rolle der burschikosen Georgina zu übernehmen, was Hebron gar nicht passte.

Ihre Aufsichtspflicht in Bezug auf die Zwillinge verstand Trixi so, dass sie den beiden genügend zu essen gab und sie darüber hinaus möglichst schnell aufs Gässchen scheuchte, wo sie spielen sollten, bis die Laternen angingen. Dass es bei dem, was die Zwillinge auf dem Gässchen und im Wald trieben, oft zu Unglücken jeglicher Art kam (Leidtragende waren Nachbarn, Tiere und alles, was man anzünden konnte), störte Trixi nicht, es war ihr lieber, sich regelmäßig mit den Nachbarn zu streiten, als die Zwillinge in ihrer Nähe zu haben.

War Meggy im Dienst, so bekam Trixi regelmäßig Besuch von ihrer Geliebten. Doch obwohl sie so häufig da war, blieb die Frau für die Kinder eine Art Geist, denn sie sprach nie und verschwand gleich in Trixis Zimmer. Aus dem verschlossenen Raum drang Gekicher und Musik, und die Kinder hatten immer das Gefühl, von etwas Aufregendem ausgeschlossen zu sein, weshalb sie ständig an der Tür klopften oder einfach schnurstracks ins Zimmer marschierten.

Wim und Billy versteckten sich einmal in einem riesigen Pappkarton vor Trixis Zimmertür, wo sie ein lang andauerndes Rülpskonzert veranstalteten. Es dauerte drei Stunden, bis Trixi begriff, dass das merkwürdige Geräusch aus dem Karton kam. Sie hatte geglaubt, irgendein technischer Effekt in den veralteten Stromleitungen erzeuge dieses seltsam rhythmische und nervenaufreibende Geräusch.

Eines Nachmittags marschierte auch Hebron schnurstracks in Trixis Zimmer, ohne vorher anzuklopfen, nur dass sie diesmal wirklich Anlass zur Eile hatte. Sie hatte sich mit ihren Brüdern in der Scheune herumgetrieben, was immer noch verboten war, aber da man tun und lassen konnte, was man wollte, wenn Trixi Besuch von ihrer Freundin hatte, war das Verbot kein Hindernis. Auf dem Heuboden hatten sie Maulwurf gespielt und sich durch das muffige Stroh gegraben, hatten den von Meggy erst ein paar Tage zuvor sorgfältig zu einer Seite des Heubodens gefegten Strohberg durchpflügt und sich Hügel verschiedener Höhe und unterschiedlichen Umfangs über den ganzen Heuboden verteilt gebaut. Dann hatten sie kollektiv in der Nase gebohrt, um zu sehen, wer die schwärzesten Popel hatte. Irgendwann musste Wim mal, aber weil er keine Lust hatte, die Leiter hinabzusteigen, ließ er die Hosen auf dem Heuboden runter.

»Das darfst du nicht!«, schrie Hebron, die ihre Brüder gern maßregelte. »Geh gefälligst aufs Klo!«

Aber Wim dachte gar nicht daran, aufs Klo zu gehen, also zerrte Hebron an seinem Arm, um ihn zur Luke zu ziehen und gewaltsam zum Abstieg Richtung Plumpsklo zu nötigen. Wim war jedoch schon mitten in der Verrichtung seines Geschäfts begriffen und sah nicht ein, wieder aufzuhören, und so landete die Wurst mitten auf Hebrons Fuß.

Statt sich des Haufens zu entledigen, stieg Hebron vorsichtig balancierend die Leiter hinunter und schlurfte über den Hof Richtung Wohnhaus, den Fuß steif hinter sich herziehend, dass sie aussah wie ein wütender Kriegsveteran.

Trixi und ihre Freundin lagen im Bett, die blau karierte Bauernbettwäsche bis zur Brust gezogen, und rauchten.

»Wim hat mir auf den Fuß gekackt!«, rief Hebron schon an der Tür und hielt zum Beweis ihren Fuß mit der Kackwurst hoch.

Aber erst als Hebron ihr mit dem stinkenden Fuß gefährlich nahe kam, stieg Trixi widerwillig aus dem Bett, warf sich einen Kaftan über, zog Hebron zur Jauchegrube, schob die vorderste Holzplatte ein Stück zur Seite und schüttelte Hebrons Fuß so lange, bis die Wurst in den Tiefen der Jauchegrube verschwand. »Geh dich waschen!«, befahl sie Hebron und machte sich auf, um Wim einzufangen. Wim und Billy hatten sich mittlerweile in weiser Voraussicht vom Heuboden geschlichen – es war eine Sache, etwas Verbotenes zu tun, eine andere, dabei erwischt zu werden. Jetzt saßen sie in trauter Zweisamkeit im improvisierten Sandkasten, den Fred aus einem alten Lkw-Reifen gebaut hatte und den die Nachbarkatzen regelmäßig als Katzenklo benutzten, und schaufelten mit Engelsmienen im Sand. Trixi ließ sich davon nicht täuschen, packte Wim am Schlafittchen und zerrte ihn ebenfalls ins Bad. Dort zog sie ihm die Hose aus und wusch ihn zur Strafe mit eiskaltem Wasser ab. Etwas anderes hätte der Wasserhahn auch nicht hergegeben, denn Warmwasser gab es in diesem Haus immer noch nicht. Wollte Meggy sich oder ihre Kinder baden, erhitzte sie dafür Wasser in großen Einmachkesseln auf dem Herd, ein Vorgang, der mehrere Stunden in Anspruch nahm. Hebron verfolgte das Spektakel schadenfroh, bis sie ebenfalls ihn die Wanne gehoben wurde.

»Du sollst endlich lernen, dich selbst zu verteidigen! Hilfe holen und petzen ist Mädchenkram! Du brauchst niemanden, der dich verteidigt, das kannst du selbst!« Und damit Hebron das endlich kapierte, wurde auch sie mit kaltem Wasser abgespritzt.

Altweibersommer

So vergingen ein Frühling, der die Obstwiese in ein Meer aus Apfelblüten tauchte, während die japanische Zierkirsche den Hof mit einem zarten Teppich aus rosafarbenen Blütenblättern bedeckte, und ein Sommer, in dem die Hühner fröhlich gackernd über den Hof stoben, während das Ferkel mittlerweile so groß geworden war, dass es nicht mehr aus seinem Stall weglaufen konnte. Neidisch grunzend verbrachte es nun den ganzen Tag über in seinem düsteren Koben und wurde darüber so aggressiv, dass einer es mit einem Besenstiel in Schach halten musste, damit der andere ohne Gefahr den Eimer mit den Küchenabfällen in die Futterrinne ausleeren konnte.

Die Kinder tollten über die Obstwiese und badeten in der Rur, und abends saßen sie im Garten und rösteten Hefeteig und Würstchen an langen Stöcken über dem Lagerfeuer. Sie lagen stundenlang im Garten und stritten, ob der leuchtende Punkt am Himmel über ihnen ein Flugzeug oder ein Stern war, und veranstalteten einen Wettbewerb, wer die meisten Bienen- und Wespenstiche und die meisten Zecken hatte. Trotz mancher Meinungsverschiedenheiten zwischen Meggy und Trixi war es eine Zeit, in der die Gemeinschaft mehr oder weniger friedlich in dem alten Bauernhof zusammenlebte.

Im Juli wurde Hebron eingeschult. Um dem allgemeinen Konsum etwas entgegenzusetzen, war Hebrons Schultüte im Gegensatz zu denen ihrer Mitschüler nicht mit Süßigkeiten und kleinen Geschenken gefüllt. Es handelte sich auch nicht um ein käuflich erworbenes Exemplar, sondern um ein monströses Pappungetüm, von Trixi am Abend vor der Einschulung noch schnell zusammengeschustert und gefüllt mit Trockenobst aus dem Dritte-Welt-Laden, anthroposophischen Wachsmalstiften und von Trixi kreiertem Federschmuck. Ausgestattet mit dieser Tüte und abgewetzten Cordlatzhosen mit Flicken auf den Knien, stach Hebron zwischen ihren Mitschülern hervor, die in adretten Sommerkleidchen und sauber gebügelten Hemdkragen steckten.

Sie war sich dieser Andersartigkeit schmerzlich bewusst, und so war der Tag der Einschulung für Hebron zugleich der Tag, an dem ihr zum ersten Mal wirklich klar wurde, dass sie nicht dazugehörte. Es war auch das erste Mal, dass sie sich für ihre Herkunft schämte, denn als die Erstklässler sich für das Einschulungsfoto vor dem Klettergerüst gruppieren sollten, sah sie ihre Familie plötzlich mit den Augen der Dorfbewohner, sah, wie ihre Mutter und Trixi in der Menge der gedeckt und unauffällig gekleideten Gemeinde auffielen, und registrierte die schiefen Blicke, mit denen sie bedacht wurden. Und so blickte Hebron auf dem Einschulungsfoto unglücklich zu Boden, während ihre Mitschüler ihr allerschönstes zahnlückiges Lächeln sehen ließen.

In der katholischen Grundschule gab es nur drei Schüler, die aus der Reihe fielen: ein türkisches Mädchen, dessen Vater einen senfgelben Mercedes besaß, mit dem er im Schritttempo zum Aldi im Nachbardorf fuhr, ein Junge namens Roman Romani, der wahrscheinlich der Sohn vom Ledermantel tragenden Zigeunerkönig war, aber so genau durchschaute man die Familienverhältnisse im alten Forsthaus auch nicht. Und dann gab es noch Siegfried, den Sohn russischer Aussiedler, der vier Jahre lang täglich denselben Anzug trug und dessen lockiges Haar von der Mutter jeden Morgen mit Wasser glatt an den Kopf gekämmt wurde. Diesem Siegfried, der aufgrund seines Namens und des schlecht sitzenden Anzugs von den Rurbroichern wie ein Dorftrottel behandelt wurde, rechnete man aber an, dass er wenigstens Christ war.

Durch Hebron erhöhte sich der Anteil der Außenseiter auf vier, denn sie fiel gleich aus mehreren Gründen unangenehm auf: Erstens war sie nicht getauft, zweitens unehelich, drittens hatte sich herumgesprochen, dass ihre Geschwister andere Väter hatten als sie, und schlussendlich verstand man ihren Namen nicht.

»Wie heißt du?«, hakte jeder nach, wenn Hebron sich vorstellte. Und wenn Hebron dann erklärte, sie hieße so wie die Stadt, aus der ihr Vater stamme, hagelte es erst recht Fragen.

»Wo kommt dein Vater her? Aus Israel? Ist er Jude? Was hat er dann hier gemacht? Du siehst gar nicht jüdisch aus.«

Aber auf dieses Fragengewitter konnte Hebron stets nicht mehr antworten, als dass sie all das nicht wisse, weil sie ihren Vater noch nicht ein einziges Mal gesehen habe, und nun ging die Fragerei natürlich noch beharrlicher weiter.

Selbst die Lehrer waren sich nicht zu schade, Hebron durch den Hagelsturm der indiskreten Fragen zu schicken, und unterließen es auch nicht, sie ebenso oft wie spöttisch zu fragen: »Wie viele Väter habt ihr noch mal?«

In den ersten Wochen des begonnenen Schuljahrs überraschte sie ihre Lehrerin jedoch mit der Tatsache, dass sie des Lesens und Schreibens ebenso kundig war, wie sie jede Pflanze und deren Wirkung benennen konnte. Während die anderen mühsam Buchstabe für Buchstabe erlernten, durfte sie sich in der eher bescheiden ausgerüsteten Bibliothek der katholischen Grundschule bedienen oder kleine Aufsätze verfassen, die sie voller Stolz vortrug, zu einem Zeitpunkt, zu dem ihre Mitschüler nicht einmal den Unterschied zwischen A und O begriffen hatten.

Ihre Andersartigkeit vergaß Hebron nicht, jedoch wäre sie nicht Tochter ihrer Mutter Meggy gewesen, hätte sie nicht eine gewisse Sturheit und ausreichend Trotz in sich gehabt. Und so entwickelte Hebron verschiedene Strategien, mit dieser Andersartigkeit umzugehen. Sie begann mit Absicht, außergewöhnliche Sachen zu tragen, bediente sich in den Kleiderschränken von Meggy und Trixi, und als sie im Herbst in einem von Trixi selbst gestrickten Wollkleid zur Schule ging – das Kleid war eigentlich als Norwegerpulli für Meggy gedacht gewesen –, verspürte sie bei den unverhohlen kritischen Blicken, mit denen die Lehrer und Mitschüler sie bedachten, erstmals im Leben eine Ahnung von Exklusivität.

Als Hebron vier Jahre später auf das Gymnasium wechselte, war es für einige Zeit vorbei mit Trotz und Sturheit, da wollte sie nichts anderes als dazugehören und trat in einen Kleiderstreik. Der begann damit, dass sie ihrer Mutter schwor, eher nackt zur Schule zu gehen, bevor sie noch einen einzigen Tag in den alten Cordhosen, mottenzerfressenen Wollpullis und abgetretenen Lederlatschen vor die Tür ginge. So raffte Meggy sich auf und fuhr mit ihrer Tochter in die Stadt, wo sie Hebron in einer bekannten Kaufhauskette eine Jeans, einen roten Baumwollpullover und ein paar Turnschuhe kaufte.

Aber nur wenige Jahre später sollte Hebron zu ihrem eigenen Stil zurückkehren, denn als Mittelstufenschülerin wollte sie wieder auffallen, wollte die Andersartigkeit, die sie ihren Mitschülern gegenüber empfand, bewusst zum Ausdruck bringen. Wenn Meggy die Affinität zur Mode der Siebzigerjahre, die ihre Tochter in dieser Zeit entwickelte, noch ein belustigtes Schmunzeln entlockte, so missfiel ihr allerdings, dass Hebron ihr blondes Haar rabenschwarz färbte und sich jeden Morgen dicke Schichten Kajal um die Augen malte. Zu dieser Zeit sollte Hebron auf dem Dachboden auch einen alten Koffer finden, aus dem sie ein cremefarbenes Kleid mit Häkelbesatz zog, das zu ihrem liebsten Kleidungsstück werden sollte.

Im August wurde Wim und Billy der Besuch des Kindergartens bis auf Weiteres untersagt. Der Anlass war nicht ihr regelmäßiges Ausbüxen gewesen – daran hatte man sich mit der Zeit gewöhnt –, auch nicht ihr wildes und unmanierliches Verhalten – auch daran versuchte man sich zu gewöhnen –, nein, die Zwillinge hatten es sich eines Tages zum Spaß gemacht, Kinder und Kindergärtnerinnen im Garten auszusperren, und mit nichts in der Welt hatten die Erzieherinnen die beiden Lockenköpfe dazu bringen können, ihnen die Tür zu öffnen und sie wieder hereinzulassen. Durch die Glasscheibe hatten sie tatenlos zusehen müssen, wie die Zwillinge die gesamte Inneneinrichtung neu anordneten, den Vorrat an Keksen und Gummibärchen wegfutterten und die Wände mit den erst kürzlich erworbenen Fingerfarben neu gestalteten.

Und so musste Trixi, die es so sehr genossen hatte, vormittags nur Francis zu betreuen, in den sauren Apfel beißen und zusätzlich auf die Zwillinge aufpassen, während Meggy arbeitete.

Außerdem ließ Meggy im August das Schwein schlachten. Ihre schöne Idee vom lebhaften idyllischen Eifelhof, dem Kinderparadies mit allerlei Getier, hatte sich in dem Moment zerschlagen, als das Ferkel zum mächtigen Schwein herangewachsen war, das Unmengen an Futter fraß und mittlerweile nicht einmal mehr mit einem Besenstiel in Schach gehalten werden konnte. Damit hätte Meggy ja noch leben können, aber das Schwein war eines Tages dazu übergegangen, nach den Hühnern zu beißen. Die Hühner flatterten immer noch gern über die Trennwand in den Stall des Schweins hinüber, nur sollten ihnen diese freundschaftlichen Besuche ab dem Moment zum Verhängnis werden, indem das Schwein kapierte, dass seine gefederten Freunde essbar waren. Und so wurden Wim und Billy eines Tages Zeugen, wie das Schwein nach einem gerade erst hinübergeflatterten Huhn schnappte und es bei lebendigem Leib auffraß.

Für Trixi ein weiterer Beweis dafür, dass Fleischfresser emphatielos und aggressiver waren als Vegetarier. Sie hatte das Schwein nie gemocht, und als Franz es abholte, um es zum Schlachthof zu bringen, behauptete Trixi, der Hof habe nun eine viel friedlichere Atmosphäre als zuvor.

»Wir haben ja quasi mit einem Kannibalen unter einem Dach gelebt!«, belehrte sie die Kinder. »Nun ja, zumindest aber mit einem Massenmörder!«, denn das Schwein hatte in den Tagen bis zu seinem Abtransport noch zwei weiteren Hühnern den Garaus gemacht. Da eins davon eine brütende Henne gewesen war, hatte sich Meggy zum weiteren Ausbrüten der Eier verpflichtet gefühlt.

»Seit zwei Wochen hat die Henne gesessen, die letzte Woche müssen wir uns nun um ihre Küken kümmern!«, erklärte Meggy ihren Kindern, als sie die Eier vorsichtig in ein kleines Körbchen legte. Sie bedeckte das Körbchen mit mehreren Küchentüchern und stellte es an den Rand des Küchenherds. Die folgenden Tage machte Meggy sich und alle anderen völlig verrückt, weil sie einerseits versuchte, die Temperatur gleichmäßig und nicht zu hoch zu halten, andererseits aber trotzdem kochen musste. Jeder Kessel Wasser, den sie aufsetzte, wurde von einem Gewitter aus Flüchen und Jonglieren mit dem Eierkörbchen begleitet. Ein Experiment, das gründlich misslang, denn nach einer Woche war von schlüpfenden Küken nichts zu sehen, und Meggy warf die Eier resigniert auf den Komposthaufen, eine Tat, die Hebron sorgenvolle Nächte verschaffte; sie zerbrach sich den Kopf darüber, ob die Küken vielleicht doch noch geschlüpft wären, wenn man nur einen oder zwei Tage länger gewartet hätte. Aber so hatte Meggy die Tiere möglicherweise kurz vor dem Schlüpfen zum grausigen Tod auf dem stinkenden Komposthaufen verdammt, und Hebron fragte sich, ob ihre Mutter nun auch ein Massenmörder sei.

Als Franz Würste und Braten vom Schwein brachte, weigerte Hebron sich, davon zu essen.

»Ich bin doch kein Kannibale!«, fuhr sie ihre Mutter empört an, als diese ihr eine Bratwurst auf den Teller legen wollte.

»Dann gib sie mir! Ich will Hebrons Bratwurst!«, schrien Wim und Billy im Chor, denn sie waren glücklich, endlich etwas anderes als Getreidebrei und Tofu zu bekommen.

Im September wurde Francis ein Jahr alt. Er war ein gemütlicher kleiner Kerl, der das Essen liebte, sich aber, ebenso wie seine Schwester es als Baby getan hatte, der Bewegung verweigerte. Am liebsten saß er in seinem Kinderstuhl am Tisch, sah dem bunten Treiben um sich herum zu und aß. Im Dorf hielt man ihn für ein Mädchen und dachte, er hieße Franziska. Diese Fehldeutung seines Geschlechts lag an den rosaroten Strickhosen, mit denen Trixi ihn ausstattete, sowie an der Tatsache, dass sie sein Haar weiterhin mit einem Spängchen aus der Stirn hielt. Außerdem hielt man Francis für den lebenden Beweis, dass die beiden Ladys tatsächlich irgendwas mit der Samenbank zu tun haben mussten, denn aufgrund seines roten Haares war man überzeugt, dass er mit Trixi verwandt sein musste. Auch wenn man Worte wie In-Vitro-Fertilisation nicht aussprechen konnte, war der Begriff Retortenbaby bis in die Eifel vorgedrungen, und so kursierte im Dorf eine Theorie, in der man Meggy eine befruchtete Eizelle von Trixi eingepflanzt hatte. Ein Dorfbewohner, der sich für besonders gebildet hielt, weil er mehrere Romane gelesen und einige Zeitschriften abonniert hatte, wetterte abends an der Theke gern, dass diese Lesben der beste Beweis dafür seien, dass George Orwells Dystopie Wahrheit zu werden drohe.

Erntedank

Im Oktober des Jahres 1985 geschah etwas, das das Leben der kleinen Familie wieder einmal nachhaltig verändern sollte. Das Ereignis an sich war zunächst von unspektakulärer Art: Trixi lud zu einer Party in den alten Bauernhof.

Sie trug die Möbel aus ihrem Zimmer, arrangierte kleine Federkernmatratzen zu provisorischen Sofas, hängte die Fenster mit ihren Batiktüchern ab und verteilte mit roten Kerzen gekrönte Weinflaschen im ganzen Zimmer. Dann dekorierte sie die Wände mit getrockneten Laubblättern, Blumen und Efeuranken.

Meggy half, Speisen für ein vegetarisches Büfett vorzubereiten. Trixi hatte außerdem Kassetten aufgenommen, die knisterten, wenn man den kleinen Rekorder auf volle Lautstärke drehte. Bevor die Gäste kamen, heizten sie den Kachelofen tüchtig an, damit es mollig warm im Zimmer wurde.

Hebron hatte den ganzen Tag damit verbracht, leere Marmeladen-, Senf- und Gurkengläser mit buntem Transparentpapier zu bekleben. Nun gab sie in jedes Glas ein Teelicht und arrangierte eine leuchtende Spur, die die Gäste vom Tor bis zur Haustür leitete. Dort saß Hebron auf der Treppe und blies kleine Atemwolken in die kalte Oktoberluft, die den Geruch von feuchtem Laub und kaltem Rauch trug, der tief zwischen den Häusern des schlaftrunkenen Dorfes lag und sich mit dem zur Dämmerung ins Tal ziehenden Nebel vermischte.

Währenddessen rissen sich Wim und Billy die Kleider vom Leib und tanzten in Strumpfhosen durch das Zimmer, bis ihre Haare schweißnass an den erhitzten Gesichtern klebten. Bevor die ersten Gäste überhaupt eintrafen, verwüsteten sie außerdem die von Trixi so mühsam angebrachte Dekoration und mampften die ganze Kräuterbutter weg.

Obwohl Trixi stinksauer war, schienen sich die allmählich eintreffenden Gäste nicht über die quer durch den Raum verteilten Laubblätter oder den mit Wachstropfen verzierten Boden zu wundern, auch dass auf dem Büfett angebissene Brotkanten und Obststücke zwischen den Speisen lagen, schien niemanden zu stören, und bald trieben es die Gäste ebenso bunt wie die Kinder, lümmelten mitten im Raum auf den Matratzen herum, aßen in Massen, aber ohne Manieren, und warfen die eine oder andere Kerze um, wobei es einmal sogar fast zum Hausbrand gekommen wäre, hätte nicht Wim die gesamte Bowle, von der er und Billy gerade probierten, beherzt über den Brandherd gegossen.

Einer der Gäste war Hadschi, ein dürrer Kerl, der eine ausgeblichene Jeanslatzhose trug und einen imposanten Wust aus wilden Rastalocken hatte, hoch oben auf seinem Kopf zu einem mächtigen Knoten gebunden, aus dem die Enden wie freche Pinselspitzen in die Luft stachen.

»Mein direkter Draht zu den Außerirdischen!«, sagte er gern. Ein Satz, dem ein kehliges Lachen folgte, das in einen trockenen Husten überging.

Er nutzte geschickt den Moment, als Trixi einmal nicht im Raum war, um ihre Kassette mit psychedelischer Musik gegen eine Reggaekassette auszutauschen, seine Haarpracht zu entwirren, in die Mitte des Raums zu stürmen und ungeachtet der dort herumlümmelnden Gäste ein wildes Tänzchen hinzulegen. Und noch bevor Trixi zurück war, tanzten alle. Nur Hebron stand am Rande des Geschehens und beobachtete, wie Hadschi seine Mähne schüttelte.

Nachdem Trixi ihren Ärger über die Ignoranz gegenüber

ihrer Musik verwunden hatte, packte sie Hebron an den Armen und wirbelte sie mit sich herum.

»Was hat der Mann da auf dem Kopf?«, fragte Hebron, die ihre Neugierde nicht mehr im Zaum halten konnte.

»Was er auf dem Kopf hat? Wie meinst du das?«

»Na, diese komischen Würste!« Hebron zeigte auf Hadschis fliegende Rastalocken.

»Aber das sind doch seine Haare!«, antwortete Trixi und lachte laut. Diese Aussage fand Hebron ebenso lustig wie Trixi. Hebron war doch nicht so blöd zu glauben, dass diese riesigen Lakritzschlangen Haare waren.

»Du willst mich nur reinlegen«, sagte sie, stolz, dass sie den Erwachsenen diesmal nicht auf den Leim ging.

»Du glaubst es nicht? Na, dann komm mal mit!« Trixi zog Hebron zwischen den ekstatisch zuckenden Leibern zu Hadschi.

»Hier, Hadschi, die junge Dame möchte dich was fragen!« Hebron genierte sich und versteckte sich hinter Trixi, denn jetzt fiel ihr auf, dass er einen Ring in der Nase hatte, wie der wilde Stier im Dorf, den Wim und Billy so gern reizten, indem sie mit Hebrons rotem Nickipullover vor dem Zaun herumwedelten oder Äpfel nach ihm warfen.

Später am Abend ließ Trixi die Kinder zum Entsetzen von Meggy an ihrer Kräuterzigarette ziehen, worauf die drei die restliche Nacht über dem Waschbecken verbrachten. Auf Meggys Vorwürfe lachte Trixi nur: »Ach, morgen geht es denen wieder besser, und dafür werden die nie zu Rauchern, sei doch froh!«

Diese vollmundige Prophezeiung bewahrheitete sich jedoch nicht, denn auch wenn die drei Geschwister diese Nacht lange als abschreckend in Erinnerung behalten sollten und nie vergaßen, wie sie zu dritt das Waschbecken vollkotzten, bis der Abfluss verstopft war, fing zumindest Hebron mit dreizehn Jahren an zu rauchen.

Jedenfalls fand Hadschi in der Nacht der Feier Gefallen am Eifelhof, denn er ging nicht nach Hause. Auch einigen der anderen Gäste war es nicht mehr möglich, den Heimweg anzutreten. In der Eifel hielt man es aufgrund mangelnder Angebote an öffentlichen Verkehrsmitteln für normal, sich auch noch sternhagelvoll hinters Steuer zu setzen. Hier fragte man nicht: »Kannst du noch fahren?«, hier fragte man: »Wo fährst du lang?«

Da einige der Gäste aber auch nicht mehr in der Lage gewesen wären, Schleichwege über die Felder zu finden, wurden die kleinen Matratzen kurzerhand zum Massenschlaflager umfunktioniert, von dem sich im Lauf des nächsten Tages bleiche und schlecht frisierte Gestalten erhoben, die zum Entsetzen der Rurbroicher auf dem Weg zu ihren Autos in alle möglichen Hecken und Vorgärten pinkelten.

Nur Hadschi ging nicht, stattdessen nistete er sich in der Küche ein, tat, als wäre er nützlich, indem er anbot, beim Abwasch zu helfen, wobei er letztendlich nur demonstrativ mit dem Küchenhandtuch herumwedelte. Wenigstens räumte er die Matratzen aus Trixis Zimmer und hackte ein wenig Holz; dies zum erneuten Entsetzen der Nachbarn, denn jemanden, der im Oktober barfuß und mit nacktem Oberkörper Holzscheite spaltete, hatten sie noch nicht gesehen, sie hatten allerdings auch noch keinen Haardutt solchen Ausmaßes zu Gesicht bekommen. Eine Frisur, die sich nach Meinung der Rurbroicher auf dem Kopf des Fremdlings türmte wie ein mächtiger Hundehaufen.

Hadschi, der eigentlich Hubert hieß, hatte seinen Spitznamen bekommen, nachdem er einige Zeit durch Westafrika gereist war und unter anderem angeblich ein paar Wochen bei den Beduinen verbracht hatte. Aufgrund seiner abenteuerlichen Erzählungen war er nach seiner Rückkehr von seinen Freunden nach der Figur Hadschi Halef Omar Ben Hadschi aus Karl Mays Orienterzählungen getauft worden. Hadschi war klein und drahtig, seine Haut braun gegerbt und voller

Falten; er trug stets dieselbe verwaschene Jeanslatzhose über seinem sehnigen Körper, und nur im Winter zog er manchmal einen löchrigen Wollpullover an. Er hatte einen dicken goldenen Ring in der Nasenscheidewand und am Kinn ein dünnes, langes Ziegenbärtchen, das er gern zwischen den Fingern zwirbelte. Sein Gang war breit und federnd, und mit den groben Lederstiefeln, die er im Winter über seine Hosen zog, sah er aus wie ein Kind, das in die Schuhe seines Vaters geschlüpft war.

Außerdem hatte Hadschi in Marokko einmal lange im Knast gesessen, weil er versucht hatte, mehrere Kilo feinstes Dope im Motorraum seines VW-Busses zu schmuggeln. Die Hitze des Motors hatte das fest verschnürte Päckchen ordentlich erwärmt, und so hatten die Grenzbeamten nicht einmal ihren Verstand gebrauchen müssen, um den Geruch, der der Motorhaube entströmte, richtig zuordnen zu können.

Der Knastaufenthalt hatte Hadschi, wie er sagte, zu einem noch härteren Individualisten gemacht. Er hatte ihm auch ein äußerst abscheuliches Tattoo auf dem Oberarm eingebracht, bei dem nicht ganz ersichtlich war, ob es sich um einen Skorpion oder eine Meerjungfrau handelte, zumal die grünlichen Stiche mit den Jahren auf seiner Haut verblichen waren.

Nun saß Hadschi in der Küche des alten Eifelhofs und erfreute Meggy und ihre Kinder mit Geschichten aus seinem abenteuerlichen Leben: »Einmal gehe ich durch ein ausgetrocknetes Flussbett in Marokko. Weit und breit nur weiße Kieselsteine, über denen die flirrende Hitze steht und mir die Sicht noch mehr trübt, die schon durch den salzigen Schweiß, der mir von der Stirn in die Augen rinnt, erschwert ist. Die einzige Abwechslung in dieser Einöde: ein paar kahle Sträucher, deren verdorrte Blätter im Wind rascheln, und wie ich mich so Schritt um Schritt mit trockener Kehle durch die Hitze kämpfe, stehe ich plötzlich Auge in Auge mit einer Kobra.«

An dieser Stelle verließ Trixi die Küche, denn sie kannte

Hadschi und seine Geschichten zur Genüge, schließlich war sie ihm ein paar Jahre zuvor selbst auf den Leim gegangen. Eine unerfreuliche Geschichte, die sie unter Verirrungen in die unerträgliche Welt des Machotums verbuchte. Ein Relikt dieser wenig erbaulichen Episode ihres Lebens war die riesige Mütze in Reggaefarben, die sie Hadschi damals gestrickt hatte, die dieser sich im Winter immer noch gern über seinen mächtigen Dutt zog. Als sie ihn jetzt von seiner Zeit in Nordafrika schwadronieren hörte, zog Trixi es vor, den Abend allein in ihrem Zimmer zu verbringen. Hebron hingegen saß mit großen Augen auf der Küchenbank, den Daumen im Mund, das Schnuffeltuch fest umklammert, und selbst die Zwillinge vergaßen, dass sie normalerweise nicht still sitzen konnten.

»Minutenlang herrschte Stille über dem Flussbett«, fuhr Hadschi fort, denn so ein dankbares Publikum hatte er selten, »selbst der Wind hielt den Atem an. Die Kobra und ich aber starrten uns in die Augen, und was da abgeht in den Blicken, das hat mit Lähmung nicht im Entferntesten zu tun, es war ein Kampf ohne Worte und Taten, ein nonverbales Kräftemessen auf einer höheren Ebene. Wie lange wir so verharrten, kann ich euch nicht sagen, Tatsache ist, dass sich nach einiger Zeit das schrille Kreischen von zwei Geiern in die gespenstische Stille fraß, die begannen, über uns ihre Kreise zu ziehen. Das war der Moment, in dem wir gemeinsam beschlossen, dass es keinen Sieger geben musste. Die Schlange drehte sich mit einer majestätischen Bewegung von mir ab und verschwand zwischen den Kieseln, und ich setzte meinen Marsch durch das Flussbett fort, erschöpft, aber glücklich, und kurz darauf verzogen sich auch die Geier.«

So ruhig hatte Meggy ihre Kinderschar noch nie zuvor gesehen, selbst Francis schien den abenteuerlichen Geschichten, die Hadschi erzählte, zu lauschen. Die Kinder aßen so still und andächtig wie noch nie, vergaßen immer wieder, in ihre Brote zu beißen, den Mund zu schließen oder zu kauen. Denn Hadschi zauberte eine wilde Geschichte nach der anderen aus dem Schatz seiner Erinnerungen.

Als Meggy die Kinder zu Bett bringen wollte, verabschiedete sich Hadschi: »Ich bewundere dich, wie du das packst. Du bist 'ne starke Frau. Find ich echt spitze, wie du das machst mit den Kindern und dem Haus, nee, find ich echt gut!«

Dann machte er sich auf den Heimweg und trampte durch die herbstliche Eifelnacht zu einem Freund, denn Hadschi hatte keine Wohnung, schlief mal hier, mal dort und arbeitete schwarz auf dem Bau.

In den Wochen nach der Party tauchte er regelmäßig bei Meggy auf, packte im Haus mit an, reparierte, was zu reparieren war, und verputzte die rohen Wände der Küche. Seine Glanztat aber war das Einsetzen einer Toilette im Badezimmer.

»Das kannst du auch?«, fragte Meggy, als Hadschi eines Tages mit der geschulterten Kloschüssel, die er im Übrigen auf einer Baustelle entwendet hatte, in der Tür stand.

Auch die Autofahrer an der Bundesstraße hatten einigermaßen verwirrt auf das dürre Männlein mit der imposanten Frisur reagiert, das mit einer Toilette am Straßenrand stand und den Daumen hochhielt, und beinahe hätte es einen Auffahrunfall gegeben, hätte nicht ein Klempner angehalten – eine Kloschüssel war das Letzte, was ihn abgeschreckt hätte –, um Hadschi mitzunehmen.

Meggys anfängliche Skepsis diesem dürren Typen gegenüber, der ihre Kinder mit Märchengeschichten bezirzte, war mit der Zeit handfester Bewunderung gewichen, denn schließlich half Hadschi ihr beständig, das Haus wohnlicher zu machen, und versicherte sie täglich seiner Hochachtung in ihrer Rolle als alleinerziehende Mutter.

»Ich kann alles!«, antwortete Hadschi und lachte.

Natürlich hatte er nie zuvor eine Toilette eingebaut, aber so schwer konnte es nicht sein. Dass er das Abwasserrohr vom Bad aus lediglich bis zur Jauchegrube verlegte und nicht etwa ans Abwassersystem anschloss, behielt er einfach für sich.

Die Jauchegrube wurde ein paar Wochen später von Fred und Franz mit dem Bauschutt der Renovierung zugeschüttet, den sie bis dato im Stall gestapelt hatten, denn auch wenn Francis noch immer keinerlei Anstalten machte zu laufen, irgendwann würde der Tag kommen, wo auch er sich selbstständig fortbewegte, und man wollte nicht, dass sein kurzes Leben in der Jauchegrube endete.

Ein paar Jahre später saß Wim, der immer noch für sein Leben gern zündelte, auf besagter Toilette, und in dem Moment, in dem er abzog, ereignete sich die Explosion, von deren Ausmaß er bei seinen Feuerspielchen immer träumte, nur nicht in der Art, von der er geträumt hatte. Sein Toilettengang war der sprichwörtliche Tropfen, der das Fass zum Überlaufen brachte. Die mit Bauresten zugeschüttete und von Hadschi illegalerweise als Abflussbecken auserkorene ehemalige Jauchegrube sprengte die auf ihr angelegten Blumenbeete in die Luft. Daraufhin ergoss sich wie Lava bei einem Vulkanausbruch ein Strom aus jahrelang angesammelten Exkrementen, zersetztem Bauschutt und Jaucheresten über Hof und Hausfassade. Es musste schon länger unterirdisch gebrodelt haben, was auch den latenten Latrinengeruch erklärte, der permanent über dem Hof gehangen hatte.

Aber noch sind wir bei Hadschis Werben um Meggy, bei dem er den Weg über die Eroberung der Herzen ihrer Kinder nahm, eine altbewährte Methode, um das Herz einer Mutter zu gewinnen. Seine Bemühungen in Sachen Hausrenovierung taten ihr Übriges, und auch in diesem Fall sollte eins zum anderen führen, nur dass es bei Meggy so war, dass, wenn eins zum anderen führte, es meist in einer neuen Schwangerschaft endete.

Der Anfang dieser Verkettung war, dass Hadschi, nachdem er die Toilette eingebaut hatte, die erste Nacht in Meggys Bett verbringen durfte.

»Komm her!«, rief er nach getaner Arbeit und deutete auf seinen Nasenring. »Zähm den wilden Stier in mir, Meggy!«

Bevor es zur Sache ging, wies Meggy ihn darauf hin, wie sie es mit der Verhütung hielt, nämlich gar nicht. Hadschi schien sich daran nicht zu stören, zumindest ergriff auch er keine Maßnahmen, um eine Zeugung zu verhindern. Und so kam es, dass sie schon in dieser Nacht ein Kind zeugten.

Eine Tatsache, über die sich Meggy in den kommenden Jahren gerne detailliert ausbreitete: »Also, ich war ja immer so was von fruchtbar, das könnt ihr euch nicht vorstellen! Bei uns in der Familie hat noch jedes Verhütungsmittel versagt!«, sagte sie, ungeachtet dessen, dass zumindest sie niemals den Gebrauch eines solchen in Erwägung gezogen hatte. Die Kinder wanden sich, wenn die Mutter so sprach, zumal Meggy jetzt erst richtig in Fahrt kam: »Na ja, dass das mit dem Hadschi nichts werden konnte, hätte ich mir eigentlich sofort denken können. Ich meine, was soll man schon mit einem Mann anfangen, der einem erst eine Toilette einbaut, um dann selbst allabendlich aus dem Fenster zu pinkeln?«

Diese Angewohnheit hätte Meggy schon in der ersten Liebesnacht zum Anlass nehmen sollen, den Kauz wieder loszuwerden, aber leider, leider ließ sie sich von dieser Unart nicht abschrecken.

Hadschi aber trampte nach dieser Nacht zu seinem Freund, um seine Kakteensammlung und seine übrigen Habseligkeiten abzuholen. Die Kakteen verteilte er auf den Fensterbänken von Meggys Haus und riet den Kindern, sich von den stacheligen Pflanzen fernzuhalten, denn sie waren ihm wichtiger als alles andere auf der Welt.

Als Trixi das Bataillon der Kakteen vorfand, schwante ihr Übles, und sie bat Meggy um ein vertrauliches Gespräch unter vier Augen.

»Setz dich«, forderte Trixi Meggy auf und goss ihr eine Tasse Lebertee ein. »Ich sehe, der Hadschi und du, ihr seid euch nähergekommen, aber ich muss dich warnen: Der Typ hat noch keiner Frau gutgetan!«

Meggy fand es nicht erstaunlich, dass Trixi so über Hadschi sprach, denn Trixi sprach über jeden Mann schlecht.

»Wenn der sich erst mal sicher fühlt, ist der wie 'ne Laus im Pelz, den wirst du nicht mehr los; und wenn der sich erst mal wo eingenistet hat, kommt sein wahrer Charakter raus. Der ist 'n echter Schmarotzer!«

Dieser Beurteilung schenkte Meggy nicht gerade viel Vertrauen, da sie fand, dass Trixi sich auf ihre Kosten ein mächtig angenehmes Leben machte. Und so dachte sich Meggy über die Warnung ihrer Freundin ihren Teil und kam zu dem Schluss, dass Trixi in Wahrheit von Eifersucht getrieben war, denn schließlich war sie selbst einmal mit Hadschi zusammen gewesen, und keine Frau wusste ihren Exfreund gern mit einer guten Freundin liiert, egal, wie lang die Trennung auch her sein mochte, und egal, wie lesbisch man seitdem lebte.

Trixi sah, dass Meggy ungeduldig zur Tür schielte, anstatt ihr zuzuhören, und beschloss, ins Detail zu gehen: »Pass auf, Meggy, der Hadschi verkifft sein ganzes Geld, wenn er überhaupt mal welches hat, denn meistens lebt der auf Kosten von anderen, und unter dem ganzen Gelabere von *peace* und *happiness* verbirgt sich ein waschechter Macho und Choleriker, eigentlich könnte man sagen, ein Psychopath, einmal hat er eine seiner Freundinnen sogar aus dem fahrenden Auto gestoßen!«

Aber Meggy wandte, was diese Warnungen anging, die beliebte Taktik ihrer Söhne an, und diese Taktik, die sich zwischen zwei Ohren abspielt, nennt man im Volksmund auch gern: Hier rein, da raus. Nun ja, der Trieb war stärker als die Vernunft, und was dieses Problem anging, war Meggy nicht allein auf der Welt.

»Meggy, jetzt hör mir doch mal zu!«, mahnte Trixi. »Weißt du, der Hadschi, der hat so eine Angewohnheit, auf Partys, wenn alle schon mächtig einen im Tee haben, dann packt der sich einfach die Frau, die ihm gerade gefällt, wirft sie sich über die Schulter und schleppt sie ins nächste Bett! Ich meine, willst du etwa wirklich etwas mit einem Neandertaler anfangen?!«

Aber auch diese Information landete nicht wirkungsvoll in Meggys Gehirn, irgendwo zwischen auditorischem Cortex und Frontallappen ging sie verloren, und so war die letzte Warnung, die Trixi ihrer vor erwachter Lust strahlenden Freundin auf den Weg ins Schlafgemach mitgab, nur ein schwacher Versuch, Meggy doch noch vor dem nahenden Unheil zu bewahren: »Achte einmal auf seinen Lieblingssong! Das ist nämlich *No Woman No Cry* von seinem Gott Bob Marley! Und wenn du darüber nur eine Minute nachdenkst, weißt du Bescheid! Du glaubst ja gar nicht, wie sehr ich bereue, dass dieser Typ hier überhaupt aufgekreuzt ist, und eins kannst du mir glauben: Eingeladen war der nicht! Für den ist jeder gekrümmte Finger schon drei zu viel, und ich ärger mich heute noch schwarz, dass ich dem Typen damals auch noch eine Mütze für seine miefigen Haare gestrickt habe!«

Nicht nur Trixi sah die neue Verbindung mit Misstrauen und Sorge, auch die Hungers waren recht skeptisch, als Hadschi begann, sich in Meggys Leben breitzumachen.

Dieses Missfallen klar und deutlich zum Ausdruck zu bringen, war nicht nach Hunger'scher Art, aber durch die Blume ließen sie Meggy wissen, was sie von Hadschi hielten.

»Kann der nicht wenigstens zum Friseur gehen?«, fragte Clementine. Vom Stiernasenring wollte sie gar nicht erst anfangen, dazu fehlten ihr schlicht die Worte. Meggy, die nicht verstand, was alle an Hadschi auszusetzen hatten, versuchte, ihre Familie von seinen Qualitäten zu überzeugen: »Der Hadschi, das ist einer, der hat die ganze Welt gesehen! Der kann sich überall zurechtfinden. Der hat überhaupt keine Anpassungsschwierigkeiten, nirgendwo. Der braucht nicht viel, der kommt mit wenig aus. Materielles interessiert den nicht, der braucht den ganzen Konsum nicht!«

Aber selbst Peggy, die wieder Frieden mit ihrer Schwester geschlossen hatte und ihr nichts sehnlicher wünschte, als dass Meggy endlich den Mann fürs Leben fand, und darüber hinaus tagtäglich erleben durfte, was es hieß, mit einem naturverbundenen Individualisten und Minimalisten, kurz einem Egoisten, zusammenzuleben, traute diesem Typen nicht, denn über eins war sie mit ihrer Familie vollkommen einig: Dieser Hadschi würde nichts als verbrannte Erde und eine Menge Ärger hinterlassen.

Eines Tages, Meggy und Peggy saßen bei einer Tasse Kaffee auf der Terrasse ihres Elternhauses, während ihre Kinder über das Gelände der Schreinerei strolchten, lobte Meggy ihren Hadschi und seinen Umgang mit den Kindern wieder einmal in den höchsten Tönen: »Der Hadschi, der hat mir von einem Volk in Afrika erzählt, da ist es ganz normal, dass die Frauen schon vor der Hochzeit Kinder bekommen. Das stört da niemanden, im Gegenteil, die Kinder gehen da als Geschenk in die Ehe mit ein, die sind sozusagen ein Mitgiftverstärker.«

»Du willst den Hadschi doch nicht auch noch heiraten?!«, fragte Peggy ihre wiedergewonnene Lieblingsschwester entsetzt.

»Gönnst du mir mein Glück etwa nicht? Freust du dich nicht, dass ich endlich jemanden gefunden habe, der es ernst mit mir meint?!« Meggy war empört. Nie, aber auch nie schien nur ein einziger ihrer Familie einzusehen, dass auch sie mal Glück mit den Männern haben konnte. (Dass Hebron ihr am Tag zuvor erzählt hatte, dass Hadschi Wim eine gewaltige Ohrfeige verpasst hatte, tat sie als Erfindung einer Tochter ab, die ihre Mutter nicht teilen wollte.)

Und so kam Meggy über den Widerstand und das Entsetzen ihrer Familie überhaupt erst auf die Idee, eine Hochzeit mit Hadschi in Betracht zu ziehen. Unabhängig davon, was Meggy auch in den letzten Jahren erlebt hatte, ihr Eifeler Sturkopf hatte nichts daraus gelernt. Und diesem Dickkopf war es wohl zu verdanken, dass Meggy und Hadschi nur wenige Wochen nach seinem Einzug tatsächlich aufs Standesamt marschierten, begleitet von Trixi und Hans-Dieter, denn alle anderen verzichteten auf eine Teilnahme an diesem feierlichen Ereignis.

»Ich geb doch einer Sache, die von vornherein zum Scheitern verurteilt ist, nicht noch meinen Segen!«, war das einstimmige Credo der Hunger'schen Geschwisterschar. Aussagen, die Meggy nur noch näher zu Hadschi trieben, denn sie empfand, was schon viele Liebespaare auf dieser Welt empfunden hatten: wir zwei gegen den Rest der Welt!

Zwar hatte sich auch Trixi dem Credo von Meggys Geschwistern angeschlossen, aber dann hatte Trixi an einem Abend zum Duft von buddhistischen Räucherstäbchen und den Klängen einer Kassette mit Mantragesängen lange meditiert und dabei ausgiebigst ihre Meinung zu Meggys Hochzeitswunsch überdacht.

»Weißt du«, sagte sie kurz vor der Hochzeit zu Hans-Dieter, »ich hatte eine so intensive Meditation wie noch nie, bin quasi in Klausur gegangen, und der Bewusstseinszustand, den ich so erreicht habe, hat mir die Augen geöffnet: Wenn deine beste Freundin vom Weg des aufrichtigen Feminismus abkommt, wenn sie alles verleugnet, wofür sie bis jetzt einstand, dann ist man verpflichtet, ihr trotzdem oder gerade deshalb zur Seite zu stehen. Am besten, indem man sie auf dem Weg durch die Finsternis begleitet, um da zu sein und sie aufzufangen, wenn sie in den Abgrund zu stürzen droht. Ich denke, Baghwan würde es genauso sehen.«

»Find ich gut«, antwortete Hans-Dieter, »aber ich denke, deine Sorgen sind völlig unbegründet. Ich weiß gar nicht, was alle haben, der Hadschi ist doch total okay.« Diese Auffassung teilte Trixi keinesfalls, stimmte Hans-Dieter aber zu, als dieser vorschlug, den beiden zur Trauung Ringe in Form silberner Schlangen zu überreichen, die sich gegenseitig in den Schwanz bissen.

Hans-Dieter verstand die Aufregung nicht, die seine Frau und deren Geschwister um Meggys Hochzeit machten. Ihm gefiel es, dass es durch Hadschi endlich ernst zu nehmende männliche Verstärkung in der Familie gab, denn seine übrigen Schwager waren für ihn allesamt engstirnige Eifeler Spießer. Außerdem gefiel es ihm, H-D genannt zu werden, ein Spitzname, den Hadschi ihm gegeben hatte.

»Auf meinem Grabstein möchte ich Folgendes stehen haben«, gestand Hans-Dieter seiner Frau eines Abends. »Hier ruht H-D, ein Mann, der sich stets die Zeit nahm, mit einem Lichtlein auf alle Irrwege des Lebens abzubiegen und sich dabei nie zu schade war, auch mal einem Schmetterling nachzulaufen.« Na ja, dachte Peggy resigniert, denn sie war Derartiges von ihrem Mann gewöhnt, man sollte dazu schreiben, dass er sich leider zu schade war, seiner Frau eine Waschmaschine zu kaufen.

Meggy aber sah sich einmal mehr in ihrer Ansicht bestärkt, dass ihre Familie ihr seit jeher missgünstig gesonnen war, und wollte, dass sie weiterhin als schwarzes Schaf herhielt. Mit einer Hochzeit verband Meggy die Rückkehr als vollwertige Frau in den Schoß der Gesellschaft, zumal sie kürzlich festgestellt hatte, dass sie wieder schwanger war. Und so versprach sich Meggy nicht nur eine soziale Reintegration, sondern erwartete darüber hinaus vom Akt der Eheschließung, dass sie diesmal weder im Verlauf der Schwangerschaft noch danach verlassen werden würde.

Die Hochzeit fand aufgrund von Meggys Kirchenaustritt und Hadschis Atheismus nur standesamtlich statt; das Brautpaar trat in Alltagskleidern vor den Standesbeamten, denn Hadschi hatte Meggy verkündet: »Den ganzen Quatsch drumherum brauchen wir nicht, das ist doch nur was für spießige Beamte und Gartenzwergbesitzer!«

Und so hatte Meggy nur einen klitzekleinen romantischen Gedanken an das Hochzeitskleid verschwendet, das auf dem Dachboden mit den übrigen Erinnerungsstücken an Willy in einem alten Koffer verstaut war.

Es wird mir eh nicht mehr passen, hatte sie ein wenig reumütig gedacht, reumütig im Gedanken an ihre frühere Figur und an die schöne Zeit mit Willy, denn sosehr sie Hadschi auch bewunderte, an ihren Willy kam er nicht ran.

Am Tag der Hochzeit entstiegen der rostigen gelben Ente auf dem Parkplatz hinter dem Gemeindehaus vier für diese Region seltsam gekleidete Gestalten: Hadschi sah aus wie immer, trug Strickpulli, Latzhose und die riesige, in den Reggaefarben geringelte Mütze. Meggy steckte in einer bunt bedruckten Stoffhose und einem ausgefransten Norwegerpulli, der den Vorteil hatte, dass er wunderbar kaschierte, was an ihrem Hintern in den letzten Wochen an Volumen hinzugekommen war. Hans-Dieter trug Cordhosen und eine aus der Wolle seiner eigenen Schafe gestrickte Weste; das spärliche Haar hatte er sich zur Feier des Tages zu einem mit Federn geschmückten Zopf geflochten, und Trixi hatte ihren schönsten Kaftan angezogen, dazu knallenge Jeans und ihre heiß geliebten roten Wildlederstiefel, deren Schaft bis über die Knie reichte.

Auf den irritierten Blick des Standesbeamten, der nicht wusste, was er schlimmer fand – die Feder im Haar des Trauzeugen, die Nuttenstiefel der Trauzeugin, den löchrigen, offensichtlich ungewaschenen Pullover der Braut oder den Nasenring des Bräutigams –, reagierte Hadschi mit einem Lachen, das neben einigen Zahnlücken ein paar stolze Goldzähne zeigte. »Nun mach schon!«, drängte er den verwirrten Standesbeamten. »Wir brauchen eh nur den Wisch, mehr wollen wir gar nicht von dir!«

Als die Brautleute zum Abschluss der Zeremonie auch noch Ringe tauschten, die ziemlich satanisch aussahen, denn soweit der Standesbeamte es richtig erkennen konnte, bestanden sie aus sich beißenden Schlangenleibern, gab ihm das den Rest, und er musste nach der Trauung drei Gläser bestes, eiskaltes Leitungswasser trinken, um die nachfolgenden Trauungen konzentriert, manierlich und im traditionellen Stil vollziehen zu können.

Auszug der Kräuterhexe

Diese so voreilig und unromantisch geschlossene Ehe sorgte dafür, dass sich Hadschi noch frecher bei Meggy einquartierte. Zuallererst stellte er ungeachtet der polizeilichen und detektivischen Nachbarschaft neben seinen Kakteen Töpfe mit Cannabispflanzen auf. Um diese kümmerte er sich ausgiebig und sorgfältig, vernachlässigte darüber jedoch die Renovierungsarbeiten im Haus. Ging Meggy zur Arbeit, so beschäftigte sich Hadschi damit, seine Pflanzen zu wässern, die Kakteen zu betrachten, Comics zu lesen oder Trixi von seiner Weltanschauung zu berichten. Trixi, der es gar nicht gefiel, dass sie zu den drei Jungs jetzt auch noch einen testosterongesteuerten Erwachsenen im Haus hatte, versuchte Hadschi möglichst aus dem Weg zu gehen. Da aber weiterhin nur Küche und ihr Zimmer beheizbar waren und Hadschi die Küche für sich in Beschlag nahm, musste sie entweder stundenlang mit den Kindern durch die Kälte stapfen, zusehen, wie die Zwillinge ihr Zimmer auseinandernahmen, oder Hadschis Geschichten ertragen. Keine dieser drei Alternativen schien ihr über einen längeren Zeitraum erträglich.

Mehrfach versuchte Trixi, mit Meggy über diese unerfreuliche Entwicklung im Rurbroicher WG-Leben zu reden, aber Meggy hatte mit starker Schwangerschaftsübelkeit und geschwollenen Beinen zu kämpfen und war froh, wenn sie sich nach dem Schichtdienst einfach ins Bett zurückziehen konnte, wo sie die Füße hochlegte und sich mithilfe eines Eimers ganz dem übermächtigen Brechreiz hingab. Trotzdem entging ihr die angespannte Atmosphäre im Haus nicht, und so suchte sie eines Abends das Gespräch mit ihrem Ehemann. Hadschis Sicht auf die von Trixi vorgetragene Situation war natürlich vollkommen gegensätzlich.

»Pass mal auf, ich kenn die Trixi schon lange, und ich weiß, wie die tickt. Erst mal hat die generell was gegen Männer, und ich finde, du solltest dir mal überlegen, ob sie mit dieser Einstellung überhaupt dazu geeignet ist, deine Jungs zu betreuen. Du siehst doch, was die mit Francis macht, das ganze rosa Zeug und die Spängchen, der Junge wird meiner Meinung nach entweder 'ne waschechte Schwuchtel oder ein gestörter Pfaffe, wenn die so weitermacht. Ich mein', soll der dann mit rosa Röckchen zur Schule gehen, oder was?!«

Was Hadschi nicht wissen konnte, war, dass er mit den Worten »gestörter Pfaffe« auf einen empfindlichen Nerv traf. Eine Prognose, die Meggy ganz nervös machte.

»Und ich sag dir noch was: Die Zwillinge brauchen jetzt jemanden, der sie leitet, um ihnen Männlichkeit nahezubringen, sonst finden die später keine Orientierung im Geschlechterkampf. Ich bin jetzt dein Mann, wir sind modern und stören uns nicht an ausgelutschten Rollenbildern, ich schlag deshalb vor, dass ich die Kinder betreue, während du weiter arbeiten gehst.«

Und Meggy, die müde und ausgelaugt von der Arbeit war und zudem geschwächt von der wochenlangen Kotzerei, war froh, dass sie endlich einen Mann hatte, der die Dinge in die Hand nahm, ein Zustand, nach dem sie sich sehnte, seit sie nach der Geburt von Hebron erfahren hatte, wie trostlos und anstrengend es war, ein Kind allein großzuziehen.

Meggy war also leicht davon zu überzeugen, dass sie nicht mehr auf Trixis Hilfe angewiesen waren, und je länger sie über Trixi nachdachte, desto unmöglicher und unverschämter fand sie es, dass diese Person für sich den größten und wärmsten Raum in Anspruch genommen hatte, während sie mit den Kindern schon den zweiten Winter in Folge frieren musste. Aber Meggy war nicht der Typ, der Konflikte offen austrug, sie war schließlich eine waschechte Hunger, und so überließ sie es Hadschi, mit Trixi über deren Auszug zu reden.

Nur sah Hadschi gar nicht ein, die Sache mit einem Gespräch zu regeln, denn erstens hätte er Trixi damit seine wahre Einstellung über das weitere Zusammenleben offenbaren müssen, und zweitens hatte er seit der gemeinsamen Zeit, die er mit Trixi verbracht hatte, nicht vergessen, dass Trixi niemand war, der sich durch Worte einschüchtern ließ, denn wenn sie gestritten hatten, hatte immer Trixi das letzte Wort gehabt, hatte ein schlagendes Argument nach dem anderen aus dem Ärmel ihres Kaftans gezaubert, und außerdem hatte sie die Gabe besessen, ihm sein eigenes Wort so im Mund herumzudrehen, dass er gar nicht mehr gewusst hatte, was er eigentlich zum Ausdruck hatte bringen wollen. Er beschloss also, die Dinge auf seine Art zu regeln. Dazu ging er nach folgendem Schema vor: Er folgte Trixi auf Schritt und Tritt und griff, so oft es nur ging, in die Erziehung der Kinder ein, wobei er grundsätzlich die Gegenposition zu Trixi einnahm. So konnte er gleich zwei Fliegen mit einer Klappe schlagen: erstens Trixi nerven und zweitens die Kinder auf seine Seite bringen. Dann rückte er Trixi auch nicht von der Pelle, wenn sie Besuch von ihrer Freundin empfing. Er war überaus freundlich zu der schweigsamen Frau, kochte ihr einen Tee oder bot ihr ein Glas Wein an, und wenn sie in der Küche saß und an ihrem Wein nippte oder in ihre Teetasse blies, plauderte er unter dem vertraulichen Deckmantel der Solidarität Intimitäten aus, die er mit Trixi erlebt hatte.

»Du weißt ja, wie sie ist: bellt gern rum wie ein kleiner Kläffer, aber wenn man die Hand an die richtigen Stellen legt, schnurrt sie wie ein Kätzchen.« Dann lachte er, bis sein magerer Körper derart von einem Hustenreiz geschüttelt wurde, dass die Spitzen seiner Rastalocken nur so wippten. Die

Freundin fand diese Informationen nicht halb so lustig wie er, sie fand sie sogar alles andere als lustig, zumal Hadschi zugleich seine Finger nicht bei sich behielt, sondern den Arm um ihre Hüfte legte, ihren Po tätschelte und ihr einmal sogar in den Bauch kniff, mit der Frage, ob sie sich neben Trixi nicht dick fühlen würde.

Meggy ging der Konfrontation mit der brodelnden Stimmung im Haus aus dem Weg, indem sie ihre Schwangerschaftsübelkeit vorschob und sich, sobald sie von der Arbeit kam, im Bett verkroch. So entzog sie sich Trixi, die sich gerne einmal mit ihr über das Verhalten ihres Ehemanns unterhalten hätte.

Es ist nicht schwer, sich vorzustellen, dass Hadschis Plan schneller aufging als gedacht, und Trixi nur wenige Wochen später aufgab, Joghurtmaschine, Sprossengläser und Kombuchapilz einpackte, um zu ihrer Freundin zu ziehen, denn gemeinsam waren sie zu dem Entschluss gekommen, dass erstens die Verhältnisse im Seelenpfad nicht mehr zu ertragen seien und dass zweitens die Zeit gekommen war, ihre Beziehung zu festigen und zu vertiefen.

Hadschi freute sich, dass er Trixi so unkompliziert und ohne den gefürchteten Gegenangriff von ihrer Seite losgeworden war, aber Meggy fühlte sich schlecht, zumal es nicht zu einem klärenden Gespräch gekommen war. Während Trixi ihre Sachen packte, kam Meggy nicht einmal runter, um sie zu verabschieden, blieb im Bett liegen, wo sie sich die Decke über den Kopf zog und ihren Eimer so fest umarmte, als handelte es sich um eine Boje im Schaukeln aufgebrachter Meereswellen. Doch auch durch die dicken Daunen drangen das Klappen der Haustür und das Poltern der Schritte schwer beladener Umzugshelfer sowie ihr Fluchen bis zu ihr herauf; nicht einmal ihr eifriges Würgen konnte das übertönen, was im Stockwerk unter ihr vor sich ging, und erst als das Starten des röhrenden Motors von Trixis endgültigem Abgang zeugte, wagte Meggy sich wieder aus dem Bett. Mit gekrümmtem

Rücken schlich sie die Treppe hinunter und fürchtete bei jedem Schritt, Trixi könne aus irgendeinem Grund immer noch da sein. Ihr schlechtes Gewissen beruhigte Meggy in den folgenden Tagen damit, dass sie sich Trixis schlechte Seiten vor Augen hielt, etwa indem sie daran dachte, wie Trixi sich über ihre überschüssigen Pfunde lustig gemacht hatte oder wie abartig Trixis Angewohnheit war, ihr Geschirr nicht zu spülen. Und so kam sie bald zur Überzeugung, sie könne nur froh sein, diese manipulative und dominante Person losgeworden zu sein.

Hebron war die Einzige im Rurbroicher Haushalt, die traurig über Trixis Auszug war. Wer sollte jetzt noch Schlehen mit ihr pflücken? Wer erntete im Frühjahr mit ihr die Holunderblüten, um daraus Sekt und Sirup zu machen? Wer half ihr den Teig für den veganen Apfelstrudel zu kneten? Wozu brauchte sie jetzt noch ihr Höckerchen, mit dem sie immer am Herd gestanden hatte? Und wer ging mit ihr auf Kräuterstreifzüge? Diese Ausflüge, auf denen Trixi sie in die indische Mythologie und die Emanzipation der modernen Frau eingeweiht hatte, waren Hebrons Sternstunden gewesen. Sie hatte es genossen, die ungeteilte Aufmerksamkeit einer erwachsenen Person zu bekommen, auch wenn sie nicht immer verstanden hatte, wovon Trixi eigentlich sprach. Als Trixi auszog, saß Hebron weinend in ihrem Zimmer und betrachtete die getrockneten Blumen und Blätter, die sie im Sommer gemeinsam gepresst hatten. In den nächsten Tagen trug sie alle selbst gemachten Schmuckstücke auf einmal und gurgelte jeden Abend fleißig mit Salzwasser.

Francis, Wim und Billy zeigten nicht viel Interesse an den Vorgängen und Veränderungen im Haus. Francis interessierte sich ohnehin nur fürs Essen, und ob man ihn weiterhin in Rosa kleidete und sein rostrotes Haar mit Spängchen bändigte, war ihm egal. Die Zwillinge hatten Trixi nie wirklich gemocht. Hätten sie jedoch gewusst, dass es mit ihrer Erziehung durch die Zukunft mit Hadschi steil bergab gehen würde, die einen von ihnen zum Bettnässer und den anderen zum Schafexperten machen sollte, hätten sie wohl vieles darum gegeben, Trixi im Haus zu behalten.

Orient in der Eifel

Meggy hingegen verkündete stolz: »Bei uns ist es so, dass ich das Geld verdiene und der Hadschi den Haushalt macht, wir sind da ganz modern.«

Und weil Hadschi sie immer noch gern mit der Aufforderung, den wilden Stier in ihm zu bändigen, in seine Arme lockte, fügte sie hinzu: »Ich hab ihn gezähmt, den Minotaurus der Eifel!«

Tatsächlich schien sie sich in dieser Zeit mit ihrer eher männlich geprägten Rolle zu identifizieren, denn sie ließ ihr schönes nussbraunes Haar zu einer praktischen Kurzhaarfrisur schneiden, die auf unvorteilhafte Art die kantige Form ihres Schädels betonte, den sie von ihrem Vater geerbt hatte. Und als sie es anderthalb Jahre später wieder wachsen lassen sollte, musste sie feststellen, dass vom glänzenden Braunton nicht mehr viel übrig geblieben war, denn Meggys Haar war komplett ergraut, noch bevor sie vierzig Jahre alt wurde.

Kleider und Röcke verstaute sie in der hintersten Ecke ihres Kleiderschranks und trug nur noch schlabberige Stoffhosen, die mit den schrillen Mustern der Achtziger bedruckt waren, verwaschene T-Shirts, unförmige Strickpullover – Modell Umweltaktivist – und Birkenstock-Sandalen. Die Dorfbewohner, die ihr zuvor so gern an den Hintern gefasst hatten, waren über diese Veränderung enttäuscht, und selbst der Postbeamte brach seine abendliche Badezimmerüberwachung ab, um sich wieder voll und ganz der Terroristenjagd zu widmen.

Meggy aber war überzeugt, dass es ihrer persönlichen Entwicklung nur förderlich war, sich von veralteten Rollenbildern zu lösen, und dazu gehörte auch, sich nicht mehr herauszuputzen, eine ebenso weibliche wie überflüssige Angewohnheit, die die Frauen seit Jahrhunderten nur davon abhielt, im Leben vorwärtszukommen. Eine Einstellung, die Hadschi mit ihr teilte, aber nur so lange, bis ihm auffiel, dass Kleider, Röcke und langes Haar durchaus ihre Reize hatten, Reize, die er an Meggy mehr und mehr vermisste.

Zugleich brachte diese Phase in Meggys Leben einen Umschwung in ihrem Leseverhalten mit sich, wenn auch nicht ganz so radikal wie zu dem Zeitpunkt, als sie von der Judaistik zur Bibellehre und von dort zum Feminismus gewechselt hatte. Jedenfalls wanderten die fanatisch-feministisch geprägten Schriften in die hintere Abteilung ihres Bücherregals, und zwar zugunsten von Fachliteratur über die Gleichstellung der Frau im Berufsleben und die Rolle des modernen Mannes in Bezug auf die Psychologie der gemeinsamen Kinder sowie Ratgeber zum Thema Patchworkfamilie, ein Wort, das aufgetaucht war wie ein neuer Stern am Himmel.

Generell war ja an der Aufteilung der Pflichten, wie Meggy und ihr Ehemann sie beschlossen hatten, nichts Verkehrtes. Nur war es so, dass Hadschi seinen Part der Arbeitsteilung etwas anders verstand als seine Umgebung. Zuerst einmal bestand das Kinderhüten darin, dass er Hebron zur Schule schickte, Wim und Billy auf den Berg und Francis in seinen Kinderstuhl. Dann verbrachte er seine Zeit damit, sich ausgiebig um seine Kakteen und Cannabissetzlinge zu kümmern, deren Zahl er jetzt, wo ein weiteres beheizbares Zimmer zur Verfügung stand, verdreifachte. War die Pflanzenpflege beendet, setzte er sich zu Francis an den Tisch und las Karl-May-Bücher oder Comics.

In den ersten Tagen waren die Zwillinge manchmal schnell

wieder zurückgekommen, etwa weil sie froren oder Hunger hatten, aber Hadschi hatte ihnen unmissverständlich klargemacht, dass sie erst zurückkehren durften, wenn Hebron aus der Schule kam. Das führte dazu, dass die Zwillinge stundenlang hungrig und frierend durch die Schlucht strolchten, wo sie das wenige Getier und Gewächs, das ihnen trotz Schnee und Kälte begegnete, auf seine Essbarkeit testeten. Oft gingen sie aber auch auf direktem Weg zur dörflichen Grundschule, wo sie sich die Zeit bis zum erlösenden Klingeln der Schulglocke auf dem Schulhof vertrieben und sich mit ihrem Toben über Klettergerüst, Schaukel und Schulflur den Ärger des Kollegiums zuzogen.

Nach Schulschluss flankierten sie ihre Schwester, die unfreiwillig zur Eintrittskarte ins Elternhaus geworden war. So hatte Hebron auch nach dem Unterricht keine Möglichkeit, Anschluss zu ihren Klassenkameraden zu finden. Im Gegenteil, durch das regelmäßige und flegelhafte Auftreten ihrer Brüder auf dem Pausenhof wurde ihre Außenseiterrolle noch verstärkt. Kehrte das Trio gegen Mittag heim, nahm Hadschi die Füße vom Tisch und unterbrach seine anspruchsvolle Lektüre, um den Kindern Brot und Marmelade aufzutischen. Spätestens zu diesem Zeitpunkt verfiel Francis in ein jämmerliches Weinen, denn seit Stunden saß er auf einer vollen Windel. Hadschi versuchte, Francis' Unbehagen entgegenzuwirken, indem er dem Jungen Kekse und Schokolade anbot, was zur Folge hatte, dass der rothaarige kleine Kerl nicht nur permanent einen wunden Po hatte, sondern auch immer dicker wurde.

Nach dem Essen übertrug Hadschi Hebron die Aufsicht über ihre Brüder und machte auch hier klar, dass diese Aufsicht außerhalb seines Gehörs und Blickfelds stattzufinden habe. So zogen die vier bei Wind und Wetter über das Gässchen, durchs Dorf oder durch die Schlucht und warteten auf den Sechs-Uhr-Glockenschlag, der es ihnen gestattete, nach Hause zurückzukehren.

Kam Meggy nach Hause, so erwarteten sie ein stolzer Hausmann, das immer gleiche lieblos aufgetischte Abendbrot, ein bis zum Hals vollgeschissener Francis und drei erstaunlich ruhige Kinder, die es scheinbar gar nicht erwarten konnten, ins warme Bettchen zu schlüpfen. Hadschi befand nach dem Abendbrot, dass sein Teil der Pflichten erfüllt sei, und zog sich mit dem Spruch: »Nach dem Essen sollst du rauchen oder deine Frau gebrauchen!« in Trixis ehemaliges Zimmer zurück, wo er den Part mit dem Rauchen schon mal erfüllte, indem er sich einen dicken Feierabendjoint genehmigte.

Hebron hasste diesen Spruch, denn auch wenn sie die ordinäre Bedeutung nicht verstand, so nahm sie sie doch wahr. Ähnlich unangenehm berührt war sie, wenn Hadschi sich aus dem Küchenfenster oder an einem der Lebensbäume erleichterte. Machte ihm Meggy deshalb Vorhaltungen, so erwiderte er vollkommen ungerührt: »Einen besseren Dünger bekommst du nirgendwo.«

Ein weiteres oft diskutiertes Thema war die Körperpflege. Hadschi verweigerte die Benutzung von Deo, Duschgel und Shampoo, griff höchstens zu einem rissigen Stück Olivenölseife, und Meggy, die sich zu Beginn ihrer Beziehung nicht am herben Geruch ihres Mannes gestört hatte, behauptete nun, die Schwangerschaft mache sie sensibler für Gerüche aller Art, und bat ihn, er möge sich doch bitte öfter waschen und weniger Knoblauch verzehren. Zu beidem sah Hadschi jedoch keine Notwendigkeit.

»Hubert«, brachte Meggy das Offensichtliche irgendwann auf den Punkt, »du stinkst!« Meggy nannte Hadschi gerne Hubert, wenn sie sauer auf ihn war oder ihren Worten mehr Gewicht verleihen wollte.

»Tja, Katzen winken, Kater stinken!«, antwortete er und lachte, wie er immer lachte, laut und rau, den Kopf im Nacken, dass man seine drei Goldzähne blitzen sah.

»Wenn du schon nicht baden willst, geh wenigstens mit den Kindern ins Schwimmbad!«

»Meggy, für so 'ne kommerzielle Scheiße geb ich doch kein Geld aus! Ich brauch kein Schwimmbad, im Sommer leg ich mich in der Stadt in den Springbrunnen, da hab ich meinen Pool ganz umsonst, und das noch in Toplage!«

In solchen Momenten nutzte Meggy den Scherz, den sie wegen seines goldenen Nasenrings oft machten, um sich gegen ihn zu stellen: »Pass auf du Ochse, wenn du dich nicht anständig wäschst, schleif ich dich am Nasenring ins Bad!«

Worauf Hadschi ihr bitter und voller Ernst vorwarf, seit der Eheschließung sei er für sie nur noch ein Objekt, das es zu unterwerfen gelte. »Pass auf, Meggy, ich rate dir nur eins: Reiz mich nicht, denn dann werde ich wirklich wild! Und soweit ich weiß, sind deine Fähigkeiten als Torero nicht der Rede wert. Aber so sind die Frauen: Kaum haben sie einen Mann fest im Sack, wollen sie ihn schon verändern, als wäre er ein Knetgummimännchen, das sie sich formen können, wie es ihnen grad gefällt. Aber ohne mich, Meggy, ohne mich!«

Und dann verschwand er für die nächsten Stunden in der Stube und drehte den Kassettenrekorder so laut auf, dass die Wände vom basslastigen Reggaesound nur so bebten, und rauchte so viel Gras, dass dichter weißer Rauch unter der Tür hindurch in den Flur drang.

Hebron litt unter der Dynamik dieser Beziehung, es war die Zeit, in der sie begann, sich zurückzuziehen. Das Geplapper, für das sie bekannt wie gefürchtet war, verstummte, meist saß sie mit einem Buch in einer ruhige Ecke, die Haare einem Vorhang gleich vor dem Gesicht, den Daumen im Mund das zerfledderte Schnuffeltuch eisern umklammert.

Wenn Hebron jedoch sah, wie grob Hadschi mit den Zwillingen umging, tat es ihr weh, die Brüder, die sonst so lebhaft waren, so hilflos zu sehen. Sie litt mit Wim und Billy, wurden diese von Hadschi zurechtgewiesen, wünschte sich aber gleichzeitig flehentlich, dass ihre Brüder doch einfach mal leiser, fügsamer und weniger ungestüm wären. Und sie fasste den Vorsatz, besser zu sein als sie, wollte, dass ihre Vernunft, ihr braves Wesen anerkannt wurden. Das Resultat ließ nicht lange auf sich warten; ihre Tanten attestierten ihr altkluges Betragen, ihre Brüder fühlten sich bevormundet, und ihre Cousins und Cousinen waren enttäuscht, weil Hebron sich kaum noch an den gemeinsamen Spielen beteiligte. Stattdessen tat sich Hebron dadurch hervor, dass sie die anderen maßregelte und so manchen Blödsinn vereitelte. Zugleich versuchte sie, Wim und Billy aus Hadschis Schusslinie zu nehmen, indem sie die beiden überredete, mit ihr in die Schlucht, zum Fluss oder auf die Obstwiese zu gehen, obwohl sie selbst nichts mehr hasste, als von ihren Büchern weggerissen zu werden. Sie war eine Stubenhockerin, der es nicht vergönnt war, in der Stube zu hocken.

Meggy bekam von diesen Vorgängen nichts mit, zu sehr nahm sie die Doppelbelastung aus Schwangerschaft und Schichtdienst in Anspruch, und vertraute sich Hebron ihr einmal an, so schalt Meggy ihre Tochter ein Mimöschen: »Ach, du bist aber auch empfindlich!«, war Meggys Standardantwort auf die Sorgen ihrer Tochter. »Wehr dich doch einfach mal!« Nur dass Hebron in solchen Fällen erst recht Ärger bekam. »Von dir als Ältere hätte ich mir mehr Vernunft erwartet!«, schimpfte Meggy, die sich im selben Atemzug darüber echauffieren konnte, dass ihre Eltern damals die Brüder bevorzugt hätten. »Das war immer das Gleiche: Fred und Franz konnten sich in der Schreinerei herumtreiben, und wir mussten im Haushalt helfen! Wir mussten unseren Brüdern sogar die Schuhe putzen und die Socken stopfen!«, redete sich Meggy in Rage. »Von Gleichberechtigung hatten meine Eltern keine Ahnung, aber das Schlimmste war, dass sie überhaupt nicht gerecht waren! Immer wenn Peggy und ich Spüldienst hatten, hat die Peggy sich aufs Klo verzogen und nicht mal Ärger deshalb bekommen! Aber die wurde ja eh bevorzugt, die hat sogar immer den Hals vom Huhn bekommen, weil sie angeblich so dünn war! Die war überhaupt nicht dünn, ich war genauso dünn, ich hatte nur breitere Knochen!«

Vom Hühnerhals kam Meggy dann über irgendwelche anderen Ungerechtigkeiten blitzschnell zu den Zeiten der *Community of love & peace,* und schon ereiferte sie sich darüber, wie ihre Schwester das WG-Leben zerstört hatte, und wenn sie sich über Peggys Affektiertheit und die Theatralik ausließ, mit der sie ihre Familie manipulierte, vergaß sie manchmal sogar, dass sie sich schon längst wieder mit Peggy vertragen hatte.

Hebron aber begann an ihren eigenen Gefühlen zu zweifeln, ein Zweifel, der mit den Jahren so groß und allmächtig wurde, dass Hebron nie wusste, ob sie überhaupt das Recht hatte zu empfinden, was sie empfand, ein Gedankenkarussell, das sich, einem Strudel gleich, immer schneller drehte, bis Hebron das Gefühl hatte, vom Boden weggerissen und rasant ins Nichts katapultiert zu werden. In ebendiesem Strudel befand sie sich auch knapp zehn Jahre später, als sie den Medikamentenschrank ihrer Mutter plünderte und im Angesicht ihrer kritisch nach oben gezogenen Augenbraue beschloss, ihrem Leben ein Ende zu setzen.

Zu dieser Zeit galt sie als abweisend und arrogant, Eindrücke, die durch ihr schwarz gefärbtes Haar und die dunkel umrandeten Augen noch verstärkt wurden. Hebron schuf sich eine Aura, die düster und unzugänglich wirkte, daran konnten auch die bunten Kleider, Blusen und Röcke Modell Gardine nichts ändern.

Aber noch war Hebron aufgrund der tagtäglichen Pilgertour durch Rurbroich gezwungen, ihre Hausaufgaben abends im Bett zu erledigen. So war sie morgens oft unausgeschlafen, kam schlecht aus dem Bett und saß bleich und ungekämmt im Unterricht. Auch begann Hebron zu dieser Zeit Geschichten zu erzählen. Da die anderen Kinder sie mieden, verbrachte sie ihre Pause damit, sich an den Lehrer zu heften, der Pausenaufsicht hatte. »Ich hab eine Lungenentzündung«, erzählte sie eines Tages beispielsweise, als Hadschi sie trotz starker Halsschmerzen zum Unterricht geschickt hatte. »Und damit lässt deine Mutter dich zur Schule?« Der Lehrer war entsetzt und

Meggys schlechter Ruf im Dorf noch um den Punkt erweitert, dass sie ihren Kindern medizinische Hilfe verweigerte.

Ein anderes Mal malte sich Hebron morgens im Bad mit einem Wachsmalstift ein blaues Auge, das trotz der primitiven Herstellungsweise täuschend echt aussah. In der Schule behauptete sie dann, ihr sei ein Brikett aufs Auge gefallen. (In Wahrheit hatte Hebron ihrem Bruder Wim wenige Tage zuvor mittels eines Briketts ein echtes Veilchen verpasst, weil sie Wim dazu aufgefordert hatte, durch ein Ofenrohr zu schauen, während sie selbst auf den Kohlestapel geklettert war. Und von dort oben hatte sie ein Brikett in das Ofenrohr geworfen. Sie hatte ihrem Bruder gar nicht wehtun wollen, sie wollte ihm nur demonstrieren, wie das Brikett im Rohr vor seinem Auge immer größer wurde.)

Hadschis Verständnis vom Abendessen bestand darin, Brot aufzutischen, woran grundsätzlich nichts auszusetzen gewesen wäre, aber da die Kinder seit seiner Erziehungsübernahme auch sonst nichts anderes bekamen, darbten sie geradezu nach warmen Speisen. Zumal es bei ihrer Rückkehr vom Gässchen pünktlich zum Sechs-Uhr-Glockenschlag aus den Häusern des Dorfes nach den verführerischsten Speisen duftete. Während die Rurbroicher Hausfrauen Koteletts brieten und Kartoffeln kochten, Erbsensuppen rührten und Speck rösteten, lief den vier Kindern das Wasser im Mund zusammen.

Selbst Meggy hingen die ewigen Butterbrote mit der Zeit zum Hals heraus, und so bat sie ihren Mann sehr vorsichtig, denn sie wollte ihm nicht das Gefühl geben, dass sie mit seiner Leistung als Hausmann unzufrieden war, doch auch mal den Kochlöffel zu schwingen.

Hadschi tat dies genau ein einziges Mal. Und sein Einsatz am Herd sah folgendermaßen aus: Er nahm einen großen Kochtopf, brachte Wasser darin zum Kochen und warf Zucchini, Auberginen, Möhren und Kartoffeln hinein, ohne sich vorher die Mühe zu machen, das Gemüse klein zu schneiden oder auch nur zu schälen. Er gab Salz und Pfeffer dazu, ließ das Arrangement eine Stunde kochen, kippte einen halben Liter Sahne darüber und behauptete, es handle sich um ein original marokkanisches Gericht namens Tajine.

Nun war Meggy bei aller Bewunderung für ihren außergewöhnlichen Ehemann nicht dumm, und dass auch die Berber ihren Gemüseeintopf nicht derart lieblos kochten, konnte sie sich sehr wohl auch ausmalen, ohne jemals zuvor das Wort Tajine gehört zu haben.

Und so begann Meggy schon bald, das Projekt Abendbrot wieder selbst in die Hand zu nehmen. So wie die Wäsche. Denn was das betraf, hatte Hadschi sich ebenso dämlich wie beim Kochen angestellt, sodass ein Großteil der von Trixi so mühsam gestrickten Wollpullover jetzt nur noch als Puppenkleidung taugte, die Handtücher rosa verfärbt waren, während die gute Damastbettwäsche der alten Tanten einen wenig schmeichelnden Grauschimmer bekommen hatte. Meggy, die mit dem Fortschreiten der Schwangerschaft immer erschöpfter wurde, erledigte trotzdem bald wieder den Großteil der Hausarbeit. Dass ihre vier Kinder abends keinesfalls deshalb ruhig waren, weil sie – wie Hadschi behauptete – ausgelastet vom kindgerechten Treiben des Tages waren, bekam sie aufgrund dieser Überarbeitung gar nicht mit, sie war einfach froh, wenn alle im Bett waren und sie endlich die Beine hochlegen konnte.

Auch fiel ihr kaum auf, dass ihre Schwestern nicht mehr zu Besuch kamen. Hätte sie es bemerkt, so wäre ihr vielleicht bewusst geworden, dass ihr Mann sie mit seiner rechthaberischen und latent aggressiven Art vergrault hatte. Keine ihrer Schwestern hatte Lust, der Weltanschauung dieses Derwischs Gehör zu schenken, der, wenn er nicht jeden von seiner Sicht der Dinge überzeugen wollte, aller Welt mit seinen Sprüchen auf den Nerv fiel.

Auch Fred und Franz verspürten keinen Drang mehr, Meggy zu besuchen, nachdem sie Hadschi das letzte Mal begegnet waren. Auf die Frage, wie es denn so laufe, hatte Hadschi die beiden am Arm gepackt und in den Hof geführt.

»Hört zu, Jungs, ihr habt eurer Schwester wahnsinnig toll geholfen, das Haus zu renovieren, aber den Rest mach jetzt ich. Wisst ihr, die Meggy und ich, wir haben da so unsere ganz eigenen Vorstellungen, wie es hier mal aussehen soll, und sorry, dass ich's sage, aber ihr habt noch nicht viel von der Welt gesehen, ihr könnt euch nichts drunter vorstellen, was wir hier draus machen wollen.«

Er zwirbelte sein Bärtchen, bevor er weitersprach und mit großer Geste über Hof und Obstwiese zeigte.

»Mir schwebt vor, am Hang eine Art persischen Garten anzulegen, ein richtig orientalisches Paradies wird das, und hier bau ich Meggy eine verwunschene Laube, damit sie sich fühlt wie eine richtige Prinzessin aus Tausendundeiner Nacht.«

Seine Pläne waren ja durchaus reizend anzuhören, nur glaubten weder Franz noch Fred daran, dass sie den Tag jemals erleben würden, wo aus dem verwilderten Grundstück des Eifelhofs ein verbotener Garten der Lüste werden sollte. Und natürlich sollten sie recht behalten.

»Zur Einweihung grillen wir einen fetten Hammel am Spieß, da seid ihr natürlich herzlich willkommen, wir sind ja jetzt eine Familie!«, schloss Hadschi und haute ihnen lachend auf die Schultern. So jemanden zur Familie zu zählen, darauf hätten sie liebend gern verzichtet, und wehmütig dachten sie an Willy, den Rennfahrer, der in ihren Augen der einzig gute Kerl war, den ihre Schwester Meggy sich jemals an Land gezogen hatte.

Hans-Dieter und Peggy waren die Einzigen, die mit ihren Töchtern noch zu Besuch kamen, und, während die Mädchen sich mithilfe von Tüchern und Schmuck zu kleinen Scheherazaden verkleideten und begleitet von einem Kochtopfkonzert der Zwillinge, Bauchtänze vorführten, zogen sich Hans-Dieter und Hadschi in eine ruhige Ecke zurück. Sie konnten sich stundenlang über ihre Ideologien unterhalten, gerieten dabei oft in Streit, vertrugen sich aber ebenso schnell wieder und waren stolz darauf, nicht nachtragend und überaus tolerant den Ansichten des anderen gegenüber zu sein. Außerdem hatte Hadschi stets das beste Gras zur Hand, und Hans-Dieter sah im Kiffen keinen Widerspruch zu seiner asketischen Lebensweise.

»Aber weißt du, was richtig knallt?«, fragte Hadschi seinen Schwager eines Tages, »Fliegenpilz. H-D, auf Pilz, da hast du das Gefühl, deine Schuhe sind zentimeterdick und weich, quasi Plateausohlen. Alles schmilzt und verläuft, und dein Körper fühlt sich an wie in einem Gemälde von Dalí, grenzenlos zerfließend!«

»Ja, ich weiß, hab mir ja auch schon so manche psychedelische Substanz reingezogen«, antwortete Hans-Dieter, der fand, dass sich die Beschreibung eher abschreckend anhörte, denn ein Schmelzen seiner Körpergrenzen stellte er sich unangenehm vor, wo ihm doch mehr daran lag, stramm und zäh zu sein; aber er wollte seinem Schwager gegenüber nicht als ängstlicher Spießer dastehen. »Hab früher oft Nelken und Muskatnuss geraucht, allerdings Fliegenpilz war nicht dabei«. Und so beschlossen sie, sich im Herbst mit einem Rührei mit Spezialeinlage zu belohnen.

Peggy, die einerseits froh war, dass ihr Mann sich so gut mit seinem neuen Schwager verstand – die Pläne mit dem speziellen Rührei behielt Hans-Dieter wohlweislich für sich –, beäugte den Gatten ihrer Schwester andererseits trotzdem mit kritischen Augen. Mit einem Exemplar dieser Gattung Mann verheiratet zu sein, bedeutete noch nicht, dass man gleich alle Artgenossen ins Herz schloss.

»Ach, Meggy, da sitzen wir mal wieder im selben Boot, was?«, sagte sie, wenn ihre Männer sich zum Rauchen und Schwadronieren zurückzogen, und dieses Gefühl brachte die Schwestern für einige Zeit noch näher als vor der Entzweiung.

Von Hans-Dieter bekam Hadschi eines Tages auch drei Schafe, zwei Mutterschafe und einen Bock, denn er plante, es seinem Schwager gleichzutun und auf der Obstwiese eine Schafzucht anzusiedeln. Die Tiere holte er mit Meggys Ente ab. Hadschi fuhr die Strecke von Abenden bis Rurbroich im Schneckentempo und brachte damit zuerst die Motorradfahrer gegen sich auf, die ihn in den engen Kurven nicht überholen konnten, nur um ihnen dann den Schrecken ihres Lebens einzujagen, als sie dem vermeintlichen Sonntagsfahrer in der klapprigen Kiste im Vorbeifahren einen Vogel zeigen wollten und plötzlich in die Antlitze von drei blökenden Schafen sahen. Das Auto stank noch monatelang nach Schafkacke, und nachdem Hadschi die Schafe auf die Wiese getrieben hatte, standen diese drei Tage lang regungslos unter einem Birnbaum.

Diese Schafe sollten Wims beste Freunde werden, sie waren seine Zuflucht, bei ihnen fand er die Wärme und den Trost, die ihm im eigenen Haus nicht mehr zuteil wurden.

Wie sich Hadschi in Rurbroich bekannt machte

Der erste Schritt zur Realisierung des paradiesischen Gartens mit orientalischem Hauch bestand darin, dass Hadschi mit den Setzlingen seiner Cannabispflanzen im oberen Teil des Grundstücks eine kleine Plantage anlegte, die er mit einem Rahmen aus Tomaten notdürftig tarnte. Meggy, die von derlei Dingen nichts verstand, glaubte, ihr Mann lege ein Gemüsebeet an, damit sie stets frisches, von chemischen Spritzmitteln freies Grünzeug essen könnten. So war sie sogar stolz darauf, dass Hadschi sich tagtäglich ausgiebig den Beeten widmete.

Da stand er nun jeden Morgen, bewaffnet mit Spaten und Harke, und ließ sich auch nicht davon abhalten, über den Zaun einen kleinen nachbarschaftlichen Plausch mit der Frau des Postbeamten zu halten. Wobei dieser Plausch vonseiten der Postbeamtengattin nur aus ausweichendem Kopfnicken und Brummlauten bestand, denn sie wäre dem Gespräch mit diesem lebendigen Gartenzwerg lieber aus dem Weg gegangen, beschränkte sich ihre Offenheit der Welt gegenüber doch auf das morgendliche Lüften von Bettwäsche und Busen.

Dafür redete Hadschi umso mehr, fand er doch, so ein nachbarschaftliches Schwätzchen am Zaun über Wetterlage und Bodenbeständigkeit, Blattlausplagen und Schneckenfallen sei die Basis, auf der er seine tolerante Haltung jedem Individuum dieser Welt gegenüber beweisen konnte. Seine Monologe beendete er meist mit der Aussage, nun aber weiterarbeiten zu müssen, denn es gebe ja immer so viel zu tun; dabei deutete er vielleicht auf die zur Haschtarnung angelegten Tomatenpflanzen oder das kärgliche Salatbeet, und wenn er einen guten Tag hatte, führte er selbst erdachte Sprichwörter an, die er als arabische Weisheiten deklarierte. So verwirrte er die Postbeamtengattin einmal, indem er, auf die sonnenbeschienene Kuppe der Obstwiese deutend, sagte: »Eine über den Hügel ziehende Sonne bringt die Stärke eines Esels mit sich.«

Der aufgezwungene Nachbarschaftsplausch war eine Sache, aber nach wenigen Tagen im Garten, beschloss Hadschi, dass es sich mit entsprechender Hintergrundmusik besser arbeite. Zu diesem Zweck entwendete er Hebrons Kassettenrekorder, den sie von ihrer Tante Sally zum achten Geburtstag geschenkt bekommen hatte, und verlegte eine Kabelkette aus mehreren aneinandergereihten Verlängerungskabeln quer durch den Hof bis in den Garten hinauf. Tagtäglich beschallte er nun den Seelenpfad mit wummerndem Reggae, der scheppernd und verzerrt aus dem kleinen Kassettenrekorder dröhnte.

Zu »Buffalo Soldier« harkte Hadschi sein Beet, er zupfte welke Blätter, während er laut »Get Up, Stand Up« mitsang, und ließ den Strahl des Gartenschlauchs zu den Tönen von »I Shot The Sheriff« über seine Zöglinge rieseln, wobei er derart ekstatisch tanzte, dass die Postbeamtengattin es mit der Angst zu tun bekam, denn einen Schlauch schwingenden, durch Tomatenpflanzen springenden Rastafari mit Hundehaufenfrisur hatte man in Rurbroich auch noch nicht gesehen.

Nach getaner Arbeit saß er zu den gesetzten Tönen vom »Redemption Song« und seinem Lieblingslied »No Woman No Cry« im Schatten des Fliederbuschs, ließ sich vom schweren Geruch der lilafarbenen Blütentrauben betören und genehmigte sich zur weiteren Betäubung ein feines Feierabendzigarettchen.

Für Francis kam das Auftreten der Frühlingssonne einer Befreiung gleich, denn nun durfte er nach dem Frühstück das Gefängnis seines Kinderstuhls verlassen und Hadschi in den Garten begleiten, wo er in den zum Sandkasten umfunktionierten Lkw-Reifen gesetzt wurde und sich ausgiebig mit Schaufel und Eimer beschäftigen konnte.

Dieser improvisierte Sandkasten stand unter den Lebensbäumen seiner älteren Geschwister, und so bewunderte Francis Tag für Tag das Knospen der Zierkirsche und des Apfelbäumchens, und dieser Frühling im Sandkasten, den er im Regen der Blütenblätter zwischen Eimer, Schaufel, Förmchen und Katzenkacke verbrachte, sollte später eine seiner frühesten Kindheitserinnerungen sein.

Als Meggy an einem dieser Tage ihren jüngsten Sohn mit seinen dreckverschmierten Fingerchen glückselig nach den Blütenblättern greifen sah, die von Zierkirsche und Apfelbäumchen auf ihn niederrieselten, als sie seine im Licht der Sonne zusammengekniffenen grünen Augen und das glänzende rote Haar betrachtete, da wurde ihr bewusst, dass sie es bisher versäumt hatte, für Francis ebenfalls einen Lebensbaum zu pflanzen. Nach seiner Geburt hatte sie die Plazenta in eine Plastiktüte gewickelt und in der großen Gefriertruhe im Haus ihrer Mutter eingefroren, um sie dann zu vergessen. Jetzt hoffte Meggy, dass ihre Mutter das gute Stück nicht entsorgt oder versehentlich für Innereien gehalten und verkocht hatte, und beschloss, das Versäumnis nachzuholen und so schnell wie möglich einen Lebensbaum für ihren Jüngsten zu pflanzen.

»Wie konnte ich das bloß vergessen, wie konnte ich bloß?«, schalt sie sich selbst. Es tat ihr im Herzen weh, diesen kleinen, runden Kerl anzusehen, der mit sich selbst stets so zufrieden war. Und wie sie ihn so voller Scham betrachtete und erkannte, dass er nichts mehr zu brauchen schien, um glücklich zu sein, als das Rieseln der Blüten auf sein Gesicht, da sah sie plötzlich auch wieder Bruder Gereon vor sich, sah sein vom

Wind zerzaustes Haar, das Glänzen seiner leicht schräg stehenden grünen Augen und das Flattern seiner Kutte im goldenen Sturm der herbstlich verfärbten Blätter.

»Immergrün, der Lebensbaum für Francis muss ein immergrünes Gewächs sein, so grün wie die irische Küste an einem verregneten Herbsttag!«, rief sie, und Hadschi, der mit Poesie und kalten Küsten nichts anfangen konnte, aber immerhin pragmatisch veranlagt war, antwortete: »Dann lass uns eine Thuja pflanzen.«

Und so erweiterten sie den Kreis der Bäume rund um den porösen Lkw-Reifen um eine kleine Konifere aus dem Gartencenter.

Dunkle Wolken über dem Seelenpfad

Je weiter Meggys Schwangerschaft fortschritt, desto öfter stritt sie mit Hadschi. Die Pflanzenpflege war sein Steckenpferd; um Kakteen, Garten und Zimmerpflanzen kümmerte er sich geradezu aufopfernd, goss, stützte, schnitt und stutzte, sodass im oberen Teil des Grundstücks über den Sommer tatsächlich ein ansehnlicher Gemüsegarten entstand, der ihre Mahlzeiten mit Tomaten, Mais, Salat und Gurken bereicherte.

Ein Streitpunkt war ebendieses Gemüse.

»Wir können es nicht mehr essen, Hadschi, es ist zu gefährlich!«, mahnte Meggy. »Du weißt doch nicht, wie viel von der Strahlung die Wolke bis zu uns getragen hat!«

»Na, nichts!«, war Hadschis Antwort auf Meggys Angst bezüglich der Nuklearkatastrophe, die sich im April des Jahres zugetragen hatte. Eine Zeit lang verbot Meggy den Kindern, draußen zu spielen, und schärfte ihnen ein, sich ja nur nicht im Sandkasten oder auf dem Spielplatz aufzuhalten.

»Völlig unnötig, Meggy, ich sag's dir: Der Eiserne Vorhang ist so zu, der lässt nicht mal 'nen Atompilz durch!«, machte sich Hadschi lustig, wenn Meggy sich um die Gesundheit ihrer Kinder sorgte.

»Francis ist ja wohl am meisten gefährdet, der steckt sich doch alles in den Mund, was er findet! Der isst sogar Sand und Erde, das weißt du genau, und ich möchte nicht, dass er verstrahlt wird!«, beharrte Meggy auf dem Sandkastenverbot.

Außerdem machte sie sich große Sorgen, dass das ungeborene Kind Schaden erleiden könnte.

Der Begriff des Eisernen Vorhangs setzte sich in Hebrons Kopf fest, weil Hadschi ihn so oft gebrauchte, und als sie Meggy nach der Bedeutung fragte, antwortete Meggy ihr: »Das ist die Grenze zur Sowjetunion. Da kommt keiner durch, die Grenze ist sozusagen unüberwindbar. Und wer es doch versucht, den buchtet der Russe ein, im sibirischen Straflager oder in der Lubjanka, und dann beschleunigen Moskaus Passanten ihren Schritt, weil die Schreie aus dem Keller bis auf den Roten Platz schallen.« Eine Erklärung, die dafür sorgte, dass Hebron jahrelang glaubte, an der Grenze zur Sowjetunion hänge eine mächtige Wand aus Stahl vom Himmel, die das Land von den anderen Staaten abtrennte, während im Inneren des Landes eine Folterkammer an die nächste gereiht war.

Aber nach einer Woche, in der die Kinder das Haus mehr und mehr verwüsteten und einen Lärmpegel verursachten, der Meggys Nerven so überstrapazierte, dass ihre Hand beim Abendbrot mehrmals gefährlich nah zum Obstglas zuckte und Hebron schon wieder Schlieren von Mirabellen die Wand hinunterrutschen sah, hob sie das Verbot, draußen zu spielen, wieder auf.

Darauf, das möglicherweise verseuchte Gemüse nicht zu essen, bestand sie jedoch weiterhin. Ein klarer Affront für ihren Ehemann, der stolz auf seine ersten Schritte zu einem, wie er sagte, vollkommen autarken Leben war. Freudig strahlend trug er das von Meggy als nicht weniger strahlend deklarierte Gemüse in die Küche. Große Salatköpfe mit weit auseinanderfallenden Blättern und kleine, leuchtend rote Tomaten.

»Kannst dir ja 'nen Salat draus machen«, kommentierte Meggy, »und wenn du im Dunkeln zu leuchten beginnst, weißt du, dass ich recht hatte!« Was Hadschi auch tat. Den Salat reicherte er mit einer Handvoll frisch gepflückter Brennnesseln an. »Hat der H-D mir gesteckt, das Rezept, übel gesund, weil mehr Kalzium als Spinat.« Den Hinweis von Hans-Dieter, die Brennnesseln erst in kaltem Wasser einzulegen, damit sie ihre Wirkung verloren, ignorierte Hadschi. Diesen Salat aß er provokant schmatzend gleich aus der Schüssel, ohne zuzugeben, dass er sich die Zunge verbrannte, und da er es auch nicht für nötig gehalten hatte, die Salatblätter zu waschen, vertilgte Hadschi Dreck und Schnecken mit.

»Dreck reinigt den Magen!«, kommentierte er jedes Knirschen zwischen seinen Zähnen. »Und Schnecken sind Eiweiß pur! Was will ein Mann mehr?!«

Aber auch als Meggy ihren Widerstand gegen das selbst erzeugte Gemüse aufgab, weil das Thema nicht mehr Bestandteil der Hauptnachrichten im Radio war, verringerte sich das Streitpotenzial zwischen ihr und Hadschi nicht.

Der größte Diskussionspunkt blieb der Haushalt, denn während Hadschi seine gesamte Energie in seine Beete steckte, blieb der Rest an Meggy hängen, die immer noch voll berufstätig war. Ihre Erschöpfung nahm von Tag zu Tag zu, und so begann sie, den Kindern Aufgaben zu übertragen. Es war nun ihre Pflicht, den Hühnerstall auszumisten und frisches Stroh auf den Boden des Stalls zu schaufeln. Außerdem schickte sie die Zwillinge mehrmals wöchentlich zu einem der Rurbroicher Bauern, wo sie mit großen Emaillekannen Milch holen sollten. Zu Hause musste Hebron die Milch mit einem Trichter in Glasflaschen füllen. Die Milch war dick und sämig, und manchmal schwammen kleine Strohhalme darin, die golden in der weißen Flüssigkeit schimmerten. Da Hadschis Reinlichkeits- und Ordnungssinn nicht im Geringsten dem von Meggy entsprach, übertrug sie ihren drei älteren Kindern den täglichen Abwasch. Erstaunlicherweise entbrannte in ihrer Küche nur einmal Streit darüber, wer welchen Part übernahm. Hebron spülte jeden Tag, und die Zwillinge stritten am Anfang darum, wer abtrocknete und wer einräumte. Aber nachdem Hebron vorgeschlagen hatte, täglich zu tauschen, konnte man den allabendlichen Abwasch in der Rurbroicher Küche fast als harmonisch bezeichnen.

Auch körperlich ging die vierte Schwangerschaft nicht spurlos an Meggy vorbei; wie schon bei den Schwangerschaften zuvor hatte sie starke Wassereinlagerungen, und das viele Stehen im Dienst tat sein Übriges.

»Hubert«, sagte sie eines Morgens, »Hubert, ich bin einfach nicht mehr die Jüngste, verstehst du das nicht? Bei Hebron galt ich ja schon als Spätgebärende, und jetzt geh ich auf die vierzig zu. Ich schaff das nicht mehr. Du musst dir eine Arbeit suchen, es ist an der Zeit, dass ich endlich aufhören kann zu arbeiten.«

Abgesehen davon, dass Meggy sich körperlich ruiniert fühlte, und zwar so sehr, dass sie sich insgeheim wünschte, von einem Auto angefahren zu werden, damit sie sich im Krankenhaus ausruhen konnte, war sie zunehmend genervt von den Abenteuergeschichten, die ihr Mann zum Besten gab, und als er zum wiederholten Mal erzählte, wie er angeblich an einer Walflosse das Rote Meer durchkreuzt hatte, und selbst die Kinder nicht mehr beeindruckt waren, rutschte ihr voller Hohn raus: »Ja, ja, Hubert, du bist der wahre Jona!!!«

Solche Spitzen feuerte Meggy in den folgenden Wochen öfter ab, zunehmend frustriert von der erfolglosen Arbeitssuche ihres Mannes. Egal, wie viele Bewerbungen sie mit ihrem Mann auch schrieb, egal, zu wie vielen Vorstellungsgesprächen er auch eingeladen wurde, es ergab sich nichts. Dazu wusste Hadschi zu genau, wie man sich bei einem Bewerbungsgespräch verhalten musste, damit man den Job nicht bekam, denn ihm gefiel das Leben zwischen Comics, Cannabispflanzen und Kartoffelbeet.

»Die haben Vorurteile wegen meines Äußeren, die achten gar nicht darauf, was ich für Qualifikationen hab!«, war seine Standardausrede, wenn wieder einmal eine Absage ins Haus flatterte. Irgendwann kam der Tag, an dem Meggy ihm ganz im Sinne ihrer Mutter empfahl, doch bitte zum Friseur zu gehen. Diese Aufforderung empfand Hadschi als Ablehnung seiner kompletten Weltanschauung, als Negierung seiner Persönlichkeit, und bei diesem Konfliktpotenzial dauerte es nicht lange, bis Meggy ihren kritischen Worten durch den Raum gepfefferte Gegenstände folgen ließ; konkret handelte es sich um ein Päckchen Quark, das sie während des Abendessens an die von Hadschi erst wenige Monate zuvor so schön verputzte Küchenwand schmetterte.

Diese Verschmutzung seines zum Zweck des Werbens vollbrachten Werks nahm er ihr sehr übel, zumal sie es nicht beim Quark beließ, sondern sieben Eier, Stück für Stück nacheinander abgefeuert, folgen ließ.

Die Kinder saßen derweil mit hochgezogenen Schultern am Tisch. Aber sie hätten sich gar nicht klein zu machen brauchen, denn in der Vorstellung des Dramas, das Hadschi und Meggy nur allzu bald täglich aufführten, fungierten sie als Zuschauer, die nicht einmal die Entscheidung darüber hatten, wie viele Vorhänge dem Schauspiel gebührten.

Wenn Meggy sich nicht gerade mit ihrem Mann stritt, dann hielt sie kleine Nickerchen, während derer sie nicht gestört werden durfte, oder sie fuhrwerkte gereizt im Haus umher, und wenn Meggy gereizt war, dann war es besser, ihr aus dem Weg zu gehen.

Wim und Billy hatten ihre vormittäglichen Streifzüge mit dem Knospen der ersten Krokusse vom Schulhof auf die Schafweide verlegt. Auf der Wiese hatte Hadschi mithilfe von Hans-Dieter einen Unterstand für die drei Schafe gebaut. In Erwartung eines ausgesprochen ausgeprägten Paarungswillen der Huftiere hatten sie den Unterstand vorsorglich so groß angelegt, dass er wahrscheinlich auch für zwanzig Schafe gereicht hätte, was jedoch nicht viel über seine Stabilität aussagte.

Schon als die Schafe torkelnd und jämmerlich blökend der gelben Ente entstiegen waren, hatte sich Wim für die Tiere verantwortlich gefühlt. Täglich war er auf die Wiese gestiegen, wo er die stumme Versammlung unter dem Birnbaum beobachtete. Als sich die Schafe mit ein paar wackligen Schritten endlich den Hang hinaufgewagt hatten, ihre Mäuler ins saftige Gras der fruchtbaren Rurbroicher Erde versenkt, und sich zwischen den Apfel- und Nussbäumen ein paar aufmunternde Rufe zugeblökt hatten, hatte Wims kleines Zwillingsherz vor Stolz ein paar fröhliche Hüpfer gemacht, denen seine Beine nicht minder beschwingt gefolgt waren.

Täglich stapfte Wim nun bei Sonnenaufgang auf die Weide, begleitet von Billy, der Schafe zwar langweilig fand, sich aber auch nicht allein im Dorf herumtreiben, geschweige denn mit Hadschi am Tisch sitzen wollte.

»Schau doch mal, Wim, wie die schon gucken, das sieht einfach nur blöd aus!«, versuchte er seinen Bruder zu überzeugen. »Wenn ich auf die zurenne, erschrecken die sich, obwohl ich kurz vor denen stoppe, und wenn ich ›buh‹ rufe, erschrecken die sich auch, obwohl jeder sieht, dass ich kein Gespenst bin. Die sind einfach doof, stehen nur rum und fressen. Man kann nicht mal auf denen reiten!«

»Die sind nicht doof. Doof ist anders. Oder haste schon mal gesehen, dass die versucht haben, die Ranken am Brombeerstrauch zu fressen? Siehste! Die wissen nämlich genau, dass sie sich sonst an den Stacheln wehtun. Und wenn es denen zu heiß wird, gehen die in den Schatten. Also überhaupt nicht doof!«

Um seinem Bruder zu beweisen, wie blöd die Schafe in Wirklichkeit waren und weil er sich schrecklich langweilte, während Wim den Unterstand ausmistete, schlich Billy eines Tages auf den Bock zu.

»Schau nur, Wim, was ich jetzt mache!«, rief Billy, senkte wenige Meter vor dem Bock seinen Kopf und hielt seine Zeigefinger ausgestreckt vor seine Stirn. Er wollte seinem Bruder beweisen, dass der Bock so blöd war, dass er Billy für einen Artgenossen hielt. Das Problem war nur, dass der Bock – im Übrigen ein überaus prächtiges mehrjähriges Tier mit mächtigen, akkurat gekrümmten Hörnern – diese Provokation völlig ernst nahm. Ein gesenktes Haupt blieb ein gesenktes Haupt, da konnte ein Bock sich nicht darum scheren, ob es sich um einen Rivalen oder um ein Kind handelte, dessen wild gelocktes braunes Haar dem Fell seiner Rasse gar nicht so unähnlich war. Und so fand sich Billy, noch ehe er realisieren konnte, was geschehen war, in einer wunderbar anmutigen Drehbewegung seines Körpers einige Meter im freien Fall, bevor er ziemlich unsanft auf dem Rücken aufkam, und zwar inmitten des von seinem Bruder so sorgsam zusammengetragenen Misthaufens. Der Bock scharrte mit den Hufen, senkte sein gehörntes Haupt und setzte schon zum nächsten Angriff an, ein Vorhaben, das nur durch Wims beherztes Eingreifen verhindert wurde, der mit der Mistgabel auf den Bock losging – so wichtig ihm die Schafe auch waren, sein Bruder war ihm wichtiger.

Billy trug von diesem Erlebnis eine Gehirnerschütterung davon und lief einige Tage mit einer beeindruckenden Beule herum, aber wenigstens stimmte Wim ihm endlich zu, dass zumindest der Bock ein bisschen doof war. Trotzdem schmälerte dieses Ereignis Wims Zuneigung zu den drei wolligen Tieren nicht, und so blieb Billy nichts anderes übrig, als Tag für Tag mit auf die Wiese zu gehen, um Wim bei seinen Schafstudien Gesellschaft zu leisten. Regnete es, so kauerten sich die Zwillinge neben den Tieren ins Stroh im Wellblechunterstand. Die Schafe störten sich mit der Zeit nicht mehr an den zwei kleinen Kerlen, die täglich in löchrigen Gummistiefeln, zerrissenen Cordhosen und grobmaschigen Strickwesten zu ihnen auf den Hang stapften. Wim füllte ihren Wassertrog auf, gab ihnen trockenes Brot, kümmerte sich darum, dass der Salzstein, den Hadschi an einem Birnbaum befestigt hatte, nicht verdreckte, und brachte mit der Schubkarre frisches Stroh in den Unterstand. Mit der Zeit gewöhnten sich die Schafe sogar so sehr an ihn, dass sie es zuließen, dass Wim ihnen die Kletten aus dem verdreckten Fell zupfte oder ihnen mit einer Schere die Augen frei schnitt.

Mit jedem Tag, an dem sich der Sommer weiter über der

Eifel ausbreitete wie eine weiche, warme Decke aus transparenter Seide, verwuchsen Wim und die Schafe immer stärker zu einer eingeschworenen Gemeinschaft, während Billy Vögel mit unreifen Äpfeln oder faulen Nüssen bewarf, sich Höhlen in die Hagebuttensträucher schnitt und büschelweise Sauerampfer futterte. Billy hatte es längst aufgegeben, seinen Bruder davon überzeugen zu wollen, dass sie doch wieder einmal in die Schlucht oder an das Wehr gehen könnten. Außerdem bemerkte auf der Wiese niemand, wenn er sich in die Hosen machte, eine Angewohnheit, die sich hinterhältig in sein Leben geschlichen hatte. Zunächst hatte er nur nachts eingenässt, aber dann geschah ihm dieses Missgeschick auch immer häufiger tagsüber.

Und während Wim den Schafen eine lückenhafte Schur mit einer Nagelschere verpasste, Billy sich einmal durch einen Hagebuttenstrauch grub und Francis im Sandkasten mit Katzenkacke spielte, fiel der Lehrerin der ersten Klasse in der Rurbroicher Grundschule auf, dass ihre vormals beste Schülerin sich nicht mehr am Unterricht beteiligte. Das Kind versteckte sich hinter den verfilzten Strähnen seines blonden Haars, an deren Spitzen es knabberte, wenn es nicht gerade die Nägel seiner Finger kaute oder an seinem Daumen nuckelte.

»Iss dich nicht immer selbst auf!«, schalt die Lehrerin Hebron zur Freude der anderen Kinder.

Drehte die Lehrerin zu Beginn des Unterrichts zur Kontrolle der Hausaufgaben ihre Runde durch die Klasse, so duckte sich Hebron, wenn die Lehrerin in ihre Nähe kam, als fürchtete sie, Schläge zu bekommen.

Dass Hebron sich nicht mehr am Unterricht beteiligte, hieß nicht, dass sie nicht in der Lage gewesen wäre, die gestellten Fragen richtig zu beantworten, im Gegenteil, sie wusste die Antworten so gut wie immer und ärgerte sich, wenn ihre Mitschüler falsche Lösungsideen vortrugen, und murmelte die richtigen Antworten leise vor sich hin. Forderten die Lehrer sie auf, sich zu äußern, dann flüsterte Hebron, und wenn man sie bat, lauter zu sprechen, konnte es passieren, dass sie anfing zu weinen.

Je schlimmer diese Verhaltensweisen wurden, desto mehr ärgerten die anderen Schüler sie.

»Euer Haus ist die Schande unseres Dorfs!«, riefen sie und wiederholten damit nur, was ihre Eltern sagten.

Nur selten gelang es Hebron, die frostige Schutzhülle ihrer Schüchternheit aufzutauen, und dann blitzte etwas vom Temperament der früheren Hebron auf, ganz kurz nur, wie ein überraschender Sommerregen, der sich über den goldenen Wogen reifer Kornfelder zusammenbraut und sich schnell wieder verzieht, bevor die Erde überhaupt erst die Chance bekommt, gierig die Feuchtigkeit aufzusaugen.

Aber trotz ihres Status als Außenseiter ging Hebron gern in die Schule.

Als es wärmer wurde, schleppten die Zwillinge nachmittags das Schlauchboot zur Rur. Hebron trug Francis, der schwer und plump auf ihrer Hüfte saß und seine warmen Ärmchen um ihren Hals legte. Dann paddelten sie von der Busenbrücke bis zum Wehr. Kurz vor dem Wehr stieg Hebron aus dem Boot ins Wasser, stemmte sich gegen die Strömung und hielt dabei den dicken Bruder in die Höhe, bis sie die ersten der weit ins Wasser ragenden Wurzeln der am Ufer wachsenden Bäume zu fassen bekam. Und während sie mit triefend nassen Kleidern den Radweg hinunterging, der an der Rur entlangführte, rutschten die Zwillinge mit dem Boot laut grölend das Wehr hinunter. Hinter dem Wehr banden sie das Boot an der Wurzel einer Weide fest und versuchten, die dicken Forellen zu fangen, deren grauviolett glänzende Leiber fett und flink über die blank geschliffenen Kiesel huschten. Manchmal kam Hadschi mit dem Rad zum Wehr gefahren, er fuhr stets breitbeinig mit nach außen gedrehten Füßen, man sah seine Eier unter dem straff gespannten Stoff seiner Hose, und wenn er gut gelaunt war, schlüpfte er aus seinen Sandalen, krempelte die Beine seiner Latzhose hoch, ließ seine Füße von der kleinen Mauer in die Strömung über dem Wehr hängen und erzählte ihnen abenteuerliche Geschichten von Fischen, feist und glänzend wie junge Säue, deren Leiber noch lange zuckten, nachdem er sie mit bloßen Händen oder einem einfachen Bambusspeer an Land gezogen hatte, von Strömungen und Strudeln, deren Sog so mächtig war, dass man geradewegs bis ins Erdinnere gezogen worden wäre, hätte man sich nicht in letzter Sekunde an den Zipfel einer Liane geklammert.

Begannen die Kinder in ihren nassen Kleidern zu frieren, so hob Hadschi Francis auf den Gepäckträger und hieß Hebron, sich auf die Stange seines Fahrrads zu setzen. Ängstlich klammerte sich Hebron an den Lenker, der im Takt von Hadschis Tretbewegungen schwankte. Bei jeder Aufwärtsbewegung stießen seine Knie an ihren Körper, und Hebron fürchtete, auf den mit feinem Kies bedeckten Radweg zu stürzen. Hadschi schien das wacklige Gefährt nicht zu ängstigen, denn er sang laut und schief. Oder er legte seinen Kopf auf Hebrons Schulter und summte ihr seine Melodien brummend ins Ohr. Wim und Billy mussten derweil das Schlauchboot tragen und trafen erst viel später im Seelenpfad ein als die drei Radfahrer.

Sommer am Rursee

Mit Beginn der Sommerferien ging Meggy schließlich in den Mutterschutz.

Einige schöne Tage verbrachten sie gemeinsam am Rursee. Zusammengepfercht in der gelben Ente und ausgerüstet mit Schlauchboot, Sonnenhüten und einem gewaltigen Picknickkorb, kurvten sie schon morgens die Serpentinen bis zum Rursee hinauf, wobei Meggy einen Eimer zwischen ihren Knien hielt, weil sie das Kurvenfahren nicht vertrug.

Der Ablauf der Seebesuche war immer dergleiche: Meggy richtete sich mit Decken und Tüchern ein gemütliches Plätzchen im Schatten ein und blies die Schwimmflügel auf, während Hadschi Bierflaschen an einer Kordel ins Wasser hinabließ. Dann sprang er mit einem gekonnten Hechtsprung in den See, schwamm ein paar lange Züge, bis er prustend wieder auftauchte und seine Mähne schüttelte.

Danach paddelte er so weit zum Ufer zurück, dass er hüfttief im Wasser stand, suchte einen sicheren Stand auf den scharfkantigen Steinen und rief die Kinder zu sich. Die nächsten Minuten verbrachte er damit, Hebron, Wim und Billy unter lautem Tamtam in die Höhe zu heben und weit von sich weg ins Wasser zu werfen. Ein Spiel, bei dem die drei bereitwillig mitmachten. Wenn Hadschi Hebrons Unterschenkel packte und sie ihren Körper ganz steif machte, damit sie nicht aus der Balance geriet, lachte sie laut, aber es war ein Lachen, das ihre Mundwinkel so weit auseinanderzog, bis es wehtat. In dem kurzen Moment, in dem sie durch die Luft flog, verzogen sich die schmerzenden Mundwinkel zu einer ängstlichen Grimasse, denn obwohl Hebron es mochte, von Hadschi in den See geworfen zu werden, hatte sie jedes Mal Angst vor dem Aufprall auf der Wasseroberfläche. Ganz im Gegensatz zu ihren Brüdern.

»Höher! Noch höher!«, riefen sie Hadschi bei jedem Wurf zu und drückten sich von seinen Händen ab, schnellten in die Luft wie kleine Sprungfedern und tauchten tief ins eisige Wasser. Obwohl sie nicht schwimmen konnten, ließen sie sich ohne Schwimmflügel werfen und paddelten prustend zum Ufer wie junge Hunde.

»Mach's doch mal wie deine Brüder!«, rief Meggy ihrer Tochter zu. »Mensch, sei doch nicht so ein Mädchen, schwimmen kriegst du ja wohl noch selbst hin, oder muss man dir alles vormachen?!« Aber Hebron ging nie ohne die orangefarbenen Flügelchen und ihre Plastiksandalen ins Wasser, stakste mit ihren dürren Beinchen vorsichtig von Stein zu Stein, bis sie so tief im See stand, dass das Wasser sie trug. Abends hingen in der wabenförmigen Struktur der Sohlen kleine Steinchen, und Hebron mochte es, diese mit dem Stiel eines Löffels herauszupulen.

Wenn Hadschi genug von dem Wurfspiel hatte, machte er sich daran, das Schlauchboot aufzupumpen. Nachdem er das Boot ins Wasser getragen hatte, ruderten Hebron und die Zwillinge zur Insel, die in der Mitte des Sees lag, wobei sie ein paarmal der Fähre gefährlich nahe kamen. Währenddessen hielt Meggy Nickerchen im Schatten einer schief gewachsenen Birke. Zwischen den Nickerchen kletterte sie mit Francis über die spitzen Schieferplatten hinunter zum Wasser und setzte ihn in einen Schwimmring. Fröhlich jauchzend strampelte er mit seinen dicken Beinchen, wenn Meggy ihn vor sich herschob.

Diese Tage waren frei von Meggys gereizter Stimmung und der Schikane durch Hadschi, die er wohlweislich nur außerhalb von Meggys Sicht- und Hörweite betrieb. Von außen hatten sie den Anschein einer glücklichen, kinderreichen Familie.

Einmal trafen sie Trixi, die einen riesigen Strohhut und eine unverschämt kurz abgeschnittene Jeanshose trug, aus der ihre knorrigen O-Beine gebräunt in den Sommerwind ragten. Meggy, das zusammengefaltete Schlauchboot über der Schulter, hatte um eine Pause gebeten, weil ihre Schläfen bei jedem Schritt in der Hitze, die die Eifel schon frühmorgens im Griff hatte, dumpf und pochend schmerzten. Schnaufend und schwitzend saß sie auf einem moosbewachsenen Felsbrocken, als Trixi den schmalen und steilen Pfad herunterkam, der von der Straße zum Schiefersteinstrand führte. Aber Trixi senkte den Kopf, sodass man ihr Gesicht unter der breiten Hutkrempe nicht erkennen konnte, und tat, als hätte sie die bunte Truppe nicht bemerkt. Eine Begegnung, die in Hebron das Knistern von getrocknetem Johanniskraut wachrief, das Bild von Blattläusen, die in schwarzen Körnern zwischen den Blütenblättern einer Kamille klebten, die Erinnerung an dunkelblaue, mit Raureif bedeckte Beeren des Schlehdorns und den Geruch von Sandelholz. Meggy jedoch fühlte sich einmal mehr darin bestärkt, dass es die richtige Entscheidung gewesen war, diese verlogene Person loszuwerden.

Der Schieferstrand fiel zum Ufer hin steil ab. Um überhaupt einigermaßen bequem sitzen zu können, baute man sich zwischen den staubigen, zerschlagenen Steinplatten kleine Plateaus, auf denen es sich aushalten ließ. Wer hinunter zum Wasser stieg, bot den Mitbadenden eine unfreiwillig komödiantische Einlage, denn die meisten krochen mit gebeugten Rücken und tief herunterhängenden Armen, eine Haltung, die die Abstammung des Menschen vom Affen nur zu deutlich zeigte, oder legten eine schmerzhafte Schlitterpartie über die spitzen Kanten des staubigen Schiefergesteins hin.

Aber von dieser Seite des Sees hatte man einen traumhaften Blick über das Wasser der Talsperre, dessen tiefes Blau vom Glitzern des Sonnenscheins gekrönt wurde, der auf den Spitzen der Wellen einen eifrigen Reigen tanzte, eine Choreografie der Elemente, die nur von den sich ausbreitenden Kreisen der auftauchenden Fische durchbrochen wurde.

Wegen des schwierigen Zugangs trafen sich am Schieferstrand Jutebeutel tragende Langhaarige, Bier trinkende Jugendliche, die laut johlend von den Klippen sprangen, Liebespaare, die sich unauffällig ins Birkenwäldchen verzogen, und die wenigen Nacktbader der Eifel, während die anderen Besucher den flachen Grasstrand bei den Bootsstegen bevorzugten, wo es außerdem die obligatorische Eis- und Pommesbude gab.

Auch Meggy und Hadschi badeten nackt, ein Anblick, auf den Hebron gerne verzichtet hätte. Hadschi nackt sehen zu müssen, war schlimm genug, zumal er am liebsten im Schneidersitz auf seinem Steinplattenplateau saß, aber auch der Anblick der entblößten Schwangeren erschreckte Hebron. Meggy war dicker denn je, die Beine geschwollen und überzogen von dicken blauen Krampfadern, die Hebron an Würmer erinnerten. Mit ihrem neuen Haarschnitt, den sie im Angesicht der Hitze noch kürzer hatte schneiden lassen, sah sie männlich herb aus, ihr Gesicht war aufgedunsen, wobei die Nase ordinär und bäurisch aus der verschwitzten Röte ihrer Wangen ragte, und die tiefen Augenringe, die Meggy ihre Erschöpfung ins Gesicht schrieben, verliehen ihr eine schroffe Zeichnung des Schicksals, die nie wieder verschwinden sollte. Nach ihren Nickerchen lag ein knittriges Netz kleiner Falten um ihre Augen und zwischen den schweren Brüsten, Furchen, die bis abends nicht verschwanden.

Hebron selbst wickelte sich in ein Handtuch, bevor sie ihren Badeanzug anzog, und abends ließ sie ihn einfach an, obwohl dies bedeutete, dass er ihr kalt am Körper klebte und einen nassen Abdruck auf ihrem Kleid hinterließ.

Hadschi lachte, wenn er Hebrons Kampf mit Badeanzug und Handtuch beobachtete, und verspottete sie, wenn sie ihren schmächtigen Körper verschämt wegdrehte. Sein Bärtchen zwirbelnd, erklärte er jedem, der in seiner Nähe saß, dass die

Kinder heutzutage prüder seien als die Hausfrauen im Biedermeier.

»Keine Angst!«, rief er, sobald sie versuchte, sich notdürftig zu bedecken, »mein Interesse gilt doch eher richtigen Frauen!«

Trotz des geäußerten Desinteresses ließ er es sich aber nicht nehmen, ihr ständig in den Po zu kneifen.

»Wir gucken dir schon nix weg!«, fügte er meist noch hinzu, bevor er die anderen Badegäste in ein Gespräch darüber verwickelte, dass Kinder doch die größten Spießer seien. »Ist doch wahr«, rief er, »das sind die Gartenzwergkolonialherren von morgen!«

Kein Wunder, dass sich Hebron lieber beinahe vom Ausflugsschiff überfahren ließ, als mit ihren Brüdern auf die Insel zu paddeln, wo Billy Gummibärchen in einem eigens errichteten Staubecken im Seewasser versenkte, um zu beobachten, wie sie aufquollen, während Wim versuchte, ein Lagerfeuer zu entfachen, damit man Würstchen rösten und sich in der Kunst der indianischen Rauchzeichen üben konnte.

Hebron hatte ihr erstes Schuljahr trotz ihres Rückzugs in die Welt der Schüchternheit erfolgreich hinter sich gebracht. Ihre fehlende mündliche Mitarbeit während des zweiten Halbjahrs hatte sie durch schriftliche Leistungen ausgleichen können.

»Hebron hat Probleme, Kontakt zu den Mitschülern zu finden. Sie beteiligt sich interessiert und aufgeschlossen am Unterricht, ist aber meist still. Ihre Arbeiten führt sie zügig und sorgfältig aus. Sie beherrscht die deutsche Rechtschreibung fehlerlos und liest auch schwierige Texte flüssig. Außerdem zeigt sie ein ausgeprägtes Umweltbewusstsein.« Diese Beurteilung stand in ihrem Zeugnis.

Und obwohl sie die heißen Tage des Sommers am Rursee genoss, fehlte ihr der Unterricht. In den letzten Tagen vor den Ferien war sie oft nach Schulschluss im Klassenzimmer geblieben, hatte die Tafel mit großflächigen, fantasievollen Kreidebildern verziert und die Pflanzen, die auf den Fensterbänken standen, gegossen und welke Blätter abgezupft, bis die Putzfrau sie nach Hause geschickt hatte.

Außerdem hatte sie sich in den letzten Schultagen das Radfahren beigebracht. Während ihre Zwillingsbrüder schon seit Jahren mit den Rädern steile Hügel hinabsausten und nicht einmal davor zurückschreckten, sich in die Serpentinen vor Rurbroich zu stürzen, wo sie die Kurven so scharf schnitten, dass sie eine Zumutung für jeden Motorrad- oder Autofahrer waren, hatte Hebron sich nicht ein einziges Mal auf den Sattel getraut.

Im Juli aber hatte sie sich aufs Gässchen geschlichen und zögernd auf dem Rad Platz genommen, wobei sie sich mit einer Hand an den Sprossen eines Jägerzauns festhielt. Zentimeter für Zentimeter hangelte sich Hebron an diesem Zaun entlang, bevor sie sich das erste Mal traute, beide Hände ans Lenkrad zu legen. Nach vier Tagen gelang es ihr, das Gässchen einmal der Länge nach entlangzufahren, in Schlangenlinien zwar, aber immerhin ohne zu stürzen.

Trotzdem blieb sie ungeschickt, fuhr schwankend und streifte mehr als einmal den Bordstein der Hauptstraße in Rurbroich, sodass sie fast hinfiel. Hebron aber fuhr nach jedem Beinaheunfall weiter, verbissen geradeaus schauend, die Wangen rot vom brennenden Gefühl der Scham.

Für Wim und Billy war es der letzte Sommer, bevor auch sie in die Schule kamen, und niemand zweifelte daran, dass die Zwillinge dort nicht im Entferntesten eine so glänzende Karriere vorlegen würden wie ihre große Schwester. Aber auch Wim und Billy sollten eines Tages begreifen, dass Schreiben durchaus nützlich war, und von diesem Moment an nutzten sie ihre rudimentären Kenntnisse der deutschen Rechtschreibung dafür, mit ihren Fingern in die Staubschicht der parkenden Autos in der Nachbarschaft »Wasch mich, du Sau!« zu schreiben.

Meggy hatte dafür gesorgt, dass man Francis nach den Sommerferien im Kindergarten hinter der Kirche aufnahm, obwohl er noch keine drei Jahre alt war. Allerdings hatte sie das Versprechen leisten müssen, dass er ganz anders sei als seine Zwillingsbrüder und dass sie ihn, sollte er sich als ebenso unbändig erweisen, sofort wieder aus dem Kindergarten nehmen würde. Da Francis keinerlei Anzeichen der Wildheit zeigte, die den Zwillingen eigen war, musste Meggy nicht einmal lügen, als sie den Erzieherinnen dieses Versprechen gab.

Francis hatte mit seinen fast zwei Jahren gerade erst angefangen zu laufen, aber das auch nur, wenn niemand in der Nähe war, der ihn trug. Ansonsten war er unverändert ein kleiner, gemütlicher Kerl, der, rothaarig und pausbäckig wie er war, jedermann mit seinem Lächeln in Entzücken versetzte. Selbst die Nachbarinnen am Seelenpfad kamen nicht umhin, dem Jungen in die Wangen zu kneifen und ihm übers glänzende Haar zu streicheln.

An den Spielen beteiligte Francis sich nicht, er sprach außerdem nicht, und wenn er seine Position ändern wollte, hob er die Arme und machte drängende Geräusche, bis ihn eines seiner Geschwister an den gewünschten Ort trug. Da er so sämtliche Hosen am Hosenboden durchscheuerte, steckte Meggy ihn in eine kurze Lederhose, die Hadschi verächtlich Nazibuxen nannte. In dieser Hose saß Francis im Gras, aß Blumen und Halme, während seine Brüder die Dorfkinder mit ihrer Wildheit erschreckten und Hebron Kränze aus Gänseblümchen und Löwenzahn flocht.

Wie kam, was kommen musste

Es war August, als Meggy, diesmal bei einer Hausgeburt, ihren vierten Sohn entband.

Die Geschwister saßen während der Geburt im Flur und lauschten den verstörenden Geräuschen, die aus dem Schlafzimmer drangen. Dieses Erlebnis hatte zur Folge, dass sie einige Tage lang an unerklärlichen Bauchschmerzen litten, und abgesehen von diesen Bauchschmerzen empfanden sie eine gewisse Skepsis ihrem neuen Bruder gegenüber, denn es war schließlich seine Schuld, dass die Mutter so leiden musste. Außerdem war er klein, rot und runzlig, und keiner von ihnen wollte Meggy glauben, dass er selbst nach der Geburt nicht anders ausgesehen hatte. Zu guter Letzt schrie der kleine Wurm fortwährend und beanspruchte Meggy für sich allein, eine Tatsache, die seinen Geschwistern nicht gefiel, denn alle vier befanden, dass der Platz auf Meggys Schoß nur ihnen gebührte.

Ein wahres Gedrängel entstand nun jeden Morgen um Meggys trägen Körper. Ihre flehentlichen Bitten an Hadschi, er möge ihr doch wenigstens für ein paar Stunden die Kinder vom Leib halten, damit sie die Chance habe, sich einigermaßen von der Geburt zu erholen, wurden nicht erhört, denn Hadschi, der zwar stolz auf seinen Stammhalter war und ihn morgens gern das kleine Bäuchlein küsste, hatte Wichtigeres zu tun, als sich um seine Stiefkinder zu kümmern: Der August bedachte Hügel und Täler der Eifel mit einer Dürreperiode, die das Gras auf den Wiesen verdorren, das unreife Obst von den ausgetrockneten Ästen plumpsen und die Beete in staubige Erdschollen zerfallen ließ.

Und Hadschi, der nicht wollte, dass er seine Plantage umsonst angelegt hatte, verbrachte viele Stunden damit, eimerweise Wasser in den Garten zu schleppen und Ausschau nach Heuschrecken zu halten, deren Einfallen er aufgrund des ungewohnt trockenen Klimas befürchtete.

Nun klebten Meggy nicht nur fünf Kinder am verschwitzten und geschundenen Leib, sie litt darüber hinaus an starken Nachwehen, die so schlimm waren, dass ihr der eine oder andere Schmerzenslaut entwich, wenn sie das Baby stillte.

Und diese Schmerzenslaute waren es wohl auch, die zum neuerlichen Eklat in Meggys Leben führten.

Ben war der Name, mit dem Hadschi seinen Erstgeborenen versah, ganz in Anlehnung an seinen eigenen Spitznamen und somit auch ganz im Sinn von Meggys Tradition.

Am liebsten wäre es Hadschi gewesen, wenn sie den Jungen gleich Halef Omar Ben genannt hätten, aber das konnte Meggy gerade noch verhindern, indem sie sich mit ihrem Ehemann auf Ben Omar einigte, einen Namen, mit dem sich auch ebenjener Standesbeamte abfinden konnte, der schon den Namen Hebron abgesegnet hatte und dem nur daran gelegen war, diesen Lump mit den miefigen Haaren so schnell wie möglich loszuwerden. Das Anmelden seines Sohnes im Dürener Standesamt war allerdings auch so ziemlich die letzte Tat, die Hadschi für Ben vollbrachte.

Eine Woche später bekam Meggy einen Milchstau, und wenn sie das Kind an ihre blutigen Brüste legte, schrie sie vor Schmerzen. Jede Bewegung trieb ihr die Tränen in die fiebrigen Augen, und während ihr geschundener Körper keine Gelegenheit fand, sich zu erholen, versank das Haus im Chaos, und die Kinder liefen schmutzig und ungekämmt durchs Dorf und machten ihrem schlechten Ruf alle Ehre.

Tagsüber kämpfte Hadschi gegen die Unbarmherzigkeit der Sonne, und abends saß er unter den weitverzweigten Ästen des Fliederbuschs, wo er nach den aufopferungsvollen Stunden für seine kleine Plantage die wohlige Kühle der heraufziehenden Nacht bei einer feinen Kräuterzigarette genoss.

An einem dieser Abende kroch Meggy schweißüberströmt in die Küche und kratzte Essensreste, dreckiges Geschirr und allerhand Krimskram vom Abendbrottisch.

Während die Kinder gierig Brote in sich hineinstopften, öffnete Meggy ihr Nachthemd, legte die riesigen prallen Brüste frei, die heiß und pochend an ihrem Körper saßen, und legte sich kalte Quarkwickel auf.

Schweißperlen fielen von ihrer Nase auf die zu schmierenden Brotscheiben, als ihr Ehemann pfeifend das Haus betrat. Nachdem auch er gegessen hatte, wobei er sich nicht einmal zu blöd dazu war zu bemängeln, dass es nichts Warmes gab, bat Meggy ihn, ihr das Kind so anzulegen, dass das Kinn des Säuglings beim Trinken auf den entzündeten Milchstrang drückte, damit die Verhärtung abschwellen konnte.

Ein Vorschlag, den Hebron, Wim und Billy interessant und verwirrend zugleich fanden, aber diese Irritation war nichts im Vergleich zu dem, was nun folgte, denn Hadschi riss, anstatt seiner Frau diese Bitte zu erfüllen, seinen Teller vom Tisch, der klirrend zerbrach, bevor er aufsprang und sich zu Boden warf, aber nicht etwa um die Scherben aufzusammeln: Stattdessen hieb er mit den Fäusten auf die Dielen ein. Seine Fäuste schwingend, wippte sein nackter Oberkörper auf und nieder; und er stieß spitze Schreie aus, die klangen wie das Brüllen eines verendenden Tiers.

Die Kinder weinten und drückten sich an die mit trocknendem Quark bedeckte Brust der Mutter.

»Ich halte das nicht mehr aus«, schrie Hadschi, »du immer mit deinen Wehwehchen! Immer geht's nur um deine Schmerzen, wann geht's endlich mal wieder um mich??!! Wann?! Wann?!«

Er sprang auf, riss sich Haare seines Ziegenbärtchens und ganze Rastalocken aus, rüttelte am Tisch, als handelte es sich um einen Flipperautomaten, in dem es eine festsitzende Kugel zu befreien gälte, und zerschmetterte sämtliches Geschirr vom Abendbrot, bevor er die Küche verließ.

Hebron schluchzte, für sie war der Fall sonnenklar: Hadschi hatte die Tollwut bekommen, wahrscheinlich weil er Brombeeren gegessen hatte, ohne sie vorher zu waschen, denn genau davor hatte Trixi sie immer gewarnt.

Die Kinder fest an ihren von Schmerzen durchfluteten Leib drückend, bückte sich Meggy nach Ben, der in seinem Körbchen lag und ebenso bitterlich weinte wie seine Geschwister. Im Arm seiner Mutter schluchzte er ein paarmal jämmerlich und öffnete seine Augen zum ersten Mal richtig, um in die Welt zu sehen, die sich ihm nach so wenigen Tagen auf eine so herbe Art offenbarte.

Einmal riss Hadschi noch die Küchentür auf.

»Mir reichts!«, schrie er und wirbelte durch den Raum, um seine Kakteen von der Fensterbank zu nehmen, bevor er Türen schlagend im Flur verschwand.

Meggy tat das einzig Richtige in dieser Situation, sie nahm ihre fünf Kinder, hastete mit ihnen die Treppe hinauf und verbarrikadierte sich mit ihnen im Schlafzimmer, wo sie in Ermangelung eines Schlüssels einen Stuhl unter die Klinke schob und diesen mit der Kommode fixierte, das Ganze immer noch mit blankem Busen, von dem der Quark in trockenen Flocken abfiel.

Die Sicherung der Zimmertür erwies sich als unnötige Maßnahme, denn Hadschi hatte Besseres zu tun, als Meggy zu verfolgen. Er trug seine Sachen zusammen, und lange brauchte er nicht dafür, denn Kakteen und Comics waren schnell in einem Karton verstaut.

Im Schlafzimmer verebbte die Kakofonie der Verängstigten

in vereinzelte Schluchzer. Nur Ben mochte sich nicht beruhigen, schrie immer lauter und eindringlicher, und als Meggy das Kind an die glühend heiße, steinharte Brust legte, liefen ihr stumme Tränen des Schmerzes über die Wange. Hebron bat schließlich darum, der Mutter das Baby wie gewünscht anzulegen, und mit der Hilfe ihrer Tochter gelang es Meggy, Ben kopfüber zu stillen, eine ebenso schmerzhafte wie heilsame Methode. Danach schliefen alle sechs erschöpft ein, ein Knäuel aus verschwitzten Gliedern, eingehüllt in die letzten warmen und rosigen orangefarbenen Strahlen der Augustsonne, die langsam und träge hinter der Kuppe der Schafweide versank.

Fieberträume

Die nächsten Tage verliefen dumpf und träge wie die Augusthitze, die ohne Erbarmen für Mensch, Tier und Pflanze die Eifel lahmlegte. Die einzigen Orte, an denen so etwas wie Leben stattfand, waren Badeseen und Freibäder, wo sich ermattete, sonnenerhitzte Körper dicht an dicht drängelten.

Auf Meggys Hilferuf eilten Peggy und Fanny in den Seelenpfad, während Clementine sich, kaum dass sie von der neuerlichen Entwicklung im Haushalt ihrer vierten Tochter hörte, in dem Sessel, in dem Josef immer Pfeife rauchend gesessen hatte, fürchterlich betrank.

Clementine trank täglich, aber immer erst abends und immer aus einer blauen Steinguttasse, die mit einem Hirschkopf bemalt war. Wahrscheinlich glaubte sie, dass Franz so nicht bemerkte, dass sie Abend für Abend eine Flasche billigen Rotwein leerte. Tatsächlich wusste aber jedes ihrer neun Kinder über den Inhalt der Hirschtasse Bescheid.

Am Tag, als Clementine erfuhr, dass dieser Derwisch mit der Filzlausfrisur ihre Tochter und den frisch geborenen Enkel verlassen hatte, ohne dass auch nur einer aus der Familie das neue Kind überhaupt gesehen hatte, brach sie ihre Gewohnheit und trank erstens nicht aus der Hirschtasse, sondern gleich aus der Flasche, und zweitens blieb es auch nicht bei der einen Flasche, sie leerte gleich drei, und das, drittens, schon am Nachmittag.

Franz fand seine Mutter am frühen Abend, als er sich am Inhalt ihres Kühlschranks bedienen wollte, weil es ihn nach der Hitze des Tages nach kaltem Kochschinken, Silberzwiebeln und Mayonnaise verlangte. Aber anstatt ihm Schinkenbrote und Salzgurken auf der Veranda zu servieren, hing Clementine schnarchend im Lieblingssessel des Vaters, drei leere Rotweinflaschen zu ihren Füßen. Verdenken konnte ihr Franz dieses Besäufnis nicht, denn Franz trank selbst, und das nicht einmal heimlich, und außerdem hatte auch er schon von den Vorkommnissen im Seelenpfad gehört. Nachdem er seine Mutter geweckt und ihr einen starken Kaffee sowie ein Glas sauer eingelegte Gurken gereicht hatte, ließ er sich von ihr die Einzelheiten über Hadschis schändlichen Abgang berichten.

Peggy und Fanny nahmen sich derweil in Rurbroich der verlassenen Schwester und ihrer Kinder an.

Zuallererst lüfteten sie das Zimmer und badeten den Säugling.

»Ein ganz süßes Kerlchen!«, befanden die über den Wickeltisch gebeugten Tanten einstimmig, während sie den Nabel versorgten und die Windel austauschten.

»Und ganz der Opa! Ja, der Kleine sieht aus wie alle Hungers, eindeutig! Wenn er kein Junge wär, würde ich glatt sagen: ganz Tante Käthe!«, fügte Fanny noch hinzu, denn dass das Kind womöglich seinem Vater ähneln konnte, hätte ihnen gar nicht gepasst. Wer sich derart unmöglich aus seiner Verantwortung als Familienvater zog, der verlor ihrer Meinung nach sogar das Recht auf Ähnlichkeit mit seinem Kind.

Meggy lag derweil zwischen den schweißgetränkten Laken und hörte kaum, was ihre Schwestern sagten. Ob das Kind nun Hadschi ähnelte oder nicht, das war nicht gerade die Frage, die sie in dem Moment am meisten quälte, denn für Meggy zählte nur eins: Was musste sie tun, damit ihr Ehemann zu ihr zurückkam?

Nachdem Peggy auch ihrer Schwester mit einem kalten

Waschlappen zu Leibe gerückt war, kalten Schweiß und trockenen Quark vom hitzigen Leib gerieben und sie in ein frisches Nachthemd gesteckt hatte, wurden Meggys flehentliche Gedanken, in denen sie Hadschi eindringlich beschwor, zu ihr zurückzukommen, von einem tiefen, fiebrigen Schlaf verdrängt.

Durch die dünnen Sommervorhänge wehten Gesprächsfetzen von der Straße und den Nachbarhöfen zu ihr ins Zimmer, das Gelächter Rollschuh fahrender Kinder, der intensive Geruch von krossem und fettigem Grillgut, das Plätschern der Schläuche, mit denen die Rurbroicher ihre ausgetrockneten Beete und die schlaffen Blumenrabatten in ihren Vorgärten wässerten. Eine Hummel verirrte sich laut brummend ins Zimmer und verfing sich taumelnd im Stoff des Vorhangs.

Zusammen bildeten diese Geräusche durch den dösigen Schleier des Fiebers eine beruhigende Melodie, die Meggys Schlaf fest und erholsam werden ließ.

Wach wurde sie nur, wenn die Schwestern zu ihr hochkamen, um das nasse Laken gegen ein frisches auszutauschen, ihr das Kind anzulegen und die heißen Brüste mit neuen kalten Wickeln zu kühlen. Außerdem flößten sie ihr löffelweise Brühe und Lindenblütentee ein, damit das Fieber sank und Meggy wieder zu Kräften kam.

Meggy hatte keine Ahnung, wohin Hadschi mit seinen Kakteen gegangen war, und hätte sie es gewusst, so hätte sie sich längst ans Telefon gehängt und ihn angefleht, zurückzukommen. Möglicherweise wäre sie sogar höchstpersönlich in die rostige Ente gestiegen, um ihn abzuholen, und hätte sich ganz sicher jegliche Schmerzensäußerung, jeden Vorwurf und jede Klage verkniffen.

So aussichtslos die Lage auch war, Meggy war voller Hoffnung, dass er spätestens nach ein paar Tagen wieder vor der Tür stehen würde. Man mag es den Hormonen der jungen Mutterschaft, dem Selbstschutz oder ihrer Naivität zuschreiben, aber der Wutanfall und seine Flucht, ja nicht einmal die

Tatsache, dass sein Fehlen im Haushalt keinen Unterschied machte, sah man von der Wässerung der Haschplantage ab, waren für Meggy Anlass, ihre Zuneigung zu ihm zu überdenken. Sie fragte sich nicht, ob sie diesen Mann liebte oder nicht, verwendete keinen einzigen Gedanken daran, ob er ein geeigneter Partner war oder nicht; in diesen taubtrüben Tagen nach seinem Abgang ging es ihr einzig und allein darum, nicht wieder als Alleinerziehende dazustehen, ein Gedanke, der stärker war als das fiebrige Delirium, das ihren Körper so fest im Griff hatte. Panik und Verzweiflung fiedelten ihr einen ordentlichen diabolischen Marsch, gegen den sich ein Quartett aus singender Säge, verstimmten Violinen, Topfdeckelpauke und Waschbrettharfe nach purer Harmonie angehört hätte. Die Aufführung begann, sobald sie daran dachte, dass Hadschi nicht zurückkommen würde, und Meggy hätte wirklich alles dafür getan, nicht weiter im Takt des missklingenden Marsches laufen zu müssen, an dessen Ende sie erniedrigt und blamiert vor der Verurteilung durch ihre Familie stehen würde.

»Meggy Hunger«, schrie die Stimme ihrer Mutter durch den nebligen Schleier eines nachmittäglichen Fiebertraums, »ich verurteile Sie hiermit zum Tod durch einen brennenden Strang im Schweinekoben! Ihnen wird vorgeworfen, zum wiederholten Mal als verlassene Mutter durch Rurbroich gelaufen zu sein, und zwar nackt und mit feurigem Busen!«

Und je schlimmer die herbeigeeilten Schwestern über Hadschi herzogen, je öfter sie ihr Sprüchlein zitierten, dass sie gleich gewusst hätten, dass es mit diesem falschen Fuffziger kein gutes Ende nehmen konnte, je mehr sie bekräftigten, wie unausstehlich ihn jedes einzelne Mitglied der Hunger'schen Sippe gefunden hätte, desto mehr begann Meggy ihn zu verteidigen.

Es sollte mehrere Monate dauern, bis Meggy verstanden hatte, dass er für immer weg war, Monate, in denen sie sich erniedrigte und alles dafür gab, ihn davon zu überzeugen, zu ihr nach Rurbroich zurückzukommen. Monate, in denen sie sich mit Vorwürfen überhäufte, sich selbst das Scheitern der Beziehung zuschob, sich beschuldigte, zu fordernd gewesen zu sein, zu wenig Lob verteilt zu haben und sich attestierte, nicht in der Lage zu sein, einem Mann Zuneigung zu zeigen.

»Ich bin bestimmt so, weil meine Mutter immer an unserem Vater herumgenörgelt hat!«, rief sie Hebron voller Verzweiflung zu. »Du kannst dir das nicht vorstellen, wie die dem immer hinterher ist, klappklappklapp, mit zackigem Schritt und immer nur am Nörgeln, immer nur am Nörgeln. Kein Wunder, dass der ständig auf die Jungs eingedroschen hat, der musste ja irgendwohin mit dem Ärger!«

Bis Meggy einsah, dass es ganz und gar egal war, was sie getan hatte, dass Hadschi auch das größte Lob und das devoteste Verhalten nicht hätten halten können, verging viel Zeit, zu viel Zeit, in der sie vergaß, dass es in ihrem Haus noch Kinder gab, die all jene Energie hätten gebrauchen können, die die Mutter in die Selbstkasteiung steckte. Aber auch als Meggy begriffen hatte, dass Hadschi erstens nicht zurückkehren würde und sie sich zweitens eingestand, dass sie mit diesem Verlust nicht viel einbüßte, nahm sie ihre Kinder kaum wahr, denn ab diesem Zeitpunkt versteifte sie sich darauf, Hadschi zum Ausbund der Boshaftigkeit zu erklären, zum Sinnbild der Unzuverlässigkeit, die typisch sei für alle Männer dieser Erde, die an nichts anderem interessiert waren als an unverbindlichem und schnellem Vergnügen.

Eine Meinung, die sie derart stark und andauernd vertrat, dass sich ihre vier Söhne irgendwann schämten, überhaupt geboren worden zu sein, während ihre Tochter jeden Mann für einen Verbrecher hielt und sich trotzdem zum anderen Geschlecht hingezogen fühlte. Mit siebzehn Jahren konnte Hebron schon auf eine beträchtliche Anzahl an Liebhabern und zerbrochenen Beziehungen zurückblicken, deren Verlauf nichts an Dramatik einbüßte, wie sie sie in ihrer Kindheit am Beispiel der Mutter hatte beobachten können. Da wurde heißblütig geliebt, sizilianisch gestritten und sich theatralisch getrennt, tragisch gelitten und das männliche Geschlecht als verderbt und bösartig beschimpft.

Nun aber richteten die Schwestern vorerst das Gröbste im Rurbroicher Haushalt. Fanny, für die der Umgang mit widerspenstigen Kindern, dank ihrer eigenen Söhne, nichts Besonderes war, übernahm die Aufgabe, die vier älteren Kinder zu baden.

Doch selbst die Zwillinge waren noch zu verstört von Hadschis Abgang, als dass sie sich den Befehlen der Tante widersetzt hätten, und so ließen Wim und Billy es sich ungewöhnlich stumm und folgsam gefallen, dass Fanny ihnen die Körper mit Seife abschrubbte, und hielten sich auch brav den Waschlappen vor die Augen, damit Fanny ihnen das lockige Haar waschen konnte.

So sauber wie lange nicht mehr, brachen sie zur Schafweide auf. Während er selbst trockene Brotkanten und Gemüsereste trug, hatte Wim seinem Bruder einen Eimer Wasser in die Hand gedrückt, denn er fürchtete, die Schafe seien wegen der Hitze verendet.

»Billy, mach schneller«, trieb er seinen Bruder an, »die Schafe könnten verdurstet sein. Weißt du, wenn es so heiß ist wie jetzt, kann das ganze Wasser in der Tränke einfach verdunsten. Steigt in den Himmel und ist weg.«

»Ich weiß selber, was Verdunsten ist! Erst geht das Wasser hoch, und dann regnet es irgendwo anders wieder runter. Ist doch saubekloppt, da kann es doch gleich unten bleiben!«

Die Sorge um seine tierischen Freunde hatte Wim seit zwei Tagen fest im Griff, aber er war seiner Mutter nicht von der Seite gewichen. Die Kinder hatten sich im Schlafzimmer herumgedrückt, verschreckt und aufgeregt piepsend wie ein paar Feldmäuse, die man in einem Pappkarton gefangen hielt.

Aber jetzt, da die strengen Tanten da waren, um die Mutter notfalls mit dem Stiel des Schrubbers gegen den tollwütigen Hadschi zu verteidigen, hielt ihn nichts mehr in den vier

Hauswänden des Bauernhofs, und Billy, der zwar lieber mit dem Schlauchboot zur Rur gegangen wäre, folgte wie immer seinem Bruder, stolperte ihm mit dem vollen Eimer hinterher, wobei er die Hälfte des Wassers verschüttete.

Wim hatte viele Stunden auf dem Fensterbrett im Schlafzimmer gesessen, denn von dort konnte man durch mehrere Giebel der Nachbarhäuser auf die Weide blicken. Die Schafe standen eng aneinandergedrängt unter dem Birnbaum. Aber egal, wie lange Wim von seinem Posten den Hang hinaufsah, an dieser Positionierung änderten sie nichts, und nun konnte ihn nicht einmal das drängende Flehen seines Zwillingsbruders halten, der rief, Wim möge doch ein wenig langsamer gehen. Wim befürchtete, ein Standbild aus Kadavern vorzufinden, malte sich schon die Bussarde und Krähen aus, die auf den sich noch im Tod stützenden aufgedunsenen Leibern seiner Freunde saßen und ihnen die Augen auspickten, sah sich schon Schafgräber ausheben und Holzkreuze aufstellen.

Doch als er den Birnbaum erreichte, regte sich das kreisförmige Gebilde der Schafe, sie reckten ihre Köpfe und blökten freudig. Schwerfällig lösten sie sich voneinander und verließen den Schatten unter dem niedrigen Geäst des Birnbaums. Sie folgten Billy stolpernd zur Tränke, wo er das, was im Eimer an Wasser noch übrig war, in die ausrangierte Zinkwanne goss. Dankbar versenkten die drei zotteligen Tiere ihre Mäuler in der Tränke, während ihnen Wim erleichtert über das klebrige Fell strich.

Sein Bruder beschloss, dass es an der Zeit war, die erzwungene Zeit auf der Wiese angenehmer zu gestalten, und stieg den Hang wieder hinunter, um Hammer, Nägel und alte Bretter zu holen. Und während sich Billy daranmachte, in der Krone eines alten Nussbaums ein Baumhaus zu errichten, musste Hebron die Schimpftirade ihrer Tante über sich ergehen lassen. Fanny kämmte das Haar ihrer Nichte und schalt sie, weil sie es so verfilzen lassen hatte, dass sie mit der Schere große Strähnen herausschneiden musste. Während sich Fanny mit dem Kamm durch das verknotete Haar kämpfte, weinte Hebron stumme Tränen. Aber dann zeigte Peggy, die den Umgang mit Mädchen und deren langem Haar durch ihre eigenen drei Töchter nur zu gut kannte, ihrer Nichte, wie sie sich selbst Zöpfe flechten konnte.

»Wenn du die Haare nachts flichst, können sie gar nicht verknoten, und dann tut das Kämmen nicht mehr so weh.«

Ein Rat, den Hebron in den nächsten Jahren täglich befolgte; jeden Abend flocht sie ihr Haar zu einem festen Zopf, und wenn sie sich morgens kämmte, fiel es ihr in weichen Wellen über die Schultern.

Nachdem Nichte und Neffen satt und sauber waren, nahmen sich die Schwestern das Haus vor, stellten umgeworfene Möbel wieder auf ihren Platz, sammelten Scherben auf, fegten verstreute Blumenerde zusammen und ließen jedem Eimer Wasser, den sie über den Fußboden gossen, eine Schimpftirade über Hadschi folgen, bis ihnen keine bösen Worte mehr einfielen und das ganze Haus von oben bis unten so ordentlich gewienert war wie nie zuvor. Selbst die Rurbroicher Hausfrauen hätten sich unter diesen Umständen eventuell dazu bewegen lassen, zumindest drei oder vier Tippelschritte in den Flur zu setzen.

Fanny fuhr mit der Ente zum Supermarkt, füllte den spärlichen Inhalt von Kühlschrank und Vorratskammer auf und brachte Unmengen von Süßigkeiten mit, während Peggy die Berge an Schmutzwäsche wusch, wobei sie clever genug gewesen war, auch gleich ihre eigene Wäsche mitzubringen, denn in ihrem spartanischen Scheunenhaushalt musste sie immer noch mit der Hand waschen.

Hadschi ließ sich nicht blicken. Er rief auch nicht an. Was nicht bedeutete, dass er nicht zurückgekehrt war, denn am nächsten Morgen stellte Peggy fest, als sie in den Garten ging, um an Salat und Bohnen zu retten, was noch nicht verdorrt war, dass ein Großteil des Gemüsebeets platt getrampelt war, während in der Mitte, zwischen zertretenen Maisstauden und abgeknickten Tomatenpflanzen, eine riesige kreisförmige Lücke klaffte. An das Phänomen von Außerirdischen, die Kornkreise auf dem Planeten Erde hinterließen, glaubte Peggy nicht, wohl aber erkannte sie an der Form einiger loser Blätter, was hier gewachsen war. Aus der staubtrockenen Erde ragten lediglich noch einige sauber abgetrennte Pflanzenstängel, und deren grüne Schnittflächen, auf denen Perlen von feuchtem Pflanzensaft die Schnecken anlockten, zeugten davon, dass an dieser Stelle vor wenigen Stunden noch etwas anderes angepflanzt gewesen war als Gartengemüse.

Apfelernte

Als Meggys Körper den Kampf gegen das Fieber gewonnen hatte, kehrten die Schwestern Peggy und Fanny wieder in ihren Alltag zwischen eigenen Kindern, Haushalt und Arbeit zurück. Nun waren es Fred und Franz, die sich für Meggy verantwortlich fühlten und beinahe täglich nach Rurbroich fuhren, um ihrer Schwester unter die Arme zu greifen.

Auch sie hatten von Anfang an nicht an ein gutes Ende der Ehe mit Hadschi geglaubt, aber dass er sich so schnell aus dem Staub machte, hätten sie ihm auch wieder nicht zugetraut. Fred wollte den Nochschwager in der Eifel aufspüren und ordentlich vermöbeln, aber Franz überzeugte seinen Bruder, das Jucken in den Fäusten lieber in die Renovierung von Meggys Haus zu investieren. Allerdings schworen sich beide, dass, sollte Hadschi es wagen, im Seelenpfad aufzutauchen, der Vermöbelung nichts im Wege stünde und dass sie die Sache sauber und gemeinschaftlich erledigen würden, und zwar ungeachtet der Tatsache, dass dieser Hadschi im Vergleich zu ihnen nur eine halbe Portion war. Jeglichen Anspruch auf Fairness habe er nun mal für alle Zeiten verspielt, da waren sie sich einig.

Auch sie zeigten ihre Abneigung gegen Hadschi nun unverblümt. War der gemeinschaftliche familiäre Groll zuvor nur hinter dem Rücken der Schwester artikuliert worden, so nahm nun keiner mehr ein Blatt vor den Mund.

Zugleich wünschten sich Clementine, Fred, Franz und die sechs Schwestern unisono, dass dies Meggys letzte Liebschaft mit einem Nichtsnutz war. Versammelten sich einige der Geschwister auf der Veranda ihres Elternhauses, so kam das Thema schnell auf die Schwester und den neuerlichen Eklat in Sachen Liebesbeziehungen.

»Ich meine, weiß irgendwer was über diesen Juden? Hat den überhaupt mal einer gesehen? Und was ist mit Francis? Wo kommt der her? Vom Mond?«, brachte Fanny das Offensichtliche zum ersten Mal auf den Tisch.

»Also, der Hans-Dieter war's nicht«, verteidigte sich Peggy, die den Verdacht der Untreue nie überwunden hatte.

»Ja, keine Angst, bei dem hätten wir jetzt auch nicht unbedingt damit gerechnet!« Sally war genervt, dass Peggy immer alles auf sich bezog, und befürchtete schon, ihre Schwester renne gleich wieder heulend ins Rübenfeld, mit der Drohung, sich umzubringen. Auf diese Vorführung konnte Sally gerne verzichten.

»Wenigstens kann es nicht derselbe Vater sein, Hebron und Francis sehen sich ja wohl überhaupt nicht ähnlich!« Fanny kehrte wieder zur ursprünglichen Diskussion zurück.

»Nee, den Juden gibt's wirklich«, warf Sally ein. »Ich hab die ganzen Briefe gesehen, die das Jugendamt an die deutsche Botschaft in Tel Aviv geschrieben hat. Wenns um Geld geht, ist die BRD pingelig, da nutzt es dir auch nichts, Jude zu sein; den Kindesunterhalt, den die vorschießen, wollen die trotzdem zurück. Der Typ heißt Apelstejn. Die suchen den da unten per Detektiv.«

»Bei dem Namen würd ich mich aber auch in der Wüste verstecken!« Fred hatte sich bisher mehr für den Stachelbeerkuchen interessiert und dem Geplapper der Schwestern nur mit halbem Ohr gelauscht. »Ich glaub, der Vater vom Francis ist so 'n hohes Tier, sonst würde die Meggy doch nicht so ein Geheimnis drum machen.«

»Ja, vielleicht 'n Privatpatient oder so. Aber dann hätte die hohle Printe den mal ein bisschen mehr schröpfen können als für so 'ne olle Bruchbude!«, mischte Franz sich ein.

»Quatsch, die ist doch viel zu stolz, um sich Geld geben zu lassen!«, rief Sally. »Bei dem Apelstejn ist auch nur das Jugendamt hinter dem Geld her und nicht die Meggy!«

»Ja, das stimmt!« Peggy, wieder eifrig dabei, vergaß, dass sie eigentlich beleidigt war. »Die haben die regelrecht gezwungen, den Namen preiszugeben.«

»Ja, so ist unsere Meggy, stur und bockig!«, mischte sich nun auch Clementine ein, die sich zu diesem Thema sonst immer zurückhielt. Einmal als Nazi betitelt zu werden, hatte ihr gereicht.

»Der einzig Gute war eh der Willy. Der hatte noch Anstand und Benehmen.« Fred hob seine Kaffeetasse in Angedenken des verstorbenen Beinaheschwagers. »Und das Auto erst, Mann war das 'ne Kiste!«

Auch wenn Meggy von den Spekulationen ihrer Geschwister nichts mitbekam, litt sie unter den unverhohlen vorgetragenen Schimpftiraden über Hadschi, und sie empfand die verächtlichen Worte über ihren Ehemann als Abwertung ihrer eigenen Person, denn schließlich war sie es, die sich diesen Mann ausgesucht hatte. Und abgesehen davon, dass sich Meggy von den Äußerungen ihrer Geschwister beleidigt fühlte, traute sie sich unter den gegebenen Umständen nicht, ihnen mitzuteilen, dass sie nichts sehnlicher wünschte als seine Rückkehr. Auch wenn sie diese Sehnsucht wohlweislich für sich behielt; den Wunsch, sich zukünftig nicht mehr mit einem Idioten zu verbandeln, sollte Meggy ihrer Familie tatsächlich erfüllen, denn nach dem Scheitern der Ehe mit Hadschi ließ sie sich nie wieder auf einen Mann ein, mied Mönche wie Juden und Rastafaris sowieso, und tauchte ein netter Kollege auf, der Gefallen an Meggys Prachtarsch und ihren grau melierten Haaren fand, zog Meggy derart über ihre Exmänner her, dass jeder noch so engagierte Verehrer schleunigst das Weite suchte.

Für Hebron aber war das Scheitern der Ehe das Ende eines Lebens, das vom ständigen Wechsel der Bezugspersonen gezeichnet war.

Fast ist man versucht aufzuatmen bei dem Gedanken, dass man gemeinsam mit Hebron endlich dem großen Hin und Her entfliehen kann, bei dem Gedanken, dass es sich lichtet, das unübersichtliche Feld der Menschen, zwischen denen Hebron umherschaukelte wie ein Korken im Meer, bei dem Gedanken, dass man den Fokus findet, nach dem man gesucht hat wie nach einer Insel, die plötzlich zwischen den Kronen kleiner Wellen in der endlosen Fläche eines tiefblauen Ozeans auftaucht. Ja, man ist versucht zu glauben, in Hebrons Leben kehre endlich Ruhe ein, Ruhe und Beständigkeit, und vor lauter Sentimentalität ist man sogar versucht, von Frieden zu sprechen. Aber man ahnt schon, nein, man weiß es sicher, dass die soeben zitierte Ruhe vor allem Isolation und Vernachlässigung bedeutete.

Und so war es auch, denn Meggys Dasein als alleinstehende Mutter bedeutete für ihre Kinder nicht nur Kontinuität, was die Bezugspersonen anging, es bedeutete auch, die Frustration über ihr Dasein als Alleinerziehende abzubekommen.

»Ich brauch keinen Mann«, sollte Meggy einige Monate später einer Kollegin gegenüber behaupten, »ich hab meine Hebron, die bringt abends ihre Brüder ins Bett und kümmert sich viel zuverlässiger um alles als jeder Mann. Und seien wir mal ehrlich: Die ehelichen Pflichten werden doch ab dem Moment, in dem man sich dem Diktat der Ehe beugt, wirklich zur reinen Pflicht. Von Kür keine Spur mehr! Hinlegen und warten, bis es vorbei ist, heißt die Devise der Ehe!«

Erst einmal aber kamen Fred und Franz nach Rurbroich, so oft es ging, nahmen die Arbeiten im Haus wieder auf, dichteten Ritzen und Fugen ab, verputzten die letzten rohen Wände des Hauses und engagierten einen befreundeten Klempner, der Meggys Hof endlich an die Warmwasserversorgung anschloss.

Außerdem organisierten sie die Einschulung ihrer Lieblingsneffen, und als Meggy mit ihren fünf Kindern und begleitet von ihren Brüdern auf dem Schulhof eintraf, war der Anblick dieser bunten Truppe ein gefundenes Fressen für die Rurbroicher, die sich gar nicht mehr einkriegten, so wild überboten sie sich mit ihren Spekulationen darüber, welcher der beiden Schultüten tragenden Männer denn nun der Vater der Zwillinge sei, ob die Zugezogene sich gleich mehrere Liebhaber hielt und wo, zur Hölle, der Mann mit der Hundehaufenfrisur abgeblieben war.

Um Meggy das Leben zu erleichtern, entschieden Fred und Franz, die Hühner, deren Versorgung zuletzt nur noch eine Last gewesen war, bei Clementine unterzubringen. Dort würden ein paar Hühner mehr auch keinen Unterschied machen. Sie hatten allerdings die Rechnung ohne ihre Neffen gemacht, die ihnen ähnlicher waren, als sie ahnten.

Denn Wim und Billy waren ganz und gar nicht damit einverstanden, dass man ihnen die Hühner wegnahm, nachdem sie schon auf das Schwein verzichten mussten. Im Schmieden von teuflischen Plänen waren die beiden ebenso gut wie ihre Onkel, und so fragte Wim seine Mutter unauffällig darüber aus, wo man Hühner eigentlich kaufen konnte.

»Auf dem Markt in Düren«, antwortete Meggy, »aber nur samstags.«

Am nächsten Samstag schlichen die Zwillinge im Morgengrauen aus dem Haus, und zwar nicht, ohne vorher das Portemonnaie der Mutter ums nötige Kleingeld erleichtert zu haben, und fuhren mit dem ersten Bus in die Stadt, wo sie tatsächlich drei neue Hühner erwerben konnten, ohne dass ihnen auch nur eine Person irgendwelche Fragen stellte. Und noch bevor Meggy überhaupt aufgestanden war, kehrten die Zwillinge mit dem rappelnden Karton, aus dem es zur Belustigung des Busfahrers laut gackerte, zurück nach Rurbroich. Zufrieden mit ihrem Tageswerk, ließen sie die Hühner im Hof laufen und machten sich auf den Weg zur Schafweide, um auch dort nach dem Rechten zu sehen.

Leider wurden ihnen auch diese Hühner nach einer gehörigen Standpauke, in der es besonders um den Part der unerlaubten Geldentnahme aus Mutters Portemonnaie ging, wieder weggenommen. Clementine freute sich über den Zuwachs, der ihr innerhalb weniger Tage so viele neue Hühner verschaffte und es ihr erlaubte, zwei alte Hennen zu Hühnersuppe mit Eierstich aus ungelegten Eiern zu verarbeiten.

Im Herbst halfen Fred und Franz ihrem Neffen Wim, den Unterstand für die Schafe winterfest zu machen. Damit Billy sich seinem Bruder gegenüber nicht benachteiligt fühlte, widmeten sie sich danach seinem doch eher stümperhaft geratenen Baumhaus, das nur aus einigen schief zusammengenagelten Brettern bestand, auf denen er kauerte wie ein Vogel auf der Stange, und zimmerten in tagelanger Arbeit ein wahres Prachtexemplar einer Hütte in das Geäst des Nussbaums, mit Fenstern, einer Bodenklappe, durch die man die Strickleiter hochziehen konnte, und zwei Sitzbänkchen mit integriertem Stauraum. Franz schleppte ein ausrangiertes Nierentischchen aus Clementines Keller an und Fred die abgewetzten Sitzkissen seiner alten Couch, und letztendlich waren die Brüder von ihrem eigenen Werk so angetan, dass sie selbst einen ganzen Nachmittag Bier trinkend und über ihre eigene Kindheit und die Problematik von nussverfärbten Händen im Hinblick auf engstirnige Dorfschullehrer sinnierend im Nussbaum saßen. Und weil neben dem Nussbaum ein Pflaumenbaum stand, unter dem sich der Bock genüsslich durch das Fallobst fraß und dabei mit einer Miene, die es an Arroganz und Süffisanz mit jedem britischen Gentleman aufnehmen konnte, jeden Kern einzeln wieder ausspuckte, wurde die Stimmung im Baumhaus bald derart ausgelassen und fröhlich, dass Franz vor Lachen schließlich vom Baum fiel.

Das luxuriöse Objekt hob das Ansehen der wilden Zwillingsbrüder in Rurbroich, plötzlich wollten alle Dorfkinder ständig mit ihnen auf der Obstwiese spielen und im Baumhaus sitzen. Genau diesen Grund würde Meggy einige Monate später vorschieben, als sie das Baumhaus abriss: »Wenn hier eins der Nachbarskinder stürzt, bin ich verantwortlich! Und ihr wollt doch nicht, dass ich in den Knast komme, oder?« Natürlich wollten ihre Kinder nicht, dass die Mutter inhaftiert wurde, aber sie spürten, dass der Schutz der Nachbarskinder nicht Meggys eigentliches Anliegen war, denn dieser Aspekt hatte Meggy die Monate zuvor auch nicht interessiert. Und sie sollten recht haben; der wahre Grund für das Abreißen des Baumhauses lag darin, dass Meggy sich bald nach dem Bau des Baumhauses mit ihren Geschwistern zerstreiten sollte und jedem Brett, das sie vom Baum warf, einen Fluch auf ihre Sippe hinterherschickte.

Aber noch war das Baumhaus ein Ort, den auch Hebron gerne aufsuchte, denn von hier oben hatte man einen wunderbaren Blick über die eng an die Hänge gedrängten Häuser von Rurbroich und die verschiedenfarbigen Karrees der Felder, die hinter dem Dorf lagen wie ein bunt zusammengewürfeltes Schachbrett; und als im Herbst die Blätter von den Bäumen fielen, konnte man zwischen den kahlen Gerippen der Buchen, Weiden und Eichen, die das Ufer säumten, den Schlangenlinien folgen, die das Flussbett der Rur in die Landschaft gegraben hatte.

Während der Herbstferien ernteten die Zwillingsonkel gemeinsam mit ihren Zwillingsneffen das Obst auf der Wiese. Die Eigenart des Schafbocks, Pflaumen ohne Kern zu verspeisen, entlockte zumindest Franz nur noch ein verächtliches Schnauben, zu weh tat ihm sein Hintern vom Sturz. Obwohl einige Bäume unter der ungewöhnlich trockenen Periode des Sommers gelitten hatten, trugen die Apfelbäume dank Hans-Dieters Baumschnitt so gut, dass selbst die mit Körben und Kisten herbeigeeilten sechs Schwestern niemals alle Äpfel hätten verbrauchen können, und so kam Sally auf die Idee, das Obst zur Kelterei im Nachbardorf zu bringen, ein Projekt, bei dem Fred und Franz nach der ersten Fuhre den Ehrgeiz entwickelten, das Höchstmaß der Waage zu übertreffen.

Fred zählte an seinen neun Fingern ab, wie viele Wäschekörbe sie dafür vollladen mussten, während Franz überlegte, mit welcher Methode man die Äpfel am schnellsten ernten konnte.

Sie spannten zu diesem Zweck ihre Neffen ein, die vor Eifer so gerötete Wangen bekamen, dass sie selbst wie reife, glänzende Äpfelchen aussahen. Jauchzend stoben sie über die Wiese und zogen eine große Plane von Baum zu Baum, auf der die Äpfel landen sollten, wenn Fred und Franz am Stamm rüttelten. Hebron warf die Äpfel in die bereitgestellten Wäschekörbe, während Wim hoch in die Baumkronen kletterte, um auch noch den letzten, sich hartnäckig an die äußerste Astspitze klammernden Apfel zu erwischen.

Selbst Meggy tauchte aus der Tiefe der Dumpfheit auf, die sie seit dem Auszug von Hadschi übermannt hatte, und lud Korb für Korb auf die umgeklappte Rückbank von Franz' Wagen.

Tollwut

Bei allen Vorzügen, die die Hilfe ihrer Brüder mit sich brachte, begann Meggy sich kurz nach der Apfelernte von ihnen abzuwenden, behauptete, wieder allein zurechtzukommen, und verhielt sich abweisend und verschlossen. Um sie loszuwerden, tischte Meggy ihren Brüdern Kaffee und Pfannkuchen mit Apfelmus auf, ermutigte Fred, sich wieder mehr seiner Frau Marianne und den Söhnen Johann und Gabriel zu widmen, während sie Franz zuredete, dass seine Freunde ihn gewiss schon in der Kneipe vermissen würden. Dabei benahm sie sich höchst eigenartig: Wenige Augenblicke später fuhrwerkte sie nämlich abwesend durch die Küche, löffelte Salz statt Zucker in den Kaffee und ließ das Milchkännchen fallen, nur um sekundenlang wie versteinert auf den immer größer werdenden Milchfleck zu starren, bevor sie sich mit einem Ruck aus der Erstarrung riss, zum Spülbecken stürzte und hektisch den Boden wischte, wobei sie allerlei verworrene Entschuldigungen von sich gab, als hätte sie etwas Schlimmes verbrochen.

Den wahren Grund, aus dem sie ihre Brüder gern von ihrem Haus und Hof fernhalten wollte, verschwieg Meggy ihren Geschwistern. Ihrer Tochter jedoch flüsterte sie zu, was Wunderbares passiert war, und abends durfte Hebron bei der Mutter in der mollig warmen Küche sitzen, wo Meggy ihrer Tochter ihre Gedanken und Sorgen mitteilte. Dazu rührte Meggy ein verquirltes Ei in einen Topf heißer Brühe, die sie in zwei große Becher aufteilte. Und während Hebron das flockige Ei aus der salzigen Brühe löffelte und den Worten der Mutter lauschte, fühlte sie sich bedeutsam und erwachsen.

Einige Tage zuvor hatte Hadschi bei Meggy angerufen, hatte getan, als wäre nichts passiert, und gefordert, seinen Sohn zu sehen. Und Meggy, die ihre Chance auf eine Wiedervereinigung des Familienlebens gekommen sah, setzte dieser Unverschämtheit nichts entgegen, lud Hadschi für einen Samstagnachmittag ein, verbrachte die Zeit bis dahin mit allabendlichen Küchenmonologen, in denen sie ihrer Tochter das Für und Wider des Treffens auseinandersetzte, wobei Meggy die Kunst beherrschte, jedes Wider sogleich in ein Für umzuwandeln, und als der große Tag endlich gekommen war, vergaß sie auch nicht, unter Hebrons Anleitung einen Apfelstrudel zu backen und sich zur verabredeten Stunde hübsch zu machen.

»Mensch, Meggy, dass dir der Hadschi nicht gutgetan hat, das hat dir doch jeder auf zehn Meter gegen den Wind angesehen!«, hatte Fanny während der Apfelernte gesagt. »Schau doch nur mal, wie du rumläufst! Wo ist die alte Meggy hin? Die Meggy mit den schönen Röcken und den hübschen Haarspangen? Nur weil der Typ so verlottert war, versteh ich nicht, dass du dich auch gleich in Sackklamotten steckst.« Fanny sprach aus, was die Schwestern mehrmals untereinander thematisiert hatten, und redete damit auch ganz im Sinne des Postbeamten, der manch wehmütige Minute am Monsterbusen seiner Frau verbrachte, während er vom Prachtpo der Nachbarin träumte.

»Ihr habt ja recht!«, hatte Meggy gerufen. »Aber ich bin einfach zu fertig, um mich schön zu machen! Ich bin ja schon froh, wenn ich mal ungestört aufs Klo kann!«

Und Sally, die Pragmatische, hatte am nächsten Tag eine schöne Haarklemme aus Schildpatt mitgebracht.

»Schau nur«, sprach sie, während sie die Spange seitlich in Meggys herausgewachsenem Kurzhaarschnitt befestigte, »eine kleine Veränderung, und schon siehst du wieder aus wie eine Frau!« Motiviert von Sallys Anregung, hatte Meggy die Strickkleider aus dem hinteren Winkel ihres Schrankbodens gezerrt. Mottenkugelgeruch und platzende Nähte konnten sie nicht davon abhalten, sich wieder ihrem alten Ich zu nähern.

Der Hadschi hat sich schließlich genau in diese Meggy verliebt!, sprach sie sich selbst Mut zu, als sie versuchte, die Falten ihres violetten Wollkleids über den verbliebenen Pfunden der Schwangerschaft glatt zu streichen.

Hebron und die Zwillinge zogen es vor, die Zeit des Besuchs im Baumhaus zu verbringen, dort saßen sie frierend im Oktoberwind, der durch die offenen Fenster hereinpfiff, bliesen sich auf die kalten Fingerspitzen und beobachteten den Hof.

Solange die Blätter herbstlich bunt verfärbt waren, war die Eifel wunderschön, und nicht einmal der wildeste Sturm konnte die Kinder davon abhalten, sich in das laute Rascheln der Laubhaufen in der Schlucht zu stürzen, die roten Früchte der Hagebutten an den beinahe kahlen Sträuchern auf der Wiese zu pflücken oder mit selbst gebastelten Papierdrachen, deren Schwänze mit bunten Schleifen aus Krepppapier verziert waren, über die abgeernteten Felder zu rennen. Streckten die Bäume aber im späten Herbst nur noch blattlose Äste in den grauen Himmel, so hatte das Leben in diesem Landstrich etwas Trostloses. Lediglich die großen, weit verteilten Schwärme der Krähen, die krächzend über die Hügel zogen, störten die einsame Stille, die sich mit dem November über die Eifel senkte wie kalter Rauch. Fiel aber Schnee, der die Hänge und Wälder in zarten weißen Linien nachzeichnete, so strahlte die Natur der Eifel im violett schimmernden Winterlicht eine Schönheit aus, die seelenvoll und voller Leben zugleich war.

Jetzt, im Oktober, leuchteten die Blätter der Obstbäume in allen Nuancen von Zartgelb bis Tiefrot, und der Wind, der seit einigen Tagen zeigte, welche Kraft der Herbst in ihn zu legen vermochte, dirigierte ein wahrhaft beeindruckendes Konzert im Orchester der Kronen, das über ein sanftes Rascheln zu einem melodischen Rauschen wuchs, bisweilen auch zu einem mächtigen Tosen anschwoll, bei dem sich die herbstlich verfärbten Bäume stark zur Seite neigten; und so wurde das Baumhaus von einem leichten Schwingen mal zur einen, mal zur anderen Seite erfasst, ein schönes und beruhigendes Gefühl, wäre es nur nicht so kalt gewesen und Hadschi nicht so unpünktlich.

Mehr als eine Stunde nach der verabredeten Zeit öffnete sich die ins Hoftor eingelassene Tür, und Hadschi betrat pfeifend den Hof des alten Bauernhauses.

Was sich hinter den Fachwerkwänden abspielte, davon hätte den drei Geschwistern im Baumhaus nur Francis berichten können, aber der verweigerte immer noch die Teilnahme am Austausch gesprochener Wörter.

Aber auch so konnten sich die drei fröstelnden Baumgeister ausmalen, was im Haus vor sich ging, waren sie doch oft genug von den seltsamen Geräuschen geweckt worden, die nach der Eheschließung der Mutter aus dem Schlafzimmer drangen, und was diese Geräusche bedeuteten, wussten sie nur zu gut, hatte Meggy doch erstens eine detaillierte Aufklärung ihrer Kinder vorgenommen und zweitens nach dem Auszug von Trixi im unteren Zimmer wieder ein großes Matratzenlager errichtet, auf dem alle schliefen. Laut Hadschi war das bei den Beduinen ganz üblich, denn in deren Zelten gebe es auch keine getrennten Schlafstätten, wozu auch, schließlich hätten schon Neandertaler und Indianer im Trupp genächtigt. Seiner Meinung nach sei es für die Entwicklung eines Kindes nur förderlich, seine Eltern immer in der Nähe zu wissen, da schlafe es sich automatisch besser.

Was vielleicht auch gestimmt hätte, hätte sich das frisch verheiratete Paar für seine gymnastischen Einschlafübungen einen anderen Ort gesucht als das familiäre Matratzenlager. So aber waren die Kinder Nacht für Nacht geweckt worden, was Hebron Übelkeit verursachte, während ihre Brüder das

Ganze eher zum Lachen fanden. Aber auch Meggy musste das schnell zu blöd geworden sein, denn sie hatte nach kurzer Zeit wieder auf getrennten Zimmern bestanden. Möglich, dass das laute Gekicher der Zwillinge daran schuld war, mit dem sie dem Liebespaar mehr als einmal applaudiert hatten. Nach Meggys Auflösung des steinzeitlichen Schlaflagers hatten die Kinder dankbar ihre Plumeaus die Treppe hochgeschleift und sich wieder in ihren knarrenden Bauernbetten eingerichtet.

Hebron hatte keine Sekunde gezögert, als die Brüder an diesem Samstag vorschlugen, lieber auf die Wiese zu gehen, als im Haus auf Hadschi zu warten, ein Vorschlag, den auch Meggy begrüßte.

Aber wo Wim und Billy sich aus dem Staub machten, weil sie befürchteten, verächtliche Worte oder harte Knuffe zu kassieren, argwöhnte Hebron eher, dass Hadschi im Zuge seiner Tollwut zur rasenden Wildsau geworden sei. Sie sah ihn schon mit schaumigem Maul über den Hof galoppieren, die Augen gefährlich verdreht, borstige Haare auf dem ganzen Leib. Denn auch Onkel Franz hatte bei der herbstlichen Apfelernte vor dem Verzehr von ungewaschenen Brombeeren gewarnt und den Fuchs sowie die von ihm verbreitete Krankheit derart grässlich beschrieben, dass Hebron nun glaubte, die Tollwut äußere sich maßgeblich darin, dass man sich innerhalb weniger Tage nach der Ansteckung selbst in ein wildes Tier verwandle. Zumal Franz so komplizierte Wörter wie Aquaphobie und Inkubationszeit benutzt hatte, die seine Rede seriös und seine These wissenschaftlich erschienen ließen. Laut Franz' Schilderung handelte es sich bei dem Resultat der tollwütigen Verwandlung um eine Mischung aus Wildschwein und Waldschrat, und da Hebron Hadschi nicht mehr gesehen hatte, seit er sich infiziert hatte, glaubte sie, er befinde sich schon im letzten Stadium der Metamorphose.

Als sie nun aber Hadschi mit ausreichend Sicherheitsabstand durchs Hoftor kommen sah, musste sie feststellen, dass er, zumindest aus der Ferne betrachtet, ganz normal aussah: Seine Frisur thronte wie eh und je in einem mächtigen Knoten auf seinem Kopf, und dass diese Frisur von den Dorfbewohnern Hundehaufen genannt wurde, gefiel ihr ebenso wie ihren Brüdern außerordentlich gut. Sie war sich nicht hundertprozentig sicher, glaubte aber, dass sein Gesicht, abgesehen von dem Ziegenbärtchen, frei von Borstenhaaren und monströsen Warzen war, auch war von dem von Franz zitierten Klumpfuß nichts zu sehen; Hadschi humpelte nicht einmal, er spazierte seelenruhig durch den Hof und nahm sich sogar die Zeit, das neben der Haustür angelegte Blumenbeet in aller Ruhe zu betrachten.

Als sie die Verwunderung über Hadschis Genesung überwunden hatte, beschloss Hebron, dass er wahrscheinlich zum Arzt gegangen war und sich eine mächtige Spritze in den Hintern hatte jagen lassen, denn dicke Spritzen schienen Hebron das Allheilmittel gegen jede Krankheit zu sein. Vielleicht hatte er die letzten Wochen im Krankenhaus verbracht oder womöglich sogar in einer Kur. Von einer Kur sprach ihre Tante Sally in der letzten Zeit ständig, denn sie wollte Meggy überreden, eine solche Kur zu machen, und zwar eine Mutter-Kind-Kur.

»Du brauchst Erholung, richtige Erholung!«, betonte Sally. »Außerdem täte dir ein wenig Abstand gut. Und den Kindern auch! Um die Schafe kann sich doch auch der Hans-Dieter kümmern, notfalls würde ich auch regelmäßig vorbeikommen und nach dem Rechten sehen.« Dann zählte sie die Vorzüge auf, die eine Kur schon allein wegen der Melissenbäder, der Kinderbetreuung und der Mahlzeiten hatte: »Mensch, Meggy, denk doch mal nach: Du setzt dich dreimal am Tag an den Tisch, ohne dass du vorher stundenlang in der Küche herumhantieren musst! Und da gibt's Essen, an dem die Kinder bestimmt nicht rummeckern!«

Im Zuge ihrer Überredungsversuche sprach Sally auch oft von einem Kurschatten, und wenn das Gespräch auf diesen Kurschatten kam, kicherten Sally und Meggy und begannen Geschichten über ihre Hoteltanten und ein paar Wandersmänner zu erzählen, die noch schlimmer gewesen wären als jeder Kurschatten. Und dann machten sie ein paar Witze darüber, dass den alten Tanten so ein Kurschatten gar nicht so schlechtgetan hätte, und wenn sie so sprachen, blickten sie stets geheimniskrämerisch und verstohlen um sich.

Seitdem dachte Hebron oft über den Kurschatten nach, besonders nachdem ihre Mutter ihr erklärt hatte, ein Kurschatten sei ein Mann, der sich Frauen an die Fersen hefte. Hebron stellte sich einen düsteren Kerl vor, mit einer Augenbinde, wie die Panzerknacker in den Micky-Maus-Heften sie trugen, der im Gebüsch lauerte. Und seitdem sie wusste, dass man in einer Kur von solch einem finsteren Gesellen verfolgt wurde, war sie sehr froh, dass ihre Mutter sich gegen Sallys Idee sperrte und behauptete, sich zu Hause am wohlsten zu fühlen.

Aber noch etwas geschah mit Hebron, als sie sah, wie Hadschi das Haus betrat: Zum ersten Mal wurde ihr richtig bewusst, dass sie ihren Vater nicht kannte.

Seit Hadschi weg war, musste Hebron der Mutter im Haushalt zur Seite stehen. Sie durfte sich nicht mit anderen Kindern treffen und musste nach der Schule sofort nach Hause kommen.

»Du kannst mich nicht mit deinen Brüdern allein lassen!«, schrie Meggy, wenn Hebron auf dem Heimweg getrödelt hatte. Nachmittags musste Hebron ihre Brüder beaufsichtigen und war für die Wäsche zuständig. Außerdem war es ihre Pflicht, jeden Abend die Küche auszufegen, den Abwasch zu machen und jeden Samstag das Bad zu putzen. Während Hebron ihre Aufgaben erledigte, ließ Meggy sie nicht in Ruhe.

»So hält man doch keinen Besen!«, rief sie etwa, wenn Hebron die Küche ausfegte, »einen Besen hält man so!« Und dann umfasste sie den Besenstiel auf die Art, die sie für richtig erachtete, und hielt Hebron einen Vortrag für die einzig wahre Art des Fegens. Das gleiche Theater gab es, wenn Hebron das Bad putzte.

»Warte doch, bis ich fertig bin, und guck dann erst, ob alles sauber ist!«, wagte Hebron eines Tages einen zarten Vorstoß.

»Es geht aber nicht nur darum, ob alles sauber ist!«, schrie Meggy. »Und zur Strafe wischst du jetzt das Waschbecken zehnmal kreisförmig!«

Dass man etwas zur Strafe zehnmal machen musste, war neu in Meggys Erziehungsmethodenkatalog. Wim musste beispielsweise zehnmal die Tür leise schließen, wenn er sie nach Meggys Empfinden zu laut ins Schloss hatte fallen lassen, und Billy musste einen Wäschekorb zehnmal ordentlich hinstellen, weil er ihn in die Ecke hatte schlittern lassen, anstatt ihn dort behutsam abzustellen. Wenn Meggy ihre Kinder zwang, Dinge zehnmal zu tun, stellten sie sich bei der zehnfachen Ausführung affektiert an und kicherten. Dann wurde Meggy hysterisch und schrie noch lauter, aber es war die Zeit, in der ihre Kinder begannen, sie nicht mehr ernst zu nehmen, wenn sie mit ihnen schimpfte. Meggy konnte fürchterlich laut schreien, aber sie wirkte dabei hilflos. Trotzdem hatten die Kinder Angst vor der Mutter, denn man wusste nie, wann Meggy richtig ausflippte. Und wenn Meggy richtig ausflippte, dann konnte sie in unerwarteter Schnelligkeit Gegenstände durch den Raum werfen oder harte Ohrfeigen verteilen.

Einmal kippte sie den gesamten Abendbrottisch um, sodass Geschirr und Essen auf den Beinen ihrer Kinder landeten, und stürmte wutentbrannt aus dem Zimmer, weil sich die Kinder ihrer Meinung nach frech und aufsässig benahmen. Während die Kinder noch erschrocken und stumm um den umgeworfenen Tisch saßen, riss sie die Küchentür erneut auf.

»Ihr seid solche Arschlöcher, solche gemeinen Arschlöcher!«, schrie sie mit tränenüberströmtem Gesicht und knallte die Tür wieder zu. Dann hörten die Kinder, wie sie laut schluchzend durch das Haus lief. Und so laut, wie Meggy heulen konnte, konnte es niemand anders.

An solchen Abenden schob sie Hebron, die ihre Brüder zu Bett gebracht und das Chaos in der Küche bereinigt hatte, lange Briefe unter die Zimmertür, in denen sie einerseits um Vergebung bat, Hebron aber andererseits bezichtigte, sich respektlos und unverschämt zu verhalten. Da Hebron mit dem verworrenen und kompliziert formulierten Inhalt nur wenig anzufangen wusste, weil sie einfach nicht verstand, wo der Fehler in ihrem Benehmen lag, wurde sie unsicher und bekam ein dauerhaftes schlechtes Gewissen; denn anscheinend war ihr Verhalten falsch und anmaßend, und da Meggy ihr nicht erklärte, wo der konkrete Fehler lag, begann Hebron sich ständig zu hinterfragen. Eine Eigenart, die mit den Jahren immer stärker wurde, denn egal, was Hebron auch tat, sie hatte immer das Gefühl, etwas Unerhörtes zu tun und ein durch und durch schlechter Mensch zu sein.

Sie schrieb der Mutter anrührende Antworten, wie lieb sie Meggy habe und dass sie ganz viel tun wolle, damit Meggy nicht immer so fertig sein müsse. Diese Briefe legte Hebron ihrer Mutter auf den Teller, nachdem sie nachts heimlich den Tisch für das Frühstück gedeckt und im Garten ein paar späte Astern gepflückt hatte, weil sie wollte, dass Meggy sich am nächsten Tag freute und stolz auf ihre Tochter war. Trotzdem lag Hebron an diesen Abenden noch lange wach, weinte stumm bittere Tränen in ihr Kopfkissen und nahm sich vor, noch fleißiger und braver zu sein.

Gleichzeitig boten diese traurigen Abende den perfekten Nährboden für Hebrons Träumereien von ihrem Vater. Sie stellte sich vor, wie er plötzlich vor der Tür stand. Meggy würde den Ärger vergessen, den sie über ihn hegte, sie würde lachen vor Freude und ihn hereinbitten. In diesen Träumen sah Hebron ihre Mutter, wie sie früher gewesen war: die Wangen rot, das Haar lang und glänzend. Meggy trug ihr schönstes violettes Wollkleid, sie kicherte, wie sie früher immer gekichert hatte, als sie Quakquakspeise und Kikikichererbsen gesagt oder Witze über den Warzenkönig und den Mann mit den Armen wie noch Tage im Jahr gemacht hatte. Meggy breitete die Arme in einer Geste aus, die das ganze Haus warm und freundlich erscheinen ließ, und sie bat Hebrons Vater, doch mit in die Küche zu kommen, wo ein frisch gebackener Apfelstrudel und ein Schälchen Sahne warteten.

»Moment!«, würde er sagen. »Erst muss ich meine Tochter begrüßen.« Und dann würde er sich zu Hebron hinabbeugen, würde ihr lange ins Gesicht sehen, bevor er ihr eine Hand an die Wange legte, ganz zart und sacht, und ohne ein Wort zu sprechen, wüsste Hebron, was er dachte: Wie hübsch meine Tochter doch ist, und wie schlimm war es, so viele Jahre ohne sie zu leben.

»Hebron«, würde er schließlich sagen, »meine Hebron, wie habe ich mich nach dir gesehnt!«

Genauso oft, wie sich Hebron das fulminante Kennenlernen ihres Vaters ausmalte, stellte sie sich vor, ein Engel zu werden, so einer wie die auf den Bildern, die im Haus ihrer Oma hingen. Die Engel auf den Gemälden und Lithografien hatten langes goldenes Haar, große blaue Augen und trugen weite weiße Gewänder, die ihre schlanken langgliedrigen Körper umhüllten. Da Hebron selbst blond und blauäugig und dünn war, glaubte sie, wenn sie sich nur weiter anstrengte, dann wäre sie bald so gut wie die Engel von den Bildern, und wenn ihre Mutter dies erst bemerken würde, dann wäre Meggy fröhlich und dankbar und würde aufhören, so laut zu schreien und so schlimme Wörter zu sagen. Und so ließ sie sich Aufgabe um Aufgabe auftragen und lud sich immer mehr Pflichten auf den Rücken wie ein kleines Pferdchen mit durchhängendem Rücken.

Natürlich hatte Hebron Meggy schon nach ihrem Vater gefragt. Sie wusste, dass er Samuel hieß, Samuel Apelstejn, ein Name, der Hebron peinlich war, seit einige Leute, denen sie von ihrem Vater erzählt hatte, darüber gelacht hatten.

Aber ihr Vater war Arzt, und dieser Beruf löste bei den meisten Leuten Respekt und Bewunderung aus, obwohl es bedeutete, dass ihr Vater wahrscheinlich den ganzen Tag über mächtige Spritzen in die Hintern seiner Patienten jagte, ein Aspekt des Arztberufs, den Hebron eher unschön fand, denn schließlich galt es auch, Spritzen in dicke Omahintern oder haarige Männerärsche zu jagen, und seit dem Sommer am Rursee wusste Hebron über die Beschaffenheit von Erwachsenenhintern mehr, als ihr lieb war.

Dann hatte Meggy ihr noch erzählt, dass der Vater aus einer Stadt namens Hebron stammte und dass Hebron deshalb Hebron hieß. Die Stadt lag in Israel, und Israel war das Land, in dem Josef und Maria ihren Sohn Jesus in einem Stall bekommen hatten. All das wusste Hebron, und wurde sie nach ihrem Vater gefragt, leierte sie die Antworten herunter, bis die Fragen einen Punkt erreichten, an dem sie nur noch antworten konnte, dass sie nicht mehr über ihren Vater wisse. Auch wenn diese Situationen unangenehm waren, und auch wenn es bei den anderen Kindern einen Vater im Haus gab, so empfand Hebron es doch als das Normalste der Welt, ihren Vater nicht zu kennen. Bei ihren Brüdern sah es ja nicht anders aus.

Der Vater von Wim und Billy war ein berühmter Rennfahrer, der bei einem Autorennen auf dem Nürburgring in einem Porsche gestorben war, so wie Nikki Lauda, nur dass Nikki Lauda überlebt hatte und jetzt für immer verbrannt war. Ihre Mutter hatte diesen Unfall im Fernsehen mit angesehen, und weil die Zwillinge noch in ihrem Bauch gewesen waren, hatten sie den Schock, den Meggy vor dem Fernseher erlitten hatte, durch die Nabelschnur miterlebt, und deshalb waren sie so wild und zappelig.

»Wir waren eine richtige Familie, eine richtige Familie!«, sagte Meggy, wenn die Sprache auf den Vater der Zwillinge kam. »Der Willy, der hat noch kurz vor dem Rennen meinen Bauch geküsst und mit euch Zwillingen geredet. Und für dich war er wie ein Vater, der hätte dich aufgezogen wie sein eigenes Kind!« Und dann erzählte sie noch, dass er das Rennen auf jeden Fall gewonnen hätte, denn er lag mit seinem Porsche weit vorne, aber einer von den schlechteren Rennfahrern sei so blöd gegen die Leitplanke gefahren, dass sein Wagen mitten auf die Rennbahn und genau vor Willys Porsche geschleudert worden sei. Wim und Billy hatten jeden Grund, stolz auf ihren Vater zu sein, und auch Hebron verspürte Stolz, wenn sie über den Vater ihrer Brüder sprach, denn schließlich war er ja auch ein bisschen ihr Vater gewesen, auch wenn sie sich nicht mehr an ihn erinnern konnte.

Fragten die Kinder Meggy nach Francis' Vater, so antwortete Meggy stets: »Francis kommt von den Engelchen.«

Seitdem stellte sich Hebron, wenn sie abends den rosafarbenen Himmel betrachtete, der seine Farbe laut Meggy nur hatte, weil die Engel, zu denen Hebron so gerne gehört hätte, dort oben backten, immer vor, wie die Engel Francis gebacken hatten und er dann vom Himmel in die Arme ihrer Mutter gefallen war. Wahrscheinlich hatten die Engel nicht gut aufgepasst, und Francis, der eigentlich gerade in den gigantischen Himmelsofen geschoben werden sollte, war ihnen vom Brotschieber gerutscht, und Meggy hatte sich den kleinen, vom Himmel fallenden Kerl schnell geschnappt.

Hebron war darüber sehr froh, denn was passierte, wenn kleine Jungen gebacken wurden, wusste sie nur zu gut aus den Geschichten von Max und Moritz, die ihre Oma so gern zitierte, und sie wollte sich Francis nicht als knusprige Teighülle vorstellen, die man zerbröselte und an die Gänse verfütterte.

Und der Vater von Ben war Hadschi, so viel war mal klar.

Und als dieser Hadschi nun durch die pinke Tür in ihr Haus spazierte, um seinen Sohn zu sehen, befiel Hebron zum ersten Mal eine schmerzhafte Sehnsucht nach ihrem eigenen Vater.

Sie wünschte, ihr Vater würde sie auch besuchen kommen. Sie wünschte, er würde ihr Geschenke mitbringen oder mit ihr Ausflüge machen, und zwar nur mit ihr allein, ohne ihre nervigen Brüder, denn schließlich war dieser Samuel Apelstejn nur ihr Vater. Aber vor allem hätte Hebron zu gern gewusst, wie er aussah.

Nachdem sie von ihrem Ausguck im Nussbaum beobachtet hatten, wie Hadschi das Haus wieder verließ, stiegen die drei verfrorenen Kinder den Hang hinab und kehrten ins Haus zurück.

Die Mutter war merkwürdig abweisend, aber wenigstens schrie sie nicht, wie sie es sonst in der letzten Zeit ständig tat.

Als ihre Brüder im Bett waren, nutzte Hebron die Gelegenheit, mit ihrer Mutter über ihren Vater zu sprechen.

An diesem Abend schenkte Meggy ihrer Tochter keinen Blick, als diese die Küchentür öffnete. Sie stand am Küchenherd und rührte in dem kleinen Kessel, eine leere Tasse in der linken Hand. Der Duft von Brühe mit verquirltem Ei lag salzig und feucht im Raum. Aber weder begann Meggy, ihrer Tochter von dem Treffen mit Hadschi zu erzählen, noch bot sie ihr Suppe an. Mit ihrer Tasse trat Meggy ans Fenster, und als sie den Vorhang ein Stück zur Seite schob, flatterte ein Pfauenauge aus den Falten, das sich verwirrt und schwach gegen das Glas warf. Meggy schenkte dem Schmetterling, der so nah vor ihrem Gesicht herumflog, keine Beachtung, ihr Blick folgte starr der Kurve, die der Seelenpfad zur Hauptstraße hin schlug. Seufzend nahm Meggy schließlich Platz am Tisch und wedelte mit der Hand, in der sie die Tasse gehalten hatte, als ließe sich die Hitze so von den Fingerspitzen abschütteln.

Hebron setzte sich zu ihrer Mutter, und als diese keine Anstalten machte, das Gespräch von sich aus zu beginnen, ergriff Hebron die Initiative, um mehr über diesen Samuel Apelstejn zu erfahren, der ihr Vater war.

»Mama, denkst du, mein Vater könnte mich auch mal besuchen?«

Aber Meggy blies nur stumm und mit gebeugtem Oberkörper in ihre Tasse mit der heißen Brühe.

Also begann Hebron ihr ihre Gedanken darzulegen, die ihr im Baumhaus gekommen waren. So wie die Mutter sich ihr in den Tagen zuvor mitgeteilt und Hebron dabei das Gefühl vermittelt hatte, eine vollwertige Gesprächspartnerin zu sein, so begann Hebron an diesem Herbstabend, an dem der Wind mit einem trockenen Pfeifen um das schiefe Fachwerkhaus streifte und das verirrte Pfauenauge sich einen neuen Platz zum Überwintern suchte, mit ihren acht Jahren in gestelzten Sätzen, die voll von den Formulierungen waren, die ihre Mutter bei den abendlichen Küchengesprächen immer benutzte, ihrer Mutter das Bedürfnis, mehr über ihren Vater zu erfahren, auseinanderzusetzen.

Bis Meggy, die schweigend und teilnahmslos am Tisch verharrte, sich plötzlich aus ihrer Lethargie löste und ihre Tochter in ruppigem Ton und mit wutverzerrtem Gesicht anfuhr: »Ach, dein Vater! Der ist doch wie alle Männer!«

Und dann fügte sie, etwas versöhnlicher, hinzu: »Ich dachte immer, der steht eines Tages einfach vor der Tür, mit einem Strauß roter Rosen, und kommt zu mir zurück.«

Einen Moment schwieg Meggy, bevor sie wieder von der Wut gepackt wurde, die sie schon zuvor so fest im Griff gehabt hatte.

»Aber weißt du was? Jetzt würde ich ihm die Rosen um die Ohren hauen. Was denkt der sich überhaupt? Ich würde ihm die Blumen so richtig schön in die Fresse stopfen! Soll er doch ersticken an seinen Rosen!«

Jetzt hatte Meggy sich in Rage geredet, und wenn die Mutter in Rage war, wusste man nie, was als Nächstes kam, und so nahm Hebron unwillkürlich eine geduckte Haltung ein.

»Und eins sag ich dir: Ich bin keine Mama, ich heiße Meggy!« Von diesem Tag an herrschte im Eifelhof am Seelenpfad das Gesetz, dass die Kinder Meggy nicht mehr Mama nennen durften. Und für Hebron galt das unausgesprochene Gesetz, die Mutter nicht mehr nach dem Vater zu fragen. Eine Regel, an die sie sich hielt, bis sie vierzehn Jahre alt war. Was nicht hieß, dass Hebrons Vater totgeschwiegen wurde. Meggy ließ sich gerne und oft über die Tatsache aus, dass Samuel sie schamlos sitzen gelassen habe, und sie machte keinen Hehl daraus, dass sie nichts als Verachtung für ihn übrig hatte.

Trotzdem oder gerade deshalb spürte Hebron, dass es besser war, Meggy nicht mehr nach ihm zu fragen.

Ob es gerade an der Tabuisierung dieses Themas lag, dass in Hebron eine Sehnsucht zu wachsen begann, die mit den Jahren immer stärker wurde, das lässt sich nur vermuten, aber Küchenpsychologie hin oder her – es war nicht von der Hand zu weisen, dass die Sehnsucht nach diesem fremden Mann, der auf den peinlichen Namen Samuel Apelstejn hörte und den nicht weniger peinlichen Beruf des Spritzensetzers ausübte, dafür aber in dem so exotisch klingenden Land Israel lebte und ein nicht weniger exotisch klingender Jude war, mit jedem Jahr stärker und mächtiger wurde.

Denn dass Hebron nichts über diesen Mann wusste, der ihr Vater sein sollte, führte dazu, dass sie ihn sich nach ihren Vorstellungen formte. Sie begann sich Geschichten auszudenken, in denen sie ein ganz eigenes Bild ihres Vaters schuf, ein Bild, das sich mit der Zeit verfestigte, und als der Drang, ihn endlich und wahrhaftig kennenzulernen, über die Jahre hinweg immer größer wurde, als er letztendlich so stark war, dass Hebron von zu Hause fortlief und den wenigen Spuren folgte, die Meggy mit ihren spärlichen Informationen gelegt hatte, als sie endlich in das Flugzeug stieg, das sie nach Israel und zu ihm bringen sollte, da waren die Träumereien der Kindheit zu einer Realität geworden, von der abzuweichen Hebron im Moment der ersten Begegnung nicht leichtfiel. Denn in ihren Träumen war er zu einem Helden geworden, der durch überaus gemeine und arglistige Finten von allen möglichen Feinden und Widrigkeiten des Lebens davon abgehalten wurde, seine Tochter zu finden.

Ein Held, der, einem Ausgesetzten gleich, durch die Wüste des Lebens irrte, stets geleitet vom Bild seiner unbekannten Tochter, das ihn führte wie eine Fata Morgana. Doch sobald er die Dürre der Wüste überwunden, sobald er einen Ausweg aus den nicht enden wollenden Sandbergen gefunden haben würde, würde er nicht zögern, zu ihr zu eilen; in dem Punkt war Hebron sich sicher, denn von der feurigen Rede, die die Mutter an dem stürmischen Herbstabend in der Küche gehalten hatte, hatte sich Hebron ein Satz am meisten eingeprägt: Ich dachte immer, dass er eines Tages einfach vor der Tür stehen wird.

Wie der Rock ’n’ Roll in den Seelenpfad kam

Das erste Wiedersehen zwischen Hadschi und Meggy musste einigermaßen friedlich verlaufen sein, denn Hadschi kam nach diesem Samstagnachmittag regelmäßig zu Besuch. Allerdings wusste man nie, wann er kam, denn Hadschi bevorzugte es, unangekündigt vorbeizuschauen.

Diese Tatsache verleitete Meggy dazu, sich noch mehr von ihren Geschwistern abzuschotten, denn offiziell hatte Meggy immer noch keinen Kontakt zu Hadschi, und stimmten ihre Geschwister den Kanon der Schimpftiraden an über den Nochehemann der Schwester, stimmte Meggy ihnen der Einfachheit halber zu und sang ein Ströphchen mit.

Keinesfalls wollte sie, dass ihre Familie das Lügengebäude, das sie so mühsam aufrechterhielt, zum Einsturz brachte. Sie war sich nicht nur der Gefahr eines ungewollten Zusammentreffens bewusst, sondern fürchtete darüber hinaus, dass sich ihre Kinder verplappern könnten. Vor allem die Zunge ihrer Tochter sah Meggy als Gefahr, denn Hebron kannte ja alle Details der komplizierten Beziehung. Um eine Entdeckung zu vermeiden, ging Meggy nicht mehr ans Telefon, nahm keine Besuchsangebote an und sprach selbst keine Einladungen mehr aus. Kam doch einmal jemand unangekündigt vorbei, war sie fahrig und gereizt, dass jedem die Lust verging, noch einmal nach Rurbroich zu fahren.

Im elterlichen Bungalow gab es lange Gespräche darüber,

ob die Schwester a) von einer postnatalen Depression befallen, b) mit den Nerven völlig am Ende war war oder c) mit dem Alter noch sturer und unzugänglicher wurde.

Da man sich bei den Varianten a) oder b) um Hilfe hätte bemühen müssen, entschied man sich für Variante c), denn die gab allen die Freiheit, den Hof am Seelenpfad zu meiden und mit ruhigem Gewissen abzuwarten, dass Meggy sich wieder in den Griff bekam.

»Die kommt schon, wenn sie Hilfe braucht, ist ja erwachsen genug!«, besänftigte Clementine ihre Kinderschar, die schnatternd um den Esstisch saß und literweise Kaffee trank, während die Horde der Enkel auf den durchgelegenen Betten in den Kinderzimmern ihrer Eltern rumhopste und sich mit den Fundstücken aus den Kleiderschränken verkleidete.

Clementine sorgte sich nicht mehr um Meggy, denn wenn sie einmal damit anfing, sich Gedanken um ihre vierte Tochter zu machen, dann öffnete sich vor ihr ein Abgrund der Sorgen, in den zu stürzen sie zu sehr fürchtete. Im Grunde hatte sie ihre Tochter aufgegeben, als diese nach Willys Tod mit ihrem vierten Kind schwanger geworden war und Clementine nicht verraten wollte, wer der Vater war, sie aber stattdessen des Antisemitismus bezichtigt hatte. Dass es mittlerweile ein fünftes Kind, aber immer noch keinen Mann in Meggys Haushalt gab, darüber konnte und wollte Clementine sich nicht den Kopf zerbrechen, denn sonst hätte sie sich unweigerlich tagtäglich betrinken müssen, und diese Option erschien ihr bei aller Liebe zum Wein in Steinguttassen mit dem Hirschdekor nicht besonders verlockend.

Nur Sally ließ sich nicht so leicht beschwichtigen, denn sie war sich sicher, dass ihre Schwester zu gleichen Teilen unter den Punkten a) und b) litt und dass Punkt c) dafür verantwortlich war, dass sie sich so widerspenstig und unzugänglich gab.

So fuhr Sally einige Male spontan nach Rurbroich, um im Seelenpfad nach dem Rechten zu sehen. Bei einem dieser Visiten sah sie auf der Bundesstraße Hadschi, der mit einer gewaltigen Mütze in Reggaefarben auf dem Kopf seinen Daumen in die Höhe hielt.

Sally erwähnte diese Begegnung mit keinem Wort, als sie im Seelenpfad eintraf, aber Meggys Nervosität war Beweis genug.

»Wo sind die Kinder?«, fragte Sally.

»Ach, rausgegangen. Sind bestimmt auf der Wiese oder so.«

Und tatsächlich, kurz darauf kamen drei verfrorene Gestalten den Hang heruntergestapft, die sich ebenso seltsam benahmen wie ihre Mutter. Nicht einmal ihre Nichte plapperte so fröhlich vor sich hin, wie sie es früher immer getan hatte. Allerdings hätte sie auch kaum eine Gelegenheit dazu gehabt, denn Meggy schickte Hebron erst ins Dorf, damit sie Kuchen kaufte, dann beauftragte sie sie damit, die Wäsche zusammenzulegen, und als Hebron sich nach erfüllter Aufgabe zu ihrer Tante an den Küchentisch setzen wollte, wurde sie ermahnt, in ihr Zimmer zu gehen und für die Schule zu lernen. Eins und eins zusammenzuzählen war für Sally, die Mathematikerin, keine Kunst, und so wusste sie gleich, welches Spiel ihre Schwester spielte.

Um es Meggy nicht noch schwerer zu machen, sprach Sally sie nicht auf ihre Vermutung an, und sie äußerte ihren Verdacht auch keinem anderen Mitglied der Familie gegenüber, begann aber stärker auf Meggy einzureden, sich endlich um eine Kur zu bemühen oder wenigstens eine Haushaltshilfe zu beantragen, denn diese stehe ihr als alleinerziehender Mutter von fünf Kindern, von denen das jüngste noch ein Säugling war, mit absoluter Sicherheit zu.

Und weil sie sah, dass ihre Worte nicht im Kopf ihrer Schwester ankamen, ging Sally selbst zum Jugendamt der Stadt Düren und beantragte eine Haushaltshilfe für Meggy. Nachdem sich eine Mitarbeiterin des Amts vom Zustand im Rurbroicher Bauernhof und der damit verbundenen Hilfsbedürftigkeit überzeugt hatte, wurde der von Sally gestellte Antrag umgehend bewilligt. Das Jugendamt schickte Meggy eine ältere Dame, die von hinten aussah wie zwanzig und trotz Meggys Widerstand bei den Kindern schnell beliebt war.

Einen Haushalt wie diesen hatte Gloris, so nannte sich die Haushälterin, obwohl sie eigentlich Gisela hieß, noch nicht zu Gesicht bekommen: Es gab keine Heizung und keinen elektrischen Herd, es gab keinen Teppichboden im Wohnzimmer und keine Fliesen im Bad, es gab keinen Fernseher und keine Schrankwand, es gab keine Wurst im Kühlschrank und keine Fertigknödel im Vorratsschrank. Stattdessen standen dort Einmachgläser mit bis zur Farblosigkeit verkochtem Obst und Säcke mit staubtrockenem Getreide und Hülsenfrüchten, zwischen denen die Mehlmotten krümelige Fäden gesponnen hatten, während im Kühlschrank Reste von hartem Käse, schrumpelige Möhren und gläserne Milchflaschen lagen, deren Hälse vom fetten Rahm verstopft waren.

Die ihr anvertrauten Kinder hatten merkwürdige Namen und bildeten eine wilde Mischung, in der sich nur die Zwillinge ähnlich sahen. Das Baby wurde mit Stoffwindeln gewickelt, von denen Gloris gedacht hatte, sie wären schon vor Jahrzehnten abgeschafft worden. Der Kleine steckte auch nicht in süßen Strampelanzügen, sondern wurde in dicke Moltontücher eingeschlagen, sodass er aussah wie eine dicke, krumme Made.

Aber Gloris liebte Kinder, und diese fünf waren trotz ihres verlotterten Aussehens zuckersüß und umschwärmten sie schon am zweiten Tag freudig, wobei sich die hübschen Zwillinge mit den braunen Locken selig an ihren mächtigen Busen drückten, ein Bedürfnis, das Gloris den beiden Jungs nur zu gern erfüllte, denn dass man ihren Busen mochte, fand sie selbstverständlich.

Gloris war voller Tatendrang, aus diesem Haushalt ein Schmuckstück der Ordnung und Sauberkeit zu machen und den Kindern ordentliche Hausmannskost aufzutischen. Außerdem liebte sie den Rock 'n' Roll und kleidete sich deshalb nicht nur wie die Amerikanerinnen in den Fünfzigerjahren, sie brachte sich auch selbst aufgenommene Kassetten mit zur Arbeit und sang beim Putzen die Hits von Chuck Berry, Buddy Holly und Jerry Lee Lewis fröhlich, laut und mit wippendem Hintern mit. Erstaunt stellte sie fest, dass Hebron wusste, wer Elvis war, und von dem Tag an, an dem das Mädchen ihr seine Liebe zum King of Rock 'n' Roll gestand und Gloris zum ersten Mal Freude in dem verschlossenen Kind sah, veranstaltete Gloris jeden Nachmittag nach getaner Arbeit eine Tanzstunde mit den Kindern, die fröhlich jauchzend durch die Küche hüpften und nach Gloris' Vorbild ihre Hüften schwangen, ein Spaß, an dem sich selbst Francis beteiligte. Zwar geriet seine Version des Twists zu einem groben und unbeholfenen Tapsen, aber er tanzte nicht weniger ambitioniert durch die Küche als seine kniewackelnden Geschwister.

»Schaut her!«, rief Gloris. »Es ist ganz einfach: Mit dem Fuß tut ihr so, als ob ihr eine Zigarette austreten würdet, und mit den Händen, als ob ihr euch gerade den Rücken mit einem großen Handtuch trocken rubbelt!«

Der Anblick ihrer so ausgelassen tanzenden Kinder rührte selbst Meggy, und so gab es eine Fotografie, die ihre vier älteren Kinder beim Paartanz zeigte, denn Gloris hatte ihnen erklärt, wenn es die Musik nötig mache, müsse man augenblicklich vom Twist zum eng umschlungenen Schwofen übergehen, denn sonst gebe es bald keine Ehen mehr.

»Wie soll man sich denn finden, wenn man nicht miteinander tanzt?«, fragte Gloris, der es ein Rätsel war, wie die heutige Generation zueinanderfand, wo Paartänze immer mehr aus der Mode kamen. »Die tanzen ja heute alle nicht mehr richtig. Die stehen nebeneinander auf der Tanzfläche, schauen sich nicht an, berühren sich nicht und schütteln höchstens mal ihr Haar dumm rum, das kann doch nichts geben!«

So aber fanden sich die Kinder gehorsam zu Pärchen zusammen und schwoften in ungewohnter Eintracht und voller Ernst zu »Jolene« von Dolly Parton und »Love me tender«

oder »Can't help falling in love« von Elvis über den Küchenboden, und dabei war es egal, wer mit wem tanzte, es spielte keine Rolle, ob sich Billy mit seinem Zwillingsbruder oder dem kleinen Francis zusammenfand, denn Gloris hatte ihnen eingeschärft, dass es der Höflichkeit entsprach, auch mit weniger talentierten Tänzern ebenso taktvoll umzugehen wie mit den Göttern der leichten Sohle auf dem glänzenden Parkett.

Außerdem brachte Gloris Hebron die abgelegten Kleider ihrer Tochter mit, luftige Kleidchen in Pastellfarben mit breiten Schleifen und Spitzenbesätzen und ein paar rote Lackschuhe mit Riemchen, die Hebrons kühnste Mädchenträume wahr werden ließen.

Meggy machte sich freilich über Gloris' enge Leggins, die Pullover im Leopardenmuster sowie die hochhackigen Pumps und die blondierten, auftoupierten Haare lustig. Aber auch sie merkte, welche Vorzüge eine saubere Wohnung, satte und ausgeglichene Kinder und ungestörte, ausgedehnte Mittagsschläfchen mit sich brachten. Zumal Gloris' Anwesenheit ihr die Möglichkeit gab, mit Hadschi ebenso heimliche wie ausgedehnte Spaziergänge in der Eifel zu machen, auf denen er sich freilich mehr der Suche nach späten Fliegenpilzen widmete, als Meggys Gesprächsbemühungen über einen Wiedereinstieg ins eheliche Leben.

Gloris gegenüber hielt Meggy die Version aufrecht, in der ihr Ehemann sich nur wenige Tage nach der Geburt von Ben aus dem Staub gemacht und nie wieder etwas von sich hören lassen hatte. Eine Geschichte, die Gloris' mütterliche Gefühle weckte und aufgrund derer sie Meggy manche Unhöflichkeit verzieh, denn im Gegensatz zu Meggy war Gloris seit ihrem achtzehnten Lebensjahr glücklich verheiratet, mit einem Mann, der ihre Leidenschaft für den Rock 'n' Roll und dicke amerikanische Schlitten teilte und der sie nicht weniger begehrte als in der ersten Liebesnacht, aufgrund der sie kurz darauf hatten heiraten müssen.

Trotz aller Freiheiten, die Meggy Gloris' Einsatz verdankte, fiel es ihr schwer mit anzusehen, wie sehr ihre Kinder diese aufgetakelte Frau liebten, die trotz ihrer schicken Kleidung vor keiner noch so schmutzigen Arbeit zurückschreckte, trotz Jonglieren mit Haushalt und Kindern immer fröhlich war und außerdem die Nachbarn mit dem Fernglas bespitzelte.

Einmal kreuzte sich Gloris' Spionage mit der des Postbeamten, aber anstatt sich ertappt zu fühlen, lachte sie nur und warf ihm Kusshände zu, wobei ihre geschminkten Lippen rote Spuren auf ihrer Handfläche hinterließen.

Irgendwann war die vom Jugendamt zugesprochene Betreuungszeit vorüber, und obwohl Gloris Meggy überzeugen wollte, sie als feste Betreuerin der Kinder einzustellen, und obwohl die Kinder bei Gloris' Abschied weinten, weil sie wollten, dass Gloris mit ihren Frikadellen, Fischstäbchen, Koteletts und Kroketten dablieb, weil sie die Frau mit ihren Tigerhosen, den rosa Angorapullovern und den Satinhaarbändern liebgewonnen hatten und sie nicht mehr ohne ihre Parfümwolke und die Rock 'n' Roll-Kassetten leben wollten, beantragte Meggy keine Verlängerung.

Meggy wollte keine Kur, und Meggy wollte auch keine Haushälterin. Meggy wollte auch nicht, dass ihre Geschwister sie bedrängten und umflatterten wie die aufgeschreckten Tauben des Vaters den Taubenturm.

Sie wollte eine heile Familie. Und wenn eine heile Familie bedeutete, Kontakt zu ihrem Ehemann vor aufgetakelten Rockabilly-Ladys älteren Semesters und missgünstigen Geschwistern geheim halten zu müssen, wenn eine heile Familie bedeutete, dass ihre Kinder täglich über das blöde Bioessen und ihre hässlichen Ökoklamotten schimpften, wenn eine heile Familie bedeutete, jeden Abend erschöpft und mit dem Gefühl, nur die Hälfte von dem, was eigentlich erledigt werden musste, geschafft zu haben, ins Bett zu fallen, wenn eine heile Familie dies alles bedeutete, dann war es Meggy das wert.

Allerdings machte Hadschi überhaupt keine Anstalten, zu

ihr zurückzukehren. Ihm schien es zu genügen, nach Gloris' Verschwinden wieder vorbeikommen zu können, wann immer ihm danach war. Manchmal kam er tagelang nicht vorbei, dann wieder an zwei aufeinanderfolgenden Tagen. Und wenn er da war, tat er nichts anderes, als in der Küche zu sitzen und sich bedienen zu lassen. Sobald sein Sohn zu schreien begann oder die Windeln gewechselt werden mussten, fiel Hadschi immer ein Grund ein, weshalb er dringend und sofort gehen musste.

Und Meggy, die sich den zarten Neuanfang, für den sie die Besuche hielt, nicht gleich verderben wollte, schwieg, wenn Hadschi seine speckige Mütze aufsetzte und wieder ging, obwohl die Enttäuschung über seine Abgänge von Treffen zu Treffen größer wurde.

Meggy glaubte, Hadschi nur zurückgewinnen zu können, wenn sie sich so unkompliziert wie möglich gab, und so lachte sie, wo ihr zum Heulen war, tat unberührt, wo es sie innerlich zerriss, und spürte dabei nicht, wie sie sich immer stärker verbog und erniedrigte und ihre Kinder immer öfter abschob und verleugnete.

Sie setzte Hadschi nicht nur eine Teetasse nach der anderen sowie die leckersten frisch gebackenen Apfelkuchen vor die Nase, für die allein Willy damals vor ihr auf die Knie gegangen wäre und sie mit Liebesschwüren überhäuft hätte, sie begann darüber hinaus aufwendig zu kochen, wenn Hadschi zu Besuch kam. Anstelle von Krimis und historischen Romanen wälzte Meggy abends nun Kochbücher und durchforstete Frauenzeitschriften, für deren Kauf Trixi sie gesteinigt hätte, nach raffinierten Rezepten. Sie plante schon Tage im Voraus, welche Gerichte sie zubereiten könnte, und kaufte teure Zutaten, die ebenso dazu verdammt waren, auf Hadschis Eintreffen zu warten wie Meggy.

Wenn er dann endlich kam, tat sie, als käme sie gerade ganz spontan auf die Idee, dieses oder jenes komplizierte Gericht zu kochen, hantierte mit Töpfen, Schüsseln und Saucieren in der Küche herum und raunzte die Kinder an, wenn sie es wagten zu stören. Um Hadschi von ihren Qualitäten zu überzeugen, versuchte sich Meggy besonders in der Kunst der orientalischen Küche und überlegte, ob sie nicht eins der Schafe schlachten sollte, um ihm einen marokkanischen Hammelbraten vorsetzen zu können. Ja, sie kaufte ihm sogar einen besonders schönen Kaktus, damit er endlich begriff, wie viel er ihr bedeutete! Aber all diese Bemühungen zogen an Hadschi völlig wirkungslos vorbei, und oft ging er, ohne von den Köstlichkeiten, die Meggy für ihn zubereitete, überhaupt zu kosten, weil es ihm zu laut und hektisch wurde mit all den Kindern. »Ich brauch Ruhe, weißt du«, sagte er, wenn die Kinder sich nach Stunden im kalten Baumhaus endlich wieder ins Haus trauten. »Kann mich nicht von jetzt auf gleich wieder aufs volle Programm einstellen, brauch erst mal 'ne Umstellungsphase, verstehste doch, oder?« Und Meggy, in deren Leben für Begriffe wie Ruhe, Gewöhnung und Umstellung kein Raum mehr war, nickte verständnisvoll, obwohl sie gar nichts verstand, und sah Hadschi, der »Could you be loved« pfeifend das Haus verließ, so lange nach, bis ihn die Dunkelheit hinter der letzten Straßenlaterne des Seelenpfads verschluckte.

Nun ist es aber so, dass diese Art des devoten Verhaltens, bei der man sich krummbuckelt, um jemandem zu gefallen, über kurz oder lang zu einer Explosion, wenn nicht gar zu einem Mord führt. Zu unserem Glück sollte Meggy nicht straffällig werden, aber auch bei ihr kam der Tag, an dem sie sich einmal zu oft vor Hadschi erniedrigt hatte, und dann knallte es, aber gewaltig.

Rita Marley

Der dritte Winter brach über die Eifel herein, ein Winter, den Meggy im immer noch mehr schlecht als recht renovierten Eifelhof verbrachte, mit fünf Kindern, von denen das älteste gerade einmal acht Jahre alt war.

Die Vormittage verbrachte sie seit der Einschulung der Zwillinge und Francis' verfrühter Aufnahme im Kindergarten alleine mit Ben. Obwohl Francis mit Abstand das jüngste Kind im Rurbroicher Kindergarten war, machte er keine Schwierigkeiten, im Gegenteil, er wuchs den Erzieherinnen schnell ans Herz, so ruhig und zufrieden, wie er war, und außerdem aß er immer auf, egal, was man ihm vorsetzte.

Die Zwillinge hingegen sorgten in der Schule mit ihrem rebellischen und unbändigen Benehmen dafür, dass Meggy regelmäßig zu Elterngesprächen in die kleine Dorfschule zitiert wurde. Meggy war sich sicher, dass sie nur so oft angerufen und zum Gespräch mit Klassenlehrer und Schuldirektor gebeten wurde, weil sie als alleinerziehende Mutter eine willkommene Person war, an der sich das Kollegium abreagieren konnte.

»Ich bin alleinerziehend. Alleinerziehend«, betonte sie im Elterngespräch mehrmals, als bestünde in dieser Aussage eine Begründung an sich. »Aber den Alleinerziehenden wird es ja immer noch schwer gemacht, die haben ja keine Lobby in der Gesellschaft!« Worauf der Lehrer sich nicht mehr traute, ihr vorzuhalten, weshalb er sie eingeladen hatte. Ausgesprochen vorsichtig und rücksichtsvoll bat er Meggy, die Zwillinge doch wenigstens zu ermahnen, sich leiser und weniger ungestüm zu benehmen, und ihnen noch einmal zu erklären, dass man im Unterricht gefälligst sitzen blieb, egal, ob man das Thema gerade – und hier zitierte er Wims Worte – zum Kacken langweilig fand.

»Hätte ich noch einen Mann, würden die mich nie so oft vorladen. Nie! Dann würden die sich gar nicht trauen, so mit mir zu reden! Aber mit den Alleinerziehenden kann man es ja machen, immer schön auf den Schwachen rumkloppen. Aber ich lass mir das nicht mehr gefallen! Wim und Billy sind ganz normale Jungs, wenn die Lehrer die nicht im Griff haben, zeigt das doch nur, wie inkompetent diese Hinterwäldler mit ihrer katholischen Doppelmoral sind. Vorne brav das Vaterunser beten und hintenrum wie ein Esel mit den Hufen ausschlagen, so sind die hier drauf!«, wetterte sie Peggy gegenüber. Nun, auch Peggy fand, dass Wim und Billy wilder waren als normale Jungs, aber das waren ihre Neffen Geronimo, Galileo und Casanova auch, und sie hatte auch nicht vergessen, wie viel Blödsinn die eigenen Brüder als Kinder angestellt hatten und Franz leider immer noch anstellte. Denn ob er mit dem Moped über nachbarschaftliche Viehweiden fuhr, sich auf Baustellen am Richtkranz übers Dach schwang wie Tarzan höchstpersönlich oder einfach nur die Einrichtung einer Kneipe demolierte, ständig musste man Franz aus der Misere helfen. Auch Peggy war insgeheim der Meinung, dass den Zwillingen ab und zu ein paar Schläge auf den Hintern guttäten. Trotzdem stimmte sie ihrer Schwester zu, was den Ärger über die Lehrer anging, denn dass Meggy ohnehin schon genügend gestraft war, war ja nur zu offensichtlich, da ging es nicht an, dass ihr die Schule auch noch in den Rücken fiel. Peggy wollte es ihrer Schwester nicht noch schwerer machen, und nur deshalb kritisierte sie nicht Meggys neueste Ansicht, nach der sie, die in ihrer semitischen Phase mit der

Beschneidung der Zwillinge geliebäugelt hatte, sich weigerte, genau diesen Schritt bei Francis vorzunehmen, bei dem er aufgrund einer starken und schmerzhaften Phimose medizinisch notwendig gewesen wäre.

»Wenn Francis keinen Sex haben soll, so ist es Gottes Wille!«, beharrte sie stur und selbstzufrieden.

Als die Kindergärtnerin Meggy zwei Jahre später vorlud, um ihr nahezulegen, die notwendige OP endlich durchführen zu lassen, und ihr außerdem empfahl, mit dem Jungen, der mit seinen vier Jahren immer noch nicht sprach, zum Logopäden zu gehen, machte Francis, der neben ihnen auf dem Boden lag und mit Holzklötzchen spielte, zum ersten Mal den Mund auf, um zu reden: »Ich kann schon sprechen, ich will nur nicht, und operiert werden möchte ich auch nicht.«

Seine Stimme klang glockenhell, und die Worte waren fein artikuliert. Von diesem Tag an verweigerte er die Kommunikation mittels Wörtern nicht mehr. Ruhig, verschlossen und unbeschnitten blieb er trotzdem, und dass er und die Zwillinge aus derselben Familie stammten, mochte keiner glauben, der es nicht besser wusste.

Aber noch war Meggys Alltag bestimmt von den Bedürfnissen ihres jüngsten Sohnes, der regelmäßig trinken und die Windeln gewechselt haben wollte. Trotzdem dachte Meggy nicht daran, länger zu Hause zu bleiben. Ein Leben als Hausfrau und Mutter erschien ihr unerträglich anspruchslos. Später würde sie stets behaupten, sie sei gezwungen gewesen, so schnell wieder zu arbeiten, und sie sei ebenso gezwungen gewesen, ihre Kinder allein zu lassen, weil es in den Achtzigerjahren keinerlei Betreuungsmöglichkeiten gegeben habe, und staatliche Unterstützung hätte ihr nur zugestanden, wenn sie das Haus am Seelenpfad wieder verkauft hätte. Ihr sei es aber am wichtigsten gewesen, dass ihre Kinder so frei und unbeschwert wie möglich aufwachsen konnten.

Kurz entschlossen suchte sie an einem nebligen Wintermorgen ihr altes Team im Krankenhaus auf und sprach sich für einen vorzeitigen Wiedereinstieg aus, wobei sie mit keinem Wort die wahren Zustände in ihrem Heim und die Umstände ihres Alltags erwähnte, aber im Gegensatz zu dem Theaterstück, das sie ihrer Familie aufführte, verschwieg Meggy im Personalbüro des Krankenhauses nicht nur Hadschis Auszug, sondern lobte in höchsten Tönen das Engagement ihres Mannes und ihre fortschrittliche Beziehung, in der sie für das Geldverdienen zuständig war, während er ihr den Rücken frei hielt und sich um die Kinder und den Haushalt kümmerte.

Aufgrund dieser Lüge konnte sie problemlos wieder in ihren alten Job einsteigen. Aufgrund dieser Lüge lehnte sie auch nicht die Einladung zu einer Fortbildung ab, nachdem man ihr versichert hatte, dass sie Ben mitnehmen dürfe.

Und da Meggy ihren Geschwistern nicht gestehen wollte, wieder zu arbeiten, sie aber die Kinder kein ganzes Wochenende allein lassen wollte, fragte sie ausgerechnet Hadschi, ob er während des Fortbildungswochenendes Haus und Kinder in Rurbroich hüten könne. Und unerwarteterweise sagte Hadschi zu, ein Eingeständnis, das Meggy für einen großen Schritt gegenseitiger Annäherung hielt.

So fuhr sie beschwingt zur Fortbildung, während Hadschi die Stellung im Seelenpfad hielt. Abends lag Meggy im Hotel und malte sich die feierliche Wiedervereinigung detailliert aus. Während Meggy sogar eine zweite, orientalisch angehauchte Hochzeitsfeier erwog, zu der sie ihr Gesicht hinter einem Schleier verbergen und ihre Hände mit Henna bemalen wollte, tat Hadschi, was er auch früher schon gern getan hatte, er schlenderte, ohne anzuklopfen, ins Badezimmer, in das er Hebron kurz zuvor geschickt hatte, damit sie sich wusch.

Und so wie er sich schon früher immer über ihre Scham lustig gemacht hatte, so lachte er an diesem Abend, als Hebron sich erschrocken abwandte, nachdem er sie aufgefordert hatte, sich zu bücken, damit er kontrollieren könne, ob sie sich ordentlich gewaschen habe.

»Jetzt zier dich doch nicht so, das ist doch ganz normal, dass ich nachsehen muss, ob du dich ordentlich gewaschen hast! Die Beduinenmädchen stellen sich da auch nicht so an, und die laufen tagsüber sogar verhüllt rum!«

Und während Hebron sich noch genierte, beschrieb ihr Hadschi in den blumigsten Worten die Anmut der kleinen Scheherazaden, sprach von tanzenden Haremsdamen im Wirbel durchsichtiger Tücher und Glöckchen und fantasierte von dunkel umrandeten Augen, deren Besitzerinnen Meisterinnen der Verführungskunst waren.

Ja, so war das; Hadschi hatte an diesem Abend seinen Poetischen, und Hebron sollte nie wieder in der Lage sein, kleine Mädchen nackt zu sehen, ohne von einer Mischung aus Angst und Abscheu ergriffen zu werden.

Sie hasste all die Eltern, die ihre Töchter nackt im Garten oder am Badestrand herumlaufen ließen, sie hasste es auch, wenn ihre Tanten die neugeborenen Cousinen auf Tischen oder Sofas vor allen Leuten wickelten. Und wenn Hebron ihrem jüngsten Bruder Ben die Windel wechselte, war sie jedes Mal froh, dass Ben ein Junge und kein Mädchen war.

Nach Meggys Rückkehr von der Fortbildung beschloss Hadschi, dass er im Angesicht seiner heldenhaften Wochenendleistung eine längere Auszeit vom Kinderchaos brauchte.

»Du, hab ich echt gern gemacht mit den Kids, ist ja auch immer wieder eine Freude, aber jetzt brauch ich erst mal 'ne Pause!«, sprach's und verschwand im Nebel, den der Abend mit dem aufgehenden Mond zwischen die Hügel der Eifel gesenkt hatte.

Zurück ließ er eine enttäuschte Ehefrau, die fest davon ausgegangen war, dass ihr Gatte nach diesem Wochenende endgültig wieder Tisch und Bett mit ihr teilen würde, eine verdreckte Küche, mehrere im heillosen Chaos versinkende Zimmer sowie eine Kassette von Peter Tosh, mit der er die Nachbarschaft das ganze Wochenende in den Wahnsinn getrieben hatte, und den Kaktus, den Meggy ihm ein paar Wochen zuvor geschenkt hatte.

Und als Meggy am späten Sonntagabend in der Küche stand und versuchte, den gröbsten Dreck wegzuputzen, das schlimmste Chaos zu bereinigen und zugleich fünf hungrige Mäuler zu stopfen, musste sie zu allem Übel auch noch feststellen, dass Hadschi weder, wie versprochen, mit den Zwillingen die Hausaufgaben gemacht, noch die Wäsche aufgehängt hatte, die nun seit beinahe drei Tagen in der Maschine vor sich hin gammelte. Und als ihr an diesem Sonntagabend klar wurde, wie lang dieser Abend noch sein würde, und das, obwohl sie am nächsten Morgen ihren ersten Dienst antrat, musste sie zum weiteren Übel auch noch mit anhören, wie ihre Kinder von einer mysteriösen Frau sprachen, über deren Großzügigkeit in Sachen Süßigkeitenverteilung Hebron und die Zwillinge ausführlich beim Abendbrot diskutierten.

»Von welcher Frau redet ihr da?«, fragte sie erstaunlich ruhig, obwohl ihr Herz so stark schlug, dass sie fürchtete zusammenzuklappen.

»Ritamalli!«, riefen Wim und Billy voller Begeisterung.

»Rita Marley?«, fragte Meggy erleichtert.

»Ja, Ritamalli, die Frau, die mit Hadschi hier war«, antwortete Hebron und fügte, als sie das entgeisterte Gesicht der Mutter sah, hinzu: »Aber erst nach der ersten Nacht.«

Das Eintreffen der fremden Frau, die Hadschi ihnen tatsächlich als Rita Marley vorgestellt hatte, war eine Begebenheit, über die Hebron sehr froh gewesen war, denn während der Anwesenheit von Ritamalli war Hadschi wie ausgewechselt gewesen.

»Die hat uns ganz viele Süßigkeiten mitgebracht«, verteidigte Wim den Besuch.

»Was für Süßigkeiten?!«, schrie Meggy.

»Dürfen wir nicht verraten. Eigentlich dürfen wir dir auch nicht sagen, dass Ritamalli hier war.« Dieser Auftrag fiel Hebron leider erst jetzt wieder ein. »Die war aber nett, und der

Hadschi war auch viel netter, als sie da war«, versuchte sie deshalb die Mutter zu besänftigen, aber es war zu spät.

Die Kinder schlichen sich im Angesicht von Meggys Tobsuchtsanfall vorsichtshalber freiwillig in ihre Betten. Für Hebron aber begann am nächsten Morgen der Einstieg in ihren neuen Alltag, der ihr Leben die nächsten Jahre bestimmen sollte.

Mutterrolle

Meggy weckte ihre Tochter im Morgengrauen und erklärte ihr, was zu tun war. Nachdem die Mutter mit der knatternden Ente weggefahren war, zog Hebron sich an und schlüpfte zurück unter die Decke, wo sie das Ziffernblatt des Weckers fixierte, bis der Zeiger zur Aufstehzeit vorgerückt war.

Hebron war es gewohnt, morgens allein aufzustehen, seit Meggy es in der Schwangerschaft mit Ben nicht mehr geschafft hatte, das Bett zu verlassen. Hebron war morgens allein durch das Haus gehuscht, hatte sich angezogen und mit vor Müdigkeit betäubtem Körper in der Stille der kalten Küche gesessen, bis sie die Dorfkinder auf der Straße hörte und wusste, dass sie nun zur Schule aufbrechen musste.

Mit der Einschulung der Zwillinge war Meggy morgens wieder aufgestanden. Den Jungs hätte man sieben Wecker stellen und noch so oft erklären können, wie man sich zur Schule fertig machte, sie wären trotzdem niemals pünktlich gewesen.

Hebrons Wecker war ein altmodisches rundes Ungetüm, das man jeden Abend aufziehen musste. An der oberen Seite saßen zwei mächtige Schellen, die ein derart lautes Rasseln von sich gaben, dass Hebron augenblicklich aufrecht im Bett saß, sobald er klingelte.

An diesem Tag aber wartete sie nicht auf das Klingeln, zu aufgeregt war sie in Anbetracht der Ermahnung, nur ja nicht wieder einzuschlafen, und zu groß war die Anspannung, auch nichts von dem zu vergessen, was ihre Mutter ihr aufgetragen hatte. So stellte sie den Wecker aus, schlüpfte aus dem Bett, löste ihren Zopf und kämmte ihr langes blondes Haar. Dann weckte sie Wim und Billy.

Bevor sie eingeschult wurden, waren die Zwillinge schon im Morgengrauen auf die Schafwiese gegangen, aber von dem Tag an, an dem sie schulpflichtig waren, mutierten sie wundersamerweise zu Langschläfern.

Hebron ließ sich vom stummen Protest der Zwillinge nicht beirren, zog ihnen die Decken weg und wies sie mit einer sehr präzisen Imitation der morgendlichen Drohrede von Meggy an, sich zu waschen, die Zähne zu putzen und anzuziehen.

»Los jetzt, sonst komm ich mit dem kalten Waschlappen!«, wiederholte sie Meggys Worte und riss das Fenster auf. Die ins Zimmer strömende Luft war kalt und brachte den Geruch von Schnee mit.

Dann schickte sie die beiden zur Schule und vergaß auch nicht, ihnen die von Meggy vorbereitete Entschuldigung mitzugeben, in der stand, dass Hebron schwer erkältet sei und deshalb die gesamte Woche nicht zum Unterricht kommen könne. So lange hatte Meggy nämlich Frühdienst.

Nachdem die Zwillinge mit ihren Lederranzen hinter der Ecke des Seelenpfads verschwunden waren, zog Hebron Francis an, der zwar schon wach war, aber keinerlei Anstalten machte, von sich aus das Bett zu verlassen. Widerstandslos ließ er sich von seiner Schwester aus dem Schlafanzug schälen und die Windel abnehmen. Als Hebron ihm mit dem Waschlappen übers Gesicht fuhr, verzog er es zwar unwillig, ließ sich aber nicht nach hinten fallen, wie er es bei Meggy meist tat, wenn sie ihm die verklebten Wangen abwischte. Während Francis frühstückte, stieg Hebron wieder nach oben, wo sie sich Ben und seinen vollen Windeln widmete. Vorsichtig trug sie den jüngsten ihrer Brüder die Treppe hinunter und legte ihn in das mit Schaffellen ausgelegte Körbchen, das neben der Küchenbank stand. Meggy hatte, bevor sie zum Frühdienst aufgebrochen war, den Küchenofen angeheizt. Nun setzte Hebron wie befohlen einen Topf mit Wasser auf, in dem sie Bens Fläschchen aufwärmen sollte.

»Ben, schau mal, dein erstes Fläschchen.«

Meggy hatte in weiser Voraussicht einen Vorrat an abgepumpter Muttermilch eingefroren, und sie hatte noch in der Nacht drei Portionen davon aufgetaut.

»Handwarm, Hebron, die Milch muss unbedingt handwarm sein!«, hatte sie ihrer Tochter im Morgengrauen eingeschärft und ihr dann erklärt, wie man ein Wasserbad aufsetzte, in dem Hebron die Milch aufwärmen sollte.

Und bevor Hebron ihrem kleinsten Bruder an diesem Morgen im Dezember 1986 das Fläschchen gab, nahm sie es im Minutentakt aus dem Topf und kontrollierte, ob die Milch auch wirklich handwarm und nicht etwa zu heiß wurde. Nachdem die beiden kleinsten Brüder erfolgreich verköstigt waren, legte sie Ben in den Kinderwagen. Es war im Übrigen derselbe Kinderwagen, in dem sie selbst schon gelegen hatte, und er war immer noch mit den Resten der psychedelischen Wohnzimmertapete ausgeschlagen, nur dass diese nun stumpf, schmutzig und zerrissen war.

Den Wagen hatte sie klugerweise zuerst die Treppe hinunter- und aus dem Hof hinausgetragen.

Sie deckte Ben mit einem dicken Kissen zu. Vom Himmel fielen erste Schneeflocken, deren langsames Niedersinken Francis auf dem Weg zum Kindergarten fasziniert betrachtete. Dort wunderte man sich über den seltsamen Aufmarsch, aber Hebron wiederholte, was die Mutter ihr eingeimpft hatte: »Es gab einen familiären Notfall, da musste meine Mutter schnell hin.«

Dann schob sie den Kinderwagen an Pfarrhaus und Kirche vorbei, und damit Ben gar nicht erst auf die Idee kam zu schreien, schob Hebron ihn durch Rurbroich. Zweimal traf sie auf ihrer Runde durch das Dorf die Kesternicher Stine, und obwohl Hebron die Kesternicher Stine schon oft mit ihrem alten Kinderwagen in Rurbroich gesehen hatte, war es das erste Mal, dass die Stine sie grüßte, quasi von Mutter zu Mutter.

Als die Kirchenglocke zwölf Uhr schlug und es Zeit war, Francis abzuholen und Ben das nächste Fläschchen warm zu machen, lenkte Hebron den Wagen zurück zum Kindergarten. Der Schnee fiel mittlerweile in dichten Flocken, die im fahlen Licht glitzerten. Auf dem Weg nach Hause waren die Straßen und Wege im Dorf schon von einer dicken Schicht des ungewöhnlich feinen Schnees bedeckt, die die Geräusche des Dorfs dämmte, sodass das Knirschen der Schritte der beiden Kinder ungewöhnlich laut erschien. Selbst die Gerüche nach dem, was die Rurbroicher Hausfrauen an diesem Tag kochten, der Duft nach Braten, Reibekuchen, Rouladen und fetten Soßen, der durch Rurbroichs Straßen zog, war an diesem Tag schwächer. Es war, als saugte der Schnee alles in sich auf wie ein großer Schwamm.

Bei allem, was Hebron an diesem Tag tat, schlug sie sich ausgesprochen gut. Es gab keine Pannen und keine Unglücksfälle. Sie verbrannte sich nicht, als sie das Feuer im Küchenherd neu entfachte, sie verbrühte auch das eifrig saugende Mündchen ihres Bruders Ben nicht, ihr fiel nichts herunter, Kochtöpfe, Brüder und Kohleneimer bugsierte sie sicher und gekonnt durch Haus und Hof. An diesem Tag zeichnete sich Hebron trotz ihrer Angst, etwas falsch zu machen, als perfekte Haushaltshilfe und Kinderbetreuerin aus, Eigenschaften, die es Meggy erlauben sollten, ihre Vollzeitstelle zu behalten, ohne jemals eine Tagesmutter einzustellen. Allerdings war sie clever genug, sich zukünftig ihren Dienstplan so zu legen, dass Hebron nicht mehr in der Schule fehlen musste.

Nur sollte es in den folgenden Jahren nicht so harmonisch bleiben wie an diesem ersten Tag, an dem Meggy Hebron die Verantwortung für die vier Brüder übertragen hatte, denn Wim und Billy sollten sich bald dagegen sträuben, während Meggys Abwesenheit dem Kommando ihrer Schwester unterstellt zu sein. Francis und Ben hingegen würden Hebron bald Mama nennen, ein Kosename, den sie erst aufgaben, als sie selbst in die Schule kamen und man ihnen erklärte, dass ihre Schwester nicht ihre Mutter sein könne.

Wenn Meggy Spät- oder Nachtdienst hatte, war Hebrons Schlaf leicht und unbeständig. Mit einem Ohr hörte sie auf mögliches Weinen, mit dem anderen lauschte sie auf das Knattern der auseinanderfallenden Ente und Meggys Schritte auf der Treppe. Erst wenn sie wusste, dass die Mutter zu Hause war, fiel Hebron in einen tiefen Schlaf. Als Hebron mit vierzehn Jahren begann, gegen ihre Mutter aufzubegehren, kehrte sich dieser Zustand um; nun war es Meggy, die wach lag, bis sie das Knirschen des Hoftors und die Schritte ihrer Tochter auf der Treppe hörte, denn es war eine Zeit, in der Hebron sich nicht an Regeln und Verbote hielt, in die Stadt ging, sobald die Brüder im Bett waren, und nicht den letzten Bus nach Hause nahm, sondern mitten in der Nacht durch die Eifel trampte oder in einem besetzten Haus schlief.

Als Ben an diesem ersten Tag, an dem er von seiner Schwester betreut wurde, sein Mittagsschläfchen hielt, machte Hebron sich daran, Nudeln zu kochen. Nudeln kochen konnte Hebron gut, das hatte sie auch vorher schon oft getan. Und damit Meggy sah, wie fleißig ihre Tochter war, beließ es Hebron nicht bei den Nudeln, sie arrangierte zusätzlich noch die letzten drei Scheiben Wurst, die sie im Kühlschrank fand, mit dünn geschnittenen Schnitzen einer Karotte und dem Inhalt einer Dose Mais auf einem Tellerchen, von dem zu essen sie ihren Brüdern verbot, denn dieser Teller war nur für Meggy bestimmt. Als diese von der Arbeit heimkam, schenkte sie dem Arrangement allerdings kaum Beachtung, und Hebron glaubte, es liege daran, dass die Ränder der Wurst schon dunkel und die Möhrenschnitze in der Zwischenzeit trocken geworden waren.

»Du glaubst gar nicht, wie anstrengend mein Tag war!«, rief Meggy aus, als sie sich auf die Küchenbank fallen ließ, wo sie einen Teller Nudeln verschlang, während sie Ben an die Brust legte. Hebron sah aus dem Fenster den Schneeflocken nach, die so langsam fielen, dass es ihr gelang, den Fall einzelner Flocken bis zum Auftreffen auf dem Boden zu verfolgen.

»Mann, hatte ich einen Druck, mir wären beinahe die Brüste geplatzt! Hier, nimm Ben mal, ich muss mich jetzt hinlegen, hat ja alles gut geklappt, zum Glück.«

Auch eine andere Person erholte sich langsam von der Anstrengung, die sie hinter sich gebracht hatte: Hadschi. Er tat dies in den Armen von Ritamalli.

Bei sogenannter Rita Marley handelte es sich natürlich nicht um die Witwe seines Idols, sondern um seine neueste Liebschaft, eine Frau, bei der er kurz zuvor den Party-Schulterwurf erfolgreich ausgeführt hatte und der er nun zeigen wollte, wie gut und souverän er mit Kindern umgehen konnte, denn nichts erweicht Frauenherzen schneller als ein kinderlieber Mann, so viel wusste auch Hadschi, das alte Schlitzohr in Sachen Eroberungskünste. Praktischerweise hatte sie ihm sogar den Großteil der Arbeit mit den Kindern abgenommen, wahrscheinlich, um ihm zu beweisen, wie locker und tolerant sie die Tatsache sah, dass Hadschi ein verheirateter, wenn auch in Trennung lebender Vater war.

Hadschi hatte seine Situation so dargestellt, als ob ihm die vier Stiefkinder ebenso am Herzen lagen wie sein eigener Sohn und als ob es ihn unglaublich schmerze, von ihrem Alltag ausgeschlossen worden zu sein, nur weil er ihrer Mutter den Laufpass gegeben hatte.

»Ich konnte einfach nicht mehr mit dieser Person zusammenleben!«, erklärte Hadschi seiner neuesten Eroberung in einem Ton, der klarmachte, dass das Scheitern der Ehe allein an der unerträglichen Persönlichkeit seiner Frau lag.

Wenn man ihm zuhörte, glaubte man, Meggy habe ihn durch ihre Eifersucht, ihr besitzergreifendes, kontrollsüchtiges

Verhalten geradezu dazu gezwungen, aus dem gemeinsamen Haus auszuziehen.

Mit seiner neuen Flamme wollte er es sich nicht so schnell verderben, denn sie liebte den Reggae ebenso sehr wie er und schien überhaupt die unkomplizierteste aller Frauen zu sein, die er jemals getroffen hatte. Sie hatte nicht gestrampelt und geschrien, als er sie über seine Schulter geworfen hatte, wollte am nächsten Tag seine Telefonnummer nicht haben und stellte keinerlei Fragen zu potenziellen weiteren Treffen, kurzum, ein Prachtstück, ein echter Sechser im Lotto der Partnersuche.

Nichtsdestotrotz verschlug es ihn ein paar Tage nach Meggys Fortbildung wieder einmal zu einem kleinen Besuch nach Rurbroich, denn – Lottogewinn hin oder her – in Rurbroich lebte sein bisher einziger Sohn, und abgesehen davon, dass jeder Mann gern seinem Stammhalter beim Wachsen zusieht, konnte er nicht leugnen, dass Meggy sich mächtig ins Zeug legte, seit er sie verlassen hatte. Ein Charakterzug, den er schon bei mehreren Frauen beobachtet hatte: Je abweisender man zu den Weibern war, desto mehr lagen sie einem zu Füßen. Allerdings musste er sich eingestehen, dass er nicht damit gerechnet hatte, dass Meggy ihm den überstürzten Auszug so schnell verzeihen würde, hatte er sich doch schon damit abgefunden, dass er in die Annalen der Eifel als Bösewicht des Jahres 1986 eingehen würde.

An diesem Tag erwartete ihn aber nicht wie sonst eine vor Liebreiz strotzende, ihn aufopferungsvoll umsorgende Ehefrau, nein, er hatte kaum das Hoftor geschlossen, da wurde er schon von einer Megäre empfangen, bei deren Anblick es nicht viel Fantasie benötigte, um sich zuckende Schlangenleiber, rot unterlaufene Augen und triefenden Geifer vorzustellen, denn Meggy hieß ihn mit einer derart schrillen Tirade willkommen, dass sein von basslastigen Reggaebeats verwöhntes Gehör von einem penetranten Fiepen heimgesucht wurde, das er mehrere Tage nicht mehr loswerden sollte.

»Was willst du noch hier?!«, keifte Meggy zum Auftakt,

und vor Überraschung antwortete Hadschi ehrlich: »Äh, Ben besuchen?«

»Wenn du deinen Sohn sehen möchtest, dann rufst du mich gefälligst vorher an! Das ist hier keine Bahnhofshalle, wo man einfach ein- und ausgehen kann, wie man lustig ist! Und ich bin auch nicht das Hotel Pompadour, in dem der feine Herr Pinkel sich von vorne bis hinten bedienen lassen kann! Wenn du dir den Po pudern lassen willst, dann scher dich gefälligst zum Teufel!« Hier musste Meggy kurz Luft holen, denn selbst ihre im Schreien erprobte Stimme war es nicht gewöhnt, eine derart lange Solopartie zu schmettern: »Ich hab mir das doch nicht alles aufgebaut, nur damit so ein Affe von Rastafari kommt und mir alles versaut!«

Und mit diesen Worten wurde ihm die pinkfarbene Haustür vor der Nase zugeschlagen. Hadschi, der glaubte, Meggy habe nur einen schlechten Tag, steckte sich den Finger ein paarmal in sein pfeifendes Ohr, schüttelte schließlich lachend den Kopf und öffnete die Tür erneut. Eins war klar, in diesem Fall halfen ein paar Komplimente, orientalisch angehauchte Schmeicheleien und Beschwichtigungen. Alles zugeben, möglichst reumütig gucken und danach schnell den Dackelblick aufsetzen, hieß die Devise. Aber als er mit fiependem Ohr im Flur stand, bekam er nicht einmal die Möglichkeit, den Mund zu öffnen, um zu einer Schmeichelei anzusetzen, denn Meggy, die hinter der Tür gewartet hatte, fiel mit hämmernden Fäusten über ihn her.

»Die Kinder mit Süßigkeiten bestechen! Das ist ja wohl das Allerletzte!«, schrie sie mit heiserer Stimme, versetzte ihm einen Schubs, der ihn rückwärts die Treppe hinunterfallen ließ, und knallte ihm die Tür erneut vor der Nase zu.

Hadschi, der nun ahnte, woher der Wind wehte, beließ es für diesen Tag dabei, wagte aber wenige Tage später einen weiteren Vorstoß in den Seelenpfad, denn so einfach ließ er sich nun auch nicht abspeisen. Den Hof durchquerte er ohne feindliche Attacken, glaubte schon, mit seiner Theorie über das hysterische Weibsvolk recht zu haben, da fiel ihm ein, dass er versäumt hatte, Blumen zu besorgen. Mit Blumen bekam man Frauen immer rum, da sparte man sich das Gesülze über die Sterne am Himmel und die Romantik des Mondenscheins. Beim nächsten Besuch musste er dran denken, aber jetzt freute er sich erst mal auf den Tee, den Meggy ihm kredenzen würde.

Aber er hatte die Rechnung ohne Meggys Entschiedenheit gemacht. Und mit dieser Entschiedenheit stürzte sich Meggy auch dieses Mal auf ihn.

»Ich hab dir gesagt, du sollst vorher anrufen!«

»Mann, Meggy, ich war aber grad in der Gegend!«

»Dann gehst du jetzt in die Telefonzelle und rufst mich an!«

Ein Vorschlag, den Hadschi so lächerlich fand, dass er zu lachen begann. Hebron kauerte an der Treppe und lugte durch das hölzerne Geländer in den Flur hinunter, sah, wie die Hundehaufenfrisur nur so wippte, und hoffte, dass ihre Mutter den Streit beendete, klein beigab und Hadschi einfach reinließ.

»Ich hab's dir gesagt!«, beharrte Meggy auf dem Rausschmiss. »Bevor du hier noch mal vorbeikommst, rufst du an und fragst, ob es mir überhaupt passt! Mir reicht's! Und zwar endgültig!«

Nun reichte es Hadschi allerdings auch, und zwar ebenso endgültig, denn wenn er eins nicht mochte, dann waren das Frauen, die ihn anschrien und ihm diktieren wollten, was er zu tun habe. Das hatte er schon an seiner Mutter nicht gemocht.

»Das ist auch mein Kind!«, schrie er.

»Erfolgreiches Bumsen macht noch keinen Mann zum Vater!« In Hebrons Kopf begann es zu schwirren, Gedanken flatterten unruhig umher und erzeugten ein schrill tönendes Rauschen; sie sah, wie sich die Münder der Streitenden schlossen und öffneten, aber sie nahm die Worte nicht mehr wahr. Sie tat, als wären es nur Fischmäuler, die stumm nach Luft schnappten.

Nun weiß jeder, dass man einen verärgerten Mann mit einem solchen Spruch, den Meggy Hadschi ins Gesicht spie, erst recht in Rage versetzte, und so sprang der in Hebrons Augen Fisch gewordene Hadschi auf diese Provokation an wie ein prächtiger Hecht aus der Rurtalsperre auf einen Lebendköder: »Du gibst mir Ben – sofort!«

Und wie es sich für einen Raubfisch gehörte, der nun mal auch Raubfisch bleibt, wenn er zappelnd und japsend an einem Blinker hängt, war Hadschis Stimme bei diesen Worten leise, aber es war nicht Beherrschung, die ihn so reden ließ, sondern blanke Wut, und weil Meggy nur abfällig schnaubte, legte ihr Hadschi zur Verdeutlichung seiner Worte eine Hand um den Hals und drückte für einen Moment, der Hebron vorkam wie eine Ewigkeit, mit aller Kraft zu.

Es herrschte Stille, die Eheleute starrten sich an, wobei Hadschi seinen Unterkiefer weit nach vorne schob. Er hatte für diesen Moment wirklich große Ähnlichkeit mit einem Hecht. Ob er sich vor seiner eigenen Gewalttätigkeit erschrak oder sich im Angesicht seiner Hand um Meggys Hals eines Besseren besann, wir wissen es nicht, jedenfalls ließ er ebenso plötzlich von ihr ab, wie er zugepackt hatte, und stürmte zur Tür hinaus.

Meggy blieb erstaunlich ruhig, fasste sich ein paarmal an den Hals, ungläubig eher und verwirrt, und ging zum Tagesprogramm über, als hätte das Geschehen gar nicht stattgefunden.

Und damit Hadschi auch wusste, woran er sich zu halten hatte, ging Meggy am nächsten Tag zum Jugendamt, wo sie auch nicht den Bericht über die häusliche Gewalt ausließ.

»Ich musste den vor die Tür setzen«, beschwor sie die Sachbearbeiterin im Brustton der Überzeugung. »Kaum war unser Kind geboren, hat er geglaubt, mich unter der Fuchtel zu haben, und außerdem«, und hier senkte sie die Stimme und blickte verschwörerisch, »hatte ich plötzlich so ein komisches Gefühl wegen Hebron, und eine Mutter muss sich da ganz klar auf die Seite des Kindes stellen, und zwar schon beim kleinstem Verdacht.« So redete Meggy auf die Mitarbeiterin des Jugendamts ein, auf Kolleginnen, Patienten und Geschwister. Aber wenn ihre Kinder ihr davon erzählen wollten, wie Hadschi die Zwillinge drangsaliert und geschlagen hatte, wenn Hebron versuchte, der Mutter von seinen feuchten Küssen und glänzenden Augen zu berichten, antwortete Meggy stets: »Ihr lügt, das hätte ich gemerkt und niemals zugelassen.«

Die Sachbearbeiterin des Jugendamts fragte sich nach Meggys ausführlichem Bericht, warum diese Frau einen derart aggressiven und augenscheinlich unzurechnungsfähigen Mann überhaupt noch in die Nähe des gemeinsamen Kindes ließ. Nichtsdestotrotz setzte sie ein Schreiben auf, in dem sie Hadschi mitteilte, dass er seinen Sohn jeden zweiten Samstag für drei Stunden abholen dürfe, dass der Umgang außerhalb des Hauses der Nochehefrau stattzufinden habe und dass er darüber hinaus seine Lohnnachweise einreichen solle, damit sie die Höhe des Unterhalts festlegen könne.

Was die Besuchsregelung anging, so war diese vollkommen überflüssig, denn Hadschi verging das Interesse daran, seinen Sohn zu sehen, in dem Moment, wo er nicht mehr mit Kaffee, Kuchen und offenen Armen empfangen wurde.

Seine Meinung war: Wer geht schon freiwillig zu einer hysterischen Furie, nur um drei Stunden mit einem schreienden, stinkenden Säugling durch den Schnee stapfen zu müssen?

Und was die Zahlungen anging, auch da war die Rechnung ohne Hadschis Weltanschauung gemacht, denn Hadschi vertrat die Auffassung, dass Kinder nicht viel bräuchten und von Vätern erklagter Unterhalt nur dazu diene, dass sich die Mütter schicke Klamotten, Parfüm und viel zu teure Schuhe kaufen konnten.

Er ging sogar so weit, dass er im Gegenzug Meggy auf Unterhalt verklagte, denn schließlich habe sie sich auch vor der Trennung in rücksichtsloser Art und Weise dem Geldverdienen gewidmet, während er ihr selbstlos den Rücken freigehalten habe, um sich um Kinder und Haushalt zu kümmern. Außerdem ließ er sich von einem Psychologen ein Gutachten über seine Arbeitsunfähigkeit aufgrund der traumatischen Erfahrung im marokkanischen Knast erstellen. Den Unterhaltsanspruch gegen Meggy konnte er nicht durchsetzen, und nach diesem zweifelhaften Versuch, seine Haushaltskasse aufzubessern, verlor sich seine Spur in der Eifel, nachdem er noch einmal in den Rurbroicher Bauernhof zurückgekommen war, um den Kaktus abzuholen, den Meggy ihm geschenkt hatte. Und beinahe wäre bei dieser letzten Begegnung noch ein sechstes Kind gezeugt worden, hätte nicht dieses eine Mal Meggys legendäre Fruchtbarkeit versagt.

Dass es überhaupt zu einer horizontalen Betätigung kam, darf man getrost Meggys Sentimentalität und der Hoffnung auf ein geregeltes Familienleben zuschreiben, die bei Hadschis unverhofftem Anblick noch ein letztes Mal aufloderte wie das Flämmchen einer Grabkerze, bevor der Wind es ausbläst.

Wie ein neues Leben begann

Im März des Jahres 1987 gab es eine verspätet auftretende zweite Kälteperiode, in deren Verlauf es stark schneite. Während die Erwachsenen über den erneuten Wintereinbruch schimpften, freuten sich die Kinder über die dicke weiße Schicht, die Hügel und Wälder der Eifel zu einer riesigen Spielwiese werden ließ. Tag für Tag zogen sie mit dem Schlitten auf die Hänge, wo sie vor Freude jauchzend bis zum Einbruch der Dunkelheit die zugeschneiten Obstwiesen hinuntersausten. Meggy beschloss, Hebrons neunten Geburtstag mit Punsch und heißer Schokolade auf der Obstwiese zu feiern. Und seit Langem kamen wieder einmal alle: ihre Schwester Fanny mit den wilden Brüdern Geronimo, Casanova und Galileo, Hebrons liebste Cousinen Virginia und Melody samt Eltern und Geschwistern, und selbst Clementine reiste mit ihren Söhnen Fred und Franz, dem blonden Gift Marianne und deren Söhnen Johann und Gabriel an.

Es sollte das letzte Mal sein, dass Meggy und ihre Kinder einen unbedarften Tag mit dem Rest der Familie verbrachten.

Die ganze Gesellschaft stapfte gut ausgerüstet mit Mützen, Schals und dicken Skihosen über die schneebedeckte Fläche, deren eintönige Weite einzig von kahlen Bäumen und blattlosem Strauchwerk unterbrochen wurde sowie von den Spuren der Kufen, die die besten Abfahrtspisten kennzeichneten. Auf diesen Pisten stürzten sich die Kinder gleich ins Vergnügen, während die Erwachsenen sich einen geeigneten Platz auf der Kuppe des Hügels suchten. Dort stellte Franz die zu diesem Zweck von ihm beschaffte und mit Feuerholz bestückte Tonne auf, und bald scharten sich die Mitglieder der Familie Hunger um das wärmende Feuer, wo sie sich einen Becher Glühwein nach dem anderen aus den Thermoskannen einschenkten, während die Kinder den Berg hinuntersausten. Hebron traute sich nicht, auf einem Schlitten zu fahren, aber auch sie rutschte den Berg hinunter – mit einer Plastiktüte unterm Hintern.

Die drei Schafe, die sich entgegen Hans-Dieters Prognose nicht vermehrt hatten, standen dicht zusammengedrängt vor ihrem mit Wellblech gedeckten Bretterverschlag und beäugten das Treiben kritisch. Zu kritisch, wie Geronimo fand, der dem Kindesalter zwar eigentlich schon entwachsen war, aber immer noch nichts als Blödsinn im Kopf hatte. Es brauchte nicht viel Überredungskunst, und schon jagte er, unterstützt von seinen Brüdern, die Herde über das schneebedeckte, unebene Gelände. Das wiederum gefiel Wim gar nicht, auch wenn er seine großen Cousins bewunderte, seine Schafe gingen ihm über alles. Und so jagten Wim und Billy ihre drei wilden Vettern, und die schwer zu bändigenden Vettern jagten die Schafe, während die Mädchen froh waren, die Schlittenbahn endlich mal für sich zu haben. Die Erwachsenen bekamen von all dem nichts mit, sie waren zu sehr mit dem Glühwein beschäftigt und mit der Frage, wie sie es jemals schaffen sollten, den Hang wieder hinunterzukommen, ohne sich alle miteinander lang zulegen. Eine Vorstellung, die allgemein für großes Gelächter sorgte. Hätten sie etwas weniger laut gelacht, so wäre wohl das verzweifelte Blöken der Schafe, die aufgeschreckt durch den Schnee hoppelten, zu ihnen durchgedrungen. So aber bot niemand dem dummen Streich von Geronimo Einhalt. Gerade hatte er es mithilfe seiner Brüder geschafft, die Tiere, die bisher in geschlossener Herde zu fliehen versucht hatten, zu separieren. Eins versuchte sich stolpernd und rutschend den Hang hinaufzukämpfen, die anderen rutschten die Böschung hinunter, der Bock verlor bei dieser Gelegenheit den Halt und schlitterte ungebremst in den groben Maschendrahtzaun, der die Obstwiese umgab. Das andere Schaf, das zutraulichste der Herde, versuchte einen Ausbruch quer über die Wiese. Unglücklicherweise schnitt sich diese Fluchtroute genau mit der Abfahrtspiste. Melody, die kurz vor der Abfahrt die Kufen ihres Schlittens extra noch einmal mit der bereitliegenden Speckschwarte eingefettet hatte, befand sich in diesem Moment mit vollem Tempo auf ebendieser Route.

Wie aus dem Nichts tauchte vor Melody plötzlich ein Schaf auf. Das Schaf sah eins dieser seltsamen Gefährte auf sich zukommen, die es wohl nicht umsonst zuvor so kritisch beäugt hatte, und irritiert über diesen Anblick, vergaß es, die Flucht fortzusetzen.

»Weg! Weg! Geh weg!«, schrie Melody. Melody war nicht so ängstlich wie ihre Cousine Hebron, aber sie war auch nicht unbedingt dazu in der Lage, auf unverhoffte Situationen prompt zu reagieren, und so raste sie ungebremst auf das Schaf zu. Das verlor seine Schockstarre auch nicht, als es sich plötzlich auf dem den Hügel hinuntersausenden Gefährt befand.

Melody, den Körper des Schafs vor sich, der ihr nun auch noch die Sicht nahm, tat immer noch nichts anderes als »Weg! Weg!« zu brüllen, und zwar so eindringlich, dass nun auch endlich die Erwachsenen den Trubel mitbekamen, der sich unterhalb ihrer Feuertonne abspielte. Von diesem Moment an machte sich niemand mehr Gedanken, wie er im Zustand der Trunkenheit den Berg hinunterkommen sollte, alle rannten, rutschten und purzelten den eisigen Hang herab, um Melody oder dem Schaf oder beiden zu Hilfe zu eilen. Alle, außer Clementine. Ihren alten Körper würde sie um nichts in der Welt einen verschneiten Abhang hinunterzwingen, nur um einem blöden Schaf zu helfen, dafür gab es die jüngere Generation, denen brach auch nicht so schnell ein Knochen, wenn sie mal stürzten. Clementine goss sich lieber noch ein gutes Schlückchen ein, strich ihren Rock glatt, wischte den Schnee von einem umgekippten Baumstamm und beobachtete das irre Treiben seelenruhig von der Kuppe des Bergs aus, eingetaucht in das orangefarbene Licht der langsam über die Hügel kriechenden Dämmerung, die die schneebedeckten Wälder der Eifel mit einem warmen Leuchten überzog.

Auch wenn an diesem Tag die gesamte Familie Hunger versammelt war, so sollte bald der Moment kommen, wo Meggy sich mit ihren Kindern vom Rest der Familie trennte und sie keinen Fuß mehr auf das Gelände der Schreinerei setzten. Ihr Leben spielte sich in Rurbroich ab, niemand kam mehr zu Besuch, es war, als ob über das Dorf eine Glasglocke gesetzt worden war, die Hebron und ihre Brüder vom Rest der riesigen Familie abschirmte.

Eine Zeit der Isolation, in der Hebron Tag für Tag die Brüder versorgte und den Haushalt machte, in der Meggy immer seltener zu Hause war, weil sie die Sorgen und Nöte ihrer Patienten wichtiger nahm als die Bedürfnisse ihrer Kinder. Eine Zeit, in der das Andenken an die große Schar und ihr wildes Treiben schrumpfte, ohne zu verblassen, bis es sich anfühlte wie ein bunter kleiner Stein mit scharfen Kanten, der in Hebrons Herzen saß und sie täglich schmerzend an das erinnerte, was ihr fehlte. Bis der Abend kam, an dem Hebron die Tabletten schluckte, mit denen ihre Mutter heimlich mittellose Rentnerinnen versorgte. Hebron war siebzehn Jahre alt, sie war dürr und knochig, hatte aber die breiten Hüften ihrer Großmutter, und ihre weiten, bunten Gewänder ließen sie wie eine Vogelscheuche aussehen. Wie viele junge Leute, die in einer tristen Kleinstadt leben, verbrachte auch sie ihre Tage damit, sich schon nachmittags auf der Rathaustreppe oder im Stadtpark mit billigem Dosenbier zu betrinken, und dabei verzog sie nicht einmal kritisch ihre so sanft geschwungenen Augenbrauen.

Was gab es auch sonst zu tun in einer Stadt, die damit punktete, in der Vergangenheit plattgebombt worden zu sein und deren größter Ruhm der Gegenwart darin bestand, eine der größten Nervenheilanstalten des Landes zu verwalten. Jeckeberg wurde diese Klinik im Volksmund genannt, denn sie lag auf der Kuppe des Hügels, und sie war so groß, dass ihr gesamtes Gelände eine eigene kleine Stadt am Rand von Düren bildete. Der Jeckeberg beherbergte manch Dürener Original und verschluckte manch verirrte Seele.

Und es war der Ort, an den auch Hebron an diesem verhängnisvollen Abend kommen sollte, als sich die Spirale in ihrem Kopf wieder einmal schnell und schneller zu drehen begonnen hatte, bis Hebron sich völlig in die Tiefe des Strudels gezogen sah, an dessen Grund sie entschied, dass ihr Leben nicht lebenswert sei, weshalb sie schnurstracks ins Bad ging, wo sie alle Tabletten nahm, die sie im Arzneimittelschrank fand, und sie mit dem Färbemittel hinunterspülte, mit dem sie am nächsten Tag eigentlich Bettwäsche und T-Shirts hatte batiken wollen, so wie Trixi es ihr damals im Hof gezeigt hatte.

Während sie die rote Flüssigkeit trank, betrachtete Hebron sich im Spiegel, zog sich mit der freien Hand die rabenschwarzen Haarsträhnen aus dem Gesicht, und als sie den Ansatz sah, der ihre hellblonde Naturhaarfarbe preisgab, hoben sich ihre Augenbrauen über ihren kornblumenblauen Augen. Hebron schrie nicht, Hebron beobachtete überaus kritisch, wie ihr das Färbemittel in roten Schlieren über das Kinn lief, bevor es auf ihre Brust tropfte, wo es den Ausschnitt ihres Kleides dunkel einfärbte.

DRITTER TEIL

Wintereinbruch

Irgendwo in den Weiten der ukrainischen Wälder, die die Landschaft hinter der ehemaligen Ostgrenze zu Polen über Hunderte von Kilometern mit dem dichten Geflecht aus dunkel glänzenden Kiefern, schlanken Birkenstämmen und knorrigen Buchen überzogen, an deren Kronen einige letzte rostrot verfärbte Blätter im eisigen Wind zitternd auf das Eintreffen des ersten Schnees warteten, irgendwo in diesen unwirtlichen Tiefen der Ebene, zog 1941 ein recht merkwürdig anzusehendes Paar durch die Kälte. Sie kamen nur langsam vorwärts, jeder Schritt, den sie machten, schien nur für sich allein gesetzt zu werden, es lag nichts Flüssiges in ihrem Gang, der sich nur dadurch als solcher auszeichnete, dass sie sich – wenn auch schleppend langsam – tatsächlich vom Fleck bewegten. Ab und zu bückte sich einer von beiden, verharrte in gebeugter Pose, als müsste der Körper sein Gleichgewicht austarieren, um nicht in die dicke braune Schicht vermodernden Laubs geweht zu werden, die den erdigen Boden bedeckte. Hätte man die beiden über einen längeren Zeitraum beobachtet, so hätte man festgestellt, dass ihre Route ziellos erschien. Sie stemmten sich Schritt für Schritt gegen den Nordostwind, der mit einem gespenstischen Heulen durch das Gehölz fuhr und die hochgewachsenen Stämme des Waldes mit seiner mächtigen Kraft mal in die eine, mal in die andere Richtung drückte, während er zugleich an den fast kahlen Kronen rüttelte, als wollte er jedem Baum auch noch das letzte verbliebene Blatt entreißen, das sich störrisch an einen Ast klammerte.

Jedenfalls führte das orientierungslose Laufen die beiden Menschen Tag für Tag weiter in die Tiefen dieses Waldes, der knarrend und ächzend gegen den Winter aufbegehrte, dessen Nahen der späte Novemberwind nicht bloß durch seine Stärke ankündigte; er trug als weiteren Vorboten schon den Geruch von Schnee mit sich, und damit das seltsame Paar das baldige Eintreffen der weißen Flocken nicht vergaß, kam er mit einer Kälte, die auf den Wangen prickelte, war sie doch mit winzigen, ebenso glänzenden wie scharfkantigen Eiskristallen durchsetzt. Wäre ihre Lage nicht so erbärmlich gewesen, man hätte lachen können über diese zwei, die da durch das Dickicht stapften.

Der Körper der Frau war als solcher nicht direkt zu erkennen, nur ihre Röcke und Schürzen sowie ein abgenutztes Kopftuch kennzeichneten sie als weibliche Person. Sah man näher hin, so erkannte man, dass ihr Oberkörper in mehreren Lagen von Kleidern steckte, die ihr allesamt zu groß waren. Die oberste Schicht bildete ein schwarzes Herrenjackett, und jetzt erkannte man auch, dass es sich nicht um ein Tuch handelte, das ihr Haar bedeckte, sondern um einen wächsernen Umhang, den sie vor der Brust mal mit der rechten, mal mit der linken Hand zusammenhielt, während sie die andere Hand in der Tasche des Jacketts verschwinden ließ, aber nicht ohne vorher ein paarmal mit weißen Wolken, die ihr Atem in der Kälte erzeugte, auf die frierende Hand zu pusten. Ihr Gesicht war hager, die Wangen eingefallen und trotz der Kälte blass. Nur ihre Augen stachen in einem klaren und satten Blau aus der schmutzig grauen Eintönigkeit ihrer Gestalt hervor.

Das Haar des Mannes war wild verfilzt und nur notdürftig mit einem schwarzen, mit breiter Krempe versehenen Hut bedeckt, den er ständig festhalten musste, sonst hätte ihn der Wind vom Kopf geweht. Er blies dem jungen Kerl so hinterhältig in den Nacken, dass ihm sein strähniges Haar schmerzhaft in die Augen peitschte und zwei äußerst unvorteilhaft abstehende und noch dazu rot gefrorene Ohren freigab. Sah man vom Hut ab, so stapfte ein verirrter Wehrmachtssoldat an der Seite einer Frau durch das herbstliche Laub, denn der Mann trug eine deutsche Uniformjacke und passend dazu einen Wehrmachtstornister, an den Decke, Kochgeschirr und Feldflasche geschnallt waren. An den Füßen hatte er jedoch einfache, abgetragene Lederhalbschuhe. Die Sohle des rechten Schuhs war lose, sie klappte bei jedem Schritt auf wie der hungrige Schnabel eines Jungvogels. Dazu passte auch das quietschende Geräusch, das die Sohle bei jedem seiner Schritte durch ihr Aufklappen erzeugte. Während ihr Haar unter dem Tuch von einem glänzenden Blond und ihre Augen von einem leuchtenden, satten Blau war, waren sein Haar und seine Augen mit einem grauen Schleier überzogen. Neben ihr sah er aus, als wäre er durch eine mächtige Wolke Staub gelaufen, dessen winzige Körnchen sich mit einer stumpfen Patina für immer in seinem Haar und seinen Augen festgesetzt hatten.

Ja, der Anblick der beiden war wirklich erbärmlich, und das, obwohl sie doch eigentlich beide so schön blond und blauäugig waren, geradezu der ideale arische Typus, von dem diejenigen träumten, derentwegen unser Paar sich durch die Wälder schlagen musste.

Jeckeberg

Hebrons Entlassung war kurz und schmerzlos vor sich gegangen, vor allem aber war sie unerwartet schnell wieder nach Hause geschickt worden. Und hier stand sie nun im flatternden Batikgewand im Hof des alten Fachwerkhauses am Seelenpfad und blinzelte irritiert. Sie glaubte, es seien die hellen Strahlen der Mittagssonne, die sich an den Wipfeln der Obstbäume auf der Schafweide brachen und sie durch ihr Blenden täuschten. Aber auch nachdem sie ihre Augen ein paarmal geschlossen und wieder geöffnet und sich das Gesicht gerieben hatte, dass ihre indischen Armreifen nur so klapperten, blieb der Anblick im Hof derselbe, und sie musste sich eingestehen, dass es sich nicht um eine Illusion oder Sinnestäuschung handelte.

»Hat sie sich wieder was Neues ausgedacht«, flüsterte Hebron.

Erst drei Tage war es her, dass Meggy Hebron im Bad erwischt hatte, das leere Glas mit dem Färbemittel noch in der Hand, die Tablettenschachteln über den Fliesen verteilt wie verlorene Figuren auf einem Spielbrett, Gesicht und Brust von roten Schlieren überzogen.

»Ich kann nicht mehr«, war alles, was Hebron auf den strafenden Blick der Mutter entgegnet hatte.

»Finger in den Hals, aber sofort!«, Meggy blieb erstaunlich ruhig. Etwas, das Hebron von ihrer Mutter gar nicht kannte.

Nachdem sie sich über der Kloschüssel erbrochen hatte, wo sie eine Mischung aus roter Flüssigkeit und weißen Pillen ausspie, die fast schön anzusehen war, reichte Meggy ihr ein Handtuch.

»Wasch dich und hör mir gut zu!«

Und Hebron hatte ihrer Mutter zugehört, hatte die Wange an die kühlen Fliesen gelehnt und schwach genickt, während Meggy davon sprach, wie sie schon länger gespürt habe, dass es Hebron nicht gut gehe, dass sie zugesehen habe, wie ihre Tochter sich verirrte und einen Weg einschlug, auf den sie falsche Freunde gelockt hätten und der nur ein Ziel kannte: nämlich Hebron von ihrer eigenen Mutter wegzuführen.

»Ich weiß, dass du dich wieder mit Melody und Virginia triffst, ich habe euch gesehen, im Kaufhaus, und ich hab auch gesehen, wie sie dich bestochen haben, verführt mit Schminke und falschen Komplimenten. Aber glaub mir, die sind von ihren Müttern angestiftet, uns zu entzweien, denen geht es gar nicht um dich. Die sind genauso verlogen wie ihre Mütter. Es geht um alte Rechnungen, Hebron, ich sage dir, die können es immer noch nicht akzeptieren, dass es uns ohne sie besser geht.«

Meggys Worte waren eine einschläfernde Melodie, warm und einlullend wie heiße Milch mit Honig, eine Melodie, der Hebron erschöpft und dankbar folgte. Zu lange hatte Meggy ihr keine Zuwendung mehr geschenkt, hatte jahrelang nur Aufgaben delegiert oder sich über die Nöte ihrer Patientinnen ausgelassen, um die sich Meggy nach deren Entlassung aus dem Krankenhaus aufopfernd kümmerte, oder Schmähreden über die Niedertracht der Männer gehalten. Der Keim, der einst in Meggys Geist zu sprießen begonnen hatte, war in den Jahren, die sie in der Isolation in ihrem Rurbroicher Haus zwischen Arbeit, Haushalt und Kindern verlebt hatte, endgültig zu einer bitteren Pflanze herangewachsen, deren Saft sie ihren fünf Kindern beinahe täglich einflößte.

Und mit jedem Wort, das Meggy in dieser Nacht an ihre Tochter richtete, mit jeder Erklärung, die sie Hebron für ihre Traurigkeit und die strudelförmig kreiselnde Verzweiflung lieferte, begann Hebron ihr mehr Glauben zu schenken. Meggy sprach von Leuten, die sie trennen wollten, von missgünstigen Neidern, von intriganten Tanten und deren Kindern, die geimpft seien mit falschen Bildern, die man von Meggy und ihren Kindern gezeichnet hätte, von Lügen, die einer Epidemie gleich verbreitet worden waren, und von Hebrons Leichtgläubigkeit, die sie solchen Verführungen wie denen ihrer Cousinen zu schnell folgen ließ.

»Du bist halt naiv, warst du immer schon, aber du kannst ja nichts dafür, hab euch immer zur Ehrlichkeit erzogen, und wer ehrlich ist, setzt es bei anderen auch voraus, und dann ist man vielleicht zu arglos und geht allen möglichen Menschen schnell auf den Leim. Wer denkt denn auch, dass einem die eigene Familie schaden will? So ist es mir ja auch ergangen: Hab meinen Schwestern vertraut, und dann wurde ich ausgenutzt und hintergangen, immer wieder.«

Und schon hatte Meggy wieder von den vielen Enttäuschungen gesprochen, hatte wieder ihre Litanei gesungen, von den Männern, die sie verlassen, von der eigenen Mutter, die sie nie gewollt, von den Geschwistern, von denen sie sich verraten fühlte, von den Dörflern, die ihr das Leben seit jeher schwer machten, von der allgemeinen Ignoranz der Gesellschaft den Frauen gegenüber, deren Existenzen nur durch die Ehe gesichert seien, und von den Rentnerinnen, die, gäbe es Meggy nicht, elendig vor sich hinvegetieren müssten. Denn Meggy stahl Medikamente und Verbandszeug auf ihrer Station und fuhr zu jeder Tages- und Nachtzeit über die Dörfer, wo sie Verbände wechselte, wunde Haut salbte, Nägel schnitt und sich die Sorgen der Greisinnen anhörte, während sie ihre Kinder sich selbst überließ.

Auch an diesem Abend hatte Meggy wieder über das Leid der Alten geklagt, hatte sich darüber echauffiert, wie man mit den Frauen umging, die das Land nach dem Krieg mit ihren eigenen Händen wiederaufgebaut hatten.

Aber dann hatte sie sich beruhigt, ihre Hände gewaschen, sich ein paar Strähnen ihres weißen, unfrisierten Haars aus der Stirn gestrichen, Hebron das Handtuch abgenommen und es in den Wäschekorb gesteckt.

Und während Hebron immer noch müde und erschöpft auf dem Boden kauerte, war Meggy in ihrem Monolog zum Zusammenhalt der Familie gekommen und zu dem Punkt, wie wichtig es sei, dass sie sich gegenseitig unterstützten.

»Ich weiß, dass deine Freunde dir einreden wollen, dass ich dir zu viel zumute, aber das stimmt nicht. Denk doch auf der anderen Seite mal nach, wie früh du schon bis spätnachts ausgehen durftest! Ich hab dir nie Vorschriften gemacht. Das konnte ich natürlich nur, weil ich wusste, wie vernünftig und selbstständig du bist. Du hast mir immer viel geholfen, das stimmt, aber wir sind nun mal eine große Familie, da muss eben jeder mit anpacken.«

Bei diesen Worten regte sich leichter Widerstand in Hebron, ein Anflug von Wut und Trotz ließ ihre kalten, bleichen Wangen erröten, denn erstens wusste sie, dass es das normale Maß an Hilfe in einer Großfamilie überstieg, wenn Meggy ihr die ganze Sorge um Haushalt und Brüder überließ, und zweitens hatte Meggy ihr nie erlaubt, abends lange auszugehen, sondern Hebron hatte es einfach getan, hatte sich oft genug über die Anweisungen der Mutter hinweggesetzt, indem sie so lange in der Stadt blieb, bis der letzte Bus nach Rurbroich schon längst abgefahren war, um dann durch die nächtliche Eifel zu trampen oder bei den Junkies im besetzten Haus zu schlafen und erst am nächsten Morgen heimzukehren, Situationen, in denen Meggy sie bei ihrer Ankunft mit Verachtung strafte und zugleich behauptete, sehr genau gewusst zu haben, wo Hebron genächtigt habe, ihr aber die Blamage des nächtlichen Abholens ersparen wollte; und am liebsten hätte Hebron nun den Monolog der Mutter unterbrochen, hätte ihr gern ihre Meinung entgegengeschrien, aber dann sank sie wieder in sich zusammen, denn wer wusste schon, ob Meggy nicht recht hatte. Wahrscheinlich lag es doch nur an ihrer eigenen Unzulänglichkeit, dass sie nicht zurechtkam mit ihrer Rolle im Leben, einem Leben, in dem sie ständig versagte, gnadenlos scheiterte an ihrer Widerspenstigkeit, an ihrer Empfindlichkeit, und wozu das führte, hatte man ja wenige Minuten zuvor gesehen. Aber da war auch wieder diese Sehnsucht, die Hebron so oft verspürte, die Illusion von Geborgenheit und Obhut, nach deren Erfüllung Hebron gierte, und so nahm sie folgenden Worte von Meggy auf wie eine Hand, die man ihr freundschaftlich reichte.

»Pass auf, was du jetzt brauchst, ist ein Ort, an dem du dich erholen kannst, einfach mal in Ruhe ausschlafen, dich nur mit dir beschäftigen.«

Noch in derselben Nacht fuhr Meggy ihre Tochter in die psychiatrische Landesklinik, diese mächtige Anlage, die durch ihre Komplexität eine eigene kleine Stadt am Rand der Stadt Düren bildete. Mit den sogenannten Jecken, die dort untergebracht waren, war jeder, der die Stadt kannte, gut vertraut, denn es gab genug Insassen, die tagsüber Freigang hatten und durch die Trostlosigkeit der Innenstadt stromerten, wo ihre Eigenheiten und Macken den Alltag des Dürener Stadtlebens mitbestimmten.

Im Sprechzimmer hatte Meggy Hebron mit einem Kopfnicken bedeutet, zu schweigen, und Hebron hatte brav geschwiegen, obwohl sie Meggys Worte als heuchlerisch empfunden hatte, mit denen sie die Fragen der Ärztin beantwortet hatte. Als Grund für die Notwendigkeit des stationären Aufenthalts gab Meggy depressive Verstimmung und Suizidgefährdung an, ohne jedoch zu erwähnen, dass Hebron Tabletten und Färbemittel geschluckt hatte.

»Meine Tochter ist in falsche Kreise geraten«, flüsterte sie der Ärztin zu, »lässt sich von einem viel älteren Mann ausnutzen, einem Künstler, Sie wissen schon. Ich bin selbst Krankenschwester, kenn mich also ein wenig aus. Ich denke, es wäre gut, wenn sie länger auf Station bleibt. Aber lassen Sie sich nicht vorführen, sie ist sehr manipulativ und weiß, wie sie sich verhalten muss, damit man ihr ihre Probleme nicht anmerkt. Sie werden schon das Richtige finden«, fügte sie hinzu und vergaß auch nicht, ihre feierlichste Leidensmiene aufzusetzen.

Und dann war Meggy wieder nach Hause zurückgefahren, entschwunden zu ihrer wahren Mission – der Rettung von Ehre und Gesundheit der Eifeler Trümmerfrauen –, und die Ärztin hatte Hebron in ein Zimmer, das mit grauem Teppichboden und hellen, unpersönlich wirkenden Sperrholzmöbeln ausgestattet war, geführt, in dem schon zwei andere Patientinnen schliefen.

Hier bleibe ich also jetzt, hatte Hebron in das Schwinden der Nacht gedacht, und dieser Gedanke war nicht beunruhigend gewesen, dieser Gedanke hatte die Kraft gehabt, sie sofort in einen kurzen, aber schweren Schlaf sinken zu lassen, dieser Gedanke hatte sie mit Hoffnung aufwachen lassen – bis sie am Morgen zwischen Alkoholikern und depressiven Hausfrauen am Frühstückstisch saß.

Es war Realität geworden, was Meggy immer gesagt hatte: Hebrons Empfindungen, ihre Gefühle waren falsch, und jetzt würde man dafür sorgen, dass sie wieder richtig würden. Hebron stellte sich vor, wie die Ärzte mit ihren behandschuhten Fingern in ihr Gehirn griffen, Kabel trennten, Knoten entwirrten und Drähte neu zusammenfügten, bis Hebron zu einem anderen, zu einem normalen Menschen geworden war, denn das war es, was sie wollte: Normal sein, sein wie alle anderen, dazugehören.

Und wenn Hebron dafür an einem Tisch mit einem schwulen, suizidgefährdeten Lastwagenfahrer sitzen musste, der die Nachwirkungen des Kohlgemüses, das es am Vortag gegeben hatte, nicht im Griff hatte, dann nahm Hebron das in Kauf. Wenn die Aussicht auf die Heilung ihrer Psyche bedeutete, in das großporige, aufgedunsene Gesicht einer Säuferin blicken zu müssen und sich von den missmutigen Pflegerinnen durch die Gänge scheuchen zu lassen, dann würde sich Hebron nicht abschrecken lassen. Hier würde man ihr helfen, ihre Aufsässigkeit zu zähmen, man würde sie zu dem Engel machen, der zu sein sie sich schon so lange erträumte, und diese Aussicht erfüllte Hebron mit Hoffnung.

Auch die Träumereien von ihrem Vater hatte Hebron nicht aufgegeben, nur, wo sie sich früher märchenhafte Szenen ausgemalt hatte, Geschichten, die aus einer kuriosen Mischung orientalischer Exotik und knallharter Aktion zusammengesetzt waren und denen es vor allem nicht an Dramatik und herzzerreißender Emotionalität mangelte, hatte sich nun die Sehnsucht mit den Jahren zu einer vorsichtigen Spurensuche ausgewachsen, die sie vor Meggy, die sich immer noch gerne darüber ausließ, wie hinterhältig Samuel sie sitzen gelassen hatte, geheim hielt. Oft hatte Hebron abends in ihrem Zimmer gesessen, sich hinter dem Berg der mächtigen, blau karierten Federbetten verkrochen, während der Wind die maroden Fensterläden klappern ließ, und gelesen, was auch immer sie über Israel und die Juden in die Finger bekommen hatte. Eines Tages, sie war zwölf Jahre alt, war sie an einen Bildband über Auschwitz geraten, und Hebron hatte sich erinnert, wie Meggy ihr lange zuvor einmal erzählt hatte, dass die ganze Familie ihres Vaters tot sei, eine Aussage, deren Tragweite sie damals nicht verstanden hatte, aber im Angesicht schwarz-weißer Abbildungen der Berge aus gekrümmten bleichen Gliedmaßen und kahl rasierten Köpfen wurde Hebron der Zusammenhang klar, und mit zitterndem Finger fuhr sie über jedes Foto in dem Bildband, suchte auf den Gesichtern der ausgezehrten Häftlinge mit den gestreiften Anzügen nach Ähnlichkeiten mit sich selbst und auf den Bildunterschriften der Porträtbilder, auf denen auch die Frauen wegen der abrasierten Haare aussahen wie Männer, nach dem Namen Apelstejn.

»Die sind tot, Hebron, alle tot!«, hörte sie die Stimme ihrer Mutter aus der Vergangenheit rufen. Stundenlang hing sie nach der Schule in der Buchhandlung am Markt herum, obwohl sie wusste, dass ihr verspätetes Heimkommen Ärger bedeutete, aber selbst der argwöhnische Blick des Buchhändlers konnte Hebron, die Autoritäten eigentlich scheute, nicht davon abhalten, Seite um Seite jedes Buchs durchzublättern, das den Holocaust zum Thema hatte, immer auf der Suche nach Menschen, die ihr ähnlich sahen oder den Namen Apelstejn trugen. Einmal glaubte sie, sich selbst in einer der Frauen zu erkennen; die Form der Augenbraue und der Mund glichen den ihren, aber der Name der Frau war ein anderer. Hätte Hebron gewusst, dass sich die Wege ihrer Vorväter einst auf so unglaubliche Weise gekreuzt hätten, hätte sie gewusst, dass in ihr das Blut von Korngold floss, nicht aber das von Apelstejn, so wäre ihr in dieser Sekunde bewusst geworden, dass sie der Schwester ihrer Großmutter Luba ins Gesicht sah, aber Hebron wusste nichts von Luba Korngold, und so fahndete das Eifeler Mädchen weiter nach polnischen Apelstejns, dieser Mischpoche, der Samuel den Namen und irgendwie doch auch sein Leben verdankte, und somit verdankte auch Hebron in gewisser Weise Aaron Apelstejn ihr Leben.

Einen Apelstejn fand sie tatsächlich, Jossele hieß er, ein Name, den Hebron komisch fand, und plötzlich war sie froh, dass ihr Vater Samuel hieß und nicht Jossele oder Moshe, oder Itzhak, alles Namen, die ihr in den Büchern begegneten und die sich in ihren Ohren altmodisch und fremdländisch anhörten. So starrte Hebron eines Tages zwischen den Regalen der kleinen Dürener Buchhandlung in das Gesicht eines Jossele Apelstejns und befand, dass dieser ihr überhaupt nicht ähnlich sah; seine Nase war viel zu breit, und seine Ohren standen weit vom rasierten Schädel ab, ein Anblick, der lustig gewesen wäre, wäre sein Blick nicht so traurig und leer und der Grund für das Foto nicht so schlimm gewesen. Und wieder bleibt es an uns, mehr zu wissen als Hebron, denn dieser Jossele mit dem traurigen Blick war niemand Geringerer als der Lieblingsbruder ihres vermeintlichen Großvaters Aaron, und hätte

Hebron erfahren, dass sie mit ihrer naiven Art der Ahnenforschung in der Dürener Buchhandlung am Markt tatsächlich gleich zwei Erfolge verbuchen konnte, sie wäre wohl aus dem Staunen nicht mehr herausgekommen. So aber ließ sie jeder Blick in einen weiteren Bildband, jedes Lesen eines weiteren Fachbuchs unbefriedigt und leer zurück, eine Leere, die sie nur durch weitere wilde Fantasien über den Verbleib ihres heldenhaften Vaters auszufüllen wusste.

Wahrscheinlich gibt es Tausende von Apelstejns!, dachte Hebron damals resigniert, und korrigierte sich selbst voller Scham, als hätte der Buchhändler ihre Gedanken gehört: gab es.

Die Suche nach Apelstejns gab sie an diesem Tag auf, als sie befand, diesem Jossele Apelstejn mit den Propellerohren kein bisschen ähnlich zu sehen, aber ihre Träume vom Vater, der sich als seelenverwandt herausstellte, sobald er vor ihr stünde, verschwanden nicht. Und da Hebron Regie führte, änderte sie einfach alle paar Monate das Drehbuch, schrieb um, besetzte neu, verwarf ganze Szenen und änderte das Ende, das aber immer ein Happy End blieb.

Für ihre Genesung nahm die in den Jeckeberg verfrachtete Hebron auch hin, in der Nachmittagspause, in der man ihr erlaubte, über das Gelände der Klinik zu spazieren, zuerst einem Obdachlosen zu begegnen, der in Düren stadtbekannt war und nun nackt auf einem alten Fahrrad saß. Den Pflegern gegenüber, die ihn umringten, bestand er vehement auf seinem Recht zum Nudistentum, das er mit der fadenscheinigen Behauptung, in Afrika sei schließlich auch jeder nackt, verteidigte.

Für ihre Genesung nahm sie auch hin, einem jungen Mann dabei zuzusehen, wie er unter lautem Geschrei an den Bäumen zog, die die Allee zwischen den einzelnen Stationen säumten. Es waren mächtige Kastanien, deren Kronen das grelle Licht der Sommersonne zu einem feinen Schattenspiel auf dem Kiesweg brachen.

»Auch Bäume haben das Recht auf Freiheit! Nieder mit dem Baummandat!«, skandierte er. Zu gerne hätte Hebron irgendetwas getan, um dem Jungen zu helfen, denn wenn Hebron etwas mochte, war es, Menschen zu helfen. Ja, Hebron wollte immer hilfsbereit sein, wollte in die Fußstapfen ihrer Mutter treten, aber ohne deren Leidensmiene, denn Hebron wollte nicht nur hilfsbereit sein, sondern auch gütig. Quasi die barmherzige Mutter Teresa der Eifel, wahrscheinlich hätte Meggy ihr unter Trixis Fuchtel einfach nicht verbieten dürfen, mit Puppen zu spielen und rosa Kleider zu tragen.

Der Junge marschierte nun die Allee hinunter und dirigierte mit einem imaginären Taktstock den Abmarsch der Bäume.

Ich bin schwach, dachte Hebron, es ist allein meine Schuld, dass alles schiefläuft. Und während sie auf ihre Station zurückkehrte, verfestigten sich die Worte *mea culpa* in ihrem Verstand zu einem einprägsamen Cantus, einem gregorianischen Choral, dessen Klänge mahnend und beruhigend zugleich in ihrem Kopf tönten.

Aber auch wenn Hebron mit einer Alkoholikerin in einem Zimmer schlafen musste, um endlich ein Mensch zu werden, der weniger empfindlich war, und wenn Hebron die zerschnittenen Arme einer Borderlinerin ansehen musste, um endlich ihr Mimöschendasein in den Griff zu kriegen, dann war es ihr das wert.

Die Borderlinerin war die Einzige unter den Patienten der Aufnahmestation in Hebrons Alter, alle anderen des bunt zusammengewürfelten Treibguts am Meeresstrand der Gesellschaft waren mindestens so alt wie Meggy. Trotzdem hielt Hebron sich von der jungen Frau fern, sie mochte Menschen nicht, die so laut und aufdringlich waren.

Das sind die Leute, mit denen du jetzt wochen-, wenn nicht monatelang zusammenleben wirst, dachte Hebron und wünschte, sie hätte wenigstens ein Buch oder eine Zeitung, mit Schrift gefüllte Seiten, egal, welchen Inhalts, hinter denen sie sich verkriechen konnte.

Und doch war alles anders gekommen. Meggy hatte Hebron in der Nacht auf einen Samstag in die Klinik gefahren. Zu dieser Zeit hatte es nur eine allgemeine Aufnahme gegeben, aber kein ausführliches Gespräch, in dem über Länge und Inhalt des Aufenthalts entschieden wurde. Nachdem Hebron das dritte Mal mit dem schwulen Lastwagenfahrer gefrühstückt hatte, der darüber lamentierte, dass sein Partner ihn verlassen würde, sollte er diesmal seine Probleme nicht in den Griff kriegen, worauf die Alkoholikerin antwortete, sie wäre froh, wenn sich ihr Alter einfach aus dem Staub machen würde, weil sie dann endlich in Ruhe trinken könne, wurde sie zum eigentlichen Aufnahmegespräch in das Sprechzimmer der diensthabenden Psychiaterin bestellt. Hebron wartete auf dem langen, grauen Flur, sie hörte das Geschrei der Borderlinerin, das in Sekundenschnelle vom hysterisch aggressiven Tonfall in ein kindisches Quengeln umschlug. Nachdem die junge Frau das Zimmer Türen knallend verlassen hatte, wartete Hebron einen Moment, bevor sie es wagte, zaghaft an die Tür zu klopfen.

Die Ärztin war jung und trug nicht einmal einen Kittel. Mit ihrem engen Pulli und dem lockeren Pferdeschwanz entsprach sie überhaupt nicht dem Bild, das Hebron von einer Psychiaterin hatte. Psychiaterinnen waren alt und streng, trugen Brillen, die ständig von der Nase rutschten, und blickten undurchschaubar und regungslos.

Weil die Ärztin rostrotes Haar hatte und der Pullover moosgrün war, musste Hebron an die irische Küste denken, und wer in dieser Geschichte an die irische Küste dachte und nicht wusste, wer Bruder Gereon war, der dachte zumindest an Bruder Gereons Fehltritt Francis, und so ging es nun auch Hebron, die im selben Moment feststellte, dass sie während ihres Klinikaufenthalts kaum an ihre Brüder gedacht hatte.

Das war es bestimmt, was Meggy meinte, dachte Hebron, als sie sich an die Worte der Mutter erinnerte, sich einmal auszuruhen. Und tatsächlich nahm Hebron vor dem Schreibtisch der Ärztin sitzend wahr, wie gut es tat, sich einmal nicht um die Brüder zu sorgen und die Verantwortung für das gleichmäßige Laufen der Maschinerie des Rurbroicher Haushalts zu tragen. Doch bevor sich die Verblüffung über diese Erkenntnis in Hebrons Verstand festsetzen konnte, zog die Ärztin Hebron in ein Gespräch über den Grund für ihre Anwesenheit im Jeckeberg.

»Zuerst einmal Ihr Name: Hebron Maria Magdalena Hunger. Ziemlich ungewöhnlich. Woher kommt der?«

»Hebron ist der Wohnort meines Vaters, und die restlichen verdanke ich dem katholischen Glauben meiner Mutter, bevor sie aus der Kirche austrat.«

Die Ärztin stellte Fragen zu Hebrons Herkunft und ihrer Familie, bevor sie nach dem Grund der Aufnahme fragte. Geduldig hörte sie sich Hebrons Schilderungen, ihre Selbstkritik und ihre Reue über ihren Ungehorsam an. Das angenehme Gefühl, gesiezt zu werden, ließ Hebron die Fragen zum Abend mit den Tabletten leichter beantworten. Das Färbemittel verschwieg sie. Aber anstatt näher auf das Schlucken der Tabletten einzugehen, kam die Ärztin bald wieder zu Hebrons Familienstruktur und zum Ablauf ihres Alltags nach der Scheidung ihrer Mutter zurück. Zum ersten Mal breitete Hebron die Dynamik im Beziehungsleben ihrer Mutter vor einer fremden Person aus, ohne dass ihr spöttische Fragen zur Anzahl der Väter und den im Rurbroicher Hof herrschenden Zuständen gestellt wurden; und wie sie in einem Bogen von ihrem Vater über den Rennfahrer und den Unbekannten, der Francis gezeugt hatte, zu Hadschi kam, wurde ihr mit einem Mal bewusst, wie verwirrend und chaotisch ihr Familiengebilde auf Außenstehende wirken musste, während es Hebron ganz und gar in sich geschlossen wahrnahm. Für Hebron hatte ihre Familie etwas Kompaktes, Geschlossenes: Meggy, ich und die Jungs. Die Väter waren nichts als Planeten, die sie in so großer Ferne umrundeten, dass sie wie winzige Sterne im fernen All wirkten – gerade noch sichtbar, aber völlig bedeutungslos.
»Gut«, sagte die Ärztin überraschend plötzlich. »Dann legen

Sie sich jetzt bitte noch auf die Liege, ich muss ein paar allgemeine Untersuchungen machen.«

Sie leuchtete Hebron in die Augen und maß ihren Blutdruck.

»Jetzt bitte noch die Schuhe und Socken ausziehen, ich muss mir noch Ihre Fußsohlen ansehen.« Hebron schämte sich, als sie die groben Stiefel aufschnürte, denn als Meggy sie hergebracht hatte, hatten sie versäumt, eine Tasche zu packen, und so hatte Hebron keine Kleider und auch sonst nichts dabei, nicht einmal eine Zahnbürste oder Waschzeug, daher lief Hebron seit drei Tagen im selben Kleid und der ungewaschenen Unterwäsche herum.

»Kann ich noch mal schnell auf die Toilette? Ich bin nach dem Frühstück gleich hergekommen und hatte keine Zeit.«

Hebron entfloh in den kleinen Raum, der an das Untersuchungszimmer grenzte. Sie zog sich die schweren Stiefel und die klebrigen Socken von den Füßen, verrenkte sich umständlich vor dem kleinen Waschbecken, hielt erst den einen, dann den anderen Fuß unter den kalten Strahl und vergaß auch nicht, sich die scharf nach Desinfektionsmittel riechende Krankenhausseife zwischen die Zehen zu reiben. Mit nackten, nassen Füßen schlüpfte Hebron in die Stiefel, knüllte die Socken zusammen und steckte sie sich in ihre Unterhose.

Nachdem die Ärztin Hebrons Fußsohlen betrachtet und abgeklopft hatte, kam der Moment, den Hebron ebenso fürchtete, wie sie ihn ersehnte. Aber anstatt ihr eine Therapie vorzuschlagen, anstatt ihr endlich das Programm zu erläutern, mit dem sie kuriert werden sollte, mit dem die Drähte in ihrem Kopf an den richtigen Haken verankert werden sollten, blickte die Ärztin sie nur lange an.

Hebron war darauf vorbereitet gewesen, die Ärztin werde ihr die Meinung geigen, werde ihr erzählen, dass sie mit ihren siebzehn Jahren alt genug sei, ihre Unzulänglichkeiten endlich in den Griff zu bekommen, und dass sie anscheinend nicht mal in der Lage sei, sich ordentlich zu waschen. Sie argwöhnte sogar, dass die Ärztin sie auffordern würde, sich das Kleid vom

Leib zu streifen und sich zu bücken, damit sie kontrollieren könne, ob Hebron sich ordentlich gewaschen habe; und der schlimmste Aspekt an dieser Vorstellung war nicht der Gedanke, der Ärztin den nackten Hintern entgegenrecken zu müssen, sondern der, dass sie die zusammengeknüllten Socken in Hebrons Unterhose entdeckte.

Als die Ärztin schließlich sprach, nahm Hebron unwillkürlich eine geduckte Haltung ein, wappnete sich schon ob des drohenden Gewitters aus donnernder Schelte und harscher Kritik, und so dauerte es einen Moment, bis sie begriff, was die Psychiaterin ihr zu sagen hatte.

»Also, wenn Sie meine Meinung hören wollen: Sie sind hier völlig falsch. Wenn ich in so einer Situation leben würde wie Sie in Ihrer Familie, dann ginge es mir auch schlecht. Da würde ich mir auch das Leben nehmen wollen.« Wieder schwieg sie, betrachtete Hebrons Gesicht, bis Hebron glaubte, es nicht mehr aushalten zu können, so sehr schmerzte sie die Aufrichtigkeit darin, und fuhr dann fort. »Nun, Sie sind noch nicht volljährig, aber ich denke, es ist trotzdem an der Zeit, dass Sie sich um sich selbst kümmern. Nach allem, was ich nun von Ihnen weiß, bin ich sicher, dass Sie durchaus in der Lage sind, Ihren Alltag allein zu meistern. Sie sollten Ihr Leben in die Hand nehmen, sich aus dem Griff Ihrer Mutter lösen; es ist besser für Sie, wenn Sie nicht kläglich eingehen wollen. Ihre Mutter ist eine erwachsene Frau, die durchaus selbst in der Lage ist, sich um ihre Söhne zu kümmern. Wenn Sie die freie Wahl hätten, was würden Sie dann gerne tun?«

»Ich weiß es nicht«, hatte Hebron geantwortet, und ihre Stimme war brüchig, fiel derart auseinander, dass sie es kaum schaffte, den Mund in ganzen Worten zu verlassen.

»Aber es muss doch irgendetwas geben, was Sie in Ihrem Leben schon immer gerne tun wollten. Irgendeinen Traum, den hat doch jeder Mensch.«

Und plötzlich war es, als ob Hebron schon immer darauf gewartet hätte, dass ihr jemand diese Frage stellte, es war, als ob etwas tief in ihrem Inneren angestoßen wurde, etwas, das wachsen wollte und wachsen sollte, auch wenn bis zum Sprießen des Keims noch ein steiniger und für Hebron qualvoller Weg war, so brach doch in dieser Sekunde im fahlen Licht des Untersuchungszimmers die Schale des Korns, und ihre Worte waren nun klar und deutlich über ihre Kehle in das Zimmer der Ärztin gesprungen, alles Brüchige, Splitternde war daraus verschwunden.

»Ich möchte meinen Vater finden.«

»Tun Sie das. Aber passen Sie auf sich auf, die Lage in Israel ist angespannt, es kommt immer wieder zu Ausschreitungen«, hatte die Ärztin geantwortet und Hebron entlassen.

Als Hebron über den von Eichen gesäumten Fußweg aus dem Jeckeberg gelaufen war und die breite, stark befahrene Straße neben dem Bahnhof passiert hatte, wo es nach Abgasen, heißem Asphalt, Knoblauchwurst und Urin stank, spürte sie, wie sich unter ihrer Haut etwas ausbreitete, ein Kribbeln und Drängen, das sich mit der Wärme, die die Strahlen der Sommersonne auf ihren Armen erzeugte, verband, eine Art elektrisch aufgeladener Zusammenstoß zweier Kräfte, die, nachdem sie sich derart knisternd miteinander verbunden hatten, ein Pulsieren erzeugten, dessen Sinn und Ursprung Hebron erst im Verlauf der weiteren Ereignisse begreifen sollte.

Getragen vom beschwingten Takt des Pulsierens unter ihrer Haut, war Hebron durch die Dürener Fußgängerzone geschlendert, hatte sich in der spießigen Hässlichkeit der Wirtelstraße ein Zitroneneis gekauft und ihre Füße im Springbrunnen vor dem Kaufhof gekühlt. Der Brunnen bestand aus Bronzefiguren, die Dürener Originale darstellten. Originale, über die ihre Oma einst Geschichten erzählt hatte, und als sie sich jetzt an die Kuriositäten dieser Typen, die lange vor Hebrons Geburt gestorben waren, in Clementines Worten erinnerte, musste sie lächeln. Von einem uniformierten Stadtmusikanten und einem Märchenerzähler hatte Clementine zu berichten gewusst, einem Lügenbaron, der auf dem Marktplatz die haarsträubendsten Geschichten zum Besten gab, obwohl er nur ein einfacher Bauarbeiter war. Am häufigsten aber hatte die Oma von einer Frau namens Schwatz Trinchen gesprochen, einer kleinwüchsigen Frau, die zur Belustigung von Hebron und ihren Cousinen eine Kopfbedeckung namens Kompotthut getragen hatte. Geronimo hatte sich beim Oma-Spiel einmal ein Glas Pflaumenmus auf den Kopf gesetzt und behauptet, jenes Schwatz Trinchen zu sein. All dies war plötzlich wieder ganz nah und real, als lägen nicht Jahre der Abgeschiedenheit dazwischen, Clementines Lieder und Geschichten bekamen Farbe und Kontur, es war, als griffe ihre Oma nach ihrem Arm, zöge sie vom Brunnen hoch, um mitzusingen, und noch bevor sich Hebron entscheiden konnte, ob sie das Lied vom Mops oder das vom zwischen Ober- und Unterammergau verirrten Hans anstimmen sollte, tat Hebron, nun befreit von der Angst, verrückt zu sein, etwas für sie bis dato Unvorstellbares. Der Keim brach zögernd aus seiner Schale, denn Hebron, die Schüchterne, stellte sich vor den Brunnen, breitete die Arme aus, Arme, unter deren Haut seit ihrer Entlassung etwas pochte, das Hebron noch nicht identifizieren konnte, und sang in die Menge der Passanten: »Du dumme Fliege, wenn ich dich kriege, dann reiß ich dir das linke Beinchen aus.«

Das verächtliche Kopfschütteln der Dürener, die glaubten, einen der Jecken auf Freigang vor sich zu haben, womit sie ja nicht mal ganz falschlagen, ließ sie lachen, aber noch war es ein Lachen, das wehtat, wie damals, als Hadschi sie in hohem Bogen in das kalte Wasser des Rursees geworfen hatte.

Am Kaiserplatz hielt Hebron Ausschau nach bekannten Gesichtern, aber niemand saß auf den Stufen der Rathaustreppe, noch war es zu früh für die Truppe mit den bunten, verfilzten Haaren und zerstochenen Gesichtern, und so stieg Hebron in den Bus nach Rurbroich. Während der Busfahrt, die Hebron die steile Straße hinauf durch sommerlich wogende Rapsfelder und den Saum der tiefen Wälder brachte, stellte sich Hebron ihren Vater in einer umkämpften Stadt vor und sah sich selbst durch einen Hagel aus Steinen auf sein Haus zulaufen.

Nun stand sie im Hof am Seelenpfad, und was sie dort sah, nachdem sich ihre Augen vom Blenden und Blinzeln erholt hatten und das Klimpern ihrer Armreifen verstummt war, ließ den Wunsch, ihren Vater zu finden, nur noch stärker werden.

Meggy hatte den Hof in den letzten Jahren mehrmals umgestaltet. Sie hatte Beete angelegt und wieder überwachsen lassen. Sie hatte das Areal, an dem früher einmal die Jauchegrube gewesen war, mit Ringelblumen und Kamillenstauden bepflanzt.

»Da seht ihr mal, dass der Hadschi uns nichts als Scheiße hinterlassen hat!«, hatte Meggy gerufen, als Wim unfreiwillig eine Explosion des unterirdischen Exkrementebeckens ausgelöst hatte. Danach hatte Meggy große Flächen mit Rindenmulch ausgelegt und Rhododendren gepflanzt, deren belanglos aussehende Sträucher im frühen Sommer mit prächtigen weißen, lilafarbenen und rosaroten Blüten durchsetzt waren. Aber jedes Projekt, das sie begonnen hatte, war mit der Zeit liegen geblieben, Unkraut und Wildwuchs hatten immer wieder gewonnen, ein Zustand, den die fünf Geschwister paradiesisch, die Rurbroicher jedoch unerträglich fanden.

Die heruntergekommene Scheune war immer noch so schäbig wie eh und je, und man konnte sie mittlerweile kaum noch betreten, so vollgestellt war sie mit alten Möbeln und Krempel jeglicher Art. Dass dort einmal Hühner und ein mörderisches Schwein untergebracht waren, konnte man sich nicht mehr vorstellen. Denn selbst die Nachbarn, denen Meggy und ihr Nachwuchs immer noch nicht mehr als einen mürrischen Gruß abringen konnten, befleißigten sich, ihren Sperrmüll bei der bunten Familie abzuladen, und Meggy, die glaubte, alles könne noch mal benutzt werden, fände es erst einmal seinen Zweck, nahm das wertlose Zeug nur zu gern entgegen. Am

Haus entlang wucherte Kapuzinerkresse, Ranken mit großen grünen Blättern und Farbkleckse oranger und gelber Blüten, die sich grell vor dem stumpfen Fachwerk absetzten, das seit Jahren abbröckelte.

Das Plumpsklo war schon lange abgerissen, an seiner Stelle hatte Hebron ein paar Jahre zuvor eine Kräuterspirale angelegt, mit groben Steinbrocken, die sie von der Obstwiese herangeschleppt hatte. Die Kräuter – ein Rosmarinstrauch, mehrere niedrige Thymianbüsche, Salbei und Büschel von Petersilie und Schnittlauch und eine gewaltige Staude Liebstöckel – gediehen prächtig; es wuchs halt nicht auf jeder hinterlassenen Scheiße nur Mist. Hebron schnitt in den Sommermonaten Kräuter, mit denen sie das Essen würzte, eine Arbeit, bei der ihr Francis, der pausbäckig und gutmütig war wie eh und je, gerne zur Hand ging. Und wie Hebron es zu Beginn ihrer Küchenkarriere getan hatte, stand er stets auf dem kleinen Holzhöckerchen, das Trixi einst für ihren Schützling besorgt hatte. Hebrons Lieblingsgewürz war der Liebstöckel, dessen Geruch sie an Maggi erinnerte, und wenn Hebron den salzigen Geruch von Maggi in der Nase hatte, erinnerte sie sich an die Tage bei ihrer Oma Clementine, die sie seit so vielen Jahren nicht mehr gesehen hatte. Sie erinnerte sich an Suppen mit Nudeln, deren Konsistenz durch das lange Kochen viel zu weich war, und an Möhrengemüse, nach dessen Genuss sie mit ihren Cousinen Stunden vor dem Spiegel im langen Flur des Bungalows zugebracht hatte, wo sie darauf warteten, dass ihr Gesicht um Punkt drei Uhr nachmittags schön wurde.

Der improvisierte, aus einem Lkw-Reifen gebaute Sandkasten war entfernt worden, als auch Ben schon lange nicht mehr darin spielte und die Katzen der Nachbarschaft ihn mehr und mehr zur öffentlichen Toilette degradiert hatten. Dafür standen an seiner Stelle nun ein alter Tisch und ein paar zusammengewürfelte Stühle, deren Holz von der Witterung grau, aufgeplatzt und ausgeblichen war. Hier saß man, umgeben von den Lebensbäumen der fünf Geschwister. Japanische Zierkirsche, Apfelbaum, Thuja und Mandelbäumchen waren mit den Jahren zu prächtigen Schattenspendern gewachsen und bildeten eine natürliche Pergola über dem sommerlichen Essplatz, einen verwunschenen Pavillon aus Blättern und Zweigen, einen Ort, der von den wilden Plänen, die Hadschi einst so großspurig über die Gestaltung des Hofs verbreitet hatte, gar nicht so weit entfernt war und an dem man sich fühlte wie in einer eigenen kleinen Welt, abgeschieden und dennoch frei.

Hebrons Lebensbaum, die Japanische Zierkirsche, war zu einem stattlichen Baum mit einer weit verzweigten Krone gediehen, der die drei anderen Bäume weit überragte. Die Kirsche trug kleine rote, spitz zulaufende Blätter, die so dunkel waren, dass sie zwischen den grünen Lebensbäumen ihrer Brüder violett schimmerten wie frisch gekochtes Pflaumenmus. Ihr dunkelrotes Geäst war jedes Jahr aufs Neue übersät mit einer Fülle von satten, rosafarbenen Blüten, die in weichen Wolken über den Hof rieselten, und selbst der Postbeamte, der seine Jagd nach Mitgliedern der Roten Armee Fraktion zu Beginn der Neunzigerjahre zugunsten der Landschaftsfotografie aufgegeben hatte, richtete in diesen Tagen sein Objektiv in den Hof der Nachbarn.

Kurzum, die Zierkirsche war eine Pracht für den Hof des alten Bauernhauses. Hebron konnte kaum glauben, dass ihr Baum früher einmal in einen Tontopf gepasst hatte. Oft saß sie auf der Treppe, die zur Haustür führte, und betrachtete den Wandel der Jahreszeiten an seinem Geäst, war stolz, dass die Blätter ihres Baums bis in den späten Herbst hinein dunkelrot leuchteten, während der Rest des Hofs schon in der blattlosen Öde des nahenden Winters versank.

Meggys Willkommensgeschenk zu Hebrons Rückkehr bestand darin, dass sie den Baum gefällt hatte.

Zwischen den grünen Laubkronen von Apfel- und Mandelbaum und der kegelförmig gewachsenen Thuja klaffte eine mächtige Schneise, lediglich ein malträtierter Stumpf, der jeden wütenden Axthieb, den Meggy dem Stamm verpasst hatte, dokumentierte, zeugte davon, dass in dieser Runde vor ein paar Tagen noch ein weiterer Baum gestanden hatte.

Wohl durch das Quietschen herbeigerufen, mit dem sich die kleine, in das hölzerne Tor eingelassene Tür zum Hof öffnete, erschien Meggy in der Haustür, der ihre ehemalige Mitbewohnerin Trixi einst einen pinken Anstrich verpasst hatte, und was den Rurbroichern einst Herzrhytmusstörungen eingebracht hatte, glänzte heute nur noch in einem unregelmäßigen Schweinchenrosa, ein Anblick, der die Dorfbewohner nicht weniger nervös machte. Eine Weile stand Meggy schweigend da und bedachte ihre Tochter mit dem von ihren Kindern so gefürchteten undurchdringlichen Blick.

»Gut, dass du wieder da bist. Mich einfach mit der ganzen Arbeit und deinen Brüdern allein zu lassen!«, schimpfte sie, und mit einem Wink auf die dezimierte Runde der Lebensbäume sagte sie: »Ich brauchte Licht. Licht und Luft«, und dann verschwand sie wieder im Haus.

Wie Meggy sich mit der Vergangenheit versöhnte

Jeder Schritt die gewundene Treppe mit den ausgetretenen Stufen hinauf war zugleich ein Kampf gegen den Schmerz, den Meggys Tat in ihrem Brustkorb verursachte, aber dann machte sich eine der Socken, die sie völlig vergessen hatte, selbstständig, sodass Hebron stolperte und beinahe ausgerutscht wäre. Und als sie sich gerade bücken wollte, verwandelte sich der Schmerz; sie spürte wieder das Kribbeln unter ihrer Haut, und plötzlich musste sie lachen. Kichernd hob sie die Socke auf und warf sie über das Treppengeländer in den Hausflur. Wenn Meggy schon ihren Lebensbaum kappte, wenn sie Hebrons Stamm von den Wurzeln trennte, dann war Hebron frei, war nicht mehr gebunden, hatte keine Verpflichtungen mehr. Sie zog die zweite Socke unter ihrem Rock hervor und warf sie in hohem Bogen auf den verstaubten Lampenschirm aus Korbgeflecht, der von Spinnweben gekrönt im Flur hing.

Als sie dreizehn Jahre alt gewesen war, hatte Hebron das dringende Bedürfnis gehabt, mehr aus ihrem heruntergekommenen Zuhause zu machen. Sie wollte die abfälligen Blicke der Rurbroicher Mütter nicht mehr sehen, wenn diese an der Tür auf ihre Kinder warteten. Missbilligend taxierten sie den blanken Estrich, die zerrissenen Flickenteppiche, die verschmierten Wände, auf denen die Finger der Kinder über die Jahre ein unansehnliches Muster dunkler Flecken hinterlassen hatten. Hebron hatte damals die alte Holztreppe lackiert, Stufen und Geländer fliederfarben gestrichen. In der Mitte der durchgetretenen Stufen war die Farbe bald wieder abgesplittert, hatte sich das jahrzehntealte Ochsenblutrot gegen ihre stümperhafte Modernisierung durchgesetzt.

»Also, ich versöhne mich jetzt mit der Vergangenheit!«, hatte Meggy eines Tages gerufen, als sie, bewaffnet mit Hammer und Nägeln, auf die Treppe gestiegen war. Dann hatte sie Fotografien von sich und den Kindern aufgehängt, dazu ein Bild von vier altertümlich gekleideten und streng frisierten Damen, die vor einem Hotel mit Fachwerkfassade posierten.

»Meine guten, alten Hoteltanten«, erzählte Meggy, »die zusammen lebten und starben. Geheiratet haben die nie, das war damals revolutionär. Die haben's richtig gemacht, wie die Suffragetten, meine Schwestern im Geiste!«

Neben den Hoteltanten hing eine Fotografie, die Clementines Eltern im Kreis ihrer großen Kinderschar zeigte. Wenn Meggy von Clementine sprach, was oft der Fall war, dann nannte sie Clementine immer »meine Mutter« und betonte das Possessivpronomen stark und präzise, als handelte es sich wirklich um ein Besitztum.

»Meine Mutter ist ja Nazi«, war einer dieser Sätze, die Meggy oft über die Oma sagte, »je älter sie wird, desto stärker kommt das zum Vorschein.« Wenn Meggy so sprach, konnte man meinen, sie stehe noch in Kontakt mit ihrer Mutter, dabei sprachen die beiden seit Jahren kein Wort mehr miteinander und waren sich in dieser Zeit auch nicht begegnet.

Clementine war zum Zeitpunkt der Aufnahme noch ein kleines Mädchen, sie trug eine riesige Schleife im Haar und lächelte verschmitzt in die Kamera. Zwei der Brüder hatte man nachträglich ins Bild montiert.

»Im Ersten Weltkrieg gefallen, seht euch die Pickelhauben und die prächtigen Schnurrbärte an. Waren schon tot, da war eure Oma noch nicht mal geboren«, hatte Meggy erklärt und von diesem Tag an immer, wenn sie die Treppe hoch- oder runterging, gerufen: »Clemens, Bernard, kommt mal ans Fenster!«

Dann gab es ein Foto von Hebron, Melody und Virginia, drei pummelige Kleinkinder zwischen Johannisbeersträuchern, sowie ein Bild von Meggy im Kreis ihrer Geschwister auf der Veranda des Bungalows. Sie waren alle noch sehr jung und sahen sehr glücklich aus.

Unter diese Bilder hatte Meggy eine zweite Reihe Nägel in den fleckigen Putz geschlagen. Das erste Foto, das sie dort befestigte, zeigte den Rennfahrer. Er lehnte lachend an einem grünen Auto, und Hebron fand, er sah nett aus, und das trotz Oberlippenbart, enger Hose und spitzer Stiefel. Aber dann hatte Meggy am nächsten Nagel ein Bild von Bens Vater aufgehängt. »Er ist ein Teil von uns, und es ist wichtig, dass wir alle unserer Wurzeln gedenken.«

Von Samuel Apelstejn und Francis Vater kamen keine Bilder dazu. Das einzige Foto, das von Samuel existierte, besaß Hebron, und die Mutter hatte nicht danach gefragt, als sie die Ahnengalerie einrichtete. Hebron hätte auch nicht gewollt, dass es für jedermann sichtbar an der Wand hing.

Als Hebron vierzehn Jahre alt war, hatte sie gewagt, ihre Mutter erneut nach ihrem Vater zu fragen, während eines Streits, in dem Hebron Meggy vorgeworfen hatte, sie wie eine Sklavin zu behandeln. »Ich bin doch hier nicht euer Dienstmädchen!«, hatte Hebron an diesem Nachmittag vor drei Jahren geschrien. Und Meggy hatte seelenruhig geantwortet: »Du allein hast dir dieses Leben ausgesucht, du wolltest in diese Familie.«

»Lieber geh ich ins Heim!« Hebron träumte tatsächlich oft davon, in einem Heim zu leben, denn sie war sich sicher, dass es überall besser war als in ihrem Zuhause in Rurbroich, wo sie zwischen dem Dreck der Brüder und den Gefühlsausbrüchen der Mutter zu ersticken fürchtete. Oft stellte sich Hebron vor, dass ihr Vater plötzlich vor der Tür stand, ein weltgewandter Mann in Leinenhosen, Strohhut und mit hochgekrempelten Hemdsärmeln, der wortlos ihren Koffer packte und sie mit in ein neues Leben nahm.

Als Meggy behauptete, dass Hebron sich den Platz in der Familie selbst ausgesucht habe, schlug ihre Wut in Verzweiflung um: »Ach ja?«, schrie sie, »dann will ich jetzt sofort meine Geburtsurkunde sehen, ich glaub dir deine Geschichten nämlich nicht mehr, und ich glaub dir auch die Lügen über meinen Vater nicht mehr, das kann doch jeder sein! Gib mir einen Beweis, irgendeinen Beweis!«

Aber Meggy hatte Hebron nur aufgetragen, wenn sie ihre Hysterie im Griff habe, solle sie ihre Pflichten erledigen, zusätzlich noch das Unkraut zwischen den Platten des Bürgersteigs vor dem Haus mit einem Buttermesser auskratzen und darüber nachdenken, was Achtung vor den Eltern sei.

Abends hatte Meggy ihr wieder einmal einen Brief unter die Tür geschoben. »Bedenke deine Gefühle und deine Wahrnehmung«, stand darin, »sie sind nicht berechtigt.« Hebron sah an der Schrift, wie wütend Meggy gewesen war, als sie diese Worte geschrieben hatte. Aber sie sah auch die Tränen, die an manchen Stellen die Tinte verwischten.

In dem Brief lag ein Foto.

Es zeigte einen Mann an einem Strand. Er war dunkelhaarig, hager und braun gebrannt, dicht gekräuseltes Haar bedeckte seine magere Brust, und er trug eine ziemlich knappe Badehose. Außerdem guckte er ziemlich missgelaunt. »Samuel, Eilat 1976« stand auf der Rückseite.

Beim Anblick dieses Fotos schlug Hebrons Herz dreimal stark und dumpf. Babumm, babumm, babumm dröhnte es in ihrem Zimmer zwischen altem Bauernbett und wohlgeordnetem Bücherregal, und ebenso oft musste Hebron tief durchatmen, bevor sie sich erst, nachdem das Flirren schwarzer Punkte vor ihren Augen verschwunden war, traute, einen zweiten Blick auf das Foto zu werfen.

Und dann lag sie dort, auf den grob abgeschliffenen Dielen ihres Zimmers, an die sie sich klammerte, als läge sie auf einem schwankenden Floß, aber genau das war es auch, was die Konfrontation mit einem Bild ihres Vaters mit sich brachte: ein Sturm, der Hebron schüttelte und peitschte, bis sie nichts als ein schluchzendes Bündel Elend war, gestrandet an der Küste der Realität; denn wenn sie auch glücklich war, endlich die Erlösung in Form eines Beweises für Samuels Existenz in den Händen zu halten, so kam sie doch nicht umhin, sich einzugestehen, dass sie sich für diesen Beweis schämte.

So hatte sie sich ihren Vater sicherlich nicht vorgestellt, nicht so behaart, nicht so verhärmt, nicht in so einer altmodischen Badehose. Sie schämte sich für das Foto so sehr, dass sie es niemandem zeigte. Trotzdem trug sie es von diesem Tag an immer bei sich.

Mit der Zeit hatten die Träumereien wieder überhandgenommen, hatten die Fantasien vom charmanten, weltgewandten, jovialen Vater sich über das reale Bild geschoben, was wohl auch daran lag, dass sie es vermied, das Foto zu betrachten.

Nun aber schloss sie die Zimmertür hinter sich, zog das Bild aus ihrem Portemonnaie und ließ sich rückwärts auf das alte Bauernbett fallen. Das Bild sah sie auch jetzt nicht an, es genügte ihr, es an ihren Oberkörper zu pressen, und während sie ihre Beine baumeln ließ, schmetterten die Frage der Ärztin, wovon sie schon immer geträumt habe, und ihre Antwort darauf einen Kanon in Hebrons Kopf, dessen Verse mit jeder Wiederholung eindringlicher und lauter klangen, ein An- und Abschwellen verschiedener Tonhöhen wie damals, als sie im Kreis ihrer Cousins und Cousinen um den großelterlichen Bungalow gezogen war, wo sie einem aufziehenden Sommergewitter in einer nicht enden wollenden Wiederholung »He ho, spann den Wagen an!« entgegengerufen hatten, bis es Josef gereicht hatte und er die Bande im Angesicht des von schwarzen Wolken verhangenen Himmels ausnahmsweise nicht zum Hasenfangen, sondern zum Holzstapeln im Ofenkeller verdonnert hatte.

So lag sie lange, lauschte dem Pochen ihres Herzschlags, sofern es das Poltern ihrer Brüder, die aus der Schule kamen, erlaubte. Sie stürmten die Treppe hinauf und wieder hinunter, Wim und Billy riefen sich mit ihren neuerdings dunklen Stimmen nett gemeinte Bösartigkeiten zu, Ben heulte, aber niemand kam, um nach ihr zu sehen, selbst Francis tauchte nicht auf, um ihr seine verschwitzte Hand an die Wange zu legen, aber vielleicht hatte die Mutter den Jungs auch nicht gesagt, dass Hebron wieder da war, oder ihnen verboten, zur Schwester zu gehen. Hebron wusste es nicht, wie sie auch nicht wusste, was die Mutter den Brüdern über den Grund ihrer Abwesenheit erzählt hatte oder was sie den Lehrern als Begründung für Hebrons Fehlen in der Schule in den nächsten Wochen angegeben hatte. Aber Hebron konnte sich nur zu gut vorstellen, wie Meggy dem Direktor mit bedeutungsschwangerer Stimme erklärt hatte, warum die Tochter nicht mehr zur Schule kommen werde.

»Die müssen ihr etwas ins Getränk getan haben!«, hörte Hebron Meggy voller Empörung durch den Telefonhörer rufen. »So was machen die Leute heutzutage mit jungen Mädchen!«

Und in dem Moment, als Hebron sich das Telefonat zwischen Mutter und Schuldirektor vorstellte, blitzte etwas in ihr auf, entzündete sich ein Funken der Wut, der schnell und eifrig zu lodern begann, und endlich stand Hebron auf, folgte dem Takt, den das Stakkato des Kanons in ihrem Kopf hämmerte, folgte dem Rauschen in ihren Adern, einem Rauschen, von dem sie nur zu bald herausfinden sollte, woher es stammte, nahm ihren Rucksack, kippte Hefte, Bücher und Federmappe auf den Boden und begann zu packen, noch bevor der Entschluss, das zu tun, was sie wirklich wollte, nämlich ihren Vater finden, im Kopf zu einem konkreten Plan ausgewachsen war.

Wie soll ein siebzehnjähriges Mädchen einen Mann finden, von dem es nichts weiß als den Namen und die Staatsangehörigkeit, wenn sich schon Diplomaten und Privatdetektive vergeblich an dieser Aufgabe versucht haben? Zu Hilfe sollten

Hebron ihre Entschlossenheit, etwas Glück und eine unaufmerksame Reisekauffrau kommen.

Die Stunden bis zu Meggys Dienstbeginn verbrachte Hebron ungeduldig abwartend in ihrem Zimmer. Sie öffnete das Fenster und ließ die sommerlich warme Luft herein, die einen Zitronenfalter mit sich trug, der nach ein paar irritierten Flügelschlägen wieder zum Fenster hinausfand, wo er torkelnd in Richtung der riesigen Tanne verschwand, deren sattes Grün seinen unscheinbaren Körper schließlich verschluckte, wie er einst die Vorbesitzerin des Bauernhofs auf ihrer Suche nach dem Kätzchen Minka verschluckt hatte.

Niemand hatte an ihre Tür geklopft, um sie zum Mittagessen zu holen, und jetzt war sich Hebron sicher, dass die Brüder gar nicht wussten, dass sie wieder da war, denn wenigstens Francis hätte es sich nicht nehmen lassen, ihr auf seine Art Trost zu spenden und ihr ein paar trockene Kekse oder einen schrumpeligen Apfel zu bringen.

Sobald Meggy zum Spätdienst aufgebrochen war, verließ Hebron ihr Zimmer. Sie lauschte in den Flur, es war still, die Jungs stromerten wahrscheinlich durchs Dorf oder waren zur Rur gegangen, wo sie wie gewohnt die Dorfjugend mit ihrer Wildheit verschreckten und beeindruckten. Hebron hoffte, ihnen nicht zu begegnen, sie wollte keine Erklärungen abliefern und hatte Angst, beim Anblick ihrer Brüder von ihrem Entschluss abzuweichen. In der seltenen Stille des Hauses schlich sie in das Zimmer der Mutter.

Tatsächlich gab es zwischen Versicherungen, Kontoauszügen und Lohnnachweisen einen Ordner mit der Aufschrift »Kinder«, den Hebron hastig durchblätterte. Für jedes Kind war ein eigenes Register angelegt.

Hebrons Register war das unterste. Ohne nachzusehen, was dort abgeheftet war, löste sie die Seiten aus dem Ordner, nahm ihren Reisepass, den sie ein Jahr zuvor bekommen hatte, als die Klasse zu einem Schüleraustausch mit einer französischen Klasse in die Nähe von Marseille gefahren war, aus der Schreibtischschublade und stopfte alles in ihren Rucksack, in dem Kleider, Schreibzeug und ihr Sparbuch steckten. Außerdem nahm sie die alte Socke aus Meggys Kommode, in der Meggy immer einen sogenannten Notgroschen versteckte. Der Notgroschen bestand aus mehreren zusammengerollten Geldscheinen, und Hebron schob die ganze Rolle in den Schaft ihres rechten Springerstiefels.

Dann stellte sich Hebron an die Bundesstraße und trampte in die Stadt.

Wolkenschieberei

Der wahre Grund, aus dem man Aaron Apelstejn in Zwejbechle für meschugge hielt, war seine Liebe zu den Wolken. Eine Liebe, die seine Kindheit ausfüllte und dominierte. Mit fünf Jahren vertraute sich Aaron seinem Bruder Jossele an.

»Ich muss wissen, wie das geht: Als Ochse tauchen sie über dem Wald auf, und als Fisch verschwinden sie hinter Rosenzweigs Haus. Und ich möchte so gern wissen, wohin sie gehen. Wo fliegen die Wolken hin, Jossele? Gibt es einen Ort, wo sie sich alle treffen und versammeln?«

»Na, das macht doch der Wind, du Trottel!«, schalt Jossele ihn und schlug ihm die Kappe vom Kopf, damit Aaron aufhörte, solch einen Stuss von sich zu geben, blamierte er doch seine Brüder schon in der Schule ständig mit seinem merkwürdigen Verhalten. »Außerdem kann jeder die Popel in deiner Nase sehen, wenn du ständig in die Luft schaust!«, fügte Jossele noch hinzu, bevor er seinen Bruder mit seinen Sorgen um die Wolken alleineließ. Da Jossele Aarons liebster Bruder war, wagte Aaron nicht, mit seinen anderen Geschwistern über seine Gedanken zur Formänderung der Wolken zu reden, aber er war sicher, dass mehr als Wind hinter dem Phänomen der Wolkenverschiebung stand, und er war fest entschlossen, das Geheimnis zu entdecken.

Man nannte ihn einen Tagträumer, einen Faulpelz, einen Herumlungerer, kurzum, man hielt ihn für einen Taugenichts.

Beugten sich die anderen Jungen von Zwejbechle im Unterricht fleißig über die Schriften aus Tora und Talmud oder sagten artig und im Chor die Mitzwot auf, dann starrte der Schüler Aaron Apelstejn aus dem Fenster und machte sich Gedanken darüber, warum die Wolken, die er dort vorüberziehen sah, genau diese Umrisse hatten, woher sie kamen und wer ihnen ihre Gestalt gegeben hatte. Sein größter Traum war es, eine Wolke so lange zu verfolgen, bis er das Geheimnis der Wolkenbildung durchschaut hatte. Stundenlang wanderte er über die an Zwejbechle grenzenden Wiesen, durchstreifte das von Schilf und Binsen durchsetzte kniehohe Ufergras, hatte dabei kein Auge für die Forellen, deren Leiber im Licht der Sonne glitzerten, interessierte sich nicht für die Reiher, die grau und reglos zwischen den sich im Wind wiegenden Halmen standen, und schenkte dem majestätischen Schlagen ihrer Flügel keine Beachtung, wenn sie sich in die Luft erhoben, weil er ihnen auf seiner Wolkenverfolgungsjagd zu nahe gekommen war. Er begeisterte sich auch nicht für die Störche, die alljährlich einzogen, um ihre Nester, die hoch auf den Schornsteinen der Häuser und den Scheunendächern angelegt waren, zu bevölkern. Er schenkte den fetten Junikäfern keine Aufmerksamkeit, die ihm in der Dämmerung torkelnd und mit lautem Gebrumm um die Ohren flogen und sich nur zu oft in seinen Haaren verfingen oder krachend und schmerzhaft in seinem Gesicht landeten.

Er sprang im Sommer nicht mit leeren Marmeladengläsern den Grashüpfern hinterher, wie die anderen Kinder von Zwejbechle es taten; er ließ sich auch nicht mit ihnen zusammen den Hügel, der das Dorf vom Wald trennte, hinunterrollen, er tollte nicht mit ihnen über die staubige Dorfstraße, wo sie mit ihren Kreiseln, Steckenpferdchen und Holzreifen die Hühner Zwejbechles aufscheuchten, diese mageren, schmutzigbraunen Viecher, deren spärliche Federn in alle Richtungen stoben, wenn sie versuchten, sich zwischen den Rädern eines Ochsen- oder Pferdegespanns in Sicherheit zu bringen.

Aaron lief im Winter nicht mit seinen Brüdern Schlittschuh auf dem zugefrorenen Weiher, der auf halbem Weg zum katholischen Nachbardorf lag, er bewarf die Mädchen nicht mit Schneebällen, er legte sich auch nicht auf einen Schlitten, um den Hügel vor dem Wald, dessen Bäume nun schwer und ächzend unter der Last der schneebedeckten Äste standen, hinunterzusausen.

Ungeachtet von Witterung und Jahreszeiten lief der blonde Junge mit zum Himmel gerichteten Kopf durch die Gegend, die Schläfenlocken kaum zu erkennen im wilden Gestrüpp seiner Haare.

Einmal nur hatte Mame Apelstejn es gewagt, dem Jungen das ungebändigte Haar kurz zu scheren, aber Aaron hatte ein überaus scheußliches Geheul angestimmt, als er das Resultat im Spiegel erblickte, und, seine Ohren haltend, war er so lange schreiend durch die Stube gelaufen, bis die Mutter ihm versprochen hatte, das Haar nie wieder so kurz zu schneiden, dass seine Ohren freilagen. Dieses Versprechen war ein unsäglicher Triumph für Aaron gewesen, versüßt noch von den bösen Worten, die seine Mutter für seine Großmutter übrig hatte. Diese hatte ihrem Enkel nämlich eingeredet, dass seine Ohren ein schändlicher Anblick seien, wo doch selbst ein schief gewachsener Kohlkopf hübscher anzusehen sei als diese knorrigen Auswüchse an seinem Kopf, die sich nicht mal die Mühe machten, ihre Hässlichkeit zu verbergen, indem sie nahe am Kopf anlagen, wie Ohren es normalerweise zu tun pflegten. Stattdessen ständen sie von Aarons Sturkopf ab wie die kleinen Propeller des Flugzeugs, das während des großen Kriegs torkelnd und schwankend aus den Wolken gefallen war, die Wipfel der Tannen gestreift hatte, um dann mit drei schwerfälligen Hopsern den Hügel hinabzurutschen, wo es beinahe den alten Lajserowicz überrollt hatte, weil der ausgerechnet in diesem Moment seinen Ochsen zur Weide führen musste. Drei der vier russischen Besatzungsmitglieder hätten schlaff in ihren Sitzen gehangen, so hatte es der alte Lajserowicz berichtet, der vierte aber sei, ohne seine Fliegermütze abzulegen, mit irrem Blick an ihm vorbeigewankt und über die Wiesen gelaufen, bis seine Silhouette mit dem Horizont verschmolzen war. Das Flugzeug sei später unter dem Kommando eines Stabshauptmanns in Einzelteile zerlegt und abtransportiert worden. Der Ochse vom Lajserowicz aber hatte seit dem Tag des Absturzes nicht mehr seinen tierischen Verstand zwischen den Hörnern beisammengehabt. Das Tier sei so närrisch gewesen, dass es sich einerseits nicht mehr vom Fleck rührte, andererseits aber ununterbrochen mit den Augen gerollt und dazu ein merkwürdiges Geschrei ausgestoßen habe, sodass man es schließlich schlachten musste.

Eine Rede, die Aarons Großmutter so oft in eindringlichem Flüsterton gezischt hatte, bis Aaron sich selbst im Schlaf die so unglücklich gewachsenen Ohren mit den Fäusten an den Kopf presste.

Als Aaron fast vierzehn Jahre alt war, musste er sich eingestehen, dass sich seine Ohren nie mehr entfalten würden wie die Blütenblätter einer Heckenrose am frühen Morgen, um auszusehen, wie jedermanns Ohren aussahen, und dass er außerdem zwar jegliche zu erwartende Wetterlage an Farbe und Gestalt der am Himmel aufziehenden Wolken ablesen konnte, dass es ihm aber nicht gelungen war, eine einzelne Wolke so lange zu verfolgen, bis er ihre Dynamik und ihr Entstehen durchschaut hatte. Diese Einsichten waren so erschütternd für den Jungen, dass er sich völlig ermattet in sein Bett legen musste und sich darüber hinaus über mehrere Monate nicht in der Lage sah, dieses wieder zu verlassen.

Er sprach kein Wort, aber wenn sein Blick auf den kleinen Ausschnitt des Himmels fiel, den er durch sein Fenster vom Bett aus sehen konnte, rollten ihm beim Anblick der vorüberziehenden Wolkenfront bittere Tränen der Enttäuschung über das Gesicht.

Zu Beginn gingen die Eltern von einer mysteriösen Krankheit aus, die den jüngsten ihrer Söhne befallen habe, zumal seine Stirn und seine Wangen durch die Hitze, mit der die Erkenntnis über ihn hergefallen war, im Fieber glühten.

Der in der Heilkunst bewanderte Jesaja Horvitz mit dem prächtigen fuchsroten Bart, der eilends hinzugerufen wurde, empfahl Wickel mit Ziegenmilch und die Verabreichung eines kräftigen Suds, den die Mutter aus Lindenblüten, Holunderblüten, Spierstrauch und drei angeritzten Hagebutten auskochen musste.

Als das nicht half, ordnete Horvitz an, dass Aaron mit Essig getränkte Socken tragen und stündlich den Saft einer gewürfelten Zwiebel trinken solle, die man über Nacht mit einem Löffel Zucker bedeckte; und als sich die Hitze des Jungen nach drei Tagen immer noch nicht gesenkt hatte, zwirbelte er seine langen, rostroten Schläfenlocken nachdenklich um seine Finger, bevor er den Apelstejns ans Herz legte, eine Kette aus frisch geschnittenen Rettichschnitzen um Aarons Hals zu binden. Zwar kühlten Aarons Stirn und Wangen nach dieser medizinischen Maßnahme tatsächlich ab, aus dem Bett stieg er aber keinesfalls, wälzte sich bleich und schwach zwischen den Laken und wimmerte nachts derart erbärmlich, dass es der Mutter angst und bange wurde. Durch die Zustände im Haus sichtlich aufgelöst, stieg ihre Verzweiflung im Lauf der Wochen derart, dass sie eines Tages sogar ihren Mann zu Itzhak Korngold schickte, über den sie sonst nur Schlechtes zu sagen hatte. Vater Apelstejn sollte dort mit der Bitte vorsprechen, Itzhak möge seine alten Beziehungen zum städtischen Milieu spielen lassen und Aaron den Besuch bei einem richtigen Arzt ermöglichen. Itzhak war dem aufgelösten Vater Apelstejn in dessen Heim gefolgt, um sich selbst ein Bild vom Zustand des Kranken zu machen, und an Aarons Blick, der Art, wie er mit seinen staubgrauen Augen ins Leere starrte, erkannte Itzhak, dass der Junge nicht an einem körperlichen Leiden, sondern vielmehr an einer Gemütstrübung litt, denn diesen Zustand kannte er von sich selbst seit dem Tod seiner geliebten Rivka nur zu gut.

Er riet den Apelstejns, das Geld für die Fahrt in die Stadt und das Honorar des Arztes zu sparen, dem Jungen Zeit und Geduld entgegenzubringen und ihn derweil nicht mit düsteren Gedanken oder übertriebenen Sorgen zu belasten. Diese Ratschläge empfand Aarons Mutter als Missachtung der Ernsthaftigkeit der Lage und sah sich einmal mehr in ihrer Meinung bestärkt, dass Itzhak Korngold und seine Mischpoche es mit der Verantwortung der Gemeinde gegenüber nicht ernst genug nahmen. Und so ging sie Itzhak Korngold aus dem Weg, hatte für die Korngold'schen Töchter nichts als verächtliche Blicke übrig und spuckte hinter ihnen in den Staub der Straßen Zwejbechles.

»Da flanieren diese Gänse erst schamlos über die Straßen von Zwejbechle«, schimpfte sie, »krempeln ihre Röcke am Bund um, sodass jeder ihre blanken Knie sehen kann, und werfen sich im Winter in edlen Pelz, nur um sich dann in die Stadt fortzumachen, wo sie arbeiten wie die Goijm, anstatt sich mit einem guten Jungen aus der Gemeinde zu verheiraten und zu vermehren!«

Die Mutter lockte, schmeichelte, flehte, der Vater drohte, zerrte und tobte, die Nachbarn kochten die verschiedensten Tees, sprachen die unterschiedlichsten Sprüche und vollführten die seltsamsten Rituale, doch nichts half. Aarons Beine knickten ein wie zwei dürre Reisigstäbe, die man fürs Feuer brach, und sein Körper sackte schlaff zusammen, sobald er das Bett länger als für einen Gang zum Nachttopf verließ. Nicht einmal die lachenden Gesichter der Gemeindemitglieder, die sich vor seinem Fenster versammelten, um einen Blick auf den so seltsam Erkrankten zu werfen, vertrieben ihn aus seinem Lager. Kichernd zeigten sie mit dem Finger auf die blasse, in den Kissen versunkene Gestalt, klopften an die Scheibe und zogen Grimassen. Aber so viele Faxen sie auch vor dem Fenster veranstalteten, Aaron zeigte keinerlei Regung, und so hieß es in Zwejbechle bald, dass es sich nicht um eine Krankheit handle, die den Körper des Jungen befallen habe, sondern dass es vielmehr sein Geist sei, in dem es schwäre wie in einer eitrigen Wunde, und die Anzeichen für die Versehrtheit seiner Seele habe man schon viel zu lange unbehandelt gelassen, habe zu wenig Strenge walten lassen, wenn das zerzauste Kind über Feld und Wiese gestreunt war wie ein herrenloser Hund.

Als diese Gerüchte, die im Dorf über den jüngsten Apelstejn kursierten, seinen Eltern zu Ohren kamen, begann die Mutter sich bittere Vorwürfe darüber zu machen, dass sie ihren Benjamin zu sehr verwöhnt habe, sie zog gar den Griff zur Haarschneideschere in Betracht, um den Sohn zur Räson zu bringen und den Ruf der Familie im Dorf wiederherzustellen. Vater Apelstejn verbrachte viele Stunden mit dem Rabbi, wo sie sich gemeinsam die Bärte rauften, sich mit festen Schlägen auf die Bäuche klopften und in rasender Verzweiflung ihre Hüte kneteten, dass der schwarze, gewalkte Stoff nur so knirschte. Aber sosehr sie auch fachsimpelten, mit den ältesten Mitgliedern der Gemeinde beratschlagten, ihre Oberkörper im Takt ihrer Gedanken hin- und herwiegten und in den Schriften nach historisch vergleichbaren Geschehnissen und Krankheitsbildern suchten, sie fanden keine Lösung.

Aarons Geschwister glaubten, Aaron wolle sich nur um seine Pflichten in Haus, Garten und Gemeinde drücken. Gemeinsam zogen sie den Bruder auf, er halte sich wohl für Ilja Muromez, und schoben ihm die Schuld an der Häme zu, mit der sie im Ort bedacht wurden. Schon vor der Zeit, die er im Bett verbrachte, hatte man in Zwejbechle über Aaron gelacht, denn er hatte eine ungeschickte und tollpatschige Art, wurde von den Jungs gepiesackt und von den Mädchen belächelt, man schimpfte ihn einen Träumer, einen Fantasten, einen Schwärmer und Wolkenschieber.

Als Aaron beinahe drei Jahreszeiten vor seinem Fenster vorbeiziehen gesehen hatte, als schon lange niemand mehr seine Nase an der Scheibe platt drückte, um den meschuggenen Kerl zu begaffen, der Vater sich auch nicht mehr den Bart zwirbelte und auf die Hutkrempe biss, die Mutter sich nur noch im Stillen grämte, sich aber nicht mehr heulend und zeternd die Wimpern ausriss, kurzum, als alle sich damit abgefunden hatten, den Jüngsten für immer im Bett versorgen zu müssen, da versetzte ihnen Aaron an einem kühlen Tag im November, an dem der Rauch der Schornsteine sich nahtlos in den Nebel der aufziehenden Dämmerung mischte, einen gewaltigen Schrecken. Mit einer ebenso unerwarteten wie heftigen Bewegung schlug er die Decke von seinem Körper, schwang die Beine, die nun dünn und bleich waren wie Zündhölzer, über die Kante des Rahmens und räusperte sich ein paarmal, bevor er mit erstaunlich klarer Stimme sprach: »Jetzt ist es wieder gut.«

Sein Leben lang würde Aaron Apelstejn nicht erklären können, warum es ihm zuvor nicht möglich gewesen war, aber es war durchaus die volle Wahrheit, dass, obwohl er tagtäglich seinen ganzen Willen darauf konzentriert hatte, die Beine aus dem Bett zu heben, diese ihm nicht gehorcht hatten. Steif wie die Stockfische, die hinter dem Haus des Fischers auf ihren Stäben steckten, waren sie auf der mit Stroh gefüllten Matratze liegen geblieben, als wären sie dort mit unsichtbaren Riemen festgebunden.

Auch wenn die Familie Apelstejn glücklich über die unerwartete Genesung des jüngsten Sohnes war, so beschloss man noch am selben Abend im Einverständnis mit dem Rabbi, dass es besser sei, den frisch Geheilten ein Handwerk erlernen zu lassen, denn dass er nicht richtig im Kopf war und dadurch zu weiteren Studien nicht fähig, war doch nur zu offensichtlich.

Und so begann Aaron Apelstejn eine Woche nach dem Verlassen des Betts eine Lehre beim Tischler von Zwejbechle. Man konnte wohl sagen, dass Hebron der Geruch von frisch geschnittenem Holz gleich doppelt im Blut lag, eine Tatsache, die auch sie eines Tages begreifen sollte.

Im Nachhinein war die Zeit, die Aaron im Bett verbracht hatte, für die Gemeindemitglieder von Zwejbechle einfach nur die Krönung des Apelstejn'schen Faulenzens. Aaron selbst bezeichnete diese Phase seines Lebens später stets als das »Jahr der Lähmung«. Seine kräftige Gestalt erlangte er durch die schwere Arbeit mit Säge und Hobel bald wieder, trotzdem zog man ihn gern wegen seiner unverändert linkischen Art auf; aber Aaron lernte schnell, wie er die Sympathien der Mädchen gewinnen konnte, indem er begann, sich selbst zu karikieren. In der Öffentlichkeit machte er sich bald nur zu gern freiwillig zum Hanswurst und brachte noch das verstockteste Mädchen von Zwejbechle zum Lachen, sodass ihm die Frechheiten des Hinterherpfeifens, des anzüglichen Zuzwinkerns und des unverblümten Anstarrens stets verziehen wurden.

Mit jedem Stück Holz, dass er schliff und wachste, bekam er die Koordination seiner Gliedmaßen besser in den Griff, und weil seine Arme durch die Arbeit so muskulös wurden, war er bei den jungen Frauen begehrt. Die Welt schien ihm plötzlich offenzustehen, er wurde forsch, steckte sein Hemd morgens nicht in die Hose und schob den Hut so in den Nacken, dass er ein wenig schräg und keck auf seinem Kopf saß, krempelte außerdem die Ärmel immer hoch und hängte sich seine schwarze Jacke locker über die Schultern, damit die Zwejbechler Mädchen seine muskulösen, sonnengebräunten Unterarme bewundern konnten. Manch Vater von Zwejbechle fürchtete schon, diesen Schmock von Apelstejn zum Schwiegersohn zu bekommen, der ihm dann den reinsten Schlamassel einbrockte, indem er den Wahnsinn in die Erbfolge trug, so vernarrt waren die Töchter in diesen Tollpatsch. Aber wenn Aaron auch das eine oder andere Techtelmechtel einging, so war es doch nur Luba Korngold, für die sein Herz wirklich schlug.

Osterfest

Mit der Orientierungslosigkeit der im Weglaufen Ungeübten setzte Hebron sich am Kaiserplatz zu den Punks und sogenannten Zecken auf die Rathaustreppe. Die Gestalten, nach denen sie am Morgen vergeblich Ausschau gehalten hatte, waren im Lauf des Tages an ihrem täglichen Treffpunkt eingetrudelt. Junkies mit bleichen Armen saßen zwischen Gitarre spielenden Lockenköpfen, während stark tätowierte, zahnlose Mittzwanziger mit Nietengürteln keine Anstalten machten, ihren rangelnden und dauerkläffenden Hunden Einhalt zu gebieten. Hebron trank ein paar Dosen Bier mit ihnen, aber obwohl sie die jungen Leute gut kannte, deren tägliche Zusammenrottung im Zentrum der Stadt der gediegenen Bürgerschaft ein noch größerer Dorn im Auge war als die Jecken auf Freigang, erzählte sie niemandem, wo sie das vergangene Wochenende verbracht hatte, und sie sprach auch nicht über die Unterlagen und das Geld, das sie aus dem Zimmer ihrer Mutter entwendet hatte. Hebron war gerne bei den Schrecken der anständigen Dürener Bürger auf der Rathaustreppe; hier konnte sie sein, wie sie war, niemand scherte sich darum, ob man schüchtern war oder sich in Gardinen kleidete, solange man nicht unbedingt Rosa trug, Popmusik hörte oder sich gegen den Konsum von billigem Dosenbier aussprach. An diesem Tag war Hebron offener und lebhafter, als man es von ihr gewohnt war, und weil einer der Herumlungerer eine Polaroidkamera geklaut hatte, entstanden mehrere Fotos, die Hebron am ersten Tag ihrer Reise zeigten. Sie trug ein geblümtes Kleid und schnitt Grimassen vor dem Hintergrund des Dürener Kaiserplatzes. Fotos, die sie nach dem Trocknen zu den Unterlagen in ihrem Rucksack schob.

Ihre Cousinen tauchten nicht auf, und so erhob sich Hebron bald wieder von den erwärmten Stufen der Rathaustreppe, schulterte den Rucksack und lief durch die Fußgängerzone.

Es stimmte, was Meggy über Melody und Virginia gesagt hatte: Eines Tages hatte Hebron die beiden in der Stadt getroffen; sie standen auf dem Marktplatz, und wären sie nicht zu zweit gewesen, hätte Hebron sie womöglich gar nicht erkannt. Aber die Art, wie sie die Köpfe zusammensteckten und kicherten, war unverkennbar; so hatten sie sich früher zurückgezogen, wenn die anderen nicht mitbekommen sollten, was sie zu besprechen hatten.

Aber nachdem Hebron dem Trio so viele Jahre zuvor entrissen worden war, hatten Virginia und Melody die Möglichkeit gehabt, zu einem nicht weniger eng verbundenen Duo zusammenzuwachsen. Diese Tatsache war Hebron in dem Moment, in dem sie die beiden entdeckt und freudig auf sie zugelaufen war, schmerzlich bewusst geworden, und beinahe hätte sie mitten in der Bewegung abgebremst und kehrtgemacht, doch da hatten die beiden sie schon entdeckt, und aus ihren Gesichtern hatte diegleiche ehrliche Freude gesprochen. Das Duo war nicht hermetisch abgeschlossen, es war bereit, sich sofort wieder zu seiner früheren Formation auszudehnen, und aufgeregt plappernd nahmen die beiden Hebron in ihre Mitte, räumten ihr den Platz ein, der so lange unbesetzt geblieben war.

Nach der ersten Freude war die Situation für einen Augenblick steif gewesen, und Angst war in Hebrons Brust gekrochen. Angst, dass das Wiedertreffen nichts als ein winziger Moment der Hoffnung bleiben würde, Angst, dass sie wieder in die Isolation abgedrängt werden könnte, Angst, dass die Quarantäne, die über sie verhängt worden war, nie enden würde; aber dann lachte Melody und nahm Hebrons Arm, hängte sich bei ihr ein, Virginia fasste ihre andere Hand, und nur wenige Augenblicke später fanden sich die drei Mädchen herumalbernd in der Fußgängerzone wieder. Es war, als ob sie nie getrennt gewesen wären, und ob sie zwischen Holzstapeln und Johannisbeersträuchern umherkrochen oder durch die tristen Läden der Dürener Innenstadt flanierten, spielte keine Rolle, sie waren wieder drei kleine Mädchen, die die Abenteuer ihrer Helden nachspielten, nur dass ihre Idole nun andere waren als die *Fünf Freunde* von Enid Blyton. Und obwohl die Wiedervereinigung so unkompliziert verlief – oder gerade deshalb –, war Hebron eifersüchtig auf die Jahre, die Melody und Virginia ohne sie gehabt hatten.

In der ersten Zeit nach dem verhängnisvollen Osterfest hatte Hebron ihre Mutter oft gefragt, wann Tanten, Onkel und Cousinen zu Besuch kämen und wann sie endlich wieder zur Oma fuhren, aber Meggy hatte nur gesagt: »Das geht nicht mehr.«

In diesen Wochen hatte Hebron sich nach der Schule zwischen den bauschigen Decken in ihrem Bauernbett verkrochen, und die Sehnsucht nach Melody und Virginia, nach dem Duft von Holzspänen, nach dem aufgeregten Geplapper ihrer Tanten, dem Kreischen der Sägen und nach den Liedern ihrer Oma hatte dicker und schwerer auf ihr gelegen als die alte Federbetten.

Aber bald durfte sie abends wieder in der Küche sitzen, Brühe schlürfen und am Eierlikör nippen, während Meggy sich mit ihr unterhielt, als wäre Hebron nicht gerade erst neun Jahre alt geworden. Meggy hatte ihr den Verrat der Schwestern und die Falschheit von Clementine auseinandergesetzt, hatte ihr erklärt, dass ihre Geschwister Marionetten seien, kleine hölzerne Figuren mit großen Pappmachéköpfen und ungelenken Gliedmaßen, deren Bewegungen von Clementine geführt würden.

»Sie ist die Person, die die Fäden in der Hand hält, Hebron, aber meine Geschwister merken es nicht einmal, lassen sich lenken und steuern, tanzen das Marionettentheater, das Clementine spielt. Und wenn meine Mutter die Fäden loslässt, dann knicken ihre großen Pappköpfe ein wie die Blüten der Küchenschelle. Pulsatilla, Hebron: wunderschöne Blumen, die in Grüppchen wachsen, aber nicht in der Lage sind, ihr Köpfchen aufrecht zu halten. So sind meine Geschwister, nichts als gewöhnliche Küchenschellen!«

Meggys Worte klangen weise und gewichtig, und es schmeichelte Hebron, dass sie wieder eine Sonderposition innehatte, aufgrund der sie noch aufbleiben durfte, wenn die Brüder schon lange ins Bett mussten.

Doch jetzt, mit siebzehn Jahren, verstand sie immer weniger, wie die Beziehung zwischen ihrer Mutter und deren Geschwistern so distanziert sein konnte, wo sie doch zuvor so eng aneinandergeschweißt gewesen waren.

Aber schon vor dem großen Streit hatte Hebron das Gefühl ergriffen, nicht mehr richtig dazuzugehören. Sie hatte oft bei den Erwachsenen an der langen Tafel oder auf der Veranda gesessen, während die anderen Kinder sich bei der Schreinerei herumgetrieben hatten. Sie hatte registriert, wie Meggy ihre Geschwister und die Oma mit spitzen Bemerkungen traktierte, und die daraus entstehende Spannung wahrgenommen, die auch das Verhältnis von Hebron und ihren Brüdern zu den anderen belastete.

Am Osterfest im Jahr 1987 war die Lage schließlich eskaliert. Man hatte die Kinder für das übliche Gruppenbild auf der Treppe zum Bungalow platziert; unter Gelächter und großem Hin und Her hatte man es endlich geschafft, die ganze Horde auf den maroden Stufen unterzubringen. Hebron saß zwischen Melody und Virginia, zu dritt hielten sie die Kleinkinder Francis und Meta auf ihrem Schoß, die sich mit verschmierten Gesichtern um einen angenagten Schokoladenosterhasen balgten. Ben lag mit den anderen Babys in der

Schubkarre, die man neben die Treppe geschoben hatte. Ein farbenfrohes Knäuel dick eingepackter Würmchen, die in der mit Betonspritzern versehenen Schubkarre selbst aussahen wie bunte Eier in einem gut gefüllten Osternest. Die Brüder Geronimo, Casanova und Galileo, in die Höhe geschossene Teenager mit unvorteilhaftem Bartflaum, standen mit mürrischem Blick und verschränkten Armen in der letzten Reihe.

Nach diesem jährlichen Pflichttermin hatten alle an der langen Tafel im Esszimmer Platz genommen. Es war lebhaft und lustig zugegangen, bis Meggy plötzlich ihre Tasse über den Tisch schleuderte, um den die Eier essenden und Kaffee trinkenden Hungers saßen.

Man hatte sich gerade wie jedes Jahr an die Episode erinnert, als Fred die ganzen sechsunddreißig Ostereier allein aufgegessen hatte und der Arzt ihm einen Einlauf verpasst hatte.

»Wisst ihr noch, was der immer gesagt hat?«, fragte Fanny, und alle außer Meggy brüllten im Chor: »Oben die Mumps und unten gebumst!«, woraufhin alle in schallendes Gelächter ausbrachen. Nur Meggy nicht.

»Ihr habt mich allein gelassen, alle! Einen Dreck habt ihr euch um uns gekümmert! Obwohl ich so tief in der Scheiße saß, so tief!«, schrie sie ihren fröhlichen Geschwistern entgegen und warf der Tasse ihren Teller hinterher, die Kaffeekanne fiel um, und heißer Kaffee spritzte über Osternester und Hefekranz. »Aber ihr seid ja solche Egoisten! Denkt nur an euch und eure fetten Ärsche! Dass wir beinahe draufgegangen sind, ist euch doch scheißegal! Wie damals, als wir noch klein waren und alle ein gutes Stück vom Brathuhn bekommen haben, während ich nur die verbrannten Flügelspitzen abnagen durfte!«

Das stumme Entsetzen der Geschwister hatte sich gelöst, als Fanny aufstand, Tulpen und Narzissen aus der Vase nahm und Meggy mit den Worten »Ich glaub, du brauchst 'ne Abkühlung, du weißt ja nicht mehr, was du da redest!« das kalte Wasser über den Kopf geschüttet hatte.

Meggy hatte ihre fünf Kinder gepackt, aus dem Bungalow gezerrt und war mit ihnen nach Rurbroich gefahren. Die ganze Fahrt über hatte sie laut geschluchzt. Seitdem waren sie nie wieder zur Oma gefahren. Alle Versuche ihrer Geschwister, sich wieder zu versöhnen, hatte Meggy rigide abgeblockt, hatte den Hörer aufgelegt, wenn eine ihrer Schwestern dran war, hatte Sally und Fred die Haustür vor der Nase zugeschlagen und Briefe von Peggy ungelesen zerrissen, bis keins ihrer acht Geschwister mehr versucht hatte, sie zu erreichen.

Und so war dieses Foto der Kinder mit ihren Osternestern und Schokohasen das letzte, das alle Enkelkinder von Clementine zusammen zeigte, ein Bild, das Clementine neben die Fotografie von ihren Eltern im Kreis ihrer eigenen Kinder hängte.

Und so wie sie als Kinder durch den Garten und den Bungalow der Oma gestrolcht waren, so streiften die drei Cousinen bald beinahe täglich durch die Stadt, probierten teure Schminke aus und extravagante Kleider an und klauten Kosmetik, Zigaretten und Süßigkeiten. Über ihre Mütter sprachen sie nicht. Trotzdem bekam Hebron von dem, was Melody und Virginia berichteten, mit, dass Meggys Austritt aus dem Kreis der Geschwister einen Bruch verursacht hatte, der die engen Bande gelockert hatte. Die kleinen Spitzen und Rangeleien hatten ein größeres Ausmaß angenommen, jeder war eine Zeit lang mit jedem zerstritten, es wurde gezankt und geschrien, einer bekam immer die Rolle des schwarzen Schafs zugewiesen, eine Rolle, die herumgereicht wurde wie ein dunkler Pokal, und selbst Sally verlor gelegentlich die Fassung und schloss sich dem großen Geschrei an.

Auch vor dem Kaufhof traf Hebron ihre Cousinen nicht.

Der Riemen des Rucksacks rieb unangenehm auf ihren verschwitzten Schultern, aber welcher Ausreißer konnte sich im Angesicht der großen weiten Welt, die ihm offenstand, schon um solch banale Dinge kümmern?

Sie entschied, zum Bahnhof zu gehen, und auf dem Weg dorthin betrat sie die Raiffeisenbank. So sparsam wie Hebron in ihrer Kindheit mit Süßigkeiten umgegangen war, wo sie Bonbons und Kekse zu komplizierten Mustern gelegt hatte, die nach einem bestimmten Ablauf gegessen werden mussten, damit die Symmetrie nicht verloren ging, so sparsam war Hebron auch mit ihrem Geld gewesen. Während ihre Brüder ihr Taschengeld ins Rurbroicher Dorflädchen trugen, um mit Hosentaschen voller Naschkram wieder herauszumarschieren, hatte Hebron ihr Geld stets zur Seite gelegt und sich in aller Ruhe überlegt, was sie davon kaufen würde. Zu Grundschulzeiten hatte sie im Dorfladen Abziehbilder für ihr Poesiealbum gekauft, mit silbernem Glitzer überzogene Rosen und kleine Elfen, die Glockenblumen auf den Köpfen trugen. Zum Geburtstag schenkte sie ihrer Mutter Sektflöten, Tee oder Schmuck aus dem Dritte-Welt-Laden. Aber nachdem die Brüder zum wiederholten Mal Hebrons Sparschwein geplündert hatten und Hebron der Mutter wegen der Diebstähle heulend in den Ohren lag, hatte Meggy ihrer Tochter ein Sparbuch eröffnet. Hebron war sehr stolz gewesen, als der Bankangestellte sie aufgefordert hatte, sich ein Kennwort auszudenken. Sie hatte nicht lange überlegen müssen. Hebrons Kennwort war Israel.

Als sie nun in der kühlen Schalterhalle stand, kam sie sich kindisch und albern vor, als sie dieses Kennwort nannte und ihr Anliegen, nämlich das Abheben ihrer gesamten Ersparnisse, vorbrachte, eine für Hebrons Maßstäbe beachtliche Summe, die die Kassiererin mit gelangweilter Miene über den Schaltertisch hinweg abzählte. Während sie vorgab, an ihrem Rucksack herumzuhantieren, schob sich Hebron diese zweite Rolle aus Geldscheinen noch vor dem Schalter in ihren anderen Stiefel.

Dann ging sie zum Bahnhof, wo sie in den Regionalzug nach Köln stieg. Das rote Leder der abgenutzten Sitzbank quietschte, als Hebron ihre verschwitzten Beine darauflegte.

Während Rapsfelder und Rübenäcker an ihr vorbeizogen, fragte sich Hebron, wie sie ihren Vater finden könnte, und verwarf die erträumten Szenen und märchenhaften Bilder eines Mannes, der durch die Wüste irrte, nur um sich selbst ziellos umherirren zu sehen. Es erschien ihr unrealistisch, ihn zu finden, wo sie doch nicht einmal wusste, wie sie die Suche beginnen sollte. Der eben noch so beflügelnde Plan schien ihr nur noch ein verwirrendes Unterfangen zu sein, von dessen Bewältigung sie sich jetzt schon erschlagen fühlte.

Ermattet lehnte sie ihren Kopf in das zerschlitzte rote Leder des Kopfteils und lauschte dem Rattern der Räder auf den Gleisen, und dieses Rattern sandte wieder das merkwürdige Pulsieren unter ihre Haut, das sie seit der Entlassung aus der Klinik begleitete, und Hebron gab sich ihm hin, ließ sich noch tiefer in den roten Ledersitz sinken und trieb der Bestimmung zu, die ihr Schicksal nur zu bald für sie bereithielt.

Und während der Zug rumpelnd und ruckelnd durch die Kölner Bucht fuhr, erinnerte sie sich an die Erzählungen ihrer Oma Clementine von deren ersten Zugfahrten, von der Dampf spuckenden Lokomotive und den Rädern, die im Takt der Dampfmaschine gearbeitet hatten, und sie erinnerte sich auch daran, wie sie immer gelacht hatten, wenn die Oma eins ihrer Lieblingssprüchlein aufgesagt hatte.

»Eine kleine Dickmadam fuhr mal mit der Eisenbahn, Dickmadam die lachte, Eisenbahn die krachte!«, flüsterte Hebron in die vorbeifliegende Landschaft, in der sich Feld an Feld reihte.

Ein paarmal war Hebron mit Melody und Virginia nach Köln gefahren, und weil sie das Geld lieber für Kleider ausgeben wollten als für eine blöde Fahrkarte, waren sie meist noch in Düren in der Zugtoilette verschwunden. Einmal waren sie am Abend zuvor auf einer Party am Blauen See gewesen, einem beinahe versiegten Tümpel, der zwischen Untermaubach und Straß lag. An ausgeblichenen Schilfhalmen vorbei, gelangte man über einen Trampelpfad zu einer Senke, in der ein Lagerfeuer brannte. Während die Jungs reihum auf der Gitarre klimperten, saßen die Mädchen auf moosbewachsenen Steinen und tranken Bier und billigen holländischen Schnaps. Und weil sie alle behauptet hatten, woanders zu schlafen, Hebron aber nicht mit zu den Cousinen und diese nicht mit zu Hebron konnten, hatten sie die Nacht in den höhlenförmigen Einbuchtungen der Felsen am See verbracht. Dementsprechend derangiert stiegen sie am nächsten Morgen in den Zug. Die Kleider zerknittert und schmutzig, trockene Grashalme in ihrem Haar, und dunkle Schatten verschmierter Schminke unter den müden Augen.

Dieses Mal wurden sie erwischt, und weil sie nicht nur desolat aussahen, sondern in ihrem jugendlichen Größenwahn auch noch frech wurden, als der Schaffner sie aus der engen Toilettenkabine zerrte, wurden sie in die Kölner Bahnhofsmission gebracht. Zwei Polizisten nahmen ihre Personalien auf. Hebron behauptete, keinerlei Dokumente, die ihre Identität belegten, dabeizuhaben, und Melody bestand darauf, dass es in ihrem Elternhaus kein Telefon gab, was die Polizisten ihr nicht abnahmen, obwohl es stimmte. Virginia rückte schließlich mit der Telefonnummer ihrer Eltern heraus, und nachdem die Polizisten diese erreicht hatten, überließen sie die Cousinen der fürsorglichen Obhut durch die Mitarbeiterinnen der Bahnhofsmission.

Die reichten ihnen Tee und Leberwurstbrote, über die die ausgehungerten Cousinen gierig herfielen, was den Verdacht der Missionsfrauen noch erhärtete, dass die Mädchen ausgerissen waren. Also schmierten sie noch mehr Brote und verboten den Mädchen, die Fenster, die ebenerdig zu den Gleisen führten, zu öffnen.

»Ihr könntet euch verletzen!«, war das Argument, über das die Mädchen nur lachen konnten. Melody hatte das Fenster natürlich trotzdem geöffnet, sobald die Missionsfrauen den Raum verlassen hatten, und prompt hatte sich Virginia den Kopf an der Kante des geöffneten Fensterflügels gestoßen, und zwar so schlimm, dass ihr das Blut über die Stirn ins Auge lief und die Frauen von der Mission ihr einen Verband anlegen mussten. In breitestem Kölner Dialekt redeten sie eindringlich auf die drei Cousinen ein.

»Mädchen, geht doch wieder nach Hause, so schlimm kann es doch nicht sein, was denkt ihr denn, was euch auf der Straße erwartet?!«

Aber sie hatten nur gelacht und gewartet, bis Betty kam, um sie abzuholen. Stattdessen war es aber Peggy, Melodys Mutter gewesen, die plötzlich in der Glastür der Mission erschienen war.

»Ach, du bist auch dabei«, hatte Peggy Hebrons Anwesenheit kommentiert und ihre Nichte lang und ausgiebig gemustert, »hab mich schon gewundert, wer das dritte Mädchen sein sollte.«

Peggy war alt geworden, ihr Haar dünn und strähnig, die Haut trocken und fahl, sie schien abgehetzt, und mit ihren groben Leinenkleidern, der Strickweste und dem Geruch nach frisch geschorener Schafwolle wirkte sie im geschäftigen Treiben des Kölner Hauptbahnhofs fehl am Platz.

Peggy hatte Hebron bis nach Rurbroich gefahren und sie an der Ecke zum Seelenpfad aussteigen lassen. Hebron war froh, dass die Tante während der gesamten Fahrt so getan hatte, als wäre es völlig normal, dass Hebron mit ihnen fuhr. Sie hatte ein paar Fragen nach Hebrons Brüdern gestellt, nach der Obstwiese, den Schafen, der Schule, aber erst kurz vor Rurbroich erkundigte sie sich nach ihrer Schwester.

»Und wie geht es deiner Mutter?«, hatte Peggy gefragt und versucht, diese Frage möglichst beiläufig klingen zu lassen, was ihr nicht gelungen war.

»Gut«, hatte Hebron geantwortet und war erleichtert, dass die Tante nicht weiter gefragt hatte.

Lacht der Wind im Korn

Als Hebron durch die überhitzte Bahnhofshalle des Kölner Hauptbahnhofs lief, war sie wie immer überfordert von den vielen Menschen und Reizen, die den Geschäften und Büdchen entströmten. Am Ausgang fiel ihr Blick auf die Tafel, an der die Abfahrtszeiten der Züge angeschlagen waren. Der letzte Zug, der angezeigt wurde, war der Nachtzug nach Warschau.

Warschau, das lag in Polen, und Polen, das war das Land, aus dem die Eltern ihres Vaters kamen, das wusste Hebron, seit ihre Mutter es ihr vor vielen, vielen Jahren einmal erzählt hatte. Und während ihr Blick noch von den ratternden Buchstaben auf der blauen Tafel zu den Pennern sprang, die auf dem von Abertausenden Sohlen blank polierten Steinboden lungerten, tauchten die Melodien der Lieder auf, die Meggy damals mit ihr gesungen hatte. Das Lied vom Kälbchen und Shalom Chaverim hatten die Geschichten von ihrem Vater begleitet, der bald zu ihnen zurückkehren werde, wie Meggy ihrem schläfrigen Kind ins Ohr gewispert hatte.

Sie atmete tief ein und versuchte, unter dem Geruch von verkohlter Bratwurst, abgestandenem Bier und altem Urin etwas wie Besänftigung zu finden, etwas gegen das Klopfen ihres Herzens, gegen die Verzweiflung und die Sorge darüber, dass sie nicht wusste, wo und wie sie diese verdammte Suche nur beginnen sollte.

»Hoch im Himmel fliegt ein Vogel, fliegt und dreht sich hin und 'zrück«, summte Hebron und stellte sich vor, einfach in den Nachtzug zu steigen und nach Polen zu fahren, um dort nach ihren Wurzeln zu suchen, aber die Gedanken an unendlich viele Orte, die sie in Polen aufsuchen könnte, an mögliche Verwandte, die sie über unendlich viele Register und Einwohnermeldeämter finden könnte, verunsicherten sie nur, und über all diesen flirrenden Gedanken lag der drängende Refrain des Liedes vom Kälbchen: »Lacht der Wind im Korn, lacht und lacht und lacht.«

Sie sah sich in Polen umherirren, so wie ihr Zeigefinger einst zitternd durch die Bildbände über den Holocaust gewandert war, wo sie in den Gesichtern der Toten nach Ähnlichkeit zu sich selbst gesucht hatte, und diese Vorstellung machte ihr Angst.

Hebron beschloss, zuerst die Unterlagen aus Meggys Aktenordner durchzusehen, um einen Hinweis auf den Geburtsort ihres Vaters und seinen jetzigen Aufenthaltsort zu finden, bevor sie eine Fahrkarte für den Nachtzug kaufte.

Donaj, donaj, donaj summend, ging sie an schnorrenden Punkern und Grimassen schneidenden Straßenkünstlern vorbei auf die Domplatte, wo sie sich auf den dunklen, von der Sonne erwärmten Platten im Schatten eines Baums zwischen eingetretenen Kaugummis, Kippen und Taubendreck niederließ. Unauffällig überzeugte sie sich davon, dass die Geldbündel noch gut und sicher verstaut waren, bevor sie die Unterlagen aus dem Rucksack holte. Außerdem zog sie das Foto von Samuel aus ihrem Portemonnaie, was nicht hieß, dass sie es auch ansah, nein, Hebron reichte es, das Bild vor sich abzulegen, und auch wenn sie ihrem Vater keinen Blick gönnte, war sie wenigstens so nett, ihn nicht mit dem Gesicht nach unten auf den schmutzigen Kölner Boden zu legen.

Bevor sie die Papiere studierte, legte sie den Kopf in den Nacken und betrachtete die schwarzgrauen Türme des Doms, hinter denen sich das Licht der Sonne brach, bis ihr schwindlig wurde. Sie war noch geblendet, als sie das erste Blatt ansah, konnte die Buchstaben auf dem Dokument erst nicht erkennen, als sie sich darüberbeugte. Und für einen Moment war sie froh darüber, denn sie spürte, wie sie sich fürchtete, vor dem, was sie lesen würde, wie sie Angst davor hatte, keinen Schritt weiterzukommen und schon am selben Abend wieder nach Rurbroich zurückfahren zu müssen.

»Aber was bedeutet das schon?«, flüsterte sie den Buchstaben zu, die langsam Kontur bekamen. »Ein weiterer Streit mit Meggy, weil ich wieder mal gegangen bin, ohne Bescheid zu geben, sonst nichts.«

Und endlich begann Hebron, die Papiere durchzublättern.

Das erste Blatt war ein Elternbrief, der im Namen des Kardinals an die frisch gebackenen Eltern versandt worden war und in dem man eindringlichst versuchte, die Eltern von einer Taufe zu überzeugen.

Der nächste Brief war amtlicher Natur. Aufgrund der Nichtehelichkeit Hebrons informierte man Meggy darüber, dass ein Mitarbeiter vom Dürener Jugendamt zur Amtspflege ihrer Tochter bestellt worden sei, der sie zur Vorsprache ins Amt lud. Der Brief war an eine Adresse am Ochsenhügel gerichtet.

Dann gab es eine Visitenkarte einer Sozialarbeiterin der Gemeinde Hürtgenwald, auf deren Rückseite handschriftlich vermerkt war: »Frau Hunger! Habe Sie leider heute nicht angetroffen. Kommen Sie bitte dringend in meine Sprechstunde!«

Das nächste Schreiben im Stapel stammte wieder vom Jugendamt. Hier forderte der Amtspfleger Meggy unmissverständlich auf, ihm den Namen von Hebrons Vater zu nennen. In dem Brief war die Rede von einem Gerichtsprozess und von Kosten, die aufgrund von Blutgruppengutachten entstehen könnten. Er riet Meggy, in diesem Fall einen Armenrechtsantrag zu stellen.

Zwischen den vergilbten bröseligen Durchschlägen offizieller Schreiben lag die Kopie eines handschriftlichen Briefs von Meggy an das Jugendamt, in dem sie mit ihrer schmalen, leicht schräg geneigten Schrift schrieb: »Ich bleibe dabei, den Vater meiner Tochter Hebron Maria Magdalena nicht zu nennen. Die Amtspflegschaft bleibt dann ja wahrscheinlich bestehen.«

Bei diesen Zeilen musste Hebron lächeln. So war ihre Mutter: nicht redegewandt, aber stur und voll ungewollter Ironie.

Die Antwort war neutraler als das eindringliche erste Schreiben: »Unter Bezugnahme auf unsere Unterredung bitte ich um Mitteilung, ob Sie nach wie vor trotz der eventuell entstehenden Nachteile für Ihre Tochter nicht bereit sind, Auskunft in der Vaterschaftsfrage zu geben.« Dann wurde Meggy in dem Schreiben noch darauf hingewiesen, dass sie die Pflegschaft auch kündigen könne.

Es folgte ein Bescheid über die Festlegung von Zahlungen nach dem Unterhaltsvorschussgesetz.

Aber dann musste es sich Meggy irgendwann doch anders überlegt haben, denn der nächste abgeheftete Bescheid war eine Urkunde des Amtsgerichts, in dem ein Dr. Samuel Apelstejn als Vater des Kindes Hebron Maria Magdalena Hunger festgelegt wurde. Das Urteil war mehrere Seiten lang und enthielt Sätze, von denen Hebron wünschte, sie nicht gelesen zu haben: »Die Mutter der Klägerin, namentlich Meggy Hunger, trägt vor, der Beklagte habe ihr während der gesetzlichen Empfängniszeit beigewohnt.«

Hebron wollte nicht wissen, wann und wie sie entstanden war, und sie wollte auch nicht Klägerin gewesen sein gegen einen Menschen, den sie nicht einmal kannte, aber dass es eine gesetzliche Empfängniszeit gab, fand sie amüsant. Im weiteren Text der Urkunde hielt man fest, dass die Aussagen der Zeugin Meggy Hunger glaubwürdig seien, da sie mit absoluter Sicherheit ausschließen könne, während der Empfängniszeit mit einem anderen Mann Geschlechtsverkehr gehabt zu haben. Die Urkunde endete mit der Feststellung, der Beklagte sei nach BGB zur Zahlung des Regelunterhalts zu verurteilen, sofern er nicht Gegenklage einreiche.

Das Urteil war zwei Jahre nach der Geburt der Zwillinge Wim und Billy vollstreckt worden.

Hebron beobachtete für eine Weile die Tauben, die zwischen den Beinen der Passanten auseinanderstoben, nur um sich Sekunden später wieder auf Essensreste und Krümel zu stürzen.

Gesund sehen die nicht aus, dachte Hebron und widmete sich wieder ihrer Geschichte, die versteckt zwischen vergilbten Seiten und altmodischen Formulierungen in Amtsdeutsch lag.

Wieder hielt sie eine Kopie eines handschriftlichen Briefs in der Hand, Zeilen, in denen Meggy das Jugendamt bat, sich um die Unterhaltszahlungen zu kümmern, da sie keinen Kontakt mehr zu Dr. Apelstejn habe. »Bitte kümmern Sie sich ganz schnell, ich brauche das Geld dringend für die Hebron!« Meggys Brief erinnerte Hebron an ihre Schulaufsätze der Grundschulzeit, naive Erzählungen in holprigem Deutsch, von der Lehrerin mit einem Bienenstempel versehen.

Es folgte ein Brief des Standesamts, in welchem man um genauere Informationen zum Geburtsort von diesem Dr. Apelstejn bat. »Das Amtsgericht teilte uns als Geburtsort Lublin mit, aber es wurde dort keine Geburt eines Samuel Apelstejn beurkundet, weder im Jahr 1942 noch in anderen naheliegenden Jahren.«

Und dann war er endlich da, der erste Beweis – vom Badehosenfoto abgesehen –, dass es sich bei Samuel Apelstejn nicht nur um ein Phantom handelte: die Kopie eines Schreibens von Samuel selbst. Der Brief war in Haifa aufgegeben und an das Dürener Amtsgericht adressiert worden. Samuel begründete in eckigen Buchstaben, warum er keinen Unterhalt zahlen könne.

»Trotz intensive Bemühungen wurde meine Berufserlaubnis nicht verlängert und infolge dessen wurde mir eine Verlängerung meine Aufenthaltserlaubnis verweigert. Ich musste deshalb 1978 die Bundesrepublik Deutschland verlassen und bin nach meine Heimat Israel zurückgekehrt. Bisher konnte ich noch keine Arbeit finden, sodass ich meine Zahlungspflicht nicht erfüllen kann«, schrieb Samuel, und mehr als seine Worte berührten sie die Grammatikfehler.

Der Amtspfleger hatte eine Ergänzung beigelegt, dass sich die Ermittlungen dadurch erschwerten, dass Herr Dr. Apelstejn sich nicht mehr in der BRD aufhalte. Trotzdem habe er die deutsche Botschaft in Israel angeschrieben, damit diese die wirtschaftlichen und persönlichen Verhältnisse des Unterhaltspflichtigen überprüfe.

Das nächste Schreiben informierte Meggy über den Erfolg der Botschaft: »Herr Dr. Apelstejn«, hieß es in dem Brief, »reagiert nicht auf Schreiben der deutschen Botschaft in Tel Aviv. Er versucht offensichtlich, jeden Kontakt mit der Botschaft zu vermeiden.«

Hebron fragte sich, ob der Beamte sich nicht selbst blöd vorgekommen war, als er diese Sätze schrieb, aber es wurde noch besser, denn diesem Brief war ein Dokument der Botschaft beigefügt: »Der Obengenannte ist nicht im Bevölkerungsregister eingetragen. Allerdings ist bei der Grenzkontrolle vermerkt, dass der Obengenannte 1978 mit einem polnischen Pass eingereist ist und das Land zehn Tage später wieder verlassen hat.«

Das musste für lange Zeit das Letzte gewesen sein, was passiert war, denn der nächste Akt im Papierkriegsdrama um Hebrons Leben als vaterloses Kind stammte aus dem Jahr 1992. Im nächsten Akt trat ein israelischer Anwalt auf: »Ich muss Ihnen mitteilen, dass die Polizei den per Haftbefehl gesuchten Dr. med. Apelstejn nicht finden kann. Von einem Freund, einem 85-jährigen Arzt aus Haifa, erfuhr ich, dass der Mann im Auftrag der allgemeinen Krankenkassen in einem arabischen Ort arbeitet, aber das dürfte eine von ihm verbreitete Falschmeldung sein, denn auf Nachfrage bei der Krankenkasse erfuhr ich, dass ein Dr. Apelstejn dort nicht bekannt sei. Er gehört auch nicht der israelischen ärztlichen Vereinigung an, er hat es sogar ausdrücklich abgelehnt, dort beizutreten. Wenn man ihn unter seiner Telefonnummer in Haifa anläutet, meldet sich nur ein Automat, der um Hinterlassung einer Nachricht bittet. Der Haftbefehl bezieht sich nicht auf den Unterhalt, sondern auf das mir für das bisherige Vollstreckungsverfahren zugesprochene Honorar.«

Von all dem hatte Hebron nichts gewusst, nach Meggys Erzählungen hatte sich Samuel sang- und klanglos aus der Eifel verabschiedet, um nie mehr wieder etwas von sich hören zu lassen. Von Briefen, Urteilen und Botschaftsbemühungen war nie die Rede gewesen. Der letzte dieser absurden Briefe war von einem anderen Rechtsanwalt, der mitteilte, dass sein Vorgänger im hohen Alter von neunundachtzig Jahren verstorben sei und dass er nun die nicht erledigten, die BRD betreffenden Mandate übernehme. In diesem Rahmen bat er auch darum, ihm die fünf Prozent, die dem Anwalt vom Streitwert bei einer Vollstreckung zuständen, auszuzahlen.

Hebron legte die Papiere zur Seite, ein dumpfes Gefühl machte sich in ihrem Bauch breit und drückte schwer gegen ihren Brustkorb. Der Gedanke, die wenigen Meter zum Hauptbahnhof zurückzugehen und in den Regionalzug nach Düren zu steigen, einfach in das alte, gewohnte Leben zu Brüdern, Schule und Freunden zurückzukehren, tauchte auf wie ein alter Bekannter, der wohlwollend seine Arme ausbreitete, um Hebron an seine breite Brust zu drücken.

Erschöpft legte Hebron den Kopf auf die Knie.

Ich heiße Hebron, weil mein Vater aus Hebron stammt, dachte Hebron.

Natürlich hatte Hebron schon einmal vor dem geöffneten Atlas gesessen und war mit dem Finger die Topografie Israels entlanggefahren. Sie hatte die Spitze ihres Zeigefingers lange auf der Stadt Hebron ruhen lassen, hatte ein paarmal sanft über den Namen gestreichelt, als könnte sie so ihren Vater berühren.

Israel, das war in ihrer Vorstellung ein Land, in dem Dattelpalmen, Oliven und Zitrusfrüchte wuchsen. Ein Land, in dem man Zeitung lesend auf dem Toten Meer trieb. Ein Land, in dem man über Basare lief, zwischen Händlern mit prächtigen Schnurrbärten, Kameltreibern und gewieften Taschendieben. Ein Land, in dem greise Holocaustüberlebende mit ausgeblichenen Nummern auf den Armen neben Beduinen im Straßencafé saßen, Wasserpfeife rauchten und viel zu süßen Tee tranken.

Nein!, dachte Hebron, ich gehe noch nicht zurück nach Rurbroich, nicht jetzt.

»Wer hat Flügel, der kann fliegen, ist bei keinem nicht kein Knecht«, sang sie leise.

Sie wollte jetzt keine Umwege mehr, sie wollte direkt aufs Ziel zupreschen, zack, ins Schwarze mit nur einem Schuss, und deshalb würde sie nicht nach Polen fahren.

Aber Samuel wusste nichts

Auch wenn Hebron wild entschlossen war, rasant vorwärtszugehen, so wusste sie dennoch nicht, wie sie diesen Entschluss in die Tat umsetzen konnte.

Nun, das Schicksal schien es zu begrüßen, dass Hebron endlich aus ihrer Passivität ausbrach, und so setzte sich die Maschinerie in Gang, und dann gab es in der Tat keine Umwege mehr, sie preschte tatsächlich direkt aufs Ziel zu, zack, ins Schwarze mit nur einem Schuss. Sie wusste nur noch nicht, dass sie schon auf der Ziellinie war, und sie wusste auch noch nicht, dass das Ziel ein anderes war, als das von ihr angepeilte.

Da sich ein Vorankommen in Windeseile mit der Stagnation des Verweilens auf der Domplatte biss, beschloss sie zuallererst, diesen Platz zu verlassen, und während sie die Unterlagen wieder zusammenlegte, fiel ihr Blick auf die mutmaßliche Telefonnummer ihres Vaters in dem Brief des alten, verstorbenen Rechtsanwalts.

Das Ziel war anvisiert, es konnte losgehen.

Hebron schrieb sich die Nummer auf ihren Arm und schob die Papiere zurück in den Rucksack.

Der Nachmittag neigte sich dem Ende zu, trotzdem war es unverändert heiß und stickig. Was, wenn die Nummer nicht stimmte? Sollte sie dann alle Samuel Apelstejns in Israel abtelefonieren? Was, wenn er gar nicht in Israel lebte? Was, wenn er nicht mit ihr reden wollte? Was, wenn er schon tot war? Geboren 1942, das kam ihr phänomenal alt vor. Sie hoffte nicht, dass ihr Vater sich als einer dieser Greise entpuppte, die sie sich wenige Minuten zuvor noch Tee trinkend im Schatten mächtiger Dattelpalmen vorgestellt hatte.

Hebron überquerte die Domplatte, ließ sich vom Strom der Passanten tragen, die über die breite Treppe hinunter in den Bahnhof eilten.

Im Bahnhof steuerte sie die lange Reihe der Münztelefone an, an denen die unterschiedlichsten Menschen lautstark redeten und wild gestikulierten. Als endlich einer der Apparate frei wurde, hatte sich das Gedankenkarussell um die möglichen Reaktionen ihres Vaters so schnell gedreht, dass sich Hebron so wirr und matt fühlte, als wäre sie tatsächlich gerade auf einer überfüllten Kirmes. Statt dem »Gewinne, Gewinne, Gewinne!«-Geschrei der Losverkäufer und den eintönig vorgetragenen Lockrufen, mit denen die Schausteller versuchten, die Besucher für ihre Fahrgeschäfte zu ködern, hallten in ihrem Kopf jedoch Stimmen wider, die sich mit pessimistischen Vorahnungen und schwarzseherischen Visionen zu übertönen versuchten.

Hebron warf ein großes Geldstück in den Münzsprecher, wählte die Nummer der internationalen Auskunft und bat um die Vorwahl von Israel. Schon diese Frage erschien ihr verräterisch, es kam ihr vor, als ob alle Menschen, die an ihr vorbeigingen, wüssten, was sie vorhatte, als ob die Telefonistin sofort ahnte, was los war, wenn sich siebzehnjährige Mädchen nach ausländischen Nummern erkundigten. Dann fragte Hebron nach Einträgen auf den Namen Samuel Apelstejn, und tatsächlich gab es einen, und der stimmte mit der Nummer auf Hebrons Arm überein.

Und Hebron schrie nicht, obwohl alles in ihr schrie, Hebron atmete mehrmals tief ein, sog Luft in ihre Lungen, die ihren Brustkorb beben ließ, bevor sie mit zitternden Fingern auf die silbernen Zifferntasten drückte. Vom Nacken fuhr ihr

Kälte die Wirbelsäule hinunter, zugleich breitete sich eine pochende Hitze hinter den Schläfen aus, ein Brausen, so laut, dass Hebron fürchtete, weder das Freizeichen noch die lang ersehnte Stimme ihres Vaters hören zu können.

Es klingelte viermal, bevor sich diese Stimme meldete, und sie war dunkel und brüchig, diese fremde und über so viele Jahre begehrte Stimme, übertönte das Brausen und Pochen, ließ Hebron erstarren, legte still und lahm, was zuvor laut und rasend gewesen war.

Und wie damals, als sie das erste Mal ein Bild ihres Vaters in den Händen gehalten hatte, schlug ihr Herz dreimal stark und dumpf. Babumm, babumm, babumm dröhnte es durch die weitläufigen Hallen des Kölner Hauptbahnhofs, und einige Menschen hielten tatsächlich irritiert inne, vergaßen, in ihre Reibekuchen zu beißen, ließen ihre Zeitung sinken, stockten auf der Treppe zu ihrem Gleis und stolperten über ihre Koffer, ohne dass sie später hätten sagen können, was sie so abgelenkt hatte.

Um Hebron aber schloss sich eine Kapsel, die alle Geräusche um sie herum unterdrückte, die Gerüche der Pommes-, Reibekuchen- und Wurstbuden reduzierte und nur das einzelne Kreischen der Bremse eines einfahrenden Zugs bis zu ihr durchdringen ließ, während sich ein Schleier von Tränen über ihre kornblumenblauen Augen legte.

»Hier ist Hebron«, sagte Hebron. »Ich glaube, ich bin deine Tochter.«

Und Samuel Apelstejn, der durch Zufall am Tag zuvor ein Resümee seines seiner Meinung nach komplett verpfuschten Lebens gezogen hatte, ein Resümee, das ihn sentimental hatte werden lassen, wunderte sich über sich selbst, weil er bei diesem unerwarteten Anruf einen Anflug von Freude verspürte.

Aber so war es, man ist geradezu froh, ach was, hier kann getrost von Stolz die Rede sein, Stolz darüber, dass es auch in der Brust eines Mannes wie Samuel Apelstejn ein Herz gab, das in der Lage war, fröhlich zu hüpfen wie der Flummi eines spielenden Kindes, der sich in einer stark abfallenden Gasse mit immer größeren Sprüngen von dannen machte. Ja, Samuels Herz schlug nach dem ersten Schrecken unruhig und laut gegen seinen Brustkorb, babumm, babumm, babumm dröhnte es im Einklang mit dem über dreitausend Kilometer Luftlinie entfernten Herzen seiner Tochter, und er spürte tatsächlich Freude und Glück, Empfindungen, die es in seinem Leben recht selten gab.

»Hebron!«, rief er, »ich habe immer gewusst, dass du dich eines Tages meldest!«

In Wahrheit hatte er so gut wie nie an seine Tochter gedacht, deren Existenz für ihn bisher nichts als ein großes Ärgernis gewesen war, vom ganz und gar unmöglichen Namen, den die Mutter, diese impertinente und halsstarrige Person, diesem Kind verpasst hatte, ganz zu schweigen. Trotzdem verfiel er in einen für ihn ungewohnten Redeschwall, bei dem sein eingerostetes Deutsch von Wort zu Wort flüssiger und geschmeidiger aus seinem Mund kam. Atemlos erkundigte er sich nach Hebrons Wohlbefinden, ihrem Alter und ihrer Mutter. Er verkniff sich nicht einmal die Frage, ob Meggy mittlerweile geheiratet habe.

»Ja«, sagte Hebron, die froh war, dass Samuel nicht sofort wieder aufgelegt hatte, dass er Deutsch sprach und dass er das Gespräch am Laufen hielt, denn sie hätte überhaupt nicht gewusst, was sie sagen sollte. Trotzdem fühlte es sich an wie Verrat, über Meggy zu sprechen, »aber sie ist wieder geschieden.«

»Und hast du noch Geschwister?«

»Vier Brüder.«

Einen Moment lang verschlug es Samuel die Sprache: Dass man fünf Kinder in die Welt setzte, wo schon ein einziges Kind eins zu viel war, ging weiter als weit über sein Verständnis hinaus.

»Aber sag mal, wie geht es dir?«, fragte er Hebron erneut, und weil Hebron darauf auch keine andere Antwort wusste, als die, die sie ihm schon kurz zuvor gegeben hatte, redete Samuel einfach weiter, und zu seiner eigenen Verwunderung hörte er sich sagen, dass sie sich unbedingt kennenlernen müssten und dass sie jederzeit eingeladen sei, ihn in Israel zu besuchen.

»Ja, ich möchte auch kommen«, rief Hebron, die trotz der guten Verbindung jedes Wort überdeutlich aussprach. »Kann ich sofort kommen? Ich habe gerade Ferien«, log sie, denn die Schule war für sie das letzte Hindernis in dieser Sache. Samuel nahm die Dringlichkeit in den Worten des Mädchens wahr, und jetzt filterte sein Gehör die Geräusche und Stimmen im Hintergrund der Leitung heraus, er hörte, was Hebron ausblendete, und sein Verstand brauchte nicht lange, um zu registrieren, dass sich das Mädchen in einer großen Halle voller Menschen befand.

Sie wird doch nicht schon hier sein, dachte er und bekam plötzlich Angst, denn es war eine Sache, eine Einladung auszusprechen, und eine andere, tatsächlich Besuch zu bekommen, und trotzdem hörte er sich sagen: »Dann komm. Buch dir einen Flug nach Tel Aviv, ich hole dich ab. Den Flug bezahle ich natürlich, du bekommst das Geld von mir zurück. Du hast doch genug Geld, oder?«

»Ich hab genug Geld. Ich buche einen Flug, und dann rufe ich dich noch mal an und sage dir, wann ich ankomme!«, rief sie, und Samuel antwortete: »Mach das, Mädchen, mach das.«

Eine übereilte Reaktion, die er schon in dem Moment bereute, in dem er den Hörer wieder auflegte. Ermattet ließ er den Kopf auf die Rückenlehne seines Sofas sinken.

Meggy Hunger, dachte er auf Deutsch, machst mir das Leben also immer noch schwer.

Und dann erinnerte Samuel sich, erinnerte sich an seine Zeit in diesem Land, in das ihn der Brief eines israelischen Kollegen gelockt hatte, der dort arbeitete. »Komm nach Deutschland«, schrieb der Kollege, »hier bekommst du alles: Gute Arbeit, Frauen und einen BMW!«

Und weil es in Samuel eine Leere gab, die weder seine Arbeit im Krankenhaus am Fuß des Karmelgebirges noch die Affären mit den Krankenschwestern, noch die Ausflüge mit seinem kleinen Boot in die Bucht von Haifa zu füllen vermochten, war er dieser Aufforderung gefolgt, die ihn in die Ausläufer der Eifel verschlagen hatte. Er hatte eine Anstellung im Aachener Klinikum bekommen, er hatte versucht, die Leere, die aus Israel mitgekommen war wie ein überflüssiges Gepäckstück, mit den deutschen Krankenschwestern zu füllen, die spröder, aber auch williger waren als ihre israelischen Kolleginnen; er war an den freien Tagen mit seinem nagelneuen Auto zum Rursee gefahren, wo er stundenlang angelte, Stunden, die er genoss, weil er mit niemandem reden musste. Er hatte ein gutes Leben gehabt, bis ihm eine dieser spröden und willigen Krankenschwestern ein Kind angehängt hatte.

Samuel dachte nicht gerne zurück. Zurückdenken schmerzte, das hatten ihn seine Eltern gelehrt, das hatten ihm die Tränen, die seiner Mutter so oft über das Gesicht liefen, mehr als deutlich gemacht, Tränen, die den bunten Lidschatten, den sie bis unter ihre markant geschwungenen Augenbrauen auftrug, in schmalen Rinnsalen über ihre Wangen schmierten, sobald sie sich an ihr Leben vor Israel erinnerte, ein Leben, von dem Samuel nicht viel mehr wusste, als dass ein Rucksack darin eine bedeutende Rolle gespielt hatte.

»Ich habe dich in einem Wehrmachtsrucksack quer durch Europa getragen!«, hatte sein Vater erzählt, wenn die Mutter es nicht hören konnte, und dabei laut gelacht. »Der Deutsche Rudi hat uns das Leben gerettet, und wenn er das wüsste, würde er seine Abzeichen und seinen blöden Adler ohne einen Tropfen Öl hinunterwürgen, das sag ich dir!«

Aber wo Aaron Apelstejn Humor gezeigt hatte, wo der Vater ihm wenigstens Anhaltspunkte über das Dasein gab, das seine Eltern vor der Immigration gehabt hatten, da rührte man lieber nicht an der Erinnerung der Mutter, das hatte Samuel früh begriffen. Luba Apelstejn war eine träge, dicke Frau, die das Haus nicht verließ. Sie hatte sich nicht bemüht, Hebräisch zu lernen, und so sprachen sie zu Hause Jiddisch miteinander, ein Aspekt, der es Samuel später leicht machte, als er sich entschied, in Deutschland zu arbeiten. Aber wenn die Eltern Dinge zu besprechen hatten, von denen die Kinder nichts mitbekommen sollten, dann sprachen sie Polnisch, eine Sprache, die die Kinder bald hassten, denn sie bedeutete Veränderungen, Sorgen und Geheimnisse.

Und wenn Samuel sich auch wunderte, warum er dunkelhaarig und schlaksig war und seine Nase schmal und lang, während seine jüngeren Geschwister stämmig und blond waren und die Himmelfahrtsnase des Vaters hatten, so glaubte er Aaron, der ihm einmal erzählt hatte, Samuel komme ganz nach seiner Oma Rivka, der geliebten Mutter seiner Mutter, von der er aber bloß nicht reden dürfe, denn auch sie sei tot, und dieser Tod sei der erste von vielen gewesen, die seiner Mutter das Herz verschlossen hätten.

Trotzdem war da ein Gefühl der Fremdheit, eine Ahnung des Andersseins, die ihn von seinen Geschwistern trennte. Eine Spaltung, die sich über die Jahre zu einer unüberwindbaren Schlucht auswuchs, und so brach der Kontakt zu ihnen ab, kaum dass Samuel sein Studium begonnen hatte.

Die Kindheit hatte Samuel kühl und still in Erinnerung. Wenn der Vater abends heimkam, wackelte er mit den Ohren, die an seinem beinahe kahlen Schädel saßen wie zwei Propeller, bis die Kinder sich vor Lachen bogen, aber solange er in der Werkstatt war, verlor sich jede Freude zwischen den abgetretenen Steinplatten der Wohnung und den Falten der plakativ gemusterten Kleider, die die Fülle des mütterlichen Körpers nur schwerlich verhüllten, während Luba ihre Tage damit verbrachte, mit vorwurfsvoller Miene auf die Heimkehr des Vaters zu warten.

Und wenn sie nicht anklagend blickte, dann weinte Luba. Samuel hörte sie durch die beigefarbenen Steine der Wände schluchzen, und er hörte das beruhigende Murmeln der Stimme seines Vaters, der sie tröstete.

Nacht für Nacht vertrieb Aaron die Schatten, die sich über Lubas Erinnerungen an Zwejbechle gelegt hatten.

Samuel aber wusste nichts von Zwejbechle, er wusste nichts von den mondänen Schwestern seiner Mutter, um deren Schulter nie wieder Pelze liegen, deren Haare nie wieder mit feinen Spangen festgesteckt sein und deren feine Kostüme nie wieder über den dünnen Strümpfen an ihren wohlgeformten Beinen rascheln würden. Er wusste nichts von der Ziege, deren vermeintliches Fortlaufen seinen Großvater das Leben gekostet hatte, nichts vom Garten mit den Stockrosen, nichts von den zwei Bächen, die das Leben seiner Eltern begrenzt hatten.

Als Junge hatte Samuel immer gedacht, dass es eigentlich nicht sein könne, dass seine Mutter so dick war, denn so oft, wie sie weinte, musste doch irgendwann alles aus ihr hinausgelaufen sein. Er stellte sich vor, dass er eines Tages nach Hause kam und nur noch die leere, schlaffe Hülle seiner Mutter auf dem Sofa vorfand, die dort lag wie ein Wasserball, der zu lange in der prallen Sonne gelegen hat.

Luba hielt die Wohnung penibel sauber, nichts sollte an ihre Kate in Zwejbechle erinnern, wo der Geruch des Ziegenstalls sich mit dem Duft würziger Kräuter und dem Aroma des Waldes gemischt hatte. Sie ermahnte ihre Kinder, sich immer die Hände zu waschen, schickte sie ans Waschbecken, sobald sie von draußen hereinkamen, wenn das Essen fertig war oder sie ihre Mahlzeit beendet hatten. Später, wenn Samuel in der Klinik seine Hände unter den Spender mit dem Desinfektionsmittel hielt, musste er jedes Mal an die fast schon hysterische Ermahnung von Luba denken, mit der sie ihn und seine jüngeren Geschwister ständig aufgefordert hatte, sich auch ja die Hände ordentlich zu waschen.

Als Samuel klein war, ließ der Vater manchmal völlig unerwartet zusammenhanglose Brocken über die Vergangenheit fallen, die Samuel gewissenhaft auflas und Stück für Stück zu einem Bild vom früheren Leben seiner Eltern zusammensetzte, aber das Bild, das so entstand, blieb unscharf und düster, hatte einen ausgefransten Rand und war zudem durchsetzt von großen Rissen und tiefen Löchern. Als Samuels Geschwister geboren wurden, redete Aaron nicht mehr von der Vergangenheit.

Davor hatte er von einer Kälte gesprochen, die einem ins Gesicht sprang wie ein scharfer deutscher Schäferhund, von einem Rabbi mit einem prächtigen Bart und mächtigen Schläfenlocken, die in Samuels kindlicher Vorstellung bis zum Boden reichten. Aaron erzählte von Junikäfern, dick wie süße Bergpfirsiche, die einem um die Ohren sausten, von majestätischen Reihern und hysterischen Gänsen und vom Holz, dem Gegenstand seiner täglichen Arbeit.

»Die Birken, mein Junge, ich hasste und ich liebte sie. Manchmal sehne ich mich nach dem hellen Grün zarter Birkenblätter, und wenn ich Zedern und Eukalyptusbäume sehe, sehne ich mich nach dem Rauschen, das nur eine Birkenkrone im Wind mit sich trägt, ein Rauschen, das dir weder Feigen- noch Olivenbaum ins Ohr wispern werden, und andererseits bin ich glücklich, dass es hier keine Birken gibt.«

Einmal sprach Aaron von einem Jossele: »Er war der Stolz unserer Eltern, wenn Jossele seine Hemdsärmel hochkrempelte, dann, um anzupacken, aber ich, ich war ein Ganove, der allen die Zeit stahl, nur Schmu im Kopf hatte, und trotzdem stehe heute ich hier und nicht Jossele.«

An diesem Tag war Samuel zum ersten Mal bewusst geworden, dass auch seine Eltern einmal Vater, Mutter und Geschwister gehabt haben mussten. Es war das einzige Mal, dass er Aaron fragte, was aus ihnen geworden sei.

»Sie sind tot, Junge, alle tot«, hatte Aaron in seinem holprigen Hebräisch geantwortet, »und jetzt sprich nie wieder davon, deine Mutter weint schon genug um sie.«

Weil Luba die Wohnung nicht verließ, musste Samuel ständig Botengänge für sie erledigen. Sie rief mit ihrer energischen Stimme vom Balkon nach ihm und schickte ihn zur Post, zum Laden oder zum Schneider. Sonntags musste er zum Markt laufen, wo er Eier, Tomaten, Zwiebeln und ein Huhn kaufte. Luba hatte gelernt, mit diesen Nahrungsmitteln so hauszuhalten, dass die Familie eine Woche lang satt wurde: Es gab Reis mit Tomaten und knusprigen Hühnerschlegeln, Zwiebelragout mit den Resten des Huhns, Tomatensuppe, Zwiebelomelett und Shakshuka. Zuletzt kochte sie die Knochen des abgenagten Huhns zu einer würzigen Brühe aus, die sie mit gewürfelten Zwiebeln und Kräutern vom Balkon anreicherte.

Dass Aaron und Luba sich in Zwejbechle koscher ernährt hatten, wusste Samuel nicht. Die einzige Religiosität, die er an seinen Eltern wahrnahm, war die Tatsache, dass Aaron am Schabbat seine Kippa mit einem Spängchen an den letzten Resten seines Haupthaars befestigte, dünne weiße Strähnen, die er sich morgens quer über den Kopf kämmte, sodass seine lustigen, knubbeligen Ohren noch besser zur Geltung kamen.

Wenn Aaron abends von seiner Anstellung als Tischler zurückkam, brachte er Brot, Joghurt und Oliven mit. Und jeden Abend moserte Luba am Einkauf ihres Mannes herum, fand das Brot zu dunkel, die Oliven zu bitter, den Joghurt nicht fest genug.

Samuel entfloh den Vorwürfen der Mutter, so oft es ging. Schon im Auffanglager, in das man sie gesteckt hatte, nachdem sie mit dem Schiff an der Küste bei Haifa angekommen waren, war er ständig aus dem Zelt seiner Eltern ausgebüxt.

»Aber ich wusste immer, wo ich dich finde!«, rief Aaron lachend, wenn er von dieser Episode ihres Lebens erzählte. »Du standest am Wasserhahn, den man am Zaun des Lagers aufgestellt hatte, und hieltest deinen Kopf unter den kalten Strahl!«

Nachdem sie eine Wohnung in der Altstadt Haifas zugeteilt bekommen hatten, lief er nachmittags durch die engen Gassen zum Hafen, der außerhalb des Radius lag, den die Stimme seiner Mutter zog, die schrill und dominant, aber zugleich wehleidig zwischen den Häusern widerhallte.

Am Hafen aß Samuel Falafel aus der Hand und schielte den Nutten unter den Rock. Beides war verboten, weil es primitiv war. Aber er ging trotzdem täglich dorthin, beobachtete die Kräne beim Verladen der Container, imitierte die Pfiffe der Matrosen und schob mit seiner Schuhspitze Muster in den Getreidestaub, und über die Jahre sah er, wie aus den jungen, langbeinigen Huren verblühende Schönheiten wurden, mit mageren Körpern und aufgedunsenen Gesichtern.

Später, als Arzt, sah er einige von ihnen wieder, zahnlose alte Weiber, die ihre unförmigen Leiber immer noch in kurze, enge Röcke zwängten und die spärlichen Strähnen ihres Haars hochsteckten, das einst in wilden Löckchen vom Kopf abgestanden hatte. Und obwohl Samuel mit ihnen umging, als wären sie immer noch so schön und langbeinig wie damals, als sie immer eine flotte Melodie auf den Lippen hatten, während sie im Schatten des Dagonsilos standen und ihre Handtäschchen schlenkerten, erkannte ihn keine einzige wieder.

Auch als Erwachsener wusste Samuel nichts von Zwejbechle, er wusste nichts von Viktor Koslow, er wusste nichts vom Pelzhandel Korngold & Söhne, nichts von dem Waggon im Wald, in dem er geboren war und seine ersten Lebensjahre verbracht hatte, er wusste nichts vom Hasenlauf, den Aaron im Angesicht der deutschen Truppen und ihrer Gewehrsalven veranstaltet hatte. Und er wusste nichts vom Tunnel aus Birken, der Aaron Apelstejns Streifzüge zu den verlassenen Höfen geleitet hatte.

Wo Gleise hinführen, muss es ein Ziel, muss es einen Bahnhof, muss es einen Ort geben, hatte Aaron gedacht, als er, wenige Tage nach der Geburt von Lubas Kind, dem er den Namen Samuel gegeben hatte, an den Schienen entlangmarschiert war, bis er Stunden später tatsächlich an einen verlassenen Bahnhof kam, zu einem zerfallenen, leer stehendem Bahnhäuschen und einem lehmigen Pfad, der zu ein paar niedergebrannten Häusern führte. Aaron war in den nächsten Monaten immer wieder zu diesen Ruinen zurückgekehrt, hatte Kartoffeln aus den verlassenen Kellern geklaubt, Decken und Kleider aus halb verbrannten Stuben gezerrt, mal eine Büchse mit einem klebrigen Rest Zucker gefunden, mal ein paar Tassen, in denen Teesatz dunkel am Boden eingetrocknet war, ein Säckchen Mehl, keimende Zwiebeln und mottenzerfressene Kleider. Einmal fand er ein Fässchen mit eingelegten Gurken, und die dünne Suppe, die Luba daraus gekocht hatte, war das Beste, was sie in all den Jahren gegessen hatten.

Von all dem wusste Samuel nichts, er wusste nur vom Wehrmachtsrucksack, in dem er durch die zerschossene Landschaft getragen worden war, aber auch der hatte für ihn keine Bedeutung. Wie alles, was man zu oft sieht und hört, zu einer Selbstverständlichkeit wird, so schien ihm das Vorhandensein des Rucksacks in seiner Geschichte eine Selbstverständlichkeit, und er fragte nicht, wie der Vater an den Rucksack gekommen war, und den Deutschen Rudi hielt er für eine allgemeine Bezeichnung der Deutschen, die mit ihren Uniformen und Stiefeln über sein Volk gekommen waren.

Seine älteste Erinnerung war die an eng aneinandergepferchte Leiber im Knarren und Schwanken des Schiffs, an die verschwitzte Hand seiner Mutter, die seinen Arm umklammert hielt wie ein Schraubstock, dem er nicht entrinnen konnte, egal, wie sehr er auch zog und zerrte. Und dann war da die Erinnerung an den warmen, gelben Küstensand, der ihm durch die Finger rieselte, an die roten, eiternden Striemen auf der Haut von der Begegnung mit Quallen und an das Tropfen des Wasserhahns auf dem trockenen Boden des Lagers, wo sich das Wasser in staubigen Perlen trollte.

Und so wusste Samuel auch nichts davon, dass seine Mutter nicht schon immer so dick und traurig, so gehässig und stark geschminkt gewesen war.

Sollte die Wohnung modernisiert oder eine größere Anschaffung gemacht werden, so blätterte Luba in Katalogen, Zeitschriften und Prospekten, die Samuel ihr besorgen musste. Einmal suchte sie ein Sofa aus, dessen Bezug ebenso bunt gemustert war wie die Stoffe, aus denen sie sich Kleider und weite Blusen schneiderte. Weder Aaron noch die Kinder legten gegen dieses auffällige Sofa, das überhaupt nicht zu den einfachen Holzmöbeln passen wollte, die Aaron für die Wohnung geschreinert hatte, ein Veto ein, obwohl sie sich etwas weniger Aufdringliches gewünscht hätten. Zumal der Preis des Sofas das Budget der Familie überschritt. Aber Luba zeigte mit ihrem feisten Finger auf das Bild im Prospekt, eine Geste, deren Bestimmtheit keinen Widerspruch duldete.

»Dieses oder gar kein neues!«, sagte sie mit dem Nachdruck, mit dem sie ihrer Familie gegenüber auftrat, nachdem sie gemerkt hatte, dass sie sich nicht auf ein neues Umfeld einlassen konnte. Als das Sofa dann geliefert wurde, schimpfte Luba lauthals über den hässlichen Bezug und über den schlechten Geschmack ihres Mannes, dem sie die Schuld an der Auswahl zuschob.

Sie fühlte sich in Haifa noch fremder, als sie sich schon bei den seltenen Besuchen in den Lubliner Wohnungen ihrer Schwestern gefühlt hatte, daran änderten auch die bunten Kleider, die sie sich nähte, und die moderne, kinnlange Frisur, die ihr eine Nachbarin regelmäßig schnitt, nichts. Sie verharrte in der Angst, dass es für Landgewächse der Tod war, in die Stadt verpflanzt zu werden. Diese Angst wurde Lubas bester Freund, ihr geselligster Gefährte, ihr ständiger Begleiter. Zusammen saßen sie auf dem Sofa, und während es draußen heiß und stickig war, während auf den Straßen und Gassen Betriebsamkeit und Hektik herrschten, entzog sich Luba dem Lärmpegel Haifas und verlor sich im Rauschen der zwei Bäche, hörte die Bienen summen, die Ziegenglocken läuten, das Trappeln und Klappern der Pferdefuhrwerke und das Geschrei der Gänse, kehrte zurück in eine Zeit, wo sie nur Menschen auf der Straße traf, die ihr vertraut waren, und wo die Tage noch golden, weich und zähflüssig waren wie Honig.

Lubas Herz war in Zwejbechle geblieben, es war in einem Haufen aus Stroh und Stiefeln begraben worden, und ohne ihren Aaron, der sie damals zu sich unter den Holzstapel gezogen hatte, konnte Luba nicht sein. Sie brauchte seinen Arm, an den sie sich klammern konnte, sie brauchte den Schlag seines Herzens, an dem sie schlafen konnte, und sie brauchte die Stämmigkeit seines Körpers, der ihr Stütze war.

Samuel stand auf und ging in die Küche, wo er den Wasserkocher anschaltete. Er gab zwei Löffel Kaffeepulver und einen Löffel Zucker in ein Glas und wartete, bis das Wasser kochte. Er zog die Rollläden an seinem Küchenfenster ein Stück hoch und starrte auf die Straße vor seinem Haus. Hinter dem Parkplatz drängten sich die Häuser eng an den schroffen Hang des Karmelgebirges. Zwischen den Häusern führten zugewachsene Gassen zur nächsten, höher gelegenen Straße, in denen die aufgeplatzten und zertretenen Früchte der krummen, mächtigen Feigenkakteen lagen. Wäsche flatterte vor den Fenstern, der Geruch von frittiertem Fisch und Thymian drang durch das Fenster in Samuels Küche. Er goss das kochende Wasser auf das Kaffeepulver, der Duft von Kardamom zog durch die Küche, und Samuel stellte das Glas auf die Fensterbank. Während er beobachtete, wie die Kaffeekrümel in kreiselnden Bewegungen zum Boden des Glases sanken, klingelte das Telefon, aber Samuel reagierte nicht darauf. Der Anrufbeantworter sprang an, ohne dass jemand eine Nachricht hinterließ. Kurz darauf klingelte es erneut, und diesmal erfüllte die Stimme seiner Tochter die Wohnung.

Bald, sehr bald würde Samuel diese Tochter kennenlernen, er würde sie an ihren Augen erkennen, und dieses Erkennen sollte ein Schock sein.

Er hatte sich keine Gedanken um das Aussehen dieses Kindes gemacht, wie er überhaupt nicht an seine Existenz gedacht hatte. Als er jetzt in seiner Küche stand, stellte er sich eine jüngere Ausgabe von Meggy vor.

Aber er sollte eines Besseren belehrt werden, denn zwischen all den Menschen, die durch die Schranke strömen würden, sollte er plötzlich die Augen seiner Mutter erblicken, diese kornblumenblauen Augen mit den so einzigartig geschwungenen Brauen, und auch wenn er versuchen würde, sich nichts anmerken zu lassen, während er das dünne Mädchen in den Arm schließen würde, würde ihm dieser Anblick den Boden unter den Füßen wegziehen.

Erst beim zweiten Blick würde er den Rest seiner Tochter wahrnehmen, ihr strähniges und wirres Haar würde ihn an einen zerrupften Raben erinnern, und er würde denken, dass sie auch genauso verschreckt aussah mit ihrem blassen Gesicht unter dem tiefen Schwarz ihrer Haare. Aber am ausgewachsenen Ansatz würde er das Blond von Lubas Haar sehen, und auch wenn Hebrons jugendlicher Körper erschreckend mager sein würde, waren ihre Hüften weich und rund wie die seiner Mutter.

Und er würde in der hell erleuchteten Halle des Ben-Gurion-Flughafens einen Schritt zurücktreten, und in diesem Moment würde er auch Meggy in Hebron sehen, die Gesichtsform und die Körperhaltung würden ihn an seine einstige Affäre erinnern, und wenn er die gewaltige Zahnlücke registrierte, würde er Hebron aufgrund dieses besonderen äußerlichen Kennzeichens fälschlicherweise die Charakterzüge Frechheit und Trotz zusprechen, und er würde glauben, dass dieses in ein seltsames Kleid gewandete Mädchen ebenso störrisch war, wie es die Krankenschwester Meggy Hunger einst gewesen war, als sie sich seiner Forderung nach einer Abtreibung widersetzt hatte.

Aber noch stand Samuel in seiner Küche und wartete, bis der Kaffee abgekühlt war, und verlor sich abermals in Erinnerungen an seine Eltern, dachte an seinen Vater, der die Mutter überlebt hatte und zu dem er den Kontakt ebenso verloren hatte wie zu seinen Geschwistern, obwohl die Schreinerei, in der sein mittlerweile greiser Vater immer noch arbeitete, am Fuß des Hügels lag, auf dem er wohnte. Es war der stumme Vorwurf des Vaters, die Mutter wäre nicht so früh gestorben, wäre er, Samuel, der älteste Sohn, dem seine Mutter unter so widrigen Umständen das Leben hatte schenken müssen, nicht ausgerechnet in das Land gegangen, dessen Bewohner Luba solchen Kummer bereitet hatten. Zwar hatte Aaron diese Sätze nie ausgesprochen, aber Samuel hatte sie seinen Berichten ihrer wöchentlichen Ferngespräche entnommen, nach denen die Mutter noch mehr weine, seit er in Deutschland arbeite, hatte sie den traurigen Augen des Vaters und dem Rotz seines jüngeren Bruders entnommen, den dieser ihm zur Beerdigung vor die Füße gespuckt hatte. Wie hätte Samuel seinem Vater da jemals gestehen können, dass er in Deutschland nicht nur gearbeitet, sondern auch ein Kind gezeugt hatte?

Manchmal fuhr Samuel an der Schreinerei vorbei, und dann sah er seinen Vater mit gebeugtem Rücken über einem Stück Holz stehen, sah die lustigen Ohren vom kahlen Schädel abstehen, sah die krummen Beine des Vaters, sah die Langsamkeit, mit der die durchaus noch stämmigen Arme in der Werkstatt hantierten, und gab Gas, bevor sein Vater ihn sehen konnte.

Für Samuel war sein Vater der Inbegriff resoluter Männlichkeit; er wusste nichts davon, dass Aaron einst fast ein Jahr wie gelähmt im Bett verbracht hatte, wusste nichts vom Tänzchen, das der Vater auf dem Gartenzaun der Mutter aufgeführt hatte, wusste überhaupt nichts von der Tollpatschigkeit Aarons, die dieser erst, als er mit Luba im Wald ums Überleben kämpfen musste, abgelegt hatte, wusste nichts davon, wie Lubas Verzweiflung, ihre Ängste, ihr Schmerz Aaron hatten wachsen lassen.

Dass Lubas Veränderung mehr war als Angst ums Überleben, wurde Aaron bewusst, als sie endlich auf dem Schiff waren. Von der Luba aus Zwejbechle war in der Frau, die mit ihm eingepfercht zwischen den anderen Juden auf Deck saß, nichts mehr zu erkennen. Sie klammerte sich an ihren Sohn, und sie klammerte sich an Aaron, der eine Weltläufigkeit bewies, die ihm in der Gemeinde Zwejbechles niemand zugetraut hätte. Er besorgte eine Geburtsurkunde für Samuel, organisierte Pässe und kümmerte sich um alles, was für die

Überfahrt notwendig war. Luba hingegen fand sich überhaupt nicht zurecht; mit weit aufgerissenen Augen hielt sie sich an seinem Hemdsaum fest, folgte ihm auf Schritt und Tritt, und wenn er sie einmal allein ließ, weil er in Druckwerkstätten ging, die in dunklen Kellern zerbombter Häuser lagen, kauerte sie mit Samuel vor der Tür an der Bordsteinkante. Sie drückte das Kind an ihren Brustkorb wie einen kleinen Hund, und wie ein kleiner Hund wand und wehrte sich Samuel, jaulte und biss und schaffte es doch nicht, sich dem Griff der Mutter zu entwenden. Zugleich begriff der Junge nicht, warum die Mutter ihm nach so vielen Jahren die Brust verweigerte, wo er zu der Zeit, in der sie völlig isoliert gewesen waren, trinken durfte, wann immer er wollte. Und nun, wo alles fremd war, wo es plötzlich andere Menschen außer seinen Eltern gab und Straßen und Häuser und Autos und Tiere, da ließ ihm die Mutter dieses Beruhigungsmittel, diese Zuflucht an ihren Körper nicht mehr, obwohl sie ihn ständig an sich drückte, dass er kaum noch Luft bekam. Und so schrie das Kind beinahe ununterbrochen, brüllte wie am Spieß, während Luba Aaron nur stumm mit großen Augen, aus denen die Hilflosigkeit sprach, ansah, als könnte er allein dafür sorgen, dass alles ein Ende hatte, das Geschrei des Kindes, das Chaos und der Lärm in den zerstörten Straßen und die Tumulte im Hafen. Und Aaron tat, was er konnte, denn nichts konnte ihn in seinem festen Glauben erschüttern, der Allmächtige habe ihm, Aaron Apelstejn aus Zwejbechle, unter dem Holzstapel die Verantwortung für Luba Korngolds Leben und das ihres Kindes in die Hände gelegt. Und so ertrug er das Geschrei des kleinen Samuel und Lubas Jammern ebenso wie ihre flehenden Blicke, bis sie endlich auf dem Schiff waren. Dort wurde es nicht besser; Luba fand es überall zu eng, zu laut, sie traute sich kaum, jemandem in die Augen zu sehen, hielt sich an ihrem Kind fest, drängte sich an Samuels kleinen, warmen Körper und nahm ihm so die Möglichkeit, mit anderen Kindern in Kontakt zu kommen.

Als ihr Leben in Haifa begann, zog sich Luba noch mehr zurück, versteckte sich hinter dicken Schichten bunter Schminke, wurde fettleibig und ging nicht mehr vor die Tür.

Nur nachts, wenn sie allein in ihrem Bett lagen, das Aaron geschreinert hatte, war sie noch die alte Luba. Nachts, in seinen Armen, sobald die Wärme der Bettdecke sie umfing, scherte sich Luba um nichts und niemanden mehr; sie wurde wieder zu einer, von der man nicht die Augen abwenden konnte, einer, von der man nicht die Finger lassen wollte, einer, die einem zu Kopf stieg und dort für die abenteuerlichsten und ungehörigsten Gedanken sorgte. Nachts lag Sonnenschein in ihrem maisgelben Haar, und sie schenkte Aaron Blicke, die ihn jegliche Schikane des Tages vergessen und verzeihen ließen, die Brauen zu einem ironischen Bogen gezogen, und die bittere Süße heimlich ausgetauschter Liebkosungen in sich tragend. Dann wurde auch Aaron wieder zum frechen Pfeifer, dessen wildes Haar nicht zu bändigen war, aber er wurde auch wieder zum Jungen, der ihre weiche Wärme brauchte, um seine ungeschickten Gliedmaßen zu kontrollierten Bewegungen zu bringen. Und so wurden ihre Nächte zur einzigen Verbindung, die sie noch zu ihrer Vergangenheit hatten.

Ein einziges Mal hatte Luba Aaron aus einer sentimentalen Stimmung heraus gebeten, sie übers Knie zu legen. Aber Aaron hatte sie nur verständnislos angesehen, um ihr dann unsicher und lachend ein paar spielerische Schläge auf den Hintern zu geben, die nicht einmal den Hauch eines süßen Brennens auf Lubas Fleisch hinterlassen hatten.

Und weil er vor der Überfahrt ein Dokument besorgt hatte, laut dem sie getraut waren, verzichtete sie für alle Zeiten auf die provisorische Bestrafung und bat Aaron nie wieder, ihr den Hintern zu versohlen.

Aber jedes Mal, wenn sie ihren ältesten Sohn ansah, dessen Gesicht nichts mehr von der Niedlichkeit eines Kleinkinds hatte, sah sie Viktor, denn wo die anderen Kinder die Stämmigkeit und das helle Haar geerbt hatten, das Luba und

Aaron als Kinder Zwejbechles kennzeichnete, kam Samuel ganz nach seinem wirklichen Vater, wuchs zu einem hageren und dunkelhaarigen Jungen heran, dessen Gesicht nach vorne hin ein wenig spitz zulief und leichte Ähnlichkeit mit einem Ziegenbock hatte, und ebenso wie Viktor in seiner Kindheit mit dieser Ähnlichkeit aufgezogen wurde, wurde es auch Samuel, den man zudem wegen seiner matronenhaften Mutter ärgerte, die jedes Spiel auf der Gasse durch ihre schrillen Befehle störte.

Seit ihr Erstgeborener die weichen Rundungen des Kleinkinds verloren hatte, rief jeder Blick in das Gesicht ihres Sohnes die Erinnerung an die Nächte unter der Bodenklappe wach, an das Gurkenfass, das dreimal verrückt werden musste, bevor sie zu ihrem Liebsten hinabstieg, an den schnellen Einklang, den ihre Bewegungen gefunden hatten, aber es rief auch andere Erinnerungen wach, Bilder, die Luba quälten; sie hörte das Knistern der Flammen, sah den Haufen aus Stroh und die polierte Stiefelspitze, die aus Viktors Mund ragte, aber dieser Mund war nicht mehr derselbe Mund, der sie mit Küssen bedeckt und ihr russische Liebkosungen ins Ohr geflüstert hatte, dieser Mund war eine abscheuliche Fratze, die man ihm bis zu den Ohren ins Gesicht geschnitten hatte. Und als Samuel begonnen hatte, nach ihrer Brust zu schreien, die sie ihm unter den Augen der vielen fremden Menschen nicht geben wollte, war ihr, als verzerrte sich das Gesicht des greinenden Kindes zu einer ebenso abscheulichen Fratze wie das Antlitz seines wahren Vaters im Tode, und so konnte sie Samuel nie ansehen, ohne an die blutverschmierte Visage des massakrierten Viktor zu denken, und sie wurde herrisch und abweisend Samuel gegenüber, während die jüngeren Kinder von ihren drakonischen Strafen verschont blieben.

Und Samuel, der nicht verstand, warum die Mutter ihn wegstieß, wo sie ihn doch seine ersten Lebensjahre nie von sich gelassen hatte, empfand Trauer und Verzweiflung, die Eifersucht seinen Geschwistern gegenüber wich, bis er sich zurückzog und verschloss, sich einen Panzer zulegte, unter dem er die Sehnsucht nach Anerkennung und netten Worten verbarg.

So ging Samuel zu den Nutten am Hafen, wenn er die Wärme eines weiblichen Körpers und die Zärtlichkeit spüren wollte, die eine sanfte Hand auf seiner Wange hinterließ.

In der Nacht, in der Luba starb, war es Viktor, der sie zu sich rief: Viktor öffnete die Luke im Boden ihrer Kate, kletterte die schmale Treppe hinauf und schob das Gurkenfass tief in eine dunkle Ecke in ihrer Hütte.

»Wir brauchen es nicht mehr. Komm«, sagte er, öffnete das Fenster und zog die flatternden Gardinen zur Seite.

»Die Zeit des Versteckens ist vorbei, Luba!«, rief er und nahm einige tiefe Atemzüge der warmen Abendluft, die augenblicklich die Blässe schwinden ließ, die auf seinen Wangen lag. Am Waldrand meckerten die Ziegen, eine Hummel flog leise summend in das Zimmer, brachte den Duft der Juniblumen mit und Sonnenstrahlen, die an den Kronen der Birken brachen, bevor sie auf Lubas Körper fielen. Viktor nahm Lubas Hand, zog sie zum Bett, und sie folgte ihm, fiel in seine weit ausgestreckten Arme und versank im würzigen Geruch seiner jungen Haut.

So war der letzte Atemzug, den sie in ihrem Leben tat, erfüllt von Viktors Geruch, nach dem sie sich so viele Jahre verzehrt hatte.

Und Aaron Apelstejn, der ebenso viele Jahre lang nachts seinen Arm um Lubas Hüften geschlungen hielt, um diese Hüften, die so schön rund waren wie eh und je, wurde davon wach, dass sich seine Frau diesem Griff im Schlaf entzogen hatte, um zu sterben.

Hebrons Traum

Hebron war noch nie geflogen, und mit der Unbedarftheit der Ahnungslosen betrat sie das Reisebüro. Aber trotzdem hatte Hebron vorgesorgt, sie mochte naiv sein, doch dumm war sie nicht, und so hatte sie sich in letzter Sekunde ihres Status und Alters erinnert und prophylaktische Maßnahmen gegen eine mögliche Abweisung unternommen.

Nach dem Telefonat war Hebron aus dem Bahnhof hinausgestürzt, ihre Füße hatten trotz der schweren Stiefel kaum den Boden berührt, sie hatte sich an Passanten vorbeigedrängt, die ihr ärgerlich hinterhersahen, war über Straßen gerannt, obwohl Ampeln auf Rot standen, hatte sich zwischen Autos hindurchgezwängt, deren aufgeheizte Motorhauben ihren flatternden Rocksaum streiften. Stehen, Warten, Anhalten war nicht mehr möglich, Hebron blickte nicht nach rechts, sie blickte nicht nach links, Autos hupten, Radfahrer fluchten, Passanten schüttelten die Köpfe. Aber Innehalten hätte Zweifel oder Ängste mit sich bringen können, und Hebron, die ihr Gesicht seit Jahren hinter ihrem Haar verbarg, wollte jetzt ungehindert nach vorn schauen, sie wollte der Pfeil sein, dessen Spitze ins Schwarze traf; ihr Haar erschien ihr auf einmal störend, und sie wischte es mit fahrigen Bewegungen aus der verschwitzten Stirn.

Ihre Augen waren auf die Fenster der Geschäfte gerichtet, der Fokus lag auf Reiseplakaten, Tabellen mit Flugpreisen und

Bildern von fernen Ländern. Und schon nach wenigen hundert Metern war Hebron fündig geworden: ein kleines, schäbiges Reisebüro, das genauso aussah, wie sie es sich vorgestellt hatte: Verblichene Poster von Traumstränden und der obligatorische Sonnenaufkleber prangten auf der Schaufensterscheibe.

Bevor Hebron das Reisebüro betrat, zog sie sich in einen Hauseingang unweit des Ladens zurück, zog Zettel und Stift aus ihrem Rucksack und versuchte, das knittrige Papier glatt zu streichen. Und Hebron flocht sich einen Zopf, wie sie es sonst nur vor dem Schlafengehen tat. Es fühlte sich ungewohnt an, verletzlich und robust zugleich, ihr nacktes Gesicht der Sonne, dem Tag und den Passanten zu präsentieren.

»Hiermit gebe ich meiner Tochter Hebron Maria Magdalena Hunger die Vollmacht, sich eigenständig einen Flug nach Israel zu buchen, da dringende familiäre Umstände vorliegen und ich selbst verhindert bin«, schrieb Hebron und versuchte, ihre Schrift erwachsen und entschlossen aussehen zu lassen. Dann setzte sie Meggys Unterschrift darunter, deren Imitation Hebron perfekt beherrschte, weil sie seit der fünften Klasse alle Klassenarbeiten und Elternbriefe mit Meggys Unterschrift versah. Eine aus der Not geborene Angewohnheit, da sie Meggy oft tagelang nicht zu Gesicht bekam und deshalb nicht immer fristgerecht die benötigte Unterschrift vorweisen konnte. Die so hergestellte Vollmacht verstaute Hebron in ihrem Reisepass und ging die wenigen Schritte zum Reisebüro zurück.

Hebron betrat das Geschäft mit nervöser Hast und äußerte ihr Anliegen, noch bevor sie saß, in einer derart sorglosen Direktheit, dass der Reisekauffrau, die sich nach dem Feierabend sehnte, nach einem Spaziergang am Rheinufer entlang und einem Bier, und zwar so intensiv, dass sie schon förmlich spüren konnte, wie ihr das Kölsch durch die Kehle floss, überhaupt nicht in den Sinn kam, Hebrons schnell gezückte und ungefragt mit dem Pass auf den Tisch geknallte Vollmacht zu hinterfragen.

Kölner Reisekauffrauen waren da pragmatisch: Wenn ein Kind schon Hebron hieß, war es doch nur logisch, dass es seinen Vater in Israel besuchte, und so schenkte die Frau der Geschichte, die Hebron ihr auftischte und in der sie die Eile des Anliegens damit begründete, dass der Opa im Sterben liege, nur zu gern Glauben.

»Lass sie nicht nach dem Namen des Opas fragen!«, betete Hebron, die Angst hatte, dass der Computer Hebrons Lügen aufdecken könnte, während die Frau Informationen in den Rechner eingab und sich leise murmelnd Notizen machte.

Wenig später war das Flugticket mithilfe von Meggys Notgroschen bezahlt und am Frankfurter Flughafen hinterlegt.

Mit einer Zugfahrkarte nach Frankfurt in der Tasche, eilte Hebron zum Bahnhof zurück, reihte sich wieder in die Schlange der Wartenden vor den Münzsprechern ein, bis sie erneut die auf ihrem Arm vermerkte Nummer wählte. Aber diesmal ging nur der Anrufbeantworter an, den der alte Rechtsanwalt in seinem Brief als Automat bezeichnet hatte. Hebron legte wieder auf, nur um die Nummer sofort noch einmal zu wählen, und diesmal traute sie sich, Ankunftszeit und Flugnummer auf das Band zu sprechen.

Die Nacht verbrachte Hebron am Bahnhof. Die Abendluft war gesättigt vom Flirren des Sommers, vom Geruch der Bratwurstbuden und dem Duft schwerer Blütenpollen, die der Wind durch die Straßen von Köln trieb. Mit einem Bier saß Hebron auf der Domplatte und versicherte sich immer wieder, dass das restliche Geld noch sicher verstaut war. Aber je später es wurde, desto unangenehmer wurden die Leute, die sich auf der Domplatte herumtrieben; die Pärchen und Skater verschwanden mit der untergehenden Sonne, stattdessen kamen die Flaschensammler, die Betrunkenen, die Aufdringlichen.

»Na, Mädel, Pillen, Pappen, Pep?«, rief ihr einer im Vorbeigehen zu, dicht gefolgt von seinem Kumpel, der Hebron anbot, sie könne ihm als Bezahlung auch einen blasen.

Als es richtig dunkel war und die Geräusche der Stadt mehr und mehr verstummten, beschloss Hebron, sich in das Bahnhofsgebäude zurückzuziehen.

Sie war jetzt sehr müde, legte sich auf eine Bank, deckte sich mit ihrer Strickjacke zu und schob den Rucksack unter ihren Kopf. Die Angst vor dem ungeschützten Raum vermischte sich mit Sätzen aus den zuvor gelesenen Dokumenten und Fragmenten aus dem Gespräch mit ihrem Vater. Bald vermengte sich alles zusammen zu einem Brei, bei dem es schwer wurde, einzelne Teile zu unterscheiden. Hebron stellte sich vor, ihren Cousinen Postkarten aus Israel zu schicken, auf denen sie ihr Abenteuer in knappen Telegrammsätzen schilderte, aber dann würde Meggy womöglich herausfinden, wo sie wäre, und das wollte Hebron nicht. Sobald sie daran dachte, dass ihre Mutter sie suchen könnte, glaubte sie auch schon, das laute Dröhnen der rostigen gelben Ente mit dem kaputten Auspuff zu hören.

Meggy hatte das Auto gefahren, bis es buchstäblich auseinandergefallen war. Die Fahrten damit waren mehr und mehr zur Tortur geworden; je größer die Kinder wurden, desto enger wurde es auf der Rückbank, wo der feuchte Schaumstoff aus dem zerrissenen schwarzen Leder quoll. Ben musste auf Hebrons Schoß sitzen, hatte aber wenig Interesse am Stillsitzen, rüttelte am Vordersitz oder fuhr mit seinen schmutzigen Händchen über die Fensterscheibe, die so trüb wurde, dass man kaum noch hindurchsehen konnte.

»Jetzt halt doch mal das Kind fest, Himmel, Arsch und Zwirn!«, schrie Meggy dann.

Auf dem Beifahrersitz hatte grundsätzlich einer der Zwillinge gesessen, weil es zu viel Streit gegeben hätte, wenn die vier Jungs hinten gesessen hätten, und dann hätte Meggy das Auto unweigerlich in den Straßengraben oder an den nächsten Baum gesteuert. Manchmal war Meggy mit der Ente auf einen abgelegenen Feldweg gefahren und hatte Wim oder Billy auf den Schoß genommen. Sie durften dann das Auto lenken und schalten, während Meggy kuppelte und Gas gab. Hebron hätte auch gerne einmal hinter dem Steuer gesessen und das Auto über die buckligen Grasnarben gefahren, aber Meggys Antwort auf dieses Anliegen war stets dieselbe gewesen: »Ich glaube nicht, dass du das hinbekommst, und ich möchte nicht, dass wir im Feld landen. Guck lieber zu, dass Ben nicht so herumhampelt.«

Nachdem Meggy mit der Ente in eine Straßenkontrolle geraten war, in der festgestellt wurde, dass der TÜV schon lange überfällig war, hatte das Auto einige Zeit im Hof gestanden, wo es den Jungs als Spielplatz diente.

Jetzt fuhr Meggy einen Wagen, der einmal ein Taxi gewesen war, und wenn sie alle Kinder mitnahm, musste sich Francis in den Fußraum vor die Rücksitze legen.

Aber seit die Zwillinge ihre gesamten Ersparnisse für zwei Mopeds ausgegeben hatten, kam es sowieso nur noch selten vor, dass alle fünf im Auto mitfuhren. Mit den Mopeds bretterten Wim und Billy ganz im Sinn ihres verstorbenen Vaters in halsbrecherischer Manier durch die Eifel. Sie waren immer ganz vorne dabei, wenn es um Mutproben jeglicher Art ging, sprangen von den höchsten Klippen am Rursee, fuhren ohne Helm steile Pisten in Steinbrüchen und Kieshalden hinunter, setzten ganze Strohballentürme in Brand, fuhren so lange im Kreisverkehr herum, bis die Polizei sie stoppte, und ließen mit ihren Wuschelköpfen und den braunen Augen reihenweise die Herzen der Mädchen höher schlagen. Trotzdem waren sie ihnen gegenüber schüchtern und unsicher, keiner von beiden hatte bisher eine Freundin gehabt. Nachdem sie schon in der ersten Klasse sitzen geblieben waren und auch die Ehrenrunde nicht den gewünschten Erfolg gebracht hatte, waren die Zwillinge als Sonderschüler eingestuft worden. Meggy hatte natürlich getobt und sich dann für eine Waldorfschule entschieden. Die Entscheidung für diese Schule hatte vornehmlich dazu geführt, dass sich Meggy der anthroposophischen Weltanschauung untergeordnet hatte. Für die fünf Kinder hieß das, mit lasierten Wänden zu leben und mit Holzklötzchen, Tüchern und Märchenwolle zu spielen. Meggy hatte alles, was aus Plastik war, entsorgt und ihren Söhnen verboten, Fußball zu spielen.

Allerdings waren die Zwillinge auch in dieser Schule negativ aufgefallen, Meggy hatte noch öfter zu Elterngesprächen antanzen müssen als in der katholischen Grundschule Rurbroichs, und schnell war sie zu der Überzeugung gekommen, dass die Anthroposophen noch frauenfeindlicher waren als die Ottonormalbürger.

»Sieht man ja schon daran, dass die Lehrerinnen keine Hosen tragen dürfen!«, wetterte sie, und bald hatten Wim und Billy auch diese Schule verlassen müssen.

Nun waren sie fast sechzehn, offiziell an der Hauptschule angemeldet, kamen aber unter Meggys Kommando ihrer Schulpflicht nicht nach, weil Meggy nicht wollte, dass ihre Söhne sich unter Wert verkauften, weshalb sie sogar einige Male von der Polizei abgeholt und zur Schule gefahren worden waren. Nach den Sommerferien würden sie beide eine Ausbildung zum Kfz-Mechaniker beginnen, und Hebron hoffte, dass sie dort ihr Glück fänden.

In die von der Müdigkeit gelähmten Gedanken drängte sich Meggys schrille Stimme wie das Kreischen, mit dem die einfahrenden Züge über die Schienen rutschten. In die Geräusche des erwachenden Bahnhofs mischte sich der Lärm eines Tischs, den Meggy umwarf, ihr Zetern und das Scheppern von zerbrechendem Geschirr. So lange sich Hebron erinnern konnte, gab es gute und schlechte Phasen im Leben mit Meggy. Die Mutter konnte wahnsinnig albern sein und hatte oft die Spendierhosen an, obwohl sie eigentlich nie genug Geld hatte. Diese Tage waren voll von Meggys klarem Lachen, ihren kindischen Scherzen und ihren rosig leuchtenden Wangen. Aber Meggy konnte ihre Kindern schon einen Tag später anschreien: »Ihr benehmt euch so asozial, als hätte ich euch nie erzogen! Kein Wunder, dass kein Mann bei mir bleiben will!«

Dann hörte Hebron durch die Geräusche des langsam erwachenden Bahnhofs die Stimme von Trixi, die sie schon fast vergessen hatte, trotzdem war sie sich hundertprozentig sicher, dass es nur Trixi gewesen sein konnte, die gerade an ihr vorbeigegangen war und Hebron aufforderte, mal wieder in die Schluppe zu kommen.

Die Schluppe gibt's doch gar nicht mehr, dachte Hebron, die augenblicklich eine Horde Tee trinkender Frauen vor sich sah, die wild gestikulierten und sich so enthusiastisch über die Nichtexistenz der Gleichberechtigung ereiferten, dass ihre überdimensionalen Strickpullis nur so flatterten und die großen Brillengestelle auf ihren Nasen herumhüpften.

Sie öffnete ihre Augen ein wenig, sah die Beine der vorbeieilenden Menschen; knorrige O-Beine, wie Trixi sie gehabt hatte, waren nicht darunter, und überhaupt blieb keines der Beinpaare stehen, um sich Hebrons müdem Körper zuzuwenden.

Trixis dürre Erscheinung verschwamm mit einem weichen, fülligen Frauenkörper, der in Tigerhosen steckte, und obwohl der Geruch von Laugenbrezeln und überbackenen Käsestangen durch die Bahnhofshalle zog, meinte Hebron den schweren Duft eines süßlichen Parfüms zu riechen, der sie von Tanzstunden, Rock 'n' Roll und pinkfarbenen Mohairpullovern träumen ließ. Und dann waren da wieder Meggys kreischende Stimme und die Botschaft, die sie beinahe täglich für ihre Kinder bereithielt. Das, was sie zu sagen hatte, erläuterte sie ihnen speziell am Beispiel ihrer Väter, die nach Meggys Schilderungen an Rücksichtslosigkeit und Boshaftigkeit nicht zu überbieten waren.

»Diese Art Männer kenn ich!«, hatte Meggy immer gerufen, wenn der Kunststudent, mit dem Hebron eine Affäre hatte, abends in der Dunkelheit hinter Rurbroich verschwunden war. »Das sind Typen wie mein Schwager Hans-Dieter: immer nur labern, labern, labern und anderen auf der Tasche liegen!«

Wie jede Liaison, die sie bis jetzt gehabt hatte, hatte Hebron auch diese beendet, und das hatte nichts mit Meggys Abneigung zu tun gehabt. Und wie jedes Mal, wenn ein zaghafter Beginn wieder beendet wurde, bevor er zu mehr werden konnte, hatte Hebron den immer gleichen Satz in einer ebenso penetranten Endlosschleife gedacht, als würde die Nadel ihrer Gedankengänge in ihrem Gehirn in der Rille ihrer Schuldgefühle festhängen: »Es ist alles meine Schuld, es ist alles meine Schuld.«

Das Ringelspiel ihrer Gedanken und Erinnerungen wiegte Hebron schließlich in einen kurzen, festen Schlaf, den weder Passanten noch Zuglärm stören konnten, und gerade weil sie nur kurz einschlief, träumte sie umso intensiver.

Sie war im Haus in Rurbroich, und sie musste Juden verstecken. Die Jüdin, die man ihr anvertraut hatte, war eine hagere Frau mit Kopftuch und slawischen Zügen. Sie war nicht alt, wirkte aber ausgezehrt, matt und fahl. Hebron wusste nicht, wohin mit ihr, denn überall turnten die Brüder herum, hopsten auf der Matratze, unter der Hebron die Jüdin verstecken wollte, öffneten alle Zimmertüren und nahmen überhaupt die ganze Wohnungseinrichtung auseinander. Schließlich steckte Hebron die Jüdin in ihr Nachtschränkchen. Die Frau musste sich ganz klein zusammenfalten, um überhaupt hineinzupassen. Mit angezogenen Knien und gesenktem Kopf musste sie ausharren, bis es Nacht war und alle schliefen, erst dann konnte Hebron sie hervorholen. Sie reichte ihr einen Teller mit Bratkartoffeln. Die Jüdin verschlang die fetttriefenden Kartoffeln mit großen Bissen. Während die Frau aß, blickte Hebron aus dem Fenster. Durch die Tannen sah sie, dass die Nachbarn auch einen Juden versteckten. Die Nachbarn stellten sich dabei aber stümperhaft an, hatten die Fenster mit Bettlaken abgehängt, aber diese hingen so schief, dass man trotzdem besten Einblick in die hell erleuchtete Dachstube hatte. Nach dem Essen verfrachtete Hebron die Jüdin wieder in den Schrank. Am nächsten Tag stand sie im Hof, als ihre Mutter schwer gebeugt mit einem Rucksack vom Gässchen kam. Als Meggy mit dem Rucksack an ihr vorbeiging, sah Hebron, dass auch darin ein Jude steckte. Geheimnisvoll verschwand die Mutter im Haus. Plötzlich stand ein Mann im Hof, Typ Althippie: das rötliche Haar zu einem dünnen Zopf geflochten, an den Beinen Lederhosen und Indianerschmuck auf der blanken Brust. Hebron hatte ihn noch nie gesehen, wusste aber sofort, dass das ihr Vater war. Er öffnete die Arme, und eine warme Welle strömte Hebron entgegen. Die Woge zog Hebron an, ein Sog, der stärker war als sie, und schluchzend sank sie an seine Brust, die breit und stark war, obwohl der Mann, der ihr Vater war, eher schmal und hager war. Hebron verspürte ein Gefühl der Geborgenheit, wie sie es noch nie empfunden hatte. Sie wischte sich die Tränen aus den Augen, ließ ihren Kopf aber an seiner warmen Brust ruhen. Als ihr Blick an seinem Körper hinabglitt, war der Boden von Schlangen übersät, die zischelnd auf sie zuschossen. Es waren Schlangen aller Art: grüne, gelbe, schwarze, dünne und wieder andere mit fetten, zusammengerollten Leibern, die grau glänzten. Eine rötlich gefleckte Schlange schnellte mit weit geöffnetem Maul auf Hebron zu, aber ihr Vater packte das Tier mit einer gekonnten Bewegung hinter dem Kopf und schleuderte es von sich. Dann zertrat er die anderen Schlangen, ohne Hebron loszulassen. Und jetzt erkannte Hebron, dass der Mann ihr Onkel Hans-Dieter war und nicht ihr Vater.

Erschrocken über diese Erkenntnis, wurde Hebron wach, trampelte mit den klobigen Stiefeln hektisch auf den Steinplatten herum, und obwohl die vorbeieilenden Menschen sie irritiert ansahen, dauerte es einen langen Moment, bis sie begriff, dass keine Schlangen über den Boden krochen, dass niemand sie im Arm hielt, dass sie im Kölner Hauptbahnhof auf einer Bank saß und dass sie ihren Vater immer noch nicht kannte.

Aber der Traum blieb lebendig, die Bilder verzogen sich nicht, wie sonst oft nach dem Erwachen, und auch das wohlige Gefühl, das sie empfunden hatte, als der Mann, der ihr Vater war, sie umarmt hatte, wollte nicht verschwinden.

Nun, was das anging, sollte Hebron bald, sehr bald, eines Besseren belehrt werden.

Ankunft mit Hindernissen

Die Beamtin musterte Hebron während der Passkontrolle streng, fast boshaft aus der kleinen Schalterhütte. Hebron fröstelte. Es war kalt, viel zu kalt für Hebrons Vorstellung von Israel.

Gleich nach der Landung war sie auf der Toilette verschwunden, wo sie ihr wertvollstes Kleid angezogen hatte, das sie vorsorglich in ihren Rucksack gestopft hatte. Es war cremefarben, hatte trompetenförmige Ärmel, ein gehäkeltes Oberteil und einen weit schwingenden Rock. Hebron hatte es eines Tages aus einem staubigen alten Koffer gezogen, es entsprach ganz ihrer Vorliebe für die Mode der Siebziger, hatte trotz seiner altertümlichen Aufmachung etwas Vornehmes an sich, und der Stoff hatte den leichten Geruch von Lavendel nie verloren, obwohl sie es häufig trug und wusch. Dass es sich um Meggys Brautkleid handelte, wusste Hebron nicht.

Um ehrlich zu sein: Es war ihr viel zu groß, hing an ihrem schmalen Körper wie ein nasser Sack, und in Kombination mit den schweren, schwarzen Schnürstiefeln sah sie – entgegen ihrem eigenen Gefühl von Mondänität – aus wie eine Vogelscheuche, deren ausgeblichenes Gewand im Wind flatterte. Zudem hatte Hebron die Angewohnheit, sich mit Schmuck geradezu zu behängen, es klingelte und klapperte nur so, wenn sie ihre Arme oder ihren Kopf bewegte.

Klirrend und klimpernd wie ein Schlossgespenst huschte

sie durch den kahlen Toilettenraum, wusch sich mit der einfachen Flughafenseife und unterstrich ihren gespenstischen Look noch durch dicke Schichten Kajal um ihre Augen. Ihr Haar war verstrubbelt, in widerspenstigen Strähnen stand es vom Kopf ab; mit feuchten Fingern strich sie es glatt hinter ihre Ohren. Der Anblick ihres frei liegenden Gesichts war immer noch so ungewohnt, dass es sie gleichermaßen erschrak wie faszinierte. Mit den Fingerspitzen fuhr sie über ihr bleiches, mit Kalktropfen gesprenkeltes Spiegelbild, bevor sie ihr Haar zu einem festen Zopf flocht.

Nun stand sie an der Passkontrolle und verstand nicht, warum sie derart streng gemustert wurde. Am liebsten hätte sie den Zopf wieder gelöst und sich hinter den Schutz ihrer Haare zurückgezogen. Die andauernde Durchsage, dass es im gesamten Flughafen verboten sei, Waffen bei sich zu tragen, trug zur Kälte der Atmosphäre bei, in der sich Hebron wie festgefroren fühlte.

»Und du heißt wirklich Hebron Maria Magdalena? Findest du nicht, das klingt wie ein Witz?«, fragte die Frau mit unverändert kritischem Blick. So, wie sie es sagte, klang es wie ein Vorwurf, aber Hebron zuckte nur mit den Schultern, sie war es gewohnt, dass man sich über ihren Namen lustig machte, allerdings hatte sie von Israelis mehr Toleranz in dieser Hinsicht erwartet.

»Okay, Hebron, was ist der Grund deines Besuchs in Israel?«

Hebrons Stimme war leise, fast ein Flüstern, es war leicht, sich in einem altmodischen Kleid mondän zu fühlen, aber zu Souveränität verhalf es ihr trotzdem nicht, und so wagte sie nicht einmal, der Frau in die Augen zu sehen. Auch das Englisch kam ihr schwer über die Lippen, obwohl die Antworten im Kopf noch klar formuliert waren, verließen sie ihren Mund in schwammigen, schlecht intonierten Wortbrocken.

»Ich besuche meinen Vater.«

»Dein Vater lebt in Israel?«

Hebron bejahte mit einem stummen Nicken.

»Ich höre nichts, sprich bitte laut und deutlich mit mir!«, herrschte die Frau Hebron an. »Und du selbst hast nie in Israel gelebt?«

»Nein.«

»Zu keiner Zeit? Nie?«

Die Frau griff zum Telefon, sie sprach ein paar Sätze auf Hebräisch in den Hörer, Hebron fand, dass die Sprache hart klang, und dann kamen zwei Soldaten in olivgrünen Uniformen und führten Hebron in einen separaten Raum. Sie gaben Hebrons Pass an Beamte in hellblauen Uniformen weiter, die darin blätterten und lautstark diskutierten, während sie den Pass herumreichten, ohne Hebron selbst zu beachten. Erst als eine Frau dazukam, ebenfalls in Blau gekleidet, wandten sie sich Hebron zu. Hebron musste ihren Rucksack öffnen, den sie als Handgepäck mit ins Flugzeug hatte nehmen dürfen, und zusehen, wie ihre persönlichen Dinge ausgepackt und achtlos auf einem Tisch ausgebreitet wurden.

Wieder wurde sie gefragt, ob sie schon einmal in Israel gelebt habe, ob sie wirklich nie zuvor dort gewesen sei und wo ihr Vater genau wohne. Außerdem wollten sie wissen, ob Hebron gedenke, in absehbarer Zeit zu ihrem Vater zu ziehen, und obwohl Hebron diese Frage am liebsten bejaht hätte, gab sie an, ihren Vater nur für die Dauer der Ferien zu besuchen. Es war seltsam, über ihren Vater zu sprechen, als wäre es eine Selbstverständlichkeit. Am liebsten hätte sie geschrien, dass sie ihren Vater nicht kannte, dass sie ihn zum ersten Mal traf und dass sie das Gefühl hatte, am ganzen Leib zu zittern, zu zittern und zu schwitzen, obwohl sie fror.

Ob sie wisse, dass jeder Israeli Militärdienst ableisten müsse, fragte die Uniformierte. Und obwohl Hebron es nicht gewusst hatte, nickte sie. Ob sie sich immer noch sicher sei, zu keiner Zeit in Israel gelebt zu haben? Bei dieser Frage griff einer der Beamten zum Telefonhörer, und Hebron fürchtete, dass sich nun herausstellen würde, dass Meggy sie angelogen hatte, dass sie durchaus einmal eine Familie gewesen waren, dass Hebron ihre ersten Lebensjahre doch in Israel verbracht hatte, dass es nie der Vater gewesen war, der sie verlassen hatte, sondern dass Meggy mit ihrer Tochter gegangen war und den Vater einsam und untröstlich in Israel zurückgelassen hatte. Das Telefonat bestand aus harten Sätzen, die wie Befehle klangen und aus denen Hebron mehrmals ihren Namen heraushörte. Den Hörer noch in der Hand, fragte er sie schließlich, ob sie Geschwister habe, und Hebron antwortete: »Ja, vier Brüder.«

»Wie heißen deine Brüder?«

»Wim, Billy, Francis, Ben.« Jeder Name wurde einzeln durchgegeben, Stille folgte, bevor er sich wieder Hebron zuwandte: »Bitte die vollständigen Namen!«, schrie er, und Hebron hatte das Gefühl, sich in einer Testsituation zu befinden, in der sie nur verlieren konnte, weil sie nicht wusste, nach welchen Regeln gespielt wurde. Sie glaubte nun, so detailliert befragt zu werden, weil Meggy die Polizei verständigt hatte, dass international nach ihr gesucht wurde, alle Grenzkontrollen informiert seien und sie gleich wieder zurück nach Deutschland geschickt würde. Ihre Finger zuckten zu den Haaren, wollten ausführen, wonach Hebron war: Schutz und Sicherheit, und sei es auch nur durch den Wall der eigenen Haare.

Mit den Tränen kämpfend, wiederholte sie die Namen ihrer Brüder: »Wim Hunger, Billy Hunger, Francis Hunger, Ben Omar Hunger.«

»Ben Omar? Ist ihr Bruder Islamist?«, schaltete sich die Frau ein, die bisher mit gelangweilter Miene geschwiegen hatte.

Die Absurdität der Situation ließ Hebron trotzig werden, die Hände sanken wieder an ihren Körper, der Zopf blieb Zopf, und die englischen Worte kamen klar und deutlich aus ihrem Mund: »Er ist neun Jahre alt!«

Den Grenzbeamten beeindruckte Hebrons neu errungene Contenance wenig, ungerührt forderte er sie auf, ihm die

Geburtsdaten ihrer Brüder zu nennen, gab diese seinem Gesprächspartner langsam und einzeln durch, lauschte einige Zeit nickend und legte ohne ein weiteres Wort auf.

Ebenso wortlos reichte er Hebron den Pass, schob sie zu ihrem Rucksack und bedeutete ihr mit einem unwirschen Wink zu gehen.

Wenig damenhaft taumelte sie in den hell erleuchteten Gang der Flughafenhalle zurück, in den gelben, blank geputzten Fliesen spiegelte sich ein verwaschenes Abbild ihres Körpers, dessen unscharfe Konturen exakt ihrem Empfinden entsprachen.

Einen kurzen, erholsamen Moment lang lehnte Hebron ihre Schläfe an die kühle Wand, trotz der Klimatisierung lief ihr ein kleines Rinnsal Schweiß den Rücken hinab, das sich fremd und gallertartig anfühlte.

Dann endlich trat sie den Weg zum Ausgang an.

An den Schnallen ihres Rucksacks nestelnd, als hätten diese sich böse verhakt, schielte sie in die Reihen der Wartenden. Irgendwo dort in der Menge stand ihr Vater, daran zweifelte sie keine Sekunde, auch wenn sie nicht mehr persönlich mit ihm über ihre Ankunftszeit gesprochen hatte, nein, Hebron war sich sicher: Irgendwo dort zwischen den Menschen stand er und wartete auf sie, wie andere Väter auch auf ihre Töchter warteten. Er würde sie in den Arm nehmen, wie andere Väter ihre Töchter auch in den Arm nahmen, und er würde ihre Tasche tragen, wie andere Väter auch die Taschen ihrer Töchter trugen.

Nun, Hebrons Fall war vom kleinen Unterschied geprägt, dass sie nicht einmal wusste, wie ihr Vater genau aussah, und als sie sich dessen bewusst wurde, bekam sie Angst, dass sie Samuel nicht erkennen würde, und diese Befürchtung ließ ihren Kopf ruckartig hochschnellen, für eine Sekunde blickte sie nun doch gezielt in die Menge, und da stach ihr seine Gestalt auch schon ins Auge, und alles Fürchten, alles Zweifeln, jede Spekulation war zunichtegemacht, denn Hebron erkannte ihn sofort.

Somit waren aber auch alle Hoffnungen, Illusionen und Träume zunichtegemacht, denn Samuel war eben immer noch Samuel, und so sah er aus wie auf dem Foto, das Hebron besaß und das zu betrachten sie sich immer geweigert hatte; und als ob dies nicht genug wäre, war er seit dem Zeitpunkt des Urlaubs in Eilat vor beinahe zwanzig Jahren entsprechend gealtert, und beim Anblick des schmalen, spitzgesichtigen Mannes, der seinen Blick suchend auf die Schleuse zur Halle gerichtet hielt, dachte Hebron: ›Bitte jeder andere, nur der nicht!‹

Doch jetzt hatte auch er sie entdeckt, schob sich ihr durch die Menge entgegen, und obwohl Hebron so tat, als sähe sie ihn nicht, nahm sie doch sein sonnengegerbtes Gesicht, die Siebzigerjahre-Pilotenbrille, die er in sein dunkles Haar geschoben hatte, das offene Hemd und die altmodischen Bundfaltenhosen wahr. Ohne dass sie es wollte, schlugen ihre Stiefel eine Route ein, die sie mit flatterndem Kleid und klimperndem Schmuck über die glänzenden Fliesen der Flughafenhalle genau auf ihn zutrieb. Aber erst als sie so nahe vor ihm stand, dass sie auf die Spitzen seiner abgelaufenen Lederschuhe sah, blickte sie auf.

Und Samuel? Samuel wollte den Schrecken fortschieben, den ihm der Anblick dieses Mädchens einjagte, eines Mädchens, das aussah wie eine Vogelscheuche, weil es ein Gewand trug, das nur aus einer Mottenkiste stammen konnte, weil es rabenschwarze Haare hatte, die trotzig und wirr aus einem dicken Zopf lugten, weil es bis zu den Ellbogen mit Blechringen behängt war, weil es mehr Ketten trug als eine armenische Braut und esoterisch anmutende Ohrringe gewaltigen Ausmaßes und weil es trotz dieser flegelhaften Erscheinung seine Tochter sein sollte.

Und dass dieses Mädchen nicht nur eine dahergelaufene Zigeunerbraut, sondern tatsächlich seine Tochter war, erkannte er an den Augen, und diese Augen jagten ihm einen kalten Schauer über den Rücken. Samuel wollte das Zittern, das ihn erfasste, als er in die kornblumenblauen Augen seiner Mutter blickte, unterdrücken, zumal sie unter ebenso geschwungenen Brauen lagen, wie seine Mutter sie gehabt hatte, Augenbrauen, die nach oben rutschten, wenn sie etwas zu kritisieren hatten, und seine Mutter hatte oft etwas zu kritisieren gehabt. Trotzdem sprach sein Mund, als wäre er nicht erschrocken, hoben sich seine Hände, als zitterte er nicht, bewegten sich seine Füße, als kämpfte er nicht gegen die Gefühle, die die Erinnerung an seine verstorbene Mutter mit sich brachte. Die Ähnlichkeit zu Luba war es, die es Samuel in den nächsten Tagen so schwer machen sollte, Zugang zu diesem fremden Mädchen zu finden, das seinem Samen entsprungen war. In Hebron sah er Luba, und er sah Meggy, und das waren ausgerechnet die beiden Frauen, die in seinem Leben nicht den besten Eindruck hinterlassen hatten: Nach der Zuneigung der einen hatte er sich viele Jahre verzehrt, während die andere wiederum seine Zuneigung ausgenutzt hatte, um ihm in den Rücken zu fallen und ihm ein Kind unterzuschieben, das er nie hatte bekommen wollen. Und dieses Kind stand nun vor ihm, sah ihn aus den Augen seiner Mutter an, mit einem Blick, der alles von ihm forderte, einfach alles, von dem er nichts zu geben bereit war.

»Hebron!«, sagte er und nahm ihr Gesicht in beide Hände, »Hebron. Du siehst genauso aus, wie ich es mir immer vorgestellt habe!«

Ähnlichkeiten

Im Auto saßen sie lange schweigend.

Zur Feier des Kennenlernens mit ihrem Vater hatte sie also nicht nur das ehemalige und nie zum Einsatz gekommene Brautkleid ihrer Mutter angezogen, sie hatte sich auch sämtliche Armreifen und Ketten umgelegt, die sie in ihren Rucksack gepackt hatte, nur lagen ihr die Ketten nun so schwer auf der Brust, dass sie das Gefühl hatte, nicht mehr atmen zu können. Was sie sonst als schützenden Panzer empfand, erschien ihr jetzt als erdrückende Last, und sie schluckte schwer, während Samuel den Wagen auf die nächtliche Autobahn steuerte. Er fuhr langsam und bedächtig, lenkte den Wagen, als handelte es sich um einen alten amerikanischen Schlitten. Das Auto roch nach seinem Aftershave, ein Geruch, den Hebron aufdringlich fand.

»In zwei Stunden sind wir in Haifa«, unterbrach Samuel die Stille, die zwischen ihnen saß wie ein blinder Passagier.

»Seit wann wohnst du in Haifa?« Die Worte kamen nur mühsam, zu beschwerlich war es, genügend Atem zu schöpfen. Hebron sprach, ohne ihrem Vater den Kopf zuzuwenden; in ihr fand ein schönes Tischtennismatch statt, das die chinesische Nationalmannschaft blass hätte aussehen lassen: Die Illusion, die sie sich in all den Jahren von ihrem Vater gemacht hatte, stand im Duell mit der Realität. Wo sie Leinenhosen und weltmännisches Auftreten erhofft hatte, standen abgetragene, altmodische Kleidung und Verbitterung. Wenn die Illusion am Ball war, glaubte Hebron, der Vater käme ihr nur so unvorteilhaft vor, weil er ein fremder, alter Mann war, und grundsätzlich fand sie alle fremden älteren Männer erst einmal wenig attraktiv, aber wenn sie sich erst einmal besser kennen würden, wenn sie miteinander vertraut wären, dann würde sie ihn plötzlich in einem anderen Licht sehen, dann fände sie ihn genauso nett und ansehnlich, wie alle Töchter auf der ganzen Welt ihre Väter fanden, denn weder Hebron noch Samuel konnten ja was dafür, dass sie sich fremd waren, obwohl sie Vater und Tochter waren. Aber dann schlug die Realität zurück, und um dieser buchstäblich nicht ins Auge sehen zu müssen, schenkte sie dem Mann, der ihr Vater sein sollte, lieber gar nicht erst auch nur den kleinsten Blick; sie starrte vielmehr auf die im Schein der Lichter aufblitzenden Fragmente der kargen Landschaft, die sich neben der Route 2 entlangzog.

»Schon immer. Ich wohne schon immer in Haifa.«

»Aber was ist mit Hebron?«

»Ja, Hebron, sag mal, soll ich lieber Maria oder Magdalena zu dir sagen?«, fragte er, und Hebron verstand, dass er glaubte, sie spreche von ihrem Namen.

»Nein. Ich habe mich daran gewöhnt. Aber warum bist du aus Hebron weggezogen?«

»Aus Hebron? Ich habe nie in Hebron gewohnt! Ich bin in Haifa aufgewachsen, war immer dort, außer als ich in Deutschland gearbeitet habe.«

Den Rest der Fahrt sprachen sie nicht mehr. Hebron lehnte ihren Kopf an die Scheibe und betrachtete das Vorbeifliegen von mit gigantischen Plastikfolien bedeckten Bananenplantagen, im Wind krumm gewachsenen Sträuchern und gewaltigen Formationen von Feigenkakteen, auf denen gelbe und rote Früchte im Licht der Scheinwerfer aufblitzten wie kleine Signalleuchten. Hochgewachsene Eukalyptusbäume und einzelne Dattelpalmen durchbrachen die Ebene. Ob der Finger ihrer Mutter über die Landkarte geirrt war, als sie nach einem Namen für ihre Tochter gesucht hatte, ob Meggys Fingerspitze ebenjene Landschaft gestreift hatte, durch die Hebron nun fuhr? Wie wenig hatte die Mutter vom Vater gewusst, dass sie Haifa mit Hebron verwechselt hatte? Und trotzdem war Hebron froh über dieses Unwissen, denn wenn es auch schwierig war, Hebron zu heißen, so konnte sie sich nicht vorstellen, auf den Namen Haifa zu hören.

In der Stadt fuhren sie eine kurvenreiche Straße entlang, die sich den Berg hinaufwand. Die Häuser waren weiß: quadratische unpersönliche Hochhausblöcke. Hebron hatte nicht erwartet, dass ihr Vater in einem modernen Neubauviertel wohnte, ja, sie hatte nicht einmal erwartet, dass es in Israel überhaupt Hochhaussiedlungen gab, hatte sich kleine, geduckte Steinhäuser mit Kuppeldächern und paradiesischen Gärten vorgestellt. Stattdessen gab der Vater einen Code in eine Fernbedienung ein und wartete anschließend, bis sich die Schranke zum betonierten Hof eines sterilen Wohnkomplexes öffnete.

Die Wohnung lag in der obersten Etage, Samuel forderte Hebron auf, ihre Schuhe an der Tür auszuziehen und den Rucksack so abzustellen, dass er nicht die Wand berührte. Dann führte er sie in eine kleine Küche, wo sie sich die Hände waschen musste, und reichte ihr ein Glas Pampelmusensaft, der süß und bitter zugleich schmeckte.

Der Vater sah jetzt sehr müde aus, die Erschöpfung drückte ihm die Falten noch tiefer ins Gesicht, das dunkle Haar stand strähnig und wirr vom Schädel ab, nur der Geruch des Aftershaves war unverändert stark, schob sich über den Eigengeruch der Wohnung, die nach trockenem Staub und fremden Gewürzen duftete. Die Bitterkeit, die aus den scharfen Furchen in seiner Stirn und den Wangen sprach, ließ die Realität nach jedem noch so verstohlenen Blick, den Hebron wagte, immer klarer hervortreten. Trotzdem registrierte sie mit der Zeit gewisse Ähnlichkeiten. Da Meggys Körper weich und rund war, glaubte Hebron nun zu wissen, woher ihre eigene Feingliedrigkeit kam. Auch fand sie, ihre Hände glichen denen Samuels.

Samuel stellte die Saftflasche zurück in den Kühlschrank, der bis auf ein paar Gläser mit Oliven und Joghurt leer war. Er nahm eine Dose Sardinen aus dem Schrank und öffnete das Gefrierfach: »Ich habe es nicht geschafft einzukaufen, aber morgen gehen wir zum Markt. Soll ich dir eine Pita auftauen?« Er zog eine Tüte mit kleinen Fladenbroten aus dem Gefrierfach, zündete eine Flamme des Gasherds an und legte eine Pita darauf. Er wendete die Pita mehrmals, zog den Deckel der Sardinendose ab und reichte Hebron einen Teller. Hebron wartete, bis er ein zweites Brot geröstet hatte, beobachtete, wie er kleine Stücke Brot in die Fischdose tauchte, bevor sie es ihm gleichtat. So saßen sie schweigend, tunkten abwechselnd ihr Brot in das Öl, aber die Bissen gingen Hebron nur schwer die Kehle hinunter.

Nach diesem stillen Mahl führte Samuel sie in ein winziges Zimmer, fast ganz ausgefüllt von einem altmodischen hölzernen Schreibtisch, dessen barocke Form in der Enge des Raums wirkte wie ein mächtiges, träges Tier in einem Käfig. Samuel zog eine schmale Matratze in das Zimmer, die genau zwischen Wand und Schreibtisch passte, dann reichte er Hebron eine dicke Decke und ein Kissen mit geblümtem Überzug. Das Muster erinnerte Hebron an die Decken und Kissen ihrer Kindheit, sie fand, es sah deutsch aus und nicht israelisch, aber wie israelische Bettbezüge auszusehen hatten, wusste sie auch nicht.

Ein Fenster gab es in dem schmalen Raum nicht, und als Samuel die Tür schloss, sah Hebron, dass sie von innen mit grau verfärbtem Schaumstoff gepolstert war. Hebron zog sich aus, legte Kette um Kette und alle Armbänder ab, zog zuletzt die Ohrringe von ihren Ohren, und noch bevor der Druck, der auch ohne den Schmuck auf ihrer Brust lastete, verschwunden war, noch bevor das Tischtennismatch mit einem klaren Sieg nach Punkten geendet hatte, noch bevor sie den Tag Revue passieren lassen konnte, war sie eingeschlafen.

Stagnation

Die Absolutheit, die der Schlaf der Erschöpfung mit sich trug, schwand morgens abrupt, als der quäkende Ton eines Radios gedämpft durch die gepolsterte Tür drang. An den Gewohnheiten eines eingefleischten Junggesellen konnte auch das unerwartete Auftauchen einer ungewollten Tochter nichts ändern, und zu Samuels Gewohnheiten gehörte es, die Leere, die die Einsamkeit in seiner Wohnung in sich trug, mit den Stimmen von Radiomoderatoren, den knisternden Seiten umgeblätterter Zeitungen, den Bildern von Fernsehreportagen zu füllen.

Ihrer inneren Aufregung begegnete Hebron, indem sie jede Bewegung langsam und andächtig ausführte. Ein Flatterkleidchen mit Ethnomuster am Leib, zerknittert nach dem Transport in Hebrons Rucksack, schritt sie auf nackten Füßen in die Küche.

Sie war entschlossen, ihrem Vater an diesem Morgen frisch und unvoreingenommen zu begegnen, wollte sich weder vom faltigen Äußeren noch von seiner distanzierten Haltung beirren lassen und schob die Schwere, die am Vorabend auf ihnen gelastet hatte, ihrer beider Müdigkeit zu. Er hätte sie sicherlich nicht so direkt zu sich eingeladen, wenn er sich nicht ebenso lange wie Hebron gewünscht hätte, dass sie sich endlich kennenlernten. Nun galt es, die Fremdheit, die zwischen ihnen lag wie ein breiter Graben, zu überwinden.

Im Wohnzimmer lief der Fernseher bei ausgestelltem Ton,

dafür war das Radio in der Küche so laut, dass Hebron kaum verstand, wie Samuel ihr erklärte, dass er sich so spontan nicht hatte freinehmen können.

Im geöffneten Küchenfenster standen zwei Gläser mit Kaffee. Samuel reichte Hebron ein Glas, Kaffeesatz wirbelte leicht auf, als sie das Glas auf dem Tisch absetzte. Der Kaffee roch nach Kardamom, einem Gewürz, das Hebron dank Trixis orientalischen Kochkünsten leicht identifizieren konnte. Durch das Fenster wehte warme, sommerliche Luft in den Raum, Leichtigkeit und Hoffnung verfestigten sich. Das Pingpongspiel war vergessen, mit diesem Tag würde beginnen, was sie so lange ersehnt hatte, denn sie war Hebron aus Rurbroich, die mit siebzehn Jahren nach Israel gegangen war, wo es warm war, wo man Kaffee mit Kardamom trank und kleine runde Fladenbrote mit Dosenfisch aß, einem Land, in dem immer die Sonne schien, wo der Oleander blühte, der Jasmin duftete, wo Zitronen und Feigen wuchsen, wo ihr Vater lebte, auf den sie so lange hatte verzichten müssen.

Der Kaffee war stark und süß, und so fühlte sie sich auch: stark und von einer Stimmung erfasst, die so zuckrig war wie der Kuchen, von dem Samuel ihr kleine Stücke abgeschnitten hatte. Während Hebron aß, zog sich der Vater ins Wohnzimmer zurück und las Zeitung. Aber der Kuchen war nicht nur süßer als der Kaffee, er war so fest und klebrig, wie auch die nächsten Tage mit ihrem Vater werden würden; und ebenso wie Hebron, die es nicht gewohnt war zu frühstücken, jetzt schwer an den mit kandierten Früchten durchsetzten Teigstücken schluckte, würde sie schwer an Samuels Unzulänglichkeit zu schlucken haben, an seiner Kälte und dem Zorn, den er ihr entgegenbrachte.

Auf den Regalen in der Küche stand allerlei Nippes, Teller, Schüsseln und Terrinen mit Zwiebelmuster, dazu blaugraue Heringstöpfe. Jede freie Ecke war mit diesen Geschirrstücken dekoriert. Es gab Gewürztöpfe mit angeschlagenen Deckeln, auf denen in altdeutscher Schrift »Zimt«, »Muskat« oder

»Kümmel« stand; es gab Kannen und Kännchen, Teller und Tassen, eine Kaffeemühle, und an der Wand war ein Zwiebelkörbchen aus blau-weißem Porzellan befestigt.

Bevor sich die Zuversicht, die Hebron an diesem Tag gepackt hatte, ausreichend manifestieren konnte, versetzte Samuel ihr den ersten Stoß, denn er ging, ohne sich zu verabschieden. Wie hätte er ihr auch erklären sollen, dass in ihm ein Sturm der Verzweiflung tobte, Verzweiflung darüber, was er mit diesem Mädchen anfangen sollte, das sich nach siebzehn Jahren der Verdrängung so ganz ohne Vorwarnung in sein Leben gedrängt hatte; und diese Verzweiflung türmte sich schnell und gewaltig auf zu einer Welle der Wut: Wut darüber, dass man ihm dieses Kind überhaupt untergejubelt hatte, dass er ihretwegen sogar einmal in den Knast gekommen war, aus dem er sich mit einer horrenden Kaution hatte freikaufen müssen, und das alles nur, weil diese impertinente, sture Eifeler Krankenschwester auch noch Unterhalt für dieses ohne sein Wissen gezeugte und gegen seinen Willen geborene Kind gefordert hatte. Und dieses Kind, dieses zerrupfte, dürre Kind mit dem hirnlosen Namen, sah ihn ausgerechnet aus den großen Augen seiner Mutter an, erwartungsvoll und fordernd, während der Mund verschlossen blieb, als hätte ihr nie jemand das Sprechen beigebracht, als glaubte sie, er lese ihr von den Augen ab, was auch immer sie wolle, von diesen Augen, die ihn schon in seiner Kindheit verfolgt hatten mit ihren ewig vorwurfsvoll leidenden Blicken. Wie sollte er auch wissen, dass Hebron so still und zurückhaltend war, weil sich ihre Erfahrung mit Vaterfiguren nicht nur auf seinem rasanten Abgang aus Deutschland, sondern des Weiteren auf einem verunglückten Rennfahrer, einem nie in Erscheinung getretenen Mönch und einem tobenden Rastamann beruhten und dass Letzterer sie gelehrt hatte, sich lieber in Deckung zu halten?

Und so floh Samuel gleich am ersten Tag vor seiner Tochter, wie er schon damals geflohen war, als die Krankenschwester Meggy Hunger sich geweigert hatte abzutreiben, und ließ Hebron zurück in seiner Wohnung, seinem Reich, das sonst niemand betrat, wo nur er war und sein durfte.

Hebron fand, dass die Wohnung, abgesehen von der Dekoration mit blau-weißem Porzellan, bieder und trist war. Sie fand keine Spur vom Orient, den sie sich erträumt hatte; es gab weder bunte Sitzkissen noch Mosaikfliesen noch exotische Pflanzen mit schwer duftenden Blüten, und auch keine verzinkten Glaslaternen. Im Flur hingen düstere Ölgemälde neben gerahmten Kohlezeichnungen, und Hebron erkannte in einer Zeichnung die Silhouette von Burg Nideggen.

Den Vormittag verbrachte sie am Wohnzimmerfenster. Unter der Fassade fiel der Hang steil ab, Kakteen standen zwischen sandfarbenen Felsblöcken und störrischen Sträuchern, an denen sich allerlei Müll verfangen hatte. Sie konnte auf die Dächer der nächsten, tiefer gelegenen Häuser sehen, auf eine stark befahrene Straße, die sich eng an den Felsblöcken vorbeizog.

In der Ferne konnte sie die Schiffe beobachten, die im Hafen von Haifa ein- oder ausfuhren. Vom Hafen zog sich die Küste in einem weichen Bogen vorbei an großen Silos, rauchenden Fabrikschornsteinen und blockförmigen Hotelkomplexen, bevor sie sich in der Endlosigkeit der Ferne am Horizont verlor.

So gingen die Stunden vorüber, es wurde Mittag, das Klappern von Töpfen drang durch das geöffnete Küchenfenster in die Wohnung, trug den Geruch von gebratenem Essen mit sich; vom Hof drangen vereinzelt Stimmen zu ihr hoch, der Ruf eines Kindes, das rhythmische Aufprallen eines Balls. Hebron hatte Hunger, aber sie wollte sich nicht einfach bedienen, befürchtete, ihr Vater könne genau in dem Moment heimkommen, wo sie den spärlichen Inhalt des Kühlschranks plünderte; also wartete sie lieber, und das Warten wurde zur Qual, und über all dem lag die Melodie ihres einstigen Lieblingslieds vom Kälbchen, die ihr nicht aus dem Kopf gehen wollte, bis Samuel endlich zurückkam.

»Hat ein bisschen länger gedauert.« Er wirkte abgehetzt, und einmal mehr erschrak Hebron vor der Härte seiner Züge. In der Hand trug er Tüten mit Gemüse, Obst und Saftflaschen. Er wusch jede Frucht, jedes Gemüse einzeln unter dem kalten Strahl im Waschbecken, bevor er es in den Kühlschrank legte. Wieder röstete er Pitas auf der Gasflamme, diesmal schnitt er dazu zwei Avocados auf, die er salzte und pfefferte, und ebenso schweigend wie am Abend zuvor aßen sie, nur das Kratzen, mit dem sie das weiche Fruchtfleisch aus der harten grünen Schale löffelten, durchbrach die Stille in der Küche. Nach dem Essen spülte Samuel Besteck und Teller sorgsam ab und zog sich ins Wohnzimmer zurück, wo er die Rollläden herunterließ, den Fernseher einschaltete und Zeitung las.

So verging Hebrons Tag ereignislos und still, sie trank ein Glas Saft, aber davon fröstelte es sie nur noch mehr in der Dunkelheit der kühlen Wohnung. Erst als Samuel das Abendessen zubereitete, das aus frittiertem Gemüse und Fisch bestand, wechselten sie ein paar Worte, leere Floskeln, nicht mehr, und so war sie regelrecht froh, sich bald ins Bett zurückziehen zu können.

Die folgenden Tage verliefen ähnlich, Samuel verschwand und kam wieder, ohne seine Tochter in seinen Tagesablauf einzubeziehen, nur einmal verließ sie das Haus, als er sie an den Strand fuhr, aber auch dort vergingen die Stunden ebenso zäh wie in seiner Wohnung. Hebron konnte nicht schwimmen, obwohl das Wasser einladend klar und türkis war, weil sie keine Badesachen hatte, und so lief sie nur an der Brandung entlang, beobachtete wieder die Schiffe, die den Hafen ansteuerten, und versuchte, auf den Hügeln der Stadt Samuels Haus auszumachen. Sie konnte sich nichts am Kiosk kaufen, wo Russisch sprechende Rentner Schach spielten, weil sie keine Schekel hatte, und so blieb ihr nichts, als sich hungrig und durstig in den Schatten eines hölzernen Rettungsturms zurückzuziehen und das Treiben am Strand zu beobachten: Kinder tollten durch die Brandung, Jugendliche spielten Frisbee und Volleyball, zwei Soldaten stapften in olivgrünen Uniformen, schweren Stiefeln und mit geschulterten Gewehren durch den Sand.

Sie summte das Lied vom Kälbchen, bis es so laut und eindringlich in ihrem Kopf widerhallte, dass es sogar das Rauschen der Wellen, das Krächzen der Möwen und die vom Lachen durchsetzten Gesprächsfetzen der Strandbesucher übertönte, ja, dass sich Hebron selbst fühlte wie das Kälbchen; gebunden, gefangen, nur dass man ihr keinen Strick anlegen und sie nicht auf einen Wagen werfen musste, und anders als das Tier im Lied, wehrte sich Hebron nicht, sie schrie nicht und versuchte nicht, sich zu befreien. Wovon auch? Ob sie am Strand saß oder in Samuels Wohnung hinter der Wohnzimmerscheibe stand und den Hafen beobachtete, seit sie den Boden des Landes betreten hatte, stagnierte alles, nichts pochte und pulsierte mehr unter ihrer Haut, es war, als wäre ihr Körper festgefroren wie in dem Spiel, das der Sportlehrer mit ihnen im Turnunterricht zu Grundschulzeiten so gern gespielt hatte: Sobald er in seine Trillerpfeife blies, durfte man sich nicht mehr bewegen, musste in der Pose verharren, die man gerade innehatte, bis das erlösende Pfeifen erneut ertönte.

Und auch wenn sie kaum Berührungspunkte mit Samuel hatte, der entweder weg war oder las, so fühlte sie sich ihm gegenüber klein und wehrlos; es gab keine Spur mehr von der Renitenz, die sie im Seelenpfad gepackt hatte, als sie gesehen hatte, was Meggy mit ihrem Lebensbaum gemacht hatte, von der Entschlossenheit, die sie innerhalb nur weniger Stunden das Unmögliche hatte möglich machen lassen. Sie, Hebron Maria Magdalena Hunger, war von Rurbroich ganz allein bis nach Israel gereist, und in ebendiesem Israel saß sie jetzt fest wie eine Gefangene, eine Gefangene des Mannes, der ihr Vater war und gegen dessen Gefangennahme aufzubegehren sie nicht wagte; sie traute sich nicht zu essen, wenn sie hungrig war, sie traute sich nicht, sein Schweigen zu brechen, wenn ihr nach reden war, sie traute sich nicht, nach einem Schlüssel zu fragen, um die Stadt zu erkunden; sie saß und schwieg und wartete, und auch wenn es in ihr etwas gab, das wusste, dass nichts so war, wie es sein sollte, so konnte sie sich dennoch nicht aus dieser Schockstarre lösen. Ja, das war es wohl, was Hebron so festhielt, der Schock über das Aussehen und Verhalten des Vaters, den sie sich doch immer so anders vorgestellt hatte. Sie hatte es gehasst, auf die Fragen nach ihrem Vater nichts antworten zu können, hatte sich gewünscht, die Leere, die sie mit dem Wort Vater verband, mit einem Gesicht, einer Gestalt, einer Persönlichkeit zu füllen, und sie empfand Stolz darüber, nun sagen zu können: »Mein Vater wohnt in Haifa, er sammelt altes deutsches Porzellan und hört gern schrecklich laut Radio.« Aber zugleich erfüllte es sie mit Scham, dass sie ebenso gut erzählen könnte, dass ihr Vater kaum mit ihr sprach, dass er verbittert und unzugänglich war und dass er sie Tag für Tag einsperrte, und dass das Schlimmste daran war, dass sie nicht dagegen aufbegehrte.

Erst am späten Nachmittag tauchte Samuel auf, stand auf dem Rasenstreifen, der den Strand vom Parkplatz trennte, und hielt Ausschau nach ihr. Er forderte sie auf, sich den Sand von den Füßen zu waschen, bevor sie ins Auto stieg. Auf der Fahrt zurück in die Wohnung fragte er, wie ihr Tag gewesen sei, und Hebron behauptete, es sei sehr schön gewesen.

Wie Hebron auf den Unverbesserlichen traf

Am nächsten Tag bot Samuel Hebron an, ihn zu begleiten, und Hebron war froh über diesen Vorschlag, fürchtete sie doch, schon wieder einen einsamen Tag hinter Fensterscheiben oder am Strand zu verbringen.

Sie passierten die Schranke des Wohnblocks, aber diesmal fuhren sie die gewundene, in weichen Bogen an den schroffen Stein des Karmelgebirges geschmiegte Straße nicht hinab auf die Küste zu, stattdessen ging es durch ein modernes Geschäftsviertel, vorbei an Einkaufszentren, Cafés und Bushaltestellen, an denen kleine Stadtbusse und grüne Überlandbusse hielten, die wie Raupen über das ganze Land krochen. An den Haltestellen standen Soldaten mit Gewehren, kaum älter als Hebron, orthodoxe Juden, trotz Hitze in langen Mänteln und mit steifen Hüten, und junge Mädchen mit glänzenden schwarzen Locken und weißen Kniestrümpfen.

Nachdem sie die letzten Häuser der Stadt hinter sich gelassen hatten, zog sich die Straße über die Bergkuppe hinweg, vorbei an gedrungenen Olivenbäumen, gekrümmt vom Küstenwind, der sich am Rücken des Gebirges brach. Wilde Sträucher mit feinen Blättern duckten sich zwischen Steinblöcke, ihre runden grünen Kronen sahen aus, als wäre eine Handvoll überdimensionierter Wollknäuel auf den sandigen Steinboden geworfen worden.

Die Fahrt endete in einem kleinen Dorf, und hier endete

auch ihre Zweisamkeit, denn Samuel ließ Hebron an der Hauptstraße vor einem kleinen Café aussteigen, wo er sie ein paar Stunden später wieder abholen wollte. Und hier stand sie, verwirrt, erschüttert, enttäuscht, denn hinter der Aufforderung, ihn zu begleiten, hatte sie sich etwas anderes vorgestellt, als in einem abgelegenen arabischen Dorf ausgesetzt zu werden.

Hebron drehte Runde um Runde durch die staubigen Gassen, die sich zwischen den kleinen Häusern entlangzogen. In einem Garten hing ein einzelner aufgeplatzter Granatapfel an einem Strauch, der von leuchtend roten, dickfleischigen Blüten übersät war. Träge summten Insekten zwischen ihnen umher. Das Dorf war still, wie ausgestorben, und als Hebron das zweite Mal an diesem Strauch vorbeikam, steckte sie einen Finger in die trockenen Kerne der aufgeplatzten Frucht. Hier waren die Früchte exotisch, die Häuser hatten keine Klinkerfassaden und keine langweiligen Vorgärten, es gab weite Ebenen und keine dunklen Wälder, es war heiß. Hebron gefiel das wenige, was sie bisher gesehen hatte, und sie wollte mehr, hier war nicht Rurbroich, hier war nicht Eifel, hier war alles anders und aufregend fremd, auch wenn Samuel ihr kaum eine Chance ließ, dem Ruf der Ferne zu folgen. Wenn es für galizische Landgewächse den Tod bedeutete, in die Stadt verpflanzt zu werden, so bedeutete es für Eifeler Mädchen das Gleiche, wenn sie in Isolation gerieten, denn eins konnte man den Eifelern nicht nachsagen: dass sie bei aller Eigenbrötlerei nicht gesellig und schwatzhaft waren. Und auch wenn Hebron meist still und in sich gekehrt war, so war sie doch ein echtes Eifeler Mädchen, und mehr noch als unter der Langeweile, die die Einsamkeit seit ihrer Ankunft am Flughafen von Tel Aviv mit sich brachte, litt sie unter dem Schweigen, mit dem ihr Vater ihr tagtäglich begegnete.

Hebron widerstand der Versuchung, den Granatapfel vom Strauch zu pflücken, und drehte eine weitere Runde durch das Dorf. Aus einem Hof lief Wasser auf die Gasse und nahm den

Staub mit sich, bevor es in dunklen Schlieren im Boden versickerte.

Zur vorgegebenen Zeit kehrte Hebron zum Café zurück, in der Auslage waren runde Silbertabletts ausgestellt, auf denen klebrige Gebäckstückchen zu Mustern arrangiert waren, deren Symmetrie ganz Hebrons Verständnis von Ordnung entsprachen. Sie wartete im Schatten der Markise mit Gänsehaut auf den nackten Armen und war doch dankbar für die Abkühlung, die der Wind, der durch die Straße zog, mit sich brachte.

Als sie nach Haifa zurückkamen, fuhr Samuel nicht in sein Viertel, folgte stattdessen der gewundenen Straße den Berg hinunter, bog bald in kleinere, noch kurvenreichere Straßen ab, bis sie am Fuß des Gebirges in die Altstadt gelangten, wo er den Wagen umständlich vor einem kleinen Imbiss parkte. Die heiße, mit Abgasen angereicherte Luft war wie eine dumpfe Wand, aber Hebron war froh über diese Hitze, sie war froh über den Gestank, denn er bedeutete Leben, und nach den langen, stummen Stunden der letzten Tage brannte sie darauf, endlich etwas von der Stadt zu sehen, deren Treiben sie täglich vom Fenster aus beobachtete.

Innerlich formulierte sie ständig postkartenreife Sätze an ihre Cousinen, auch wenn sie beschlossen hatte, aus Sicherheitsgründen keine Postkarten zu schreiben, ein Entschluss, für den sie dankbar war, denn jede Schilderung dessen, was sie mit Samuel erlebte, wäre einer Niederlage gleichgekommen, und dass sich aus dieser vermeintlichen Niederlage das eigentliche Abenteuer ergeben sollte, davon wusste Hebron noch nichts, als sie in der stickigen Nachmittagshitze des sommerlichen Haifa in einer staubigen Gasse vor Samuels liebstem Ausflugsziel stand.

»In dieser Bude gibt es die besten Falafel von ganz Haifa.« Samuel deutete auf einen einfachen, fast schäbigen Imbiss. Drei rote Plastikhocker standen vor der bröckeligen Fassade, ein Fenster fungierte als Durchreiche und Theke zugleich.

Sie aßen die Falafel im Stehen, die Gasse war eng, aber belebt, über den Köpfen der Menschen, die sich an ihnen vorbeischoben, sah man das Dagonsilo, in dessen Schatten sich Samuel als Junge so oft herumgedrückt hatte.

Hebron fischte die eingelegten Gurken mit den Fingern aus der Pita; sie schmeckten ganz anders als die Salzgurken, die sie kannte, waren scharf und sauer zugleich. Autos und Mofas drängten sich hupend durch die Passanten, wühlten mit ihren Abgaswolken die Hitze des Tages auf, der sich seinem heißesten Punkt zuneigte.

»Hier esse ich seit vierzig Jahren meine Falafel.« Samuel wischte sich mit der Serviette den Mund ab, er hatte viel schneller gegessen als Hebron, die jeden Happen einzeln aus dem Brot gepickt hatte, das nun mit weit auseinandergeklappten Rändern in ihrer Hand lag wie der Schnabel eines hungrigen Vögelchens.

»Ich gehe nie in eine andere Bude, nie!« Samuel bedeutete ihr, sich zu beeilen, und so aß Hebron hastig und mit großen Bissen das mit Tahin getränkte Brot, während Samuel ungeduldig mit dem Schlüssel auf die geöffnete Fahrertür klopfte. Ein paar Tropfen Soße und zwei eingelegte Gurkenscheiben fielen auf den staubigen Asphalt; sie wischte sie mit ihren Stiefeln zur Seite, bevor sie ins Auto stieg.

»Ich möchte dir was zeigen: Als meine Eltern hergekommen sind, haben wir ganz in der Nähe gewohnt. Das Viertel ist heruntergekommen, aber wir waren damals so arm, dass wir uns keine Wohnung in einer besseren Gegend leisten konnten.«

Der Vater war plötzlich gesprächig, sein Arm lag gönnerhaft über Hebrons Rückenlehne, während er den Wagen durch die engen Gassen lenkte. Sein Deutsch war beinahe akzentfrei, dafür sprach er im typischen Singsang der Eifeler. Hebron kurbelte das Fenster herunter, ließ die Luft der Stadt durch ihre ausgestreckten Finger gleiten.

Die Gassen sahen hier so aus, wie Hebron es sich vorgestellt hatte, kleine, gedrungene Häuser aus beigem, grob behauenem Stein mit verschnörkelten schmiedeeisernen Balkongeländern.

Eine Gruppe Kinder kam lachend aus einem schmalen Pfad gestürmt, der unter den wild wuchernden Trieben grüner Kletterpflanzen mit kleinen bunten Blüten zwischen den Häusern lag. Zwei Männer mit weiten Hosen, deren Schritt tief zwischen den Knien hing, sprachen gestikulierend miteinander; sie hatten prächtige Schnurrbärte und runde weiße Kappen auf dem Kopf. Der Vater fuhr nun so langsam, dass man neben dem Auto hätte hergehen können.

»Schau dir das an!«, rief er und streckte seinen Zeigefinger nach den alten Steinhäusern aus. »Hier mussten wir leben die ersten Jahre, bis mein Vater endlich eine bessere Arbeit in einer Tischlerei gefunden hat. Siehst du, wie primitiv es hier ist?«

»Dein Vater war Tischler?«, fragte Hebron.

»Ja, aber viel Geld hat der damit nie verdient. Konnte dir von jedem Haus die Maße der Schränke sagen, aber wenn meine Mutter nicht so sparsam gewesen wäre, hätten wir nie genug zu essen gehabt. Ich zeige dir die Schreinerei, wo er immer noch arbeitet. Müsste er nicht, aber er liebt das Holz zu sehr, um aufzuhören.«

Obwohl er nicht gern an seine Familie dachte, an seine Geschwister, die er seit Jahrzehnten nicht mehr gesehen hatte, an den Vater, zu dem der Kontakt in langsamen, aber großen Schritten nach dem Tod der Mutter zerbrochen war, spürte Samuel, wie das Reden über seine Vergangenheit die schäumenden Wogen in seinem Innern glättete; es war, als könnte er dem Mädchen etwas reichen durch seine Worte, und zum ersten Mal sah er sie nicht nur als Produkt des an ihm begangenen Samenraubs, nein, hier war jemand, der etwas von ihm wollte, und er, Samuel Apelstejn, fand endlich etwas, das zu geben er bereit war, und wenn es auch nur Informationen über den Teil ihres Erbguts waren, den er, wenn auch noch so unfreiwillig, in ihr Blut getragen hatte.

»Mein anderer Opa war auch Tischler!« Auch Hebron war froh über das unerwartete Auftauen des Vaters und über diesen Zufall, der ihre beiden Familien verband und der es ihr ermöglichte, endlich ein Gespräch mit ihm zu führen.

Und dann war da ein Gedanke, tauchte hinter ihrer Stirn auf wie ein kreiselndes Stück Treibholz, ließ das Pulsieren unter ihrer Haut wieder auftauchen, aber ebenso schnell, wie er erschienen war, verschwand der Gedanke wieder, wurde vom Sog ihrer strudelnden Empfindungen über diese Neuigkeit in die Tiefe gezogen, bevor sie ihn packen konnte. Ein paar Sekunden versuchte sie noch, ihn an einem Zipfel zu erwischen, sie hätte ihn zu gern sicher bei sich gehabt, eingesteckt wie ein geerbtes Stofftaschentuch mit Stickerei, denn sie wusste, es war ein guter Gedanke gewesen, aber er blieb verschwunden; nur das Gefühl, das sie mit ihm verband, war weiterhin präsent, es pochte und pulsierte unter ihrer Haut, wie vor wenigen Tagen, als sie aus der Psychiatrie entlassen worden war.

Und bald, sehr bald sollte sich Hebron das Wissen darüber, den Duft von frisch gehobeltem Holz im Blut zu haben, zunutze machen.

»Stimmt es, dass deine Eltern aus Polen stammen?«

»Ach, darüber haben wir nie gesprochen. Unser Leben war hier, und alles, was davor war, interessiert mich nicht.«

Hebron dachte daran, was sie aus den Büchern wusste, sie erinnerte sich an Schwarz-Weiß-Bilder, die verdreckte und abgemagerte Kinder zeigten, die an gepflasterten Straßen hockten, und trotz der Aussage des Vaters, nicht über das Vergangene reden zu wollen, wagte sie zu fragen, ob er in Polen im Ghetto gewesen sei. Sie wollte die weißen Flecken auf der Landkarte ihrer Herkunft mit Farbe, Form und Struktur füllen, wollte wissen, woher sie kam, wer sie war, wenn sie nicht nur Hebron aus der Eifel war, sondern zugleich Hebron, Tochter von Samuel Apelstejn.

Und Samuel, der froh war, dass er einen Weg fand, seine Wut zu bändigen, wunderte sich, wie leicht es ihm fiel, über Dinge zu sprechen, über die er sonst nie sprach, ja, über die er sonst nicht einmal nachdachte, denn im Angesicht der Tränen seiner Mutter hatte er schon vor langer Zeit beschlossen, dass das Vergangene etwas war, mit dem er nichts zu tun haben wollte.

»Sicher. Eine andere Möglichkeit gibt es nicht. Aber meine Eltern sprachen nicht davon. Wenn er überhaupt von der Vergangenheit sprach, dann hat mein Vater vom Holz erzählt, von Rotbuchen und mächtigen Eichen. Und von Birken, immer wieder hat er von diesen verdammten Birken geredet.«

Und Hebron dachte an vollgestopfte Güterwaggons, die durch eine Landschaft mit endlosen Birkenwäldern fuhren, und sie dachte an Baracken, die zwischen Birken standen, und sie versuchte, einen Blick auf den Unterarm des Vaters zu erhaschen, auf der gegerbten Haut eine verblichene Nummer auszumachen, aber dort war nichts.

Der Vater bog auf eine große Straße ab, an der sich kleine Bäckereien und Läden aller Art dicht aneinanderreihten. Er fuhr jetzt schneller, fügte sich unauffällig in den Verkehr ein und passte sich der Geschwindigkeit und den halsbrecherischen Fahrgewohnheiten der Israelis an. Vor einer Art Kiosk hielt er und deutete auf die andere Straßenseite: »Siehst du die Werkstatt? Dort hat er gearbeitet. Und manchmal tut er es heute noch. Kann nicht Nein sagen, wenn die Nachbarn ein neues Regal brauchen oder kaputte Fenster haben. Lässt sich ausnutzen auf seine alten Tage, weil er viel zu gutmütig ist für diese Welt!«

Die Schreinerei sah eher aus, wie Hebron sich eine Autowerkstatt vorstellte, sie hatte nichts mit der Schreinerei ihres Großvaters Josef gemein, ein düsterer staubiger Schlauch hinter einem großen, garagenartigen Tor, das zur Hälfte heruntergelassen war, vollgestellt mit alten Fensterrahmen und Holzbrettern. Hebron wäre gerne ausgestiegen, sie hätte ihn gerne gerochen, diesen vertrauten Geruch nach gehobeltem Holz; sie wäre gerne hineingegangen, hätte gerne mit der Hand über ein frisch geschmirgeltes Brett gestrichen, und sie wollte ihn kennenlernen, diesen zweiten Opa, der auch Schreiner war, der sich trotz seines Alters nicht von der Liebe zum Holz abhalten ließ, eine Liebe, die Hebron nur zu gut nachvollziehen konnte, denn wenn sie etwas mit Heimat und Vertrautheit verband, dann war es die Arbeit mit Holz.

Aber Samuel machte keine Anstalten, seinen Vater aufzusuchen, seine Redseligkeit schien verschwunden, ebenso wie die Jovialität, die er kurz zuvor noch ausgestrahlt hatte, als er mit ihr durch das Gewirr der Altstadtstraßen gefahren war. Mit den Fingern auf dem Lenkrad trommelnd, beobachtete er die Werkstatt, und so wagte Hebron es nicht, nach dem Opa zu fragen, sie wagte nicht zu bitten, diesen kennenlernen zu dürfen, sie blieb sitzen, obwohl ihre Hand schon am Türgriff lag.

Da jeder sehnsüchtige Blick in die Werkstatt auch ein Blick an Samuel vorbei war, den anzusehen Hebron immer noch so schwerfiel, wandte sie ihren Kopf ab, betrachtete die Zeitungsständer, die die Eingangstür zum Kiosk, vor dem sie hielten, flankierten, und überlegte, wie sie ihren Wunsch nach einem Treffen mit dem Großvater am besten Ausdruck gab.

Aber es gab nichts zu überlegen, es gab nichts zu bitten, das Schicksal mochte genug von der Stagnation haben, die Hebron erfasst hatte, seit sie auf ihren Vater getroffen war, denn aus dem Kiosk kam ein alter Mann. Er ging gebückt, stützte sich auf einen dunklen, gedrechselten Stock, nicht unähnlich dem, den ihr Großvater Josef aufgrund seines steifen Beins gebraucht hatte, und wo die Beine des deutschen Großvaters steif gewesen waren, waren die dieses alten Mannes krumm gebogen, als hätte er sein Leben lang schwere Lasten geschleppt, aber seine Unterarme waren kräftig, das sah Hebron sofort, denn er hatte die Hemdsärmel hochgekrempelt, dieser Unverbesserliche! Nichts hatte sich geändert, seit ihn der Deutsche Rudi von Zwejbechle in die Welt getrieben hatte, nein, hier kam er, alt, krumm und knorrig aus dem Kiosk gewackelt, wo er sich ein Brot mit Sesam gekauft hatte, das er abends in Joghurt tunkte, und krempelte sich immer noch die

Ärmel hoch, damit die Weiber seine muskulösen, braun gebrannten Unterarme bewundern konnten, und ebenso fesch, wie er damals seinen Hut in den Nacken geschoben hatte, so hatte er nun eine Schiebermütze schräg auf seinem kahlen Kopf sitzen, diesem sturen Schädel, von dem die Ohren seit eh und je so knubbelig abstanden wie zwei Propeller.

Als Hebrons Auge diesen Alten in seiner ganzen aberwitzigen Einzigartigkeit erfasst hatte, vergaß sie, darüber nachzudenken, wie sie ihren Vater dazu bringen konnte, mit ihr auszusteigen. Hebron lehnte sich aus dem Fenster, ließ ihre Arme baumeln und grinste über diesen krummen Greis auf seinen wackligen Beinen, und es war keine Häme in ihrem Grinsen, es war pure Freude.

Und wie das so ist beim Menschen, er fühlt, wenn er beobachtet wird, und als sich der unverbesserliche Aaron Apelstejn mit seinem Sesambrot der Straße näherte, spürte er die Augen, die jeden seiner kleinen, vorsichtig gesetzten Schritte verfolgten, und hob den Blick, den er konzentriert auf die Bordsteinkante gerichtet gehalten hatte, denn diese zu überwinden kostete ihn von Tag zu Tag mehr Anstrengung.

Und was Aaron sah, ließ ihn gleich zweifach erschrecken, und falls jetzt einer einwenden möge, es sei nicht möglich, einen Schrecken doppelt zu erleben, denn Schreck sei nun mal Schreck und nicht steigerbar, so sei er hiermit eines Besseren belehrt, und er möge sich doch bitte einfach nur vorstellen, was das Herz eines Greises leisten muss, der in ein Auto blickt, in dem er seinen Sohn nach Jahren der Funkstille zum ersten Mal wieder erblickt, einen Sohn, der sich mit gehetzter Miene über das Lenkrad beugt, während auf dem Beifahrersitz ein Mädchen herumlümmelt, das ihm fröhlich ins Gesicht lacht, ein Mädchen, dürr, dunkelhaarig und zerrupft, aber mit den Augen seiner verstorbenen Frau.

Nun, in Aarons Fall hatte der Doppelschreck den Effekt, dass er nicht nur Mund und Augen weit aufriss, ihm rutschte außerdem das schöne Sesambrot unter dem Arm weg und rollte unter das Auto, der Stock fiel ihm aus der Hand und kreiselte ein paar Mal um seine eigene Achse, bevor er auf dem Bordstein aufschlug.

Und Hebron, die sich schon schämte, glaubte sie doch, der Alte sei so entsetzt, weil sie über ihn gelacht hatte, wollte aussteigen, wollte dem alten Mann helfen, wollte ihm Brot und Stock reichen, wollte sich entschuldigen und öffnete die Beifahrertür.

Durch das Klacken der Tür aufgeschreckt, drehte nun auch Samuel seinen Kopf, und als er seinen Vater erkannte, tat er etwas ganz und gar Unvorstellbares: er schrie auf, fuchtelte hektisch mit den Armen, legte den Gang ein, gab Gas, lenkte den Wagen auf die Straße, ohne sich überhaupt zu vergewissern, ob es eine Lücke im Verkehr gab, fuhr das schöne Sesambrot platt, und Hebron war froh, dass sie gerade noch die Tür wieder schließen konnte. Und in dieser Sekunde, in der ihr Blick den des Alten zum letzten Mal fand, bevor Samuel ihn in einer Abgaswolke zurückließ, da sah Hebron nicht nur Erschrecken, sie sah Erstaunen, sie sah Überraschung, aber sie sah auch etwas anderes, und das war Sehnsucht und Schmerz und Hebron verstand.

Aaron Apelstejn aber stand noch lange an der Straße, schüttelte den Kopf wie ein Hund das Wasser aus seinem Fell, als könne er so das Erlebte loswerden, bevor er sich bückte, um Stock und plattgefahrenes Brot aufzuheben. Dass er ihn so wiedersehen sollte, seinen Sohn, der nicht sein Sohn war und ihm seit Lubas Tod auch nicht mehr Sohn sein wollte, damit hatte Aaron Apelstejn nicht gerechnet, aber dass dieser Sohn eine solche Überraschung für ihn bereithielt, damit hätte er noch weniger gerechnet. Womit er aber rechnen konnte, das waren Zahlen, und so fiel es ihm nicht schwer, sich vorzustellen, warum Samuel kurz nach seiner Rückkehr aus Deutschland den Kontakt zu ihm abgebrochen hatte. Was musste

Samuel für einen Bammel haben, seinem Vater ein Kind zu gestehen, dass er so ein Bohei veranstaltete! Ein Kind, über das Aaron bestimmt keine bösen Worte verloren hätte, denn egal, unter welchen Umständen Samuel es gezeugt hatte und mit wem, ihm, Aaron, wäre nichts eine größere Freude gewesen, als zu sehen, dass Zwejbechle nicht für immer Vergangenheit war, dass Luba Korngold und Aaron Apelstejn Zwejbechle in die Welt getragen hatten und es so trotz Feuer und Tod unsterblich werden ließen. Seine leiblichen Kinder hatten ihm diesen unausgesprochenen Wunsch nie erfüllt, waren kinderlos geblieben, so wie er dachte, dass auch Samuel kinderlos geblieben war. Und anstatt Tacheles mit seinem Vater über die Frucht seines Techtelmechtels zu reden, versteckte der Junge seine Tochter und ließ sich auch selbst nicht mehr blicken, als ob es wegen eines Kindes Zoff zwischen ihnen gegeben hätte!

Was für ein Schmock!, dachte Aaron, der Junge hat es nicht verkraftet, dass seine Mutter gestorben ist, hatte wohl nicht die Chuzpe, mir in meiner Trauer mit einer solchen Neuigkeit zu begegnen.

Vielleicht war es aber auch das schlechte Gewissen Luba gegenüber gewesen, weil er ausgerechnet ein Kind gezeugt hatte, als sie im Sterben lag? Ach, Luba und Samuel, das war nichts als Ärger gewesen, seit der Junge mit seinen fast vier Jahren nicht begreifen wollte, dass er zu groß geworden war, um weiter an ihre Brust zu dürfen!

Immer noch kopfschüttelnd überquerte Aaron die Straße, zog sich einen Schemel zurecht und ließ sich am Eingang der Werkstatt darauf nieder. So viele Jahre war es her, doch plötzlich sah er alles wieder vor sich, sah das nicht enden wollende Dickicht des Waldes, durch den sie irrten, sah Lubas Bauch, den er von Tag zu Tag sorgenvoller beobachtet hatte, sah das Leben aus ihren Augen schwinden. Und während der Verkehr auf der Straße vorbeirauschte, während die anderen Schreiner die Sägen kreischen ließen, war Aaron wieder im

Wald, war Aaron wieder auf der Flucht, war Aaron wieder mit Luba unterwegs.

Jeden Abend schlugen sie ihr Lager auf, die Handgriffe und Abläufe waren mit der Zeit routiniert geworden, jeder Tag glich dem vergangenen. Sie liefen, bis die Dämmerung erste Schatten der Dunkelheit in zartem Violett zwischen die hoch aufgerichteten, kahlen Leiber der Bäume schickte, die ihre krummen Äste wie flehende Finger nach dem Farbspiel des Himmels ausstreckten. Über dem Feuer, das sie möglichst klein hielten – sie wollten nicht, dass der Rauch sie verriet, denn sie wussten oft nicht, wie weit der Saum des Waldes, der die Zivilisation streifte, entfernt war, oder ob sie sich in der Nähe einer abgelegenen Siedlung befanden –, kochten sie Wasser ab und rösteten oder garten, was sie während des Tages gesammelt und nicht gleich verzehrt hatten.

Luba war dünn und knochig geworden, und sie wurde von Tag zu Tag stiller. Wenn sie überhaupt noch sprach, dann drehten sich ihre Worte meist um den Korb Rüben, den sie im Moment ihrer Flucht hatte fallen lassen. Aaron konnte es nicht mehr hören, das Rübengerede, wie er es in seinen Unterhaltungen mit Rudi nannte. Aaron empfand nichts als Hass auf den blöden Korb mit der Rübenernte, auch wenn er dem Pflücken der Rüben an jenem Tag vermutlich Lubas Überleben verdankte.

»Rüben, Rudi, immer nur Rüben!«, schimpfte er abends, wenn er den Rücken von Rudis Porträt mit einem weiteren Strich versah.

Die seltenen Entdeckungen von alten Rotbuchen oder Kastanien hatten hingegen nicht die Macht, die Leere in Lubas Augen zu füllen. Abwesend klopfte Luba Bucheckern aus der stacheligen Schale und las glänzende Kastanien in ihre Schürzentasche; abwesend rührte sie die Nüsse abends in dem kleinen Topf des Kochgeschirrs der Armeeausrüstung, und abwesend löffelte sie den Brei aus weich gekochten Kastanien und gerösteten Bucheckern.

Luba schwand ihm unter den Händen weg, sie rutschte ihm durch die Arme, da konnte er sie noch so fest halten in den Nächten, sie erlosch vor seinen Augen, brannte herunter wie ein verlassenes Feuer, und obwohl Aaron ihr und ihrem Überleben seine ganze Aufmerksamkeit schenkte, spürte er, dass er ihrem Schwinden nicht gewachsen war, sie zerrann ihm unter den Fingern wie ein Stück Butter, das man an einem heißen Augusttag auf einer langen Tafel im Garten hatte stehen lassen.

Im krassen Kontrast zu ihrem Schwinden stand nur das beharrliche Wachsen des Kindes in ihrem Leib. Der Bauch trat immer stärker hervor, prall und hart saß er über Lubas Hüftknochen, die dünne Haut war durchzogen von zarten blauen Äderchen, die sich über der straffen Wölbung einem Netz aus weitverzweigten Wegen gleich erstreckten. Als sie sich ein paar Tage zuvor gewaschen hatte, hatte er nur zu deutlich den Abdruck eines winzigen Füßchens gesehen, den das Kind in ihre Bauchwand gedrückt hatte, und nun fürchtete er, sie werde bald so durchsichtig sein, dass er die Gliedmaßen des Kindes durch die Haut des Bauchs hindurch sehen könne.

Sie waren, nachdem der Fischer sie auf die andere Seite des Flusses gerudert hatte, weit in die Tiefen des Waldes gelaufen, immer in Deckung vor der Wehrmacht, immer getrieben von der Jagd nach etwas Essbarem, immer getrieben von dem Verlangen nach Wasser, der Ausschau nach Binsen, deren zarte grüne Halme im Wind von Quellwasser oder wenigstens nicht zu tief unter der Erde fließendem Grundwasser wisperten, immer getrieben von der Erschöpfung, dem Bedürfnis nach einem geeigneten Schlafplatz, dem Ort mit dem perfekten Ast, der geradezu danach schrie, dass man die Zeltbahn über ihm ausbreitete, einem Platz, der in einer windgeschützten Senke lag, mit ausreichend trockenem Laub und genügend Reisig.

Zum Schlafen legten sie den wächsernen Umhang des Fischers, der immer noch den Geruch von altem Öl verströmte, auf dem Waldboden aus und deckten sich mit der grauen Decke zu, deren Wolle nicht mehr nur kratzig und rau war, sondern steif und hart. Das Rascheln von Tieren im Dickicht, die Rufe der Nachtvögel und das Bellen der Füchse aus der undurchdringlichen Dunkelheit störten schon lange nicht mehr ihren Schlaf, das leichte Knistern von Nieselregen und fallendem Laub war ihnen zur vertrauten Einschlafmusik geworden, und auch die Kälte hielt sie nicht davon ab, in den tiefen, traumlosen Schlaf der Entkräfteten zu fallen. Nur bei starkem Regen lagen sie wach und litten, wenn der Boden in dampfenden Wolken Nässe ausatmete, die noch durch die letzte Schicht von Kleidern bis tief in den Körper krochen und sich dort festbissen, weil auch der ölige Umhang die Feuchtigkeit der getränkten Erde nicht mehr abhielt.

Sie hatten nie darüber gesprochen, wann das Kind kommen würde, wie sie überhaupt nie über das Kind sprachen, das in ihr wuchs. Natürlich wusste Aaron, dass es nicht seins war. Dazu war der Bauch zu schnell gewachsen, seit sie sich unter dem Holzstapel im Wald gefunden hatten. Zu schnell, seit er ein Zwiegespräch mit sich selbst geführt hatte, dessen Inhalt sich im Wesentlichen darum drehte, ob es in Anbetracht der neuen Situation nicht vollkommen blödsinnig sei, irgendwelche Trauerfristen einzuhalten. Und während er noch mit sich selbst das Für und Wider seines Anstands diskutierte, war seine Hand schon selbstständig geworden, hatte sich einen Weg unter Lubas verschmutzten Kleidern zu ihrer heiß pulsierenden und doch von rauer Gänsehaut überzogenen Haut gesucht, und Luba, die er schlafend glaubte, hatte ihn mit einer verzweifelten Hast an sich gezogen. So war Aaron endlich in der Fülle ihres Körpers versunken.

Einer Fülle, die allzu bald der Magerkeit der Hungernden gewichen war, und je deutlicher ihre Knochen hervortraten, desto stärker hatte sich auch der Bauch gezeigt. Dieses Kind ließ sich nicht einschüchtern, es war da und wollte gesehen werden.

Und sosehr Aaron Luba auch liebte, so musste er sich doch

eingestehen, dass er sich vor dem Kind fürchtete. Er hatte Angst, dass das Kind ihm mit nur einem Blick verdeutlichen würde, dass es ihn nicht als Vater anerkenne.

Natürlich war Aaron das Bataillon der werbenden Burschen nicht entgangen. Natürlich hatte er gesehen, wie sie täglich zu Lubas Kate gepilgert waren, um ihr nach dem Tod des alten Korngold behilflich zu sein. Und natürlich hatte auch er sich dorthin auf den Weg gemacht, aber jedes Mal, wenn er an Lubas Zaun angekommen war, hatte schon ein anderer Bursche seine Muskeln am Hackklotz präsentiert, mit schwitzendem Oberkörper Scheit für Scheit gespalten, und Aaron, der sich im Schatten des Waldrands gehalten hatte, war auch nicht Lubas versonnenes Lächeln entgangen, das sie den jungen Männern geschenkt hatte. Dabei war ihre hübsche Augenbraue nach oben gerutscht, ein Detail, das Aaron von jeher an ihrer Mimik verlockte, weil auch er es für spöttisch hielt, und es reizte ihn ungemein, diesen Spott in Anerkennung umschlagen zu sehen.

Nur hatte Aaron Apelstejn keine Lust gehabt, sich dem Kräftemessen der Dorfjungen anzuschließen, ein Kräftemessen, an dem teilzunehmen sich nicht mal die katholischen Burschen zu blöd waren. Und so beschloss Aaron, nachdem er wieder einmal zu spät an Lubas Hütte angekommen war, abends zurückzukehren. Er kletterte durch sein Fenster, damit seine Eltern vom nächtlichen Ausflug des Sohns nichts mitbekamen, redeten sie doch allgemein eher schlecht über Luba und ihre Familie, die sie als eine Mischpoche aus eitlen Gänsen und sturen Schmocks bezeichneten.

Damit auch sonst niemand von seinem Streifzug erfuhr, schlich Aaron nicht durchs Dorf, sondern watete durch einen der zwei namengebenden Bäche, die das Dorf begrenzten, und wählte den Weg durch den Wald, wo er sich das Gesicht und die Hände zerkratzte, denn mehr als einmal schlug ihm ein Tannenzweig ins Gesicht, stolperte er über den schlanken Stamm einer jungen Birke oder fiel über eine störrisch dem Waldboden entwachsene Wurzel.

Was er sich zu so später Stunde bei Luba erwartete, wusste er selbst nicht so genau.

Als Aaron endlich aus dem Dickicht des galizischen Waldes trat, sah er, dass hinter den geschlossenen Vorhängen in Lubas Stube durchaus noch ein schwaches Licht flackerte. Statt an ihre Tür zu klopfen, wie es sich gehörte, wenn auch nicht unbedingt zu dieser Stunde, kletterte er auf den Zaun, der an die Hütte grenzte, und versuchte, sich von dort zum Fenstersims zu hangeln. Die Kate war nicht besonders hoch, die Fenster waren auch eher tief eingelassen, sodass man problemlos hätte hineinschauen können, ohne dafür einen wackligen Bretterzaun zu erklimmen, aber das Fenster, durch das der Lichtschimmer von Lubas Wachsein zeugte, war nur über ihren Garten zu erreichen. Aaron wollte sich nicht des unerlaubten Grundstückbetretens schuldig machen und wählte aus diesem wenig nachvollziehbaren Grund die noch weniger nachvollziehbare Zaunbesteigung. Nun stand er da, die Füße in unsicherem Stand auf den dünnen Latten, und versuchte das Gleichgewicht zu halten, indem er sich mit der linken Hand an der Hausecke festkrallte, konnte sich jedoch keinen Zentimeter in Richtung des auserkorenen Fensters bewegen, ohne dass er riskierte, in das Beet mit den jungen Salatpflänzchen zu stürzen, das Luba mit Pferdemist gedüngt hatte. Trotzdem bekam er etwas von dem mit, was da hinter der Gardine geschah, nur wusste er nicht, wie er das, was er hörte, zu verstehen hatte. Ein regelmäßiges Klatschen, das er durchaus folgerichtig als Schläge auf nackte Haut identifizierte, durchdrang die Stille der Nacht, und begleitet wurden diese Schläge von einem ebenso regelmäßigen Aufstöhnen Lubas. Und Aaron Apelstejn, allgemein als ein mit langsamer Auffassungsgabe bedachter Kerl angesehen, deutete die Wonnen, die Luba gerade genoss, vollkommen falsch und glaubte, Luba geißle sich selbst, wahrscheinlich weil sie nicht verwunden hatte, dass ihr das Weglaufen des Vaters im vorigen Winter erst am nächsten Morgen aufgefallen war. Er wusste, dass

Luba sich die Schuld am Tod von Itzhak Korngold gab, aber dass sie so weit ging, sich selbst zu peitschen, erschreckte Aaron Apelstejn derart, dass er zum einen entschied, über seine Werbestrategie bezüglich Luba noch einmal gründlich nachzudenken und zum anderen rückwärts vom Zaun in die hoch aufgerichteten Stängel der Stockrosen stürzte, deren rosa Blüten Lubas ganzer Stolz waren.

Erschrocken über das große Bohei, das er mit dem Sturz in die Stockrosen verursachte, rannte er, sich den schmerzenden Hosenboden haltend, zurück ins schützende Dunkel des Walds und floh ungeachtet aller Zweige, Stämme und Wurzeln, die sich ihm in den Weg stellten, zurück ins Elternhaus.

Noch am selben Abend versprach sich Aaron, erst wieder an Luba heranzutreten, wenn ein Jahr des Trauerns vorübergegangen war.

Nur war es so, dass während Aaron noch abwartend überlegte, wie er sich Luba nach Ablauf des Trauerjahrs am besten nähern konnte, Viktor Koslow von seiner Truppe desertierte, Unterschlupf bei Luba fand und ihr das Kind machte, das Aaron später als seinen ältesten Sohn großziehen würde.

Und dann war der Tag gekommen, an dem die Einheit, zu deren Mitgliedern auch ein gewisser Rudi zählte, der zur Feier des Tages seine Ausgehuniform trug, über Zwejbechle kam. Der Tag, an dem der Müßiggang, für den man Aaron immer schalt, sein Lebensretter geworden war.

Denn als die Geländewagen mit den Uniformierten in den schmalen Pfad bogen, den die polnischen Bauern vom Nachbardorf ihnen mit zitterndem Zeigefinger gewiesen hatten, lag Aaron im hohen Gras auf der Hügelkuppe, kaute auf einem besonders saftigen Halm und ließ sich nur von dem blauschwarz glänzenden Panzer eines drolligen Käfers, der ihm über den Unterarm kroch, davon abhalten, die vorbeiziehenden Wolken zu betrachten. Eigentlich war er losgeschickt worden, um eine besonders dicke und gerade gewachsene Buche zu fällen, weil Rosenzweigs ein neues Büfett brauchten. Aber dann hatte ihn eine derart starke Sehnsucht nach Luba Korngold gepackt, dass er sich, kaum dass er Zwejbechle hinter sich gelassen hatte, hinlegen musste, zog ihm doch das Auflodern seiner Begierde nach diesem Prachtweib alle Kraft aus den Beinen. Da lag er nun im kniehohen Gras, den Hut auf der Brust und dachte an Luba, beflügelt von der Sorglosigkeit des jungen Lebens, diesem jugendlichen Leichtsinn, der einen glauben ließ, noch alles vor sich zu haben, von der Welt mit offenen Armen erwartet zu werden. In diese Tagträumereien hinein glaubte er, das Brummen eines fetten Käfers zu hören, wollte schon zu einer Rede ansetzen, ob der kleine Kerl auf seinem Arm Gesellschaft von einer dicken alten Tante bekomme, als er bemerkte, dass das Brummen von Motoren stammte. Geschützt vom Gras, hatte er das Ausströmen der Soldaten beobachtet, hatte gesehen, wie alle zusammengetrieben wurden, die Lajserowicz', die Rosenzweigs, Jesaja Horvitz mit den prächtigen roten Schläfenlocken. Den Rabbi mit dem krummen Rücken zerrten sie an seinem eisgrauen Bart zum Brunnen, und er hatte auch Jossele gesehen, seinen Lieblingsbruder Jossele.

Unter dem Feuer, das die Fackeln in Rudis Hand aus Zwejbechle gemacht hatten, war jegliches Planen und Überlegen müßig geworden, glaubte Aaron doch, der Einzige zu sein, der dem Brand und dem Zusammentreiben der Gemeinde entkommen war. Und doch war ausgerechnet Luba Korngold ihm geradewegs in die Arme gefallen. Das musste mehr sein als purer Zufall, davon war Aaron überzeugt, und er sollte es bis an sein Lebensende bleiben. Diese Überzeugung war der Klebstoff ihrer Beziehung, diese Überzeugung war das, was ihn über sich hinauswachsen ließ; mehr als der Kampf ums Überleben in den Wäldern sorgte diese Überzeugung dafür, dass Aaron Apelstejn, das belächelte Mitglied der kleinen jüdischen Gemeinde, zu einem Mann wurde, der seiner Frau eine Stütze war, die nie das geringste Schwanken zeigte.

In dem Moment, in dem der Unaussprechliche Luba Korngold den Weg zu seinem Versteck unter dem Holzstapel gewiesen hatte, hatte Aaron sich geschworen, Luba zu schützen, sein Leben lang. Und davon würde ihn auch ein Kind, das sie von einem anderen trug, nicht abhalten.

Das Jahr war ihnen gewogen gewesen, bis in den Oktober war es warm und ungewöhnlich trocken geblieben, sie hatten von der Fülle der Pilze profitiert, die dem feuchten Waldboden entsprossen waren, eine sättigende Abwechslung zu der kargen Kost aus Huflattich, Brennnesseln und kleinen Waldbeeren, ihren Hauptnahrungsmitteln der letzten Wochen, in denen sie das Gefühl bekommen hatten, mehr und mehr zu Ziegen zu verkommen, die mit ihren ewig hungrigen Mägen noch das störrischste Gebüsch kahl fraßen.

Aber dann war der November umso härter mit seiner Kälte über sie hergefallen. Und damit war der Tag gekommen, an dem Aaron Luba zu seiner Jacke auch noch sein Hemd und seine Hosen überlassen hatte.

»Rudi«, hatte Aaron gemurmelt, »Rudi, jetzt ist es soweit.«

Und mit diesen Worten hatte er die Uniform aus dem Rucksack gezogen, hatte sich die feldgraue Hose über die knochigen Beine gezogen, hatte mit klammen Fingern die Knöpfe der Jacke über dem ausgeleierten Unterhemd geschlossen. Mit einem Ruck hatte er den Adler von seiner rechten Brust gerissen und auf den kalten Waldboden geworfen, wo er im braunen Laub landete. Dann riss er die Schulterstücke ab. Die Uniform saß viel zu locker an seinem schmal gewordenen Körper, auch rutschten die Ärmel weit über seine Hände.

Ach, Rudi!, dachte Aaron, darauf musst du dir gar nichts einbilden. Als ich noch täglich geschuftet hab, da hatte ich Muskeln, von denen du nur träumen kannst!

Er musste einen lächerlichen Anblick abgegeben haben, denn Luba, die seine Jacke über Bluse, Hemd und Strickjacke gezogen hatte und sich nun daran machte, den wächsernen Umhang neu um ihre Schultern zu drapieren, schüttete sich bei seinem Anblick vor Lachen aus, ein Lachen, in das er nur zu gern einfiel, während der alte Schalk ihn ergriff.

»Schau nur, Luba, schau!«, rief er und marschierte in zackigem Schritt durch das feuchte Laub, wobei seine Schuhsohle ihm bei jedem Schritt Beifall klatschte. Hin und her ging sein Schauspiel, und jedes Mal, wenn er an Luba vorbeimarschierte, legte er die flache Hand an die Stirn, schlug die Hacken zusammen und salutierte ihr mit strengem Blick: »Gestatten, die Dame, Rudi mein Name. Rudi Merzenich!«

Und »Links, zwei, drei!« rufend, präsentierte er Luba sein imaginäres Gewehr, marschierte, bis Luba das Lachen ebenso plötzlich wieder verging, wie es aus ihrem hageren Körper ausgebrochen war, und sie zu schluchzen begann.

Trotzdem hatte er Rudis Uniform nicht wieder abgelegt, und so waren sie weiter durch den nun fast blattlosen Wald gelaufen, Lubas Oberkörper unförmig verpackt in den Lagen ihrer beider Oberkleidung.

Solange sie liefen, solange sie in Bewegung blieben, war es gut, ihre Körper blieben warm, und jeder ihrer Schritte entlockte dem raschelnden Laub eine Wolke würzigen Geruchs von Herbst und vermodernden Pflanzen.

Aber von Tag zu Tag musste Aaron länger und stärker an Luba rütteln, um sie überhaupt wach zu bekommen. Ihr Blick blieb stumpf, wenn er ihre Arme hob wie die eines Kindes, um ihr in die Jacke zu helfen, ihr warmes Wasser Löffel für Löffel an die Lippen führte und ihr die verschütteten Tropfen mit seinem Ärmel vom Mund wischte.

Aaron aber war wachsamer denn je zuvor, lauschte auf ein verräterisches Knacken, auf aufgeschrecktes Flügelschlagen der Waldvögel, seit er sich ein zweites Mal hakenschlagend wie ein Hase ins Unterholz hatte stürzen müssen. Er hatte Luba morgens im Unterschlupf zurückgelassen und sich auf die Suche nach etwas Essbarem gemacht, als er plötzlich von Angesicht zu Angesicht vor einem Trupp deutscher Soldaten stand. Einige Sekunden hatten sie ihn irritiert angesehen, hatten die abgerissenen Schulterstücke an seiner Uniform, den fehlenden Reichsadler auf seiner Brust gemustert, bis sich das Verstehen in ihre Augen geschlichen hatte. Über vereiste Erdschollen stolpernd war Aaron zwischen den Bäumen im Zickzack gerannt, die Rufe der Soldaten, die nun eine Hatz mit ihm veranstalteten, im Nacken und das Donnern ihrer Schüsse in den Ohren. Aus der Jagd war er als Sieger hervorgegangen, zu gut kannte er die Eigenheiten des winterlichen Waldes mittlerweile, zu vertraut waren ihm plötzlich auftauchende Furchen im Boden, heimtückisch ausgestreckte Wurzeln und der peitschende Schlag zurückschnellender Äste.

Die wenigen Male, die sie den Schutz des Dickichts verlassen hatten, hatten ihnen nur zu deutlich gemacht, dass es außerhalb der Wälder noch gefährlicher war.

Sie waren auf verlassene Höfe gestoßen, in deren leeren Gemäuern Aaron die Speisekammern hastig nach Resten von Nahrung und die Zimmer nach zurückgelassener Kleidung durchwühlt hatte, doch haftete dem Gemäuer stets eine Atmosphäre an, bei der Aaron das Gefühl bekam, die Wände strömten den Geruch dessen aus, was in ihnen geschehen war.

Und er sah zu, dass er so schnell wie möglich wieder wegkam. Nur zu gern verzichteten sie darauf, auch nur eine Nacht in diesen Häusern zu verbringen. Mehr als einmal gab es eine Ansammlung einfacher Holzkreuze, aus zwei dicken Birkenästen zusammengebunden. Aber die Gräber waren nicht die der einstigen Dorfbewohner; auf den kleinen Holzplaketten, die schief und blass an den Birkenkreuzen hingen, standen deutsche Namen unter dem Emblem des Feindes.

Sie sahen niedergebrannte Dörfer, wo nur noch schwarz verkohlte Steine von den Grundmauern der einstigen Bauten zeugten. Einmal war er auf ein Gehöft gekommen, an dessen Scheune eine ganze Familie aufgehängt worden war, selbst die Leiber der Kinder, es waren fünf, baumelten an groben Stricken von einem dicken Balken, der aus der Tenne ragte, und das Schwingen der toten Körper im Wind ließ die Stricke mit einem trockenen Knirschen über das Holz des Balkens fahren.

Und so waren sie weiter durch den Wald geirrt, der ihnen schon lange jedes Gefühl der Orientierung genommen hatte. Und doch hatten sie eines Tages den Ort erreicht, der das eintönige Setzen von Fuß vor Fuß, das langsame Vorwärtskommen unterbrochen hatte, als sich vor ihnen eine Lichtung öffnete, eine Lichtung inmitten des dichten Gehölzes, mit ein paar zugewachsenen Schienen, auf denen ein verlassener Güterwaggon stand.

Und ohne zu wissen, dass ebensolche Waggons eine tragende Rolle im Verlauf des Schicksals ihrer Familienangehörigen spielten, wurde dieser Waggon zu ihrem Zuhause. Dort hatten sie sich eingerichtet, dort war Samuel geboren.

Und Samuel, dachte Aaron nun, Samuel dankte es ihm, indem er aufs Gaspedal drückte, als wollte der Vater ihm ans Leder.

Und wie sah er überhaupt aus? Gegerbte Haut, Falten tief und scharf, Samuel sah ja aus wie der reinste Kettenraucher, der sein Leben lang auf dem Feld unter der prallen Sonne geackert hatte; dagegen war sein Gesicht das reinste Blütenblatt einer jungen Blume, frisch und rosig, obwohl er der Ältere war!

Und das Mädchen, ja, da musste er nicht lange überlegen, denn es hatte die knochige Gestalt seines Sohnes, der auf den Straßen dieser ehrbaren Stadt solchen Stuss veranstaltete, und einmal mehr wurde Aaron klar, dass Samuel diese Magerkeit und das hagere Gesicht von seinem unbekannten Vater haben musste. Aber auch wenn es seinem Sohn ähneln mochte, so erinnerte das Mädchen ihn doch vor allem an die eine in seinem Leben. Wie hatte er sich in den Jahren seit ihrem Tod nach diesen Augen verzehrt, und nun waren sie da, hatten ihn angestrahlt, und er würde alles darum geben, dieses Kind, das Lubas Blut entstammte, wiederzusehen und kennenzulernen.

Erfüllt von diesem Wunsch, machte Aaron sich auf den

Weg zu seiner Wohnung, und so langsam wie dies vonstatten ging, kann man froh sein, dass ihm sein Wunsch erfüllt werden sollte, ohne dass er sich dazu den Berg hochquälen und das Haus seines Sohnes finden musste.

Dunkelgraue Lieder

Als Hebron am nächsten Tag wach wurde, war der Vater schon weg. Im geöffneten Fenster stand ein Glas Kaffee, der schon kalt war. Hebron trank ihn trotzdem. Der Vater hatte am Abend zuvor sich weder zu seinem rasanten Kaltstart geäußert, noch dazu, warum er vor seinem eigenen Vater floh. Er hatte überhaupt nicht mehr gesprochen, hatte sich in sein Schlafzimmer zurückgezogen, und so hatte auch Hebron sich zurückgezogen, hatte auf Geräusche jenseits der gepolsterten Tür gelauscht, die davon zeugten, dass er noch einmal aufstand, aber nichts dergleichen war geschehen, und so war Hebron schließlich eingeschlafen, ohne sich auch nur ausgezogen zu haben; das Bild des alten Mannes, von dem sie sicher war, dass er ihr Opa war, hatte sie mit in den Schlaf genommen.

Nachdem sie den alten Kaffeesatz aus dem Glas gespült hatte, nahm sie die Dose mit dem Kaffeepulver aus dem Schrank, gab zwei Löffel davon in das Glas und ließ Zucker dazurieseln. Hebron schwenkte das Glas und beobachtete, wie die weißen Körner zwischen die schwarzen sanken, bis es ihr nicht mehr gelang, den Zucker zwischen dem Kaffee auszumachen. Nachdem sie kochendes Wasser in das Glas gegossen hatte, stellte sie es im offenen Fenster ab, genau wie Samuel es immer tat. Sie drückte die Klinke der Wohnungstür herunter, aber Samuel hatte abgeschlossen, und so blieb Hebron nichts anderes übrig, als die Segelboote in der Bucht von Haifa mit dem Fernglas zu beobachten.

Es gab einen kurzen Moment, in dem sie überlegte, Meggy anzurufen, aber dann dachte sie an die Vorwürfe, die die Mutter ihr machen würde, weil sie Meggy mit den Jungs allein gelassen hatte, und sie verwarf den Gedanken wieder.

Lange betrachtete sie die Zeichnung von Burg Nideggen. Sie dachte an die Geschichte des Burgherrn, der seine Frau eines Sommertags mit Honig bestreichen ließ, um sie dann in einem eisernen Käfig an der Burgmauer hinunterzulassen. Dort musste sie elendig an den Stichen der Bienen sterben, die zu Hunderten über ihren Körper herfielen.

Dann durchsuchte sie die Wohnung nach deutscher Literatur, aber alles, was sie fand, war ein Buch über das Räuchern von Fischen. Zwischen den Seiten lagen ausgeblichene Zettel, auf denen Samuel sich Notizen über seine Fänge in den Seen der Eifel gemacht hatte. Hebron versuchte, sich diesen zähen Mann zwischen den dunkelgrünen Nadelhölzern des Hürtgenwalds vorzustellen, aber es gelang ihr nicht. Ein Mann wie Samuel gehörte in die Hitze eines Landes wie Israel, er gehörte an eine Küste, deren Gischt kleine Salzflecken auf der Haut hinterließ, er gehörte in eine Landschaft, die karg und schroff war wie die Bitterkeit seines Gesichts, das verstand auch Hebron, und sie stellte sich vor, wie er frierend und orientierungslos durch die Hügel der Eifel irrte, geblendet vom saftigen Grün und verschlungen von der Fruchtbarkeit der Landschaft.

Ich sehe das Land nur aus dem Fenster, dachte sie, als sie das Einfahren eines breiten Frachtschiffs in den Hafen beobachtete. Das dumpfe Tuten der Schiffssirene drang bis zu ihr auf den Hügel hinauf.

Ein zweites Mal durchsuchte sie die Regale nach etwas zu Lesen. Stattdessen fand sie eine verstaubte Schallplatte. Es waren die dunkelgrauen Lieder von Ludwig Hirsch.

Als sie die Platte auf den Plattenteller legte, der seit Jahren nicht benutzt worden zu sein schien, und die Nadel knarzend in die Rille versank, konnte Hebron endlich weinen.

»Komm, großer, schwarzer Vogel«, sang Ludwig Hirsch, und die spärlich gesetzten Töne der Gitarre waren unter dem Knistern der Nadel kaum auszumachen. Tränen liefen Hebron über die Wangen, aber sie lächelte, es machte sie glücklich, doch noch eine Gemeinsamkeit mit Samuel gefunden zu haben.

Am späten Nachmittag kam er endlich zurück, erschöpft ließ er sich auf das Sofa sinken. Hebron hatte die Schallplatte viermal gehört, bevor sie sie wieder an ihren Platz gestellt hatte.

»Kannst du mir nicht einen Schlüssel dalassen?«, wagte Hebron zu fragen, »ich könnte spazieren gehen oder mit dem Bus in die Altstadt oder zum Strand fahren.«

»Ich muss darüber nachdenken. Es ist sehr gefährlich hier.« Er erhob sich schwerfällig, stemmte eine Hand in den Rücken und verzog das Gesicht, als ob er starke Schmerzen hätte. »Ich muss ein Schläfchen machen.«

Eine weitere Stunde stand Hebron am Fenster und beobachtete mit dem Fernglas das Verladen der Container am Hafen.

Als das Radio, das sich Samuel als Wecker gestellt hatte, ansprang, erschrak sie. Mit harten Worten bellte ein Nachrichtensprecher Meldungen in die Wohnung. Trotzdem erschien Samuel nicht. Schließlich stand Hebron auf und ging vorsichtig über den Flur zu seinem Zimmer. Behutsam klopfte sie an die offene Zimmertür; der Vater lag nur mit einer Unterhose bekleidet zwischen dünnen Laken, die nass von seinem Schweiß waren. Aber auch als Hebron mit ihrem Knöchel ein zweites, lauteres Mal an das Holz der Tür hämmerte, zeigte er keine Regung. Dabei erfüllte der Lärm, den das Radio produzierte, die gesamte Wohnung.

Da Hebron nicht wusste, was sie tun sollte, ging sie zurück in die Küche, wo sie Kaffeewasser aufsetzte. Sie nahm zwei

Gläser vom Abtropfgitter, löffelte Kaffee und Zucker hinein und brühte die Mischung mit heißem Wasser auf. Vorsichtig stellte sie die Gläser auf das Fensterbrett, hinter dem es bereits dämmerte; die Laternen, die den geschlossenen Hof einrahmten, sprangen an, aber die Luft, die in die Wohnung drang, war immer noch erfüllt von den Gerüchen, die die Sonne der Erde den ganzen Tag entlockt hatte.

Weil Samuel auch der Duft von frischem Kaffee nicht in die Wohnräume lockte, ging Hebron erneut zu seinem Zimmer, setzte ihre Schritte mit Absicht laut und klatschend auf die Fliesen, klopfte noch lauter – aber immer noch vergeblich – an seiner Tür, und plötzlich bekam sie Angst, dass Samuel nicht reagierte, weil er nicht mehr reagieren konnte, weil er tot war, weil er schon lange krank war, krebszerfressen; und jetzt war Hebron klar, warum er so aussah und warum er so viel schwieg; er hatte ihr das Kennenlernen nicht gleich mit einer so niederschmetternden Diagnose verderben wollen, und die Angst gab ihr den Mut, das Zimmer zu durchqueren. Auf den wenigen Metern bis zu seinem Bett sah sie sich schon die Polizei alarmieren, als ihr einfiel, dass sie nicht einmal wusste, wie Samuels Adresse lautete. Schnitt. Sie sah sich an die Tür der Nachbarn hämmern, legte sich schon die englischen Wörter für ihren Hilferuf zurecht, sah den Abtransport der Leiche im Treppenhaus, sah sich in der Wohnung sitzen, verlassen, verzweifelt. Schnitt. Sah sich durch die Straßen Haifas laufen, bis sie die Schreinerei fand, sah den alten Mann, von dem sie wusste, dass er ihr Opa war, sah sich ihm begreiflich machen, dass sein Sohn tot war, denn egal, was zwischen den beiden vorgefallen war, sie hatte die Sehnsucht und den Schmerz in den Augen des alten Mannes gesehen. Schnitt. Sah sich und ihren Opa, von dem sie nicht einmal wusste, wie er hieß, Hand in Hand an Samuels Grab stehen, doch noch bevor sie ihren Vater an die Schulter fasste, sah sie, dass er atmete. Im Schlaf sah der Vater noch älter aus, das Gesicht zerdrückt und sorgenvoll verzerrt.

»Papa«, sagte Hebron – zum ersten Mal in ihrem Leben nahm sie dieses Wort in den Mund, das sich fremd und schwer und doch so normal aussprach –, »Papa, du verschläfst.«

Und endlich sprang Samuel auf, verwirrt und erschrocken blickte er sich um, sah sie an, und Hebron konnte regelrecht beobachten, wie lange er brauchte, um zu begreifen, wo er war und wer sie war.

Nachdem er sich gefangen und geduscht hatte, ging Samuel in die Küche, schnitt Tomaten und Gurken, die er mit Olivenöl und frisch gepresstem Zitronensaft begoss. Dann zerteilte er den Kopf eines Blumenkohls in kleine Röschen, gab Mehl in eine Plastiktüte und schüttelte den Blumenkohl darin. In einer tiefen Pfanne erhitzte er Öl und frittierte das Gemüse portionsweise.

Beim Abendessen war er wieder redselig, aber seine Stimmung war eine andere als am Tag zuvor. Er schimpfte über die viele Arbeit, die er hatte und die so schlecht entlohnt wurde. Er echauffierte sich über die Araber, die faul und dumm seien und durch die arabische Gebärmutter die ganze Welt bevölkern wollten. Er zog über die orthodoxen Juden her, die dem Staat auf der Tasche lagen. »Immer nur in der Thora lesen, beten und ein Kind nach dem anderen in die Welt setzen, aber nicht mal zum Militär gehen!«, wetterte er, und in diesem Moment sah Hebron ihre Mutter in ihm. Sie hörte, was sie von ihrer Mutter schon immer gehört hatte: Die Welt ist ungerecht und schuld sind immer die anderen!

Und auf einmal fand sie, dass es genug war. Sie vernahm nicht mehr, was Samuel sagte, und das lag nicht am Radio, das gewohnt laut aufgedreht war. Sie sah ihn wettern und schimpfen, wie ihre Mutter so oft wetterte und schimpfte, die Worte waren im Prinzip die gleichen, und obwohl sein Mund sich weiter bewegte, nahm sie die Worte nicht mehr wahr, sah den hochroten Kopf, das vor Wut verzerrte Gesicht, die wild und aggressiv gestikulierenden Hände, und in diesem Moment geschah etwas Seltsames mit Hebron. Während ihr Vater noch schrie und zeterte, durchströmte eine Ruhe ihren mageren Körper, die weich war und sie einhüllte; sie fühlte eine Schwere in ihren Gliedern, die sie besänftigte, violettes Licht schob sich über ihre Wahrnehmung, und dann sah Hebron sich selbst im Augenblick ihrer Zeugung. Sie sah die Eizelle, lockend wie eine Sirene, nur um sich gleich darauf zu zieren, sie sah das aggressive Spermium, schnell und rücksichtslos, sah den Kampf der beiden, als sie aufeinandertrafen, ihr Rangeln und Schubsen, bis sie widerwillig miteinander verschmolzen; und dann sah Hebron sich selbst in der ersten Sekunde ihrer Existenz, sah den kleinen weißen Punkt, der sie war, sah das Aufbrausen Samuels in Form einer violetten Gewitterwolke, die auf sie zurollte, sah, wie der kleine Punkt, der einmal zu Hebron Maria Magdalena Hunger werden sollte, sich duckte vor diesem allmächtigen Zorn des Vaters, der es sich zum Ziel gesetzt hatte, sie zu erdrücken, ihre winzige und erst kürzlich begonnene Existenz zu ersticken und platt zu walzen, sah das verzweifelte Aufbegehren ihrer Mutter, die sich selbst zu einer Wolke aufblies, um dem Zorn Samuels etwas entgegenzusetzen; rot und glänzend schwelte dieses Aufbegehren wie das geputzte Gefieder eines exotischen Vogels, und zwischen diesen beiden in Drohgebärden aufeinanderprallenden Kräften machte sich der Mensch Hebron klein, sehr klein, duckte sich, zog die Knie an den Leib und die Hände schützend über den Kopf.

Unwillkürlich musste Hebron diese Position auch in der Wirklichkeit eingenommen haben, denn Samuels Schimpftirade verstummte.

»Was ist los mit dir?«, fragte er, und Hebron sah zum ersten Mal wirkliches Interesse in seinen Augen, es war, als ob er sie zum ersten Mal als eigenständigen Menschen wahrnahm. Das lilafarbene Licht verzog sich wieder, der Raum wurde klar, die Konturen der Möbel scharf, die Stimme des Radiosprechers wieder laut und differenziert, die Schwere wich von ihren Gliedern, aber die Ruhe blieb in ihrem Leib, wie Tageshitze noch auf der Haut bleibt, wenn die Sommersonne schon untergegangen ist.

»Nichts«, antwortete sie, »ich bin nur müde.«

Und Hebron stand auf und ging ins Bett, einen verwunderten und verstummten Samuel Apelstejn zurücklassend.

Und als sie auf der schmalen Matratze lag, war er auf einmal wieder da, der Gedanke, der ihr so hinterrücks entwischt war, als Samuel ihr die Altstadt gezeigt und von seiner Kindheit in Haifa erzählt hatte.

Holz im Blut

Als die Geräusche in der Wohnung lange genug verstummt waren, schlug Hebron die dicke geblümte Decke zurück. Sie war immer noch ruhig, zog sich hastig an und warf in ihren Rucksack, was verstreut im Raum gelegen hatte. Als sie nach den Unterlagen griff, fielen ihr die Polaroidfotos entgegen, die sie auf der Dürener Rathaustreppe zeigten. Hebron betrachtete einen Moment lang das Mädchen, das sie war und das ihr trotzdem fremd vorkam; ihr Blick sprang von einer Grimasse, die sie geschnitten hatte, zur nächsten, bis sie zum letzten Bild der Serie kam, auf dem sie offen und frei lachte. Sie legte es auf das Kopfkissen, steckte die Mappe in den Rucksack, öffnete die schwere, gepolsterte Zimmertür und lauschte in den Flur. Als sie sicher war, dass Samuel fest schlief, schlich sie zur Wohnungstür.

Zum zweiten Mal stehle ich mich aus dem Haus eines Elternteils, dachte Hebron, ja, so ist es, weglaufen muss ich, weg, weg von beiden!

Leise drehte sie den Schlüssel, der von innen im Schloss steckte. Ohne die Tür wieder zuzuziehen, lief Hebron ins Treppenhaus und die Stufen hinab.

Sie rannte über den sauber gefegten und glatt betonierten Hof, sie rannte an der Schranke vorbei, sie rannte die staubige Straße hinunter, stürzte sich in eine der schmalen Gassen, die zwischen den Wohnblocks lagen, und rannte die lange Treppe hinab, auf deren Stufen Hebrons Stiefel rhythmische Schläge erzeugten, ein Padampadam, das mit jedem Schritt lauter und eindringlicher wurde; jeder Aufschlag war zugleich ein Sprung in Hebrons Herzen, bis sie es nicht mehr aushielt und den Schlägen, die ihre schweren Stiefel auf den Steinstufen erzeugten, euphorische Jauchzer folgen ließ, die ihrem Brustkorb entwichen, als hätten sie schon lange dort gewartet, drängelnd und schubsend wie kleine Kinder im Schulbus, auf dass sie endlich hinausströmen durften, hinaus in diese Welt, die plötzlich warm und lebensfroh war. Weg waren die grauen Schleier der Erinnerung an das Leben in Rurbroich, weg die Arme der Mutter, die wie klebrige Tentakel nach Hebron griffen, um sie in die Tiefe zu ziehen, weg das verbitterte Gesicht des Vaters mit dem harten, Gift sprühenden Mund, alles, was sie festhielt und gefangen nahm, entfernte sich mit jedem Schritt mehr von Hebron, während sich vor ihr die Weite der nächtlichen Stadt auftat, deren Ränder mit dem Ozean verschwammen, der zu dieser Stunde nur als Ende der flackernden Lichter auszumachen war; und so rannte Hebron johlend und lachend den Berg hinunter bis an ein Geländer, an dem sie schwer atmend stehen blieb. Sie lachte immer noch, die Mundwinkel zogen sich breit über das Gesicht. Hebron lachte, und es war endlich ein Lachen, das nicht wehtat. Sie legte ihr verschwitztes Gesicht in den Nacken, spürte die Wärme der Nacht, vor ihr glitzerten der Lichter der Stadt, ein buntes Flackern von Scheinwerfern und Laternen, dazwischen heulte einsam eine Sirene.

Als Samuel ihr erzählt hatte, dass auch sein Vater ein Schreiner war, da war etwas in Hebron aufgetaucht, etwas, das zu vage geblieben war, als dass sie es hätte fassen können, aber nun wusste sie es, an diesem Abend war es zurückgekommen, hatte Kontur bekommen, war greifbar geworden; und nun war sich Hebron sicher, was sie tun würde: Sie würde zu ihrem Opa gehen, diesem krummen alten Mann, der ihr so lange in die Augen gesehen hatte. Der Duft von frisch gehobeltem Holz würde sie wieder einhüllen wie in ihrer Kindheit, ein Duft, den sie nicht mehr loslassen wollte, lag er ihr doch im Blut, in dem sich die Tannen der Eifel mit den Birken Galiziens mischten, eine Mischung, die so voll war vom harzigen Holzgeruch, dass es gar nichts anderes, nichts Richtigeres geben konnte, als selbst Schreinerin zu werden. Sie, Hebron Maria Magdalena Hunger, würde Schreinerin werden, denn endlich hatte sie verstanden, was das Pulsieren unter ihrer Haut ihr seit Tagen verdeutlichen wollte: Sie hatte Holz im Blut.

Hebron schlang die Arme um sich, Arme, die dünn waren, aber nicht schwach; sie presste ihre Nase an ihre Haut, sog den schweißgetränkten Geruch ihres Körpers ein und glaubte ihn riechen zu können, den Geruch nach Holz, der durch ihre Adern floss. Dieser ganz spezielle Geruch, der sie an späte Abende und die Jagd nach Glühwürmchen auf dem Gelände der Schreinerei erinnerte, an Versteckspiele unter Holzstapeln, an frisch verbrannte Späne und glatt gehobelte Holzstücke. Hebron legte den Kopf in den Nacken, sie holte tief Luft, in den Geruch von Holz mischte sich der Duft der Nacht Haifas; sie atmete die schwere Süße von Jasmin und die herbe Würze von warmem Asphalt. Sie wusste, dass es jetzt anfing, das freie Leben. Hebron stemmte ihre Arme gegen das Geländer und ließ ihren Blick über die dunkle Unendlichkeit des Meeres, das mit dem Horizont verschmolz, und die flackernden Lichter der nächtlichen Stadt streifen. Zum ersten Mal in ihrem Leben spürte Hebron, was es bedeutete, frei zu sein.

Sie legte ihren Kopf wieder in den Nacken, lehnte sich weit über das Geländer, in die warme, weiche Nacht. Hebron öffnete ihren Mund; die Luft, die ihrer Kehle entströmte, war ebenso heiß wie die der aufgeheizten Nacht; was war, verschmolz mit dem, was sein würde, es gab nichts Trennendes, nichts Störendes mehr, alles war gut, so wie es war.

Und Hebron schrie.

Figuren des Romans

Josef Hunger (*1918), Schreiner, Wehrmachtssoldat und Vater von neun zänkischen Kindern

Clementine Hunger (*1920), geborene Breuer, nicht weniger zänkische Ehefrau von Josef

Alois Hunger, Vater von Josef und Schrankenwärter

Agnes (*1920), **Maria** (*1922), **Johanna** (*1924), **Käthe** (*1926), die vier jungfräulichen Schwestern von Josef

Anton Breuer, Bäcker und Vater von Clementine

Anna Breuer, Clementines Mutter

Fanny (*1946), **Penny** (*1947), **Peggy** (*1948), **Meggy** (*1948), **Sally** (*1950), **Betty** (*1953) und **Daisy** (*1954), die sieben Töchter von Josef und Clementine

Fred (*1951) und **Franz** (*1951), eigentlich **Fred-Alois** und **Franz-Josef,** Zwillinge und einzige Söhne von Clementine und Josef. Nicht zu verwechseln mit ihren Namenspatronen: **Franz-Alois** (*1928) und **Friedhelm** (*1930), Josefs jüngere Brüder

Hans-Dieter, Maler, Asket, Jogi und Peggys Mann

Melody (*1978), **Umma-Grete** (*1980) und **Meta** (*1986), Töchter von Peggy und Hans-Dieter

Geronimo (*1972), **Galileo** (*1974) und **Casanova** (*1975), Söhne von Fanny

Melissa (*1977), **Virginia** (*1978), Töchter von Betty

Frieda (*1979), Tochter von Penny

Marianne, blondes Gift und Freds Ehefrau
Johann und Gabriel, Mariannes Söhne mit Franz-Josef und Fred-Alois
Trixi, Feministin, Kräuterhexe und Meggys Mitbewohnerin
Willy, passionierter Rennfahrer und Meggys Beinahe-Ehemann
Bruder Gereon, Mönch, Lehrer und Gelöbnisbrecher
Hadschi, eigentlich Hubert, Reggaefan und Meggys Mann
Samuel Apelstejn (*1942), Anästhesist und Hebrons Vater
Luba Korngold, Mutter von Samuel
Aaron Apelstejn, Samuels offizieller Vater
Viktor Koslow, Samuels biologischer Vater
Rivka Laiserowicz, Lubas Mutter und Landgewächs
Itzhak Korngold, Pelzhändler und Lubas Vater
Rudi Merzenich, Clementines früherer Verlobter und unfreiwilliger Lebensretter von Luba Korngold und Aaron Apelstejn

Ein Gespräch mit Rebecca Maria Salentin

Rebecca Maria Salentin, *Schuld war Elvis* ist der Roman einer sehr großen, sehr lebendigen Familie. Es ist ein Roman wie eine Schatulle voller origineller Geschichten und Anekdoten. Wie sind Sie auf diese Geschichten gekommen?

Also, erstmal stamme ich selbst aus einer großen, weitverzweigten Familie, die Strukturen einer Großfamilie sind mir sehr vertraut. Und dann ist es so, dass ich mir schon seit frühester Kindheit Geschichten ausgedacht und ausgemalt habe. In meiner Familie kursieren viele Anekdoten, die über Generationen weitererzählt werden. In dem Roman Schuld war Elvis *ist meine Fabulierlust, teilweise basierend auf diesen Anekdoten, dann mit mir durchgegangen.*

Hebron Maria Magdalena, die Heldin Ihres Romans, hat eine katholische Mutter und einen jüdischen Vater. Sie selbst heißen Rebecca Maria, ist das Zufall, oder gibt es da eine Verbindung zwischen der Autorin und ihrer Hauptfigur?

Nein, das ist tatsächlich Zufall und mir selbst erst spät aufgefallen. Mir war wichtig, dass es eine Kombination mit einem typisch christlichen Mädchennamen war und Maria ist da wohl einfach der Klassiker, wie man ja an mir selbst sieht. Es gibt aber ein paar Parallelen zwischen Hebron und mir: Beide sind wir in der Eifel in einer Großfamilie aufgewachsen, und auch ich habe familiär jüdische und christliche Wurzeln.

Bei der Recherche nach ihrer Herkunft stößt das Eifeler Mädchen Hebron auf ihre Vorfahren in einem polnischen Stetl. Zunächst denkt man als Leser, dass das zwei Welten sind, die kaum weiter voneinander entfernt sein können. Aber beim Lesen entdeckt man doch ein Menge Gemeinsamkeiten.

Ich denke, Dorfstrukturen ähneln sich immer sehr, ebenso wie familiäre Strukturen. Wichtig ist nicht, wo man auf der Welt ist, sondern mit wem. Und wo viele Leute, Befindlichkeiten, schlechte Infrastrukturen und Eigensinn aufeinandertreffen, ist das Chaos doch schon vorprogrammiert.

Die Figuren im Buch haben ja die verrücktesten Namen. Die Namen der Frauen aus der Hunger-Sippe etwa klingen sehr amerikanisch. Woher kommt das denn in der Eifel der Fünfzigerjahre?

Ich glaube, das darf man getrost meiner Fabulierlust zuschreiben, in der Eifel ist man doch eher konservativ gestrickt. Im Roman allerdings hat Josef Hunger, Hebrons Großvater, im Lazarett einen amerikanischen Soldaten gepflegt, der in den Fieberträumen seine Verlobte immer wieder anders nannte: Sally, Fanny, Penny, Peggy, Meggy, Betty, Daisy. Das hat Josef so beeindruckt, dass er seinen zahlreichen Töchtern diese Namen gab.

Ein Leitmotiv in Ihrem Roman ist Holz, Schreinerei. Welche Bedeutung kommt diesem Motiv in ihrem Roman zu?

Der Geruch von frisch gehobeltem, bearbeitetem Holz zieht sich durch Hebrons Leben, er bedeutet Heimat, Aufgehobensein, Angekommensein.

Wie lange haben Sie an diesem Werk gearbeitet?

Ungefähr fünf Jahre, allerdings immer nur im Winter, da ich im Sommer mit meinem Zirkuswagencafé »ZierlichManierlich« ausgelastet bin.

Wo und wann schreiben Sie am liebsten?

Ich bin da ganz langweilig und schreibe meist von zehn bis vier Uhr. Und am allerliebsten schreibe ich hier in Leipzig im Café Cantona, dort kann ich mich viel besser konzentrieren als zu Hause, egal, wie laut und belebt es dort ist.

Was sind Ihre literarischen Vorbilder, bzw. welche Autoren und Werke haben Sie am meisten beeindruckt?

Immer noch beeindruckend finde ich die amerikanische Südstaatenliteratur: Harper Lee, Truman Capote, Carson McCullers, Donna Tartt. Man liest einen Satz und ist sofort drin im Geschehen. Diese Romane haben nichts von ihrer Aktualität und Stärke eingebüßt.

Haben Sie schon Pläne für einen nächsten Roman?

Ja, ich möchte aus der Perspektive eines Papageis erzählen, der mehrere Generationen einer Familie überlebt.

Fa

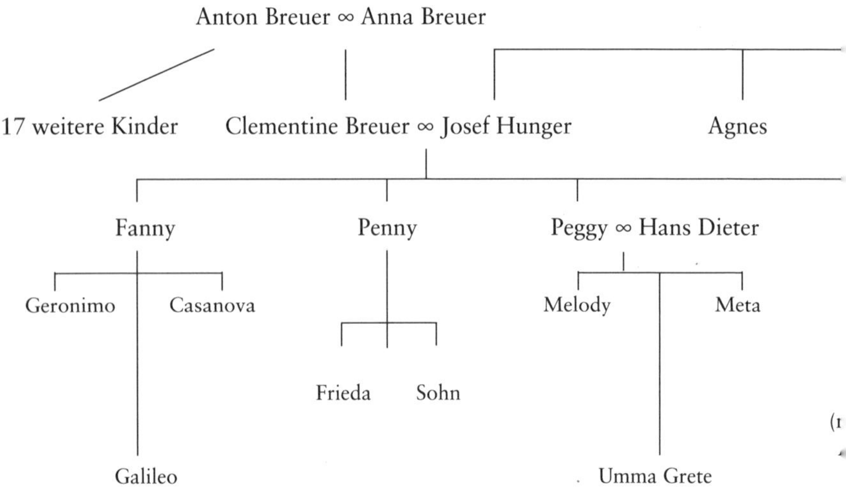
Anton Breuer ∞ Anna Breuer
17 weitere Kinder
Clementine Breuer ∞ Josef Hunger
Agnes
Fanny
Penny
Peggy ∞ Hans Dieter
Geronimo
Casanova
Melody
Meta
Frieda
Sohn
Galileo
Umma Grete

Fam

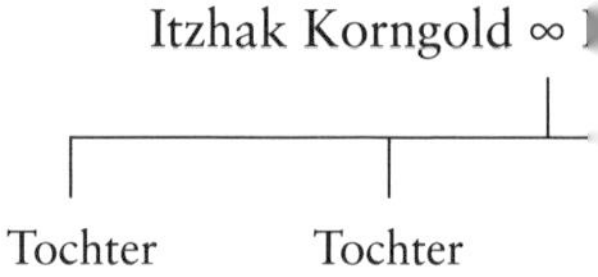
Itzhak Korngold ∞
Tochter
Tochter